한국 베트남 미국의 베트남전 소설 비교

이 저서는 2017년 대한민국 교육부와 한국연구재단의 지원을 받아 수행된 연구임
(NRF-2017S1A6A4A01022106)

This work was supported by the Ministry of Education of the Republic of Korea and
the National Research Foundation of Korea (NRF-2017S1A6A4A01022106)

한국 베트남 미국의 베트남전 소설 비교

국가, 정체성, 젠더를 중심으로

이경재

역락

머리말

 조금 낯설어 보이는 베트남전 소설에 대한 관심은 10여 년 전으로 거슬러 올라간다. 당시에 필자는 한국 사회에 새롭게 등장한 결혼이주여성이나 이주노동자와 같은 이주민들을 형상화 한 다문화 소설에 많은 관심이 있었다. 이주민들의 고통과 그들과의 공존을 모색한 다문화 소설에 대한 탐구는 『다문화 시대의 한국소설 읽기』(2015)와 『이질적인 선율들이 넘치는 세계』(2021)로 작은 결실을 이루기도 하였다. 이들 저서를 집필하는 과정에서 가장 가슴 아팠던 것은 이방인에게 갖게 마련인 이질감이나 적대감을 뛰어넘는 '우리의 폭력적인 모습'을 발견할 때였다. 그 당시 다문화 소설에서 중국 동포와 더불어 이주민으로 가장 많이 다루어진 사람들이 바로 베트남인들이었다. 특히 다문화 소설과 관련해 베트남전이 강렬하게 각인된 것은 이순원의 「미안해요, 호 아저씨」(『문학수첩』, 2003년 가을)를 읽었을 때이다. 이 작품의 주인공은 베트남의 어린 여성에게 세 번째 장가를 가는 마흔 다섯 살의 오익이다. 그런데 오익이의 결혼 소식을 들은 동네 사람들은, 오익이를 가리켜 '파월용사'라고 부른다. 사람들이 무심코 던지는 '파월용사'라는 단어를 읽으며, 이주민을 대하는 우리의 (무)의식 속에는 여전히 반세기 전에 끝난 베트남전이 생생한 현재로서 살아 있다는 생각을 하게 되었다. 이러한 생각의 끝에 오늘날의 한국 사회와 다문화 소설을 제대로 이해하고, 이주민들과의 평화로운 공존을 위해서는 베트남전에 대한 관심이 필수적이라는 인식을 갖게 되었다.

 동시에 동아시아에 새로운 냉전의 흐름이 격화되는 것도, 아시아적 냉전의 전형인 베트남전에 대한 관심을 지속시키는 동력이 되었다. 이러한 고

민만 가슴 속에 쌓이던 무렵, 베트남전 소설 연구라는 테마로 지원한 2017년 저술출판지원사업에 선정되었다. 이후부터 베트남전 소설에 대한 본격적인 연구와 집필이 시작되었다. 지난 5년 동안 온전히 이 저서에만 공력을 쏟았다고 말할 수는 없지만, 지난 5년간 이 저서에 대한 생각이 늘 머릿속에 머물렀다고는 감히 말할 수 있을 것 같다. 베트남전 소설과 함께 보낸 지난 5년의 시간은 이 책에 수록된 30여 장의 사진이 증언하는 바이기도 하다. 반 레나 바오 닌 등의 작가와 베트남전의 주요 공간을 찾아 베트남을 찾았을 때는 물론이고, 다른 나라에 갔을 때도 이 저서에 대한 걱정과 부담은 늘 심중에 남아 언제 사용될지 모르는 사진이라도 찍게 하였다.

한국현대소설만 간신히 읽어온 필자가 베트남과 미국의 베트남전 소설을 연구한다는 것은 어불성설이다. 한국의 베트남전 소설도 제대로 못 읽는 필자가 베트남과 미국의 베트남전 소설을 논의한 것은, 할 수 있어서가 아니라 해야만 했기 때문이다. 베트남전은 기본적으로 우리의 전쟁이 아니었으며 너무나도 복잡한 국제전이었기 때문이다. 따라서 한국의 베트남전 소설만으로 베트남전을 이해한다는 것은 가능하지 않으며, 윤리적으로도 합당하다고 여겨지지 않았다. 이러한 문제의식을 바탕으로 이 저서에서는 최소한 베트남전의 핵심적인 주체였던 베트남과 미국의 베트남전 소설이라도 한국의 베트남전 소설과 함께 살펴보고자 하였다. 이러한 작업은 한국, 베트남, 미국의 베트남전 소설이 지닌 개별성과 보편성을 탐구하는 기초작업에 해당하며, 실제로 이러한 작업을 통하여 각국의 소설이 지닌 특징과 의의가 조금은 분명하게 드러나기를 기대했다. 연구의 당위성 때문에 외국의 소설을 다루었다고 해도, 번역본을 대상으로 연구를 진행한 것은 이 책의 약점이다. 그럼에도 원문을 확인할 수 있는 경우에는 가능한 함께 보고자 하였으며, 그 흔적도 본문 중에 남겨 놓았다. 또한 실수를 최대한 줄이고자 기존 연구사만은 빼놓지 않고 모두 검토하고자 하였다. 그럼에도 여전히 자신 없고 부끄럽기는 마찬가지이다. 학계의 여러 눈 밝은 선생님들의 넓은 이해와 질정을 바랄 뿐이다.

또 하나 이 책을 쓰면서 국가별로 베트남전 소설을 비교한다는 것이 얼마나 과감한(혹은 무식한) 시도인지를 느끼며 자괴감에 빠진 적이 한두 번이 아니었다. 같은 나라라고 해도 작가들이 지닌 차이는 하나의 틀로 묶는 것을 불가능하게 할 만큼 큰 것이었기 때문이다. 일테면 반제의식으로 가득한 황석영의 『무기의 그늘』과 성애적 상상력으로 가득한 박영한의 『인간의 새벽』을 하나의 범주로 묶는 것이나, 민족해방의 이념에 복무하는 반 레의 『그대 아직 살아 있다면』과 체제와 이념을 회의하는 쯔엉 투 후옹의 『제목을 붙이지 못한 소설』을 동일한 범주로 묶는 것은 무척이나 곤란한 일이기 때문이다.

여기까지 쓰고 보니 참으로 특이한 머리말이 되었다. 보통의 머리말은 책에 대한 기본적인 소개와 자랑이 주가 되는 법인데, 이 머리말은 이 책의 한계만 늘어놓고 있으니 말이다. 그럼에도 이러한 비교 연구를 통하여, 각 나라의 베트남전 소설이 지닌 기본적인 특징을 어느 정도 감지할 수 있었다. 미국의 베트남전 소설이 현미경적 시각으로 병사의 감각에 제한된 현장밀착식 재현으로 일관한다면, 한국의 베트남전 소설은 망원경적 시야로 베트남전의 보편적·역사적 맥락을 조망하려는 특징이 있다. 이와 달리 베트남의 베트남전 소설은 무엇보다도 정서적인 측면이 강하며 비극의 직접적인 당사자인 베트남인들의 내면을 형상화하는데 탁월하다. 한국이나 미국의 베트남전 소설은 완전히 정반대되는 것 같지만, 한편으로는 피와 살을 가지고 살아가는 구체적인 베트남인들과 거리를 둔다는 면에서는 유사하다고도 할 수 있다.

지금까지 여러분의 은혜로 몇 권의 책을 세상에 내놓을 수 있었다. 그럼에도 단일 주제로 원고지 3000매에 이르는 저서를 출판한 것은 이번이 처음이다. 이 졸저를 완성하는 과정은 이전과는 차원이 다른 노력을 요구했지만, 연구자로서는 유익한 경험의 시간이었다. 또한 책을 완성하기까지 도움을 주신 고마운 분들의 목록도 이전보다 훨씬 확대되었다. 먼저 10년이 넘는 시간 동안 동고동락하며 많은 배려를 해주신 숭실대 국문학과 선생님들께 감사드린다. 수많은 연구업적을 남기시고 정년을 맞이하시는 조규익 선생님께 감사의 말씀을 드린다. 지금도 문학과 인생을 가르쳐 주시는 여러 은사님들의 고마움도 잊을 수 없다. 그분들께 부끄럽지 않은 제자가 되겠다는 다짐을 이번 기회에 다시 한번 해본다. 그 잘난 글 쓴다고 유세만 떠는 남편과 아빠를 이해해주고 응원해주는 가족에게는 고맙다는 말조차 미안하다. 마지막으로 이 어려운 시기에 이토록 멋지게 책을 만들어주신 역락출판사의 여러 선생님들께 진심으로 감사드린다.

2022년 평화를 기원하며
이경재

차 례

1부
서론

—

　2차 대전 이후 시작된 동서의 이념대립은 한국의 역사와 문학에 가장 심대한 영향을 끼친 세계사의 커다란 흐름이었다. 한국에서 냉전 연구는 한국전쟁을 중심으로 이루어졌고, 문학 연구에서도 한국전쟁을 다룬 문학작품에 집중되었다. 이 저서가 관심을 기울이는 것은 아시아적 냉전의 전형이라고 할 수 있으며, 한국을 포함한 전 세계에 커다란 영향을 미친 베트남전과 이를 반영한 베트남전 소설이다.[1] 주지하다시피 한국전이 냉전의 시작을 알리는 전쟁이었다면, 베트남전은 냉전의 균열을 알리는 전쟁으로서의 의미를 지닌다고 할 수 있다. 미국은 엄청난 손실을 입고도 베트남에서 패배함으로써 초강대국으로서의 신화에 타격을 받았다.[2] 냉전의 한 축을 담당하던 소련이나 중국 역시도 매우 큰 부담을 떠안게 됨으로써, 냉전 구조의 핵심국인 초강대국의 헤게모니가 양쪽 모두 저하되었다고 할 수 있다.[3] 결국 베트남전은 어느 지역의 운명을 결정하는 것은 초강대국의 의사

---

1) 전쟁이 없는 이념 대립을 의미하는 냉전은 서구 중심의 개념이며, 아시아에서는 냉전과 더불어 열전이 동시에 나타났다.
2) 미국은 1960년부터 1972년까지 2,635,900명의 미군을 주둔시켰으며, 그 중에서 58,169명이 죽고 304,000명이 부상을 입었다. 미군 사망자 중, 비전투 사망자도 10,000명이 넘는다고 한다.(Andrew Wiest & Chris Mcnab, The Illustrated History of The Vietnam War, Amber Books Ltd, 2015, p.252)

가 아니라 지역 주민의 의사라는 것을 만천하에 보여주었던 것이다. 베트남전은 이념 대립의 문제와 탈식민의 문제가 중첩되어 있다는 점에서도 매우 중요한 의미를 지닌다.

베트남은 2차 대전의 종결과 함께 일어난 8월 혁명에 따라 근대적인 통일국가를 이루게 된다.4) 그러나 국제 사회와 구식민지 종주국인 프랑스는 베트남 민족의 독립을 인정하지 않으려 했고, 이로 인해 1946년 12월에 베트남민주공화국과 프랑스 사이에 제1차 인도차이나 전쟁이 발발한다.5) 이후 1954년 4월 30일 제네바 협정에 의해 분단된 후, 합의에 의거한 남북 총선거가 실시되지 않으면서 제2차 베트남전쟁이 시작되었다.6) 한국 정부는 1964년 9월 비전투부대 파병을 시작으로 하여 1973년까지 총인원 32만여 명을 베트남에 파병하여 전투병 5만여 명을 상주시켰는데,7) 베트남 전

---

3) 소련이 1965년부터 1975년까지 북베트남에 제공한 군사원조는 적어도 50억 달러에 이른다고 한다. 미국의 베트남 전비와 비교하면 20분의 1에 지나지 않는 것이지만, 소련 입장에서는 국가 재정 가운데 방위비 지출을 몇 퍼센트 정도 증가시킬 정도의 큰 규모였다. (古田元夫, 『역사 속의 베트남 전쟁』, 박홍영 옮김, 일조각, 2007, 161면)

4) 제2차 세계대전 말기, 식민지 지배에서 벗어나기를 염원하던 사람들이, 호치민과 인도차이나 공산당이 중심이 되어 1941년에 결성한 베트민(Viet Minh, 베트남 독립동맹)과 결집해 봉기를 일으켰다. 이것이 8월혁명으로서, 8월혁명 봉기는 3대 도시인 하노이, 후에, 사이공을 포함해 베트남 전역에서 성공을 거두었다. 8월혁명 봉기의 열기를 공유했던 지역이야말로 그 후 프랑스 및 미국과의 전쟁을 통해 실지회복을 추구한 '통일 베트남'의 모습이었다. 호치민이 1945년 9월 2일에 독립을 선언한 베트남 민주공화국은 전국적인 정권이었으며, 이러한 사실은 베트민에게 정통성을 부여하였다. (위의 책, 15-16면)

5) 제1차 인도차이나 전쟁은 1946년부터 1954년까지 베트남 · 캄보디아 · 라오스와 프랑스 사이에 일어난 전쟁을 말한다.

6) 박태균, 「남베트남 패망 40년, 베트남전쟁과 한국」, 『역사비평』 111집, 역사문제연구소, 2015. 5, 163면.

7) 최용호, 『통계로 본 베트남전쟁과 한국군』, 국방부 군사편찬연구소, 2007, 39면. 1964년 9월 말에 의료지원단과 태권도 교관 등 수백명의 비전투부대를 남베트남의 수도 사이공과 붕따우에 파견한 것을 시작으로, 정확히 1년 후인 1965년 9월 말 주월 한국군사령부를 창설하면서 파병은 본격화되었다. 육군 소속의 수도사단인 맹호부대와 제2해병여단인 청룡부대, 그리고 추가 파병된 제9보병사단인 백마부대 등 3

쟁 기간 동안 한국은 미국 다음으로 많은 군대를 파견한 국가였다. 특히 '베트남전쟁의 베트남화'를 주장하며 대부분의 미군이 철수한 1972년에는 미군보다 무려 1만 3천여 명 이상이나 많은 인원이 주둔하기도 하였다.8)

한국사에서 베트남전이 차지하는 비중을 반영하듯이, 많은 작가들이 베트남전을 배경으로 하여 소설을 창작하였으며, 이들 작품에 대한 많은 논의가 있었다. 대부분의 연구자들은 고유한 사건으로서의 베트남전에 대한 역사·사회적 상황이 얼마나 사실적으로 재현되었는가를 중요한 기준으로 하여 논의를 전개해 왔다. 이것은 베트남전 소설에서 베트남전쟁의 본질에 대한 역사적 이해의 진전을 읽어내려는 시도라고 할 수 있다.

베트남전 소설을 폭넓게 살펴본 김경수와 장두영의 논의에서도, 이러한 면모를 확인할 수 있다. 김경수는 "전쟁에 대한 낭만적 회고의 시점에서부터 시작되어 국제관계에 대한 냉철한 분석 속에서 베트남전쟁의 현재성을 묻는 쪽"으로 "문학적 전망의 심화"9)가 진행되었다고 주장한다. 장두영은 베트남전쟁 소설의 의의는 "파병논리와 전쟁체험이 유도하는 자기합리화에서 벗어나는 길 찾기로 정리"10)될 수 있다고 주장한다.11)

개 사단급 전투부대를 위시하여 총 8개 부대를 통합·지휘하는 주월 한국군총사령부가 사이공에 자리를 잡았으며, 월맹과의 접전지역이던 베트남 중부에 전투부대를 파견했다. (전진성, 『빈딘성으로 가는 길-베트남전 참전용사들의 기억과 약속을 찾아서』, 책세상, 2018, 31-32면)

8) 최용호, 앞의 책, 15면. 베트남전 당시 한국을 포함한 7개국이 미국을 돕기 위해 파병했는데, 1만 1,000명을 보낸 태국과 7,000명을 보낸 오스트레일리아를 제외하면 대체로 소대에서 대대급의 작은 규모였으며 그나마도 대부분 포병대와 공병대 등 비전투부대였다. (전진성, 앞의 책, 30면)

9) 김경수, 「자기위안과 상처의 치유, 그리고 진단-베트남전쟁 소설의 상상력」, 『서강인문논총』, 2004.12, 73면.

10) 장두영, 「베트남전쟁 소설론-파병담론과의 관련을 중심으로」, 『한국현대문학연구』 25집, 2008, 384면.

11) 이외에도 다음과 같은 연구목록을 제시할 수 있다. 정호웅, 「월남전의 소설적 수용과 그 전개양상」, 『출판저널』, 135, 1993; 서은주, 「한국소설 속의 월남전」, 『역사비평』 32, 1995; 최원식, 「한국소설에 나타난 베트남 전쟁」, 『생산적 대화를 위하여』,

베트남전의 사실주의적 재현과 관련하여 베트남전 소설이 큰 진전을 보이는 것과 같은 맥락에서, 작품 속 한국인들의 '유사-제국주의적 관점'도 점차 개선되어 온 것으로 논의가 진행되었다. 이러한 관점은 작중인물들이 가진 오리엔탈리즘적 태도가 극복되는 과정을 한국 베트남전 소설의 발전 과정으로 파악하는 것이다. 장두영은 초기의 베트남전 소설들이 "한국인보다 열등한 베트남인"에 대한 묘사를 통해 "아류 제국주의자의 욕망"을 드러내고 있다는 점을 인정하지만, 그 이후의 베트남전 소설들이 인식적 거리를 확보해나가는 과정에서 이러한 욕망들이 탈각되어나갔다는 점을 강조한다.[12] 정재림의 경우도 미군과의 오인된 동일시를 통해 형성된 '오리엔탈리즘적 요소'가 필연적 '자기 분열'을 통해 교정되어 나가는 과정이 황석영의 베트남전 단편소설의 주요한 서사적 구조라는 점을 지적한다.[13]

다음으로 베트남전 소설에 대한 연구경향으로 참전 한국군들의 복잡한 정체성, 전쟁 기억의 재구성 방식 등의 문제를 파고든 연구들이 있다. 이것은 한국인에게 베트남전이 "미국에 대한 식민지적 무의식, 베트남에 대한 식민주의적 의식을 통해 둘 사이의 중간적 위치로 미끄러져 들어갈 수 있는 특정한 역사공간"[14]이었던 현상을 반영한 결과이다. 박진임은 "한국인

창비, 1997; 안남일, 「황석영 소설과 베트남전쟁」, 『한국학연구』 11, 1999; 고명철, 「베트남 전쟁 소설의 형상화에 대한 문제」, 『현대소설연구』 19, 2003; 김윤식, 「한국문학의 월남전 체험론」 상하, 『한국문학』 269-270, 2008; 장윤미, 「월남전을 소재로 한 한국소설의 고찰」, 『동남아시아 연구』 19권 1호, 2009; 이한우, 「한국 현대소설 속의 베트남 인식」, 『oughtopia』 25-3, 2010.

12) 장두영, 앞의 논문, 419-420면.

13) 정재림, 「황석영 소설의 베트남전쟁 재현 양상과 그 특징-1970년대 단편소설을 중심으로」, 『한국학연구』 44집, 2013.3, 310면.

14) 윤충로, 『베트남전쟁과 한국 사회사』, 푸른역사, 2015, 109면. 한국은 한편으로는 혼종성과 모방을 통해 제국을 닮아 가려 하고, 다른 한편으로는 중간적 존재로서 자신을 드러내고자 했는데, 이는 결국 양가성(ambivalence), 애매모호성(ambiguity)을 특징으로 하는 분열된 정체성을 형성하는 과정이었다. (위의 책 110면)

의 베트남전 소설에서는 베트남인을 향한 한국 병사들의 양가적인 감정을
잘 보여주는 에피소드들"15)이 많으며, 한국인들은 "월남인과 미국인이라는
두 대립 항 가운데 위치하여 '둘 다 이면서 또한 이도 저도 아닌(both and,
neither nor)' 지위"16)를 가지게 된다고 말한다. 송승철 역시 베트남에서 겪
은 한국의 모든 경험을 "다 용병의 경험으로 환원할 수 없으며, 피해자이면
서 동시에 가해자였다는 측면을 잊어서는 안될 것"17)이라고 주장한다.18)

   이 저술에서는 한국, 베트남, 미국에서 쓰여진 베트남전 소설을 비교하
고자 한다. 베트남전은 양측의 당사자만이 관여한 고전적 전쟁이 아니라,
수많은 국가가 개입된 매우 복잡한 국제전이었다. 베트남전 당시 남베트남
정부를 도와 한국, 미국, 필리핀, 오스트레일리아, 타이, 뉴질랜드 등의 국
가들이 참전하였다.19) 중국과 소련도 미군의 북폭이 빈번해진 1965년 이후
에는 군대를 북베트남에 파견했다.20) 따라서 어느 한 당사자의 입장에서만
바라본 전쟁상은 결코 온전한 것일 수 없다. 마찬가지 맥락에서 베트남전
을 형상화한 소설에 대한 연구 역시 다양한 참전 국가들의 목소리를 담은

---

15) 박진임, 「한국소설에 나타난 베트남 전쟁의 특성과 참전 한국군의 정체성」, 『한국
    현대문학연구』 14호, 2003, 115면.
16) 위의 논문, 116면.
17) 송승철, 「베트남전쟁 소설론: 용병의 교훈」, 『창작과비평』, 1993년 여름호, 93면.
18) "피해자이면서 동시에 가해자"(송승철, 앞의 논문, 93면), "이중적 정체성"(정재림,
    앞의 논문, 306면), "이도 저도 아니면서 동시에 둘 다이기도 한 모호하고도 애매
    하며 양가적인 것"(박진임, 앞의 논문, 133면) 등의 표현에는 한국군의 모호한 정
    체성이 잘 나타나 있다.
19) Stanley Karnow, *Vietnam, A History*, Penguin Books, 1997, pp.565-581.
20) 중국은 1965년 6월 이후, 방공부대(고사포부대), 철도부대, 공병부대 등을 중심으
    로 한 지원부대를 파견했다. 수도 북베트남의 숭국 인섭 시역에서 수송로, 국방시
    설의 방위와 보수를 담당했다. 그 수는 1968년까지 합계 32만 정도였고 베트남 전
    쟁 전체 기간을 통해 약 1,100명의 희생자를 냈다. 소련은 1965년 4월 이후, 지대
    공미사일 조작요원을 중심으로 가장 많을 때는 약 500명, 1965년부터 1974년 말
    까지 합계 6,359명의 병력을 파견했고, 13명의 희생자를 냈다. (古田元夫, 앞의 책,
    230면)

여러 국가의 소설을 종합적으로 성찰해야 할 필요성이 있다. 특히 베트남은 물론이고 처음부터 전쟁에 깊숙이 관여되어 있던 미국의 베트남전 소설과의 비교는 한국의 베트남전 소설을 온전하게 이해하는데 큰 도움이 될 것이다.

남베트남 연합군 배치도, 한국 전쟁기념관

베트남과 한국, 그리고 미국이 베트남전에서 입은 피해는 심각하다. 1993

년 10월에 베트남 보훈처가 발표한 것에 따르면, 베트남전 당시 열사(베트남 인민군 또는 해방전선 전투 요원 희생자)가 110만 명, 그 외 베트남인 희생자가 2백만 명 남짓, 합계 3백만이 넘는 사망자가 있었다고 한다. 또한 1993년 당시 상이병 60만 명, 전쟁에 따른 민간인 신체장애자 2백만 명, 행방불명 자 30만 명, 고엽자 피해자 200만 명에 이른다고 한다.21) 한국 정부는 1964년 9월 비전투부대 파병을 시작으로 하여 1973년까지 총인원 32만여 명을 베트남에 파병하였으며, 이 중 1965년부터 1973년까지 5천 명이 넘는 한국군이 전사하였다.22) 베트남전의 후유증은 현재진행형으로 수만 명의 고엽제 피해자와 실태조차 파악되지 않는 외상후 스트레스장애 환자가 여전히 존재하고 있다. 남베트남에 투입된 미군의 수는 1965년 중에 18만 명을 넘어 1966년 말에는 48만 명, 최고로 많았을 때는 54만 명에 이르렀다.23) 미군은 1965년부터 1973년까지 8년에 걸쳐 직접 참전하였으며, 5만 명이 넘는 인원이 사망하고 1,200억 달러에 이르는 막대한 비용을 투입하였다.24)

지금까지 베트남전을 다룬 소설의 비교문학적 논의를 정리하면 다음과 같다. 윤정헌은 안정효의 『하얀 전쟁』과 재호(在濠)작가인 돈오 김의 『내 이름은 티안』을 비교하면서, 전자가 월남전을 "他者的 시각"에서 조명했다면 후자는 "當者的 시각"에서 조명했다고 주장하였다.25) 박진임은 황석영의 『무

---

21) 위의 책, 229-230면. 바오 닌은 베트남전에서 죽은 베트남인이 약 500만 명, 부상 자와 행방불명자는 1000만 명에 이른다고 주장하기도 하였다.(Bảo Ninh, 「전쟁으로 전쟁을 수습할 수는 없다」, 『역사, 아시아 만들기와 그 방식』, 한울, 2007, 93면)
22) 국방부군사편찬연구소, 『통계로 본 베트남 전쟁과 한국군』, 2007, 41면. 한국군 사 망지는 5,099명, 부상지는 11,232명, 실종자는 4명이다. (최용호, 『한권으로 읽는 베 트남전쟁과 한국군』, 국방부 군사편찬연구소, 2004, 429면)
23) 古田元夫, 앞의 책, 39면.
24) 위의 책, 123면.
25) 윤정헌, 「월남전소재 소설의 두 시각-『하얀전쟁』과 『내 이름은 티안』의 대비를 중 심으로」, 『현대소설연구』 20호, 2003.12, 123면.

기의 그늘』과 팀 오브라이언의 『숲의 호수에서』를 비교하면서, 두 작품에
서 밀라이 양민학살 사건(My Lai massacre)이 재현되는 방식에 주목하였다.
이를 통해 "황석영의 소설은 리얼리즘의 방식을, 오브라이언의 소설은 포
스트모더니즘의 방식을 각각 취하고"[26] 있으며, 미제국주의 침략을 고발하
고 저항하고자 한 황석영에게는 밀라이 학살 사건이 "베트남전의 제국주의
적 성격을 잘 드러내는 에피소드"였던 반면, 오브라이언에게는 "불합리하
고 의미 없는 전쟁에서 절망하고 좌절한 미국인의 내면을 비추어 주는 구
실을 했다."[27]는 결론을 내리고 있다. 정찬영은 한국과 베트남의 베트남전
소설을 폭넓게 검토하여, 두 나라의 베트남전 소설들을 '재현적 서사를 통
해 전쟁의 본질과 투쟁을 그리는 소설들', '전쟁의 후유증으로 고통 받는
개인을 형상화한 소설들', '베트남전의 상처를 극복하려는 노력을 그린 소
설들'이라는 세 가지 유형으로 나누었다.[28] 방재석은 황석영의 『무기의 그
늘』과 반 레의 『그대 아직 살아 있다면』을 각 작품의 주인공인 안영규와
빈의 성격에 초점을 맞추어 비교하였다.[29] 이후 방재석은 조선영과의 공동
작업에서 안정효의 『하얀전쟁』과 바오 닌의 『전쟁의 슬픔』이 모두 "전쟁
자체에 초점을 맞추어 전쟁의 참혹함과 인간의 황폐함에 대해 이야기"[30]

---

26) 박진임, 「역사적 진실과 문학적 재현」, 『미국학논집』 36집 3호, 2004년 겨울호,
    86면.
27) 위의 논문, 97면.
28) 정찬영, 「한국과 베트남 소설에 나타난 베트남전쟁 담론 연구」, 『한국문학논총』
    58호, 2011.8, 379-422면.
29) 방재석, 「베트남전쟁을 통한 의식의 변화양상 비교연구-『무기의 그늘』과 『그대 아
    직 살아 있다면』을 중심으로」, 『현대소설연구』 46호, 2011.4, 395-426면. 두 작품
    에서 주인공 안영규와 빈은 "영웅적 인물유형을 공유하면서도 의식과 행동양식에
    는 현저한 차이"(위의 논문, 395면)가 있는데, 안영규의 눈에 비친 전쟁의 본질이
    "자본주의의 경제적 욕망"(위의 논문, 412면)이라면, 빈에게는 "보편적인 전쟁의
    파괴적 속성"(408)이다. 또한 전쟁의 극복방안으로 빈이 "'기억'을 통한 불멸"을
    선택했다면, 안영규는 "'망각'을 통한 탈출"(위의 논문, 416면)을 선택한다.
30) 방재석·조선영, 「베트남전쟁과 한·베트남 문학 교류 고찰」, 『현대소설연구』 57

한다는 점이야말로, 한국문학과 베트남문학이 만날 수 있는 지점이라고 주
장하였다. 조윤정은 안정효의 『하얀전쟁』, 바오 닌의 『전쟁의 슬픔』, 팀 오
브라이언의 『그들이 가지고 다닌 것들』을 대상으로 하여, "전쟁에 대한 기
억을 서사화하는 과정에 반영된 작가의 '글쓰기 의식'을 비교 분석"[31]하고
있다. 김현생은 부리디외의 '장'과 '아비투스' 이론을 바탕으로 박영한의 『머
나먼 쏭바강』, 팀 오브라이언의 『카치아토를 찾아서』, 쯔엉 투 후엉의 『제
목을 붙이지 못한 소설』을 비교하였다.[32] 최근에는 김지아가 『무기의 그늘』
과 에른스트 윙거의 『강철 폭풍 속에서』를 대상으로 "기록과 기억이 문학
의 형태로 재현된 텍스트적 특징"과 "작품에 등장하는 주체의 '거리두기'를
고찰"[33]한 바 있다.

　베트남전 소설에 대한 비교 연구에서 주류를 이룬 것은, 베트남전을 다
룬 한국소설과 베트남소설을 비교한 것이라고 할 수 있다. 베트남전의 직
접적인 당사자인 베트남과 한국의 소설을 비교하는 것은 당연히 의미 있는
작업이지만, 한국의 베트남전 소설의 특성을 보다 예각적으로 드러내기 위
해서는 같은 참전국인 미국의 베트남전 소설을 비교하는 것도 필수적인 일
이다. 한국과 더불어 가장 많은 군대를 오랜 기간 파병한 미국의 베트남전
소설은 한국군의 정체성이나 베트남인과의 관계를 해명하는데 많은 시사
점을 줄 수 있기 때문이다. 세 나라의 베트남전 소설을 비교하는 작업은 한
국의 베트남전 소설이 지닌 특징을 선명하게 드러내고, 각 나라의 베트남
전 소설이 지닌 개별성과 보편성을 탐구하는 기초작업이 될 것으로 판단된다.

　호, 2014.12, 32면.
31) 조윤정, 「베트남전쟁을 둘러싼 한국·베트남·미국 작가의 글쓰기 의식」, 『현대소
　설연구』 57호, 2014.12, 179면.
32) 김현생, 「한국미국·베트남의 베트남전쟁 소설 연구: 부르디외의 '장'과 '아비투스'
　이론을 적용하여」, 『영미어문학』 121집, 2016, 33-57면.
33) 김지아, 「재현으로서의 전쟁문학과 주체의 거리두기: 『강철 폭풍 속에서』와 『무기
　의 그늘 비교연구』, 『동서비교문학저널』 54호, 2020년 겨울, 119면.

또한 지금까지의 베트남전 소설에 대한 연구가 지닌 문제점 중의 하나
는, 지나치게 몇몇 대표작에만 논의가 집중되었다는 점이다. 박영한의 『머
나먼 쏭바강』(1978), 황석영의 『무기의 그늘』(1988), 안정효의 『하얀전쟁』(1989)
등에만 초점이 맞추어져 왔던 것이다. 그러나 보다 정밀한 베트남전 문학
에 대한 연구가 이루어지기 위해서는 다양한 작품에 대한 논의가 선행되어
야 한다. 그럴 때만이 베트남전 소설에 대한 일반론도 보다 깊이와 정확성
을 획득할 수 있기 때문이다. 이러한 사정을 고려하여, 이 글에서는 비교의
대상이 되는 한국소설과 외국소설의 편수를 최대한 확대하고, 일정한 방법
론에 바탕한 분석을 시도할 것이다.

이러한 기본입장을 바탕으로 하여 본론에서 이루어질 논의의 개요를 정
리하면 다음과 같다. 2부에서는 국가와 관련하여 각 나라의 베트남전 소설
이 어떻게 반응했는지를 살펴볼 것이다. 한국 정부의 가장 대표적인 파병
논리는 안보(반공)와 경제발전이었다. 종전 이후에도 참전은 공산세력의
'안보위협'으로부터 방어를 이뤄냈다는 안보(반공)이데올로기와 참전으로
인해 경제성장이 가능했다는 경제논리로 정당화되었다.[34] 북베트남과 베
트남민족해방전선은 오랜 기간 이어진 민족해방투쟁의 일환으로 베트남전
을 규정하였다. 미국은 도미노 이론에 바탕하여, 공산주의의 세계적 전파를
저지한다는 것을 명분으로 내세워 베트남전에 개입하였다.[35] 또한 미국이

---

34) 강유인화, 「한국사회의 베트남전쟁 기억과 참전군인의 기억투쟁」, 『사회와역사』
97집, 한국사회사학회, 2013.3, 109면.
35) 트루먼 정권이 제1차 인도차이나 전쟁에서 프랑스를 지원하기 시작한 1950년부터
베트남 전쟁이 끝나는 1975년까지 미국은 공산주의 봉쇄라는 냉전시대의 세계 전
략 차원에서 베트남에 개입했다. 이후 아이젠하워, 케네디, 존슨, 닉슨 정권을 거치
면서 계속해서 미국은 베트남에 개입했는데, 이들 정권은 공통적으로 베트남을
'일치단결한 국제공산주의', '소련의 앞잡이', '중국의 앞잡이', '인도차이나 지배에
불타는 공산주의자'라고 규정하였다. 베트남에 대한 이러한 악마적 규정은, 공산주
의자의 위협에서 남베트남을 지키지 못하면 미국의 세계 전략이 큰 타격을 받는다
는 논리에서 비롯된 것이다. (古田元夫, 앞의 책, 124-125면)

베트남에 개입한 이유로는 미국에 만연한 인종주의와 오리엔탈리즘이 결
정적인 영향을 미쳤다는 주장도 있다.[36] 베트남전은 냉전의 기본요소로 생
각하는 이념 대립 위에 오리엔탈리즘을 비롯한 여러 제국주의의 문제가 겹
쳐 있는 것이다. 2부에서는 주로 황석영의 「탑」(1970), 『무기의 그늘』(1988),
박영한의 「쑤안 村의 새벽(1978)」, 『인간의 새벽』(1980), 이원규의 『훈장과
굴레』(1987), 응웬반봉의 『하얀 아오자이』(1973), 쯔엉 투 후옹의 『제목을 붙
이지 못한 소설』(1990), 반 레의 『그대 아직 살아 있다면』(1994), 팀 오브라
이언의 『카차토를 쫓아서』(1978), 『그들이 가지고 다닌 것들』(1990), 『숲속
의 호수』(1994)를 살펴볼 것이다.

3부에서는 참전군인들의 정체성 문제에 대해서 집중적으로 고찰할 것이
다. 베트남전은 매우 복잡한 성격을 지녔던 전쟁이기에, 참전군인들이 단순
히 애국심으로 참전하는 일반적인 전쟁과는 다른 모습을 보여주었다. 특히
미군이나 한국군은 직접적인 당사자도 아니었으며, 그 참전의 명분도 일반
적인 전쟁의 경우와는 매우 달랐다. 또한 베트남인들 역시 내전이기에 겪
는 인간적 고뇌가 컸으며, 상상을 초월하는 인명 손실에 따르는 고뇌도 적
지 않았다. 그리하여 여타의 전쟁문학보다 베트남전을 다룬 소설에서는 참
전군인들이 자신의 정체성을 두고 심각한 고민을 드러내고는 한다. 이러한
고뇌는 전쟁이 끝난 후에는 오히려 더욱 심각해져서 수많은 후유증을 남겼
으며, 이러한 상처와 극복의 문제는 한국·베트남·미국의 베트남전 소설
이 자주 다루는 핵심적인 테마 중의 하나라고 할 수 있다. 3부에서는 주로
황석영의 「몽환간증」(1970), 안정효의 『하얀전쟁』(1989), 황석영의 「낙타누

36) Mark Philip Bradley, "Slouching Toward Bethlehem: Culture, Diplomacy, and
the Origins of the Cold War in Vietnam." *In Cold War Constructions: The
Political Culture of United States Imperialism, 1945-1966*, edited by Christian
G. Appy, 11－34. Amherst: University of Massachusetts Press, 2000.

깔」(1972), 『무기의 그늘』(1988), 이상문의 『황색인』(1987), 바오 닌의 『전쟁의 슬픔』(1991), 쯔엉 투 후옹의 『제목을 붙이지 못한 소설』(1990), 반 레의 『그 대 아직 살아 있다면』(1994), 팀 오브라이언의 『카차토를 쫓아서』(1978), 『그 들이 가지고 다닌 것들』(1990), 『숲속의 호수』(1994)를 살펴볼 것이다.

4부에서는 젠더(gender)의 문제와 관련하여 베트남전 소설을 살펴볼 것이다. 일반적으로 전쟁은 남성들만의 영역으로 생각하기 쉽다. 남성에 의해 발생하고, 남성에 의해 수행되고, 남성에 의해 종결되는 것이 전쟁이라고 생각하는 것이다. 전쟁과 관련해서 우리는 흔히 여성들을 떠올리기 힘들다. 그들은 주연은커녕 조연이며 어떠한 경우에는 "집과 나무, 마을, 개울과 함께 하나의 풍경을 이루는 정물에 불과"[37]한 경우가 많았기 때문이다. 그러나 여성들도 전쟁의 고통으로부터 예외일 수 없으며, 오히려 중첩되는 고통의 십자포화가 이루어지는 한가운데 놓여 있다고 말할 수 있다.[38] 여성이야말로 "전쟁의 피해자이고 목격자이며 생존자"[39]이기 때문이다. 대부분의 전쟁 소설에서 그러하듯이, 베트남전 소설에서도 여성들은 전쟁의 비참함을 드러내는 알레고리[40]나, 모든 것이 파괴되고 불구화된 지금의 현실

---

37) 이임하, 『여성, 전쟁을 넘어 일어서다』, 서해문집, 2004, 13면.
38) 함인희는 한국전쟁을 대상으로 한 것이기는 하지만, 전쟁이라는 혼란기에 가족은 피해자이고, 그 중에서도 가족의 생명과 보호를 일시적이나마 책임져야 했던 여성은 가장 큰 피해자였다고 주장한다. (함인희, 「한국전쟁, 가족, 여성의 다중적 근대성」, 『사회와 이론』 2호, 2006, 161면) 한국전쟁보다 더 오랜 기간 지속되었고, 더 많은 사상자를 낳은 베트남전에서도 이러한 주장은 유효하다.
39) 김현아, 『그녀에게 전쟁』, 슬로비, 2018, 21면. 김현아는 "여성은 전투·간호·노동 등 모든 분야에서 전쟁에 참여했고, 전쟁의 경험과 기억은 여성들의 현재 삶을 규정한다. 이렇게 여성들이 전쟁에 참여했음에도 불구하고 전쟁이 남성의 영역으로 여겨지는 까닭은 여성의 경험과 기억을 공식적인 역사에서 제외하거나, 은폐하거나, 삭제했기 때문이다."(위의 책, 21면)라고 주장하였다.
40) 본래 전쟁에서 여성이 민족 주체로서 포함되는 방식은 어머니의 이미지이거나 식민화 및 전쟁으로 황폐해진 민족에 대한 알레고리로서의 이미지를 통해서이다. (태혜숙 외, 『한국의 식민지 근대와 여성 공간』, 여이연, 2004, 167-172면)

과 대비되는 이상적인 과거를 상징하는 기호로 형상화되기도 한다.[41] 무엇
보다도 (탈)제국주의적 의식이 공통적으로 젠더적 위계나 상상력에 바탕해
전개되는 양상에 주목할 것이다. 베트남전 소설에 나타나는 남녀관계를
(탈)제국주의의 구조에 대한 유비 관계 속에서 논의할 것이다. 4부에서는
주로 송기원의 「경외성서」(1974), 「폐탑 아래서(1978)」, 박영한의 『머나먼 쏭
바강』(1978), 『인간의 새벽』(1980), 이원규의 『훈장과 굴레』(1987), 이상문의
『황색인』(1987), 안정효의 『하얀전쟁』(1989), 황석영의 『무기의 그늘』(1988),
응웬반봉의 『하얀 아오자이』(1973), 반 레의 『그대 아직 살아 있다면』(1994),
바오 닌의 『전쟁의 슬픔』(1991), 쯔엉 투 후옹의 『제목을 붙이지 못한 소설』
(1990), 팀 오브라이언의 『카차토를 쫓아서』(1978), 『그들이 가지고 다닌 것
들』(1990), 『숲속의 호수』(1994)를 살펴볼 것이다.

　5부에서는 베트남전 소설의 변모양상에 주목해 보았다. 지금까지의 연구
는 대부분 베트남전에 참전한 작가들의 작품에 논의가 집중되었다. 이 저
서도 1부에서부터 4부까지에서는 모두 참전세대가 창작한 작품들을 대상
으로 논의를 진행하였다. 그러나 베트남전은 종결된 사건이라기보다는 오
히려 시간이 갈수록 중요성이 증폭되는 현대사의 대사건이라고 할 수 있
다. 이를 반영하여 소설 역시도 1970년대부터 2000년대 이후까지 지속적
으로 창작되고 있으며, 미참전 세대들도 자신들의 감각과 사유로 베트남전
을 새롭게 다루고 있다. 한국의 베트남전 소설은 고엽제나 '라이 따이한'의
문제, 그리고 새롭게 제기되고 있는 민간인 학살 문제 등을 심도 있게 형상
화하였다. 또한 지구적 문학의 차원에서는 그동안 베트남전과 관련해 주목
받지 못했던 존재들의 베트남전 서사가 끊임없이 창작되고 있다. 이들은
특히 기존 국민국가 체제의 경계나 변두리로 내몰린 자들의 시각에서 베트

---

41) 위의 책, 190-202면.

남전과 그 이후를 새롭게 조명한다는 특징을 지니고 있다. 탈영병의 서사나 베트남계 외국인의 서사 등이 대표적인 사례이다. 이들은 베트남전을 보다 풍요롭게 이해할 수 있는 시각을 마련해줄 뿐만 아니라, 세계문학의 새로운 미학과 윤리를 개척하는 전위적 역할을 수행한다고 볼 수 있다. 5부에서는 주로 안정효의 1993년판 『하얀전쟁』, 2009년판 『하얀전쟁』, 이대환의 단편 「슬로우 부릿」(1996), 장편 『슬로우 블릿』(2001), 중편 「슬로우 블릿」(2013), 오현미의 『붉은 아오자이』(1995), 방현석의 「랍스터를 먹는 시간」(2003), 정용준의 「이국의 소년」(2015), 김이정의 「하미연꽃」(2017), 「퐁니」(2018), 최은영의 「씬짜오 씬짜오」(2016), 이혜경의 『기억의 습지』(2019), 홋타 요시에의 「이름을 깎는 청년」(1970), 이대환의 『총구에 핀 꽃』(2019), 킴 투이의 『루』(2009), 비엣 타인 응우옌의 『동조자』(2015), 『아무것도 사라지지 않는다』(2016)를 살펴볼 것이다.

2부
베트남전 소설과 국가

한국의 베트남전 소설

1. 미국의 제국주의적 성격에 대한 비판

1) 반제국주의 의식과 아시아인의 동질성 강조
   - 황석영의 「탑」, 『무기의 그늘』

베트남인들은 베트남전을 흔히 '미국전쟁'이라고 부른다. 이 단어는 베트남전에서 미국이 차지하는 비중을 전쟁의 직접적 당사자들인 베트남인들이 얼마나 크게 느끼는지를 생생하게 증언한다. 실제로 베트남전에 개입한 국가는 모두 미국과의 관계 속에서 참전을 결심하였다. 따라서 베트남전을 바라보는 미국의 입장을 살펴보지 않고 베트남전을 이해한다는 것은 불가능하거나 무의미하다. 제 2차 세계대전을 거치면서 세계 최강국이 된 미국은 자기가 원하는 세계질서 만들기를 내외정책의 기본 목표로 삼았디. 미국은 냉전이라는 상황에서 인도차이나 지역을 국제 공산주의 세력의 확대를 저지하기 위한 용도로 생각하게 되었다. 이렇게 해서 미국은 1950년 5월에 1천만 달러의 인도차이나 전쟁비용 원조를 개시하면서 본격적으로 전쟁에 개입하였다. 미국이 직접적인 권익을 갖고 있지 않은 인도차이나 지역에 개입하게 된 이유는 바로 인도차이나를 잃으면 동남아시아 그리고 일본까지 연쇄적으로 공산주의자의 손에 넘어간다는 이른바 '도미노 이론' 때문이었다.[1]

조너던 닐은 미국 정부가 베트남전에 개입한 가장 큰 이유는, 단순하게 소련과의 경쟁에서 승리한다는 의미를 넘어 미국의 패권을 유지하고 자본가들(특히 미국의 자본가들)의 활동을 자유롭게 하는데 초점이 놓여 있었다고 주장한다.[2] 이를 위해 미국은 라틴 아메리카나 인도네시아처럼 자유로운 경제질서를 위협하는 제3세계 사람들에게 경고의 의미로 본보기를 보여주어야 했던 것이다. 노엄 촘스키도 남베트남이 무너지면 사회주의라는 바이러스가 다른 지역을 전염시키는 것을 미국이 가장 두려워했으며, 베트남은 제3세계를 향한 하나의 본보기로 기능했다고 말한다.[3]

1970년대에 창작된 한국의 베트남전 소설은 미국의 제국주의적 성격에 대한 비판의식을 드러내는 경우가 많다. 미국에 대한 비판적 인식을 드러

---

1) 古田元夫, 『역사 속의 베트남 전쟁』, 박홍영 옮김, 일조각, 2007, 19-20면. 이후 베트남노동당이 1939년 남베트남에서 무장투쟁의 발동을 결정하자 응오 딘 지엠 정권의 입장에 대한 반발이 고조되고 있던 남부에선 반정부운동이 고양되어, 이듬해 1960년 12월의 남베트남해방민족전선의 결성으로 이어졌다. 이후 케네디 정권은 군사고문단을 파견하는 등의 방법으로 남베트남을 지원했으나, 1963년 11월 응오 딘 지엠 정권은 군부 쿠데타로 타도된다. 이후 군부의 쿠데타가 계속 이어지는 가운데, 미국은 남베트남을 지키기 위해서는 직접적인 군사개입 이외에 방법이 없다고 판단했다. 미국은 1964년 8월 발생한 통킹만사건으로 북베트남에 대해 처음으로 공폭(空爆)을 시작하고, 이듬해 1965년 2월에 북베트남 폭격을 계속 실시했다. 그해 3월에는 남베트남에 미군 첫 전투부대를 투입했다. 이에 대항해 북베트남은 정규군인 베트남인민군 전투부대의 남하를 결정했다. 이런 상황에서 존슨 대통령은 1965년 7월 미국은 대량으로 베트남에 투입하기로 결정하고, 이로써 베트남전은 가장 많을 때는 50만 명을 넘는 미군이 참전한 냉전 시대 최대의 국지전쟁으로 확대되었다. (古田元夫, 『베트남, 왜 지금도 호찌민인가』, 이정희 옮김, 학고방, 2021, 151면)
2) Jonathan Neale, 『미국의 베트남 전쟁』, 정병선 옮김, 책갈피, 2004, 96면.
3) Noam Chomsky, 『미국이 진정으로 원하는 것』, 문이얼 옮김, 시대의 창, 2013, 67면.

낸 대표적인 작가로 황석영을 들 수 있다. 황석영의 『조선일보』 신춘문예 당선작인 「탑」(1970)이 바로 베트남전을 배경으로 한 작품이며, 이 작품에 는 『무기의 그늘』에까지 이어지는 반미의식과 아시아인이라는 동질감이 나타나 있다.

「탑」의 오상병은 오랫동안 미군 혼성지원 기지인 아메리칼 사단의 합동 기동순찰병으로 관광객과 같은 파견 생활을 하다가 R에 배치받는다. 이곳 에 배치된 한국군의 임무는 인민해방전선으로부터 탑을 지켜내서 월남 정 부군에게 무사히 넘겨주는 것이다. 무너진 사원을 불도저로 밀어내면서도, "월남인들의 감정에 큰 영향을 준다는 이유"[4]로 그 탑만은 계속 보존해 왔 던 것이다.

이렇게 탑을 소중하게 여기는 것은 월남군과 한국군이 공유하는 신념이 다. 인민해방전선이 그들의 정치적 선전을 위하여 탑의 탈환을 목적으로 할 것이라는 예상은 오래전부터 있었으며, "월남군 수뇌부는 그 점에 착안 하였고, 우리 부대가 진주했을 때, 참모들에게 건의"(332)한 것으로 이야기 된다. 그리고 탑의 가치에 대한 신념은 오상병도 간직하게 된다. 그것은 오 상병이 순찰 중에 여러 촌락들을 지나면서 그들의 종교적 열의에 놀라고는 했으며, 이를 바탕으로 다음과 같은 판단에 이르는 것을 통해서도 잘 드러 난다.

> 강과 교량이나 유리한 지형처럼 탑은 누가 보기에도 전략적 가치가
> 있었으며, 그것을 차지하는 쪽은 주민들의 신뢰와 석가여래의 가호를
> 받고 있다는 확신이 들었을 것이었다. 그러한 양편의 관심으로 해서 탑
> 은 이 전쟁의 한 상징적인 물건이었다. (333)

---

4) 황석영, 「탑」, 『객지』, 창작과비평사, 1974, 332면. 앞으로 이 작품을 인용할 경우, 면수만 기록하기로 한다.

베트콩의 구정공세를 배경으로 한 「탑」에서 한국군과 인민해방전선은 탑을 두고 공방을 벌이며, 인명이 살상되는 비극도 일어난다. 그리고 한국군은 인민해방전선과 백병전까지 벌이는 치열한 전투 끝에 끝내 탑을 지켜내는데 성공한다.

그런데 이후 미군이 R에 오고, 그들은 탑에 신경도 쓰지 않은 채 그 일대에 캠프와 토치카를 지을 것이라고 말한다. 그러자 오상병은 자신들이 작전명령에 따라서 저 탑을 지켰으며, 남베트남군에게 탑을 인계할 것이라는 이야기를 미군 장교에게 한다. 나아가 "불교와 주민들의 관계, 참모들의 심리적인 판단이며 마을에 관해서 설명"(355)한다. 그러나 미군 장교에게 그러한 설명은 전혀 이해되지 않는다. 오히려 그는 "미합중국 군대는 언제 어디서나 변화시키고 새롭게 할 수가 있네. 세계의 도처에서 말이지."(355)라며, "그런 골치 아픈 것은 없애버려야지.(355)라고 말한다. 결국 그 탑은 한국군이 전사자의 시체와 장비를 싣고 R을 떠나자마자 불도저에 밀려 사라져버리고 만다.

이 작품에서는 처음 '한국군/인민해방전선'의 대립구도가 성립되었다. 그러나 곧 이러한 대립구도는 '한국군·인민해방전선/미군'으로 변모하며, 이것은 '아시아인/미국인'이라는 대립구도로 치환하여 생각할 수 있다. 미국의 관점에서 본다면, 이토록 탑을 소중하게 여기는 한국인이나 베트남인은 결국 이해할 수 없는 "노란 놈들"(356)에 불과했던 것이다.

베트남전과 관련하여 미국에 대한 가장 비판적인 인식을 보여주는 작품은 황석영의 『무기의 그늘』이다.[5] 『무기의 그늘』은 1970-80년대 고조된

---

5) 황석영의 『무기의 그늘』은 1977년 11월부터 1978년 7월까지 「亂場」이라는 제목으로 『한국문학』에 연재되다가, 미완성 상태로 연재가 중단된다. 이어 1983년 1월부터 1984년 3월까지 『월간조선』에 『무기의 그늘』로 개제되어 처음부터 다시 1부가 연재되고, 1부가 종료된 뒤 1987년 9월부터 1988년 3월까지 「월간조선」에 2부가 연재된다. 단행본의 경우 1권은 1985년에 1권이, 1988년에 2권이 형성사에서 출간된다.

반미(反美)의식을 바탕으로 베트남전을 새롭게 바라보는 사회적 분위기 속에서, 베트남전의 진실은 물론이고 한국 사회에 대한 나름의 전망을 제시한 최고의 베트남전 소설로 평가받아 왔다. 이러한 고평의 근본적인 이유는 이 작품이 리얼리즘적 관점에서 베트남전의 본질, 즉 미국의 본질을 훌륭하게 재현해내었다는 것6)과 베트남(전)을 한국 상황에 대한 하나의 유비로서 다루었다는 점7)에서 찾을 수 있다. 주지하다시피 1980년대 민주화운

본고는 최초의 완성본인 형성사본을 연구대상으로 삼았다. 앞으로 이 작품을 인용할 경우, 권수와 면수만 기록하기로 한다.

6) 안남일은 『무기의 그늘』이 소박한 휴머니즘에 머문 다른 작품들과 달리, "베트남전쟁의 본질을 꿰뚫어보고 있는 소설"(안남일, 「황석영 소설과 베트남전쟁」, 『한국학연구』 11집, 1999.12, 267면)이라고 규정하였으며, 이때의 본질이란 "미제국주의의 침략전쟁이라는 사실"(위의 논문, 278면)로 정리될 수 있다. "황석영이 팜민을 통해 정치·외교적 측면의 미제국주의의 침략을 드러내고자 했다면, 안영규를 통해서는 PX로 표상되는 경제적 측면의 미제국주의의 침략을 드러내고자 한 것"(위의 논문, 280면)이라고 주장한다. 경제적 측면의 침략은 다음과 같이 정리해볼 수 있다. 미국은 잉여생산물을 블랙마켓에서 대량 유통시키면서 베트남 경제를 실질적으로 지배하려고 한다. 나아가 이러한 물질 공세를 통해 베트남인들을 정신적으로 식민지화하려 한다는 것이다. 임홍배는 "『무기의 그늘』은 당시까지 베트남전쟁에 관해 공유된 국내외의 지배적 편견을 일소하고 전쟁의 실상을 최대한의 객관적 시각으로 조명한 값진 성과"(임홍배, 최원식·임홍배 공편, 「베트남전쟁과 제국의 정치」, 『황석영 문학의 세계』, 창비, 2003, 69면)라고 주장하였다. 시어도어 휴즈도 "『무기의 그늘』에서 베트남은 '자유세계'의 투사로서 미국의 참모습이 벗겨지는 장소가 되며, 미국의 인종주의가 지닌 체제적 성격, 타자에 가하는 미국의 폭력, 그리고 무엇보다도 전 지구적 자본주의 질서를 구조짓는 욕망을 재생산하려는 욕망"(Theodore Hughes, 「혁명적 주체의 자리매김-『무기의 그늘』론」, 위의 책, 236면)을 드러낸다고 고평한다. 정찬영도 『무기의 그늘』을 "베트남전쟁의 폭력성을 보여주면서 그 이면에 있는 공적담론에 대한 비판을 구체적으로 보여주고 있"(정찬영, 「사실의 재현과 기억, 연대를 위한 조건-『무기의 그늘』론」, 『현대문학이론연구』 35집, 2008.12, 207면)는 작품으로 규정한다. 류보선은 『무기의 그늘』이 "베트남 전쟁의 총체적인 면모"와 "베트남 전쟁의 역사철학적 중핵을 정확하게 제시"(류보선, 「메드님(인)이라는 이빙(인)과 환대의 윤리」, 『현대소설연구』 57호, 2014.12, 66면)한 작품이라고 고평한다. 오태호도 "『무기의 그늘』은 전쟁이 낳은 혼란상만을 보여주는 것이 아니라, 침략전쟁이 함유한 제국주의적 시장 논리를 다양한 시선의 충돌과 집적 속에 제3자의 시각으로 그려낸 것"(오태호, 「황석영의 『무기의 그늘』에 나타난 제국의 표상 연구」, 『한민족문화연구』 48권, 2014.12, 538면)이라고 결론 내린다.

동 세력은 고조된 반미의식을 바탕으로 베트남전쟁을 정밀하게 탐구하기

7) 정호웅은 "이 작품에서 재현되고 있는 '베트남'이라는 공간은 끊임없이 한반도의 문제를 환기"(정호웅, 오태호 편, 「베트남 민족해방투쟁의 안과 밖」, 『황석영』, 글누림, 2010, 289면)한다고 지적한다. 고명철도 "베트남전이 미국으로 표상되는 서방 제국주의의 자본주의 식민화로부터 제3세계가 벗어나기 위한 저항의 일환이라는 점"(고명철, 「베트남전쟁 소설의 형상화에 대한 문제-베트남전쟁 소설의 전개 양상을 중심으로」, 『현대소설연구』 19호, 2003.8, 301면)을 보여준다고 말한다. 강용훈은 『무기의 그늘』은 "한반도와 베트남이 유사하게 겪어야 했던 식민지적 조건들을 환기"시키며, 이 작품에는 "순수성을 지닌 '아시아'의 민족과 침략 세력으로서의 서구를 대립시키는 구도"(강용훈, 「황석영의 전쟁 소재 중·장편 소설에 나타난 공간 표상」, 『Journal of Korean Culture』 27권, 2014, 122면)가 나타난다고 지적한다. 또한 개작 과정에 주목하여, "「난장」에서 『무기의 그늘』로의 개작 과정은 양가적 위치로 베트남인을 바라보고 있던, 그리하여 식민자인 미국인의 위치에서 피식민자에 대해 발화했던 한국인들의 분열적 모습을 생략해버리는 과정과 맞닿아 있는 것이다. 그 대신 부각되고 있는 것이 아시아가 동일하게 겪고 있는 (탈)식민지적 상황이다."(위의 논문, 138)라고 주장한다. 오태호는 "현실과 욕망 사이를 길항하는 인물들의 이중적 포즈를 통해 1960년대 베트남과 1980년대 한국 사이의 공간적 차이를 무화하는 '동아시아적 정체성'이라는 동류의식을 탐색"(오태호, 앞의 논문, 537면)한다고 주장한다. 다른 글에서 오태호는 "한국인 안영규와 오혜정, 베트남인 팜 민과 팜 꾸엔 형제 등 네 사람의 '제국'에 대한 인식의 동일성과 차이를 통해 1960년대 베트남과 1980년대 한국 현실의 유사성과 차이를 구체적으로 점검"(「황석영의 『무기의 그늘』에 나타난 제국의 표상 연구」, 『한민족문화연구』 48권, 2014, 515면)하고 있다. 이지은은 "'미국'이라는 대타항과 '인종적 감정'이라는 강력한 적대감을 설정함으로써 한국과 베트남의 역사는 쉽게 겹쳐지게 된다."(이지은, 「민족국가의 베트남전쟁 해석사와 국적불명 여성들이 전장-황석영의 『무기의 그늘』 재독」, 『동방학지』 190집, 2020.3, 109면)고 주장한다.

이외에도 유승환은 베트남전쟁의 언어적 상황에 기반한 민족어 간의 번역, 위계와 경합이라는 문제의식으로 베트남전 소설을 검토하였다. 특히 『무기의 그늘』은 "공용어로서의 영어로 이루어지는 대화와 민족어로 이루어지는 대화의 표기를 구분하는 방법을 통해, 베트남전쟁의 언어적 상황을 예민하게 반영한다. 이때 이 작품은 공용어와 민족어 사이에 형성되는 오역의 가능성을 제시함으로써 민족어의 위계를 상대화하고, 베트남전쟁을 민족어 간의 경합이 벌어지는 언어의 전장으로 재구성한다. 『무기의 그늘』은 이러한 방법을 통해 번역될 수 없는 민족어의 고유한 의미망을 강조하는 한편, 개별 주체의 정치적 의도에 기초한 공용어의 전유 가능성을 제시한다."(유승환, 「베트남전쟁소설에 나타난 민족어들의 위계와 경합」, 『한국현대문학연구』 47권, 2015, 593면)고 주장한다. 오자은은 "제국이 무한 확장해가는 시장질서 속에 던져진 주인공 안영규의 분열적이고 모순적인 감정 상태와 그것이 (무)의식적으로 산출해낸 서사의 불균형에 주목"(오자은, 「냉담과 오욕: 『무기의 그늘』에 나타난 감정의 동역학」, 『현대문학의 연구』 69호, 2019, 468면)하고 있다.

시작하였다.

특히『무기의 그늘』은 베트남전을 달러로 대표되는 경제적 동기에 의해 움직이는 제국주의 전쟁으로 파악한다는 점에서 독특한 면모를 보인다.[8] 모든 중심인물들은 암시장에 모여든 상품과 그것을 구입하기 위한 군표와 달러와의 관계 속에서 움직인다. 상병 안영규는 전선의 보병이었지만 합동 수사대(CID)로 전입된 후, 1968년 3월부터 9월까지 6개월간 시장감시원 역할을 하며 다낭의 암시장에 깊이 관여한다. 이 작품은 1970년대 초반 리영희의 작업을 필두로 지식계에 확산된 '베트남전쟁의 본질을 장기간 지속된 서구제국주의에 대한 베트남민족의 반식민투쟁으로 파악하는 관점'에 서 있는 작품이라고 할 수 있다. 베트남전을 '미제국주의에 대한 반식민지 투쟁'으로 보는 입장은 너무나 확고하여, 작품 중간에는 3차례에 걸쳐 보고서(베트남 부녀자 강간 살해 사건, 밀라이My Lai 마을 학살사건, 베트남 소년 고문 살해 사건)와 호치민의 「혁명에의 길」이나 보 구엔 지압의 「해방전쟁과 인민의 군대」, 베트남 민족해방전선 등의 여러 문건이 가공 없이 그대로 등장할 정도이다.

기본적으로『무기의 그늘』은 '베트남(전)을 모두 안다'는 방식으로 재현이 이루어진다. 이러한 특징은 초점화를 중심으로 한 서술양상에서도 잘 나타난다. 기본적으로『무기의 그늘』에서는 다양한 인물이 초점화되는 양상을 보여준다.[9] 이처럼 다양한 인물들이 초점화 됨으로써,『무기의 그늘』은 복잡한 의미와 관점을 형성할 가능성이 높아진다.[10] 안영규나 오혜정과

---

8) 小森陽一는『무기의 그늘』의 주인공은 "US달러"(고모리 요이치, 「전쟁의 기억, 기억외 전쟁」,『황석영 문학의 세계』, 창비, 2003, 191면)라고 말한다.『무기의 그늘』에서 달러는 "무기의 그늘 아래서 번성한 피빛 곰팡이 꽃"으로, "세계의 돈이며 지배의 도구"이다. 동시에 "달러, 그것은 제국주의 질서의 선도자이며 조직가로서의 아메리카의 신분증"(하권, 251)이기도 하다. PX는 제국주의의 첨병으로서 "아메리카의 가장 강력한 신형무기"(상권, 64)이다.

9) 이를 간단하게 표로 정리하면 다음과 같다.

같은 한국인은 물론이고, 베트남인도 팜 민, 팜 꾸엔, 토이, 키엠 중위, 구엔 타트 등이 다양하게 등장하기 때문이다. 그러나 이러한 다층적인 초점화 양상은 주제를 명료하게 전달하는데 기여하는 측면이 더욱 크다.

무엇보다 다양한 베트남인이 등장하지만, 그들은 도덕적으로 명확하게 이분화가 된다. 팜 민과 구엔 타트와 같은 민족해방전선11) 사람들을 제외한 베트남인들은 지극히 부정적으로 그려지기 때문에 그들의 의견을 진지하게 경청하기는 어렵다. 2군 사령관 람 장군은 개인적인 치부나 욕망 충족 이외에는 아무런 관심도 없다. 람 장군의 최측근이자 부관실장인 팜 꾸엔 역시 개인의 이익만을 중시하는 평면적인 인물이다. 그는 교육생 때부터

	해당 부분
안영규	1, 3, 6, 8, 10, 13, 17, 18, 23, 24, 26, 27, 32장
팜 민	2, 4, 7, 16, 21, 25장
팜 꾸엔	9, 11, 19, 31장
오혜정	12, 33장
복수인물	14(팜 꾸엔, 안영규), 20(팜 꾸엔,안영규), 22(팜 꾸엔, 팜 민, 레이), 28(영규, 팜 민), 29(키엠 중위, 팜 민, 레이, 안영규, 구엔 타트), 34장(안영규, 오혜정), 35장(팜 민, 안영규, 구엔 타트, 토이)

10) 정찬영은 "『무기의 그늘』의 증언소설로서의 특성은 개별적인 시각의 차이점을 반영하면서 베트남전쟁의 전체상을 그리고 있다"(정찬영, 「사실의 재현과 기억, 연대를 위한 조건-『무기의 그늘』론」, 『현대문학이론연구』 35집, 2008.12, 196면)는 점이라고 밝힌 바 있다.

11) 민족해방전선(National Liberation Front)은 우리가 흔히 베트콩(정확히 발음하자면 비엣꽁 Việt Cộng)이라 부르는 단체의 정식 명칭이다. 민족해방전선을 좀 더 구체적으로 표기하고자 할 때 '베트남민족해방전선(National Liberation Front of Vietnam)'이라든가 '남베트남민족해방전선(National Liberation Front of South Vietnam)'이라고 한다. 이때 주의를 기울여야 하는 단어가 '남베트남(South Vietnam)'인데, 이 단어에는 민족해방전선의 특별한 성격이 담겨져 있다. 이 단체가 1960년에 결성되었을 때, 공식 명칭은 베트남어로 '맛쩐전똑쟈이퐁미엔남비엣남(Mặt Trận Dân Tộc Giải Phóng Miền Nam)이었다. 이때 Miền Nam은 남부베트남(Souyhern Vietnam)이라는 의미로, 이것은 북부나 중부와 더불어 베트남을 삼분할 때 사이공·메콩 델타를 포괄하는 남부를 가리키는 말이다. 엄밀하게 말하자면 베트남공화국의 판도 중에서도 특히 사이공·메콩 델타 사람들이 주도해 성립된 조직이 민족해방전선인 것이다. (최병욱, 『베트남 근현대사』, 산인, 2016, 163-165면)

"가장 미국적인 사고를 갖춘 장교로 지목"(상권, 123)되었다. 그러나 이러한 친미적 행보도 자신의 이익을 위한 하나의 방편에 지나지 않는다. 그는 "절대로 손해보지 않고 살아 남겠다는 입장이며 드디어는 싱가포르나 타일랜드쯤에 정착하고 싶은 개인적 소망"(상권, 130-131)을 갖고 있다. 혜정이 팜 꾸엔을 "자신과 마찬가지로 국적이 없는 자"(상권, 161)라고 느낀 것에서 알 수 있듯이, 그는 결코 어떠한 국가적 정체성과도 거리가 멀다. 혜정의 누구 편이냐는 물음에, 팜 꾸엔은 "나는 내 편이야. 누구 편도 아니야."(상권, 162)라고 말하는 철두철미한 이기주의자이다. 팜 꾸엔은 혜정에게 자신의 일을 설명하며, "일종의 주식회사 같은 거야. 성장이 사장이고 나와 반 장군은 전무인 셈이고 구엔은 상무라고나 할까?"(하권, 259)라고 말한다. 키엠 중위 역시 "달러"(하권, 139)만을 최우선시한다는 면에서 다른 인물들과 동일하다. 트린 선생은 "온건한 자유주의자"(상권, 56)로서 월남 역사에 관한 해박한 지식과 견해를 가지고 있지만, 아편으로 소일하는 그는 이제 어떠한 역사적 의미도 지니지 못한 인물이다. 그렇기에 『무기의 그늘』에서 진지한 경청의 대상이 되는 베트남인은 팜 민과 그와 같은 이념을 공유한 구엔 타트 뿐이다.

『무기의 그늘』에서 가장 많은 초점화의 대상이 되는 안영규는 지적이고 유능하다. 안영규는 파견대로 차출된 지 얼마 지나지 않아 "파견대의 모든 살림을 맡"(상권, 219)는 위치에까지 오르고, 대위는 "선임하사보다는 영규를 더욱 신임"(상권, 220)한다. 안영규가 "성청과 손잡은 일은 파견대로서는 획기적인 일이었고, 그것은 미군의 경제공작조도 해 내지 못한 일"(상권, 220)이었다. 안영규는 깅세적 세악도 서의 받지 않는네, 업무를 위해 450달러를 쓴 후에도, "그까짓 돈은 단 한 탕에 벌충할 자신"(상권, 239)이 있다. 영어에도 능숙한 안영규는 평범한 사병이 아니라 사건의 진상을 깊이 꿰뚫어보는 능력자인 것이다.[12] 그렇기에 안영규라는 창을 통해 독자는 베트남전의 맥락과 이면을 바라볼 수 있는 기회를 얻게 된다. 무엇보다도 안영규는 한국군이지만 "디엔비엔푸를 함락시켰던 갈색 단구의 구욱들이 카랑카랑한 목소리로 절규하는 소리"(하권, 233)를 듣는 인물이기도 하다.[13] 이때 '단구의 구욱들'은 프랑스 식민주의자들을 무찌르고 이어서 미군들에 맞서서도 영웅적인 항쟁을 이어가는 사람들이다. 그렇기에 안영규 역시 근본적으로는 팜 민이나 구엔 타트의 인식에 수렴되는 인물이라고 할 수 있다.

『무기의 그늘』은 베트남전에서 미국이 보여주는 제국주의적 모습과 이에 대한 비판의식으로 가득하다. 팜 꾸엔이나 람 장군 등을 제외하고, 이 작품에 등장하는 대부분의 인물들은 반미의식을 보여준다. 냉철한 현실주의자인 토이 역시도 미국의 정책에 대해 부정적인 생각을 지니고 있다. 토이는 신생활촌 계획에 대해 "누군가를 흠씬 때려서 병신을 만들어 놓고 꽃을 사서 위문 가는 식"(상권, 253)이라고 비꼰다. 오혜정조차도 기지촌에서의 경험을 통해 "저 피의 밭에 던진 달러, 가이사의 것, 그리고 무기의 그늘 아래서 번성한 피빛 곰팡이 꽃, 달러는 세계의 돈이며 지배의 도구이다. 달러, 그것은 제국주의 질서의 선도자이며 조직가로서의 아메리카의 신분증이다."(하권, 251)와 같은 비판적 인식을 보여준다. 이러한 반미의식에 있어서는 미국인 역시 예외가 아니다. 이 소설 전체에서 유일하게 자신의 목소리를 진지하게 발화하는 미국인은 스테플리이다.[14] 그런데 이 스테플리는

---

12) Theodore Hughes는 『무기의 그늘』이 탐정소설과 사회주의 리얼리즘 소설이라는 두 개의 장르 사이를 오고가는데, 안영규는 탐정소설의 주인공이라고 말한다. (Theodore Hughes, 앞의 책, 239면)

13) 그 목소리는 다음과 같이 표현되어 있다. "우리 민족은 뛰어난 민족이다. 우리 민족은 단결과 백전불패의 전통을 갖고 있다. 우리는 어떤 일이 있어도 조국을 암흑과 고통 속에 놓아둘 수는 없다. 우리는 노예적 억압을 근절하고 독립과 자유를 획득하려는 결의에 차 있다."(하권, 234)

14) 레온, 크라펜스키 소령, 루카스 등의 미국인은 외부로부터 초점화가 될 뿐이다. 이

탈영병으로서, 그는 안영규에게 베트남전에 참전한 미국의 문제를 다음과 같이 적나라하게 토로한다.

핵이 아니더라도 이런 것들은 모두 제네바 협정에 규정된 전쟁무기에 위배되는 것들이다. 나는 그런 폭탄들이 터지고 쏟아져서 대지를 쑤시고 촌락을 부시고 사람을 살상하는 꼴을 헬리콥터 위에서 무수히 보았다. M60 기관총 사수들은 스스로를 원숭이 사냥꾼이라고 하지. 출격은 상황이 없을 때에도 적당한 표적만 발견되면 즐길 만한 스포츠라고 한다. 무장 헬기 위에 올라앉아 기관총을 잡으면 사파리에 나선 백만장자나 마찬가지야. 그까짓, 하늘에서 고장이 나서 떨어진다해도 우리 비행기가 어찌나 많은지 평균 십 분 이내에 구조되는 형편이지. 생각해 봐라, 논두렁 사이를 죽자 사자 뛰어 달아나는 농부 한 명을 때려잡으려고 기관총 수백 발을 갈기고 로켓을 퍼붓고 그것으로도 안되면 무더기로 유탄을 발사한다. 뚜렌에 와서는 더욱 견디기가 힘들어졌다. 보급창에 가득 찬 물건들을 봐라. 나는 그 모든 군수물자를 납품한 대기업들의 이름을 줄줄 외울 수가 있다. 헌데 내가 왜 여기서 허위적거려야 하는 거야? (하권, 116)

또한 『무기의 그늘』에서 서술자는 서사의 진행을 자신의 관점으로 통제할 수 있는 고전적 의미의 서술자에 가깝다. 『무기의 그늘』에서 서술자의

러한 특징을 시어도어 휴즈는 "전지적 3인칭시점의 서술은 자유간접화법의 문체로 바뀌면서 팜 민, 팜 꾸엔, 안영규라는 세 명의 등장인물의 속마음에 접근하고, 그 세 사람의 주체를 생산한다. 스태플리를 포함한 미국인들은 '내면'을 거부당한다." (Theodore Hughes, 앞의 책, 236면)라고 정리하였다. 이 작품에서 미군은 일상에서도 제국주의자의 모습으로 일관할 뿐이다. 대표적인 부분을 하나만 인용하면 다음과 같다. "기깜빅 언습 게임을 했었는데 미군들은 혜경에게는 반색을 했지만 베트남 군인인 팜 꾸엔에게는 드러내놓고 냉대를 했다. 그것은 점령한 고장의 원주민에게 대하던 백인들 전래의 한 관습일 뿐이었다. 엄밀하게 말하다면 미군 바아나 레스토랑에는 현지인의 출입이 엄금되어 있는 것도 옛적 식민지에서의 백인 사회의 전통이었다. 그것은 인도차이나에서 블란서인이나 인도에서의 영국인이나 모두 마찬가지였다."(하권, 180)

인식 범위는 매우 넓다. 시공을 넘나들며 사건의 표면과 이면을 모두 이해
하는 존재인 것이다. 그렇기에 다음의 인용에서처럼, 이 작품에서는 서술자
가 직접적으로 개입하여 자신의 정치적 견해를 드러내는데 주저함이 없다.

> PX란 무엇인가. 아메리카는 세계에서 가장 크고 가장 위대한 나라입
> 니다, 라는 표어가 적힌 방패를 들고 로마식 단검을 들고서, 성조기의
> 옷을 입고 낯선 고장마다 나타나는 엉클 샘의 지붕밑 방이다. 원주민을
> 우스꽝스런 어릿광대로 바꾸고 환장하게 만들고 취하게 하며 모조리
> 내놓게 하고, 갈보와 목사와 무기 밀매업자가 사이좋게 드나들던 기병
> 대 요새의 잡화점이다.
> 그리고 PX는 바나나와 한줌의 쌀만 있으면 오손도손 살아가는 아시
> 아의 더러운 슬로프 헤드들에게 문명을 가르친다. (중략) PX는 나무로
> 만든 말(馬)이다. 또한 아메리카의 가장 강력한 신형무기이다. (상권, 64)

> 대살육의 정당성을 끝까지 주장하도록 해 주는 것은 역시 인종적 감
> 정이다. 사람 보는 데서 대변을 보고, 음식이라는 것이 고향의 어떤 쓰
> 레기통 속에서 나온 물건보다 더러운 것을 먹는 노란 녀석들을 위해서
> 싸우고 다치고 죽는다는 일처럼 비합리적인 것도 없다고 미군은 생각할
> 것이다. (상권, 65)

이외에도 『무기의 그늘』의 서술자는 '신생활촌'과 같은 미군의 핵심적인
사업에 대한 견해를 덧붙이기도 한다. 또한 『무기의 그늘』에서 서술자는
"월남 2군 사령부에서도 수완가로 통하는 장교였다."(상권, 122)는 식으로 팜
꾸엔 등의 인물들이 지닌 성격을 직접적으로 전달하며, 낯선 베트남의 풍
물에 대해 직접적으로 설명한다. 서술자는 서사의 중간에 미군이 저지른
여러 만행에 대한 보고서(5장의 '민간인 부녀자 강간 살해 사건에 대한 보고서',
15장의 '밀라이My Lai 마을에서의 작전중 과오에 대한 참고 보고서', 30장의 G2와
MID의 가혹 행위에 관한 조사 보고서)를 직접적으로 제시하여 자신의 정치적

입장을 선명하게 제시하기도 한다. 같은 맥락에서 팜 민이 임시 군사학교에서 학습하는 교재에 나오는 모택동, 보 구엔 지압, 트르옹 친, 호지명, 마르크스 레닌의 이론들과 민족해방전선의 강령 등을 상세하게 소개하기도 한다.15) 이처럼 『무기의 그늘』에서는 서술자가 적극적으로 서사에 개입한다는 것을 알 수 있다.

이처럼 『무기의 그늘』에 등장하는 다층적인 초점화의 양상은 베트남전의 맥락을 다양하게 조망하도록 만든다기보다는, 작가가 전달하고자 하는 인식을 선명하게 확인하도록 하는데 기여한다. 이 작품에서는 명확한 선악 이분법에 의해, 독자는 '미제국주의에 대한 반식민지 투쟁'에 헌신하는 인물들의 의식만을 진지하게 사유할 수밖에 없기 때문이다. 또한 서술자의 직접적인 개입 역시도 작품의 주제의식을 선명하게 만드는데 큰 기여를 하는 것으로 판단된다.

2) 미군의 폭력성과 성적 탐닉에 대한 비판
- 박영한의 「쑤안村의 새벽」, 『인간의 새벽』

한국의 베트남전 소설은 기본적으로 베트남전의 가장 큰 동력으로 미국을 형상화한다. 이와 관련해 미국에 대한 민감한 인식을 보여준 작가로 박영한을 들 수 있다. 박영한은 「쑤안村의 새벽」(『세계의 문학』, 1978년 겨울호)에서 베트남전 당시 미군의 야만성에 대한 통렬한 고발을 하고 있다.16) 이

---

15) 또한 성청의 회의실에서 열리는 미월 합동 위원회의 회의가 거의 그대로 독자에게 중계된다. 꽝남싱 고문관, 호이안 시장, 성청의 농무국장, 베트남군 세 2사난상, AID 파견관, 교육국장 등이 참석한 이 회의를 통해 높은 수준의 정보가 독자에게 직접적으로 전달되는 것이다.

16) 박영한은 연세대학교 국어국문학과에 입학한 지 이틀 뒤인 1970년 3월 4일(당시 24세)에 입대한다. 이후 베트남전에 자원하여 10월 4일 경에 파병의 길을 떠난다. 박영한은 이때부터 1972년 10월 귀국할 때까지 25개월 동안 베트남에서 군복무

작품은 철모에 "'ANTIWAR', 그리고 '나의 아름다운 판 티 랑'"17)이라고 써 붙이고 다니는 흑인 중사 마이클을 통해 비판을 수행하고 있다.

이 작품의 기본갈등은 초점화자인 '나' 헤롤드 무어 중위와 마이클 중사 사이에서 형성된다. 둘은 여러 가지 측면에서 대립적이다. 신참/고참, 백인/흑인, 화려한 배경/열악한 배경, 권위주의자/인정주의자, 인종주의자/반인종주의자 등의 이항대립을 형성한다.18) 전장에 온 지 얼마 되지 않은 중위는 노련한 경험을 가진 중사에게 심한 열등감을 느낀다. 마이클 중사는 "적어도 소대장"이며 "2차 대전에서 1개 보병 연대를 휘어잡고 호령하던 로저 무어의 아들"이고, "불칼 같은 성미에다 오기만만하며 미육군 보병 학교 생도 시절엔 럭비 팀의 스타이어"(325)였던 자신을 몰라주는 것이다. 이러한 열등감으로 인해 무어 중위는 마이클 중사의 올바른 제안도 거절하여, 나중에 대원들의 죽음까지 불러들인다. 또한 다음의 인용에서처럼 권위주의자인 무어 중위는 인간의 정을 중시하는 마이클을 이해하지 못하고 무시한다.

생활을 하였다. (유철상, 「환멸의 전쟁과 관찰자의 시선」, 『현대소설연구』 57집, 2014, 89면)

17) 박영한, 「쑤안村의 새벽」, 『세계의문학』, 1978년 겨울호, 336면. 앞으로 이 작품을 인용할 경우, 면수만 기록하기로 한다.

18) 실제로 베트남전 당시 미군 내에는 많은 인종주의적 계급주의적 갈등이 상존할 수밖에 없는 상황이었다. 미국 본토에서는 베트남 전쟁이 위험한 전쟁임이 명확해지자 징병을 기피한다든가, 사회적 지위를 이용해 징병대상에서 빠지는 경우가 많이 발생했다. 이런 경향은 사회의 엘리트층에서 특히 두드러졌다. 이러한 이유로 흑인이나 가난한 백인 등 사회의 밑바닥층에서 주로 징병을 하였는데, 이는 존슨 정권이 의도적으로 노력한 결과이기도 했다. 존슨 정권이 내건 '빈곤과의 싸움'을 위해 미 국방성은 방치해 놓으면 형무소에 갈 가능성이 높거나, 실업자가 될 수밖에 없는 젊은이를 대상으로 최저 10만 징병이라는 계획을 펼쳤다. 이는 복지정책이기도 하며 군대에 가면 생활이 나아질지도 모른다는 희망을 주는 것이기도 했지만, 다른 면에서 보면 전쟁의 고통을 사회의 밑바닥층 사람들에게 떠넘기는 구조였다고도 볼 수 있다. 1969년에 접어들어 상관 살해가 급증하였으며, 인종차별도 심각했다고 한다. (古田元夫, 『역사 속의 베트남 전쟁』, 박홍영 옮김, 일조각, 2007, 45면)

내겐 구름잡는 소리로밖에는 들리지 않는, 무슨 인간 상호간의 따스무레한 애정 따위를 그는 신봉하는 모양이었다. 엿이나 먹어라…… 난 그런 족속들을 경멸하는 편이었다. 어쩐지 사람과 사람의 살갗이 맞부벼질 때의 뜨듯미지근한 접촉감, 입김이 뒤섞일 때의 비릿한 단내, 요컨대 물컹한 인간적 교류가 싫었던 것이다. 권총의 손잡이를 쥘 때의 싸늘한 감촉, 매사를 사인 하나로 군말없이 처리해 버리는 우리네 군대식, 그 기능적이며 신속 간결한 진행에 매력을 느끼고 있었다. 이럴 때 난 예외없이 병정놀이의 두목을 해먹었는데, 그 시절 내가 은연중 선망하고 있던 게 이 군대식이 아니었던가.

도대체 난 <회의> 또는 <토론>이라고 이름 붙여진 모든 것들을 증오했다. (327)

흑인 중사 마이클에 대한 열등감은 그가 총을 쏴 자신을 살해할지 모른다는 피해망상으로까지 발전한다. 흑인 중사 마이클의 비판적 인식이 압축된 객관적 상관물은 바로 그의 오른손이다. 무어 중위는 마이크의 오른손이 자신을 감시하는 기관이라고 느낀다. 그 오른손은 "노예 생활하며 농사짓던 그의 선조(先祖)들을 생각케 했으며, 우둔과 조소와 분노의 표현에 민감한 야만족 특유의 모양새를 갖추고 있"(328)는 것으로 무어에게는 받아들여진다. 또한 그 오른손은 무어의 부하들이 베트남 여성에게 온갖 끔찍한 일을 벌일 때, 이를 반대하다가 병사들에게 짓밟힌 손이기도 하였다. 마이클 중사의 오른손은 마이클 중사가 전투 중에 폭사한 후에도 마지막까지 사라지지 않고 남는다. 그것은 "몽땅하게 잘려 나간 손가락들은 흡사 엉성한 이빨 같았고, 손가락 가운데 뻥하게 뚫린 구멍은 영락없이 눈알이 빠진 애꾸눈이었다."(341)라는 묘사에서 드러나듯이, 마지막까지 무어의 양심을 심문한다.

무어 중위와 마이클 중사의 갈등이 극에 이르는 것은 주월 미군의 작전지구에서 한 베트남 여성과 젖먹이 아이를 발견했을 때이다. 여기서 마이클 제외한 미군들의 야만성은 거의 극단에 이르게 되며, 이때 중위를 포함한 미군들에게 베트남 여성은 동물의 차원에서 인식될 뿐이다.

> 난 여자에게 다가가 무명 옷자락을 들추며 샅샅이 조사했다. 여자의 치마를 들칠 때 비릿한 멘스 냄새가 났다. 속곳에 꿰맨 주머니에서 꼬깃꼬깃 접은 지폐 두 장이 나왔고, 얼굴은 지레 늙어 주름투성이였으며, 햇볕에 시달려 파삭파삭해진 붉은 머리칼에서 동양의 특유의 역겨운 양파 냄새가 났다. 여자의 몸뚱이에서 오직 쓸모있는 거라곤, 희고 튼튼한 이빨과 아직 튼튼한 생식기일 뿐이었다. 난 팔을 뒤로 묶은 여자를 크라이스에게 넘겨주고 잘 감시하라고 이른 뒤 주위 수색으로 들어갔다. (330)

이 여자는 온갖 냄새를 풍기며, "희고 튼튼한 이빨과 아직 튼튼한 생식기"를 가진 것으로 묘사된다. 다른 미군들도 "아직 팔팔한 짐승"(330), "돼지같은 년"(332) 등으로 여자를 부른다. 마이클을 제외한 무어의 부하들은 여자를 윤간하고, 죽이고, 시간(屍姦)까지 한다. 이때 옆에 있던 아이도 개머리판으로 조용하게 만든다.

그런데 여기서 주목할 것은, 이러한 끔찍한 만행을 저지르는 미군들이야말로 '개떼', '셰퍼드', '투견'과 같은 진정한 동물의 상태로 그려진다는 것이다. 그것은 양심을 지닌 마이클 중사의 눈이 아니라, 인종주의자인 무어 중위의 눈을 통해 그려지기에 더욱 실감 나게 다가온다.

> 이미 대원들 몇몇은 개떼같이 여자에게 덤벼들고 있었고, 무더위 때문에 숨쉬기마저 귀찮아 셰퍼드처럼 혀를 빼물고 있는 대원들에게, 닥치는 대로 물어뜯어야만 직성이 풀릴 것 같은 신경질을 태양이 부채질하고 있었다. (중략) 작전 도중 대원들을 잃고서 발악의 도(度)를 넘은 대원들은 줄을 풀어 준 투견처럼 쉭쉭 숨소리를 내뿜으면서 이 납죽한 노획물을 노려보았다. 차고 밟고 두들겨 보았어도 도저히 성에 차지 않

는다는 얼굴들이었다. (331)

이러한 아수라장 속에서 마이클 중사는 온몸을 던져 그 만행을 중지시키려고 한다. 그것은 "그 여자 말이에요. 또 아이……오오……우리 조상들도 그 여자처럼 개돼지 취급을 당했댔지……."(315)라고 하여, 피억압 인종의 동질감에서 비롯된 것으로 그려지고 있다. 이러한 피억압 인종의 동질감에 대한 인식은 마이클 중사가 무어 중위에게 항의하는 다음과 같은 말에도 잘 드러난다.

> "내려서 헤롤드 무어. 그래. 미국은 니그로의 씹으로 오늘의 문명을 이룩했다. 처량하지 않느냐 이 나치스의 똥개자식아. 그리고 넌 한국놈이며 월남것들이며 니그로들을 모두모두 좆같이 여기더구나. 우리들에 게선 가난과 야만의 덕지덕지 더러운 냄새가 난다. 하지만, 네놈들에게선 교활과 교만의 뒷구린내가 난다구. 허지만 우린 한 침대를 쓰고 있다구." (337)

「쑤안 村의 새벽」에서는 베트남인에 대한 만행을 낳는 조건과 만행의 참여 여부가 인종적인 구분에 따른 것이 아니라는 것을 드러내기 위해서, 다음의 인용에서처럼 1기갑 사단에서 전출해 온 "검둥이 엘리엇"(332)의 적나라한 제국주의적이며 인종주의적인 발언을 들려주기도 한다.[19]

> "여자의 갓난애 보자기 밑에서 수류탄이 나왔어요. 뿐인가요? 우리 죄없는 동료 들을 작전에서 잃었거든요. 아시겠어요? 중사님은 저 갈보

---

19) 장두영은 「쑤안村의 새벽」에서 헤롤드 무어 중위와 마이크 중사의 대립은 "백인과 흑인, 전쟁영웅주의자와 반전론자의 대결과정으로 확장되며, 선악의 명확한 구분으로 이어진다."(장두영, 「베트남전쟁 소설론-파병담론과의 관련을 중심으로」, 『한국현대문학연구』 25집, 2008, 399면)고 말한다. 그러나 흑인병사 엘리엇의 존재는 둘의 대립을 백인과 흑인의 대립으로 바라보는 것을 어렵게 만든다.

년을 선량한 여자로 보시나요? 천만에. 이년의 연기(演技) 디엔 독침이
들었다구요. 저년은 산속에 숨어 살면서 VC놈들에게 갈보짓으로 봉사
해 주고 우리한텐 멀쩡한 양민으로 행세한다구요. 더러워요. 구욱들은
한마디로 더러운 것들이라구요." (332)

마지막에 "더러워요. 구욱들은 한마디로 더러운 것들이라구요."라는 흑
인 병사 엘리엇의 발언은 인종을 떠나 아시아인에 대한 미군들의 인종적
차별의식이 만연해 있음을 보여준다. 마이클은 예외적인 개인이었던 것이
지, 결코 베트남전에 참전한 모든 흑인 미군들이 반인종주의자인 것은 아
니었던 것이다.

미국에 대한 비판적 인식은 『인간의 새벽』(까치, 1980)[20)에서 본격화된
다. 그 이전에 『머나먼 쏭바강』(민음사, 1978)[21)에도 조금 드러난다. 로이네
집의 파티에 참석한 황일천은, 로이의 아들 키엠이 미군을 부정적으로 이
야기하는 것을 듣는다. 그것을 인용하면 다음과 같다.

"1950년 전후해서의 우리네 사정과 비슷하구나. 우린 그때 강대국들
의 통치를 결사적으로 반대한 기억이 있다."
"미국은 우릴 요리하고 있다."
키엠이 날카롭게 말했다.

20) 『인간의 새벽』은 처음 『월간중앙』(1979.10~1980.02)에 연재되었고, 1980년에 까치
출판사에서 단행본으로 출판되었다. 이후 회수되어 폐기되었다가, 1986년 고려원
에서 수정판이 나왔다. 고려원판 『인간의 새벽』은 까치판보다 400매 가량이 줄어
들었다. 줄어든 내용은 초반에 해당하는 '1974년 12월 베트남 라오스 접경지대'에
서 '1975년 3월 초순 남북 베트남의 정세 보고'까지의 부분이다. 이 글에서는 까치
판본을 연구의 대상으로 삼고자 한다. 앞으로 이 작품을 인용할 경우, 면수만 기록
하기로 한다.
21) 박영한은 약 700매의 중편 「머나먼 쏭바江」을 『세계의 문학』(1977년 여름호)에 발
표하였고, 이 중편을 세 배 분량의 장편으로 개작하여 1978년에 발표하였다. 이 글
에서는 장편 『머나먼 쏭바강』을 다루기로 한다. 앞으로 이 작품을 인용할 경우, 면
수만 기록하기로 한다.

"너는 미국을 믿지 않는가?"

황이 물었다. 키엠이 대꾸했다.

"그들은 우리에게 병 주고 약 주었다."

"무슨 얘기냐"

"1954년 프랑스가 우리에게 패배당하기 직전의 사정이 그걸 잘 말해준다. 미국은 우리에게 학교와 도로 교량을 세워 주었고, 쵸컬릿과 식량과 의약품들을 주었다. 그러면서도 한편으로는, 프랑스놈들한테 무기를 공급해 주어 우리의 승리를 지연시켰다. 물론 이런건 뒤늦게야 알고 분통해 하는 일이지만," (301)

『머나먼 쏭바강』에 이어지는 『인간의 새벽』에서는 미국에 대한 비판이 본격화된다. 『인간의 새벽』에는 『머나먼 쏭바강』에 나왔던 응웬 티 빅 뚜이, 키엠, 트린 등이 그대로 다시 등장하며, 공간적으로는 남베트남의 수도였던 사이공을, 시간적으로는 남베트남이 패망하던 1975년 4월 무렵을 주요한 배경으로 삼고 있다. 특히 전체 32장 중에 21장이 4월을 다루고 있으며, 그 중에 13장이 4월 20일 이후에 초점을 맞추고 있다.

『머나먼 쏭바강』이 한국군인 황일천 병장과 베트남 여인 빅 뚜이의 연애서사를 주로 다루었다면, 『인간의 새벽』에서는 한국인이 사라지고[22] 대신 UPI 미국 특파원 마이클 E. 캐빈스가 핵심적인 인물로 새롭게 등장한다. 빅 뚜이는 『머나먼 쏭바강』에서와 마찬가지로, 『인간의 새벽』에서도 베트

---

22) 선행연구에서는 『인간의 새벽』에 단 한 명의 한국인도 등장하지 않는다고 했지만, 한국(인)의 흔적은 여러 곳에 남아 있다. 마이클이 방문한 사이공의 스탠드 바에는 여러 인물이 있는데, 그 중에 한 명은 "양주를 큰 사발로 마신다던 한국인 식당 경영자 리(李)씨"(94)이다. 이외에 마이클의 질투라는 감정을 통해 황일천 병장이 두어번 등장한디. 미지막으로는 남베드님 패밍을 하루 잎둔 1975년 4월 29일, 북베트남 장교인 트린이 탄 차가 한국인의 거리 판 탄 쟝을 지나갈 때이다. 그때 한국인이 경영하던 음식점과 비어홀들은 셔터들을 반쯤 혹은 전부 올리고 있었는데 그 안으로 여행 가방이 오락가락한다. 또한 마이클은 자신의 집에서 페렌바하의 「한국-이런 종류의 전쟁」 후반부를 읽는다. 이때 그는 "남북 베트남과 비교하면서 한국 동란을 읽는다는 건 흥미로운 일"(67)이라고 느낀다.

남을 상징하는 존재이다. 마이클에게 빅 뚜이는 그가 체험한 베트남의 거의 모든 경험과 정서를 응축해 놓은 존재인 것이다.[23] 『머나먼 쏭바강』에서 빅 뚜이와 황일천의 관계가 제국주의적 젠더 비유의 틀을 벗어나지 않았다면, 『인간의 새벽』에서도 빅 뚜이와 마이클의 관계 역시 제국주의적 젠더 비유의 틀에 머문다. 그것은 빅 뚜이의 다음과 같은 생각에서도 분명하게 드러난다.

> 어느 쪽이거나간에 전쟁의 명분은 무성하고 그 속에서 고통당하며 메말라가는 개인이라는 이름의 잡초……아버지는 프랑스군이. 오빠는 연합군에 의해서. 어머니와 동생은 민족 해방 전선이. 집은 미군 헬리콥터가……얼마나 완전무결한 아이러니냐……그리고 나란? 한국군과 미국인과 베트남인이 변두차례로 내 영혼을 조금씩 떼내어 갔다…… (210)

빅 뚜이의 생각 속에서 프랑스군, 연합군, 민족해방전선에 의해 목숨을 잃은 베트남인과 한국군, 미국인, 베트남인에 의해 영혼이 조금씩 뜯겨진 자신은 동일시되는 것이다.

이 작품에서 가장 큰 비중을 차지하는 인물은 UPI 미국 특파원 마이클과 난민수용소에서 일했으며 나중에는 언론사에서도 일하는 빅 뚜이이다. 마이클과 빅 뚜이는 연인관계이다. 이외에도 빅 뚜이의 사촌오빠이자 민족해방전선 요원인 키엠, 북베트남 장교인 호앙 곡 트린이 주요인물로 등장하는데, 이들은 모두 당대 베트남의 주요한 정치세력을 대변하는 인물들이

---

23) 대표적인 부분을 인용하면 다음과 같다. "그 여자를 회상한다는 일은 반 메 투웃 부근의 먼지 낀 길들, 커다란 중국식 사기 숟갈과 새우 요리, 탄력 있는 웃음 소리, 성 충동을 불러일으키는 조그만 엉덩이, 동양 여인의 우수, 사이공 밤거리의 배회 등등 빛나는 것들을 뜻했다. 허나 또한 거기엔 섬뜩한 적대 의식, 지리 멸렬한 두통거리, 완고하던 그 어머니의 반미 감정, 고집에 가까운 인본주의(人本主義)와 인종적 열등감, 넉맘의 맛 같은 비릿한 갈등……그 끝없는 갈등의 연속을 뜻하기도 했다."(144)

기에『인간의 새벽』은 통일 직전 베트남의 시대적 상황을 종합적으로 보여
주기에는,『머나먼 쏭바강』보다 분명 유리한 측면을 지니고 있다.24) 이들
네 명의 인물 이외에도 마이클과 함께 일하던 사진기자이자 민족주의자인
루우와 반공주의자인 투안 등이 등장한다.25) 이들은 논쟁 등을 통하여 다
양한 이념적 지향 등을 보여준다. 민족주의자로 베트남전을 항불 독립 투
쟁의 연장으로 생각하는 루우는 마이클에게 베트남을 가리켜 "다만 부패가
생활 수단이 된 이 갈보와 돼지찌게 범벅탕과 외국 차관의 문명 속에서 정
신 똑바로 차리고 살아 남아야 한다는 생각이야."(16)라고 말하기도 한다.26)

---

24) 이와 관련해 유철상은 "『인간의 새벽』은 다양한 인간형의 제시를 통해 베트남 전
    쟁의 성격을 다층적으로 형상화하고, 이를 통해 베트남 전쟁의 전체적인 특성과
    면모를 보여주고자 노력했던 것으로 보인다."(유철상, 앞의 논문, 86면)고 주장한
    바 있다.
25) 이 작품의 본문에 나오는 장제목과 주요인물을 정리해보면 다음과 같다. <1974년
    2월 베트남 라오스 접경 지대>(트린), <1975년 1월 사이공 카라벨 호텔 512호실>
    (마이클, 루우), <1975년 2월 나 쨩 근교 빈 푸엉 마을>(키엠), <1975년 3월 초순
    남북 베트남의 정세 보고>(마이클), <3월 12일 새벽 판 탄 쟝 아파트 506호실>(마
    이클, 빅 뚜이), <3월 27일 저녁>(마이클, 빅 뚜이, 키엠), <3월 27일 밤 이후>(마이
    클), <4월 일 밤, 중국인 거리 나이트 클럽「파라다이스」>(키엠), <4월 8일 저녁>
    (마이클, 빅 뚜이), <4월 9일 저녁>(마이클), <같은 날 밤>(키엠), <같은 날 밤>(마
    이클, 프랑쫘즈), <4월 16일>(마이클, 루우, 투안), <4월 16일 저녁>(마이클, 빅 뚜
    이), <4월 17일 아침>(마이클, 빅 뚜이), <4월 22일 오후>(키엠), <4월 23일 저녁>
    (트린, 빅 뚜이), <4월 24일 저녁>(트린, 빅 뚜이), <4월 27일 오후>(마이클, 루우,
    투안), <같은 날 저녁>(빅 뚜이), <4월 28일 아침>(마이클), <같은 날 오후 6시경>
    (마이클), <4월 29일 오전 04시>(빅 뚜이), <오전 05시 10분경>(트린), <오전 07시
    30분경>(빅 뚜이, 트린, 마이클), <오후 6시경>(마이클), <4월 30일 새벽>(서술자),
    <사이공의 거리 스케치>(서술자), <1975년 9월 초순>(키엠), <9월 중순>(빅 뚜이,
    트린), <이틀 후>(빅 뚜이, 키엠), <12월 초순 동지나해 팔라완도 근해>(빅 뚜이,
    키엠).
26) 흥미로운 깃은 이러한 사회의식의 소유자인 루우에게 제국주의적 의식이 내면화
    되어 있다는 점이다. 프랑스에서 생활한 경험이 있는 루우는 미국인 마이클에게
    "조물주는 왜 창세기서부텀 저쪽 아이들에게 편애를 갖고 빚었냔 말야. 벌써 육체
    조건에서 그네들의 문명이 우릴 앞지르게 만들었단 말이지."(16)라거나 "하여튼 파
    리의 예술과 생활은 우리 같은 왜소한 촌뜨기한테 공포심을 자아냈어."(16)라고 말
    한다.

『인간의 새벽』에서 마이클은 미국을 대변한다고 할 수 있다. 따라서 마이클에 대한 형상화는 무척이나 중요한 의미를 지닌다. 기본적으로 그는 휴머니스트인 것으로 그려진다. 마이클은 롱칸성 깊숙이까지 나가본 후에, "신념에 찬 새로운 베트남 인민 민주 공화국"(141)을 떠올리고, "하지만 당장 희생당하는 것은 이 불쌍한 백성, 욕심 없는 작은 평화다. 어떤 식으로든 전쟁은 빨리 끝나야 한다."(141)고 생각하는 휴머니스트인 것이다.

또한 마이클은 극단적인 인종주의나 제국주의적인 인식에서는 벗어난 것처럼 그려진다. 일테면 자신의 친구인 포오쉐가 "베트남의 이 야만족들은 왜 프랑스를 잊어먹고 우리한테 보복을 하려 들지? 우리가 식민 통치를 했나 씨이팔 자식들이."(100)라고 흥분하자, "포오쉐 같은 자가 약소 국민에게 때때로 반미 감정을 일으켜 주고 미국의 이미지를 흐려 놓는다는 일을 잊어선 안 된다. 그는 베트남인을 길거리의 강아지 여기듯 한다."(100)라고 비판적인 인식을 드러내기도 한다. 마이클은 프랑쑤와즈에게 "베트남에 건너온 적잖은 미국놈들은 당신들 말마따나 이기적이고 약아빠졌고 함부로 사람을 깔보고 제 모가지만 생각하며 구렁텅이 한가운데에서도 쉽게 여자와 만족을 구하지"(123)라고 '미국놈들'을 비판하기도 한다. 무엇보다 마이클은 이 작품에서 숭고한 모습까지 보여주는 인물이다. 남베트남이 패망했을 때, 마이클은 빅 뚜이를 탈출시키기 위해 백방으로 뛰어다니다가 베트남인 폭도에 의해 노상에서 살해되기까지 하는 것이다.

그러나 평소 마이클은 자신이 비판하는 미국인의 모습을, 자신도 거의 그대로 지니고 있는 부정적인 인물이다. 일테면 프랑쑤와즈에게 동료 미국인들의 문제를 한껏 비판한 후에도, 베트남 탈출을 도와달라는 프랑쑤와즈의 부탁을 들어주고서는 그 댓가로 아무런 거리낌 없이 프랑쑤와즈의 육체를 취한다. 마이클이야말로 '구렁텅이 한가운데에서도 쉽게 여자와 만족을 구하'

는 미국인이었던 것이다. 심지어 마이클은 잠든 프랑쑈즈를 보며, "이 미끈한 말(馬)"이라고 표현하기도 한다. 또한 마이클은 베트남에 대한 편견을 가지고 있기도 하다. 대표적으로 "어쨌든 이 나라의 넉맘 냄새만은 결코 달갑지 않다고 생각했다. 왜 이네들은 생선 썩힌 쏘오스를 음식에다 뿌리는가."(41)라고 생각하는 것을 들 수 있다.

이 작품에서 마이클은 빅 뚜이는 물론이고 프랑쑈즈를 비롯한 다른 여자들과도 자유분방하게 성적인 쾌락을 탐한다. 기자인 마이클이 정작 취재에 나서는 것은 <4월 16일>이라는 제목의 장에서뿐이고, 마이클은 대부분의 시간동안 베트남의 수많은 여자들과 관계를 맺거나 만찬에 나간다. 마이클은 프랑스 혼혈 여성과의 관계 이외에도 "한번은 잘 다니는 사천 요리집의 마담과, 또 한번은 프랑스 식당에서 얼찐거리던 매춘부"(69)와 바람을 피웠다. 특히 베트남이 프랑스의 오랜 식민지였다는 것을 상기시키는 프랑스계 혼혈아인 프랑쑈즈[27]와의 관계는 한층 성애화되어 있으며, 더욱 제국주의적 젠더 비유에 부합한다. 마이클에게 베트남과 같은 동양 근무는 성적인 목적이 최우선이라는 사실이 드러나기도 한다. 그는 베트남에서 귀국하면 시나이 반도로 종군할 계획인데, 사막은 베트남보다 더 지독하며 그곳에도 게릴라들이 가득할 것이라고 생각하면서도 시나이 반도에 가려는 이유는, "세상의 여자 구경은 다 하"(255)고 싶기 때문이다. 심지어 "육체의 모든 구조가 큰 서양 여자보다는 역시 조그만 동양 여자가 매력 있다"(255)는 엉뚱한 성적 판타지를 드러내기도 한다. 마이클에게 베트남이나 베이루트와 같은 비서구권 지역은 그의 성적 흥미와 욕망을 채워주는 공간에 불과했던

---

27) 일종의 고급 매춘부인 프랑쑈즈는 "미국인을 미워하지 않아요."라며, 베트남인들이 있는 시가지를 가리키며 "차라리 저 작자들이 거지 같다구 생각해요."(101)라고 말한다. 그것은 물론 단순하게 미국을 숭배하는 것과는 조금 다르다. 그녀는 "혼혈녀에 대한 차별 대우, 배타적인 사회, 프랑스 놈의 후레 딸년"(101)이라는 말을 평생 들으며 살아온 존재이기 때문이다.

것이다. 그리고 이러한 성적 욕망은 제국주의적 욕망과도 맞닿아 있다. 그
토록 베트남의 여러 여성들과 자유분방하게 관계를 맺던 마이클이 유일하
게 관계에 실패하는 경우가 있다. 그것은 다름 아닌 남베트남의 패망이 확
실시되고 마이클 자신도 반미 데모대에게 얻어맞은 후에 프랑쑤즈를 끌어
안았을 때이다. 그때 처음으로 마이클은 "왠지 조금도 발기하지 않"(254)으
며, "여자를 건드려 보고 싶은 생각은 되살아나지 않았"(255)던 것이다.

또한 『인간의 새벽』에서는 미국이 남베트남을 끝까지 책임지지 않고 손
을 뗀 것에 대해서도 비판적인 인식을 드러낸다. 마이클과 통신사에서 함
께 일하는 반공주의자 투안은 "미군은 왜 책임을 회피하고 침을 뱉으며 돌
아서는 거야? 신사의 나라 자유의 신대륙을 신주 단지로 모셔온 댓가가 기
껏 요거냐? 흥! 달콤하면 냠냠거리고 쓸 때는 배앝는 게 민주 대국의 의리
란 말야?"(132)라고 비판한다.

남베트남의 대통령궁으로 사용된 건물. 1975년 4월 30일 남베트남이 패망할 때,
북베트남군의 전차가 진입하는 장면으로 유명하다.

1966년 베트남에 종군했다가 베트남 여인과 결혼한 미국의 제대 군인도
신문 기고를 통해, 베트남의 고통스러운 상황을 전달하며 "이것이 우리들
미국의 위대한 인도주의자들이 창작한 베트남, 우리가 지금 책임지기를 거
부하고 있는 베트남, 당신들이 배신하여 등을 돌리고 있는 베트남이다."
(220)라는 내용의 글을 쓴다. 또한 마이클의 생각을 통해,[28] 우방국을 배신
하고 전쟁마저도 돈벌이 수단으로 생각한 '미국적 양심'에 대한 비판이 이
루어진다.

2. 한국군의 민사심리전에 대한 비판 - 이원규의 『훈장과 굴레』

1) 한국군의 기본전략인 민사심리전

이원규[29]의 『훈장과 굴레』(현대문학, 1987)는 베트남전 당시 한국군 특유
의 전략인 민사심리전이 형상화되었다는 점에서 독특한 의미가 있는 작품
이다. 지금까지 많은 논의가 이루어졌던 박영한의 『머나먼 쏭바강』, 황석
영의 『무기의 그늘』, 안정효의 『하얀전쟁』은 모두 베트남전의 전장 상황과
는 거리를 두고 있다는 공통점이 있다. 『머나먼 쏭바강』의 기본 무대는 성

---

28) "물자는 형편없이 부족하고 국민들의 생활은 거지 꼴이다. 이것이 우방국임을 뽐
   내던 강대국, 미국적 양심의 말로다. 우리나라로 봐선 이 전쟁에서 타산이 안 맞는
   게다. 그간 늘어났던 본토의 군수업체들은 실업자만 늘게 했고 딴 사업으로 바꾸
   거나 문을 닫는 판이다. 아니면 또 중동이거나 어디거나를 쑤석여 국지전을 터뜨
   리는 수밖에 없을 것이다. 에초에 월남진이 고네의 실업자와 인플레를 구제힐 수
   있었다는 건 묘한 아이러니다."(142)
29) 이원규는 1947년 인천에서 출생하여, 인천고와 동국대 국문학과를 졸업하였다. 월
   남전에 참전하였으며 1984년 『월간문학』 신인상에 단편소설 「겨울 무지개」가 당
   선되어 등단하였다. 1986년 『현대문학』 창간 30주년 기념 장편소설 공모에 당선
   된 작품이 바로 「훈장과 굴레」이다.

병환자수용소이다. 서사의 대부분은 매춘을 포함한 각종 남녀관계이며, "우린 놈들의 낯짝을 본 일도 없으며, 이를 갈고 놈들을 미워해 본 적도 없었어."30)라는 말처럼, 적과의 실제 전투 장면은 거의 등장하지 않는다. 황석영의 『무기의 그늘』은 베트남전을 달러로 대표되는 경제적 동기에 의해 움직이는 제국주의 전쟁으로 파악하고 있는 소설이었다. 중심인물들은 암시장에 모여든 상품과 그것을 구입하기 위한 군표와 달러와의 관계 속에서 움직인다. 그로 인해 작품의 기본 무대도 전쟁터가 아니라 다낭의 암시장이었다. 『하얀전쟁』도 여러 연구자들이 전쟁 일반론에 빠져서 구체적인 베트남전의 진상을 소홀히 했다는 문제제기를 한 것에서 알 수 있듯이, 다른 전쟁으로 대체할 수 있는 보편적인 전쟁 상황을 보여준다는 특징이 있었다.

이와 달리 이원규의 『훈장과 굴레』는 베트남전에서 한국군이 수행한 군사적 활동을 직접적으로 그리고 있다는 점에서 그 의의가 매우 크다. 박성우라는 인물을 통하여 베트남전 당시 한국군의 기본 전술이라고 할 수 있는 민사심리전을 다루고 있으며, 이를 통해 구체적으로 베트남전에서 한국군이 수행한 역할의 역사적 의의와 한계를 보여주고 있는 것이다.

베트남 중부 해안지역에서 활동한 한국군이 베트남전에서 독자적인 작전권을 행사31)한 사례로 드는 것이 바로 중대기지전술32)과 민사심리전이다. 이 중에서도 민사심리전은 베트남전 당시 한국군의 작전을 대표하는

---

30) 박영한, 『머나먼 쏭바강』, 민음사, 1978, 69면.
31) 한국군의 독자적인 작전권은 어디까지나 "미군과 협조를 전제로 한 제한적인 작전권 행사"(최용호, 『한권으로 읽는 베트남전쟁과 한국군』, 국방부 군사편찬연구소, 2004, 182면)였지만, 미군과는 구별되는 독자적인 전술을 구사할 여지를 확보한 것이기도 했다.
32) 중대기지전술은 기본적으로 "주민들의 거주지역 외곽에 전술기지(Tactical Base)를 설치하고, 기지를 거점으로 수색정찰과 매복을 통해 주민과 베트공을 차단함으로써, 점차 평정지역을 확대"(위의 책, 221면)해 가는 전술을 말한다. 중대기지전술을 배경으로 하는 한국군 특유의 소부대전술은 베트콩과 주민을 분리시키고, 베트콩을 고사시키는 것을 목적으로 하였다.

것으로서, 한국군은 공식적으로 미군의 작전보다도 우월한 것으로 민사심리전을 내세우고는 했다. 2002년 베트남참전전우회에서 출판된 『베트남전쟁과 한국군』이라는 저서에서는, 미국이 베트남전에서 치욕적인 패배를 겪었지만 한국군은 성공과 승리의 영광을 얻었다고 주장한다. 이러한 주장의 근거로는 "월남의 작전지역 곳곳에서 심리전과 대민지원활동을 통하여 월남인에게 '따이한'이라고 불려지는 우호적 관계를 이룩하였다"[33]는 사실을 내세우고 있다. 나아가 미국의 패퇴와 달리, 주월 한국군 예하의 맹호, 백마사단 및 청룡 여단이 그런 대로 베트남전에서 전과를 올리면서 지역평정을 할 수 있었던 이유는 바로 "심리전과 대민지원활동의 시행에 있었다고 결론"[34]짓고 있다. 베트남전에서 수행된 민사심리전은 군사작전의 보조수단이 아니라 전쟁의 승패를 결정짓는 수단으로까지 의미부여가 되었다.[35]

---

33) 박경석, 「베트남 전쟁시 한국군의 심리전과 대민지원활동」, 『베트남전쟁과 한국군』, 채명신·양창식·박경석·이선호 공저, 베트남참전전우회, 2002, 242면. 다른 부분에서도 심리전을 통하여 미군과는 달리 뛰어난 성과를 냈다는 식의 논리가 자주 등장한다. 대표적인 예를 하나만 들면 다음과 같다. "주월 한국군이 월남전에서 이룩한 업적 가운데 큰 획을 긋는 것이 수없이 많지만 그 가운데 심리전과 대민지원활동은 괄목할만한 성과를 거두었다. 주월 미군이 성공시키지 못한 것 가운데 하나가 이 심리전 분야이다."(위의 책, 259면)

34) 위의 책, 320면.

35) 최용호, 「베트남전쟁에서 한국군의 작전 및 민사심리전 수행방법과 결과」, 경기대 박사논문, 2006, 9면.

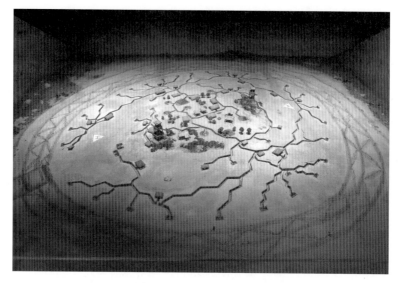

중대전술기지 모형, 한국 전쟁기념관36)

　민사심리전 수행개념은 크게 다섯 가지로 이루어져 있다. 첫째는 '수색
및 격멸(Search & Destroy)' 개념에 입각한 미 지상군의 작전개념을 한 단계
발전시킨 것이다. 미 지상군의 작전개념은 "게릴라들이 은거하고 있을 것
으로 판단되는 지역을 탐색해 이들을 찾아낸 후, 강력한 군사력으로 격멸
한다"37)는 정규전 방식의 작전이다.38) 이와 달리 한국군은 채명신 주월파

---

36) 국군은 베트남전에서 중대 단위로 진지를 구축하는 '중대전술기지' 개념을 발전시
　　켰다. 지름 150-300m 크기의 원형 구조 중심에는 관망대와 헬기장이 배치되었고,
　　외곽에는 철조망을 설치하였다. 철조망 안쪽에는 산병호와 공용화기진지를 구축하
　　였고, 이들은 교통호를 통해 거미줄처럼 연결되어 있었다.

37) William C. Westmoreland, *A Soldier Reports*, Doubledays & Company, 1976,
　　pp.82-83. 미 지상군 전투부대가 베트남전에 파병된 것은 1965년 3월 8일, 해방 2
　　개 대대가 다낭에 상륙한 것을 시작으로 같은 해 6월 13일 제1보병사단이 붕따우
　　에 상륙함으로써 본격화되기 시작했다. 이에 따라 미 지상군 부대들은 1965년 6월
　　28일부터 베트남의 지상전투에 직접 참가하기 시작했다.

38) 미국의 근본적인 전쟁전략은 '적에게 승산이 없음을 깨우쳐주는 것'이었다고 한다.
　　미군 사령관인 웨스트멀랜드는 1단계로 남베트남에 미군 작전기지를 세워 전략 요

병사령관의 뜻에 따라 미군의 작전개념을 발전시킨, '분리(Separation)-차단 (Interception)-격멸(Destroy)'의 3단계 개념을 독자적으로 발전시켰다.[39]

둘째 한국군은 현지주민의 감정을 고려해 마을의 촌장 등 기존의 영향력 행사 계층의 관습과 체제를 최대한 존중했다. 아울러 기존의 행정조직과 체제를 활용해 민사심리전 수행체제를 구축할 수 있었다. 따라서 베트남에 서의 민사심리전은 대민지원으로부터 시작되었다. 대민지원의 기본방향은 주민의 현실적인 요구를 해결해 줌과 동시에 주민들의 지속적인 생활방편 이 될 수 있는 자조사업에 치중하는 것이다.

세 번째와 네 번째는 인도적 지원체제 및 안전 확보이다. 다섯째는 문화 적 접근이다. 한국의 민사작전은 베트남 사람들과 같은 동양인이라는 이점 을 적극 활용했다. 한국군은 베트남 사람들의 정서에 맞추어 항상 공손하 고, 친절하며, 노인을 공경하는 등 문화와 풍습이 비슷한 베트남 사람들의 생활관습과 문화를 최대한 배려했다.[40]

충지를 확보해 사이공 정권의 군사적 붕괴를 막고, 2단계로 혁명 세력의 주력 부 대를 파괴한다는 작전계획을 세웠다. 웨스트멀랜드의 작전은 미군이 압도적 우위 인 기동력과 화력으로 혁명 세력에 대한 섬멸작전을 구사해 혁명 세력의 전투요원 보충능력에 손실을 가하는, 이른바 소모전을 전개하는 것이었다. 이는 혁명 전쟁 이라는 성격이 강한 남부에서의 싸움을 미국에 유리한 통상(通常) 전쟁으로 바꿔 놓으려는 전략이었다. (古田元夫, 『역사 속의 베트남 전쟁』, 박홍영 옮김, 일조각, 2007, 40면)

39) 채명신, 『베트남전쟁과 나』, 팔복원, 2006. 제1단계, '수어지관계'인 베트콩과 주민 을 분리시킨다. 제2단계, 주민과 베트콩의 상호관계를 차단해 베트콩을 고립시킨 다. 제3단계, 고립화, 또는 무력화된 베트콩을 압도적으로 우세한 병력과 화력을 집중하고, 신속한 기동으로 포위 및 포착 섬멸한다. 전과확대 단계, 남베트남 정규 군, 지방군, 민병대 및 혁명개발단과 협조된 작전으로 지역을 평정한다. 그리고 확 보된 지역의 안전을 보장하는 동시에 평정된 지역을 남베트남 지방정부에 인계하 는 방식으로 평정지역을 점차 확대한다. (최용호, 『한권으로 읽는 베트남전쟁과 한 국군』, 국방부 군사편찬연구소, 2004, 220면)

40) 최용호, 「베트남전쟁에서 한국군의 작전 및 민사심리전 수행방법과 결과」, 경기대 박사논문, 2006, 112-114면.

한국군의 민사심리전은 전술책임지역의 치안을 확보하고, 구호활동, 진료활동, 농경지원, 자조사업, 대민건설지원 등에 의한 구호기능을 수행했으며, 태권도 및 유도 보급, 각종 친선활동, 기타 심리전 활동 등에 의한 선무심리전 기능을 수행했다. 그 결과 한국군은 무력에 의한 군사작전으로 달성할 수 없었던 기능, 즉 주민들로부터 자발적인 협조를 얻어내어 최소한의 피해와 부담으로 효율적인 지역평정을 수행할 수 있었다.

베트남에서 행해진 한국군의 민사심리전은 베트남 주민들의 문화와 풍습을 존중하며 그들과 함께하는 활동이었다. 전술책임지역의 치안을 확보하고, 구호활동, 진료활동, 농경지원, 자조사업, 대민건설지원 등에 의한 구호기능을 수행했으며, 태권도 및 유도 보급, 각종 친선활동, 기타 심리전 활동 등에 의한 선무심리전 기능을 수행했다. 민사심리전은 성과를 거두어 점차 그 비중이 늘어난다. 파병 초기 군사작전과 민사심리전의 비중은 군사작전 70%, 민사심리전 30%였지만, 1967년 중반기부터는 군사작전과 민사심리전이 각각 50%의 대등한 수준으로 바뀌게 되었다. 그리고 베트남전의 전반기와 후반기(1968년 3월 31일 기준) 모두 큰 차이 없이 민사작전은 수행되었다.[41] 베트남전 당시 한국군이 이토록 큰 의미를 부여한 민사심리전을 직접적으로 다룬 유일한 베트남전 소설이 바로 이원규의 『훈장과 굴레』이다.

『훈장과 굴레』에 대한 논의는 그동안 거의 이루어지지 않았다. 전영태는 『훈장과 굴레』의 작품 해설인 「속박에서 영광으로 이르는 길」에서 기본적인 서사적 특징에 대하여 논의하며, 이 작품이 박성우를 중심으로 하여 윤

---

41) 위의 논문, 136-137면. 채명신은 1966년 1월 6일의 작전회의에서 주요 지휘관에게 "베트남전의 현단계에서 막대한 인명 피해를 내면서 반드시 탈취해야 할 목표는 없다."며 한국군이 월남에서 쉽사리 성과를 거둘 수 있는 분야는 대민활동이다."라고 지휘방침을 하달했다고 증언한다. (채명신, 앞의 책, 276면)

광호 마준 박성우의 월남전에서의 활동, 다이풍 촌의 변화와 파국, 박성우와 미야의 애정관계라는 세 가지 모티프로 이루어져 있다고 주장한다.[42] 민병욱은 1980년대 중반에 창작된 장편 베트남전 소설을 간단하게 언급하면서, 이원규의 『훈장과 굴레』가 한국사회의 정치적 미래내용과 관련된 논의를 거치지 않고 "일방적 선택을 전제한 승전소설"[43]에 가까운 작품이라고 규정하였다. 『훈장과 굴레』에 대한 본격적인 논의는 장두영에 의해 이루어졌다. 장두영은 『훈장과 굴레』의 마지막에 다이풍이 베트콩에 의해 유린당한 후에도, 박성우가 "정의의 결과는 반드시 정의라는 천리가 이 땅에선 그렇지 않을 수도 있다는 것을 나는 느꼈습니다. (중략) 내 조국을 더 깊이 사랑할 겁니다."라고 밝힌 부분을 들어서 "본래의 의도가 선하였음을 강조하여 결과에 대한 책임을 회피하는 자기합리화"[44]를 드러내며, 민병욱이 말한 "승전소설에 가깝다는 주장이 설득력"[45]을 지닌다고 주장한다.[46]

이들의 논의는 기본적으로 『훈장과 굴레』가 베트남전에서 한국군의 역할과 의의를 강조한 '승전소설'이라고 보는 입장이다. 이것은 지나치게 주인공 박성우의 겉에 드러난 진정성만을 주목한 결과라고 판단된다. 이 글에서는 박성우라는 인물의 심층심리, 서사의 전체적 전개양상, 특히 민사심리전의 결과 등에 초점을 맞추어 『훈장과 굴레』를 새롭게 바라보고자 한다.

---

42) 전영태, 「속박에서 영광으로 이르는 길」, 『훈장과 굴레』, 현대문학, 1987, 350-351면.
43) 민병욱, 「황색인의 역사적 고통과 의지」, 『문학사상』, 1998.8, 107면.
44) 장두영, 앞의 논문, 412면.
45) 위의 논문, 412면.
46) 이외에 『훈장과 굴레』가 언급된 기존 논의로는 고명철의 논문이 있다. 고명철은 1980년대 들어 베트남전을 다룬 "상번 서사 양식을 모대로 한 소설이 잇달아 발표되면서 1970년대까지 피상적·관념적 접근을 보인 데서부터 탈피하여 베트남전쟁에 대한 다각적 탐구를 보이기 시작"(고명철, 「베트남전쟁 소설의 형상화에 대한 문제」, 『현대소설연구』 19집, 299면)했다면서, 대표적인 베트남전 장편소설로 이상문의 『황색인』, 이원규의 『훈장과 굴레』, 황석영의 『무기의 그늘』, 안정효의 『하얀 전쟁』을 들고 있다.

앞에서 말했듯이, 이원규의『훈장과 굴레』는 베트남전 당시 한국군의 기본 전술이라고 할 수 있는 민사심리전의 성과와 한계, 즉 훈장과 굴레를 다루고 있다는 점에서 매우 주목할 만한 작품이다.47) 이 작품의 박성우가 바로 그러한 민사심리전을 책임지는 정훈장교로 등장한다.『훈장과 굴레』의 핵심 인물은 박성우와 성우의 친구인 윤광호와 마준이다. 이 작품에서 성우가 차지하는 위치는 특별하다. 박성우, 마준, 윤광호는 서로 친구이며 ROTC로서 베트남전에 함께 자원하였다. 윤광호의 집안은 별들이 빛나는 무관 가문으로, 그는 군대에서의 출세를 위해 무공에 집착하다가 일찍 전사한다. 준은 가난한 집안의 장남으로 혼자만 대학교육을 받았으며, 늘 가족부양에 대한 책임감을 느끼고 있다. 결국 군수과 보급장교인 마준은 돈벌이에 관심을 기울이다가 사고로 죽는다. 이러한 상황에서 마준은 성우를 향해 "셋이 파월하면서 가졌던 다짐을 지킨 건 너 하나뿐야. 그리구, 넌 전체 주월 한국군의 상징적인 존재야."48)라고 말할 정도로, 성우는 주월 한국군이 가지는 베트남전의 의미를 대표하는 존재로 부각된다.49)

---

47)『훈장과 굴레』 이외에 민사심리전이 등장하는 작품으로는 이상문의『황색인』을 들 수 있다. 이 작품에서 파월군인인 허만호는 민사과에서 근무한다. 그는 평정마을인 안칸을 방문했다가 베트콩의 강요에 의해 베트남인들을 끔찍하게 살해한다. 이 일로 허만호는 정신병에 걸리고 나중에는 동료 병사들에 의해 살해된다. 이 작품에서 민사과 업무는 다음과 같이 이야기된다. "민사과에서 하는 일이란 전술책임지역 안에 있는 대대의 자매마을들을 찾아가서 끊임없이 물량공세를 펴는 일이었다. 물론 새로운 평정지역이나 접적지역에 있는 마을들을 교화하여 적이 발붙일 수 없도록 하는 한편, 적에 대한 정보도 얻어내야 하지만, 대부분의 일들이 그렇다는 것이다."(이상문,『황색인』, 한국문학사, 1987, 284면)

48) 이원규,『훈장과 굴레』, 현대문학, 1987, 184면. 앞으로의 이 작품을 인용할 경우, 면수만 기록하기로 한다.

49) 이 작품은 박성우를 비현실적일 정도로 이상적인 모습으로 그리고 있다. 이와 관련해 전영태는 "박성우라는 인물은 현대소설에서 드물게 보이는 정상적 인간이다. 착실하게 공부를 해서 ROTC 장교로 임관되고, 건전한 군인 정신의 소유자로서 자신의 임무를 철저하게 지키고, 도덕적 순수성을 끝까지 간직하는 전형적인 대한민국의 청년이다."라며 "이런 인물이 소설의 주인공이라는 것 자체가 하나의 경이

『훈장과 굴레』에서는 베트남전에 참전한 한국군이 결코 환영받지 못하는 존재임을 드러내는 장면이 반복해서 등장한다. 처음 도착하여 나트랑 시가지를 지나면서 박성우와 준과 광호는 다른 장교들과 같이 거리를 향해 열심히 손을 흔들지만, 베트남 사람들은 거의 무표정하다. 이따금 몇몇 사람과 아이들이 손을 흔들 뿐, 거리는 아무 감정도 내보이지 않는 것이다. 또한 박성우가 베트남에 처음 도착했을 때 만난, 귀국길의 해병대 중위는 "내 본래의 영혼을 어서 회복해야겠다는 생각뿐이오."(42)라고 차갑게 말한다. 해병대 중위는 전쟁 동안 자신을 지키기 위해 냉철한 판별력이나 인간의 원시적인 적개심 같은 것만 남기고 모두 버려야만 했다며, "난 일 년을 망각의 늪에 묻어버릴 작정이오"(43)라고 덧붙인다.

또한 이 작품에서는 양민에 대한 오인 살상의 가능성도 암시된다. 밀림을 수색할 때, 성우의 부하들은 양민을 게릴라로 오인하여 총격을 가하고, 이로 인해 두 명이 죽고 한 명이 부상을 당한다. 부상자를 이송하려고 하자, 손 중사는 후송하면 문제가 확대된다며 모든 일을 무마시키려 한다. 장하사 역시 "게릴라라는 증거가 없듯이 게릴라가 아니라는 증거도 없읍니다."(59)라고 말한다. 결국 손 중사는 "또이 노오 브엣꽁(나는 베트콩이 아닙니다)."(60)라고 애원하는 남자를 사살한다.[50] 이러한 일을 겪으며 성우는 자신이 "이 전쟁에서 본의 아니게 가해자가 될지두 모른다"(61)고 걱정한다. 이러한 상황에서 성우는 일방적인 무력에 기대는 방식이 아닌 민사심

다."(전영태, 앞의 글, 352면)라고 설명한다.

50) 수안이라는 청년의 말을 통해 이전에도 한국군에 의한 가혹행위가 있었음이 드러난다. 수안은 미야의 오빠로 사이공에 있는 대학에 다니는 청년이다. "이 다이퐁 촌과 한국군의 관계는 오 년 전부터 시작된 걸로 압니다. 그때 상황은 어떠했읍니까?"(132)라고 묻자 수안 청년은 여기 처음 온 해병부대는 "비정"(132)했다고 말한다. 이 지역을 다녀간 외국군대 중에서 한국의 해병대는 "가장 강한 공격력을 가졌었"(132)으며, 게릴라들과의 싸움에서 "죄없는 주민들이 적지 않게 죽었읍니다."(132)라고 덧붙인다.

리전을 꿈꾸게 되는 것이다.

한(恨)이 섞인 베트남인들의 눈빛을 읽으며, 성우는 다른 전쟁에서는 밀어붙여 점령하고 깃발을 꽂은 다음 전진하면 평정되는 것이지만 여기서는 전술개념부터가 달라져야 할 것이라고 생각한다. "대(對) 비정규전인 이 전쟁에 있어서 성패를 좌우하는 것은 많은 군대와 전투력이 아니라 민중을 잡는 것"(56)임을 실감하는 것이다. 성우가 민사심리전 장교로 활동하는 다이풍은 "이 전쟁의 성격을 그대루 상징하는 지역"(61)이며, "중요한 전략촌이어서 양 세력에 끼여 심하게 고통당하는 곳"(61)이다.51)

처음 다이풍에 갔을 때, 수색대원 중의 한 명은 게릴라에 의해 저격당한다. 대원들은 이십 명도 넘는 게릴라 용의자들을 연행해서 폭행한다. 나중에 풀려난 용의자들을 옹위하여 돌아가는 주민들 사이에서는 "저주하는 소리"(84)가 들린다. 이후 성우가 수색대원에 의해 다친 사람들을 찾으러 갔을 때, 사십대의 여인은 "병 주고 약 주는 나쁜 놈들 같으니라구."(97)라며 성우에게 쏘아붙인다. 촌장은 처음 성우에게 아무런 말도 하지 말라고 마을 사람들에게 지시를 내린 상태이다. 성우는 귀대하는 길에 지프 뒤편 십여 미터 지점에서 터진 수류탄의 피습을 당한다. 그럼에도 성우는 선우 소령에게 "거긴 포기해선 안 됩니다. 열 번에 안 된다면 백 번이라도 찍어야 합니다."(101)라고 말한다.

다음날 오전 성우는 다시 다이풍에 가서 대원들과 함께 주민들을 온화한 태도로 대한다. 주민들은 이날도 외면하지만, 공동우물을 소독하고, 펌프로 하수구와 가축우리 등 불결한 곳을 소독한다. 그리고 마을을 떠나면서 아이들의 학용품을 정자에 놓아둔다. 다음날에도 다이풍에 가서 농기구들을 정자 위에 올려놓고, 아이들에게 비스킷을 나눠 준다. 이러한 일을 하던 중

---

51) 다이풍은 "육이오 직후 밤낮으루 깃발을 바꿔 달아야 했던 지리산 지역과 비슷한 곳"(85)으로 이야기된다.

에, 하산한 게릴라에게 "침략자 새끼"(103) 등의 욕설을 들으며 심한 폭행을
당한다. 성우는 닷새 동안이나 누워 지내야 할 폭행을 당했음에도, "난 거
기 절대로 포기 안할 거야."(107)라며 의지를 다진다.

성우는 이후에도 다이풍에 가서 러닝셔츠, 팬츠, 담배, 비누 등을 정자
위에 쌓아 놓고, 부락 소독을 실시한다. 또한 수색대에 연행된 사람들도 다
이풍에 데리고 온다. 이후에도 정자를 도색하고, 정자 주변의 배수로를 정
리하며 주변의 잡초 베는 일을 한다. 성우는 거듭된 접근과 실패에도 불구
하고, 끊임없는 노력을 통하여 다이풍 주민들과 가까워지는 것이다. 성우가
한 일은 베트남전에서 한국군이 민사심리전을 하며 수행한 일과 흡사하다.
한국군은 전투와 병행해 가옥, 학교, 종교 및 문화시설, 도로, 교량, 시장,
보건 및 위생시설, 행정시설 등 각종 시설을 신축 및 보수한 후 남베트남
국민들에게 이양했던 것이다.52)

대민지원활동의 디오라마diorama, 한국 전쟁기념관

52) 최용호, 『한권으로 읽는 베트남전쟁과 한국군』, 국방부 군사편찬연구소, 2004, 379면.

성우가 무엇보다도 큰 관심을 기울이는 것은 다이퐁에 학교를 세우는 것이다. 성우는 다이퐁에 학교를 세우는 문제를 연대장에 건의하고, 연대장으로부터 학교는 꼭 세워주겠다는 답변을 듣는다. 결국 다이퐁에 학교가 개교하고, 성우는 공을 인정받아 군수로부터 명예 군민증을, 베트남 정부군 중령에게서는 공화국 정부가 주는 엽성무공훈장을, 후옹 교장에게서는 명예교사 위촉장을, 한국 정부로부터는 충무무공훈장을 받는다. 성우는 그토록 원하던 '다이퐁 마을의 평정'에 성공한 것이다.

2) 민사심리전의 근본적인 한계

성우는 민사심리전의 완벽한 수행자라고 할 수 있다. 민사심리전을 통해 불쌍한 베트남인들을 구원하고자 하는 성우는, 자신을 순수한 휴머니스트이자 베트콩과 한국군 사이에 서 있는 중립자로 자리매김을 하는 것이다.

그러나 성우는 엄연히 대한민국 현역 육군 중위로, 한국군과 미군의 무기를 휴대하고, 한국군으로서 모든 일을 수행하고 있을 뿐이다. 민사심리전은 앞에서도 살펴본 바와 같이 주월 한국군의 기본작전이며, 작품에서도 성우는 상부의 지시 아래 일을 수행한다. 우 소령이 박성우 중위에게 "주민들은 친절한 민사협조와 놈들의 경고 사이에서 주춤거리구 있을 거야. 삼 톤을 쌀을 싣구 가. 거긴 낙인 찍힌 부락이라 여태까지 한번두 준 적이 없어."(160)라고 말하면, 성우는 우소령의 명령을 수행하는 식이다. 선우 소령은 박성우에게 "노인들을 잡으라구"(93)라고 말하며, 실제로 성우는 노인들에게 관심을 집중시키기도 한다. 이러한 상황에서도 성우는 베트남인들에게 자신은 '베트콩과 한국군 사이의 중립자'라는 것을 계속 해서 강변한다.

성우의 이러한 자기기만과 착각은 마준이나 탄과의 논쟁을 통해 자연스럽게 탄로난다. 우선 성우의 그 애매모호하고 비논리적인 위치는 친구인

준에 의해서도 다음과 같이 명징하게 언급된다. 준은 성우가 다이퐁 마을에서 했던 일의 의미와 성과를 인정하면서도, "문제는 네가 그곳을 흔들어 온 두 세력의 하나인 한국군 장교"(184)로서 "네 신분은 중립국의 선교사가 아냐."(184)라고 말한다.

이후에 히엔 촌장의 아들 탄과의 대화에서도 성우의 애매한 위치는 다시 문제시된다. 「자유청년연맹」 소속인 탄은 "총을 들고 점령하는 자보다 당신은 더 무서운 존재입니다. 웃는 얼굴, 달콤한 말로 사람들의 마음을 사로잡으니까요. 온갖 명분으로 치장을 했지만 당신은 우리 민족을 지배하려드는 외세의 발톱, 그 이상도 이하도 아닙니다."라며, "당신은 주민들로 하여금 스스로 한국군의 지배 안에 들어, 반공촌이 되기를 자청하게 만드는 데 성공했습니다."(271)라고 말한다. 탄은 이어서 "프랑스는 처음 이 나라에 손을 뻗칠 때 천주교 신부부터 보냈습니다."(272)라며 성우의 일도 그런 연장선상에 있다고 이야기한다. "민사심리전 장교인 당신의 진리도 이 나라에 해가 된다는 걸 알아야 합니다."(272)라고 탄은 덧붙인다.

성우는 '우리의 민사활동에는 어떤 전제도 없다'고 이야기하지만, 이것은 사실과 너무나 거리가 멀다. 성우의 민사심리전은 반공촌의 건설을 목적으로 하기 때문이다. 이것은 미야의 오빠이자 "철저한 반공주의자"(232)인 수안조차도 "당신이 처음에 다이퐁 주민의 공감을 얻은 건 반공을 재촉하지 않았기 때문"(231)인데, 성우가 "너무 성급하게 반공무장화시킨 것 같습니다."(231)라고 말하는 것에서 확인할 수 있다. 수안은 "베트남인에게 있어서 공산주의는 그 이념보다는 그것을 중심으로 민족이 결속했다는 데 큰 의미를 부여해야 합니다. 한국은 아시아 지역의 반공의 보루지만 이 나라는 그렇지 않습니다."(232)라고 말한다. 그러자 성우는 자신의 민사활동이 상정하는 절대적인 전제를 드디어 밝힌다. 그 전제는 "우리의 궁극적 목표는 베트남이 자유민주주의 체제로 통일하는 겁니다."(232)라는 말에 잘 나타나 있다.

이후 다이풍이 완전한 평정에 이르렀을 때도, 탄과의 논쟁이 이어진다. 여기서도 성우의 자기 인식과 실제 위치 사이의 극복할 수 없는 간극은 예리하게 드러난다. 성우는 자신이 양대 세력 사이에서 베트남인들을 위한 "한 그루의 작은 나무가 되고 싶"다고 말하지만, 탄은 "당신은 미국이 제공한 권총을 차고 미국제 철모와 군복과 군화를 착용하고 일했습니다. 봉급도 미군의 달러로 받고 있을 겁니다. 그리고, 끝내 다이풍을 반공촌으로 만들었습니다."(282)라고 단호하게 대답한다.

그리고 이 대화에서 성우는 자신의 이상이 "민족주의와 반공과 자유민주주의"(282)라고 밝힌다. 성우가 초연한 중립자로 행세했던 것이, 자신의 이상을 이루기 위한 하나의 방편에 지나지 않았음이 분명하게 드러나는 순간이다. 이미 성우는 연대장에게 "휴머니즘의 옷을 입어야 합니다. 거기 주민들이 삼십 년간의 전쟁에서 지배자의 인정에 굶주려왔다는 측면도 생각한다면 그것은 더 큰 효과를 구현하는 첩경이 될 수도 있습니다."(126)라는 말을 통하여, 휴머니즘이 하나의 "옷"이자 "효과를 구현하는 첩경"에 불과하다는 것을 명확히 하고 있었던 것이다.

모든 면에서 다이풍 마을이 완전 평정에 가까워지자, 시간이 갈수록 성우는 노골적으로 중립의 옷을 벗고 한국군 본연의 임무에 충실해진다. 정보과장이 궁극적인 목표는 다이풍을 적이 발을 못 붙이는 "강력한 반공부락"으로 만드는 것이라며, "반공화 공작을 생각할 때"라고 말하자, 성우는 "조금 이른 감이 있지만 좋은 편입니다."(222)라고 동의한다. 결국 다이풍은 민사반이 활동을 시작한 지 석 달 만에 우수한 자체방어력과 연대의 신속한 지원을 최우선으로 보장받는 "강력한 반공부락"(230)으로 변하고, 목표를 달성한 성우는 제2의 민사심리전 공작의 착수를 위해 오아빈둥이라는 혼쥬 산 기슭의 적성지역으로 떠난다.

그러나 성우를 비롯한 한국군이 떠나자, 그동안의 모든 노력은 물거품으로 돌아가며 한국군의 민사심리전이 지닌 무용성이 선명하게 드러난다. 1971년의 새해 첫 날 백 명 이상의 월맹정규군과 게릴라들이 다이풍을 공격하고, 후옹 씨 내외와 미야, 히엔 촌장과 민병대장, 그 외의 많은 주민들이 살해되는 것이다.[53]

결국 성우는 자신의 노력이 결국은 어떤 전투행위보다도 참담한 결과를 불러왔음을 시인한다. "애당초 그런 깃발을 들고 뛰어들지 않았더라면 심야의 전투도, 주민 십여 명이 죽는 비극도 일어나지 않았을 것임이 확실"(332)하기 때문이다. 히엔의 후임 촌장은 "지금 우리가 확실하게 생각할 수 있는 건 당신을 처음부터 외면했다면 오늘과 같은 일이 없었으리라는 점"이라며, "한국군의 보호우산을 벗기로 했습니다. 이제부터 마을에 들어오는 모든 군인은 우리에게 불행을 가져다주는 존재로 여기기로 했습니다."(334)라고 선언한다.[54]

---

53) 다이풍이 겪은 이 심각한 불행은 현실에서도 일어날 가능성이 매우 높다. 당시 민사심리전을 수행한 한국군의 회고에 의하면, 푸캇군은 소위 말하는 완전한 평정 상태에 이르고, 특히 대대가 건설한 호아호이 마을은 빈딩성장에 의해 '재구촌'으로까지 명명된다. 이러한 상황에서 새로운 작전을 위해 대대는 푸캇군을 떠나게 된다. 그러나 대대가 푸캇군을 떠난 3일 후에 예상한대로 달갑지 않은 소식이 들려온다. 대대가 떠난 바로 다음날 밤에 베트콩들이 재구촌 근방에 있는 산까지 와서 재구촌에 총탄을 퍼붓고 가는 것이다. 3월 16일, 17일, 18일 연 3일간에 걸쳐 베트콩들이 야간에 재구촌을 향해 위협사격을 했는데, 특히 18일 새벽에는 박격포 사격까지 가해, 집 아홉 채가 불타버리고 촌민 1명이 죽고 3명이 부상당한다.(박경석, 앞의 책, 288-293면) 물론 이 회고에서는 1966년 3월 27일, 내내가 15일만에 푸캇으로 다시 돌아옴으로써 모든 문제가 해결되지만, 만약 한국군이 돌아오지 않는 경우에는 엄청난 피해가 발생할 수밖에 없다는 것을 보여주는 실제 사례이다.

54) 뒤이은 "그러나 우리는 중위의 뜻을 영원히 기억해야 한다는 것에 합의했습니다. 당신의 노력은 결과적으로 우리를 불행의 구렁으로 떨어뜨리고, 당신의 군대에 큰 전과를 가져다주는 꼴이 되고 말았지만, 우리는 당신이 보여준 진실을 매우 고귀

결국 성우는 자신의 활동이 베트남전에서 더 큰 비극을 가져올 뿐임을 인정하고, 복무를 연장하려는 계획도 취소하고 귀국을 서두른다. 송 중위는 성우가 숭고하다고 생각한 민사심리전이 가져다 준 군사적 성과를 한국군의 입장에서 고평한다. "사실 까놓구 말하면 연대로서야 학교 지어주고 다리 놔준 반대급부루 백이십 명의 적을 잡았어. 뺏겼다가 찾은 총 말구두 백열여덟 정의 적 화기를 노획했어."(335)라며, 성우가 '황금거위'가 돼서 '황금알'을 낳았다고 평가하는 것이다. 박성우의 노력은 한국군에게만 이로움을 가져다 줄 뿐, 결코 베트남인들에게는 어떠한 도움도 줄 수 없었던 것이다. 결국 응웬 반 후옹 일가의 장례식에서 성우는 수안에게 "베트남 땅에 사죄하며 떠나겠습니다. 그리고 평생 동안 사죄하겠습니다."(342)라고 말하며 귀국을 준비한다. 호의를 갖고 다이풍 사람들에게 잘 해주려고 하면 할수록, 성우는 다이풍 사람들에게 더 큰 고통을 가져다 줄 뿐이었던 것이다.55) 작가는 박성우의 노력과 실패를 통해서, 베트남전 당시 한국군 민사심리전에 내재된 명암을 적절하게 보여주고 있다.

박성우는 반공이라는 분명한 이념적 지향을 가지고 있으면서도, 겉으로는 중립적인 휴머니스트로서 자처하며 민사심리전을 통해 베트남인들을 구원할 수 있다고 자처하였다. 이러한 자기기만은 어떻게 가능했을까? 이것은 기본적으로 베트남인의 내면을 소거한 것과 관련된다. 처음 다이풍 주민들을 만났을 때 성우는 "산촌에 사는 주민들은 그 운명의 원인이 무엇

한 기억으로 간직할 겁니다. 당신의 이름은 당신이 만들어준 학교와 함께 영원히 기억될 겁니다."(334)라는 말을 통해 박성우의 노력이 굴레가 아닌 영광으로 변모될 가능성이 제기되기도 하지만, 이것은 지나치게 편의적인 해석이다.
55) 이전에도 성우의 숭고한 노력이 오히려 베트남인들에게 피해를 가져온 적이 있다. 성우는 억울하게 끌려간 다이풍 촌의 주민들을 구해오고자 한다. 정부군 보안부대와 포로수용소로 보내는 협조 메시지를 기안하여, 결국 아홉 명의 주민이 귀가하도록 한다. 이를 계기로 작전과장은 역게릴라를 철수시킨다. 그러나 나흘 후 게릴라들이 내려와, 포로수용소에서 가석방되어 온 농민을 죽창으로 살해한다.

인지조차 모르는 사람들"이라며, 그들의 앞에 놓인 "사느냐 죽느냐 하는 문제 앞에서 이념의 장식이란 무색해져버린다"(56)고 규정한다. 실제로 성우가 은밀히 다이풍에 잠입하여 주민들의 집회를 관찰할 때, 주민 중의 한 명은 "제발 이제 아무 편이나 우리를 완전히 지배했으면 좋겠어."(110)라고 체념적으로 말한다.

이념이나 내면이 없는 베트남인이라는 인식은, 다이풍촌 사람들을 만나기 이전에 광호에게 보낸 편지에서부터 나타난다. 성우는 "이 전쟁에서 시달리는 보통 민중들을 생각하지 않을 수 없어. 그들은 이념이 뭔지두 몰라."(61)라고 하소연한다. 베트남 민중들이 이념 따위에는 무관한 존재라는 인식은 이후에도 계속해서 등장한다. "성우는 주민들의 얼굴에서 이제 한국군에 운명을 맡겨야 한다는 현실에 순응하는 이 나라 사람들 특유의 타협의 빛을 읽을 수 있었다."(227)며, 베트남인들을 베트콩과 한국군 사이에 놓인 백치처럼 그려놓고 있다. 송중위는 성우에게 미야가 당신을 가슴속에 두고 있다며, "하긴 흐리멍텅한 이 나라 청년들에 비해 당신은 딱딱 부러지는 맛이 있지."(148)라고 말한다.

그러나 실제 베트남전의 결과가 증명하듯이, 베트남인을 이념과는 무관하며 생존에만 매달리는 사람들로 바라보는 것은 일종의 제국주의적 (무)의식에 불과하다. 수완이 난폭하게 이동하는 한국군을 보며 "한국 역사를 잘 모르지만 적어도 한국만큼은 민족의 자존을 지켜온 나랍니다. 한국군은 우리 민족이 쉽게 굴종하는 민족이 아니란 걸 알아야 합니다."(236)라고 말하는 것에서 알 수 있듯이, 베트남인은 결코 이념과 무관한 존재들이 아니기 때문이다. 이와 관련해 탄원서를 가지고 온 나이풍의 주민들을 박성우가 천막 안으로 안내한 후에, 그들을 바라보면 보이는 다음과 같은 반응 역시 제국주의적 (무)의식과 관련된 것으로 볼 수 있다.

천막 안에서는 이 나라 사람들 특유의 체취가 강렬하게 떠돌고 있었
다. 다듬어지지 않은 머리가 앞 이마에 착 달라붙은 얼굴들로 가득 차
있었다. 작은 체구와 골격, 아무렇게나 걸친 옷, 공허하게 떠 있는 듯한
눈, 흑황색의 피부, 몸 전체를 감돌아 싸고 있는 또하나의 옷과 같은 체
념과 비애의 분위기. (195)

『훈장과 굴레』에서 성우와 대화를 나누기도 하며, 유일하게 인간으로서
의 내면이 느껴지는 다이풍의 베트남인은 후옹 일가 뿐이다. 후옹 노인은
사이공에서 대학공부를 하다가 베트민으로서 對 프랑스, 對 일본 게릴라전
에 앞장섰던 인물이다. 베트민의 주력이 미군과 대립하여 좌경화한 후에는
은퇴하여 이곳에 정착했다. 자기 손으로 개간하여 농장을 만들었으며, 왕족
의 후예라는 출신배경과 학식 등으로 마을 사람들의 존경을 받는다. 그러
나 후옹 일가와의 교류는 오히려, 자랑할 만한 혈통도 학식도 재산도 없는
보통의 베트남인들을 더욱 왜소하게 만드는 효과를 발휘한다. 이처럼 『훈
장과 굴레』의 가장 큰 문제는 베트남인들의 백치화라고 할 수 있으며, 이
를 가장 잘 보여주는 인물이 바로 미야이다.56)

---

56) 미야의 백치화가 가지는 의미에 대해서는 4부 1장에서 본격적인 논의를 전개하고
    자 한다.

2

베트남의 베트남전 소설

1. 성장과 투쟁의 서사를 통한 민족해방전쟁으로서의 성격 강조
- 응웬반봉의 『하얀 아오자이』

베트남전은 베트남민족해방전선과 북베트남 사람들에게는 민족해방전쟁으로 그 성격이 규정되었다. 주지하다시피, 베트남은 천년이 넘는 시간 동안 중국으로부터 시달림을 받았으며, 한 세기가 넘는 프랑스 식민통치와 3년간의 일본 지배를 받아야만 했다. 2차 대전이 끝난 후에는 프랑스의 재침략을 겪기까지 했다. 1954년 디엔비엔푸(Điên Biên Phu) 전투에서 승리하며 민족해방의 결정적인 계기를 잡았으나, 새로운 질서의 수호자로 미국이 개입하면서 또 다시 항쟁의 길에 들어서게 된 것이다. 그렇기에 수많은 베트남인들의 입장에서, "항미구국전쟁은 오랜 식민지해방투쟁의 전통을 잇는 일종의 성전(聖戰)"57)으로 인식되었다.

---

57) 전진성, 『빈딘성으로 가는 길-베트남전 참전용사들의 기억과 약속을 찾아서』, 책세상, 2018, 50면.

방재석과 조선영의 연구에 의하면, 베트남전을 다룬 베트남 소설은 다음과 같이 정리해 볼 수 있다. 베트남에서 전쟁문학은 시기와 세대를 기준으로 크게 세 가지로 구분된다. 도이머이(Đổi mới, 1986년 쇄신정책) 전과 후로 구분되는 전쟁세대의 문학이 있고, 그 뒤를 잇는 전후세대의 문학이 있다. 도이머이 이전 전쟁세대의 문학은 베트남전쟁을 민족해방과 조국통일을 위한 숭고한 전쟁으로 형상화하고 있다. 이 전쟁에서 희생된 전쟁영웅들과 인민들의 고난, 영광스러운 승리를 그린 대표적인 소설들로 안 득의 「땅」 (1966), 판 뜨의 「바이 엄마의 가족」(1968), 응우옌 옥의 「광야」(1969), 응우옌 민 쩌우의 「군인의 발자국」(1972), 응우옌 꾸앙 상의 「역풍의 계절」(1975) 등을 들 수 있다. 도이머이 이후 전쟁세대의 문학에서는 전쟁의 후유증과 상실감, 살아남은 자의 고통을 다루는 경향이 강하다. 대표적인 소설로는 응웬 후이 티엡의 「퇴역장군」(1988), 즈엉 흐엉의 「남편 없는 강나루」(1990), 바오 닌의 「전쟁의 슬픔」(1990) 등이 있다. 전쟁세대의 작가들이 지금까지 베트남 전쟁을 주제로 한 작품을 왕성하게 출간하고 있는 반면에, 전후세대는 전쟁을 작품 소재의 일부로 차용하는 수준에 그치는 경우가 많다. 전설과 회상, 판타지가 주를 이루는 전후세대의 대표적인 소설로는 응우옌 옥 뜨의 「꺼지지 않는 등불」(2000), 응우옌 쑤언 투이의 「이파리 색 푸른 바다」(2011), 응우옌 딘 뚜의 「황량한 마음」(2013) 등이 있다.[58]

그동안 『하얀 아오자이』(1973)는 『불멸의 불꽃으로 살아』와 함께 "재현의 서사에 충실하면서 제국주의의 본질을 폭로하고 민족과 민중의식을 고취"[59]하는 작품이라고 규정되었다. 『하얀 아오자이』는 "민족해방투쟁의

---

58) 방재석·조선영, 「베트남전쟁과 한·베트남 문학 교류 고찰」, 『현대소설연구』 57호, 2014.12, 38-39면.

59) 정찬영, 「한국과 베트남소설에 나타난 베트남전쟁 담론 연구」, 『한국문학논총』 58집, 2011.8, 380면.

선명성과 숭고함을 드러내"[60])는 대표적인 작품인 것이다.

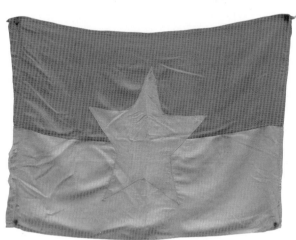

북베트남과 베트남민족해방전선의 깃발

응웬반봉의 『하얀 아오자이』61)는 실존인물인 응웬티쩌우라는 여성을 모델로 한 소설이다.62) 디엔 비엔 푸 전투가 끝난 1950년대 중반부터 1960년대 중반까지를 배경으로 하여 사이공을 중심으로 베트남 학생들의 투쟁활동을 그려낸 작품이다. 작가인 응웬반봉은 1921년 태어나 2001년 사망하였으며, 초기 베트남 혁명 문학 작가들 가운데 선두에 있던 작가이다. 『하얀 아오자이』는 기본적으로 사회주의 리얼리즘 문학의 특성을 보여준다고 할 수 있다.63) 모두 7장(1장 사이공에서 미래를 꿈꾸다, 2장 동나이의 딸, 3장 더 큰 꿈을 품다, 4장 어두운 날들, 5장 하얀 아오자이, 6장 희망의 노래, 7장 새로운 시작)으로 이루어져 있으며, 이 중에서 5, 6, 7장은 감옥에서의 투쟁을 다루고 있다.

『하얀 아오자이』는 기본적으로 이데올로기 혹은 메시지를 전달하려는, 즉 세상을 보는 특정 방식이 옳다고 독자를 설득하는 주제소설(roman à thèse)이다. 주제소설의 구조적 모형 또는 담론 양식으로 가장 많이 쓰이는 것이 도제 구조(Structure of Apprenticeship)이다.64) 도제 구조에 바탕한 『하

---

61) 『하얀 아오자이』의 원제는 '하얀 옷(áo trắng)으로 1973년에 Nguyen Van Bong이 베트남에서 처음 발표되었으며, 『사이공의 흰옷』이라는 제목으로 불어판을 번역하여 1986년에 처음 한국에 소개되었다. 2006년에 베트남어판을 번역한 『하얀 아오자이』(동녘, 2006)가 국내에서 출판되었다. 앞으로 이 작품을 인용할 경우, 면수만 기록하기로 한다.

62) 번역자인 배양수는 2006년 8월 24일 호치민 시에서 쩌우 여사와 그의 남편 레홍 뜨 씨를 만난 사연을 소개하고 있다. 배양수는 "쩌우 여사는 1969년에 남부의 한 해방구에서 응웬반봉을 만났는데, 그때 응웬반봉이 후대에게 학생운동의 실상을 남겨서 교훈을 삼아야 한다며, 소설을 쓰고 싶으니 쩌우 여사가 어떻게 활동해 왔는지 얘기해 달라고 설득했고, 쩌우 여사가 동의하여 장시간에 걸쳐 그녀의 일생을 얘기해 주었다."(6)고 밝히고 있다. 또한 하노이 사범대학교 국문과 라카호아 교수는 쩌우 여사가 『불멸의 불꽃으로 살아』에 나오는 '옷'이라는 여성의 실제 모델이라고 이야기한 것을 소개하고 있다.

63) 초기 베트남 혁명 문학 작가들의 특징을 배양수는 다음과 같이 설명한다. "예술의 목적은 현실을 반영하는 것이었고, 따라서 소재도 노동자, 농민, 군인 등 혁명에 참여하는 사람과 관련된 것이 대부분이었다. 또한 항상 영웅적이고 낙관적인 내용을 담아내야 했으며, 해피엔딩으로 끝나야 했다."(7)한다는 것이다. 그리고 『하얀 아오자이』 역시 그러한 규칙에 충실한 작품이라고 말할 수 있다.

얀 아오자이』는 성장 서사로서의 특성을 갖는다. 삶에 대한 확신과 의지로 가득한 프엉의 마지막 모습은, 프엉이 새롭게 얻은 가치나 교의의 증거이자 보증이라고 할 수 있다.[65]

『하얀 아오자이』는 어린 학생인 프엉을 주인공으로 내세워 전형적인 성장의 구성방식을 보여준다. 성장의 최종 귀착지는 민족해방전쟁에서 불멸의 민족해방전사가 되는 것이다. 비엔호아가 고향인 프엉은 삼촌의 도움을 받아 간신히 사이공에 와서 공부를 할 수 있었다. 삼촌은 비록 멀리 떨어져 있었지만 푸엉의 가족을 돌봐 주었고 학비를 일부 대주었다. 프엉은 본래

---

64) 도제구조는 통합체적인(Syntagmatically) 측면과 계열체적인(Paradigmatically, 그레마스의 행위자 모델) 측면에서 고유한 특성을 갖는다. 통합체적인 측면에서 도제 구조는 주인공을 교의에 의해 제기된 가치들로 이끄는 긍정적 도제 구조(Positive Exemplary Apprenticeship)와 주인공을 교의와는 반대되는 가치로 이끄는 부정적 도제 구조(Negative Exemplary Apprenticeship)로 나뉘어진다. 각각은 다음과 같이 도식화된다. (Susan R. Suleiman, Authoritarian Fiction, Princeton University Press, 1993, p.77)

「긍정적 도제 구조」
```
                    시도
  진실의 무지-----------→진실의 앎------------→진실에 바탕한 새로운 삶
            극복된
  수동성    ----------------------------------→앎에 바탕한 행동
```

「부정적 도제 구조」

```
                  시도
  진실의 무지---------→진실을 알지---------→진실에 바탕한 새로운 삶의 부재
          극복되지 않은
  수동성-------------------------------→앎에 바탕한 행동의 부재
```

계열체적인 측면에서 도제 구조는 주체(subject)와 대상(object)과 대상의 결과(receiver of the project)는 소설의 영웅인 한 명의 행위자로 통합된다. 긍정적인 도제 구조에서 주체는 기증자(donor)나 조력자(helper)의 도움을 받으며, 또한 많은 적대자(opponent)를 만난다.(Ibid., p.65-66)

65) Ibid., p.73.

선생님이 되건 간호사가 되건 고향으로 돌아올 생각이었다. 이처럼 프엉은 본래 선생님이나 간호사가 되는 개인적인 성취를 꿈꾸었으나, 여러 가지 일들을 겪고 다양한 조력자들을 만나 민족해방전사로 성장하게 된다.66) 이 과정에서 프엉은 자신을 민족해방전사로 성장시키는 여러 명의 조력자를 만난다. 먼저 북베트남 출신으로 북베트남의 지리적 조건을 찬양하고 디엔 비엔 푸 전투에 대해 이야기를 해주고는 하였던 호아 선생님을 들 수 있다. 그는 늘 친절했으며, "그 무엇도 인간의 힘을 막을 수 없다"(16)고 가르쳐 주었다. 호아 선생님은 수업 시간에 들려준 디엔비엔푸 얘기 때문에 체포 된다.

프랑스 식민지배자들이 하노이에 건설한 호아 로 감옥.
대부분 정치범들이 수용되었으며, 1953년에는 죄수들이 2천 명 이상에 이르렀다.

---

66) 프엉은 이후에도 "공부만 하겠다는 가족과 한 약속을 어기고 혁명을 하고 있었다. 이 일을 엄마, 할머니, 고모, 삼촌이 안다면 얼마나 실망할까?"(154)와 같은 고민을 이어간다. 그러나 끝내 그 모든 고민들을 극복하는 것으로 그려진다.

또한 제국주의에 저항해 온 가족들의 모습도 프엉의 성장에 큰 기여를 하게 된다. "아버지가 항전기에 폭행당하고 병원에 입원하여 수술받은 뒤 돌아가신 것, 뜨 삼촌이 희생당한 것, 숙모가 강간당한 것, 뜨 삼촌이 참수 당한 것, 하이 오빠가 집을 떠나 전쟁터로 간 것, 엄마가 고생스럽게 아홉 남매를 기"(88-89)른 것 등이 프엉의 기억에 남아 그를 민족해방전사가 되 도록 채찍질 하는 것이다. 이러한 상황에서 프엉은 현재도 주변에서 벌어 지고 있는 "수배, 체포, 총살, 감옥"(89) 등에 대해 생각한다.

사이공의 학교에 다니며, 프엉은 호앙 이외에도 타잉이나 홍란 등의 친 구를 사귄다. 프엉은 "공부 안 하는 부랑아 같은 아이들로 대부분 부잣집 자식들"(71)인 친구들을 경멸하고, "스스로 벌어서 공부하는 친구들을 존 경"(71)한다. 호앙은 후자를 대표하는 학생으로서, 프엉과 호앙을 엮어주는 것은 둘이 처한 환경의 유사성이다. 프엉은 호앙에게 "동병상련"(72)의 감 정을 느낀다. 프엉의 엄마가 날마다 생선을 팔 듯 호앙의 아버지는 소작을 했다. 엄마를 도와 생선을 팔 때 경찰이 생선 바구니를 프엉의 머리에 엎은 것처럼, 호앙도 지주가 밀쳐서 물소 등에서 떨어졌다가 한참만에 깨어난 적이 있다. 호앙이 어렸을 적 환경을 얘기했을 때, 프엉은 자신의 어린 시 절을 떠올린다. 프엉의 아버지가 항전에 참가한 후 엄마는 생선 장사를 했 는데, 빚쟁이가 돈을 받으러 오면 엄마는 강으로 뛰어들어 숨고 빚쟁이는 집과 강을 향해 욕을 퍼부었던 것이다. 군인들과 경찰들은 엄마를 수시로 괴롭힌다. 프엉과 호앙의 다른 점은 프엉이 여자이기 때문에, 호앙과 달리 "가족에게 좀 더 구속되어 있다"(72)는 점이다.

호앙은 프엉이 민족해방전사로 성장하는데 결정적인 역할을 한다. 프엉 을 이끄는 호앙은 "옳은 교의를 향해 주인공이 나아가는 것을 쉽게 하는 행위자"67)라는 측면에서 조력자이다. 호앙은 일반적인 주제소설에서의 조력자처럼, 지나칠 정도로 신념이 굳은 성격으로 형상화되는 것이다. 호앙의 지식은 대단하여 프엉이나 홍란 등은 호앙을 통해 많은 지식을 접할 수 있었다. 호앙은 항전 시기에 프랑스가 "고아원을 세워 아이들을 데려다 길러서 밀정을 시켰다"(77)는 식의 이야기를 프엉에게 해준다. 호앙의 이러한 이야기를 들으며, 프엉은 "전처럼 공부를 열심히 하면서 학교와 학급일을 하는 것, 사회에 나가 직업을 갖는 것만으로는 삶이 충분치 않다는 생각"(78)을 하게 된다. 이후에도 호앙과 얘기를 나눈 후에 "공부를 열심히 해서 선생님이나 간호사가 되겠다는 어린 시절의 꿈" 대신에 "더 큰 꿈이 필요하다"(78)고 느끼게 된다. "겉으로 보기에 호앙은 주변의 다른 사람들과 다를 바 없었지만 우리에게 그는 믿음, 편안함, 확고함을 주는 특별한 사람"(141)이었다. 호앙은 전쟁 지역에서 왔으며, 그곳은 "인적이 드물고 지대가 험준하여 아주 고생스럽지만 믿음과 친밀감, 용기가 넘치는 곳"(141)이라고 사람들은 생각한다. 프엉은 호앙에게 "믿음과 확고함과 용기를 심어 주었"(142)던 것이다.

마지막으로 프엉은 감옥생활을 통해 민족해방전사로 성장한다. 감옥에서도 여러 혁명가들을 만나고 모진 경험을 하며, "더 많은 것을 이해하고 훈련받고 성장"(265)하게 되는 것이다. 프엉이 감옥에 있는 동안은 호앙의 절대적인 영향력으로부터 벗어나 있는 시기라고 할 수 있다. 프엉이 수감되어 있는 무렵에 열렬한 혁명전사인 호앙은 전쟁 지역에서 활동하거나 꼰다오 섬에 수감되어 있기 때문이다.[68] 프엉은 년과 함께 학교의 모든 일을

---

67) Susan R. Suleiman, Op. cit., p.83.
68) 꼰다오 섬 감옥은 프랑스 치하였던 1930-1934년에 수백 명의 민족주의자들과 사회주의자들이 수감되었던 곳으로 유명하다. 종전 이후 베트남 정부는 호치민 시 동코이 거리의 통일궁 인근에 전쟁범죄박물관을 지으면서 이 감옥의 모습을 재현해 놓았다고 한다. (고영직, 「'공동체'를 상상하는 베트남 혁명문학」, 『하얀 아오자이』, 동녘, 2006, 292면)

도맡아 투쟁을 벌이다, 호앙의 지시에 따라 전쟁 지역에 가서 베트남의 혁명 노선과 임무 등에 대한 학습을 받는다. 다시 사이공으로 돌아와 활동하던 중에 프엉은 체포되고, '특별 공작단' 전향 캠프로 끌려간다. 그 곳의 단장인 즈엉딩히에우는 자신들을 도와주면 미국 유학을 시켜주겠다고 유혹하지만, 프엉은 단호하게 거절한다. 이후에도 어떤 유혹과 회유도 거절하고 혁명에의 신념을 견지해 나간다. 프엉은 레반주엣 특별방에서 다른 곳으로 끌려가 고문을 당하기도 하며, 이때 프엉은 "호앙이 얘기하던 리뜨쫑, 보티사우, 응웬티밍카이, 쩐푸 열사"(208)를 생각한다. 무지막지한 고문을 당하면서도 프엉은 전향을 거부한다. 프엉은 폭력과 탄압이 난무하는 여러 감옥에서 투쟁에 참가했고, 그 투쟁은 날로 강건해진다.[69] 그리고 드디어 1961년 9월 2일 자딩 감옥에서 공산당 입당식을 치른다. 입당의 순간에도 프엉은 "처음으로 당에 대한 얘기를 해 준"(227) 호앙을 떠올린다.[70] 이후에도 프엉의 투쟁은 멈추지 않으며, 프엉은 4년여의 수감생활을 하게 된다.

주제소설의 대표적인 구성방식은 도제구조와 더불어 대결구조이다. 이러한 대결의 구성방식 역시 『하얀 아오자이』에는 선명하게 나타난다. 또한 이 작품에서 윤리적·정치적 선악은 대를 이어 연속되는 것으로 그려진다. 기본적으로 '북베트남·베트콩/남베트남'이라는 이분법이 선명하다. 작가의 입장은 전자를 지지하는 것이다. 남베트남에서는 쿠데타가 일어나고, 정부에서는 가족 통치가 자행되고 파벌 싸움이 날로 심해진다.[71] 노동자들의

---

69) 감옥에서는 어린 아이도 투쟁의 대열에 동참한다. 수갑 착용 반대, 자유 확대 요구, 생활 개선 요구 등의 투쟁을 벌인다. 먹고 운동하고 노래 부를 때도 업무나 투쟁에 대한 생각으로 분주하다.

70) 물론 이때, "죽더라도 공산주의자를 만들고 죽어야 한다"(227)던 사우 아저씨를 떠올리기도 한다.

71) 남베트남을 대표하는 정치인은 응오딘지엠이며, 그의 정권은 실패한다. 이찬수는 "지엠 정권 실정의 원인과 특징을 '식민지적 민족주의', '서구적 종교 편향', '하향적 반공주의'라는 세 가지 키워드를 중심으로 정리"(이찬수, 「'베트남공화국'의 몰

파업, 태업, 데모가 연이어 일어나고, 이에 맞서 남베트남 정부는 사람들을 체포하거나 구금하고 온갖 탄압과 테러를 자행한다. 이와 달리 호치민으로 상징되는 북부 베트남은 이상적인 곳이다. 이 작품의 주인공인 프엉은 호치민에 대한 존경과 더불어 "우리에겐 북부 베트남이 있고, 사회주의가 있고, 우리와 함께하는 뜨거운 사랑의 세계"(142)가 있다고 생각한다. 프엉이 다니는 학교에서는 "북위 17도선 '저쪽'에/서로 사랑하며 평화롭게 사는 곳이 있다는데/여기 있는 우리는 외롭고 쓸쓸하기만 하다네."(69)라는 노래가 유행한다.

프엉의 아버지도 항전에 참가했으며, 귀향했을 때는 이전에 당한 고문과 시련으로 위장병이 매우 심해진 상태였다. 그 이전에도 민족의식이 강한 모습으로 그려진다. 프엉의 아버지는 사공으로 일했었는데, 갑자기 "코쟁이를 가득 실은 배 한 척이 나타나서 모든 배를 도선장에 대라고 소리"(58)친다. 그들은 아버지를 때리며 둑으로 내려가라고 거칠게 명령한다.[72] 아버지는 경찰서에서 거꾸로 매달린 채 기절하기도 한다. 아버지는 한 달이 넘어서야 풀려났고, 병에 걸렸다. 그럼에도 곧바로 항전에 참가했고, 큰 병을 얻은 채 귀가한 것이다. 아버지는 수술까지 받지만 끝내 실패하여 죽는다. 아버지의 죽음 직전에 겪는 다음의 모습은 이 작품의 선명한 반제국주의적 시각을 보여준다.

> 그때 어떤 신부와 두 수녀가 들어와서 부탁하지도 않았는데 아버지 귀에 대고 <성경>을 읽기 시작했다. 아버지는 천천히 눈을 감고 의식을 잃었다. 할머니는 놀라서 신부와 수녀에게 아버지를 집으로 데려갈 수

락」, 『통일 연구자의 눈에 비친 사회주의 베트남의 역사와 정치』, 서울대출판문화원, 2019, 82면)하였으며, 그 실정의 근본은 "베트남 민중에 뿌리내려 온 오랜 민중적 공감대에 미치지 못하는 지엠 정권의 일방적이고 표층적인 정책"(위의 논문, 83면)에 있다고 결론 내린다.

72) 그들은 프엉도 강물에 빠뜨렸고, 헤엄을 쳐서 올라오자 또 때린다.

있도록, 그래서 죽더라도 조상의 제단을 보고 죽을 수 있도록 <성경>을 읽지 말라고 머리 숙여 사정했다. 그 사람들이 멈추자 아버지는 눈을 떴고 할머니는 무척 기뻤다. 그런데 그 사람들이 다시 <성경>을 읽기 시작했고 할머니는 다시 엎드려 사정을 해야 했다. 이 상황은 엄마가 차를 빌려 병원에 도착할 때까지 계속 반복됐다. 하지만 다행히 아버지는 집에 도착한 뒤에 돌아가셨다. (32)

프엉의 삼촌 뜨도 유격대에서 활동하다가 전사한다. 하이 오빠는 뜨 삼촌의 아들로서, 투쟁의 대열에 동참하고 있다. 삼촌과 숙모는 모두 전투에서 죽었으며, "코쟁이들은 숙모를 강간한 뒤에 죽였고, 삼촌은 총을 쏘아 죽였는데 그 시체를 또 참수"(60)했다. 엄마는 삼촌의 네 아이를 데려다 키웠으며, 자신의 자식까지 합하며 도합 아홉을 길렀다.

외세와 그 추종세력에 대한 항거는 다른 인물들에게서도 나타난다. 타잉은 월남하여 미국 문화원에서 일하는 형부와 같이 살고 있었다. 타잉은 유인물 몇 장을 집에 가져갔다가 형부에게 들켜 따귀를 맞는다. 본래 타잉의 가족은 하노이에서 살았으며, 타잉의 오빠는 가족에게 항전을 돕는 일에 앞장서라는 유언을 남기고 전사하였다. 특히 유일한 여동생인 타잉에게는 조국의 신성한 사업에 기여하라고 당부하기까지 하였다. 그러나 월남한 이후에는 "미국을 위해 일하는 형부"(46)와 살면서, 이전과는 다른 생활을 하게 된다. 타잉의 어머니는 정신없이 장사를 하다가 갖고 있던 돈까지 모두 도둑맞고는 그 충격으로 병이 도져 죽었다. 어머니의 죽음에는 형부도 관여하고 있는데, "형부는 어머니를 부추겨 이곳으로 오게 했고, 그 강탈 사선에도 관련이 있잉"(45)던 것이다. 베트남인들은 미국인에게 저항하며, 그것은 사이공에 있는 미국문화원을 불태우는 행동으로 이어진다.

결국 마지막에는 미국, 경찰, 군인, 번73)과 같은 예외적인 인물을 제외하

---

73) 프엉이 다니는 학교에는 프락치가 있으며, 번은 호아 선생님을 고발하여 체포되도

고는 베트남인 대부분이 해방운동의 대열에 동참하는 것으로 그려진다. 사형을 언도받은 레꽝빙 선생은 재판정에서 "우리가 이 사이공에서 미 침략자 수뇌를 처벌하지 못한 것이 매우 유감스럽다."(250)고 말하고, 레홍뜨 오빠는 "미 침략 무리를 다 죽여 버릴 유탄이 충분하지 못한 것이 유감이다."(250)라고 말한다. 이와 관련해 홍란의 존재는 매우 중요하다. 이 전쟁이 바로 계급전쟁이 아니라 민족전쟁임을 보여주는 증거로 기능하기 때문이다. 홍란은 고급 빌라에 산다. 홍란은 저택에 살고 상가를 임대하는 부자이지만 공립학교가 아니라 번잡한 사립학교를 다니며 가난한 아이들과 친하게 지낸다. 프엉은 란의 집을 오가면서 처음 그 집에 갔을 때, 대리석 바닥 등을 보며 느꼈던 위화감을 극복하고 어느새 친해진다. 나중에 홍란의 가족은 모두가 투쟁의 대열에 동참한다.

『하얀 아오자이』에서 링이나 득은 처음 부정적으로 그려지지만, 그들도 나중에는 민족해방운동의 대열에 서는 것으로 그려진다. 처음 링은 "호찌민 주석은 아주 존경하지만 공산당은 좋아하지 않는다"(118)고 말하기도 한다. 그리고 "내가 우리 집 하인과 평등하다고? 그러니 '동지'라고 부르라고? 밥을 같이 먹으라고?"(119)라고 말하기도 한다. 이런 링을 보며 프엉은 "불쌍하다는 생각이 들다가도 어떤 때는 얄밉고 경멸하는 마음이 생"(120)기기도 한다. 변호사인 링의 아버지도 평화적이고 민주적이며 남부 정권에 반대하는 성향을 띠고 있기는 하지만 완전히 프엉의 편에 선 것은 아니었다. 링은 프엉과 환경이 다르고 생활 방식이나 생각, 감정도 달랐지만, 나이가 어리고 타잉을 좋아했기 때문에 위험하고 폭력적인 일을 했다. 링은 쿠

록 한다. 그는 모든 행실이 불량하며, 번의 형은 경찰서에서 근무한다. 링은 "네놈의 더러운 습관을 고쳐 주려고 때린 거니까 앞으로 우리 앞에 나타나지 마!"(25)라고 말하며, 이런 번을 때린다. 번은 나중에 프엉과 호앙도 고발하여 그들이 체포되도록 한다.

데타를 일으킨 세력 중 한 사람인 대령을 따라다니며 환호하기도 한다.74) 쿠데타가 실패한 이후 탄압과 체포가 이어지고, 링의 아버지와 링은 피신한다. 그러나 쿠데타는 인민의 지지를 받지 못하며, 이제 정부가 탄압하고 테러를 하려는 대상은 쿠데타 군과 자기들을 지지하지 않는 부류뿐만 아니라 "인민"(139)이기도 하다. 쿠테타 후에 프놈펜으로 피신한 링의 아버지는 파리를 거쳐 다시 사이공으로 와 시내에서 유명 인사가 된다. 호앙은 링이 자신의 방식대로 투쟁한다는 것을 인정한다.

득은 이전에 속으로 프엉을 사랑해서 신문에 광고를 내고 이름을 감추어 편지를 보낸 적이 있다. 프엉은 득을 믿고 있지만, "자신의 장래와 공부만 생각한다"(231)는 게 득의 단점이라고 여긴다. 그러나 이후 득도 민족해방 전사의 모습을 보여준다. 감옥에서 나온 후에, 프엉은 전쟁 지역에서 란과 득을 만난다. 득은 신문 기자를 거쳐 의학 공부를 하여 현재 군의관이 되어 있다. 프엉은 "득이 여기 와서 전투에 참가하고, 진보적으로 사고하게 되었으면 된 것 아닌가?"(276)라고 생각한다. 득도 성장한 것이다.

란의 가족들도 투쟁에 힘을 보태는 것으로 그려진다. 란의 오빠인 투득은 사관학교를 졸업하고 총참모본부에 근무하고 있으며 소위에서 중위로 승진한다. 투득은 오래 전부터 란이 무슨 일을 하는지 알고 있었지만 아무 말도 하지 않는다. 란이 감시당하고 군 보안대가 란의 사진을 갖고 있을 때에야 란에게 말을 걸지만, 란의 일은 란의 몫이라고 생각한다는 듯이 별다른 반응을 보이지는 않았다. 또한 프엉이 감옥에 있는 동안 란의 어머니는 프엉의 면회를 온다. 란의 어머니는 전쟁 지역에 있는 란과 동료들에게 보낼 선물을 준비한다. 나아가 란의 어머니는 떠나려는 프엉에게 꽃을 수놓은 아오자이와 란의 하얀 바지를 입으라고 건네준다. 프엉은 란의 오빠가

---

74) 쿠데타를 일으킨 세력은 "일부 장군과 링의 아버지 같은 민간인"(131)으로서 "같은 편끼리 서로 '뒤집은' 것"(131)에 불과하다. "쿠데타는 갈수록 우스워"(133)질 뿐이다.

운전하는 차를 타고 전쟁지역으로 가기도 한다.

프엉의 어머니도 정치적 의식이 있는 존재였음이 마지막에 드러난다. 전쟁 지역에 찾아온 어머니와 프엉은 많은 이야기를 나눈다. 엄마는 하이 오빠와 삼촌에 대해 말하고, 시장에서 생선을 판 건 "그저 우리를 돌보기 위한 것만은 아니었다"(278)고 고백하는 것이다. 아버지가 항전에 참가했을 때 어머니는 혼자서 집안의 모든 일을 책임졌다. 바 숙모가 강간당하고, 뜨 삼촌이 살해되자 엄마는 하이 오빠를 비롯하여 뜨 삼촌의 아이들을 데려다 키웠다. 프엉은 "어떻게 자식이 혁명에 참가하기를 바랐던 엄마를 믿지 못했단 말인가?"(278)라고 자책한다. 이처럼 『하얀 아오자이』에서 대부분의 베트남인들은 민족해방전사로서 미국에 맞서 싸우는 것으로 형상화되는 것이다.

2. 체제와 이념에 대한 전반적인 비판
  - 쯔엉 투 후옹의 『제목을 붙이지 못한 소설』

『제목을 붙이지 못한 소설』(1990)[75]의 작가 쯔엉 투 후옹은 "15세 때부터

---

75) 지현희는 『제목을 붙이지 못한 소설』이 전장에서 벌어지는 무서운 장면들과 후방에서 베트남 인민들이 겪는 일상의 드라마 같은 이야기들을 교차시키며, 이를 통해 "일상적 삶의 터전이 전쟁의 공간이 되어버린 것"(지현희, 「한·베 베트남전쟁 소설 비교 연구」, 부산대 석사, 2007, 37면)을 보여준다고 설명한다. 정찬영 역시 "『제목을 붙이지 못한 소설』은 전장과 후방이 교체 서술되는 형식을 취하면서 일상적 삶의 공간이 전쟁의 공간이 되어버린 베트남전쟁의 특징을 두드러지게 보여"(정찬영, 「한국과 베트남소설에 나타난 베트남전쟁 담론 연구」, 『한국문학논총』 58집, 2011.8, 395-396면)준다고 주장하며, "이념 대립에 의한 베트남전쟁으로 인해 희생당한 남·북베트남 민중들을 기억하면서 살아남은 하위주체들의 아픔이 여전함을 징후적으로 드러내고 있다."(위의 논문, 416면)고 결론 내린다. 김현생은 『제목을 붙이지 못한 소설』이 "침략자 미국에 대항해서 싸우는 베트남 민족의 비극적

12년 동안 베트남 전쟁 중 가장 위험했던 빈 뜨리 티엔 전선에 참가"[76]한 여성작가이다. 『제목을 붙이지 못한 소설』은 바로 "그 때의 경험을 바탕으로 쓴 소설"[77]이지만, 이 소설이 지닌 반국가적 성격으로 인해 출판과 동시에 판매가 금지되었을 뿐만 아니라 쯔엉 투 후옹은 공산당과 베트남작가동맹으로부터 축출당하였다. 급기야 그녀는 1991년 4월 14일에 당국에 체포돼 심문을 당했다고 한다. 그러나 1991년 10월 국제여론에 영향을 받은 베트남 당국은 그녀를 석방하였으며,[78] 같은 해에 프랑스의 권위 있는 문학상인 페미나상을 수상하였다.[79]

이 작품의 핵심적인 특징은 베트남전 당시의 전후방이 두루 작품 속에 형상화된다는 점이다. 베트남전 종전 무렵을 시간적 배경으로 하여, 콴이라는 스물여덟 살의 중대장이 주인공 '나'로 등장한다. 콴은 10년이라는 시간을 전쟁터에서 보냈으며, 친구 비엔을 만나기 위해 부대를 떠나 K지역으로 가며, 비엔을 만난 이후에는 10년 만에 고향을 방문한다. 이후에는 다시 전선으로 돌아와서 전쟁이 끝날 때까지 여러 가지 일을 겪는다. 이러한 콴의 여로를 따라 『제목을 붙이지 못한 소설』은 베트남전 당시 전선과 후방의 다양한 면모를 형상화하고 있다.

이 소설로 인해 작가가 공산당과 작가동맹으로부터 축출된 것에서도 알 수 있듯이, 이 작품은 베트남전 당시 권력자들에 대해 매우 비판적 인식을 보여준다. 콴이 10년 만에 고향에 돌아와서 만난 브우씨는 당대의 집권층을 다음과 같이 비판한다.

상황"(김현생, 「한국미국·베트남의 베트남전쟁 소설 연구: 부르디외의 '상'과 '아비투스' 이론을 적용하여」, 『영미어문학』 121집, 2016, 37면)을 그렸다고 설명한다.
76) 편집자, 「머리말」, 『제목을 붙이지 못한 소설』, 한상희 옮김, 동방출판사, 1993, 4면.
77) 위의 글, 4면.
78) 위의 글, 4-5면.
79) 『중앙일보』, 1993.7.28.

"콴, 자네도 알겠지만, 우리 아래 사람들은 말야, 배도 주리고, 입도 주리고, 심지어 그 물건까지 주리고 있다네… 그런데 장군들, 그자들은 그걸 이용하고 있어. 북쪽에서 남쪽까지 그자들은 어디를 가나 여자들에 파묻혀 살아. 옛날에는 첩을 두었다고 했지만 이제는 그걸 파견 동무라고 부르지! 내내 같은 추잡한 짓거리하면서."

"그렇습니다."

"그런데 어느 누구도 감히 그걸 말하지는 못하네… 나만 해도 이 마을에서 가장 완강하다고 하지만 자네와 얘기를 나누려면 이리로 데려와야만 하네. 얼마나 긴 세월을 가난과 고통 속에 찌들려 살았는가!"[80]

콴과 그의 죽마고우인 루옹은 같은 날 입대했지만, 10년의 세월이 흐르면서 루옹은 콴보다 세 계급이나 높은 사단의 참모부 장교가 된다. 그런데 루옹은 "전쟁을 위해 태어난 사람"(37)이라 불리며, 이때 전쟁이 인간에게 요구하는 첫 번째 능력으로는 "바로 자신을 버리는 것"(37)이 제시된다. 군을 대표한다고 할 수 있는 루옹은 출세와 지위만을 생각하는 냉혈한이다. 루옹은 10년 만에 고향을 다녀온 콴이 여러 가지 고향소식을 전해도 아무런 말을 하지 않는다. 그런 모습을 보며, 콴은 서글픔을 느끼고 자신의 "어린 시절도 사라졌다고 생각"(224)한다. 이런 루옹의 침묵은 "이제 그는 대령이고 사단의 부사단장이었다. 영광과 명예가 눈앞에서 기다리고 있었다."(224)고 하여, 루옹의 출세(욕)과 연관된 것으로 이야기된다. 루옹은 나중에 포탄 파편을 밟아 죽은 죽마고우 비엔의 이야기를 콴에게 하면서도 지극히 고압적인 자세를 유지한다. 루옹은 묵묵부답으로 일관하다가 "나도 몹시 슬퍼, 콴… 하지만 전쟁은 전쟁이야. 역사적 사명이 우리 인민에게 부여되어 있어…"(283)라는 당위적인 말을 건넬 뿐이다. 이러한 루옹의 모습은 전쟁 당시 집권층의 권위주의적이며 이기주의적인 태도를 대변한다고

---

80) 쯔엉 투 후옹, 『제목을 붙이지 못한 소설』, 동방출판사, 1993, 149-150면. 앞으로 이 작품을 인용할 경우, 면수만 기록하기로 한다.

할 수 있다.

콴은 신문과 군 부대의 회보가 "거짓말"(95)이라는 파격적인 인식을 보여주기도 한다. 또한 콴의 친구 비엔이 머무는 야전병원은 10미터 거리에서도 오줌과 똥 냄새가 나며 간신히 구역질을 참으며 바라보아야 하는 곳으로 묘사된다. 비엔은 "쓰레기더미, 똥, 오줌이 허옇게 말라붙은 오줌 자국들 속에 묻혀 있"(99)는 것이다. 본래 "동네에서 키도 가장 크고, 몸무게도 제일 많이 나갔"(106)던 비엔이 "비쩍 마르고 지저분한 얼굴에 줄줄 흘러내리던 피"(105)와 함께 나타나는 것은, 전쟁이 개인을 어떻게 파괴하는지 선명하게 보여준다.

『제목을 붙이지 못한 소설』이 다른 베트남전 소설과 구분되는 지점은, 혁명 세력의 기본 신념에 해당하는 마르크시즘까지도 비판하는 것이다. 콴이 비엔을 만나러 간 K지역에 갔을 때, 다오 띠엔이라는 장교는 베트남의 독립영웅들을 열거하며, "그것은 조국을 지키기 위한 전쟁이었을 뿐"(87)이라고 평가절하한다. 그리고는 우리의 승리는 "단순히 제국주의자들에게 대항하는 작은 나라 하나만의 것"이 아니라 "막시즘의 승리"(87)라고 자신 있게 말한다. 나아가 "오로지 막시즘만이 이 땅에 공산주의를 실현하고, 꿈을 실현하도록 해줄 것"(87)이라고 덧붙인다. 콴이 10년 만에 찾아간 고향을 다시 떠나게 되어 열린 송별회에서, 당 지부 서기인 리는 콴에게 "당신은 싸워 이기려는 의지를 굳혀야 하오. 우리 민족은 오랜 영웅주의 전통을 지니고 있소. 게다가 오늘날 우리는 막시스트 사상의 변증법적 유물론으로 무장되어 있소."(163)라고 자신만만하게 말한다.

그러나 집권세력이 자랑스럽게 내세우는 맑시즘(Marxism)은 곧 여러 차원에서 비판의 대상이 된다. 먼저 콴이 귀향하여 만난 당 지부 서기 리를 통해 드러난다. 콴이 입대하던 날에 연설을 하던 리 서기는 위풍당당한 모습이었지만, 10년이 지난 후의 리는 어쩐지 위축되어 보인다. 브우 씨는 리 서기를 보며, "옛날에는 열 명 중에 최소한 일곱은 정직하고 머리도 깨였"(145)지만 "요즘은 최소한의 예의범절도 배우지 못한 무식한 것들이 위에 앉아 있어. 막스-레닌주의를 배워서는, 막스를 등에 업고 논과 밭을 앗아가고, 계급투쟁이라는 이름으로 남의 여자들과 잠이나 자는 형편이니 …"(146)라고 성토한다.

또한 콴이 귀대하는 기차에서 만난 지식인은 "우리가 사원을 파괴하고 탑을 철거"(178)하는 이유는, "막스의 사진을 걸어놓음으로써 군중을 위한 새로운 신을 창조하기 위해서"(178)라고 말한다. 나중에 헌병이 찾아와 "당신들이 우리의 숭배하는 지도자 칼 막스를 모욕하고, 우리의 사회주의 체제를 비방했다는 보고가 들어왔소."(179-180면)라고 말하자, 그 지식인은 고관들이 으레 사용하는 외교관 여권을 보여주며 "베트남에 막스 사상을 도입한 것이 바로 우리요, 당신을 포함한 인민들에게 막스의 이데올로기가 무엇인지 가르쳐준 것도 우리요, 그러니 막스 사상의 지지자는 당신이 아니라 누구보다도 우리요, 알겠소?"(180)라며 오히려 헌병을 꾸짖는다. 이에 헌병은 하얗게 질려서는 이내 사라져버린다. 그 모습을 보며, 그 지식인은 "어때요? 보셨죠? 멍청한 인민들이에요. 그러니까 이들을 이끌자면 종교가 필요하고, 이들을 가르치자면 채찍이 필요한 겁니다."(181)라고 덧붙인다. 이 대목에서는 베트남에서 맑스주의가 한갓 인민을 다스리는 그릇된 종교 정도의 차원에서 존재한다는 작가의 인식이 드러난다. 특히 그러한 발언이 자칭 '베트남에 막스 사상을 도입한 자'에 의해서 발화된다는 점에서, 그러한 비판은 더욱 심각하다고 할 수 있다.

다음으로 콴이 포로와 대화를 나누는 장면에서도 맑스주의에 대한 비판이 나타난다. 콴은 포로에게 "우리의 신은 막스"(263)로 불린다며, "이 모든 불행들, 아마도 그것은 서로 다른 두 신을 섬기기 때문에 생긴 것이다. 왜 너희 중위에게 너희 정부로 하여금 막스 신을 섬기라고 권유해보라고 하지 그래?"(266)라고 말한다. 그러나 곧 콴은 맑스주의 이전에 남과 북이 세상에서 가장 "아름다운 설화"(267)를 공유했었지만, 지금은 "모두 우리의 어머니 어우 꼬, 우리의 아버지 랄 롱 콴, 우리가 태어난 공동 모태를 잊어버"(267)렸다고 한탄한다. 이러한 콴의 반응은 맑스주의가 오히려 베트남의 평화와는 거리가 있음을 보여준다. 이처럼 쯔엉 투 후옹의 『제목을 붙이지 못한 소설』은 베트남전 당시를 배경으로 하여, 체제와 이념에 대한 전방위적 비판을 시도한 문제작이라고 할 수 있다.

3. 당과 군의 관료주의 비판 - 반 레의 『그대 아직 살아 있다면』

반 레의 『그대 아직 살아 있다면』(1994)의 핵심적인 서사는 호치민 루트를 따라서 남베트남의 전선으로 향하는 것이다.[81] 이러한 남베트남으로의

---

81) 방현석의 「존재의 형식」(『랍스터를 먹는 시간』, 창비, 2003)에 등장하는 영화감독이자 시인인 레지투이는 작가 반 레를 모델로 창조된 인물이다. 이 작품에서 레지투이는 작가가 현재의 한국에서는 사라졌지만 여전히 의미 있는 것으로 생각하는 이상적인 세계를 대변하는 현지인이다. 레지투이는 호치민 루트를 타고 내려와 남부의 게릴라전에 참여한 전사로서, 베트남전의 의미를 온몸에 구현하고 있는 존재이다. 레지투이는 열일곱 살 때부터 전선에 나섰으며, 그와 함께 입대했던 300명의 부대원들 중에 전쟁이 끝날 때까지 살아남은 사람은 오직 다섯 명이다. 레지투이는 시인으로서 반 레라는 필명을 사용하는데, 그 이름은 본래 시인을 꿈꾸었지만 전선에서 죽은 친구의 이름을 가져온 것이다. 호치민 루트를 대상으로 한 다큐멘터리를 만들며 일본 자본가가 관광상품 소개를 대폭 늘려달라고 요구하자, 레지투이는 "그렇게 증선을 찍을 수는 없"(222)다며 거부한다. 레지투이는 "아직도 공산주의자"(236)냐는 문태의 물음에 분명하게 "그렇다"(237)고 대답하며, 이 나라에는 왜 이렇게 잡상인들이 많냐는 물음에는 "우리나라가 아직 가난하지만 남의 고된 생계수단을 빼앗으면서까지 부자가 되려고 하진 않아요"(237)라고 대답한다.

호치민의 자택에서 한국의 작가들과
대화 중인 생전의 반 레

이동은 베트남전에서 매우 중요한 의미를 지닌다. 세계대전을 우려한 미군은 지상군의 작전 범위를 남베트남으로 한정하였으며, 남베트남에서 보급능력을 상회하는 인적 손해를 적에게 입혀 전투의욕을 꺾어 버리는 것을 기본적인 전략으로 삼았다. 이러한 미군의 전략이 실패한 것은, 북베트남의 정규군을 포함한 베트남 혁명세력의 보급능력이 상당해서, 미군의 개입으로 발생한 손해를 메꾸며 자신들의 전력을 일정 수준 이상으로 유지할 수 있었기 때문이었다. 이것은 엄청난 희생을 동반하는 일이었으며, 이러한 희생을 넘어 베트남인들을 전쟁터로 향하게 만든 힘이 된 것은 무엇보다도 '독립과 자유보다 더 고귀한 것은 없다'라는 말을 비롯한 호치민의 호소였다.[82]

『그대 아직 살아 있다면』에서는 베트남전 당시 북베트남 정부와 군의 부정적인 면모가 드러난다는 점에서 『하얀 아오자이』와는 이질적이며, 『제목을 붙이지 못한 소설』과는 유사하다. 이 작품에서는 관료주의 비판도 매우 핵심적인 대목이다. 전선으로 가려고 화물차를 타려고 하자, 남자 역무

---

82) 古田元夫, 『베트남, 왜 지금도 호찌민인가』, 이정희 옮김, 학고방, 2021, 179-180면.

원은 철도총국에서 화물차에 사람이 타는 것을 엄금하라는 지시가 내려왔다고 말한다. "명령이 떨어지면 우리들 모두는 기쁜 마음으로 그것을 따라야 해!"[83]라는 "상투적인 말을 주지시키는 역무원의 강경한 태도"(68)에 빈은 인상을 찌푸린다. 부소대장 부이반꼼 상사도 불필요한 규칙에 얽매여서 참된 것을 놓치는 관료주의의 문제점을 체화환 인물로 그려진다. 부이반꼼 상사는 평소에도 빈을 "소자산 계급의 학생 출신"(79)으로 "아주 많은 개조가 필요한 대상"(79)이라고 지적하고는 하였다. 부이반꼼 상사는 소학교 3학년 과정밖에 못 마친 자격지심을 가지고 있으며, "지휘자로서의 권위를 내세울 수 있는 온갖 방법"(80)을 찾아낸다. 그토록 음식이 귀한 상황임에도, 부대에서 먹고 남은 음식은 무조건 땅에 묻거나 냇물에 쏟아버리라고 지침을 내리는 식이다.

그러나 인민을 사랑하는 빈과 부이쑤언팝 부분대장은 남은 음식을 모아다가 굶주리는 인근 마을 사람들에게 가져다주기로 결심한다. 부대의 남은 음식을 모아서 마을에 가져다주던 일을 하던 어느 날, 읍의 공안(우리의 경찰)을 만나고 그 공안은 규정을 내세워 음식을 빼앗아 내동댕이친다. 이에 분노한 빈은 공안에게 주먹질과 발길질을 한다. 이 일로 빈은 군사재판에 회부되고, 중대 정치국원과 부소대장 부이반꼼은 빈을 비난하기 위해 "자신이 아는 엄청난 의미의 단어들을 수도 없이 나열"(91)하며 열을 올린다.

과시하기 위해 사실을 왜곡하는 폐단 등의 문제도 날카롭게 비판된다. 북베트남군이 전쟁터에서 겪는 가장 큰 고통은 미군의 공습이다. 미군의 공습은 베트남을 "완전히 영혼을 잃어버린 폐허의 세계"(193)로 만들어버리는 것이다. 이런 상황에서 빈은 소총으로 적 헬기 한 대를 쏘아 떨어뜨리시만, 군의 상부에서는 전과를 부풀리기 위해 두 대를 쏘아 떨어뜨렸다고 허

---

83) Văn Lê, 『그대 아직 살아 있다면』, 하재홍 옮김, 실천문학사, 2002, 68면. 앞으로 이 작품을 인용할 경우, 면수만 기록하기로 한다.

위 보고를 한다.

전선에서 따꾸앙론 소대장은 "빈의 삶이 더욱 성숙해질 수 있도록 값진 도움을 주었다."(177)고 이야기될 정도로 빈의 선생님과 같은 역할을 한다. 이런 따꾸앙론의 핵심적인 특징도 당의 관료주의에 비판적이라는 점이다. 따꾸앙론은 수많은 중대원들이 희생되었음에도 정치국원이 "허풍 섞인 말투와 허무맹랑한 전세 분석"(213)을 하는 것에 눈살을 찌푸리고, 그를 경멸한다. 따꾸앙론은 당에 들어갔다가 탈당했으며, "당 바깥의 공산주의자로 살고 싶어"(177) 한다.

> 내가 알고 있는 것은 오로지 당에 가입해야만 더 높은 자리로 승진할 수 있다는 거야. 하지만 내가 입대한 게 어디 영도자가 되기 위해선가. 내가 입대한 것은 어디까지나 조국에 대해 인민으로서의 도리를 다하기 위해서지. 예전의 우리 할아버지 할머니들이 그랬던 것처럼 말이야. 나는 다시 당에 가입할 생각은 없어. 각자의 역할을 형식화된 틀에 짜 맞추려고 당의 이름을 파는 인간들을 또다시 만나게 될까 봐 말이야. (177)

이 작품에서 사령관은 "영롱한 눈빛에는 오래된 연륜과 위엄이 담겨 있"(197)다고 묘사될 정도로 긍정적인 인물이다. 그런데 이 사령관의 중요한 특징 역시 관료주의와 거리가 멀다는 것이다. "그에게서는 관료적인 모습을 전혀 느낄 수 없었다. 그는 자신의 권위를 내세워 아랫사람을 다그치려 들지 않았다."(198)고 이야기될 정도이다.

결국 따꾸앙론은 죽음을 앞둔 아내를 보러 갔다가 죽고 만다. 이것은 규정을 어긴 행동이기는 하지만, 죽음의 순간 그는 보안대와 함께 폭사하는 길을 택함으로써 결코 자신의 본분을 잊지는 않는다. 빈 역시 중대장을 속이고 병사 두 명을 데리고 따꾸앙론을 따라간다. "상급 지휘관을 속인다는 사실이 불안하고 죄스"(227)럽지만, "소대장과의 우정은, 지금 이 순간에 그 어느 것으로도 대신할 수 없는 가장 고귀한 것"(227)이다. 이처럼『그대 아직 살아 있다면』은 당과 군에 만연한 관료주의를 비판하며, 참된 인간애와 전우애 등을 강조한 소설이라고 할 수 있다.

3

미국의 베트남전 소설에 나타난 부인(denial)의 양상

1. 전쟁의 재현불가능성과 병사들의 실감에 대한 강조

팀 오브라이언[84]의 연작소설집『그들이 가지고 다닌 것들』(1990)에 수록

---

[84] 팀 오브라이언의 생애에 대한 가장 상세한 설명은『그들이 가지고 다닌 것들』(이 승학 옮김, 섬과 달, 2020)에 수록되어 있다. 그것을 그대로 옮겨보면 다음과 같다. 1946년 미네소타주 오스틴에서 태어나 열 살 때 가족과 함께 같은 주 남부의 소도시 워딩턴으로 이사했고, 거기서 훗날의 작품들에 짙게 묻어날 작가적 상상력과 정서를 키웠다. 매컬레스터 칼리지에서 총학생회장을 지내고 정치학 학사를 받은 1968년 베트남전쟁에 징병되었고, 그 이듬해부터 1970년까지 제23보병사단 제46연대 제5대대 알파중대 제3소대에서 복무했다. 전역 후 하버드 대학원에서 공부를 마치고『워싱턴 포스트』에서 인턴 기자로 일하다 1973년, 베트남 전쟁 보병의 일상을 담은 산문『내가 전장에서 죽으면If I Die in a Combat Zone』을 발표해 찬사를 받았다. 그 뒤 소설『북쪽의 빛』(Northern Lights)(1975), 『카차토를 쫓아서Going After Cacciato』(1978), 『핵무기 시대The Nuclear Age)(1985), 『그들이 가지고 다닌 것들The Things They Carried』(1990), 『숲속의 호수In the Lake of Woods』(1994), 『사랑에 빠진 수고양이Tomcat in Love』(1998), 『줄라이, 줄라이 July, July』(2002)와 산문『아빠의 어쩌면 책Dad's Maybe Book』(2019) 등을 발표하였다. 이 중『카차토를 쫓아서』는 전미도서상, 『숲속의 호수』는 제임스페니모어 쿠퍼상을 받았다. 대표작『그들이 가지고 다닌 것들』은『시카고 트리뷴』하트랜드상 등 국내외 다수의 상을 받았고 퓰리처상 및 전미도서비평가협회상 결선, 『뉴욕타임스』'20세기의 책', 아마존 '평생의 필독서 100선'에 올랐다. 이 책은 전쟁문

된 「진실한 전쟁 이야기를 들려주는 법」은 소설 전체가 전쟁의 재현과 증언에 대한 탐색으로 이루어진 작품이다. 이 작품은 일종의 에세이라고 할 정도로, 간접적인 형식화를 거치지 않고 직접적으로 전쟁의 재현에 대해 이야기한다. "많은 경우 진실한 전쟁 이야기는 믿어지지 않는다. 믿어진다면 의심하라."거나 "어떤 경우 진실한 전쟁 이야기는 입에 올리기조차 어렵다. 가끔씩 어떤 이야기는 말로는 불가능하다."[85]라고 하여, 직접적으로 재현(증언)불가능성을 주장한다.

다음으로 이 글에서는 진실한 전쟁 이야기가 결코 수미일관한 완결성에 바탕해 일반화 된 교훈이나 관념을 전달할 수 없다는 것을 강조한다.

> 진실한 전쟁 이야기는 결코 교훈적이지 않다. 그것은 가르침을 주지도, 선을 고양하지도, 인간 행동의 모범을 제시하지도, 인간이 지금껏 해오던 일들을 하지 않도록 말리지도 못한다. 만약 이야기가 교훈적으로 보인다면 믿지 마라. 전쟁 이야기의 끝에서 희망이 차오름을 느낀다면, 혹은 거대한 폐허 속에서 일말의 올바름을 건진 느낌이 든다면 당신은 케케묵은 지독한 거짓말의 희생양이 된 것이다. 올바름 따위는 없다. 선은 없다. (89)[86]

학의 범주를 넘어 상처와 글쓰기의 전범으로서 대학과 일반 북클럽, 나아가 중·고등학교 필독서로 꼽히며 끊임없이 회자되고 있다. 평생 자신이 겪은 전쟁과 직간접적으로 관련된 작품을 썼다. 현재 텍사스주 중부에 살며 텍사스 주립 대학교 샌마르코스 캠퍼스에서 문예 창작을 가르친다. 이승복은 팀 오브라이언이 "베트남 전쟁을 작품의 배경으로 자신의 작품세계를 구상해 왔다."(이승복, 「남성중심 질서에 대한 재고-쑹 트라 봉의 연인」, 『현대영미소설』 21집 1호, 2014, 2면)고 설명한다.

85) 팀 오브라이언, 『그들이 가지고 다닌 것들』, 이승학 옮김, 섬과달, 2020, 92면. 앞으로 이 작품집에 수록된 작품을 인용할 경우, 면수만 기록하기로 한다.

86) A true war story is never moral. It does not instruct, nor encourage virtue, nor suggest models of proper human behavior, nor restrain men from doing the things men have always done. If a story seems moral, do not believe it. If at the end of a war story you feel uplifted, or if you feel that some small bit of rectitude has been salvaged from the larger waste, then you have been made the victim of a very old and terrible lie. There is no rectitude whatsoever.

진실한 전쟁 이야기에서 교훈은, 만약 교훈이란 게 있다면, 옷감을 이루는 실과 같다. 그것은 한 올만 고이 골라낼 수 없다. 그 의미를 추출하려면 더 깊은 의미를 헤집어놓아야 한다. 그러면 결국, 정말로, 진실한 전쟁 이야기에 관해 "이런"이라는 말 외에는 할 말이 남지 않을 것이다.

진실한 전쟁 이야기들은 일반화하지 않는다. 그것들은 관념이나 분석에 빠지지 않는다. (99)[87]

당신은 어떻게 일반화하는가?

전쟁은 지옥이다. 하지만 그 말은 전쟁을 절반도 설명 못 하는데, 왜냐하면 전쟁은 미궁이자 공포이자 모험이자 용기이자 발견이자 신성함이자 연민이자 절망이자 갈망이자 사랑이기도 하기 때문이다. 전쟁은 심술궂다. 재미있어서. 전쟁은 긴장된다. 고역이라서. 전쟁은 당신을 남자로 만든다. 당신을 죽음으로 몰아서.

진실들은 모순된다. (102)[88]

전쟁을 일반화하는 건 평화를 일반화하는 것과 같다. 거의 모든 게 진실이다. 거의 아무것도 진실이 아니다. (103)[89]

There is no virtue. (Tim O'Brien, The Things They Carried, New York: Mariner Books, 2009, p.65)

87) In a true war story, if there's a moral at all, it's like the thread that makes the cloth. You can't tease it out. You can't extract the meaning without unraveling the deeper meaning. And in the end, really, there's nothing much to say about a true war story, except maybe "Oh"

True war stories do not generalize. they do not indulge in abstraction or analysis. (p.74)

88) How do you generalize?

War is hell, but that's not the half of it, because war is also mystery and terror and adventure and courage and discovery and holiness and pity and despair and longing and love. War is nasty; war is fun. War is thrilling; war is drudgery. War makes you a man; war makes you dead.

The truths are contradictory. (pp.76-77)

89) To generalize about war is like generalizing about peace. Almost everything is true. Almost nothing is true. (p.77)

　적어도 보통의 군인에게 전쟁은 짙고 영원한, 거대한 유령 같은 안개의 느낌이 -영적인 감촉이- 있다. 명확함이 없다. 모든 게 어질어질하다. (중략) 당신은 자기가 어디에 있는지 또는 왜 거기 있는지 말할 수 없고, 오직 확실한 것은 감당 못 할 모호함뿐이다.

　전쟁에서 당신은 확실한 것에 대한 감을 잃으므로 진실 자체에 대한 감도 잃고, 따라서 진실한 전쟁 이야기에서는 무엇도 절대적인 진실이 아니라고 안심하고 말할 수 있다. (104)[90]

　전쟁 이야기가 교훈이나 희망 또는 올바름이나 선(善)을 제시한다면, 그것은 "거짓말"이라고까지 단언하는 것이다. 오히려 "절대 타협하지 않고 외설과 악에 충실해야만 진실한 전쟁 이야기를 들려줄 수 있다"(89)고 주장한다.

　다음으로 진짜 전쟁 이야기는 사람들의 현실감각의 범위를 넘어선다는 것이 강조된다. 진실한 전쟁 이야기는 "일어난 일과 일어난 것 같은 일을 구분하기 어렵"(91)기 때문에, 나중에 그 일에 대해서 이야기할라치면 "번번이 초현실적인 인상이 끼어들어 이야기를 거짓처럼 보이게 만드는데, 실은 그것이 본 대로의 엄연하고 정확한 진실에 해당"(91)한다는 것이다.

　이러한 서술자의 직접적인 언술 외에 전쟁의 재현불가능성을 증명하는 일화들이 몇 가지 등장한다. 첫 번째는 랫 카일리의 친구가 전사하자, 랫 카일리는 친구의 여동생에게 "그녀가 얼마나 대단한 오빠를 두었는지, 으뜸가는 친구이자 전우였던 그와 함께 지내 얼마나 좋았는지"(87)를 적은 편

---

90) For the common soldier, at least, war has the feel ‐ the spiritual texture ‐ of a great ghostly fog, thick and permanent. There is no clarity. Everything swirls. You can't tell where you are, or why you're there, and the only certainty is overwhelming ambiguity.

　In war you lose your sense of the definite, hence your sense of truth itself, and therefore it's safe to say that in a true war story nothing is ever absolutely true. (p.78)

지를 보낸다. 그러나 그 편지를 쓴 랫의 마음은 친구의 여동생에게 전달되지 않고, 아무런 답장도 받지 못한다. 전선에 있는 자와 집에 머무는 자는 이처럼 서로 소통하지 못하는 것이다. 또한 청음초(聽音哨)에서 근무하며 듣게 되는 온갖 비현실적인 소리들도 전쟁의 재현불가능성을 보여준다. 이 소리들은 경험한 사람에게만 사실로 받아들여질 수 있으며, 그 경험을 전달하는 것은 "말로는 불가능"(97)하다. "그들한테 필요한 건 청음초에 나가보는 거야. 수증기를 겪어봐야 한다고. 나무랑 바위를 - 적의 소리에 귀를 기울여봐야 돼."(98)라는 미첼 샌더스의 말처럼, 청음초에서 들었던 소리를 확인하는 방법은, 직접 듣는 수밖에 없다.

「진실한 전쟁 이야기를 들려주는 법」 이외에도 연작소설집 『그들이 가지고 다닌 것들』에 수록된 「뜨라봉간의 연인」에도 "베트남은 더러 있을 법하지 않은 이야기, 더러 그마저도 훌쩍 뛰어넘는 이야기, 그런 낯선 이야기들로 가득하지만 평생 기억에 남는 것은 상식과 몰상식, 평범한 것과 미친 것의 경계를 오락가락하는 이야기들이다."(112)라는 식의 재현(증언)불가능성에 대한 직접적인 진술이 등장한다.

팀 오브라이언의 『카차토를 쫓아서』(1978)와 『그들이 가지고 다닌 것들』(1990)은 기본적으로 병사의 시야에 제한된 현장밀착식 재현 양상을 보여준다.[91] 이로 인해 전쟁을 둘러싼 여러 가지 역사적 맥락과 전쟁에 따르는 책

91) 국내에서 이루어진 『카차토를 쫓아서』에 대한 연구를 정리하면 다음과 같다. 정연선은 미국전쟁소설을 통시적으로 고찰하면서, 『카차토를 쫓아서』가 "미국전쟁소설의 전통 속에서 전쟁의 소용돌이 속에 휘말린 평범한 한 인간의 진정한 모습을 예술적으로 형상화시킨 훌륭한 소설작품"(정연선, 『미국전쟁소설-남북전쟁으로부터 월남전까지』, 시울대학교출판부, 2002, 387면)이라고 규정한다. 이승복은 『키차토를 쫓아서』에 나오는 베트남 소녀 사르낀 아웅 완이나 캘리포니아에서 온 여대생 등에 주목하여, "오브라이언의 베트남전 텍스트에 등장하는 여성 인물들은 남성 인물들의 타자에 대한 배타적인 태도를 드러냄으로써 동시대의 미국 사회가 지닌 한계를 조명한다."(이승복, 「팀 오브라이언의 여성 인물: 미국의 남성과 남성성의 한계에 대한 조명」, 『영미문화』, 6권 1호, 2006.4, 194면)고 비판한다. 다른 글에서

임의 문제 등은 사유되지 않는다. 그것은 발화층위로서의 진술 행위에 잘 나타난다. 『카차토를 쫓아서』는 기본적으로 외부로부터의 외적 초점화 양상을 보여준다.[92] 1장은 1968년 10월의 어느 날 파리까지 가겠다며 탈영한 카차토를 찾아 코슨 중위, 페렛, 오스카 존슨, 스팅크 해리스, 에디 라주티, 해롤드 머치, 폴 벌린이 라오스 국경까지 쫓아갔다가 잡지 못하고 돌아오는 이야기이다. 이후 폴 벌린은 상상으로 카차토를 쫓게 되는 것이다. 이 작품은 세 가지 서사로 구성되어 있다. 그 세 가지 서사는 폴 벌린이 바닷가 관측소에서 11월의 어느 자정 직전부터 다음 날 아침까지 혼자 경계 근무를 서고 있는 현재,[93] 벌린이 월남에 도착하여 약 6개월 동안 경험한 전쟁의 기억,[94] 탈영병인 카차토를 쫓아 6개월에 걸쳐 파리로 가는 8천 마일의 상상 여정[95]을 말한다. 1968년 10월의 어느 날 파리까지 가겠다며 탈영

도 이승복은 젠더적 측면에 주목하여, 미국에게 베트남은 "궁극적으로는 미국의 남성적인 힘을 세계에 다시 한 번 과시할 수 있을 뿐 아니라 과시해야 하는 장소로 간주된다."(이승복, 「베트남과 흔들리는 미국 남성성의 신화: 팀 오브라이언의 작품 세계」, 『영미어문학』 113호, 2014.6, 4면)고 주장한다.

92) 여기서 말하는 초점화는 리몬 캐넌의 논의에 따른 것이다. 리몬 캐넌은 초점화의 유형을 초점자의 위치가 스토리에 대해 내적이냐 외적이냐에 따라 내적 초점화와 외적 초점화로 나누고, 초점화 대상이 내부에서 지각되는가 혹은 외부에서 지각되는가(within/without)에 따라 내적 초점화와 외적 초점화를 각각 두 가지로 나누었다. (S. Rimmon-Kennan, 『소설의 시학』, 최상규 옮김, 문학과지성사, 1985, 69-128면)

93) 모두 10개의 장(2장 관측소, 5장 관측소, 8장 관측소, 12장 관측소, 19장 관측소, 28장 관측소, 30장 관측소, 32장 관측소, 42장 관측소, 45장 관측소)으로 되어 있다.

94) 모두 15개의 장(4장 그들은 어떻게 조직되었나, 9장 프렌치 터커에 이어 버니 린은 어떻게 죽었나, 11장 불구멍, 14장 은성 무공훈장을 받을 뻔했던 일에 관하여, 16장 즉석 시합, 20장 브라보 착륙지대, 22장 그들은 누구였나 혹은 누구라고 주장되었나, 24장 집으로 건 전화, 25장 일상적인 방식, 31장 야간 행군, 34장 레이크 컨트리, 35장 세계 제일의 레이크 컨트리, 37장 땅은 어떠했나, 39장 그들이 몰랐던 것, 41장 피격)으로 되어 있다.

95) 모두 21개의 장(1장 카차토를 쫓아서, 3장 파리로 가는 길, 6장 파리로 가는 에움길, 7장 파리로 가는 수렛길, 10장 파리로 가는 길의 구멍, 13장 파리로 가는 길에 구멍에 빠져, 15장 파리로 가는 땅굴, 17장 파리로 가는 땅굴 끝의 빛, 18장 파리로

한 카차토를 찾아 코슨 중위, 페렛, 오스카 존슨, 스팅크 해리스, 에디 라주티, 해롤드 머치, 폴 벌린이 라오스 국경까지 쫓아갔다가 잡지 못하고 돌아온 이후, 폴 벌린은 상상으로 카차토를 쫓아 파리까지 간다. 6개월에 걸친 이들의 행로는 '베트남-라오스-미얀마의 만달레이-방글라데시의 치타공-인도의 델리-아프카니스탄의 오비씰-이란의 테헤란-터키-그리스-크로아티아-독일-룩셈부르크-파리'로 이어진다.

이때 폴 벌린만이 대부분 내부로부터 초점화가 되며, 다른 인물의 내면은 매우 조금 드러난다. 폴 벌린이 주요한 초점화 대상이 되기 때문에, 폴 벌린이 항상 서사의 중심에 놓이며, 세계는 그의 의식에 비춰진 것으로만 제시된다. 이로 인해 『카차토를 쫓아서』는 이야기 외부의 화자가 이야기 내부의 인물 시점에 의존하면서 서술을 진행하는 내적 초점화와 유사한 효과를 줄 정도이다. 때로 폴 벌린의 내면의식이 인물의 행동보다 우세해져서 의식의 흐름류의 소설로 느껴지기도 한다. 이러한 특징은 다음의 인용처럼, 작중 인물의 내면 독백을 간접적으로 표현하는 화법인 자유간접화법의 빈번한 사용에서도 확인할 수 있다. 이러한 화법에서 서술자와 작중인물 사이에 비판적인 거리는 존재하지 않는다.96)

가는 길의 염불, 21장 파리로 가는 철도, 23장 파리로 가는 길의 도피, 26장 파리로 가는 길의 휴양, 27장 상상의 나래, 29장 파리로 가는 길의 참상, 33장 파리로 가는 길에 법을 어기어, 36장 상상의 나래, 38장 파리로 줄행랑, 40장 상상의 연장, 43장 파리의 평화, 44장 파리로 가는 길의 끝, 46장 카차토를 쫓아서)으로 되어 있다.

96) 자유간섭화법은 순수하게 문법직인 측면에서 본다면 회지의 보고문이지만, 내용 자체는 작중인물의 의식이다. 이로 인해 자유간접화법에서는 화자의 발언과 작중인물의 발언이 겹쳐지게 된다. 자유간접화법은 직접 화법과 간접 화법의 중간적인 화법이다. 이 경우 간접 화법의 문법적인 형태는 그대로 사용되고 있으나, 원래 대화의 의미의 뉘앙스들, 특히 발화 주인을 나타내는 표징이 남게 된다. (T.Todorov, 곽광수 역, 『구조시학』, 문학과지성사, 1977, 63면)

멍청이, 그는 숫자를 세면서 생각했다. 말문도 막히고 꼼짝도 못 하는 형편없는 얼간이.

우스꽝스럽게 식겁 놀라기나 하고. 바보 같아. 이건 고작 시작에 불과한 엄청난 바보.[97]

그는 유럽에 갈 것이다. 그게 그가 할 일이었다. 포트다지에서 얼마간 지내다가 유럽으로 여행을 뜨는 것. 그는 프랑스어를 배울 것이다. 프랑스어를 배운 다음 파리로 뜨고, 거기 도착하면 카차토에게 경의를 표하며 붉은 포도주를 마실 것이다. (86)[98]

이 작품에서는 서술자의 중개성이 최소화 되고 초점자의 의식이 전경화되는 것이다. 이처럼 독자가 한 인물이 지닌 내면 의식과의 직접적인 접촉을 지속해 나갈 때, 독자는 그 인물의 의식과 시각에 동화될 가능성이 커진다.[99] 폴 벌린이 이토록 주요한 초점화 대상이기 때문에, 폴 벌린의 성격을 이해하는 것은 작품에 다가가는 첩경이라고 할 수 있다. 폴 벌린은 일병으로 베트남에 와서 상병이 되었으며, 추격 이전의 생활은 소대 단위로 이루어지고 추격은 분대 단위로 이루어진다. 전쟁에 대한 인식은 폴 벌린이라는 사병의 시각을 벗어나지 않는다. 폴 벌린은 쭈라이의 전투본부에서 훈련을 받을 때, "그는 무서웠고, 그렇다, 혼란스럽고 헤맸으며 남들이 자기에게 무엇을 기대하는지 혹은 자기가 스스로에게 무엇을 기대하는지 아무

---

97) O'Brien, Tim, 『카차토를 쫓아서』, 이승학 옮김, 섬과달, 2020, 46면. 앞으로 이 작품을 인용할 경우, 면수만 기록하기로 한다. Dumb, he thought as he counted, a struck-dumb little yo-yo who can't move. There was just the stillness and astonishment. The foolishness. And the great folly that was just now beginning to come. (Tim O'Brien, *Going After Cacciato*, Broadway Books, 2014, p.20)

98) He would go to Europe. That's what he would do. Spend some time in Fort Dodge then take off for a tour of Europe. He would learn French. Learn French, then take off for Paris, and when he got there he would drink red wine in Cacciato's honor. (p.48)

99) F.K.Stanzel, 김정신 역, 『소설의 이론』, 탑출판사, 1990, 193-194면.

런 감이 없었다."(73)고 묘사되는데, 이러한 무지와 혼란의 상태는 마지막까지 크게 개선되지 않는다.100) 폴 벌린을 포함한 미군들의 핵심적인 특징은 '무지'인 것으로 그려진다. 그들은 "언어"(376), "사람들"(376), "친구와 적"(376), "승리감"(388), "만족"(388), "불가피한 희생"(388), "선과 악"(389) 등 그 어느 것도 알지 못한다. 폴 벌린은 늘 "멍한 눈에 바싹 마른 이 사람들은 누구일까? 저들은 무엇을 원할까?"(377)와 같은 의문을 지니고 있다.

『카차토를 쫓아서』는 외부의 서술자가 서술대상을 일정한 관점으로 바라보면서 서술하는 외적 초점화의 양상을 보여준다. 본래 서술자는 이야기 바깥에 존재함으로써 서술 대상에 대해 객관적 거리를 유지할 수 있고, 이야기의 진행을 자신의 관점으로 통제할 수 있다. 이 경우의 화자는 서술을 통해 자신의 관점을 직접 드러내는 것이 가능하다. 그러나 『카차토를 쫓아서』의 서술자는 현실(베트남전 등)에 대한 구체적인 인식이나 전망을 드러내지 않는다. 초점화는 시간과 공간의 차원을 다루는 지각적 국면(perceptual facet), 인식이나 감정에서 비롯된 심리적 국면(psychological facet), 텍스트의 세계관과 결부된 관념적 국면(ideological facet) 등의 문제와도 관련된다.101) 『카차토를 쫓아서』의 서술자는 지각적 국면과 심리적 국면에 관여할 뿐, 관념적 국면에는 관여하지 않는다.

즈네트는 '정보(information) + 정보제공자(informer) = C'라는 공식을 제안

---

100) 다음의 인용에서처럼 폴 벌린은 자신이 완전히 무지하다는 것만을 인지하고 있다. "강한 신념 때문이 아니라 몰랐기 때문이라고. 그는 누가 맞는지 혹은 무엇이 맞는지 몰랐다. 그는 그 전쟁이 자기 결정에 따른 전쟁인지 자기 파괴에 따른 전쟁인지, 노골적인 침략 전쟁인지 민족해방전쟁인지 몰랐다. 그는 어느 쪽 말, 어느 쪽 책, 어느 쪽 정치가를 믿어야 할지 몰랐다. 그는 국가들이 도미노처럼 쓰러질지 나무처럼 제각각 서 있을지 몰랐다. 그는 전쟁이 정말로 누구 때문에, 혹은 왜, 혹은 언제, 혹은 무슨 동기로 시작되었는지 몰랐다. 그는 그것이 중요한지 몰랐다. 그는 논쟁에서 양측 모두가 이치에 맞는다고 보았지만 진실이 어디에 놓여 있는지는 몰랐다."(379)

101) S. Rimmon-Kenan, 앞의 책, 117-124면.

한 바 있다.102) 이 공식이 의미하는 것은 정보의 양과 정보제공자는 반비례 관계에 놓인다는 것이다. 보여주기는 최대의 정보량에 최소의 정보제공자 출현으로 정의되고, 말하기는 이 관계의 역이라고 할 수 있다. 이러한 맥락에서 팀 오브라이언의 소설은 전달의 중개성을 최소화하고 전장의 구체적인 상황을 생생하게 전달하는데 치중한다. 11장 '불구멍'과 41장 '피격'은 『카차토를 쫓아서』에서 베트남전이 묘사되는 전형적인 방식을 보여준다. 11장에서는 호이안이 폭격에 의해 불타고, 연기로 변하고, 나중에는 구멍으로 변하는 모습이 건조하게 묘사된다. 41장에서는 거구의 버프가 피격당하고 폴 벌린을 비롯한 동료들이 그 시신을 처리하는 과정이 장면화 되어 있다. 이것은 '현장밀착식 재현'이라고 할 수 있는데, 이러한 특징은 팀 오브라이언 소설의 전반에 걸쳐서 나타난다. 대표적인 사례를 몇 가지만 들면 다음과 같다.

> 때가 좋지 않았다. 빌리 보이 왓킨스는 죽었고 프렌치 터커도 마찬가지였다. 겁에 질린 빌리 보이는 전장에서 죽도록 무서워하다 죽었고 프렌치 터커는 코를 관통당했다. 버니 린과 시드니 마틴 중위는 땅굴에서 죽었다. 피더슨도 죽었고 루디 채슬러도 죽었다. 버프도 죽었다. 레디 믹스도 죽었다. 그들은 모두 사망자에 속했다. 비는 대원들의 군화와 양말 속에서 자랄 곰팡이를 배양했고, 그들의 양말은 썩었고, 그들의 발은 하얗게 짓물러 손톱으로 살갗을 저밀 수 있었고, 스팅크 해리스는 어느 밤 혀에 거머리가 붙어 비명을 지르며 잠에서 깨어났다. (17)103)

---

102) 사건의 모방의 환상은 최대한의 정보를 제공하면서 제보자의 존재는 최소한으로 줄임으로써 성취된다. (Genette, G., *Narrative Discourse*, trans. Jane.E.Lewin, Cornell Univ. press, 1980, p.187)

103) It was a bad time. Billy Boy Watkins was dead, and so was Frenchie Tucker. Billy Boy had died of fright, scared to death on the field of battle, and Frenchie Tucker had been shot through the nose. Bernie Lynn and Lieutenant Sidney Martin had died in tunnels. Pederson was dead and Rudy Chassler was dead. Buff was dead. Ready Mix was dead. They were all

그들은 진창인 뜨라봉강 변의 마을들을 거쳤다. 그들은 마을을 차단
한 채 마을 사람들을 수색했고 때로는 마을을 몽땅 불태웠다. 그들은
살아 있는 적을 본 적이 전혀 없었다. 홀숫날 낮이면 그들은 저격을 당
했다. 짝숫날 밤이면 그들은 박격포 공격을 받았다. (155)104)

그다음 일주일 내내 그들은 열두 개의 땅굴을 폭파했다. 그들은 물소
를 죽였다. 그들은 초가집을 태우고 닭을 쏘고 논을 짓밟고 울타리를
찢어발기고 우물에 흙을 퍼붓고 광기를 끌어냈다. 하지만 그들은 적이
모습을 드러내도록 몰아붙이지는 못했고 그 고요 때문에 진이 빠졌다.
(162)105)

녹색 파자마를 입은 총살당한 베트콩 시체 옆에 쪼그려 앉은 카차토
사진, 죽은 소년의 검게 빛나는 헝클어진 머리카락을 잡고 그 머리를
쳐든 카차토 사진, 웃고 있는 있는 카차토 사진이 있었다. (182)106)

이처럼 『카차토를 쫓아서』는 외적 초점화의 방식을 사용하고 있으며, 주
로 폴 벌린만이 내부로터 초점화 된다고 할 수 있다. 폴 벌린이라는 평범한

---

among the dead. The rain fed fungus that grew in the men's boots and
socks, and their socks rotted, and their feet turned white and soft so that the
skin could be scraped off with a fingernail, and Stink Harris woke up
screaming one night with a leech on his tongue. (p.1)

104) They moved through the villages along the muddy Song Tra Bong. They
cordoned the villages and searched them and sometimes burned them down.
They never saw the living enemy. On the odd-numbered afternoons they
took sniper fire. On the even-numbered nights they were mortared. (p.100)

105) Over the next week they destroyed twelve tunnels. They killed a water
buffalo. They burned hootches and shot chickens and trampled paddies and
tore up fences and dumped dirt into wells and provoked madness. But they
could not drive the enemy into showing himself, and the silence was
exhausting. (p.105)

106) Cacciato squatting deside the corpse of a shot-dead VC in green pajamas,
Cacciato holding up the dead boy's head by a shock of brilliant black hair,
Cacciato smiling. (p.120)

병사의 인식과 정서를 보여주며, 이로 인해 이 작품은 베트남전을 둘러싼 다양한 맥락은 제거된 채, 일반 병사가 느끼는 전쟁의 구체적인 실감만이 전달되는 특징을 보여준다. 또한 서술자 역시 구체적인 인식이나 전망을 드러내지 않으며, 지각적이거나 심리적인 국면에만 관여한다. 이것 역시 폴 벌린의 병사적인 시야와 맞물려 현장에 밀착된 재현의 양상을 보여준다고 정리할 수 있다.

『카차토를 쫓아서』가 기본적으로 외부로부터의 외적 초점화 양상을 보여주는 것과 달리, 연작소설 『그들이 가지고 다닌 것들』은 내부로부터의 내적 초점화 양상을 보여준다. 이 소설은 22편의 단편소설107)로 구성되어 있다. 이 중에서 「그들이 가지고 다닌 것들」과 「들판에서」만 제외하고는 '나'(「사랑」, 「회전」, 「레이니강에서」, 「적」, 「친구」, 「진실한 전쟁 이야기를 들려주는 법」, 「치과의」, 「뜨라봉강의 연인」, 「스타킹」, 「교회」, 「내가 죽인 남자」, 「매복」, 「스타일」, 「뒷이야기」, 「좋은 형식」, 「견학」, 「유령 군인」, 「밤일」, 「죽은 이들의 삶」) 나 노먼 보커(「용기에 관해 말하기」)가 초점자로 등장하는 내부로부터의 내적 초점화 양상을 보여준다. 그렇기에 거의 모든 작품에서 '나(팀 오브라이언)'가 항상 서사의 중심에 놓이며, 세계는 그의 의식에 비춰진 것으로만 제시된다. 앞에서도 이야기했듯이, 이처럼 독자가 한 인물이 지닌 내면 의식과의 직접적인 접촉을 지속해 나갈 때, 독자는 그 인물의 의식과 시각에 동화될 가능성이 커진다. 그런데 '나'나 노먼 보커는 참전 군인으로서 느끼는

---

107) 구체적인 목록은 다음과 같다. 「그들이 가지고 다닌 것들The Things They Carried」, 「사랑Love」, 「회전Spin」, 「레이니강에서On the Rainy River」, 「적Enemies」, 「친구Friends」, 「진실한 전쟁 이야기를 들려주는 법How to Tell a True War Story」, 「치과의The Dentist」, 「뜨라봉강의 연인Sweetheart of the Song Tra Bong」, 「스타킹Stockings」, 「교회Church」, 「내가 죽인 남자The Man I Killed」, 「매복Ambush」, 「스타일Style」, 「용기에 관해 말하기Speaking of Courage」, 「뒷이야기Notes」, 「들판에서In the Field」, 「좋은 형식Good Form」, 「견학Field Trip」, 「유령 군인The Ghost Soldiers」, 「밤일Night Life」, 「죽은 이들의 삶The Lives of the Dead」.

개인의 내면이나 실감만을 집중적으로 드러낼 뿐이지, 베트남전을 둘러싼
역사적인 맥락에 대해서는 별다른 관심을 기울이지 않는다.

또한 외적 초점화의 양상을 보여주는 「그들이 가지고 다닌 것들」과 「들
판에서」에서도 이야기 외부의 서술자가 이야기 내부의 인물 시점에 의존하
면서 서술을 진행하는 내적 초점화와 유사한 효과를 발휘한다. 『카차토를
쫓아서』와 마찬가지로 서술자가 초점자의 뒤로 물러나 서술자의 중개성이
최소화 되고 초점자의 의식이 전경화 되는 것이다. 또한 『카차토를 쫓아서』
와 마찬가지로 두 작품의 서술자는 지각적 국면이나 심리적 국면에만 관여
할 뿐, 현실(베트남전 등)에 대한 구체적인 인식이나 전망을 드러내지 않는
다. 연작소설 『그들이 가지고 다닌 것들』 역시 병사 개인의 시야와 맞물려
현장에 밀착된 재현의 양상을 보여준다고 정리할 수 있다.

『숲속의 호수』(1994)도 기본적으로 앞의 작품들과 공통된 서술적 특성을
보여준다. 대부분 인물시점[108]에 의존하여 서사가 전개되며, 서술자의 개
입은 최소화되고 있다. 이를 통해 현장에 밀착된 재현의 양상을 보여준다.
『숲속의 호수』에서 13장 '야수의 본질'은 밀라이 학살 사건의 구체적인 장
면 등을 나열하는 것으로 이루어져 있다.[109] 미군들은 계속 해서 죽거나
부상을 당하고, 이에 대한 분노와 복수심이 극에 달한 캘리 중위는 "베트남
놈들을 없애버리겠어."[110]라는 비이성적 상황에서 학살극을 펼친다. 이 장

---

108) 대부분의 서사는 존 웨이드의 시점으로 이루어져 있으며, 일부의 서사가 캐시의
시점으로 되어 있다.

109) 밀라이(Mỹ Lai) 사건은 1968년 3월 16일, 미 육군 아메리칼(American) 사단 11여
단 1대대 찰리(Charlie) 중대원 70여 명이 꽝응아이(Quang Ngãi)성 밀라이에서
네 시간 동안 노인과 여성, 어린이 등 504명의 민간인을 학살한 참극이다. 밀라
이는 선미(Sơn Mỹ)에 속했던 마을 이름으로서, 미군은 이곳을 '밀라이 4구역'이
라 했는데, '베트콩 거점'이라며 작전 지도에 빨간 점을 찍었다는 의미에서 핑크
빌(Pinkville)이라고도 했다. 베트남에선 지금 '선미'라 통칭한다. (고경태, 『베트남
전쟁 1968년 2월 12일』, 한겨레출판, 2021, 120면)

110) 팀 오브라이언, 『숲속의 호수』, 한기찬 옮김, 한뜻, 1996, 131면. 앞으로 이 작품을

(13장)의 대부분은 필설로 옮기기조차 어려운 학살의 구체적인 장면들이 가득하다. 그 중의 대표적인 두 가지 장면만 옮기면 다음과 같다.

> 마을 안에서, 마술사는 한 무더기의 죽은 염소들을 발견했다.
> 그는 팬티가 내려진 예쁜 소녀를 발견했다. 그녀도 역시 죽어 있었다. 그녀는 사팔뜨기 눈으로 그를 쳐다보았다. 그녀는 머릿카락이 없었다.
> 그는 죽은 개들과 죽은 닭들을 보았다. (134)[111]

> 그리고 나서 그는 햇빛에 빨려들 듯 마을 중앙의 길로 내려갔고 그곳에서 불타는 초가집들과 밝은 빛 아래 살인에 가담하고 있는 움직이는 형상들을 보았다. 심슨은 아이들을 죽이고 있었다. 일등병 웨더비는 죽일 수 있는 것은 무엇이든 죽이고 있었다. 빨강에서 자주로 변해가는 햇빛 아랫길을 따라 시체들이 줄줄이 늘어져 있었다. 십대들과 나이든 부인들과 아기 둘과 어린 소년 하나가. 그들 대부분은 죽었으나 몇 명은 아직 숨이 붙어 있었다. 죽은 자들은 아주 고요히 누워 있었다. 거의 숨이 끊긴 사람들은 일등병 웨더비가 재장전하여 숨통을 완전히 끊어 놓을 때까지 꿈틀대고 있었다. (135)[112]

인용할 경우, 면수만 기록하기로 한다.

111) Just inside the village, Sorcerer found a pile of dead goats.
    He found a pretty girl with her pants down. She was dead too. She looked at him cross-eyed. Her hair was gone.
    He found dead dogs, dead chickens. (Tim O'Brien, *In the Lake of the Woods*, Penguin Books, 1995, p.106)

112) And then the sunlight sucked him down a trail toward the center of the village, where he found burning hootches and brightly mobile figures engaged in murder. Simpson was killing children. PFC Weatherby was killing whatever he could kill. A row of corpses lay in the pink-to-purple sunshine along the trail-teenagers and old women and two babies and a young boy. Most were dead, some were almost dead. The dead lay very still. The almost-dead did twitching things until PFC Weatherby had occasion to reload and make them fully dead. (p.107)

"집요하고 무차별"(137)한 학살을 통해 분명 사람들의 세상이었던 투안 엔 마을은 "파리들의 세상"(137)으로 돌변한다.113) 그런데 이처럼 끔직한 학살장면이 파노라마처럼 펼쳐지는 '13장 야수의 본질'은 "그 전쟁은 목적이 없었다. 목표도 눈에 보이는 적도 없었다."(130)라는 말로 시작된다. 이것은 베트남전이 기본적으로 어떠한 역사적 시대적 의미도 상정하기 힘든 막연하고 추상적인 전쟁이라는 인식을 보여주는 것이다. 더욱 문제적인 것은 이어지는 문장이 "병사들은 부상당했고 그 다음에는 더 많은 병사들이 부행했으며 그로 인해서 얻은 것은 아무것도 없었다."(130)라고 하여 역사나 전장에 서있는 병사들의 체험에 절대적인 우선권을 부여한다는 점이다.

전장에 선 병사의 시야를 통해 베트남전의 국제정치적 맥락이나 시대적 의미 등은 드러나지 않으며, 현장의 감각만이 부각된다. 전쟁을 둘러싼 사회 역사적 맥락과는 무관하게 병사의 실감만이 강조되는 것이다. 이러한 특징은 대부분의 군인들이 공유하는 것으로 그려진다. 『카차토를 쫓아서』에서 랄론 대위와 닥 페럿이 나누는 대화에서도 이러한 면모가 확인된다. 먼저 랄론 대위는 '저만의 지각'과 '저만의 현실성'에 대해 말하고, 닥도 이에 동의한다. "전투에서, 전쟁에서 군인은 볼 수 있는 것 중에서도 작은 파편만"(290) 볼 수 있으며, 그렇기 때문에 전쟁이 끝나면 "군인 숫자만큼 많은 전쟁이 있"(291)게 되는 것이다. 또한 총알이 날라다니는 현장에 매몰될 경우, 다음의 인용에서처럼 모든 전쟁은 같은 차원에서 인식될 수밖에 없다.

"전쟁은 땅을 죽이고 못쓰게 만들고 찢어발기고 고아와 과부를 만듭니다. 이게 전쟁의 내막이에요. 어떤 전쟁이건 말이죠. 그러니까 베트남

---

113) 다른 장에서도 이 학살의 끔찍한 모습은 반복되어 진술된다. "학살은 네 시간 동안 계속되었다. 그것은 철저하고도 체계적이었다. 분홍빛에서 진홍색으로 바뀌어 가는 아침 햇빛 속에서 사람들은 총질당하고 난도질당했으며 강간당하고 총검에 찔려 갈갈이 찢어졌다."(244)고 묘사된다.

에 관해 새로 말씀드릴 게 없다던 얘기는, 그 점이 여느 전쟁과 다를 바 없다는 겁니다. 정치학은 가증스러워요. 사회학도 가증스러워요. 다들 베트남이 특수하다, 미국 전쟁사의 커다란 일탈이다 말하는 소릴 들으면 화가 치밉니다 - 어떻게 그게 군인한테 한국전쟁이나 제2차 세계대전과 다를 수가 있겠어요. 이해되세요? 전쟁에 대한 느낌은 베트남이나 오키나와나 똑같다는 거예요 - 감정도 똑같고, 근본적으로 똑같은 것이 보이고 기억된다는 거죠. 제 말씀은 그겁니다." (291)[114]

전쟁 이야기. 남는 건 그것뿐이었다. 고리타분하고 깊이 없는 몇 개의 한심한 전쟁 이야기. 배울 점도 뻔했다. 총 맞으면 아프다. 죽은 사람은 무겁다. 골칫거리를 찾지 마라, 그것이 얼마 못 가 너를 찾을 것이다. 자기가 듣는, 자기를 잡는 총소리. 전장에서 죽도록 드는 무서움. 사후 세계. 이것들은 힘든 수업이었다, 사실이다, 하지만 무지함을 익히는 수업이었다. 사내들은 무지했고 진실들은 진부했다. 남는 것은 단순한 사건뿐이었다. 사실들, 물리적인 것들. 별다를 것 없는 전쟁이었다. 새로운 메시지는 없었다. 아무 전환도 없이 시작되고 끝나는 이야기였다. 극적인 전개도 긴장도 방향도 없는 이야기. 두서없는 이야기. (410-411)[115]

---

114) "War kills and maims and rips up the land and makes orphans and widows. These are the things of war. Any war. So when I say that there's nothing new to tell about Nam, I'm saying it was just a war like every war. Politics be damned. Sociology be damned. It pisses me off to hear everybody say how special Nam is, how it's a big aberration in the history of American wars - how for the soldier it's somehow different from Korea or World War Two. Follow me? I'm saying that the *feel* of war is the same in Nam or Okinawa-the emotions are the same, the same fundamental stuff is seen and re-membered. That's what I'm saying."(p.197)

115) War stories. That was what remained: a few stupid war stories, hackneyed and unprofound. Even the lessons were commonplace. It hurts to be shot. Dead men are heavy. Don't seek trouble, it'll find you soon enough. You hear the shot that gets you. Scared to death on the field of battle. Life after death. These were hard lessons, true, but they were lessons of ignorance; ignorant men, trite truths. What remained was simple event. The facts, the physical things. A war like any war. No new messages. Stories that began and ended without transition. No developing drama or tention or direction. No

첫 번째 인용에서 닥 페럿은 이란에서 만난 랄론 대위에게, 베트남전이
특수하다고 말하는 소리를 들으면 화가 난다고 말한다. 이유는 군인에게는
베트남전 역시 한국전쟁이나 제2차 세계대전이나 모두 똑같은 전쟁으로 느
껴지기 때문이다. 전쟁의 비참함이라는 본질 앞에서, 각각의 전쟁이 지니는
개별성이나 차이는 사라질 수밖에 없는 것이다. 두 번째 인용에서도 모든
전쟁은 동일하여, 베트남전이라고 해서 특별한 메시지가 존재하지 않는다
는 인식이 드러나 있다. 베트남전을 포함한 모든 전쟁은 그저 간단하고 뻔
한 물리적인 사실들을 동일하게 남길 뿐이다.

연작소설집 『그들이 가지고 다닌 것들』의 표제작이기도 한 「그들이 가
지고 다닌 것들」에는 이러한 특징이 잘 나타난다. 이 작품은 제목 그대로
병사들이 전장에서 가지고 다니는 물건들을 통해 그들이 느끼는 압박감과
부담을 직접적으로 보여준다. 여러 페이지에 걸쳐 그들이 생존을 위해 들
고 다니는 수많은 물건들이 구체적으로 소개된다. 대표적인 대목 하나만
소개하면 다음과 같다.

> 그들은 대부분 일병 또는 상병의 흔해빠진 보졸이라 일반적인 가스
> 작동식 M-16 자동소총을 들고 다녔다. 이 무기는 비장전 시 7.5파운드
> (약 3.4킬로그램), 스무 발 꽉 채운 탄창까지 8.2파운드(약 3.7킬로그램)
> 였다. 소총수들은 지형과 심리 등 여러 요인 탓에 어디를 가든 천으로
> 된 탄띠에 으레 열둘에서 스무 개의 탄창을 넣어 가지고 다니느라 최소
> 8.4파운드(약 3.8킬로그램)에서 최대 14파운드(약 6.3킬로그램)의 무게
> 를 보탰다. 여건이 되면 그들은 도합 1파운드(약 0.5킬로그램)쯤 되는
> 총기 손질 도구 -꼬챙이, 철솔, 탈지면, LSA 기름통- 도 가지고 다녔다.
> 보졸 중에는 M-79 유탄발사기를 가지고 다니는 사람도 몇 명 있었는데
> 이건 비장전 시 5.9파운드(약 2.7킬로그램)라 그럭저럭 가벼운 무기였지
> 만 탄약을 더하면 사정이 달랐다. 유탄 한 발의 무게가 10온스(약 300

order. (pp.286-287)

그램)였다. 스물다섯 발을 소지하는 게 관례였다. (20)[116]

그러나 이들을 힘들게 하는 것은 이러한 사물들의 물리적 무게만이 아니라, 그들이 가슴 속에 짊어지고 다니는 정신적인 부담이다. 그것은 "자기 대원들의 목숨에 대한 책임"(19), "무게를 달지 못한 두려움"(21), "근거 없는 질투"(23), "유령"(25), "부끄러움과 혐오"(32), "온갖 감정의 수하물"(37), "수치스러운 기억"(37), "비탄 공포, 사랑, 갈망"(37), "각자의 평판"(38), "체면에 대한 공포"(38) 등이다, 무엇보다도 "가장 무거운 짐"은 "간신히 억눌러둔 비겁함, 도망가거나 얼어붙거나 숨으려는 본능에 관한 공동의 비밀"(37)이다. 이러한 상황에서 이들의 죽음은 하나의 즉물적인 차원에서만 인식된다. 테드 라벤더가 저격병에 의해 살해당한 모습은, 반복해서 "콘크리트 덩이"나 "시멘트"(21,33)로 표현되는 것이다. 이러한 맥락에서 그들의 이동은 "노새"(30)의 움직임에 비유된다.

「밤일」에서는 위생병인 랫을 통해서 병사가 느끼는 심리적 압박감과 고통이 실감나게 드러난다. 랫 카일리가 속한 소대는 작전상 밤에만 이동하는 고달픈 생활을 한다. 그들은 2주 동안 "불변의 어둠"(254) 속을 이동하면서, 신경과민에 빠진다. 특히 위생병으로 수많은 죽음을 접해온 랫 카일리

---

116) As PFCs or Spec 4s, most of them were common grunts and carried the standard M-16 gas-operated assault rifle. The weapon weighed 7.5 pounds unloaded, 8.2 pounds with its full 20-round magazine. Depending on numerous factors, such as topography and psychology, the riflemen carried anywhere from 12 to 20 magazines, usually in cloth bandoliers, adding on another 8.4 pounds at minimum, 14 pounds at maximum. When it was available, they also carried M-16 maintenance gear-rods and steel brushes and swabs and tubes of LSA oil-all of which weighed about a pound. Among the grunts, some carried the M-79 grenade launcher, 5.9 pounds unloaded, a reasonaliy light weapon except for the ammunition, which was heavy. A single round weighed 10 ounces. The typical load was 25 rounds. (Tim O'Brien, *The Things They Carried*, Mariner Books, 2009, pp.5-6)

는 가장 큰 고통에 시달린다. 처음에 자기 내면으로 가라앉아 말수가 없던 랫은 며칠 후부터는 터무니없는 온갖 이야기를 끊임없이 하기 시작한다. 위생병으로 온갖 부상과 시체를 접해 온 그는 동료 병사들이 죽은 후 모습을 강박적으로 떠올리다가 나중에는 자신이 시체가 된 모습도 떠올린다. 그리고는 "이 전쟁 전부"가 "고기 만찬. 너랑 나. 전원 다. 벌레가 먹을 고기"(258)라고 선언한 후에, 그 다음날 스스로 자신의 발에 총을 쏴서는 헬기로 실려간다.

또한 20대 초반 젊은 병사의 시야에 한정된 결과, 전쟁을 둘러싼 책임의 문제 등은 사유되기 어렵다. 『카차토를 쫓아서』의 닥 페럿은 "일반 보졸한테 목적이랑 정의는 아무래도 상관없다 이겁니다."(293)라며, "보졸의 안중에 있는 건 어떻게 숨이 붙어 있나 하는 거라고요."(293)라고 말한다. 전장에서 온갖 고생을 겪은 폴 벌린과 그의 동료들에게는 생존이 절대적인 과제이기에, 그들에게 정치적인 맥락에서의 윤리나 책임을 요구하는 것은 쉽지 않다. 그들이 크로아티아에서 만난 샌디에이고 주립대 중퇴생인 "혁명가"(393) 여자는, 폴 벌린 일행이 "구이가 된 아이들, 고아들, 잔혹 행위들"(394)로부터 빠져나왔으며, "악을 직접 본 거"(394)라고 비판한다. 그러나 이들은 "악이 뭔데?"(396)라며 그 여자의 말에 동의하지 못할 뿐만 아니라 탈영을 권유하는 그녀에게 총을 겨눌 정도로 분노한다.[117]

---

117) 그 여자는 "당신들에겐 친구가 있다"(396)며, 탈영을 권유하기까지 한다. 그 친구들은 "돈, 직업, 주택. 스웨덴 가는 표. 연줄. 그러니까 당신들 같은 사람을 위해 마련된 완전한 지하 네트워크"(396)라고 덧붙인다.

베트남전 당시 미국의 대학가에서는 반전열기가 뜨거웠다.
당시 반전시위로 유명했던 캘리포니아의 UC버클리 캠퍼스의 모습.

이처럼 이들은 자신들의 행위를 윤리적인 차원에서 사유하지 못한다.118)
또한 이 작품의 서술적 특징으로 인해 독자들은 이들을 비판하기보다는 오
히려 이들의 반응에 동조하게 된다.119) 이들은 아무런 잘못도 없이 죽고 다

---

118) 정연선은 작가 팀 오브라이언이 "월남전쟁에 참전한 병사들이 겪었던 도덕적 갈
　등의 진실을 알지 못하고 멀리서 그 전쟁을 부당(不當)전쟁으로, 그리고 그 전
　쟁을 싸운 그들을 죄인으로 취급하는 미국의 자유주의 지식인 그룹의 대변자로
　그녀를 묘사하고 있다."(정연선, 앞의 책, 382면)고 주장한다.

119) 다음의 인용에서는 폴 벌린이 자신의 결백함을 확신하여, 자신을 꽝응아이의 베
　트남인들과 동일시하는 반응을 확인할 수 있다. "그는 단지 살아남는 것 말고는
　전쟁에서 얻을 게 없었다. 그는 마을 사람들과 같은 이유로 그곳 꽝응아이에 있
　었다. 즉 팔자소관으로, 재수가 없어서, 불가항력 탓에. 그의 의도는 너그러웠다.
　그는 폭군도 돼지도 양키 살인마도 아니었다. 그는 결백했다. 그렇다, 그는 그랬
　다. 결백했다. 언어를 알았다면, 이야기 나눌 시간이 있었다면 그는 그들, 마을 사
　람들에게 그 이야기를 했을 것이다. 자기는 누구도 해치고 싶지 않다고 이야기했
　을 것이다."(378)

치는 가련한 희생자들일 뿐이다.

「그들이 가지고 다닌 것들」에서 병사들은 아무론 목적이나, 의지도 없이 자동적으로 그저 움직일 뿐이다. 심지어 "마을을 뒤지며 막무가내로 쌀통을 엎고 아이와 노인을 더듬어 검문하고 땅굴을 폭파하고 때로 불을 지르"(31)는 일도, 다음의 인용에서처럼 아무런 지식이나 자각에 바탕한 것이 아니라는 인식이 드러난다.

> 그들은 노새처럼 이동했다. 낮에는 저격을 당하고 밤에는 박격포를 맞았지만 그건 전투라기보다 그저 마을에서 마을로 하는, 목적도 없고 이기지도 지지도 않는 끝없는 행군일 뿐이었다. 그들은 행군을 위한 행군을 했다. (30)120)

> 전쟁은 순전히 자세와 운반의 문제였고, 그 혹 같은 등짐이, 일종의 타성이, 일종의 공허함이, 욕구와 지성과 양심과 희망과 인간미의 그 무디어짐이 전부를 차지했다. 그들의 원칙은 발에 있었다. 그들의 계산은 생물학적이었다. 그들은 전략이나 작전에 대한 이해가 없었다. 그들은 무엇을 찾아야 할지 모른 채 마을을 뒤지며 막무가내로 쌀통을 엎고 아이와 노인을 더듬어 검문하고 땅굴을 폭파하고 때로 불을 지르든가 지르지 않았고, 그런 뒤에는 대열을 지어 다음 마을, 그 다음 마을로 이동해 번번이 같은 일을 했다. (31)121)

---

120) They moved like mules. By daylight they took sniper fire, at night they were mortared, but it was not battle, it was just the endless march, village to village, without purpose, nothing won or lost. They marched for the sake of the march. (p.14)

121) The war was entirely a matter of posture and carriage, the hump was everything, a kind of inertia, a kind of emptiness, a dullness of desire and intellect and conscience and hope and human sensibility. Their principles were in their feet. Their calculations were biological. They had no sense of strategy or mission. They searched the villages without knowing what to look for, not caring, kicking over jars of rice, frisking children and old men, blowing tunnels, sometimes setting fires and sometimes not, then forming up

그렇기에 한국이나 베트남의 베트남전 소설에서 중요하게 다루어지는 베트남전의 사회역사적 진실은 다음과 같이 하나의 질문 정도로만 처리된다.

그 사실들이 불확실함에 가려져 있었다. 그것은 내전이었을까? 민족 해방전쟁이었을까 그냥 침략이었을까? 누가 언제 왜 시작했을까? 그 깊은 밤 통킹만에서는 미 함선 매덕스호에 정말로 무슨 일이 일어났던 것일까? 호찌민은 공산주의의 앞잡이였을까 민족주의의 선구자였을까 아니면 둘 다일까 아니면 둘 다 아닐까? 제네바협정은 어떻게 되었을 까? SEATO와 냉전은? 도미노이론은? (「레이니강에서」, 57-58면)[122]

『숲속의 호수』에서도 전쟁은 거대한 수수께끼이자 비밀로서, 정확한 의미를 파악할 수 없는 불가해한 대상이다.

전쟁 자체가 수수께끼였다. 그 누구도 그 전쟁이 무엇을 위한 것인지, 자기들이 왜 그곳에 가 있는지, 누가 전쟁을 시작했는지, 혹은 누가 이기고 있는 것인지, 또 어떻게 끝이 날지를 몰랐다. 비밀을 도처에 있었다. 관목 울타리 안에는 지뢰가, 붉은 진흙땅 아래에는 사포나리아가 도사리고 있었다. 그리고 사람들. 말이 없는 남자들과 눈이 움푹 꺼진 아이들, 깩깩거리는 늙은 여자들. 이 사람들이 원하는 것은 무엇이었을까? 그들은 무엇을 느꼈을까? 누가 베트콩이고 누가 우호적이며 그들 중 누가 아랑곳하지 않는가? 이것들은 모두가 비밀이었다. 역사는 비밀이었다. 땅도 비밀이었다. 비밀 땅굴, 비밀 흔적, 비밀 암호, 비밀 임무, 비밀스런 공포, 식욕, 열망, 비탄이 있었다. 비밀이 최고였다. 아니, 비밀

---

and moving on to the next village, then other villages, where it would always be the same. (pp.14-15)

122) The very facts were shrouded in uncertainty: Was it a civil war? A war of national liberation or simple aggression? Who started it, and when, and why? What really happened to the USS Maddox on that dark night in the Gulf of Tonkin? Was Ho chi Minh a Communist stooge, or a nationalist savior, or both, or neither? What about the Geneva Accords? What about SEATO and the Cokd War? What about dominoes? (p.38)

이 바로 전쟁이었다. (95)[123]

전장에 매몰된 사병의 시야로 제한된 서사적 특징으로 인해, 팀 오브라이언의 베트남전 소설의 주요한 갈등은 사회적 차원으로 확대되기보다는 군대 내의 인간관계로 한정된다. 『카차토를 쫓아서』에서 주요한 갈등은 신참 소대장인 시드니 마틴 중위와 일반 사병들 사이에서 발생한다. 시드니 마틴은 웨스트포인트 출신으로서 병사들이 중요하게 여기는 비공식 운용을 어기고, 공식적인 운용 규정만 따르려고 한다. 시드니 마틴은 "지력과 훈련 수준은 분명 평균 이상이었지만, 그의 현명함은 처음부터 의심스러"(78)운 상태이다. 시드니 마틴은 "끊임없이 닦달하는"(162) 사람이자, "임무를 섬기는 사람, 땅굴과 참호수색을 섬기는 사람"(162)으로서 규율에 철저하다. "그의 관심사는 효율성이지 선이 아니었"(243)다고 이야기된다. 그는 대원들보다는 임무가 우선인 사람이다. 시드니 마틴에 대한 이야기는 추격 이전의 생활에서 중심에 놓이며 반복해서 등장한다. 결정적으로 시드니 마틴은 땅굴을 날려버리기 전에 수색부터 하는 공식적인 운용 규정에 매달렸고, 그 결과 프렌치 터커와 버니 린이 죽는다. 이후부터 병사들의 불복종은 조직화되고, 결국 시드니 마틴은 사병들에 의해 레이크 컨트리에서 살해되는 것으로 암시된다.[124] 시드니 마틴에 대한 이야기는 폴 벌린 등의 전장

---

123) The war itself was a mystery. Nobody knew what it was about, or why they were there, or who started it, or who was winning, or how it might end. Secrets were everywhere-booby traps in the hedgerows, bouncing betties under the red clay soil. And the people. The silent papa-sans, the hollow-eyed children and jabbering old women. What did these people want? What did they feel? Who was VC and who was friendly and who among them didn't care? These were all secrets. History was a secret. the land was a secret. There were secret caches, secret trails, secret codes, secret missions, secret terrors and appetites and longings and regrets. Secrecy was paramount. Secrecy was the war. (pp.72-73)

124) 실제로 베트남전에서는 상관과 동료를 살해하는 행위, 즉 '프래그 인시던츠frag incidents'

생활에서 중심에 놓으며 반복해서 등장한다.

　주요한 갈등이 전우들 사이에서 일어나는 특징은 연작소설집 『그들이 가지고 다닌 것들』에도 나타난다. 여기에 수록된 단편 「적」과 「친구」에서 이러한 특징을 발견할 수 있다. 「적」에서 병사인 리 스트렁크와 데이브 젠슨은 분실된 주머니칼 때문에 주먹싸움을 한다. 덩치도 크고 힘도 센 데이브 젠슨은 스트렁크의 코를 부러뜨리고, 이후 데이브 젠슨은 리 스트렁크가 보복할 것이 두려워서 제대로 된 휴식조차 취하지 못한다. 결국 데이브 젠슨은 "두 개의 전쟁을 치르는 것 같아."(82)라고 말할 정도로 큰 스트레스를 받다가, 권총으로 자신의 코를 스스로 부러뜨린다. 그러고서는 스트렁크에게 다가가 "모든 게 공정해졌는지"(83)를 묻고, 스트렁크는 "공정해"(83)라고 대답하며, 둘의 갈등이 일단락된다.

　이어지는 「친구」에서는 데이브 젠슨과 리 스트렁크가 절친한 사이가 된 것으로 시작된다. 둘은 "만약 둘 중 하나가 언제든 완전히 좆되면 - 휠체어를 탈 정도의 부상을 당하면 - 다른 하나가 자동적으로 끝장을 내주자는"(84) 약속을 한다. 그런데 스트렁크는 매설된 박격포탄을 밟는 바람에 중상을 입고, 젠슨에게 "나 죽이지 말아줘."(85)라고 애원한다. 젠슨은 죽이지 않겠다고 말하고, 스트렁크는 헬기로 이송된다. 나중에 스트렁크는 쭈라이 너머 어디선가 죽었다는 소식이 전해지고, 데이브 젠슨은 엄청난 부담감에서 벗어나는 것으로 작품은 끝난다.

　「유령 군인」에서는 팀 오브라이언과 위생병 보비 조겐슨이 갈등을 빚는다. 오브라이언이 뜨라봉강 변에서 엉덩이에 총상을 입었을 때, 신참 위생

또는 '프래깅fragging'이 빈번히 발생했다고 한다. "규율에 너무 엄격하거나 공격적인 장교들에 대한 살해 사건은 미국 국방부의 공식 발표에 따르면 1969년 96건, 1970년 209건이 발생했다. 미 육군의 자료에는 1969년에서 1970년 사이 프래깅이 563차례 있었으며, 이로 인해 1970년에서 1972년 사이 프래깅을 심리하는 군법회의가 363번 열렸다."(박태균, 『베트남 전쟁』, 한겨레출판, 2015, 121면)고 한다.

병인 조겐슨은 오브라이언을 제대로 돌보지 못해서 경계성 괴저에 걸리고 거의 쇼크사할 지경에 이른다. 이로 인해 오브라이언은 "보비 조겐슨을 증오했는데 그건 이를테면 꿈속까지 따라다니는 증오"(221)라고 표현될 만큼 강렬하다. 나중에 보비 조겐슨은 "소음에 사격에 전부 다 - 총격전은 처음이었어 - 감당이 안 되더라고"(230)라며, 오브라이언이 총상을 당했을 때 자신이 뜻대로 움직일 수가 없었다고 고백한다. 그러나 오브라이언은 약간의 증오만 거두었을 뿐, 보비 조겐슨에 대한 증오를 깨끗하게 거두지 못한다. 오브라이언은 전쟁터에 처음 왔을 때만 해도 "조용하고 사려 깊은 부류의 사람"(231)이었지만, 숲에서 일곱 달을 보내는 동안 "극악한 냉혹함이, 어둡고 이성을 넘어선 무엇"(232)이 내면에 들어서게 된 것이다.

결국 오브라이언은 동료병사인 아자와 더불어 야간 경계근무를 서는 보비 조겐슨에게 복수를 한다. 여러 가지 도구를 이용해 유령 혹은 적군이 나타난 것처럼 소리를 내거나 움직임을 만들어서 보비 조겐슨을 궁지로 내모는 것이다. 그러나 이 복수극은 오브라이언과 조겐슨이 나름의 화해에 도달하는 것으로 끝난다. 대신 오브라이언과 조겐슨은 "끝장을 봐야 맘이 풀리는"(245) 성미로 복수극에 당사자들보다 더욱 적극적으로 나섰던 아자를 새로운 적으로 설정하게 된다.

그 외의 많은 작품에서는 베트남전 당시 전장에 선 병사들이 시종일관 특이한 모습을 보여주기도 한다. 「치과의」에 나오는 커트 레몬은 "강한 군인 역할을 맡고서 언제나 폼을 잡고 뻐기는 경향"이 있으며, "위험한 객기"를 부리거나 "허세질"(109)을 멈추지 못한다. 그러나 그는 치과 치료만은 극도로 두려워하는 모습을 보여준다. 「스타킹」의 헨리 도빈스는 "좋은 사람이었고 최고의 군인"(143)이었지만, 부적 삼아서 여자 친구의 팬티스타킹을 목에 둘둘 감고 다니기도 한다.

이처럼 팀 오브라이언의 베트남전 소설에서 전쟁은 재현이 불가능한 것이며, 전쟁과 관련해 말할 수 있는 것이라고는 전장의 당사자인 병사들의 실감 정도이다. 그렇기에 전장을 둘러싼 그 복잡다단한 여러 가지 상황과 맥락들은 충분히 사유될 수 없다.

2. 부인(否認)의 파국적 묵시록

팀 오브라이언의 소설은 최전선에 선 말단 병사들이 느끼는 실감에 집중한 결과, 전쟁이 낳는 수많은 죽음의 책임소재도 미궁에 빠지는 경우가 많다. 22편으로 구성된 연작소설 『그들이 가지고 다닌 것들』에서 단편 「그들이 가지고 다닌 것들」과 더불어 유이하게 여러 인물이 초점자로 등장하는 「들판에서」는 이러한 특징을 가장 선명하게 보여준다.[125] 이 작품의 중심에는 너무나 모범적인 병사였던 카이오와가 똥밭에 빠져 죽는 어이없는 비극이 놓여 있다.

이 작품의 구성은 이상적인 병사였던 카이오와의 어이없는 죽음에 대한 책임을 묻는 방식으로 되어 있다. 카이오와는 "훌륭한 군인에 훌륭한 사람이었고, 독실한 침례교도"(192)였다. 또한 카이오와는 "정말 뛰어난 사람이었고, 최고 중의 최고였고, 똑똑하고 온화하고 말투도 점잖았다. 매우 용감하기도 했다. 품위도 있었다."(193)라고 이야기된다. 이런 카이오와가 밤 사이 주둔지였던 똥밭에 빠져 죽는다. 밤 사이에 거센 빗줄기로 뜨라봉강이

---

125) 「들판에서」는 초점자가 계속 변모해나가는 가변적 초점화의 양상을 보여주는데, 초점자는 '소대장 지미 크로스 - 그들(아자, 노먼 보커, 미첼 샌더스)-소대장 지미 크로스 - 어린 군인 - 그들(아자, 노먼 보커, 미첼 샌더스)-소대장 지미 크로스'로 변모해 나간다.

범람하고 적들이 박격포탄을 쏘아대면서 카이오와는 똥밭에 빠져 사라진 것이다. 그 다음날에야 대원들의 필사적인 노력으로 카이오와의 똥에 절여진 시신은 지상으로 그 모습을 드러낸다. 이러한 카이오와의 죽음은 베트남전의 불합리함과 문제점을 응축하고 있는 사건이라고 할 수 있다.

우수한 병사 카이오와가 똥밭에 빠져 죽는 비극은 누구의 책임인가를 묻는 것이 「들판에서」의 핵심이다. 지미 크로스 소대장은 똥밭인 곳에 진을 치라고 한 것은 "상급 부대에서 내린" 명령이지만, 자신이 "현장의 재량권을 발휘"(193)했어야 한다고 자책한다. 그러나 군인인 지미 크로스는 전쟁 중이라 "따라야 할 명령이 있었"(198)던 상황이다. 병사들도 의견이 갈리는데, 미첼 샌더스는 모든 책임을 지미 크로스에게 돌리는데 반해 노먼 보커는 간밤의 일이 닥치기 전에는 아무도 몰랐다며 지미 크로스의 잘못이 아니라고 말한다. 여기에 카이오와의 죽음에 책임이 있는 자로 어린 군인이 등장한다. 어린 군인과 카이오와는 "가까운 단짝, 가장 친밀한 사이"(200)였고, 어린 군인은 판초 밑에서 카이오와에게 여자 친구 사진을 보여주면서 손전등을 켰던 것이다. 그 순간 박격포탄이 근처에 날아들기 시작했으며, 카이오와는 비명을 지르며 사라졌다.

이런 상황에서 지미 크로스는 지난 밤의 일은 "실상 돌발적인 사고 중 하나였고, 전쟁은 순 돌발로 가득했고, 그걸 바꿀 수 있는 건 어차피 아무 것도 없었"(206)다고 생각한다. 카이오와의 죽음을 통해, 전쟁의 책임을 묻는다는 것의 근원적인 어려움을 깨닫게 된 것이다. 전장에서는 "순간적인 부주의나 오판이나 순진해빠진 우둔함이 영원히 지속될 결과"(208)를 가져올 수밖에 없다고 생각하는 것이다. 이것은 다음의 인용에서처럼, 누군가에게 전쟁의 책임을 돌리는 것에 대한 비판적인 인식을 보여주는 것이라고 할 수 있다.

대원이 죽으면 탓을 해야 했다. 지미 크로스는 이를 잘 알았다. 전쟁
을 탓하면 되었다. 전쟁을 일으킨 머저리들을 탓하면 되었다. 전쟁에 나
간 카이오와를 탓하면 되었다. 비를 탓하면 되었다. 강을 탓하면 되었
다. 들판, 진흙, 기후를 탓하면 되었다. 적을 탓하면 되었다. 박격포탄을
탓하면 되었다. 신문 한 줄 안 읽는 게으른 사람들, 매일의 사상자 수에
진력난 사람들, 정치 얘기가 나오면 채널을 돌리는 사람들을 탓하면 되
었다. 모든 나라를 탓하면 되었다. 하느님을 탓하면 되었다. 군수업체나
카를 마르크스나 운명의 장난이나 투표를 깜빡한 오마하 촌구석 늙은이를
탓하면 되었다. (207)126)

병사 한 명의 죽음을 둘러싸고 펼쳐지는 다양한 책임의 맥락을 보여줌으
로써, 「들판에서」는 어느새 전쟁이라는 역사적 대사건의 책임을 규명하는
일의 어려움을 보여주는 신역사주의적 인식에 다가서게 된다.

『그들이 가지고 다닌 것들』의 마지막에 수록된 「죽은 이들의 삶」에서는
드디어 베트남전의 죽음이 인간의 보편적 숙명으로서의 죽음과 같은 차원
에서 사유되는 차원으로까지 확장된다. 이 작품은 베트남전에서 발생한 수
많은 죽음과 '내'가 아홉 살 때 사랑했던 린다의 죽음을 연속적으로 감각하
고 사유하는 장면으로 가득하다. 오브라이언이 아홉 살이었을 때 사랑했던
린다는 뇌종양으로 일찌감치 삶을 마감한다. 전쟁터에서 처음 시신을 보았
을 때, 오브라이언은 "온종일 린다의 얼굴, 그 아이가 웃음 짓던 모습을 떠

---

126) When a man died, there had to be blame. Jimmy Cross understood this. You
could blame the war. You could blame the idiots who made the war. You
could blame Kiowa for going to it. You could blame the rain. You could
blame the river. You could blame the field, the mud, the climate. You could
blame the enemy. You could blame the mortar rounds. You could blame
people who were too lazy to read a newspaper, who were bored by the daily
body counts, who switched channels at the mention of politics. You could
blame whole nations. You could blame God. You could blame the munitions
makers or Karl Marx or a trick of fate or an old man in Omaha who forgot
to vote. (pp.169-170)

올린"(262)다. 카이오와에게도 그 베트남 노인의 시체를 보니까, 자신의 첫 데이트 상대이자 첫사랑이었던 여자애가 계속 떠오른다고 말한다.

오브라이언은 어린 시절에 린다에 대한 "이야를 지어내는 데 공을 들"(279)여서, 린다의 죽음을 극복하였다. 이러한 일은 베트남에서 죽은 동료들에게도 그대로 적용된다. 베트남에서도 이야기는 "시신들이 생명을 얻"(266)게 만드는 일이었다. 테드 라벤더가 머리에 총알을 맞았을 때, 대원들은 "총알이 아니라 진정제 때문에 녀석이 뻗은 거 아니냐고 이야기"(274)를 하면서, 죽은 테드 라벤더를 "계속 살아 있게 했"(274)던 것이다. 마흔 세 살이 된 오브라이언은 작가로서 아홉 해를 살고 죽은 린다의 삶, "그녀의 몸이 아니라-그녀의 삶"(271)을 구원하고 싶어 한다. 동시에 오브라이언은 베트남에서 죽은 동료들에 대해 이야기함으로써, 그들의 삶을 구원하려 하고 있다. 이야기를 통해 구원되는 존재들이라는 점에서, 이 순간 베트남에서 함께 지낸 동료들과 첫사랑이었던 아홉 살의 린다는 동일한 차원에 놓이게 된다.127) 그들은 여성과 남성, 아이와 어른 등의 차이를 뛰어넘어 죽음이라는 공통의 숙명을 지닌 존재들로 사유되는 것이다.

『숲속의 호수』는 밀라이 사건을 다루면서, 그 전쟁의 진상을 부인하는 것이 가져올 수밖에 없는 파국에 대하여 말하는 문제적 작품이다.128) 이 작

---

127) 결말 부분의 다음과 같은 부분에서, 베트남전의 동료들이나 린다는 모두 "기억과 상상의 주문(呪文)", 즉 이야기를 통해 부활하는 존재이다. "나는 그녀를 사랑했고 그 뒤 그녀는 죽었다. 하지만 아직도 나는 바로 여기서, 기억과 상상의 주문(呪文) 속에서, 얼음 안쪽을 들여다보듯, 뇌종양도 장례식장도 없는, 시체가 하나도 없는 다른 어떤 세상을 들여다보듯 그녀를 볼 수 있다. 나는 카이오와도 볼 수 있고 테드 라벤더와 커트 레몬도, 또 때로는 노란 투광조명 아래서 린다와 함께 스케이트 타는 티미도 볼 수 있다."(282)

128) 박진임은 황석영의 『무기의 그늘』과 팀 오브라이언의 『숲속의 호수』가 문학적 재현에 있어서 각각 리얼리즘과 포스트모더니즘의 방식을 취하고 있다고 주장한다.(박진임, 「역사적 진실과 문학적 재현: 팀 오브라이언의 『숲의 호수에서』와 황석영의 『무기의 그늘』을 중심으로」, 『미국학논집』, 2004년 겨울호, 86면) 특히 밀라이 학살 사건의 재현에 초점을 맞추고 있는데, 오브라이언에게 밀라이 학살 사건은

품은 기본적으로 추리소설적 구성을 취하고 있다. 주인공 존 웨이드(John Wade)의 아내 캐시가 실종되고, 과연 그녀의 행방이 어떻게 된 것인지를 추적하는 것이 작품의 기본적인 서사이다. 캐시는 존에 의해 살해된 것인지, 배를 타고 도망가다가 길을 잃어버린 것인지, 배를 타고 가는 그 과정

"불합리하고 의미 없는 전쟁에서 절망하고 좌절한 미국인의 내면을 비추어 주는 구실"(위의 논문, 97면)을 한다고 말한다. "존 웨이드를 통하여 독자는 밀라이에서 일어난 사건과 인간의 잔혹성은 말할 것도 없고, 복잡다단한 인간의 욕망, 광기, 혼돈을 함께 읽게 된다"(위의 논문, 93면)고 주장하는 것도 미국인에게만 초점을 맞춘 베트남전 소설로서 『숲속의 호수』를 규정한 것에서 비롯된다고 할 수 있다. 그러나 소설의 전체를 생각한다면, 베트남전과 관련해 미국이 역사적 책임을 부정하는 것에 대한 문제제기를 하는 소설로 읽는 것이 더욱 타당하다고 할 수 있다. 이승복은 오브라이언이 "『숲의 호수에서』를 통해 미국 사회의 비뚤어진 남성성으로의 편향과 그 한계를 존 웨이드라는 개인의 비극적 삶을 통해 조명하고 있다."(이승복, 「『숲의 호수에서』: 남성성과 은폐의 한계」, 『영미문화』 10권 1호, 2010. 4, 181면)고 주장한다. 물론 "존 웨이드(John Wade)라는 한 개인의 부침을 통해 미국이라는 거대 집단이 베트남 전쟁에서 겪은 수치스럽고 추악한 과거를 어떻게 은폐해 왔으며 그 결과가 개인 및 집단에 어떠한 의미를 주고 있는지를 다룬다."(위의 논문, 159면)고 하여, 베트남전과 존 웨이드의 병리를 연결시키기도 하지만, 논문의 대부분은 존 웨이드가 "현재 겪고 있는 갈등의 원인을 전쟁을 경험하기 훨씬 이전인 소년 시절의 아버지와의 관계에서 찾"(위의 논문, 160면)는 특징을 보여준다. 이두경은 『숲속의 호수』가 "증거의 불일치, 결말의 비결정성, 이야기의 비연속성, 픽션과 실제를 모호하게 만드는 내러티브"이며, 이러한 특징은 "포스트모던 문학이 보이는 특징과 닮아"있고 "주인공 존이 가지고 있는 외상 후 스트레스 장애를 드러내기에 효과적"(이두경, 「팀 오브라이언의 『숲속 호수에서』에 나타난 트라우마의 재현방식」, 『ENGLISH READING AND TEACHING』 22권 1호, 2017.12, 68면)이라고 주장한다. 장정훈은 『숲의 호수에서』를 "전쟁과 학살이라는 과거 충격적인 외상적 사건에 대한 기억과 정신적 붕괴를 포스트모던적 서술기법으로 서술한 '외상 서사'(trauma narrative) 텍스트로 규정"(장정훈, 「외상적 기억과 기억 지우기, 그리고 치유의 서사」, 『21세기영어영문학회 학술대회』 11호, 2018, 42면)한 후에, "존의 기억 지우기는 '외상 후 스트레스 장애'의 한 범주인 '억제', 즉 회피기제의 전형"(위의 논문, 53면)이라고 결론내린다. 장정훈은 개인 차원의 기억 지우기가 미국이라는 국가 차원의 기억 지우기와 연결된다고 보고 있다. 오브라이언은 "존과 같은 개인적 차원의 기억 지우기처럼, 미국 사회가 밀라이 학살사건과 같은 수치스러운 과거 사건을 의도적으로 은폐 조작하여 합리화하고 있다"(위의 논문, 52면)고 주장한다. 이두경도 "자신의 죄를 숨기려 한 존의 행위를 통해 미국이라는 국가가 역사를 은폐해 왔던 방식을 드러낸다."(이두경, 앞의 논문, 48면)고 말한다.

에 사고로 사망한 것인지, 내연 관계의 남자와 사랑의 도피를 떠난 것인지, 아니면 남편인 존과 함께 오크섬이나 매서커섬 혹은 버키트 섬이나 "희한한 외국의 수도"(356)로 달아난 것인지가 모두 불분명하게 처리되어 있다.

총 31장으로 구성된 이 소설은 크게, '증거'(모두 7개의 장), '가설'(모두 8개의 장), 그리고 주요 스토리의 세 부분으로 이루어져 있다. 스토리에서 주인공 존 웨이드의 과거와 현재 이야기, '가설'에서 아내에게 일어난 일에 대한 여러 가지 추측들, 마지막으로 '증거'에서 아내의 실종 뿐만 아니라 밀라이 사건과도 관련된 여러 가지 증언, 인터뷰, 군법회의 자료, 역사적 기록 등이 제시된다.

존 웨이드는 정치인으로 승승장구하지만, 주 상원의원 예비선거에서 베트남전 당시 밀라이 학살에 참여하였으며 그 기록을 조작했다는 것이 폭로되어 선거에서 패배한다. 존 웨이드는 1973년 8월에 사법 시험에 단번에 합격한 이후, 의회의 연락책으로 3년, 주 상원에서 6년, 부지사로 4년간 정치적 경력을 쌓아왔던 것이다.

존 웨이드가 지닌 정체성의 핵심은 마술사라는 점이다. 베트남에서 동료들은 그를 "마술사"(38)라고 불렀으며, 밀라이 학살 당시의 보고서에도 존 웨이드는 마술사로 기록되어 있다. 그러나 마술사로서의 정체성은 베트남전에서의 존에게만 한정된 것이 아니라, 그 이전과 그 이후의 존에게도 해당하는 핵심적인 정체성이라고 할 수 있다. 존은 어린 시절에도 마술에 심취했으며, 그가 지닌 마술사로서의 정체성은 베트남전에서나 전쟁 이후에나 변함이 없다. 마술사라는 존의 정체성은 '전쟁 이전의 마술사', '전쟁 중의 마술사', '전쟁 이후의 마술사'로 나누어 생각해 볼 수 있다.

마술의 특징으로 언급되는 지배욕은 매우 중요한 의미를 지니는데, 존이 대학 신입생인 캐시를 처음 만났을 때 "그때의 마술은 그녀가 그를 영원히 사랑하게 만드는 것"(46)이었다. 이 때의 마술은 타인을 마음대로 조종한다는 의미를 지닌다.[129] 베트남전에서도 마술은 존에게 힘을 가져다준다. "항상 자신이 외톨이라고 생각"했던 존은 마술사라고 불리자, "마술적이고, 어떤 위력, 어쩐지 드문 기술과 재능을 암시하는 말"(52)처럼 느낀다. 존의 중대원들은 존의 전투모를 만지는 의식을 치르기도 하고, 행운에 관한 충고를 구하기도 한다. 이런 분위기에 맞춰, 존 웨이드는 "신비스러운 분위기를 조장"(54)한다. 밀라이 학살의 그 광란 속에서 존은 웨더비 일병을 쏘아죽인 후에도 "그는 자기 자신에게 마술을 걸어 그 일이 실제 일어난 것과 다르게 일어났다고 믿게 만들었다. 그는 자기에게 책임이 없는 척했다."(88)라고 묘사된다. 이때의 마술 역시 기만의 방법으로 사용되고 있는 것이다.

베트남에서 돌아온 이후에도 "이제부터의 마술이란 방심하지 않는 것이었다. 그는 자신의 우월한 위치를 지킬 것이다."(63)라고 다짐한다. 여기에서도 마술이 우월함의 추구와 연관되어 있음이 드러난다. 존의 선거 운동을 관리하던 토니 카르보는 "정치와 마술은 그에게 거의 같은 것을 의미"한다며, "마술사와 정치가란 근본적으로 지배욕에 미친 자들이지요."(41)라고 말한다. 이러한 인식은 다음의 인용에서처럼 존 스스로가 하는 것이기도 하다.

> 그는 훌륭한 삶의 영위라든가 세상을 위해 선행을 베푼다든가 하는

---

129) 이승복은 존이 아버지로 대표되는 기성세대에게 남성다움을 요구받는 강압적인 상황에서, 마술은 "자신이 찾을 수 있는 유일한 안식처이며 동시에 아버지로부터 사랑받고 인정받으려는 나름대로의 생존방식의 일환이자 처절한 몸부림"(이승복, 「『숲의 호수에서』: 남성성과 은폐의 한계」, 『영미문화』 10권 1호, 2010.4, 169면) 이라고 설명한다. 나아가 "존의 아버지가 자신의 세계, 즉 자신의 가정생활에서 주도권을 잡고 상황을 통제한다며 존 역시 자신의 세계에서 자신 및 주변 상황을 통제"하려 하며, 이때 "마술은 바로 그러한 존의 욕구를 해결해"(위의 논문, 170면)준다고 말한다. 이승복의 이러한 주장은 존에게 마술사라는 정체성이 주변에 대한 통제력이나 지배력과 관련된 것임을 보여준다.

이야기를 늘어놓았다. 그러나 그런 말을 하면서도 존은 자기가 진실을 말하고 있지 않다는 것을 알고 있었다. 정치란 조작이었다. 마술의 공연처럼, 보이지 않는 철사와 비밀스런 뚜껑들. 그는 한 도시를 자기의 손바닥에 올려놓고, 손을 주먹 쥐어 보이면 그 도시가 좀 더 살기 좋은 곳으로 변해 있는 것을 상상해보았다. 조작, 그것이 묘미였다. (51)[130]

그에게 마술사란 이처럼 지배적인 위치에 서는 것을 의미한다. 베트남에서 돌아온 이후의 마술이 곧 정치를 의미하기에, 존은 성공한 정치인이 되기 위해 최선을 다한다. 그 결과 아내와 "사랑을 나눌 기력"(189)조차 없었으며, 캐시가 바랐던 것의 전부라고 할 수 있는 아이마저 유산될 정도이다. 그렇기에 정치에서의 실패는 그에게 격렬한 분노를 일으킨다. 베트남에서의 일들이 폭로되고, 선거에서 패배한 후에 존은 다음과 같은 반응을 보여주는 것이다.

그는 때로 머리가 돌아버린 것 같았다, 완전히 타락한 사람처럼. 깊은 밤, 그의 피가 전기가 오른 것처럼 지글거리고, 살의가 터질 듯이 치밀어오르면 그는 도저히 그것을 진정할 수도, 폭발시킬 수도 없었다. 그는 물건들을 결딴내고 싶었다. 칼을 쥐고는 마구 베고 휘두른다. 그리고 절대로 그만두지 않는다. 지난날이라니. 개새끼마냥 기어올랐지, 한 치씩. 한 치씩 기어올랐는데도 그만 한 순간에 모조리 무너져내린 거야. (16)[131]

---

130) He talked about leading a good life, doing good things for the world. Yet even as he spoke, John realized he was not telling the full truth. Politics was manipulation. Like a magic show, invisible wires and secret trapdoors. He imagined placing a city in the palm of his hand, making his hand into a fist, making the city into a happier place. Manipulation, that was the fun of it. (pp.35-36)

131) He felt crazy sometimes. Real depravity. Late at night an electric sizzle came into his blood, a tight pumped-up killing rage, and he couldn't keep it in and he couldn't let it out. He wanted to hurt things. Grab a knife and start cutting and slashing and never stop. All those years. Climbing like a son of a bitch, clawing his way up inch by fucking inch, and then it all came crashing

또 하나 마술은 속임수에 기반한 인생을 의미한다고도 할 수 있다. 어렸을 때부터 존은 "자기가 어찌어찌해서 아버지의 목숨을 구해냈다는 정교한 이야기를 꾸며보곤 했"(26)던 것이다. 소년 시절에 "존 웨이드의 취미는 마술"(45)이었다. 이러한 마술의 의미는 베트남전에서 가장 선명하게 드러난다. 투안 옌에서의 학살극을 경험한 후에 존은 "최고로 장엄한 마술"(137)을 벌인다. 그것은 바로 투안 옌 마을을 사라지게 하는 것이다. 이때의 "사라져버려!"(137)라는 주문은, 그 사건이 "일어날 수가 없는 것"(137)이었기 때문에 일어나지 않은 것으로 치부해 버리는 것을 의미한다. 이것은 엄청난 전쟁범죄에 대한 심각한 기만 행위에 해당하는 것이다.

그러나 이 마술은 결코 성공하지 못한다. 불과 학살극이 벌어진 순간으로부터 얼마 지나지 않은 1968년 3월 17일에 존이 속한 소대는 투안옌 마을로 되돌아가라는 명령을 받고, "생생한 죽음의 현장"(256)으로 되돌아간다. 그곳에서 존은 계속 "이건 환상일 뿐이야"(256)라며 마술을 시도하지만, 아무런 효력도 발휘하지 못한다. 얼마 전에 일어난 학살의 장면이 매우 생생하게 떠오르는 것이다. 그 학살의 장면은 다시 두 페이지에 걸쳐 생생하게 묘사된다.[132] 그렇기에 존은 마술사가 아니라 "절망적인 어린아이"(261)에 머물게 된다. 베트남에서도 투안 옌의 기억은 수시로 그에게 되돌아온다.

숙소인 마을 밖 논에서 매복할 때면 마술사는 웅크리고 앉아 달을 보면서 어둠 속에서 들리는 많은 목소리들, 유령들과 요정들의, 그의 아버

---

down at once. (p.5)

132) 하나의 부분만 옮기면 다음과 같다. "그는 자신이 몸을 돌리고 소리를 지르면서 괭이를 든 노인을 아무런 생각도 없이 자동적으로 사살했던 장면을, 그리고 그런 다음 관목으로 된 울타리를 기어서 햇빛과 색깔을 띤 연기가 가득한 널찍하고 마른 논으로 나왔던 장면을 떠올렸다. 햇빛 생각이 났다. 그는 길고도 창백한 공허가 기억났다. 그리고 여자들과 아이들과 노인들의 시신이 빼곡이 찬 봇도랑 가장자리에 자신이 서 있음을 깨달았던 장면을 떠올렸다."(261)

지의, 심야의 모든 방문객들의 목소리들을 듣곤 했다. 나무들이 말했다. 대나무들이, 그리고 바위들이 말했다. 그는 사람들이 그들의 목숨을 탄원하는 소리를 들었다. 사물들이 숨쉬는 소리를, 숨쉬지 않는 소리를 들었다. 그것은 한밤중의 텔레파시처럼 모두 그의 머릿속에 있었다. 그러나 때때로 어둠 속에서 촛불을 밝히고 가는 시신들 -여자들과 아이들, 일등병 웨더비, 정강이가 토실토실하고 자그마한 나무 곡괭이를 가진 노인- 의 행렬을 보기도 했다. (321-322)[133]

존은 서류를 조작하는 것으로 자신의 마술을 계속 이어간다. 미국으로 귀환하기 직전에 존은 대대 부관 사무실에서 근무하는데, 이때 그는 서류철에서 밀라이 학살에 대한 보고서들을 찾아서 변조를 하는 것이다. 자신의 이름을 모조리 삭제했으며 수치스런 부분들을 매끄럽게 처리한다. 심지어는 자신을 진급시키고 자신에게 훈장을 주는 일까지 한다. 그는 1969년 11월 6일에 문서 변조를 끝내고, 일주일 후 미국으로 귀환한다. 돌아온 시애틀 공항에서 그는 "마술사, 마술이 어때?"(323)라고 눈을 찡긋하며 자신에게 말한다. 이러한 서류 조작이 마술사로서의 정체성과 연결되어 있음은, 토니 카르보가 "그 사람은 마술사였다는 사실입니다. 자신의 이름을 찰리 중대의 점호부에서 삭제하려는 시도를 했고 자취를 감추려는 시도를 해서 거의 성공했죠."(351)라고 말하는 부분에서도 드러난다.

또한 존의 마술은 미국에 돌아온 후에 베트남에서의 자신이 했던 일을

---

133) On ambush sometimes, in the paddies outside a sleeping village, Sorcerer would crouch low and watch the moon and listen to the many voices of the dark, the ghosts and gremlins, his father, all the late-night visitors. The trees talked. The banboo, and the rocks. He heard people pleading for their lives. He heard things breathing, things not breathing. It was entirely in his head, like midnight telepathy, but now and then he'd look up to see a procession of corpses bearing lighted candles through the dark-women and children, PFC Weatherby, an old man with bony shins and a small wooden hoe. (p.268)

철저히 속이고 감추어 없었던 일로 만드는 것을 의미하기도 한다. 존의 정치적 동료인 토니 카르보도 베트남에서의 일을 비밀로 한 것은 마술사로서 "사람들을 바보로 만"(240)든 것이라고 말한다. 또한 존의 베트남전 당시 행각이 발각되자, 토니 카르보는 "짐작컨대 존의 마술은 밑천이 드러났다고 말할 수 있을 겁니다. 일단 대중매체가 그를 공격하자 그것은 완전히 끝났습니다."(316)라고 말하는 것에서도 알 수 있다. 그러나 이러한 마술이 베트남전 당시에도 실패했던 것처럼, 미국에서도 실패하고 만다. 그것은 그의 행각이 공개되어 선거에서 참패하고 결국에는 캐시와 함께 사라져버리는 것을 통해 선명하게 드러난다.

이러한 자기와 타인에 대한 기만으로서의 마술사라는 정체성은, 마지막 순간 존에 의해서도 부정적으로 인지된다. 그는 사라지기 직전에 캐시를 비롯한 주변 사람들의 삶이 비참해진 것에 죄의식을 느낀다. 존은 "배신과 기만에, 소박한 사랑을 밀어내 버린 진실의 조작에 책임이 있었다. 그는 마술사였다. 그는 그것에 죄의식을 느꼈고 앞으로도 항상 그럴 것 같았다."(333)라고 생각하는 것이다. 이것은 마술사로서 '진실의 조작'을 한 것에 대한 책임감과 죄의식을 느끼고 있으며, 그러한 상태가 영원히 지속될 수밖에 없음을 보여주는 것이라고 할 수 있다.

베트남전에 대한 이러한 부인은 결국 엄청난 비극으로 끝날 수밖에 없다. 그것은 주인공인 존의 비참한 삶을 통해 분명하게 드러나는 사실이다. 존은 사라지기 전에도 이미 외상후 스트레스 장애(Post-Traumatic Stress Disorder: PTSD)를 겪고 있다. 외상후 스트레스 장애는 충격적 경험을 한 사람들이 보이는 다양한 정신적·신체적 증상들의 총체. 전쟁, 납치, 강간, 사고, 재난 등과 같은 심각한 트라우마를 경험한 사람들 중 상당수는 그 영향에서 벗어나지 못하고 공포와 슬픔에 빠져 정상적인 삶을 살 수 없게 된다고 한다.[134] 외상후 스트레스 장애와 베트남전은 매우 밀접한 관계가 있다. 외상후 스트레스 장애라는 명칭 자체가 1970년대 캐나다의 정신과 의사였던 카임 샤탄이 베트남 참전군인들을 치료하면서 베트남 전쟁후 증후군(Post-Vietnam Syndrome)이란 용어를 사용한 것에서 비롯되었다.[135]

베트남 참전군인들이 겪은 정신장애는 종전 이후의 미국내 분위기와도 관련이 있다. 수많은 인명의 손실과 천문학적인 비용의 투입에도 불구하고 미국은 베트남에서 패배하였다. 전쟁 종결 직후 한동안 미국에서는 이러한 미국의 패배 또는 비참한 실패로 끝난 전쟁 때문에 생긴 좌절감을 베트남에서 돌아온 병사에게 돌리는 경향이 나타나, 귀환병들을 '멍청이' 또는 '살인마'로 취급했다고 한다.[136] 팀 오브라이언 역시 존이 겪는 각종 병리적 증상을 외상후 스트레스 장애라는 관점에서 형상화하고 있다. 이는 이 작품의 곳곳에 전문가의 말을 빌어 PTSD를 설명하는 부분에서도 어느 정도 드러난다.

> 외상을 경험한 후에, 인간의 자기 보존 시스템은 마치 그 위험이 언제라도 되돌아올 것처럼, 영구적인 경계 상태에 돌입한다. 심리적 각성은 약화되지 않고 계속된다.
>
> — 주디스 허만(『외상과 회복』) (42)[137]

---

134) 김환, 『외상후 스트레스 장애-충격적 경험이 남긴 영향』, 학지사, 2016, 5면. 외상(外傷, trauma)은 충격적인 사건을 경험한 사람들에게 남겨진 정신적인 후유증 또는 상처를 의미한다. 이 외상에 잇따라 나타나는 여러 가지 정신적·신체적 증상들을 총체적으로 외상후 스트레스 장애라고 한다. (위의 책, 15면)

135) 위의 책, 19면.

136) 古田元夫, 『역사 속의 베트남 전쟁』, 박홍영 옮김, 일조각, 2007, 133면.

137) After a traumatic experience, the human system of self-preservation seems to go onto permanent alert, as if the danger might return at any moment, Physiological arousal continues unabated.

— Judith Herman(*Trauma and Recovery*) (p.28)

인간 관계의 침해 그리고 결과적으로 정신적 상처 후에 따르는 스트
레스성 신경증의 위험은 생존자가 줄곧 폭력적 죽음이나 잔혹 행위의
수동적 목격자일 뿐만 아니라 능동적 가담자였을 경우에 가장 높다.
    - 주디트 헤르만(『정신적 상처와 회복』에서) (175)[138]

　존에게 나타나는 PSTD의 전형적인 증상은 침투(intrusion)이다. 침투란
트라우마를 낳은 과거의 불쾌한 이미지나 생각, 느낌, 감각 등 다양한 것이
불쑥 떠오르는 것을 말한다. 침투는 '치고 들어온다'는 강력한 의미를 지닌
것으로서, 의식적으로 노력해도 들어오는 것을 막을 수 없다는 의미를 지
니고 있다. 호로비츠(Horowitz)는 외상적 사건을 재경험한다는 것이 외상후
스트레스 장애만의 독특한 측면이라고 언급하기도 하였다.[139] 외상 사건과
관련된 침투 증상의 구체적 모습으로는 '고통스러운 기억의 반복적이고 침
투적인 경험', '외상 사건과 관련된 고통스러운 꿈의 반복적 경험', '외상 사
건이 실제로 일어난 것처럼 느끼고 행동하는 해리 반응', '사건과 유사하거
나 상징적인 단서에 노출되었을 때의 심리적 고통', '사건과 유사하거나 상
징적인 단서에 노출되었을 때의 생리적 반응'이 있다.[140] 이 중에서 존이
가장 두드러지게 드러내는 증상은 '고통스러운 기억의 반복적이고 침투적

---

138) The violation of human connection, and consequently the risk of a post-
　　traumatic stress disorder, is highest of all when the survivor has been not
　　merely a passive witness but also an active participant in violent death or
　　atrocity.
　　　　　　　　　　　　　　- Judith Herman(*Trauma and Recovery*) (p.142)
139) 김환, 앞의 책, 37면.
140) 위의 책, 39-46면. '고통스러운 기억의 반복적이고 침투적인 경험'은 다음과 같이
　　설명된다. "외상후 스트레스 장애에서 가장 강조하는 침투는 사건에 대한 회상이
　　다. 즉, 사건이나 사건과 관련된 기억이 불쑥 떠오르며 계속 반복되는 것이다. 의
　　식으로 자꾸 밀려들어오는 외상적 사건에 대한 생각, 감정, 이미지, 기억은 환자
　　에게 매우 괴롭게 경험된다. 환자들은 이런 침투적 사고나 정서 및 기억이 떠오
　　를 때마다 불안과 공포를 느끼게 되며 공황 상태에 빠지기도 한다."(위의 책, 39면)

인 경험'이라고 할 수 있다.

존은 "자기가 저지른 악행에서 오는 엄청난 부담, 투안 옌의 유령들, 그가 꿈에서 받는 부담"(68) 등으로 고통스러워한다. 밀라이 학살의 기억은 다음의 인용처럼, 아무런 맥락도 없이 그에게 침입한다.

> 뭔가가 잘못되었다, 햇빛이나 아침 공기. 그의 주변에는 온통 기관총이 불을 뿜고 탄풍이 빗발쳤다. 바람은 그를 여기저기로 흩날려 버리려는 듯했다. 그는 젊은 여인이 가슴인지 폐인지가 날아간 채 자빠져 있는 것을 보았다. 그는 죽은 가축들을 보았다. 여기저기 불이 붙어 있었다. 나무와 초가집들과 구름이 불타고 있었다. 마술사는 어디에 대고 총을 쏘아야 할지 알 수 없었다. 무엇을 쏘아야 할지를 몰랐다. 그래서 그는 불타고 있는 나무와 초가집들에 대고 총을 갈겼다. 울타리에 총을 갈겼다. 그는 연기에 대고 총을 갈겼는데 그 속에서 응사가 있었으므로 돌무더기 뒤로 몸을 숨겼다. 움직이는 것이 있으면 그는 총을 쏘아댔다. 움직이지 않는 것이 있어도 총을 쏘았다. 총을 쏘아야 할 때도 없었고 아무것도 볼 수 없었기 때문에, 그는 목표물도 없이 그저 이 끔찍한 아침을 끝내버리고 싶다는 욕망 외에는 아무 바라는 것도 없이 총을 쏘아댔다. (83)[141]

존은 자신이 쏘아 죽인 웨더비 일등병도 아무런 맥락 없이 떠올린다. 또

---

[141] Something was wrong. The sunlight or the morning air. All around him there was machine-gun fire, a machine-gun wind, and the wind seemed to pick him up and blow him from place to place. He found a young woman laid open without a chest or lungs. He found dead cattle. There were fires, too. The trees and hootches and clouds were burning. Sorcerer didn't know where to shoot. He didn't know what to shoot. So he shot the burning trees and burning hootches. He shot the hedges. He shot the smoke, which shot back, then he took refuge behind a pile of stones. If a thing moved, he shot it. If a thing did not move, he shot it. There was no enemy to shoot, nothing he could see, so he shot without aim and without any desire except to make the terrible morning go away. (p.63)

한 "결혼 생활과 경력에 전념함으로써, 자기 삶의 표면을 확고하게 영위"
(97)해가지만, 자면서 고함을 지르기도 한다.

투안 옌 사건 이후 존은 "나락에서 헤쳐나올 수가 없었"(182)으며, 그 방
법으로 "망각의 속임수를 적용하는 데 최선을 다"(182)한다. 존의 이러한 특
징은 기억의 부인에 해당한다고 할 수 있다. 외상후 스트레스 장애의 주요
증상에는 '외상 사건과 관련된 침투 증상', '외상 사건과 관련된 자극 회피',
'인지와 감정의 부정적 변화', '각성과 반응성의 변화'가 있다. 이 중에서 존
이 시도하는 망각은 두 번째 증상인 '외상 사건과 관련된 자극 회피'에 해
당할 가능성이 높다. 외상후 스트레스 장애 환자들은 조금이라도 고통을
줄이기 위해 외상과 관련된 기억, 생각, 감정을 회피하려고 하며, 회피
(avoidance)는 고통을 근본적으로 치유해주지는 못하지만 일시적으로나마
고통을 줄여주는 효과가 있다는 것이다.142)

투안 옌에서의 대학살을 경험하며, "이런 일은 일어날 수가 없는 것이었
다. 따라서 그것은 일어나지 않았다."(137)며, 투안 옌 마을은 "사라져버려"
(137)라고 단호하게 큰소리로 외친다. 그러나 서술자는 "앞으로 몇 달 몇 년
을, 존 웨이드는 투안 옌을 잠자리에서 꾼 악몽처럼 말도 안 되고 있을 수
도 없는 사건으로 기억하게 되리라. 시간이 흐를수록 그것 자체는 가장 풍
요하고 깊고 심오한 기억으로 변해갈 것이다."(137)라고 하여, 투안 옌의 일
들이 절대적인 트라우마가 되어 존을 가만두지 않고 존에게 침입해 올 것
임을 보여주고 있다.

실제로 존의 망각요법은 "거의 성공적"(138)인 것처럼 보이기도 하지만,
투안 옌에서의 기억은 '가장 풍요하고 깊고 심오한 기억'이기 때문에 결코
사라지지 않는다. 그것은 간혹 늦은 밤이면 존 웨이드가 "머리를 싸매 쥐고

---

142) 김환, 앞의 책, 47-49면.

비명을 질렀다."(138)는 모습에서 분명하게 드러난다. 특히나 존이 사라지기 전에 그 기억은 집요하게 존의 머릿속에 틈입하여 그를 놓아주지 않는다. 결국 그의 실종의 가장 큰 이유는 투안 옌에서의 학살과 관련된 것임을 알 수 있다.

> 그는 마술사였다가 아니었다 했다. 그는 그것을 여러 차례 되풀이했다. 물리적 세계에 대한 그의 장악력이 느슨해졌다. 장악력 역시 상대적이었다. 어느 순간 그는 자신이 우는 소리를 들었다. 그런 다음 그는 투안 옌으로 돌아가서 햇빛을 할퀴었다. (334)143)

> 하지만 그는 되돌아가는 것을 중단할 수 없었다. 밤새도록 그는 매번 새로운 눈으로, 결코 되돌아올 수 없는 허구적인 지점에 도달한 사람들이 넘어지고 질주하는 것에 대한 증언을 가지고 투안 옌 마을을 다시 방문했다. 상대적으로 기진맥진한 이 주민들은 결코 죽은 것이 아니라고 그는 단정했다. 아니면 그들은 죽어가는 것을 멈추려 했음이 확실했다. (337)144)

심지어 투안 옌의 기억은 실종 이후에도 존을 떠나지 않을 것이라는 사실이 드러나기도 한다. 참으로 끔찍하기까지 한 일인데, 투안 옌에 함께 있었던 리차드 틴빌은 "하지만 그가 어디에 있든, 그는 여전히 악몽을 꿀 겁니다. 그는 거기서 파리들을 때려잡고 있었습니다."(352)라는 암울한 예언을

---

143) Sometimes he was Sorcerer, sometimes he wasn't. His grip on the physical world had loosened. Grip, too, was relative. At one point he heard himself weeping, then later he was back at Thuan Yen, clawing at the sunlight. (p.281)

144) Yet he could not stop returning. All night long he revisited the village of Thuan Yen, always with a fresh eye, witness to the tumblings and spinnings of those who had reached their fictitious point of no return. Relatively speaking, he decided, there frazzle-eyed citizens were never quiet dead, otherwise they would surely stop dying. (p.283)

남기는 것이다.

마지막으로 존은 베트남전 이후부터 실종되기 전까지 '인지와 감정의 부정적 변화'라는 증상도 드러낸다. 다음의 인용문에서 베트남전에서 비롯된 온갖 부정적인 인지와 감정의 변화가 잘 나타나 있다.

> 그는 조용히 말했다. 설명할 수 있는 유일한 것은 그 모든 것이 얼마나 철저하게 설명할 수 없는 것인가였다. 그건 일반적으로 얘기하면 비밀들이었고 개별적으로는 타락이라 할 수 있는 것이었다. 그는 자신이 악마 같은 사람이라고 생각하지 않았다. 왜냐하면 그는 자신을 위해서나 세상을 위해서 덕스런 상태를 열망했으나 어느 순간 정화제나 해독제가 통할 수 없는 무서운 병에 걸렸음을 기억하고 있기 때문이었다. 그는 그 병명을 알지 못했다. 아마 단순한 당혹감, 도덕적 분열, 방향 감각을 잃은 영혼……. 유리 같은 호수를 꿰뚫어보고 있는 지금에도 웨이드는 현실 세계로부터, 세계의 기본적인 현재성으로부터 소외되어 있음을 느꼈다. 결국 그가 불러일으킬 수 있는 것은 환상 그 자체, 순전한 그림자의 이미지, 거울로 가득 찬 머리가 모두였다. (331)[145]

존은 자신이 이름조차 알 수 없는 '무서운 병'에 걸려 있으며, 그 병의 특징은 당혹감, 도덕적 분열, 방향상실감, 소외감 등이라고 생각한다. 이러한 증상은 바로 외상후 스트레스 장애의 핵심적인 특징에 해당한다.[146]

---

145) The only explicable thing, he decided, was how thoroughly inexplicable it all was. Secrets in general, depravity in particular. He did not consider himself an evil man. For as long as he could remember he had aspired to a condition of virtue - for himself, for the world-yet at some point he'd caught a terrible infection that was beyond purging or antidote. He didn't know the name for it. Simple befuddlement, maybe. moral disunity. A lost soul: Even now, as he looked out across the glassy lake, Wade felt an estrangement from the actuality of the world, its basic nowness, and in the end all he could conjure up was an image of illusion itself, pure reflection, a head full of mirrors. (pp. 277-278)

146) 외상후 스트레스 장애에 나타나는 '인지와 감정의 부정적 변화'의 구체적 증상으

『숲속의 호수』에서는 밀라이 학살 사건을 미국의 뿌리 깊은 인종주의와 연결시켜 바라보는 시각도 드러나 있다. 밀라이 학살 사건을 주도한 캘리 중위는 그 학살극 이후에 "황인종은 황인종이야"(250)라며, "그들이 세상을 망친다고 들어왔고 세상은 망쳐졌는데 누가 하나님의 쑥밭이 된 푸른 지구에다 똥을 쌀 수 있겠어?"(250)라고 말한다. 캘리의 이 말에 보이스와 콘티는 맞장구를 치며 웃어댄다. 16장과 25장에는 원주민 학살과 밀라이 학살을 연결시키려는 작가의 의도가 선명하게 나타난다. 특히 25장은 역사적 문헌과 증언 등으로 장 전체가 구성되어 있는데, 대부분이 과거 미국에서 이루어진 원주민 학살과 밀라이 학살을 연결시키는 내용이다. 대표적인 부분을 옮겨보면 다음과 같다.

레드인디언 족속 전체를 절멸시켜라.
-네브라스카 시티 프레스

존! 존! 오, 존!
-조지 암스트롱 커스터

그날 마이라이에서 나는 개인적으로 약 25명을 살해한 책임이 있었습니다. 개인적으로 남자들, 여자들, 그들을 사살한 일에서부터 그들의 목을 치고 그들의 머릿가죽을 벗기고… 손을 잘라내고 혀를 잘라냈던 일까지. 나는 그 짓을 했습니다.
-바르나도 심슨(찰리 중대, 제2소대)

포로는 한 명도 잡지 않고 있었고 도주를 막을 수 있었다면 어느 누

로는 '외상 사건의 중요한 측면을 기억하지 못함', '자신, 타인, 세상에 대한 과장된 부정적 신념이나 기대', '외상 사건의 원인이나 결과에 대한 왜곡된 인지', '부정적인 정서 상태의 지속', '중요한 활동에 대한 관심이나 참여의 감소', '타인에 대한 거리감이나 소외감', '긍정 정서를 느끼지 못함' 등이 있다. (김흰, 앞의 책, 49-55면)

구도 도주할 수 없었다. 세 살 정도 되는 아이가 발가벗은 채 인디언들이 달아난 길을 따라 아장아장 걸어가고 있었다. 한 사병이 그것을 보고 약 60여 미터 거리에서 발포했으나 빗나갔다. 다른 한 명이 말에서 내려서 말했다: 저 조그만 녀석은 내가 해볼게. 그를 적중시킬 수 있어. 그 역시 적중시키지 못했다. 그러나 세 번째 사병이 말에서 내려 비슷한 말을 했다. 그리고는 그가 쏜 총에 그 아이는 쓰러졌다··· 인디언은 300명을 잃었는데 모두 죽임을 당했다. 그들 가운데 약 절반이 전사들이었고 나머지는 여자와 아이들이었다.

-J. P. 던, 주니어(『산맥에서의 학사들』)

(310-311)[147]

이처럼 『숲속의 호수』는 절절한 반성과 진실규명의 필요성을 보여주는 소설이지만, 한가지 생각해볼 여지는 남는다. 이 작품 역시 팀 오브라이언의 다른 베트남전 소설처럼 현장에 밀착하여 밀라이 학살 사건을 다루고 있다. 따라서 밀라이 사건을 둘러싼 역사적 맥락이나 진실은 제대로 드러나지 않는다. 나아가 이 작품은 근본적으로 기억의 애매성을 강조하는 측

---

147) Exterminate the whole fraternity of redskins.

- *Nebraska City Press*

That day in My Lai, I was personally responsible for killing about 25 people. Personally. Men, women. From shooting them, to cutting their throats, scalping them, to ... cutting off their hands and cutting out their tongues. I did it.

- Varnado Simpson (Second Platoon, Charlie Company)

No prisoners were being taken, and no one was allowed to escape if escape could be prevented. A child of about three years, perfectly naked, was toddling along over the trail where the Indians had fled. A soldier saw it, fired at about seventy-five yards distance, and missed it. Another dismounted and said: "Let me try the little-; I can hit him." He missed, too, but a third dismounted, with a similar remark, and at his shot the child fell ... The Indians lost three hundred, all killed, of whom about one half were warriors and the remainder women and children.

- J. P. Dumn, Jr. (*Massacres of the Mountains*) (pp.257-258)

면도 있다. 그것은 존이 아내인 캐시에게 "투안 엔에서 일어났던 사건에 대해서 말할 수 있는 모든 것"(330)을 말하지만, "설명할 수 있는 유일한 것은 그 모든 것이 얼마나 철저하게 설명할 수 없는 것인가였다."(331)라고 고백하는 대목 등에서 나타난다.

무엇보다도 기억의 애매성은 이 작품의 서술자인 '나'의 개입을 통해 분명해진다. 존과 같은 참전군인인 '나'는 각주를 통해 두 번 개입하여 밀라이 학살 사건이 지닌 그 본질적인 애매함에 대하여 이야기 한다.

> 베트남, 그곳은 영혼의 세계였다. 유령들과 무덤들로 가득했다. 나는 베트남에 존 웨이드가 도착했던 1969년 다음해에 그곳에 갔다. 그리고 정확히 그가 걸었던 땅을, 투안 엔과 마이케 그리고 코루이 마을들을 지나서 핑크빌 주변을 걸어다녔다. 나는 그날 무슨 일이 일어났는지 알고 있다. 그것이 어떻게 일어났는지도 알고 있다. 그 이유 또한 알고 있다. 그것은 햇빛이었다. 사악함이 당신의 핏속으로 스며들어 서서히 열이 올라 끓기 시작한 것이다. 부분적으로는 좌절감 때문이기도 했다. 부분적으로는 분노도 있었다. 적은 보이지 않았다. 그들은 유령이었다. 그들은 지뢰와 부비트랩을 매설해서 우리를 죽였다. 그들은 밤 속으로, 혹은 땅굴 속으로, 혹은 안개가 짙게 드리운 논과 대나무와 쇠뜨기풀 속으로 사라졌다. 그러나 적들은 그 이상이었다. 보다 신비로운 어떤 존재로 향내 같은 걸 풍겼다. 적은 그들이 알지 못하는, 알 수 없는 존재였다. 그들의 얼굴은 멍했다. 그들은 자기 자신을 완전히 잃어버렸다. 이런 얘기로 1968년 3월 16일에 일어난 사건을 정당화하려는 것은 아니다. 왜냐하면 내가 보기에 그런 정당화는 쓸모없고 부당하기 때문이다. 오히려 이 얘기는 악의 신비성을 증언하려는 뜻으로 한 것이다. 25년 전, 겁에 질린 한 젊은 일등병으로서 나 역시 햇빛을 맛볼 수 있었다. 나는 그 죄악의 내음을 맡을 수 있었다. 나는 기름처럼 지글지글 끓는 학살을 바로 내 눈동자 속에서 느낄 수 있었다. (243)[148]

---

148) It was the spirit world. Vietnam. Ghosts and graveyards. I arrived in-country a year after John Wade, in 1969, and walked exactly the ground he walked,

나는 이쯤에서 쓰기를 그만두고 조용히 몇 마디 축복을 빌어주고는 끝내고 싶다. 그러나 진실이 그것을 허용하려 하지 않는다. 왜냐하면 행복하건 아니건 끝이란 없기 때문이다. 아무것도 확정되는 것은 없고 아무것도 해결되는 것은 없다. 사실들은 결국 돌고 돌아서 실종된 것들의 허공 속으로, 결론의 비결론성 속으로 들어간다. 마침내 신비가 우리의 주의를 끈다. 우리는 누구인가? 우리는 어디로 가는가? 모호함은 불만스러운 것일 수도, 또는 애태우는 것일 수도 있다. 그러나 이것은 사랑의 이야기다. 산뜻함이란 전혀 없다. 인간의 마음에 대고 그것을 비난하라. 이런저런 방식으로 우리는 모두 사라지는 속임수들을 쓰고 역사를 지워버리고 우리의 삶을 가두어버리고 하루하루 회색으로 변해가는 그림자들 속으로 미끄러져 들어가는 것 같다. 우리의 행방은 불확실하다. 모든 비밀들은 어둠으로 통하고 그 어둠 너머에는 추측만이 있을 뿐이다. (357)149)

---

in and around Pinkville, through the villages of Thuan Yen and My Khe and Co Luy. I know what happened that day. I know how it happened. I know why. It was the sunlight. It was the wickedness that soaks into your blood and slowly heats up and begins to boil. Frustration, partly. Rage, partly. The enemy was invisible. They were ghosts. They killed us with land mines and booby traps; they disappeared into the night, or into tunnels, or into the deep misted-over paddies and bamboo and elephant grass. But it went beyond that. Something more mysterious. The smell of incense, maybe. The unknown, the unknowable. The blank faces. The overwhelming otherness. This is not to justify what occurred on March 16, 1968, for in my view such justifications are both futile and outrageous. Rather, it's to bear witness to the mystery of evil. Twenty-five years ago, as a terrified young PFC, I too could taste the sunlight. I could smell the sin. I could feel the butchery sizzling like grease just under my eyeballs. (p.199)

149) My heart tells me to stop right here, to offer some quiet benediction and call it the end. But truth won't allow it. Because there is no end, happy or otherwise. Nothing is fixed, nothing is solved. The facts, such as they are, finally spin off into the void of things missing, the inconclusiveness of conclusion. Mystery finally claims us. Who are we? Where do we go? The ambiguity may be dissatisfying, even irritating, but this is a love story. There is no tidiness. Blame it on the human heart. One way or another, it seems, we all perform vanishing tricks, effacing history, locking up our lives and

더군다나 '나'는 또 다른 각주를 통해서 자신과 존의 유사성을 강조하고 있다. "나 자신에게도 일등병 웨더비가 있었다. 나 자신에게도 괭이를 가진 노인이 있었다."(353)거나 "수년 후 존 웨이드처럼 나도 많은 것을 기억할 수 없고 많은 것을 느낄 수 없었다."(353)라고 밝히는 것이다. 이것은 서술자의 직접적인 언술이라는 면에서 메시지의 중요성이 상당히 크다고 할 수 있다. 이러한 언술은 밀라이 학살 사건에 대한 객관적인 규명이 불가능하다는 인식으로 이어질 수도 있기 때문이다. 이때의 '나'는 서술자를 넘어 작가라고 보는 것이 타당하며, 실제 이력도 작가 팀 오브라이언과 부합된다. 또한 본문이 아니라, 사실의 영역인 각주에서 발언이 이루어진다는 면에서 발언의 직접성과 신뢰성이 더욱 높다고 할 수 있다.

---

slipping day by day into the graying shadows. Our whereabouys are uncertain. All secrets lead to the dark, and beyond the dark there is only maybe. (p.301)

3부
베트남전 소설과 정체성

1

한국의 베트남전 소설

1. 용병이라는 정체성 - 황석영의 「낙타누깔」, 『무기의 그늘』

1970년대 초반부터 한국의 베트남전 소설에는 전쟁 당시 한국군의 정체성이 용병이라는 인식이 나타난다. 이를 가장 밀도 있게 드러낸 작가가 바로 황석영이다. 황석영의 「낙타누깔」(『월간문학』, 1972.5)은 한국에 돌아온 참전 군인들이 겪는 정신적 방황을 다루고 있다. 장교로 베트남에서 근무한 '나'는 베트남에서부터 문제를 앓아왔다고 할 수 있다. 그것은 오 개월 동안의 연달은 작전 뒤에 수용중대에 삼 개월 동안 입원했다가 조기 귀국 조처를 당한 것에서도 드러난다. 군의관은 '나'에게 "정신 신경성 공포증 환자이며, 전투 부적격자"[1]라는 진단을 내렸던 것이다.

'나'와 김병장은 함께 귀국하여 여러 사람들을 만난다. 먼저 약국에서 만난 여약사와 술집의 젊은이들은 '나'와 김병장을 전쟁터에서 개인적인 이

---

1) 황석영, 「낙타누깔」, 『월간문학』, 1972.5, 155면. 앞으로 이 작품을 인용할 경우, 면수만 기록하기로 한다.

익만 챙긴 파렴치한으로 취급한다. 이런 상황에서 '나'는 자랑스러운 느낌 대신 소외감을 느낀다.

> 그런데 전장에서 돌아온 나는 내 땅에 발을 디디면서 조금도 자랑스러운 느낌을 갖지 못하였다. 나는, 국가가 요구하는 바는 언제나 옳은 가치인가를 스스로에게 묻고 싶어졌다. 자신이 이 거리를 본의 아니게 방문하고 보니 마치 침입한 꼴로 되어버린 불청객인 듯 여겨졌고, 같은 기분이 들었던 그곳 도시에서의 휴양 첫날이 생각났다. 술집 안에 가득 찬 민간인들의 잡담소리가 어쩐지 낯선 이국어처럼 들려오는 거 같았다. (161)

전장에서 돌아온 '나'는 국가의 요구가 옳은 가치인가에 대해 회의하고, "불청객"이 되었다고 느낀다. 그 기분은 베트남에 처음 도착했을 때와 비슷한 것이고, 이러한 기분의 연장선상에서 민간인들의 잡담 소리를 "낯선 외국어"로 받아들인다. 이러한 회의와 소외감은 꼭 민간인들의 반응 때문만은 아니다. 그것은 '내' 자신이 이미 베트남에서 자신의 존재의미를 찾지 못했던 것과도 연결되어 있다. 둘은 베트남에서 비협조적이며 비우호적이었던 베트남인들에 대한 이야기를 한다.

> "거기서 우린 정말 난처한 입장이었던 거 같다."
> "그치들 우릴 달갑잖게 여겼어요. 휴양 나가본적 있으세요?"
> "하루만에 귀대해버렸지. 시가지에 머물러 어슬렁거리기가 솔직히 …… 창피했다."
> "뭣땜에요?"
> "어린애들에게서 조롱을 당했어."
> "겪어봐서 알지만, 난 작전지역에서 만났던 애새끼들은 지겨웠어요. 무서울 정도로 비협조적이죠." (161)

결국 귀국한 한국땅에서 받는 푸대접에 실망한 김병장은 사람들에게 무조건 싸움을 거는 지경에 이른다. 그러나 돌아오는 반응은 "왕년에 군대 안 가본 놈 있나. 왜 지랄야."(162)나 "설 맞았군. 요새 군바리 기압이 느슨히 빠졌어."(162)와 같은 냉소적인 것뿐이다. 결국 헌병까지 출동해서야 그 소동은 일단락되고, '나'는 "온 거리가 나를 거부하고 있기나 한듯이 고적하게 느꼈다."(163)라고 할만한 깊은 소외감에 빠진다.

이러한 상황에서 '내'가 마지막으로 향하는 곳은 "미국을 떠다가 옮겨논 거 그대루"(164)라고 이야기되는 술집 "텍사스"(164)이다. 한국에서 자신들이 설 곳을 발견하지 못한 '나'는 '한국 안의 미국'을 찾아 간 것이다. 그것은 "나두 시퍼런 본토불을 왕창 갖구 있으니까"(164)라는 김상사의 말에서 알 수 있듯이, 미군과 함께 베트남에 참전한 사실에서 비롯된 자신감이라고 할 수 있다. 그러나 그곳에도 이 참전군인들이 머물 곳은 없다. '텍사스'에 한국인은 출입할 수 없으며, '나'와 김병장은 흑인 클럽이나 가보라는 이야기를 듣는다. 결국 둘은 별실에 여자들을 따로 부르는 방식으로 간신히 술자리를 마련한다. 그리고 이 별실과 그곳에 불려온 여자들에게서 '베트남에서의 자신'을 느낀다. '나'는 "여기서도 전쟁터의 살냄새가 역하게 풍겨오는 걸 느꼈고"(167), 노랑머리 여자는 "너희는 갈보구, 우린 오입쟁이다."(168)라는 김상사의 말에 "아냐, 끼리끼리야 끼리끼리."(168)라고 대답한다. 결국 미군 전용 술집에서 몸을 팔아 달러를 버는 매춘부와 베트남 참전 군인은 동일시되어 버리는 것이다. 용병으로서의 한국군이라는 인식은 결코 '내'가 받아들일 수 없는 것이기에, 그것은 트라우마가 될 수밖에 없다. 마지막 낙타누깔의 응시를 받는 '나'의 모습은, 온전한 인간으로 대우받지 못한 재 사물화된 상태를 의미한다고 할 수 있다.

이러한 용병으로서의 한국군이라는 의식은 2년 후에 단행본 『객지』(창작과비평사, 1974)에 수록될 때, 더욱 강화된다. 그것은 베트남전 당시 거리에서 '나'가 체험한 일화를 삽입하는 방식을 통해 이루어진다. 베트남 거리에서 '나'는 흑인 병사와 함께 버스 정류장에 서 있다가 베트남 아이들과의 소동에 연루된다. 베트남 사람들이 모여들고, 결국 베트남 경찰까지 출동하는 지경에 이른다. 이때 흑인 병사와 베트남 청년이 나누는 다음의 대화는, 둘 사이에 끼어서 별다른 존재의미도 갖기 어려운 한국군의 처지를 잘 보여준다.

> 흑인 병사도 격노해서 고함쳤다. "이 냄새나는 동양 놈아. 너희는 거지 같은 구욱이다. 구욱! 이 더러운 데서 우리는 너희 때문에 싸운다. 다친다. 죽는다." 모여들었던 군중 틈에서 핼쑥한 청년 하나가 나서더니 정면으로 우리를 쏘아보며 소리쳤다. "우리 때문이 아니다. 너는 네 형제들이 미워하는 정부의 체면을 지키러 여기 온 것이고, 또 너는 그 나라의 체면을 몸값으로 치러주려고 왔다. 둘 다 가엾은 자들이다. 우리는 원하지 않으니 모두 네 형편없는 고장으로 돌아가라. 우리는 바나나와 망고만 먹고도 산다. 굶어죽지도 않고, 폭탄에 맞아 죽지도 않는다. 꺼져라. 내 나라에서."[2]

여기에는 황석영의 베트남전 소설이 일관되게 보여주는 '용병으로서의 한국군'이라는 인식이 분명하게 드러나 있다. '미국의 체면을 몸값으로 치러주려고 온 존재'가 바로 한국군이라는 인식이 직접적으로 발화되고 있는 것이다.

『무기의 그늘』에서는 장편이라는 장르에 부합하게 '용병으로서의 한국군'이라는 인식이 보다 전면화된다. 2부에서 살펴본 것처럼, 이 작품은 다양한 초점자와 적극적인 서술자를 통해서 베트남전에 개입한 여러 민족의

---

2) 황석영, 「낙타누깔」, 『객지』, 창작과비평사, 1974, 187면.

입장이나 생각이 다루어진다. 이것은 무엇보다도 작품의 주인공인 안영규의 신분이 합동수사대 한국군 파견대의 시장조사원이라는 사실에서 비롯된 것이다. 그는 일의 성격상 베트남전에 개입한 여러 주체들과 관계를 맺을 수밖에 없다. 특히 『무기의 그늘』에서 한국군은 미군과 긴밀한 관계를 맺는 것으로 그려진다.

『무기의 그늘』에서 미군 베크는 영규에게 베트남인은 "정말 더럽다. 너희는 우리와 같다. 연합군이다."(상권, 39)라고 말하며, 동류의식을 강조하기도 하지만, 실제로는 이보다 훨씬 강한 힘으로 미군은 한국군을 차별한다.[3] 『무기의 그늘』에서 한국군은 미군에 고용되어 돈을 버는 용병에 불과하기 때문이다. 안영규가 버스에 오르자 운전병은 미군 전용 버스라며 내리라고 말한다. 이에 안영규가 "우리는 너희 부대의 같은 대원이다."(상권, 78)라고 말해보지만 아무런 소용이 없다. 결국 안영규는 권총을 운전병의 뺨에다 찔러대고는 "느이들이 오라구 해서 여기 왔다."(상권, 78)라고 격한 감정을 표출한다. 이전에도 크라펜스키 소령은 "어쨌든 우리는 같은 목적으로 오지 않았는가?"라는 한국인 대위의 말에, 농담이라는 단서를 달아 "아니, 너희는 돈을 벌러 왔다."(상권, 67)고 말하기도 하였다. 미군 레온이 안영규에게 "뭣하러 여기 왔니?"라고 물었을 때도, 안영규는 "너희가 불러서 왔지, 그뿐이야."(상권, 225)라고 대답할 뿐이다. 한국인 병사가 미군 PX에 와서 암거래하는 것에 항의하는 미군 중사를 향해, 안영규가 내뱉는 다음의 말은 용병으로서의 성격을 가장 선명하게 드러낸다.

[3] 심지어는 발냉병 스테플리를 보면서도 영규는 극복할 수 없는 거리감을 느낀다. 전쟁이 끝난 후에 스테플리는 "선량한 미국 시민이 되어 월말이 되면 청구서나 정리하느라고 울상을 짓고 월부값을 해결해 나갈 것"인데 반해, 자신의 고향에는 "폭탄이 비처럼 쏟아지고 곤죽이 되어버린 대지 위에는 우리 동포의 시체가 걸레조각처럼 나뒹굴게 될지도 모른다."(하권, 115)고 생각한다.

너는 지금 우리가 너희 지역에 와서 말썽만 피운다고 말했다. 나는 상부에 이 말을 그대로 보고하고 공식적으로 항의할 것이다. 우리는 너희가 불러서 여기 왔다. 너희 정부가 되도록 미국의 청년을 죽지 않게 하려고 우리를 청했던 것이다. 이런 더러운 전쟁과 우리와는 아무 상관이 없다. 그래 우리는 너희들이 던져준 몇 푼에 팔려 왔다. 그러나 이건 분명히 알아 둬라. 그 병사는 방금 너희 사령부의 명령을 받고 시작된 작전 지역에서 살아 나왔다. 너희들 대신에 갔다 왔다. 너희들이 압수하고 돌려 주지 않은 것은 바로 블러드 머니다. (상권, 246)

이처럼 황석영은 베트남에서의 한국군이 용병이라는 인식을 확고하게 드러내고 있다. 대부분의 한국이나 미국의 베트남전 소설에서 베트남인이 '풍경'이나 '동물'로 그려지며 의식이나 내면이 허락되지 않았던 것과 달리, 『무기의 그늘』에서 베트남인은 결코 약자가 아니다. 미군과 한국군은 물론이고 필리핀이나 말레이시아, 인도, 일본까지 끼어든 암시장에서도 월남인들은 "가장 중요하고 미묘한"(상권, 48) 영역이다. 암시장에서 가장 중요한 물건인 군수물자는 민족해방전선과 월남 군부의 거래품목이다. 안영규의 선임인 강수병은 안영규에게 "우리가 그 내막을 소상하게 알고 있는 한, 우리는 다낭에서 어떤 거래에 뛰어들어도 무사"(상권, 48)하다고 충고한다. 정보원인 토이도 안영규에게 "월남군의 거래는 신성불가침"(상권, 118)이라고 말한다.

『무기의 그늘』에서 안영규는 베트남인을 통해 '아시아인으로서의 공통운명'을 깨닫게 된다.[4] 베트남인은 결코 '풍경'이나 '동물'에 머무는 것이 아니라 적실한 현실인식을 깨닫게 해주고 역사의 전망까지도 제시하는 존재들인 것이다.[5] 안영규는 스테플리에게 "우리는 몸이 잘려 있다. 내 고향

---

[4] 시어도어 휴즈는 "텍스트는 남한 독자들이 영규가 아니라 베트남의 혁명주체와 동일시하는 것을 옹호한다."(Theodore Hughes, 「혁명적 주체의 자리매김-『무기의 그늘』론」, 『황석영 문학의 세계』, 창비, 2003, 238면)라고 주장할 정도이다.

은 북쪽이거든. 나는 여기와서야 고향을 객관적으로 보기 시작했다."(하권, 115)고 고백한다. 베트남에서 배운 내용은 다음의 인용에서 더욱 상세하게 설명된다.

　너희 정부는 우리의 국토를 반으로 갈라서 점령했다. 내가 아메리카인과 근무하면서 제일 듣기 싫은 소리는 우리는 똑같다, 너는 아메리카인과 차이가 없다, 하는 따위의 수작들이다. 그러면서도 베트남의 국들은 더럽다고 속삭인다. 국이란 말은 우리 나라에서 있었던 전쟁 때에 너희 군대가 한구욱이라고 우리를 비웃던 말이다. 나는 오히려 내가 베트남인과 같다고 말해 버린다. 우리가 겪은 이러한 삶의 조건은 지난 한 세기 동안 아시아 사람이면 누구나 똑같이 당해온 조건이다. (하권, 117)

　그러나 『무기의 그늘』은 한국인과 베트남인의 '아시아인으로서의 공통운명'만 강조하는 것으로 끝나지 않는다. 용병이라는 한국군의 존재위치가 미군과의 관계에서는 피해자성을 강조하는 요소로 기능하지만, 베트남인과의 관계에서는 가해자로서의 특성을 부각시키는 요소로 기능하기 때문이다. 베트남에서 나중에 안영규가 팜 민을 살해하는 것은 결국 베트남전에서 한국군이 처했던 본질적인 위치를 드러내는 행동이자, 안영규가 자신의 위치가 의미하는 것을 깨달았기에 발현된 행동이라고 볼 수 있다.

5) 1986년 일본에서 처음으로 단독 작품집(『客地ほか五篇』, 岩波書店)이 간행되었을 때, 권말에는 와다 하루끼와 황석영이 나눈 대담이 실려 있다. 여기서 황석영은 베트남이 한국의 민족문제를 해결하는데 주요한 선구적 사례임을 밝히고 있다. 그는 "약소민족의 자주적 해방투쟁의 예로서 베트남을 이야기하고 넘어가는 것은 우리 민족의 자주적 통일을 생각하는데도 중요한 포인트입니다."(太田昌國, 서은혜 역, 「'베트남 체험'의 커다란 낙차」, 『황석영 문학의 세계』, 창비, 2003, 211면)라고 주장한다. 『무기의 그늘』의 「作家의 말」에서도 황석영은 "우리와는 전혀 다른 방법과 양상으로 스스로의 민족문제를 해결한 베트남의 경우는 우리에게 더욱더 여러 가지의 새로운 시각을 열어준다"며, "70년대 초부터 이러한 집필동기가 한번도 변했던 적은 없다."(상권, 5)고까지 밝히고 있다.

마지막에 토이의 죽음에 안영규가 '욕스러운 감정'을 느끼는 것은, 이전까지 철저하게 방관자로 남고자 했던 안영규의 모습과는 이질적이다. 안영규의 방관자 의식은 곧 '떠날 사람'이라는 인식과 연결되어 있다. 안영규는 베트남전에서 자신이 방관자에 머물 뿐이라는 허위의식을 시종일관 견지해 왔던 것이다. 미군 루카스와 시비가 붙었을 때도 안영규는 "입장이 없다. 빨리 돌아가서 잊어버릴 거야."(하권, 90)라고 말한다. 이후 구엔 타트에게는 자신이 "이 전쟁에 책임이 없다는 것을 말"(하권, 225)하며, "석 달 뒤에 이곳을 떠날 겁니다."(하권, 226)라는 식의 말은 여러 사람에게 반복해 왔던 것이다.

그러나 베트남민족해방전선의 팜 민을 살해한 것은, 안영규가 자신 역시 토이처럼 언제든지 베트남인들에 의해 살해될 수 있는 존재임을 깨달은 결과라고 할 수 있다. 이 작품에는 안영규가 팜 민을 살해한 이유가, 구엔 타트에 의해 살해된 토이와 자신을 동일시했기 때문임이 명시되어 있다. 왜 팜민을 살해했냐는 대위의 질문에 안영규는 "토이는 내 짝이었읍니다."(하권, 291)라고 단호하게 말하는 것이다.[6] 자신과 동일시되는 토이가 살해되었다는 것은, 안영규 역시 언제든지 살해될 수도 있었다는 것을 의미한다.

『무기의 그늘』에서 토이는 돈을 벌기 위해 미군에 협력하는 인물이다. 눈을 다친 상이군인으로, 부패한 관리들이 가로챘기 때문에 보상금도 받지 못한 토이는 안영규에게 "지금 나는 가족을 부양하며 여기서 살고 있다. 그뿐이다."(상권, 169)라고 말한다. 토이는 "다만 전쟁이 끝날 때까지 가족과

---

6) 다음의 인용에서처럼, 안영규가 토이에게 느끼는 강렬한 동질감은 계속해서 강조된다. "영규는 스태플리의 죽음에서와는 다른 느낌에 젖어 있었다. 스태플리와 같은 행동은 자신에게 주어지지 않을 것이다. 선택의 여지도 없었다. 그러나 토이의 죽음은, 무수히 죽고 다쳐서 한 줌의 재로 아니면 팔 다리를 잘리고 병신이 되어서 실려간 다른 한국군 병사들의 것처럼 욕스러운 것이었다. 영규는 자기 연민 때문에 자신을 향하여 화를 내고 있는 것 같았다."(하권, 291)

함께 살아남고 싶"(상권, 169)을 뿐이다. 토이를 움직이는 욕망은 '생존'과 '돈'이라고 할 수 있으며, 이러한 욕망과 이에 바탕한 삶은 팜 민이나 구엔 타트와 같은 베트남민족해방전선에게는 심각한 피해를 주는 것이라고 할 수 있다. '생존'과 '돈'을 추구하는 삶이란 베트남전의 용병인 안영규와 본 질적으로는 동일한 것이며, 이 말은 안영규가 아무리 방관자로 남고자 해 도 그가 본질적으로는 베트남인들에게는 가해자일 수도 있다는 것을 증명 한다.[7] 그렇기에 토이가 살해되었듯이, 방관자임을 자부하는 안영규 역시 언제든지 살해될 수 있는 것이다. 그리고 이러한 상황에 처한 것에 대한 '욕스러움'은 팜 민의 살해로 이어진 것이라고 할 수 있다.[8] 결론적으로 안 영규는 베트남에서 미군과 베트남인을 경험하며, 피해자로서의 용병인 동 시에 가해자로서의 용병이기도 한 자신의 존재위치를 깨닫게 된 것이라고 정리해 볼 수 있다.

박영한의 『머나먼 쏭바강』에도 '용병으로서의 한국군'이라는 인식은 등 장한다. 『머나먼 쏭바강』의 황일천은 베트남전을 공장에 비유해서, 한국군 이 "어마어마한 조직을 가진 월남전이라는 공장에서, 나사 끼우는 작업만 배당받은 한 기능공에 불과했어. 미국은 이 거대한 공장의 10층이거나 15 층의 관리실에 점잖게 앉아 있지."(94)라고 표현하는 것이다. 여기에는 월남 전이라는 공장의 관리자인 미국과 그 지시 아래 움직이는 '기능공으로서의 한국군'이라는 인식이 드러나 있다.

---

7) 황석영은 하루끼와의 대담에서 "나의 마음속에는 베트남 민중에 대한 한국인으로서 의 죄책감 같은 것이 있습니다."(太田昌國, 앞의 책, 211면)라고 고백한 바 있다.

8) '욕스러움'가 관련된 대목을 옮겨보면 다음과 같다. "영규는 스태플리의 죽음에서와 는 다른 느낌에 젖어 있었다. 스태플리와 같은 행동은 자신에게 주어지지 않을 것 이다. 선택의 여지도 없었다. 그러나 토이의 죽음은, 무수히 죽고 다쳐서 한 줌의 재로 아니면 팔 다리를 잘리고 병신이 되어서 실려간 다른 한국군 병사들의 것처럼 욕스러운 것이었다. 영규는 자기 연민 때문에 자신을 향하여 화를 내고 있는 것 같 았다."(하권, 291)

2. 베트남(인)과 동질화 되는 한국(인)의 정체성
   - 이상문의 『황색인』

앞 절에서는 황석영의 『무기의 그늘』이 한국인과 베트남인의 '아시아인으로서의 공통운명'에 대한 인식을 드러내고 있음을 확인하였다. 이상문의 『황색인』9)은 베트남전이 한창이던 1970년의 베트남을 배경으로 하여, 베트남과 한국의 동질성을 보다 전면적으로 강조하는 작품이다.10) 이러한 동질성은 두 가지 통로를 통해서 강조된다. 하나는 쫑독마우홍이라는 베트남 독립세력이고, 다른 하나는 박노하의 가족사이다. 둘을 관통하는 공통점은 '절대적 민족주의'라고 할 수 있다.

주인공 박노하는 대학 1학년을 마치고 입대한 후에 파병 신청을 하여 베트남에 왔고, 벅 컨택(V.U.K. CONTACK OFFICE)에 파견 나가서 근무하게 된다. 이곳은 베트남의 민족주의 독립운동 단체이자 왕정복고세력인 쫑독마우홍이 장악한 곳으로서, 그곳에서 일하는 베트남인 띠엔과 그의 동생 띡은 물론이고, 한국군 김유복 중사, 미군 마이클 등이 모두 연루되어 있다. 쫑독마우홍은 이 곳에서 군수품을 대량 유출하여 자신의 운동에 활용한다.

쫑독마우홍은 '진공의 민족주의'를 주장하는 세력으로서, 그들은 "티우

---

9) 이상문의 『황색인』은 처음 한국문학사에서 1987년 출판되었고, 2년 후인 1989년에 현암사에서 2권과 3권을 덧보태서 총 3권으로 출판되었다. 2권에서는 베트남에서 한국으로 귀국하는 배에 탄 박노하와 한국군이 미군과 갈등하는 내용이 주로 다루어지고 있다. 3권에서는 대학에 복학한 박노하가 민주화 운동에 적극적으로 나서는 모습을 보여준다. 이후 이상문은 2012년에 책만드는집에서 『황색인』을 1권으로 다시 출판하였다. 이것은 1987년 판본과 대동소이하다. 이 책에서는 베트남전을 배경으로 한 1987년 판본을 연구의 대상으로 삼고자 한다.

10) 전영태는 『황색인』이 "베트남 전쟁과 우리의 현실을 동일한 차원에서 서술한 뜻깊은 작품"(전영태, 「월남전쟁 인식의 심화와 확대」, 『황색인』, 한국문학사, 1987, 352면)이라고 평가한다. 장두영 역시 『황색인』이 "한국과 베트남의 역사적 조건이 유사하다는 점을 강조한다."(장두영, 「베트남전쟁 소설론-파병담론과의 관련을 중심으로」, 『한국현대문학연구』 25집, 2008, 412면)고 주장한다.

와 존슨과 베트콩"11)에 모두 반대하는, "친(親)티우도 친호치민도 아닌 제3
세력"(145)이다. 쭝똑마우홍은 "Yellow Face"(133)라는 의미로서, "백색인에
대한 황색인의 독립군이라는 뜻"(193)을 지닌 단어이다. 매우 특이하게도
베트남어를 소리나는 대로 표기하고 있는데, 이것은 하나의 추상적이며 고
유한 성격을 강조하기 위한 방법이라고 할 수 있다. 주지하다시피 베트남
전 당시 베트남 민족주의를 표나게 내세운 세력은 당연히 월맹과 베트콩이
었다. 이것은 이상문 자신도 분명하게 인식하고 있는 바이다. 1989년『황색
인』을 개작하면서 이상문은 '작가의 말'에서 "베트남 전쟁은, 미국이 내세
운 쿠엔 티우 정권과 민족의 독립과 통일을 갈구하는 베트남 독립연맹(월
맹) 및 베트남 민족해방전선(베트콩) 간에 벌어진 것입니다."12)라고 분명하
게 밝히기까지 하였다. 그러나 이상문은 현실적인 정치세력과는 구분되는
절대의 민족주의 세력으로 쭝똑마우홍을 내세우고 있으며, 이를 강조하기
위해 기의를 알 수 없는 절대적 기표로서의 단체명을 설정한 것으로 판단
된다.

프랑스 식민지 시절의 독립운동을 한 판 보이 쩌우의 증손자인 띠엔은
쭝똑마우홍의 이념을 대표하는 인물이라고 할 수 있다. 그는 "삼팔선이 있
고, 아직도 전쟁중인 나라가, 뭐 남의 나라를 돕겠다구? 세계평화가 어떻구
어째? 야 나발불지 말라구. 돌아가서 니 나라나 지켜!"(84)라고 말한다. 띠
엔은 이 작품에서 상당히 신뢰받는 인물로서, 그의 발언은 긍정적이고 객
관적인 것으로 독자가 받아들이게끔 설정되어 있다. 띠엔이 박노하에게 읽
으라고 준 "영역 월남사"(115)를 통해, 베트남전에 대한 작가의 시각이 드러
나기도 한다. 일테면 "반 식민지 세력으로서 공산당이 생겨난 것은 너무나

---

11) 이상문, 『황색인』, 한국문학사, 1987, 80면. 앞으로 이 작품을 인용할 경우, 면수만
기록하기로 한다.
12) 이상문, 『황색인』, 현암사, 1989, 4면.

당연한 현상으로 보아야 할 것 같다는 생각이 들었다. 월남 공산주의를 이끌고 있는 호 치 민과 우옌 아이 꾸옥은 급진적인 민족주의자에서 출발했던 것이다.”(127)와 같은 부분을 들 수 있다. '영역 월남사'는 한국군이 벽 컨택에 배치받아 오면, 띠엔이 늘 읽어보라고 주는 일종의 '의식화' 교재이다.

띠엔을 비롯한 쭝독마우홍의 조직원들은 한국군이나 미군을 두고 스스럼 없이, “웃기다니? 불란서놈들, 미국놈들은 점잖고? 남의 나라에 제멋대로 들어와서 하는 짓이며, 하는 소리하며…… 진짜로 웃기는 놈들은 바로 니놈들이야.”(44)라고 말한다. 외국 군대를 침략군으로 바라보는 인식을 분명하게 보여주는 것이다. 띡의 어머니인 부엉 여인은, 한국군이 참전한 것과 관련하여 “당신 나라가 가난한 죄”(186)라는 말을 하기도 한다.

쭝독마우홍의 비밀 아지트라고 할 수 있는 곳까지 안내를 받은 박노하는 띠엔으로부터 여러 가지 이야기를 듣는다. 처절한 베트남인들의 독립투쟁에 대한 이야기를 들으며, 박노하는 감동을 받는데 그것은 바로 그 이야기 속에서 자신(한국인)의 모습을 발견했기 때문이다. 이러한 발견은 곧 자기 자신에 대한 '민망함'으로 이어진다.

> 그의 가슴은 띠엔의 이야기를 듣는 동안 서서히 뜨거워지는 것 같더니, 끝이 날 무렵부터는 귀에 소리가 들릴 듯이 뛰었다. 그러한 증상은 지난 밤 월남의 역사는 읽는 동안에도 일어났었다.
> 왜일까? 두려움일까? 그건 아닌 것 같았다. 분노일까? 그것만도 아닌 것 같았다. 아픔인 성싶었다. 그 아픔을 발견한 놀라움인 성싶었다. 아픔은 같은 색깔로 같은 크기로 자신의 가슴 속에도 있었던 것이다. 뭐라고 할까. 자기 몸 다친지 모르고 남 다친 것만 보고 있다가, 너도 다쳤어 하고 지적을 당했을 때와 비슷하다고 할 수 있을 것 같았다. 또 누굴 혼내주고자해서 맥도 모르고 따라나서 보니까 정작 잘못하고 있는 쪽은 이쪽이었을 때의 민망함이라고나 할까. (137)

이외에도 『황색인』의 곳곳에는 베트남과 한국의 동질성을 강조하는 이야기가 반복적으로 등장한다. 기본적으로 베트남인과 한국인은 모두 "자신들의 국가이익을 우선하는"(302) 강대국에 의해 고통받는 제3세계의 약소민족인 것이다.

중국 대륙에 머리를 짓눌리고 있어서 개국 이래 숨 한번 크게 쉬어보지 못하고 지내온 형편에는 두 나라가 서로 마찬가지였던 것이다. 외세에 시달리고 짓밟히는 일이 어느 한 시절에도 그치지를 않았던 것이다. (중략) 적으로부터 몸을 보호하기 위해서 한쪽은 위장을 한데 비해, 한쪽은 도망치기에 편한 방법을 썼던 것이 아닐까. (154)

"한국은 이승만과 김일성이 망쳐 놓았지요. 어떻게 보아도 나쁜 사람들이예요. 미국과 소련이 나라를 둘로 나누려고 하면 그걸 막아야지, 얼씨구나하고 그걸 이용해서 배를 채운 자들이죠. 미국과 소련을 등에 업고 나라를 나눠가진 도둑들이지. 우리 월남에도 고딘 디엠이라는 이승만과 닮은 작자가 있었지요. 그자가 월남의 통일을 30년쯤 늦춰버린 거지." (187)

박노하 병장은 고구려시대의 호동왕자와 낙랑공주라는 설화를 떠올렸다. 월남과 한국은 사람들의 모양과 나라의 역사가 비슷하듯이 설화 또한 비슷한 모양이었다. (199)

"너희 나라도 많은 항쟁을 했다. 일제시대에 있었던 3·1운동 같은 항쟁은 훌륭했어. 그런 때에 잘만 했더라면 허리가 잘리지는 않았을텐데 말야. 세계 2차대전이 끝났을 때라도 잘만 했더라면."
"글쎄 말이다. 니 나라나 우리 나라나 통일이 돼야 할 텐데." (302)

'추상적인 민족주의' 단체이며 왕정복구운동을 하는 것으로 그려진 쫑독 마우훙은 긍정적인 대상으로 그려진다.[13] 그것은 주인공 박노하가 시내에만 나오면 "이상한 냄새"(47)에 시달리는데, 예외적으로 쭝독마우홍의 비밀 아지트에서는 "쌉쌀하고 싱그러운 그 맛이 강한 생명력을 느끼게" 하는 "가슴 속에서 피어오르는 듯한 이끼 냄새"(145)를 맡는 감각적인 장면을 통해 드러난다. 박노하는 이끼 냄새가 "쭝똑마우홍과 왕권복구 운동"(145)에서 비롯된 것이라고 생각한다. 이러한 긍정성은 베트남 정부가 한없이 부패한 것으로 그려짐으로써 더욱 강화된다.

다음으로 박노하의 가족사를 통해 드러나는 베트남인과 한국인의 동질성이 있다. 박노하가 가족의 반대를 뚫고 베트남에 자원하게 된 계기부터가 정체성의 문제와 연결된다. 자신의 생물학적 친부가 따로 있다는 것을 알게 된 후에, 그 충격으로 박노하는 참전을 결정하게 된 것이다. 그것은 진정한 자신의 뿌리를 찾는 작업과 연결된다. 『황색인』은 피식민지라는 베트남과 한국의 역사적 동질성을 강조하기 위해 혼혈이라는 모티프를 사용하고 있다. 박노하와 그의 베트남 연인인 띡은 혼혈아로서, 박노하의 2대에 걸친 가족사를 합치면 띡의 삶과 유사하다.

박노하의 어머니는 일본인 아버지와 한국인 어머니 사이에서 태어난 하나꼬이다.14) 하나꼬의 아버지 하다 시헤이는 개성부청 소속의 농업기사였다. 와세다대 농학부를 졸업한 지식인으로 고등문관 시험에 합격한 후에, "무지의 조선인을 일깨우고 메마른 조선땅을 경작"(236)해야 한다는 사명감

---

13) 그런데 베트남인만의 운동일 수밖에 없는 쭝독마우홍이 '백색인에 대한 황색인의 독립군'이라는 아시아인의 연대의식을 드러내는 것은 거의 모순에 가깝다고 할 수 있다.

14) 이 작품에서는 일본의 폭력적인 식민지 지배에 대한 이야기가 조금 등장한다. 박일우의 "아버지는 동네에 할당된 놋그릇 공출량을 모두 채우지 못해서 오리나 떨어진 면주재소로 불려간 적이 있"으며, "자식이 보는 앞에서 순사에게 뺨을 맞기도 했던"(106) 것이다. 박일우는 얼마나 철저하게 황민화 교육을 받았는지, 일제가 패망했다는 소식을 듣고 "우리 대 일본제국이 망했다고? 바보 같은 놈들, 망하기는 왜 망해. 전쟁에 졌다고? 아니여, 아니여! 우리 대 일본제국은 안 망해. 절대로!"(106)라고 절규할 정도이다.

을 가지고 조선 근무를 자청한다. 독사에 물린 하나꼬의 어머니 김 여인을, 하다 시헤이가 치료해주면서 둘은 인연을 맺게 된다. 물론 둘이 사랑하기 는 했지만, 하다 시헤이는 "강제로 어머니를 범했"(238)고 그 결과 하나꼬가 태어난다. 이후 하나꼬의 아버지는 해방이 되자 일본으로 돌아가 버린다.[15] 또한 하나꼬의 남편은 박일우이지만, 6.25라는 혼란기에 하나꼬는 좌파이 자 박일우의 친구인 나영대에게 겁탈당해 박노하를 낳게 된 것이다. 박노 하의 출생에는 식민지 지배라는 아픔과 한국전쟁의 아픔이 중첩되어 있는 것이다.

박노하의 출생이 지닌 특징은 띡에게도 그대로 나타난다. 띡의 아버지 응엔 넌 쫑은 할아버지 판 보이 쩌우의 뜻을 실현하기 위해 후에로 나온다. 응엔 넌 쫑은 여러 가지 노력 끝에 쫑똑마우홍을 조직하여 활동한다. 치열 한 독립운동의 결과 응엔 넌 쫑은 수감되고 만다. 프랑스군이 호치민군에 게 항복하고 응엔 넌 쫑이 집에 돌아왔을 때, 아내 브엉은 임신을 한 상태 이다. 남편이 없는 사이, 군수품을 거래하던 프랑스군 상사 그랑디에가 남 편의 석방을 빌미로 돈과 브엉의 몸을 빼앗았던 것이다. 그 결과 태어난 것 이 바로 띡이다. 이처럼 띡의 출생에는 식민지인의 아픔과 폭력이 고스란히 담겨져 있다. 다음의 인용에는 박노하 자신이 띡에게 아기를 갖게 하고 한 국으로 돌아간다면, 그것은 자신의 외할아버지인 하다 시헤이와 같은 일을 하는 것이라는 반성적 인식이 드러나 있다.

---

15) 이와 관련해 아버지의 무책임성이 일방적으로 강조되는 것은 아니다. 그것은 해방 직후에 하나꼬네 집이 처한 다음과 같은 상황에서 드러닌다. "그녀네는 해방을 똥 물과 돌멩이와 욕설 속에서 맞았다. 동네 사람들은 그녀의 집에다 욕설을 퍼부으 며 돌멩이를 던져대고, 똥물을 끼얹은 것으로 해방의 기쁨을 누렸던 것이다. 야, 쪽바리 여편네야! 야, 갈보년아! 냉큼 나서라! 날아온 돌멩이에 유리창이 깨지고, 발에 차인 대문이 부서져 나가도 그녀네는 꼼짝않고 안방 벽장에 숨어 있었다."(235)

거친 파도소리가 엔진음을 밀어내면서 몰려왔다. 그는 자신에게 물어
보았다. 정말로 띡을 사랑하는지. 정말로 띡에게 아이를 낳게 할 것인
지. 띡의 이야기를 부모에게 알릴 것인지? 띡을 사랑하는 것은 사실이
었다. 그리고 아이를 낳게 하고도 싶었다. 그러나 부모한테 띡의 이야기
를 알릴 자신은 아직 없었다. 그렇다면 너는 뭐냐? 생각을 가닥가닥 헤
아려 가자 그 끝에 하다 하나꼬의 모습이 나타났다. 그녀의 어머니 김
여인을 팽개치고 일본으로 돌아가버린 하다 시헤이. 그 자가 자신의 외
할아버지가 되는 셈이었다. (264)

이처럼 한국인과 베트남인의 동질성이 강조되기에, 베트남인을 향한 한
국군의 폭력은 비판적으로 형상화될 수밖에 없다. 그러한 비판적 인식은
박노하의 친구인 허만호의 광증을 통해서 집중적으로 드러난다. 허만호는
'비정형충동조절질환'으로 병동에 입원하는데, 그는 밤이고 낮이고 "용서하
세요"라는 뜻의 "실로이옹"(210)이라는 말을 반복한다. 허만호가 위생병과
병동장에게 하는 다음과 같은 말에는 허만호의 의식이 잘 압축돼 있다.

"다른 한국군은 어쩐지 몰라도 나는 나 자신을 죄인이라고 생각합니
다. 나는 군인이기 때문에 베트콩을 몇 명 죽일 수밖에 없었어요. 그런
데 내가 왜 그짓을 해야 하는지 도무지 이유를 모르겠어요. 그들이 우
리 나라를 침략한 것도 아닌데. 그리고 우리의 부모형제를 해친 것도
아닌데……내가 입원해 보니 마침 브이 시 병실이 옆에 있잖아요. 우리
한국군 가운데 누군가가 그들을 해쳤겠죠. 나는 그들에게나마 사과를
하고 또 용서를 빌고 싶었어요. 그래서 돈이 필요했어요. 그래서 밤이면
그 돈을 구하러 가는 것입니다." (214-215)

허만호는 자신이 베트콩을 살해한 정당한 이유를 발견하지 못한다. 그런
데 나중에 발견된 허만호의 일기에는 베트콩 뿐만 아니라 베트남 민간인들
도 강요에 의해 살해한 내용이 등장한다. 민사과에서 근무하던 허만호는

평정 마을 중의 하나인 안칸을 보좌관과 함께 방문했다가 베트콩들에게 붙잡힌다. 그리고 베트콩은 "우리 민족의 배신자들"(291)이라며 열한 명의 머리통에 대나무못을 쇠망치로 박으라고 강요한다. 그리고는 "평화롭게 잘 살던 월남 인민들이 따이한 때문에 죄인이 되어 죽었다고. 그리고 빨리 짐을 싸서 너의 나라로 돌아가라"(292)는 말을 한국군에 전하라며 살려준다.

허만호는 자신의 죄책감을 덜기 위해 같은 병원에 있는 베트콩들에게나마 용서를 빌고, 그들에게 사과의 뜻으로 돈을 주고자 한다. 성병에는 사람 뼈가 특효라는 속설에 따라서, 허만호는 돈을 구하기 위해 밤마다 무덤을 헤맨다. 그는 그렇게 마련한 돈으로 베트콩에게 선물을 주면서 늘 "실로이옹"(217)이라고 말한다. 허만호는 베트콩과 너무 친밀하게 어울리는 것이 알려져 보안대에 끌려가 이틀밤을 지내고 돌아오기까지 할 정도이다. 나중에는 "아무 앞에서나 무릎을 꿇고 두 손을 빌면서 <실로이옹>이라고"(218) 사과를 하기도 한다. 결국 허만호는 "전우를 죽인 적에게 물건을 주고 굽실굽실 하는 이유가 무엇인지 해명을 하라"(271)는 한국군 동료들에게 폭행당해 사망한다.

본래 허만호는 파월 명령을 받았을 때부터, 의무 근무자가 월남에 가는 것이 부당하다는 편지를 여러번 정부의 고위층에게 보냈다. 이후에도 그는 배를 타고 올 때, 전쟁을 피해갈 궁리를 하였던 것이다. 그런 그는 베트남에서 매복을 나갈 때마다, 적을 만나지 않게 되기를 속으로 빌었다. "베트콩이나 월맹군은 자신의 적이 될 이유가 조금도 없"(284)다고 생각한 허만호는 적이 무서운 것이 아니라 적을 만나면 죽여야 한다는 사실이 두려웠던 것이다.

박노하의 선임자인 황칠성 상병은 쭝똑마우홍이 보급품을 빼돌리는 것에 어쩔 수 없이 가담하게 된 것에 대한 "양심의 가책과 죄의식의 중압감"

(336)으로 자살했을 가능성과 언제 마음이 변할지 모르는 황칠성을 우려한 쭝똑마우홍에 의해 살해되었을 가능성이 동시에 암시된다. 그리고 박노하가 끝내 쭝똑마우홍의 행위에 동조하는 것은, 박노하 "자신도 띠엔이 하는 일에 공감"하고 있으며, 동시에 "허만호의 아픔에도 공감"(340)하고 있기 때문인 것으로 그려진다.

3. 의미의 공백과 마주한 사람들
- 황석영의 「夢幻千證」, 안정효의 『하얀전쟁』

참전군인이 한국에 돌아와 겪는 정체성의 문제는 한국의 초창기 베트남전 소설에서부터 중요하게 다루어졌다. 황석영의 「夢幻千證」(『월간문학』, 1970.6.)에서 참전용사인 '나'의 몸은 한국으로 돌아왔지만, '나'의 마음은 언제든지 베트남전으로 다시 돌아갈 수 있는 상태이다. '나'는 베트남전에 참전했다가 귀국하였지만, 심각한 정신적 후유증에 시달리고 있다. 이것은 귀향을 통해, 기존의 '우리'라는 이름으로 정당화되던 것들에서 벗어나 '나' 자신의 진실과 대면하는 과정에서 발생하는 일이라고 할 수 있다. 그것은 다음의 인용문에 분명하게 나타나 있다.

> 무공훈장을 가슴에 단 영웅이 아니라, 다른 모든 제대자들과 다름없는 귀향병으로서 나는 하루 이틀 내 예전의 정서를 회복해 갔다. 될 수만 있다면 내가 되찾기 시작한 정서가 가족들과 친지들께 떠벌인 무용담처럼 어느 정도 과장되거나 각색된 그것이 아니라, 내 스스로에게 진실이기를 바랐던 것이었다. 사실 전선에서의 <우리>라는 말로서 이루어진 여러 행위나 감정들은 거의 믿을 수 없는 것들일지도 몰랐다. 나는 <우리들> 속에 잠적해서 편안히 잠들어 있던 것은 아니었는지…….16)

'나'는 '우리'라는 집단논리로 모든 것을 정당화하던 차원에서 벗어나 이제 '나'라는 차원의 윤리적 차원에서 지난 일들을 새롭게 바라보기 시작하면서 정신적 후유증을 겪게 된다. 집에 돌아온 첫 주부터 헛소리도 하고, 어떤 때는 소리를 지르며 깨어나 마당을 기어다니기도 하는 "반수상태"(123)에 빠진다. 이후에는 살아 있는 느낌이 들지 않을 정도의 심각한 불면증에 시달리다가 식구들의 권유로 외삼촌네 과수원이 있는 시골로 간다.

거기서 '나'는 바로 만수와 그의 가족을 만난다. 이들은 베트남전에서의 가해의식에 시달리는 '나'의 거울상이라고 할 수 있는데, 만수와 그의 가족은 한국전쟁의 난리통에 당한 고통에 대한 피해의식에 시달리며, 그 보복에 존재의 모든 것을 걸고 있는 사람들이다. 만수네는 본래 서촌 부근의 과수원을 모두 소유할 정도의 부자였지만, 난리통에 집은 풍비박산 나 버린다. 부모님은 모두 죽었으며, 사각모까지 쓴 나름의 지식인이었던 만수의 큰형은 실성해버린 것이다. 만수 역시 집안의 몰락으로 공부를 계속 하지 못했다. 만수는 늘 자신이 사는 고장을 떠나 도회지로 가고 싶어하지만 "할 일"(125), 즉 "살풀이를 해야"(125)하기 때문에 마을을 떠나지 못한다. 만수는 "죽이고 싶은 놈을 죽일 수만 있다면야 얼마나 좋겠습니까?"(126)라고 말하는 살해충동에 빠져 있다. 그 살해충동을 일으키는 사람은 "마음대로 사람을 못살게 굴고, 불행하게 만든 놈"(126)으로 만수에 의해 규정된다. 만수는 큰형이 그놈에게 가혹하게 취급받았으며, 자신이 "그놈을 납치할"(127) 거라고 말한다.

만수의 집 역시 만수처럼 과거의 고통과 그에 대한 복수의 마음으로 가득차 있다. '나'에게 "만수네 집은 마치 옛적의 묘실(墓室)처럼 유품만이 남아 있는 곳 같았"(129)고, "사당(祠堂)과도 같은 방들"(130)로 이루어져 있다.

---

16) 황석영, 「夢幻干證」, 『월간문학』, 1970.6, 122면. 앞으로 이 작품에서 인용할 경우, 면수만 기록하기로 한다.

거기에 사는 사람들 역시 마찬가지이다. "할머니는 죽은 사람만 찾고 있"(129)으며, 만수의 큰형은 이전보다 더욱 자기의 과거에 가깝고 굳게 이어져 있어서 '나'는 "짓밟히워진 바로 그 순간에 멈춰있는 것"(129)이라는 느낌을 받는다. '나'는 이런 만수네 집에 머물며 환영에 시달린다. 그것은 "외국 잡지에 나온 다키 치약의 광고같이 드디어 이빨을 드러내고 낄낄거리는 저 검은 얼굴의 형체"(129)를 보는 것이다. 이러한 환영은 마지막에 더욱 심해진다. '내'가 시골 생활을 끝내고 귀가하기로 했을 때, 그는 술에 만취해 색주가에서 잠이 든다. 이때 "모두가 환영(幻影)과 같아서 어느 것이 진짜 있었고, 어느 것이 꿈이었는지 모르"(130)는 일종의 "몽유증"(130)일지도 모를 일을 경험한다.

'나'는 외삼촌네를 떠나기 전에 마지막으로 만수네에 들러야겠다는 생각으로, 만수네로 향한다. 이때 만수네 집의 헛간에 오십 줄의 사내가 기둥에 묶여 있는 것을 본다. 사내의 "나를 죽일 셈이오?"(131)라는 말에, 만수는 "우린, 당한 것 이상으로 해치고 싶진 않다구. 똑 같이 해주면 돼."(131)라고 답변한다. 만수는 인두를 꺼내서 큰형을 비롯한 자신의 가족이 당한 고통을 그 사내에게 그대로 앙갚음 해주려는 것이다.

이렇게 보복을 다짐하는 만수를 보며 '나'는 심각한 위기의식을 느낀다. 그 위기의식은 만수의 "그놈을 봤으면…… 그러면 천천히 오래오래 속 썩여 줄텐데."(128)라는 말을 듣자 더욱 심각해진다.[17] '내'가 이러한 위기의식을 느끼는 것은, 사내에게 복수하려고 하는 만수의 모습이 '나'에게 베트남전을 떠올리게 하기 때문이다. 이 장면을 보며, '나'는 베트남전의 기억을

---

17) 그것은 다음과 같이 묘사된다. "나는 만수의 <천천히 오래 오래>라는 말 때문에 지난 한 달 동안의 고생스러웠던 불면증을 떠올렸다. 밀폐된 작은 상자에 갇히운 다던가, 산채로 벽돌담 사이에 발려버리는 일이 생각났다. 고행(苦行)은 모든 의식과 드디어는 절망까지도 쥐어짤 것이다. 나중에는 한줌으로 쥐면, 겨울날의 얼어붙은 모래덩이처럼 파사삭 부서져 흩날릴 것이리라."(128)

떠올린다. 기억의 핵심에는 민간인 학살과 베트남 포로 살해라는 행위가 놓여 있으며, 그것은 앞에서 "검은 얼굴의 형체"(129)라는 환영으로 나타나기도 했던 것이다. 「夢幻干證」에서 민간인 학살과 베트남 포로 살해는 "전장의 엄연한 율(律)"(133)에서 벗어나는 행위로 의미부여 된다.[18]

'나'는 동료 군인들이 공격을 받아 죽임을 당하는 상황에서 한 마을에 들어간다. 공터로 나온 베트남인들은 차에 실려 난민 수용소로 후송되고, '나'는 본격적인 수색을 시작한다. 마당 한가운데 펼쳐진 짚멍석을 들췄을 때, 두 개의 독을 발견하고 거기서 각각 노인과 "발가벗은 아기를 품안에 감춘 비쩍 마른 소년"(134)을 발견한다. "속눈썹 속으로 아리게 스며드는 땀방울, 말라붙은 혀, 멈춰 선 사람에게 짓궂게 날아 붙는 파리들, 아기의 입을 막고 고개를 묻은 소년의 흔들리는 어깨"(134)를 감각하던 '나'는 쌍욕을 지껄이며 "쇠끝에 손가락을 걸고 힘"(134)을 준다. 이후 들려오는 연발 사격의 소리에 '나'는 깜짝 놀라고 만다.

다음으로는 '내'가 동료 세 명과 함께 베트남인 포로 탄을 여러 가지 방법으로 놀리고 고문하다가 살해한 일이다. 탄은 지방 게릴라였고, 직업은 중학교 교원이며, 두 아이와 스물 다섯 살 난 처를 거느린 가장이었다. 탄은 "포로 심문병들이 제일 미워하던 녀석"(135)으로서, 도전적인 눈초리와 식사 거부, 담배를 주면 발아래 짓뭉개버리는 오만함 등으로 한국군의 반감을 샀다. 탄은 그러한 저항을 통해 "그가 받드는 가치"(135)와 그의 "품위"(135)를 지키려고 했던 것이다. '나'를 포함한 네 명의 한국군은 탄을 압박하기로 약속하고, "침대 아래 쥐잡기부터 비행기 태우기, 원산 폭격, 한

---

18) '나'는 "누구든지 거기서 싸웠던 전우라면 열대성 말라리아라든가 우리를 저격하는 게릴라, 또는 비협조적인 주민들을 인류의 적으로 미워해본 기억이 있을 것이다. 내가 적들을 사살한 것은 상대적인 것이었고, 그것은 전장의 엄연한 율(律)이었던 것이다."(133)라고 생각하는 것이다.

강철교"(135) 등의 가혹행위를 시작한다. 나중에는 강제로 수음을 시키고, 담뱃불로 성기를 지지는 고문까지 하다가, 한국군의 손등을 탄이 이빨로 물자 그를 살해한다. 그가 죽었을 때, '나'는 통쾌함 대신 자신이 "매끈한 광물질로 만들어진 물건"(136)이 아닌가라는 의심에 빠져든다. 이 일로 '나'를 포함한 네 사람은 시말서를 쓰고 두 주일 동안 영창에 갇힌 뒤 작전 현장으로 내쫓긴다. 이후 '나'는 군복을 벗고, 그러한 베트남에서의 시간을 떼쳐버렸다고 생각하지만 그 시간은 결코 '나'를 놓아주지 않는다.

이처럼 만수를 보며 느끼는 '나'의 위기의식은 바로 베트남전에서 자신이 저질렀던 악행에서 비롯된 것이다. 다시 만수네 집의 헛간으로 시선을 돌렸을 때, 만수는 벌겋게 달아 오른 인두로 사내를 죽이려고 한다. 그러나 만수의 형수는 사내를 죽이지 말라며, "그냥 내버려 둬두 될 것 같아."(136)라고 말한다. 그 이유는 어쩌면 죽음보다도 잔혹한 것인데, 형수는 "괜히 홀가분하게 해줄 필요"(137)가 없다고 생각했던 것이다. 이것은 전쟁의 죄의식에서 비롯된 고통이 육체적 죽음보다 결코 가벼운 것이 아님을 드러낸다. 또한 이 가해의 죄의식은 사내의 것이자 온전히 '나'의 것이기도 하다. 그렇기에 작품은 "나는 저 미친 사람과 사내와 만수가 내 뒤를 악착같이 따라오지나 않을까 하는 착각"(137)에 빠지는 것으로 끝난다. 황석영의 「夢幻干證」은 몸은 비록 한국으로 돌아왔지만, 마음은 언제나 베트남전의 현장으로 다시 돌아갈 수밖에 없는 참전군인의 모습을 그려낸 작품이라고 할 수 있다.19)

베트남전을 제대로 의미화하지 못해서 겪는 참전군인의 정신적 문제를 전면적으로 다룬 대표적인 작품은 안정효의 『하얀전쟁』이다.20) 지금까지

19) 「夢幻干證」은 이후 2000년 창비에서 나온 황석영중단편전집에 수록될 때는 「돌아온 사람」으로 제목이 바뀐다. '돌아온 사람'이라는 제목은 진정으로 귀환하지 못하는 상태를 반어적으로 강조한 것이라고 할 수 있다.

베트남전을 다룬 소설들에 대한 연구에서 안정효의 『하얀전쟁』은 그다지
큰 주목을 받지 못했다. '사실주의적 재현'에 있어서도 그 수준이 높지 않
은 것으로 평가받았으며, '유사-제국주의'의 문제와 관련해서도 뚜렷한 진
전을 보여주지 못한 작품으로 인식되었던 것이다.[21] 『하얀전쟁』에 대한 논

---

20) 안정효의 「하얀전쟁」은 1985년 『실천문학』에 '전쟁과 도시'라는 제목으로 3회 연
재된 후, 같은 해 『전쟁과 도시』라는 제목으로 출판되었으며, 이후 미국 소호(Soho)
출판사에서 'White Badge'라는 제목으로 출간되었다가, 1989년 고려원에서 『하얀
전쟁』이라는 제목으로 재출간되었다. 장편소설로서의 면모를 갖추게 된 것은 1989
년판 『하얀전쟁』부터라고 할 수 있다. 이 글은 이 작품을 연구대상으로 삼고자 하
며, 앞으로 이 작품을 인용할 경우, 면수만 기록하기로 한다.

21) 이경은 「하얀전쟁」이 "전쟁과 일상에 동일한 비중을 두는"(이경, 「전쟁소설의 새로
운 가능성-『하얀전쟁』을 중심으로」, 『한국문학논총』 14집, 1993, 404면) 독특한 작
품이며, "역사성의 결여"(위의 논문, 405면)가 나타나는 점을 한계로 들고 있다. 송
승철은 "화자가 베트남의 전투현장에서 경험한 삶의 아이러니를 내적 독백의 형태
로 끊임없이 (베트남전쟁 아닌) 전쟁 일반으로 환원하는 부분은 읽기 딱하다"(송승
철, 앞의 논문, 87면)고 지적한다. 정찬영은 "베트남전쟁이 갖는 폭력성을 충실히
보여주"지만, "베트남 전쟁의 전체상을 담아내지는 못하고 있음"(정찬영, 「베트남
전쟁의 소설적 공론화-『하얀전쟁』을 중심으로」, 『문창어문논집』 39권, 2002.12,
223면)을 문제삼고 있다. 윤정헌은 "월남전의 비극상은 결국 용병을 타인의 전쟁에
참여한 한국인의 망실된 영혼을 부각시키는 배경적 제재로 적용되고 있다는 사실
에 주목"(윤정헌, 「월남전소재 소설의 두 시각-『하얀 전쟁』과 『내 이름은 티안』의
대비를 중심으로」, 『현대소설연구』 20권, 2003, 105면)해야 한다고 주장한다. "가
해자로서의 죄의식과 피해자로서의 전율을 동시에 공유해야 했던 주인공들의 상처
받은 영혼을 통해 전쟁의 근원적 속악성을 부각"(위의 논문, 110면)시킨다는 것이
다. 장두영은 「하얀전쟁」에서는 "자신의 경험을 내적 독백 형태로 끊임없이 전쟁
일반론으로 환원하는 모습이 발견되고 있으며 실존주의류의 단상으로 흐르고 있
다."(장두영, 앞의 논문, 405면)고 지적한다. 윤정헌은 『하얀전쟁』의 모든 판본이
"베트남전의 상흔에서 잉태된 인간존재의 심연 탐구란 동일한 주제를 구현하기 위
해 상호 계기적으로 작용하여 연작소설의 얼개를 완성"(윤정헌, 「『하얀 전쟁』의 완
결성에 대한 고찰」, 『한국문예비평연구』 31권, 2010, 148면)시킨다고 보고 있다. 방
재석과 조선영은 "『하얀전쟁』은 인물들의 정신적 상흔과 파괴된 삶이 전쟁에서 비
롯되었음을 이야기"(방재석·조선영, 「베트남전쟁과 한-베트남 문학 교류 고찰」, 『현
대소설연구』 57권, 2014, 9면)한다고 주장한다. 이외에도 박기범은 「소설의 영화화
에 대한 일 고찰」(『독서연구』 10집, 2003.12, 101-122면)에서 소설 「하얀 전쟁」이
영화 「하얀 전쟁」으로 영화화되는 것을 연구하였다. 김일구는 「김은국의 『순교자』
와 안정효의 『하얀전쟁』에 나타난 문화의 충돌과 치유」(『영미문화』 12권 2호, 2012,
114면)에서 김은국의 『순교자』와의 비교 연구를 수행하였다.

의는 주로 베트남전이 참전병사에게 가져단 준 상처와 고통을 드러냈다는 점에 초점을 맞추어 왔다. 이때의 상처는 일관되게 전쟁 자체가 가지고 있는 본질적인 폭력성과 무의미성에서 비롯되는 것으로 설명되었다.

그러나 징후적 독해를 한다면, 『하얀전쟁』에서도 독특한 베트남전 소설로서의 문학적 의의를 발견할 수 있다. 한기주의 내적 독백에서는 전쟁의 일반론이 진술되지만, 한기주를 중심으로 한 서사에서는 이와 다른 측면을 발견할 수 있다. 한기주나 변진수가 겪는 정신병리는 전쟁 일반에서 비롯된 것이라기보다는 베트남전의 특수성에서 비롯된 텍스트의 징후(symptom)로 볼 수 있는 것이다.22) 따라서 한기주와 변진수가 앓고 있는 정신병리와 그 기원적 이면을 면밀하게 살핀다면, 베트남전이 참전 군인들에게 가져다 준 상처가 전쟁 일반의 폭력성을 뛰어넘어 베트남전이라는 고유성과 밀접하게 관련된 것임을 알 수 있다. 그들의 상처는 앞선 논자들이 말했듯이 단순하게 '역사성의 결여'에서 비롯된 '전쟁 일반론'으로 환원될 수 있는 것이 아니다. 그들의 상처는 유사 식민지배자가 될 수 없었던 난처한 처지에서 비롯된 것이며, 그 상처에는 한국군이 베트남전에서 경험한 역사적 경험의 전체상이 암시적인 방식으로 드러나 있기 때문이다. 이 글에서는 『하얀전쟁』을 일관하는 한기주와 변진수의 정신상태를 우울증이라고 판단하며, 그 징후 이면에서 작동하고 있는 역사(무의식적 실재)를 재구해보고자 한다.

안정효의 『하얀전쟁』은 1966년 베트남에 파견되어 11개월 26일 동안 겪은 전쟁의 이야기와 그로부터 10여 년이 지나 중소출판사의 회사원으로 살

---

22) 프레드릭 제임슨은 텍스트를 신경증 환자처럼 다루어야 한다고 주장한다. 텍스트의 표면적 의미를 반드시 지시대상이 되는 중요 사물에 의존하여 해석할 필요는 없으며, 오히려 표층 아래에서 진행되는 것과 관련하여 해석해야 한다는 것이다. 제임슨은 징후에 주목함으로써 무의식적 실재(역사)에 다가갈 수 있다고 본다. (Fredric Jameson, 『정치적 무의식-사회적으로 상징적인 행위로서의 서사』, 이경덕·서강목 옮김, 민음사, 2015, 92-128면)

아가는 현재 이야기로 이루어져 있다. 베트남전을 다룬 대부분의 장편소설이 귀국과 함께 서사가 종결되는 것과는 차이나는 지점이다. 이 작품은 현재의 상처를 통하여, 베트남전의 진상을 되새김질하게 하는 방법을 취한 소설이라고 볼 수 있다.

현재 한기주는 무기력한 직장 생활, 결혼 생활의 파탄, 성적 무능력 등을 앓고 있다. 한기주는 자신이 참전했던 베트남전의 기억에서 전혀 벗어나지 못한다. 그가 "결혼한 아내까지도 사랑하지 않게 된"(9) 것이나 직장에서의 일에도 전념하지 못하는 것 등은 모두 과거에 고착된 우울증의 증상이라고 말할 수 있다. 한기주는 돌아온 한국에서 어떠한 안정감도 느끼지 못한다. 그것은 다음과 같은 부분에서 확인할 수 있다.

> "왜 나는 이방인, 타향 사람 같은 기분을 느꼈을까? 왜 저곳 부산, 한국은 내 땅이 아닌 것 같은 기분이 들었을까?"(58), "나는 평생 남의 땅에서 타향 사람으로서, 침입자로서, 외톨이로서, 허락받지 못한 존재로서, 덤으로서, 찌꺼기로서 살아갈 모양"(239), "사람들 속에서 나는 외톨이가 된 느낌이었다. 내 나라에서 나는 타향 사람이었다."(318)

한기주는 현재 시점에서 자신의 정체성을 보장해 줄 수 있는 어떠한 기반도 확보하지 못한 것이다. 이러한 우울증은 베트남전 참전과 깊이 관련되어 있다. "월남에서 보낸 그 일년 동안에 벌어진 사건들은 영혼을 불에 달군 쇠로 지진 낙인(烙印)"(23)이었기에, "그 속에서 새겨진 기억과 상처는 끈끈한 얼룩이 되어 지워지지 않는 과거로 현재에 남았"(24)던 것이다.

애두에 대한 가장 고전적인 정의는 프로이드에 의해 이루어진다. 애도란 "사랑한 사람의 상실, 혹은 사랑하는 사람의 자리에 대신 들어선 어떤 추상적인 것, 즉 조국, 자유, 어떤 이상 등의 상실에 대한 반응"[23]이라는 것이

---

23) G. Freud, 「슬픔과 우울증」, 『무의식에 관하여』, 윤희기 옮김, 열린책들, 1997, 248

다. 프로이드는 애도와 우울증을 구분하는데, 애도는 현실성 검사를 통해 사랑하는 대상이 더 이상 존재하지 않는다는 것을 깨닫고, 대상에 부여했던 리비도를 철회하여 다른 대상에 부여하는 것이다. 이에 반해 우울증은 자아를 포기된 대상과 동일시하고, 이때 대상상실은 자아상실로 전환된다. 자아와 대상 사이의 갈등은 자아의 비판적 활동과 동일시에 의해 변형된 자아 사이의 분열로 바뀌는 것이다.

안정효의 『하얀전쟁』의 한기주나 변진수는 고전적 의미의 우울증을 가진 인물들이라고 할 수 있다. 한기주는 "순결과, 정의와, 인간성과, 존엄성을, 무언가 소중한 마지막 재산을 벌써부터 상실해 가고 있었다"(305)거나 "나는 많은 것을 상실했다. 순결과 꿈과 인간의 존엄성에 대한 종교를 잃은 대가로 과연 나는 무엇을 찾았으며 무엇을 누렸나?"(318)라고 생각하는데, 위의 말에서 한기주가 베트남전을 통해 잃은 것은 '순결과 꿈과 인간의 존엄성에 대한 종교'와 같은 것임을 확인할 수 있다. 이러한 대상이 상실되었다는 것을 확인했을 때, 그것으로부터 벗어나기 위해서는 상실된 대상에 대한 나름의 상징화 과정이 뒤따라야만 한다. 이를테면 전쟁에서 잃어버린 '순결과 꿈과 인간의 존엄성에 대한 종교' 등이 애국이나 반공과 같은 가치 등으로 적절하게 의미부여된다면, 리비도의 이동은 손쉽게 이루어질 수 있는 것이다. 실제로 모든 참전군인이 우울증에 시달리는 것은 아니다.

베트남전 당시 변진수와 한기주의 소대장이었던 최상준이 대표적인 경우로, 그는 어떠한 우울증의 모습도 보이지 않는다. 변진수는 한기주를 찾아와 자신을 죽여달라고 하기 전에 최상준을 먼저 찾아간다. 최상준은 변진수에게 "너같은 열등 인간과 밥을 먹는다는 것은 수치스러운 일이다. 3분 후에 내가 다시 밥을 먹으러 돌아올 때에는 네가 없어졌기를 바란다."

면. 수많은 파괴와 죽음을 낳는 전쟁이야말로 프로이드가 말한 우울증을 발생시키기에 적합한 역사적 사건이라고 할 수 있다.

(328)고 말한다. 최상준의 이 격렬한 분노는 그가 현재 중령으로 승승장구
한다는 것을 고려할 때, 그가 애국이나 반공의 의미로 상징화시킨 베트남
전을 변진수의 존재가 크게 흔들어 놓았기에 발생한 것이라고 할 수 있다.
결국 변진수는 최상준의 집에 있던 권총을 가지고 나와, 그 권총에 의해 살
해된다. 이것은 최상준으로 대표되는 지배적 담론에 의해 변진수가 살해당
하고 말았다는 하나의 암시로 이해할 수도 있다.

　그러나 최상준에게서 발견할 수 있는 것과 같은 상징화가 일어나지 않을
경우 프로이드적인 의미의 애도는 이루어지지 않고, 우울증에 빠지게 된다.
처음부터 전쟁에 적응하지 못하던 변진수의 우울증은 누구보다 심각하
다.24) 그는 한국에 돌아와서도 눈에 보이는 모든 사람을 "베트콩"(321)으로,
자신이 일하는 극장 창고의 모든 물건은 "베트콩의 부비 트랩"(321)으로 받
아들인다. 그는 베트남에 완전히 결박된 존재가 되어 버린 것이다. 변진수
를 10년 만에 다시 만났을 때 한기주는 "변진수는 월남에서 죽었고 지금
내 앞에는 그의 유령이 와서 앉아 있는지도 모른다"(52)거나 "현재라는 시
간도 없는 듯싶었다"(60)는 생각을 한다.

　한기주나 변진수가 우울증에 시달리는 가장 큰 이유는 자신이 상실한 대
상들에 대한 어떠한 상징화(의미화)도 수행할 수 없기 때문이다. 이러한 사
정은 다음의 인용문들에 선명하게 드러나 있다.

　　나는 차라리 활과 칼로 싸우던 전쟁에, 목적이 뚜렷하고 자신의 동기
　　를 분명히 알 수 있는 성전(聖戰)에 가서 싸우고 싶다. 친구들은 신이 나
　　서 놀려다니는데 동떨어진 곳에 와서 내가 왜 싸우는지를 그 목적을 스
　　스로 의식하게 될 그런 전쟁에서, 나 자신과, 가속과, 진구틀과 국가를

---

24) 변진수는 처음부터 고참의 폭력을 피해 월남전에 참전했을 뿐이다. 그에게는 어떠
　　한 참전의 의미나 이유도 존재하지 않았다. 그렇기에 자신의 잃어버린 삶과 청춘
　　에 대한 상징화가 더욱 어려운 것이라고 할 수 있다.

구하는 그런 전쟁에서 회의를 느끼지 않으며 싸우고 싶다. 하지만 지금, 머나먼 땅에서 엉뚱한 전쟁을 하고 돌아가는 나에게는 남은 것이 무엇인가? (315)

대리 전쟁에서 우리들은 죽음의 손익계산서에 아무것도 기록하지 못했다. 그것은 우리들이 백지 답안지를 낸 전쟁 시험이었다. 남은 것은 백색의 공간뿐, '정의의 십자군'은 아무것도 눈에 보이지 않고, 아무 자취도 남기지 못한 하얀 전쟁을, 하얗기만 한 악몽을 견디고 겨우 살아서 돌아왔을 따름이었다. (330)

첫 번째 인용문에서는 한기주가 베트남전에서 어떠한 '목적'이나 '동기'도 발견할 수 없었음을 확인할 수 있다. 그렇기에 베트남전은 '엉뚱한 전쟁'일 수밖에 없는 것이다. 두 번째 인용문에서는 상징화가 불가능한 베트남전의 경험이 '백색의 공간'과 '하얀 전쟁'이라는 비유적 방법을 통해 표현되고 있다. 베트남전에 대한 의미화가 불가능하기에 한기주나 변진수는 이미 끝나버린 베트남전에 대한 애도를 수행하지 못한 채, 언제까지나 거기에 붙잡힌 우울증적 주체가 되어 버린 것이다.

『하얀전쟁』은 독특하게 종전 이후의 현재가 서사의 절반을 차지하는데, 이 우울증이라는 정신병리는 상징화를 불가능하게 하는 베트남전의 실재에 대한 독자의 관심을 불러 일으킨다. 앞으로의 논의에서 밝혀지겠지만, 이들의 우울증은 단순하게 전쟁의 폭력성이나 비인간성에서 비롯된 것이 아니라 한국군이 베트남전에서 유사 식민지배자가 될 수 없었던 고유한 역사적 상황과 긴밀하게 맞닿아 있다.

한국 정부의 대표적인 베트남전 파병 논리는 바로 반공(안보)과 경제발전이었다. 종전 이후에도 베트남전 참전은 공산세력의 '안보위협'으로부터 방어를 이뤄냈다는 반공 안보이데올로기와 경제성장의 밑거름이 되었다는

경제논리로 정당화되었다.[25] 특히 군인들은 공적 담론의 차원에서는 경제
논리보다 주로 정치 안보적인 측면에서 자신의 정체성을 규정받았다. '반
공전쟁'이자 '발전의 기회'로 자리매김된 베트남전에서 "참전군인은 '반공
의 십자군', '반공전사', '월남의 재건과 건설의 전위'로 정형화"[26]되었던
것이다.

한기주 역시 처음 베트남에서의 자신을 반공전사로서 자리매김한다. 이
것은 베트남전을 한국전과 끊임없이 동일시하는 모습에서 확인할 수 있다.
실제로 이 작품의 전반부에는 한기주가 어린 시절 경험한 한국전쟁에 대한
이야기가 여러 차례 등장한다. 그뿐만 아니라 한기주는 자주 베트남(인)을
한국전쟁 당시의 한국(인)으로 등치시키고는 한다. 월남인들이 쓰레기더미
를 뒤지는 모습을 보면서, 한기주는 "나는 그들에게서 다시 20년 전의 한
국을 보았다"(41)고 생각하거나 "한국전쟁에서 미군의 하우스보이 노릇을
하던 우리들을 위해 지금 하우스 보이 노릇을 하는 월남의 굶주린 아이
들"(84)이라고 생각하는 식이다. 한기주는 특히 "나 자신의 옛 모습을 그 소
년에게서 보는 것 같"(69)다는 이유로 짜우라는 소년을 좋아한다.

당시 한국인의 베트남전에 대한 표상은 "한국 현대사의 경험과 현실에
직접 접속함으로써 구성되었으니, 그것은 '북괴의 남침 기억'과 베트콩이
겹쳐지는 현상"[27]으로 나타났다. 베트남인들을 공산주의로부터 지켜준다
는 내러티브 속에서 한국군은 자신들을 베트남인들 위에 군림하는 식민 지
배자로 자리매김하게 된다. 즉 베트남(인)을 한국전쟁 당시의 한국(인)으로

---

25) 강유인화, 「한국사회의 베트남전쟁 기억과 참전군인의 기억투쟁」, 『사회와역사』 97
집, 2013.3, 109면.
26) 윤충로, 『베트남전쟁과 한국 사회사』, 푸른역사, 2015, 136면.
27) 김미란, 「베트남전 재현 양상을 통해 본 한국 남성성의 (재)구성」, 『역사문화연구』
36집, 2010, 214면. 최병욱도 베트콩을 공산주의자 집단과 동일시하는 것에 문제를
제기한 바 있다. (최병욱, 『베트남근현대사』, 창비, 2008, 160-170면)

등치시키는 구도 속에서, 자신과 같은 한국군은 자연스럽게 미군의 지위에 놓이게 되는 것이다. 실제로 베트남에서의 반공주의는 '의사문명화론의 사명론'이라는 형태를 띠고 전개되었으며, 반공주의를 통한 동일화와 선경험의 강조는 한국이 베트남을 이끌어 가는 것을 정당화했다.[28] "동류의식과 연민의 이면에는 문화적 차이를 통해 베트남인을 타자로 대상화하고, 후진적이고 열등한 존재로 인식"[29]하는 제국주의적 의식이 존재했던 것이다. 한기주는 베트남 주민들과 함께 머물며 "내 살갗에 와서 묻을 것만 같은 노린내가 꼬랑꼬랑한 그들의 체취를 참으며 같은 천막에서 밤을 보내게 되었다."(77)고 생각한다. 한기주는 처음 베트콩들과 전투를 벌일 때, 그들을 "덩실덩실 춤추듯 물결치며 달려오는 시커먼 식인종들의 모습"(105)에 비유하기도 했던 것이다.

그러나 공산주의를 증오하는 베트남인들을 이끌어 공산주의자들과 싸운다는 한국군의 자기 정체성은 얼마 지나지 않아 깨진다. 베트남인들은 한국군의 "도움을 원하지도 않고 고마워하지도 않는 사람"(209)들이며, "전쟁으로 지칠 대로 지쳐 의욕도, 희망도, 추진력도 잃었고, 이제는 아집과 독선과 이기주의와 동물적인 생존의 의식"(209)만 남은 것으로 보이기 때문이다. 심지어 베트남의 한 노인은 "우리들의 땅에서 외국인들 때문에 너무 피를 많이 흘렸기 때문에 그들하고, 당신들하고 일체감을 느낄 수가 없어요."(78)라고도 이야기한다. 이념 혹은 전쟁에 대한 베트남인들의 무관심은 내장이 드러난 베트콩의 시체를 오리떼가 뜯어먹는 모습을 베트남인들이 태연하게 바라보는 모습에서 극적으로 드러난다.[30] 그들은 "사방에서 전투

---

28) 반공주의의 맥락 속에서, "한국은 '승리의 사도', '평화의 십자군', '자유의 천사', '자유의 십자군', '평화의 전사'로 논의되며, 베트남 주민의 대공투지와 사기를 진작시키는 주체로서, 곧 '반공의 사명'을 베트남에서 실현하는 '주권성년국가'로 그려"(윤충로, 앞의 책, 123-124면)질 수 있었다.

29) 위의 책, 161면.

가 벌어져도 월남인들은 낮잠을 거르지 않았다. 그들은 전쟁의 희생자이기는 했지만 방관자였지 주인공들은 아니었다."(123)고 규정지을 수 있을 정도로 이념이나 국가 따위에는 무관심하다.

한국전 당시 한국인과 베트남전 당시 베트남인의 차이점은 물소를 베트콩으로 오인하고 총으로 쏴죽이자, 베트남인들이 몰려와 소값을 요구하는 대목에서 직접적으로 드러난다. 소대장이 결국에는 "우린 한국으로 가겠다"(47)고 소리 지르지만, 돌아오는 것은 "따이한 고 홈!"(47)이라고 외치는 베트남인들의 외침 뿐이다. 이 순간 "정의의 십자군이라고 으스대던 병사들의 긍지는 작살"(47)이 나고 만다. 베트남 마을의 촌장은 "우린 전쟁에서 누가 이기느냐 따위에는 이젠 별로 관심이 없다는 걸 솔직하게 얘기하고 싶어요. 20년이나 시달리다 보니 이념이니 사상이니 하는 허황된 얘기는 다 헛되기만 할 뿐이고, 생존이라는 기본적인 문제만 남았어요."(76)라고 말할 뿐이다. 그 노인은 분명 한기주 입장에서는 "자유와 구원을 마다하는 노인"(76)의 모습이고, "비극적인 패배주의가 온몸에서 악취처럼 스며나오는"(79) 모습으로 의미부여된다.[31]

베트남인들의 환영을 받으며 의로운 전쟁에 참여한다는 한국군의 자기

---

30) 당시 한국에서는 베트남인들이 반공에 적극적이지 않은 것을 문제로 여겼다. "베트남인에 대한 인상으로 흔히 언급되었던 것은 '무표정하다'는 것이었다. 동족의 시체가 떠내려 오는 강에서 누구도 눈 하나 깜짝 않고 낚시를 계속하는 나라가 베트남이었다."(민옥인, 『화제의 월남』, 금문사, 1966, 124면. 신형기, 「베트남 파병과 월남 이야기」, 『동박학지』157집, 2012.3, 89면에서 재인용)는 식으로 이야기되었던 것이다.

31) 한기주가 느끼는 당혹감은 당시 국회의원이었던 이만섭이 「자유중국·월남 인상기」(『국회평론』, 1964.5.)에서 표현한 당혹감과 연결되는 것이기도 하다. 장세진은 이 당혹감을 "분단 한국으로부터 날아온 정치인의 눈에, '게릴라'가 출몰하는 베트남의 도시들은 태극기와 인공기가 번갈아 게양되었던 한국전쟁 당시와 너무나도 흡사하기만 하다. 그러나 베트남인들의 입장에서라면 이 공산 '게릴라'들이 바로 반反식민지 해방 전쟁의 전사들일 수 있다는 사실이 대한민국 의원에겐 끝끝내 받아들여지지 않았다."(장세진, 『슬픈 아시아-한국 지식인들의 아시아 기행(1945-1966)』, 푸른역사, 2012, 276면)고 정리하였다.

정체성은 거의 모든 한국의 베트남전 소설에서 유지되지 않는다. 베트남인들은 대개 한국군의 도움을 원하지도 않으며, 더군다나 고마워하지 않는 것이다.[32] 이러한 모습은 「하얀전쟁」 이외의 다른 베트남전 소설인 황석영의 「탑」과 송기원의 「廢塔 아래서」에도 등장한다.

> 그들은 우리들에게 두려움과 적의가 깃들인 시선을 던졌다. 노인들은 음흉스러워 보였고, 아이들은 교활해 보였으며, 여인네들은 우리를 비웃고 있는 것 같았고, 남자들은 모두들 밤에는 게릴라로 변하는 적인 것 같았다. 그들의 고요한 마을에 침입한 것은 바로 우리들이었다. 여긴 우리의 고향이 아니다. (「탑」, 107)

> 주민들 중의 누구 하나 우리를 향해 손을 흔들어주지 않는 거리에서 오히려 우리가 먼저 손을 흔들고, 아는 체를 했지만 그들은 조금도 반응을 보이지 않는 것이었다. 어쩌다 우리를 힐끗 쳐다보는 사람들의 시선 속에서 우리는 분명히 적의(敵意)라고 해야 할 차가움을 다만 느꼈을 뿐이었다. 우리는 새삼스럽게 정훈교육 시간에 우리에게 강조하던 교관의 주의사항을 상기했다.
> "월남이라는 전쟁터는 전선이 없는 전쟁터이다. 적은 어디에나 있고 또한 어디에도 없다. 조금도 방심해서는 안된다. 그리고 특기할 것은 월남인들은 누구 할 것 없이 결코 우리를 좋게 보지 않는다는 것이다. 그들은 우리를 단지 고용병으로 여길 뿐이라는 것을 덧붙여 말해 둔다."
> 아마 그는 우리에게 적에 대한 경각심을 높이기 위하여 이런 말까지 했을 것이다.
> 우리는 암담해져 있었다. 월남에 온 지 불과 몇 시간이 지나지도 않아서 우리는 월남전의 성격을 이해해버린 것이었다. 그리고 그것은 우리에게 암담하게 느껴질 뿐이었다. 우리는 그러한 생각들을 잊어버리기

---

[32] 김남일은 "베트남전쟁은 이미 한국전쟁을 통해 누구라 할 것 없이 내부에 심각한 상처를 안고 있던 남한의 문청(文靑) 출신 한국군들에게 그들의 존재 자체를 뒤흔드는 또 다른 트라우마일 수밖에 없었다."(김남일, 「한-베 문학교류의 역사」, 『아시아』, 2021년 겨울호, 184면)고 주장한다.

위하여 군가를 불렀다. 군가를 막 끝냈을 때, 옆에 있던 전우가 나의 귀
에 속삭였다.

"자유의 깃발을 높이 들고? 자유의 깃발 좋아하네. 작사랑도 유분수
지. 명분치고는 더러운 명분이야. 이런 놈의 땅에서 죽어야 한다는 것이
한심하다."[33]

기본적으로 한국전과 베트남전은 결코 동일시될 수 있는 전쟁이 아니다.
일테면 "한국전쟁 때 한겨울 산을 끝없이 줄지어 남쪽으로 걸어가던 피난
민들의 행렬. 하지만 전후방이 없는 이곳 주민들은 어디로 피난을 가야 하
나?"(68)라고 생각하는 것 등을 구체적인 사례로 들 수 있다. 이것은 베트남
전이 이념을 중심으로 남과 북의 선명한 이분법을 거시적인 틀에서 보여주
었던 한국전쟁과는 매우 상이한 전쟁이었음을 상징적으로 보여주는 것이다.

베트남인을 이끌어 공산주의와 맞서 싸운다는 내러티브 속에서 보통의
베트남인들이 타락하고 게으른 모습으로 스테레오타입(stereotype)화 되어
있다면,[34] 베트콩들은 한없이 잔인한 존재로 스테레오타입화 되어 있다.
이전 베트남 노인과의 대화에서 노인은 베트콩들이 세 가족을 몰살시키고
"두 살난 어린애까지 모두 머리만 내놓고 땅에 파묻은 다음에 주민들을 모
아 구경을 시키며 도끼로 이마를 찍었어요."(76)와 같은 끔찍한 이야기를 전
해준다.

그러나 곧 한기주는 베트콩을 포함한 베트남인들이 자기와 동일한 인간

---

33) 송기원, 「폐탑 아래서」, 『열아홉살의 詩』, 한진출판사, 1978, 260면. 앞으로 이 작
품을 인용할 경우 면수만 기록하기로 한다.
34) 다음과 같은 부분을 대표적으로 들 수 있다. "길거리에는 뒤숭숭한 분위기 속에서
도 딸딸이 인력거들이 분주하게 돌아다녔다. 싸움을 한 차례 치르었어도 그늘은
방금 잠에서 깨어난 듯 푸시시한 현실에서 또다시 거짓말을 하고, 매음을 하고, 살
아야 한다. 길바닥에 앉아 벼룩을 잡아먹는 여자, 바퀴벌레를 가지고 노는 아이,
죄의식이 결핍된 가게 주인들의 하찮은 삶이 계속되게 해주려고 들판에서는 한국
인들이 피를 흘리며 싸웠다."(128)

일 뿐임을 깨닫는다. 한기주는 차이라는 환상과 동일성이라는 현실 사이의 긴장으로 인해 커다란 불안을 느끼고,[35] 이것은 기존에 자신의 정체성을 구성했던 상징화의 틀이 해체되는 것으로까지 연결된다. 동굴 참호에서 처음으로 베트콩의 시선을 마주했을 때, 한기주가 느낀 충격은 이를 잘 보여 준다. 참호에서 만난 베트콩의 시선이 그토록 충격적이었던 이유는 베트콩 역시 자신과 똑같은 인간이라는 사실을 직접적으로 확인했기 때문이다.

베트콩들의 지하요새로 유명했던 구찌터널의 입구

---

35) 호미 바바에 의하면, 차이라는 환상과 동일성이라는 현실 사이의 긴장은 모든 식 민관계 속에 상존한다. 그 긴장은 식민 피지배인들이 겉보기만큼 안정적이지 못한 식민 지배자의 권력에 저항하는 방식으로 활용되기도 한다. 바바의 저작은 식민 피지배자들이 능동적인 행위주체임을 강조한다. 탈식민적 관점이란 서구를 재상상 하게 하고, 서구에 자신의 억압된 식민적 기원을 상기시켜 주는 관점을 의미한다. 식민지배의 권위는 이처럼 차이로 여겨지는 것이 피지배들에게서 발견되는 실 질적인 동일성으로 인해 약화된다는 사실을 비밀스럽게 또는 무의식적으로 알고 있다. 차이라는 환상과 동일성이라는 현실 사이의 긴장은 불안으로 이어진다. 지 배자가 겉보기엔 우월해 보이지만 지배자를 지속적으로 괴롭혀 온 예상치 못한 불안이 있음을 강조한다. 식민지배 권위는 근원적인 균열을 지니고 있기에, 그 권 위는 분열되어 있고 불안하다. 스테레오타입은 필연적으로 전복과 변화에 열려 있 는 것이다. (David Huddart, 『호미 바바의 탈식민적 정체성』, 조만성 옮김, 앨피, 2011, 90-104면)

한기주가 처음으로 지하동굴에서 베트콩을 보았을 때, 그것은 "영원" (170)의 시간으로 한기주에게는 각인된다. 지하동굴에서 랜턴 불빛을 통해 만난 베트콩은 "놀라고 창백해진 얼굴"(170)을 한 평범한 사람이었던 것이다. 결국 한기주는 그 베트콩을 죽이고, 사나흘 동안 아무것도 먹지 못할 정도로 충격을 받으며, "자신에 대한 혐오감과 수치심"(174)에 시달린다. 그토록 충격을 받은 것은 멀리 있는 관념상의 베트콩이 '시커먼 식인종'이었던 것과 달리, 마주친 실제의 베트콩은 자신과 똑같은 "인간"(175)이었기 때문이다. 그렇기에 한기주는 자신이 "언젠가는 그 보복을 받으리라고 느"(175)끼기까지 한다.

작전중에 베트콩이 남기고 간 가족사진을 발견했을 때도, 한기주는 베트콩을 "인간성"(208)을 가진 존재로 파악한다. 베트콩들의 수첩에는 "나무와, 보름달과, 예쁜 여자와, 구름과, 산 따위 그림들"(211)이 자주 발견되는 것을 보며, 그들은 외로움을 느꼈던 것이라고 생각하는 것이다. 다음의 인용에도 베트콩의 실체를 재발견하는 한기주의 고민이 담겨 있다.

> 앙상하게 야윈 포로들을 보고 나는 저렇게 초라하고 무기력해 보이고 가냘픈 사람들이 양민을 무더기로 생매장하고 벌목도로 쇠고기를 치듯 인간의 목가 팔다리를 자르는 잔혹한 행동을 한다는 것이 거짓말처럼 느껴졌다. 뼈마디가 앙상하고, 푹 꺼진 멍한 누에는 공포와 두려움의 빛깔이 인광처럼 번득이고, 종국적인 비참한 죽음 이외에는 미래를 알지 못하는 그들이 어떻게 '만행의 주역'을 해내는가?(210)

한기주는 베트남에서 처음 자신을 한국전 당시의 미군으로 인식하고자 한다. 간단히 말하자면 한국전쟁에서 미군이 우리를 주도적으로 이끌었던 것처럼, 베트남에서는 한국군이 미군의 위치가 되어 베트남인들을 도와준다는 발상인 것이다. 한기주가 느끼는 베트남에 대한 연민과 유사성은 한국전쟁을 매개로 한 것으로서, 그 속에는 유사 제국주의자로서의 (무)의식이 강하게 존재하고 있다. 실제로 한기주는 이에 바탕해 제국주의적 의식을 곳곳에서 드러내고 있는 것이다. 그것은 자신을 이데올로기적 사명감에 바탕한 '반공의 십자군'으로 위치지우는 일이기도 하다. 그러나 곧 한기주는 한국전과 베트남전, 그리고 한국인과 베트남인의 차이점을 온몸으로 깨닫는다. 베트남전은 결코 이데올로기로만 구획될 수 있는 전쟁도 아니며, 베트남의 민간인들도 반공투사와는 거리가 멀었던 것이다. 또한 베트콩 역시도 이념에 미친 살인마들로만 규정지을 수 없는 존재였음을 한기주는 온몸으로 알게 된 것이다. 이러한 과정을 거치면서 '반공의 십자군', '반공전사', '월남의 재건과 건설의 전위'로 정형화된 참전군인의 자기정체성은 산산이 부서진다.[36]

한기주와 변진수는 베트남전에 대한 나름의 상징화를 하지 못하기 때문에 우울증에 빠지게 된다. 상징화가 불가능한 베트남전의 경험이 '백색의 공간'과 '하얀전쟁'이라는 비유적 방법을 통해 표현되고 있는 것이다. 우울증이라는 정신병리는 끊임없이 상징화를 불가능하게 하는 베트남전의 실재에 대한 독자의 관심을 불러일으킨다.

---

36) 박진임은 "베트남과 한국이 같이 겪은 제국주의 침략의 수난사"로 인해, 한국 군인들이 월남인들에게 "동정심과 동병상련의 정"(박진임, 「한국소설에 나타난 베트남 전쟁의 특성과 참전 한국군의 정체성」, 『한국현대문학연구』 14호, 2003, 115면)을 느낀다고 보았다. 그러나 한기주가 한국전쟁의 수난사를 베트남에 대입시키며 느끼는 것은, '동병상련의 정'으로 표현될 수 있는 공감이 아니라, 한국전쟁 당시 미군의 처지에 자신(한국군)을 대입시키는 제국주의적 의식에 가깝다고 할 수 있다.

2

베트남의 베트남전 소설

1. 전쟁의 대의를 상실한 전사들
- 쯔엉 투 후옹의 『제목을 붙이지 못한 소설』

『제목을 붙이지 못한 소설』에는 전선과 일상의 곳곳에 죽음이 가득하다. 작품의 첫 장면은 밤새도록 "망자의 협곡을 가로질러 울부짖는 바람소리"(9)를 듣는 것이다. 이 소리를 들으며, 콴은 "혼자 기도 말을 중얼"(9)거린다. 그리고는 곧 여자 전사 여섯 명의 비참한 시체에 대한 묘사가 시작된다. 이후에도 이 소설의 곳곳에는 죽음이 가득하다. 친구인 비엔을 만나러 가는 길에서는 그물 침대에 잠들어 있는 해골을 발견하기도 한다.[37] 이 대목에서 콴은 일종의 영매가 되어 죽은 청년의 마음을 그대로 체험하기도 하고, 죽은 청년에 의해 다리가 마비되어 움직이지 못하기도 한다. 콴이 비엔을 만나러 가는 길에 콴을 돌봐주었던 동굴 속 할아버지와 손녀는 나중에 폭

---

37) 이 작품에는 유독 해골의 이미지가 빈번하게 등장한다. 콴은 자신의 어머니가 해골이 되어 동생에게 젖을 물리는 꿈을 꾼다. 또한 길에서 만난 부로부터 "어떤 동굴 앞에서 해골 일곱 구가 늘어져 있"(221)었다는 이야기를 듣는다.

격으로 흔적도 없이 사라진다. 콴이 누구보다 아꼈으며 경시대회에서 수석을 할 정도로 총명했던 호앙도 허무하게 죽는다. 이러한 죽음의 산재(散在)는 전쟁의 비참함을 강조하는 효과를 발휘한다.

특히 동료의 오인 사격으로 살해된 피엔, 동료 홍을 놀리다가 홍에게 살해당한 떼우, 그리고 정신병에서 회복되어 취사병으로 근무하던 중 포탄파편을 밟고 파상풍으로 죽은 비엔 등의 죽음은 '적'에 의한 것이라고 단언할 수 없다는 점에서 그 비극성이 더욱 크다. 『제목을 붙이지 못한 소설』에서 콴이 느끼는 베트남전의 실감은 다음처럼 허무하고 슬프다.

> 원숭이 해의 잔인한 가을이었다. 매일, 매시간, 매순간 죽음이 우리를 노리고 있었다. 저녁이면, 연기와 먼지로 뒤덮인 잿빛 태양 속에서 우리는 갈가리 찢겨진 살과 피로 적셔진 땅으로부터 전우들의 시체를 끌어내곤 했다. 바로 그날 난자당한 것들, 며칠 된 구역질 나는 것들, 벌써 일주일째 안개 속에서 썩어가고 있는 것들도 있었다. 결코 어떤 문학도 환기시킬 수 없는 악취가 진동했다. 가물거리는 불빛 속에서, 하늘 한쪽 끝에서는 박쥐가 사방으로 날아다니고, 다른쪽에서는 까악까악 울어대는 까마귀떼가 보였다. 피와 아직 싱싱한 살점에서 떨어지는 비명 소리, 우리 자신도 피와 땀이 방울져 떨어졌다. 우리는 등에 시체와 총을 짊어지고 걸었다. 형태가 그대로 남아 있는 시체도 있었지만 어떤 것들은 머리나 한쪽 다리가 잘려 나갔고, 또 어떤 것들은 배가 갈라져 창자가 밖으로 널브러져 있었다. 그들의 피가 우리의 땀과 뒤섞여 옷 속으로 스며들었다. 우리는 피로와 절망감으로 얼빠진 사람들처럼 걸었다. 후퇴하면서 마지막 남은 힘을 쏟은 것은 생명을 건지겠다는 희망이 아니라, 다음날의 살육에 가담하겠다는 분노에 찬 격앙된 의지였다. (235-236)

전쟁터에는 죽음이 가득하며, 거기에서는 "어떤 문학도 환기시킬 수 없는 악취가 진동"한다. 그리고 군인들이 극한의 피로와 절망감에도 불구하고, 앞으로 나아가는 것은 빛나는 대의명분 때문이 아니라 "다음날의 살육에 가담하겠다는 분노에 찬 격앙된 의지" 때문이다. 실제로 홍은 포로들을 죽이는 것이 금지되어 있음에도, 포로들을 살해한다. 콴은 홍이 금지된 일을 감행했는데도 "그를 나무랄 생각이 없었기 때문"(242)에 얼굴이 붉어진다. 그러나 나중에 콴은 포로와 인간적인 대화를 나누며, 포로에게서 자신이 "사랑했던 여자의 여동생인 히엔"(259)의 얼굴을 발견하고는 괴로워하기도 한다.

전후방을 가리지 않고 곳곳에는 부조리한 일들이 산재해 있다. 부대 내의 하찮은 잡일에는 빠지지 않던 병사 피엔은 정글에서 동료 루이의 오인사격으로 죽는다. 매우 가난한 루이는 가족을 위해 옷감과 바꿀 낙하산 천을 구하려다가 그런 변을 당한 것이다. 연대정치위원인 흐우는 사단 사령부에 잘 보이려고, 잘못된 작전을 결정했다가 50명 이상의 소대원들을 죽게 만들기도 한다.

『제목을 붙이지 못한 소설』에서 군인을 영웅시하는 모습은 찾아보기 어렵다. 전쟁에서 가장 큰 고통을 겪는 것은 군인보다도 민간인들인 것으로 그려진다. 전선에서는 가끔 "식량 보급으로 음식에 파묻힐 지경"(169)일 때도 있지만, "후방에서는 끝도, 한도 없이, 어디서나 굶주림이 지배하고 있"(169)다. 3년 가까이 살았던 쾅 빈에서 콴이 사귄 "소박하고 너그러운 사람들"은, "마지막 쌀 한 톨까지도 전사들에게 보내기 위해 일년 내내 카사바만 먹고 사는 그런 이들"(200)이다. 콴이 기차에 탔을 때도, 군인들은 위세를 부리고 주변의 민간인들은 "막연한 힘에 마비된 듯"(172)이 위축된 모습을 보여준다.

이 작품은 기본적으로 10년이라는 전쟁 기간 동안의 변화를 반복해서 강조한다. 10년이라는 기간은 찬란하고 비장했던 대의가 빛바래 간 시간에 해당한다. 작품의 곳곳에는 "10년 전 이 길로 들어서던 날, 이런 광경을 상상도 하지 않았다."(82)와 같은 말이 반복된다. 기차에서는 두 명의 지식인이 서로 이야기를 나누는데, 그 중의 한 명은 "혁명이나 사랑이나 만개하면 곧 시들어버리지요. 단, 혁명은 사랑보다 더 빨리 썩어버립니다."(175)라고 말한다. 그것은 10년이라는 시간을 사이에 둔 과거와 현재의 대비로 나타난다. 주인공 콴은 10년 전에는 비장하고 거창한 대의명분을 지니고 전쟁에 참여하였다. 콴은 친구인 루옹, 비엔과 함께 소집되던 날 "기쁨"(38)을 맛보았고, 회관 앞 마당에는 "조국을 위한 새로운 전사 만세!"(38), "조상의 전통을 빛낼 동 띠엔의 청년들!"(38), "불굴의 막스-레닌주의 만세!"(38) 등의 구호가 장식되어 있었다. 이때 전쟁은 다음과 같은 역사적 무게를 지닌 것으로 의미부여된다.

> 이 전쟁은 공격에 대한 단순한 방어전이 아니었다. 이것은 재건의 기회이기도 했다. 베트남은 역사의 선민이었다. 전쟁이 끝나면 우리 조국은 인류의 낙원이 될 것이며, 우리 민족은 별도의 위치에서, 찬양받고 존경받는 민족이 될 것이다… 그렇게 우리는 생각했으며, 그래서 약한 자의 눈물을 떨쳐버렸던 것이다. (39)

그러나 10년의 세월이 지나는 동안, 콴을 비롯한 사람들은 "극도로 냉담해진 우리 모습을 자각"(40)하고는 "그 첫날의 추억으로 더욱더 괴로워"(40)한다. 10여년 만에 다시 찾은 고향에서 아버지의 상태는 더욱 악화되어 있으며, 동생 꽝이 전사했다는 소식을 듣는다. 그리고 콴은 정보처리학을 공부하던 똑똑한 꽝에게 입대를 부추겼던 아버지에게 항의하며, "전쟁 도박에 온 가족이 뛰어든 것이다!"(136)라고 한탄한다. 또한 이러한 과거와 현재의 대비는 10년 전 콴과 풋풋한 사랑을 나누었던 호아의 변모를 통해서도 드러난다. 호아는 아버지를 밝힐 수도 없는 아이를 임신한 후에, 민둥산에 있는 오두막에 숨어 살고 있다. 그녀의 달라진 현재를 바라보며, 콴은

"우리를 맺어주었던 아름다운 꿈은 사라져버렸다."(161)고 생각한다.

콴이 아끼던 카는 미국제 물품을 여러 개의 콘테이너나 노획해두었다가 콴에게 발각된다. 콴은 호앙이 죽은 이후 카에게 많은 애정을 쏟았기에 더욱 분노한다. 주목할 것은 카가 그저 평범한 병사라는 점이며,[38] 이런 카가 범죄에 연루됨으로써 베트남전에서의 범죄가 특별한 것이 아니라는 인상을 준다는 점이다. 자신을 꾸짖는 콴을 향해, 카는 당당하게 "그것들은 인민과는 아무 관련이 없어요… 인민, 그것은 내 어머니, 내 아버지, 그의 부모, 병사들… 누구도 가장 작은 부스러기조차 받지 못해요…"(296)라고 대답한다. 그러고서는 어린 시절 지방의 작은 마을에서 인민들의 돈이 권력자들에 의해 오용되었던 일을 이야기한다. 그리고는 ""당신은 나를 군사재판에 회부할 수도 있어요… 하지만 나는 어쩔 수 없어요. 나는 불행하게도 진실을 알고 있습니다… 나는 다른 사물은 볼 수 없어요."(297)라며 자신의 의견을 꺾지 않는다. 결국 콴은 카에게 고함을 지르기는 하지만, 그를 군사재판에 회부하지는 않는다. 나중에 콴은 "마음 속으로 카를 원망하면서도, 왠지 그의 말에 수긍하고 있었던 것은 무어라 설명해야 할지 모르겠다."(300)고 생각한다. 마음속으로는 콴도 카의 말에 동의하고 있었던 것이다.

심지어 전쟁에 대한 전반적인 회의는 미군을 대하는 태도까지 변화시킨다. 사이공이 함락되기 직전에 콴은 미군 포로들을 발견한다. 예전의 콴이라면, "외국 침략자들! 우리의 증오의 대상!"(306)인, "그 분홍빛 도는 하얀 피부와 금발머리를 보면 추호의 망설임없이 방아쇠를 당겼"(306)을 것이다. 옆에서 부하들도 미군 포로들을 죽여야 한다고 말하지만, 콴은 미군 포로들을 살려준다. 그리고는 전쟁 중에 발생한 "걷잡을 수 없는 보복행위들"

---

38) 카의 성격은 다음과 같이 설명된다. "그는 호앙만큼 순수하지는 않았다. 그는 교활하고 악의에 찬 친구였다. 게으른 편이지만, 괜찮은 녀석이었고, 경우에 따라서는 사심없이 싸울 줄도 알았고, 희생을 거부하지 않았다."(294)

(308)에 대해 생각한다.[39] 이처럼 전쟁에 대한 심각한 회의를 느끼는 콴이기에, 마지막에 사이공이 함락되었다는 소식을 들었을 때도, 콴은 즐거워하기보다는 쓸쓸한 모습을 보이며 소설은 끝난다. 작품의 제목인 '제목을 붙이지 못한 소설'은 콴이 10년간의 전쟁을 겪으며, 베트남전이 처음에 생각했던 것처럼 숭고한 대의명분만으로 빛나는 전쟁일 수 없음을 깨달은 결과라고 할 수 있다. 그렇기에 베트남전을 다룬 이 소설에 그 어떤 제목도 붙이지 못한 것이라고 정리할 수 있다.

2. 전쟁에 붙들린 영혼을 위한 추도의 글쓰기
  ### - 바오 닌의 『전쟁의 슬픔』

바오 닌[40]의 『전쟁의 슬픔』은 1999년 예담출판사에서 번역되었을 때부터 많은 관심을 받았다.[41] 이 작품은 주로 베트남전의 고통과 기억 그리고

---

39) 그것은 다음과 같이 묘사되며, 전쟁의 비참함과 허무함을 강하게 환기시킨다. "나는 얼마나 자주 보았던가, 나뭇가지에 대롱대롱 매달린 시체들, 움푹 도려낸 눈, 두 쪽으로 벌어진 몸뚱이, 무릎에서 잘린 인대, 메뚜기 다리처럼 반대쪽으로 꺾인 다리… 걷잡을 수 없는 보복행위들이었다. 대포가 승리를 알릴 때 까마귀떼는 묘지 위에서 까악까악거리며 미처 묻을 여유가 없었던 시체 위에 내려앉았다… 썩은 시체와 화약에서 나는 미칠 것 같은 냄새."(307-308면)

40) 바오 닌(1952-)은 1952년 1월 18일에 태어났으며, 1969년 17세의 나이로 베트남 인민군에 자원입대하여, 3개월간 훈련 받은 후에 B3전선(서부 고원 지역)에 투입되었다. 이후 중부와 남부 베트남을 오가면서 무수한 작전과 전투에 참가한다. 1975년 4월 30일 베트남전의 마지막 전투인 떤 선 녓 공항전투에도 참가하였다. 남베트남 공수 부대와 교전 후 최후까지 살아남은 소대원은 그를 포함하여 두 명이었다. 종전 후 전사자 유해발굴단에서 8개월 간 활동한 뒤 전역한다. 이후 전쟁의 악몽에서 벗어나지 못한 채 황폐하게 방황하며 5년여의 시간을 보낸 후, 응우옌 주 문학학교에 들어가 문학창작을 본격적으로 시작하였다. (방현석, 「바오 닌과 『전쟁의 슬픔』」, 『전쟁의 슬픔』, 아시아, 2012, 330-332면)

41) 『전쟁의 슬픔』은 1991년에 『사랑의 숙명』이라는 제목으로 처음 출판되었다가, 1993년 『전

그 성찰이라는 측면에서 집중적인 논의가 이루어졌다.42)

쟁의 슬픔』이라는 제목으로 재출간된다.

42) 김경원은 이 작품이 "전쟁이 남긴 폐허의 자리를 철저히 더듬어나갈 수밖에 없는
것이 전쟁 이후의 삶의 양식이며 그렇게 함으로써만 현재의 삶을 버팅겨나갈 수
있다는 역설(逆說)의 역설(力說)을 담고 있다."(김경원, 「고이혼, 그 슬픔의 힘」, 『실
천문학』, 1999.11, 396면)고 말한다. 또한 "글쓰기 속의 글쓰기라는 형식"(위의 글,
396면)이라는 것도 지적하고 있다. "글쓰기는 현재의 삶을 부정하고 파괴하고 싶
은 충동으로부터 삶을 버팅겨나갈 수 있게 해주는 과거와의 대화"(위의 글, 397면)
라는 것이다. 송종민은 "바오 닌의 소설 『전쟁의 슬픔』은 민족 해방을 위해 베트
남 인민들이 어떻게 활약했는지를 보여주기보다는 고통스러운 전쟁의 경험과 끔
찍했던 기억의 파편들을 생각나는대로 나열하듯 그려내고 있다."(송종민, 「고통의
기억과 초월 방식」, 『동아시아비평』 4집, 2000.4, 125면)고 주장한다. "겹쳐지는 기
억 장치, 비연속적, 비연대기적 서술, 단편적 기억들의 나열 등 표면적으로 뒤죽박
죽 되어 있는 플롯의 전개는 전쟁의 경험과 그것으로 초래된 경험의 상처로 고통
받는 소설가 키엔의 의식을 그대로 반영한다."(위의 논문, 126면)라고 설명한다. 정
찬영은 『전쟁의 슬픔』이 "살아남은 자의 소명의식이 과거의 전쟁을 기억하고 기
록해 전하는 일"이라는 작가의식의 소산이며, 이 과정에서 "전쟁의 비극성과 폭력
성이 가감없이 전달되며, 이를 통해 작가는 전쟁을 기억함으로써 전쟁에 대한 책
임을 묻고 그 상처를 극복하고자 하는 의도를 드러내 보인다."(정찬영, 「한국과 베
트남소설에 나타난 베트남전쟁 담론 연구」, 『한국문학논총』 58집, 2011.8, 399면)
고 주장한다. 심영의는 베트남전쟁을 다룬 대표적인 상흔문학으로 『전쟁의 슬픔』
을 언급하며, "전쟁의 슬픔은 베트남 전쟁의 성격이나 정당성과는 별개로 전쟁 자
체가 지닌 야만적 폭력성에서 비롯된 것"(심영의, 「상흔(傷痕) 문학에서 역사적 기
억의 문제」, 『한국문학과 예술』 16집, 2015.9, 303면)이라고 규정한다. 유해인은 「전
쟁의 슬픔」이 끼엔의 서사, 프엉의 서사, 서술자 '나'의 서사로 구성되어 있으며,
"각 시시의 주체가 되는 끼엔가 프엉, 서술자 '나는 작가 바오 닌의 분신, 다시 말
해 페르소나(persona)"(유해인, 「트라우마 자가치유서서사로서의 <전쟁의 슬픔>」, 『문
학치료연구』 49집, 2018.10, 141면)라고 주장한다. 이를 통해 작가 바오 닌은 끼엔
과 '나', 프엉이라는 페르소나를 통해 "트라우마를 각기 다른 방식으로 사유하여
마침내 자기화해라는 치유의 정점에 도달하게 되었다."(위의 논문, 158면)고 결론
내린다.

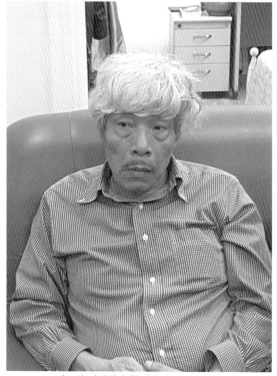

하노이 자택에서 촬영한 바오닌의 모습

『전쟁의 슬픔』은 그동안의 베트남 소설이 주로 현창(顯彰, 밝게 나타냄)에 초점을 맞춘 것과 달리 추도(追悼, 죽음 사람을 생각해 슬퍼함)에 더욱 큰 관심을 기울인 소설이라고 할 수 있다. 다카하시 데쓰야는 "국가 측 사자, '국가를 위해 목숨을 바친' 사자에 대해 국가가 행하는 것은 현창 즉 죽음의 미화 및 공적화이기는 해도 추도는 아닙니다. 추도란 상실의 아픔, 죽음의 슬픔을 받아들이는 것이지만, 현창은 죽음을 명예로, 자랑으로, 기쁨으로 간주하는 것이기 때문에 현창에서 추도 감정은 억압되어 남겨져버리는 것입니다."[43]라고 주장한다. 나아가 "추도는 상실의 슬픔이자 폭력적으로 빼앗긴 것에 대한 비애이며, 그러한 슬픈 죽음이 '두 번 다시 되풀이되지 않도록' 하는 바람과 연결됩니다. 비명에 쓰러져간 죽음의 슬픔을 영광스런 죽음의 기쁨으로 180도 전환해버리는 '감정의 연금술'이야말로 애도 작업의 본래적 수행을 가로막아온 커다란 요인인 것입니다."44)라고 덧붙인다.

『전쟁의 슬픔』에서 끼엔의 원고를 바탕으로 작품을 완성하는 서술자 '나'는, 끼엔이 글쓰기를 통해 진정으로 의도하는 것은, "우리는 같은 슬픔, 전쟁의 거대한 슬픔, 고통을 극복할 수 있는, 행복보다 고귀한, 고상한 슬픔을 가지고 있"으며, "슬픔 덕에 우리는 전쟁을 벗어날 수 있었고, 만성적인 살육의 광경, 무기를 손에 쥔 괴로운 광경, 캄캄한 머릿속, 폭력과 폭행의 정신적 후유증에 매몰되는 것도 피할 수 있었다."45)는 사실이라고 말한다. 이것은 『전쟁의 슬픔』이 기본적으로 추도가 지닌 커다란 힘에 대한 신뢰를 바탕으로 쓰여진 것임을 보여준다.

『전쟁의 슬픔』 이전에 베트남 소설은 바로 현창의 작업에 큰 관심을 기울여 온 것이라고 할 수 있다. 지금까지 베트남의 베트남전 소설은 영웅적인 혁명 전쟁이요, 세계 제일의 강대국을 물리친 정의의 전쟁이라는 관점에서 전쟁을 형상화했던 것이다.46) 이는 하재홍이 "바오 닌이 베트남 문단

---

43) 高橋哲哉, 「애도 작업을 가로막는 것: '희생의 논리'를 넘어서」, 『애도의 정치학: 근현대 동아시아의 죽음과 기억』, 길, 2017, 246면.
44) 위의 책, 250면.
45) Bảo Ninh, 『전쟁의 슬픔』, 하재홍 옮김, 아시아, 2012, 324면. 앞으로 이 작품을 인용할 경우, 면수만 기록하기로 한다.
46) 현창의 작업은 말할 것도 없이, 분명한 국가이데올로기가 하나의 절대적인 진리로서 전제되어야 한다. 이와 관련해 『전쟁의 슬픔』은 뚜렷한 국가이데올로기를 지향하는 작품이 아니다. 작품에는 끼엔이 꿈꾸던 세상을 짐작해 볼 수는 있는 이야기가 등장한다. 끼엔이 스쳐 지나간 곳 중에는 과거에 잃어버린 약속의 땅으로 표상되는 공간이 있다. 그 곳은 바로 서남부의 드넓은 초원이다. "그곳은 절대적으로 폭력과 살육과 파괴와 상반된 곳"으로, "끼엔의 잠재의식 속에 영원히 낙관의 울림으로 근원이 되었다."(272)고 서술된다. 그곳에 사는 부부는 학식이 있었고 진실했으며 솔직했다. 그들의 삶은 한마디로 이념과는 무관한 것이다. 그 부부는 다음과 같이 말한다. 주인 남자는 "신기하게도 저희는 북베트남군은 말할 것도 없고 유격대원도 만나 본 적이 없습니다…. 저희처럼 선량하게 먹고사는 사람들은 두려

에 등장하기 이전까지 베트남전쟁 문학은 조국 통일과 민족 해방의 영광, 정의로운 항쟁, 구국의 의지, 집단을 위한 개인의 영웅적이고 숭고한 희생을 노래하는 것이 전부였습니다."[47]라고 말한 것에서도 확인할 수 있다. 이와 관련해 바오 닌은 다음과 같이 말한 바 있다.

> 저도 제대한 뒤 베트남전쟁에 관한 소설들을 많이 있었는데, 읽으면서 정말 견디기 힘들었습니다. 너무나 거짓말이 많았기 때문입니다. 어떻게 그처럼 많은 영웅들이 나올 수 있습니까? 영웅이 그렇게 많았더라면 우리는 전쟁에서 졌을 것이라고 말하는 사람까지 있을 정돕니다. 이런 의구심이 작품의 출발점이 되었지요. 그냥 보통 병사의 심상을 그려보고자 하는 의도가 있었습니다. (중략) 한 서방 기자는 제게 『전쟁의 슬픔』이 공산당에 반하는 반전 소설이라는 얘기를 한 적이 있습니다. 그러나 그런 것은 아니었습니다. 사람들이 잊거나 외면하고 싶어할지라도 진실을 그대로 드러내려 했을 뿐이지요.[48]

바오닌은 '영웅'이 아닌 '보통 병사의 심상'에 초점을 맞추고 있는 것이다. 이와 관련해 『전쟁의 슬픔』에서 바오닌이 그려낸 병사들은 영웅이 아니다. 그들 역시 기본적으로 피와 살이 있는 젊은이들일 뿐이다. 『전쟁의 슬픔』에서 끼엔이 1974년에 두 번째로 고이혼에 머물 때, 연대는 정훈 교

울 게 없지요."(273)라며, "저희는 커피를 재배하고 사탕수수를 재배하고 꽃도 재배합니다. 티우 대통령이 전쟁에서 져도 그건 그의 문제지요. 공산주의자인 여러분 역시 분명 사람이니까, 평화를 사랑할 테고, 처자식과 다정하게 평온한 삶을 누리는 걸 바랄 테니까…. 농사꾼이 먹을 것을 하늘과 땅, 나무, 자신의 손, 자신의 돈으로 구하지 시대를 통해서 구하는 건 아니지 않습니까. 그렇지 않나요?"(273)라고 덧붙인다. 이때 끼엔은 "전쟁에 대한 얘기는 단 한 마디도 언급하지 않"(273)고, 먹고사는 문제, 가정의 행복, 농촌 생활에 대한 얘기만 편안하게 주고받는다. 그 기억은 "끼엔의 회상 속에서 점점 매력적으로 변해 갔다. 날이 갈수록 의미가 더 해지고, 깊어지고, 가슴속으로 스며들었"(274)던 것이다.

47) 하재홍, 「의심과 비난, 환영과 찬사」, 『전쟁의 슬픔』, 아시아, 2012, 337면.
48) Bảo Ninh·최인석 대담, 「전쟁이 끝난 자리, '슬픔의 신'은 아직 잃고 있는가」, 『당대비평』, 2000년 가을호, 402-403면.

육을 실시하지만 정찰병들은 이에 아랑곳하지 않고 음탕한 놀이에 열중하거나 빈둥거리며 시간을 보낸다. 카드놀이를 하며 심지어는 홍마초를 담뱃잎과 섞어서 피우기까지 한다. 끼엔뿐만 아니라 "너나없이 침통했고 염세적"(29)이며, 끼엔은 적군의 정찰대를 "지긋지긋하고 피곤할 따름"(31)인 심정으로 쏘아 죽인다. 정찰대원들은 생산 농장에 사는 세 명의 여자들과 기이한 사랑에 빠져 한 시절을 보낸다. 처음에는 여자들이 소대에 나타나다가 나중에는 정찰대원들이 여자들의 집을 직접 찾아간다. 소대장인 끼엔은 "그들의 집단 애정 행각 속의 짙은 범죄성과 부도덕성"(47)을 바로잡아야 했지만, 스무살도 안 된 젊은 대원들의 "그 황량하면서도 원초적인 부르짖음 앞에서"(46) 그들의 애정 행각을 방관한다. 나중에 농장의 소녀들은 첩보대 사람들에게 목숨을 잃는다.

그렇다고 『전쟁의 슬픔』에 현창이 전혀 없는 것은 아니다. 그러나 현창의 대상이 되는 것도 영웅적인 모습과는 거리가 있으며, 바오 닌이 말한 "보통 병사의 심상"(31)을 벗어나지 않는다. 끼엔은 "어질고 무던하게 살아온 바로 이 순박하고 온순한 농민 의병이야말로 어느 전장에서나 무적의 힘을 발휘했으며, 결코 전쟁옹호자들이 아니었음에도 그들은 그 모든 전쟁의 참화를 묵묵히 견뎌 냈다."(31)고 말한다. 끼엔이 가장 높게 평가하는 병사들은 "'내가 죽어야 내 친구가 산다!'는 전쟁의 단순한 법칙을 받아들이고 가뭇없이 사라"(249)진 이들이다. 뜨, 오안, 끄, 떰 등이 그러한 존재들이며, 끄는 프엉 호앙 고개의 적 공수 여단 지휘부 습격에 실패한 뒤 나머지 정찰조가 탈출할 수 있도록 혼자서 적 1개 소대를 상대하며 진격을 막다가 전사한다. 끼엔은 이들이야말로 "누구보다도 이 세상을 살아갈 가치가 있는 이들"(249)이었다고 생각한다. 이들은 "다른 사람을 살리기 위해 한 사람이 죽는 것은 일상적인 일"(264)이었다는 말에서도 드러나듯이, 이러한 헌신적 죽음은 베트남전 당시 흔했던 일로 그려진다.

이와 관련해 끼엔을 "가장 비참하고 상심하게 만들고, 괴롭게 만드는 것"(252)은 호아에 대한 기억이다. 호아는 무신년 총공세에서 퇴각해야 했던 고통스런 시기에 길 안내를 맡은 북베트남 출신 여자 연락병이다. 호아가 길 안내를 잘못했을 때, 끼엔은 호아에게 "총살감이야! 알겠어! 다만 총알이 부족해서 아껴 두는 거지…"(254)라는 폭언을 하기도 하였다. 이에 호아는 "제가 속죄하겠습니다."(254)라고 말하며, 실제로 자신을 미군의 먹이로 던지고는 끼엔과 다른 대원들을 살린다. 이러한 죽음은 진정으로 고귀한 것이며, 그렇기에 살아남은 끼엔은 두고 두고 괴로움을 느끼는 것이다.

> 호아처럼 형제같이 사랑스런 전우들이 있었기에, 이름도 없이 다치고 죽어간 무수히 많은 사상자가 있었기에 이 나라의 명성이 밝게 빛날 수 있었고, 구국 항전의 아름다운 정신이 이어질 수 있었다. 하지만 끼엔은 전쟁의 무서운 얼굴과 발톱을 보았다. 추악하게 노골적으로 드러난 전쟁의 비인간성은 그러한 시대를 겪었다는 것만으로도 누구나 고통의 기억에 시달리게 만들고, 영원히 평범한 삶을 살아갈 수 없게 만들고, 자신을 용서할 수 없게 만든다. (265)

> 다른 사람을 살리기 위해 한 사람이 쓰러져야 한다는 것은 전혀 새로운 얘기가 아니다. 정말 그렇다. 그러나 끼엔이 살아남은 대신 이 땅에 살아갈 권리가 있는 우수하고, 아름답고, 누구보다 가치가 있는 사람들이 모두 쓰러지고, 갈가리 찢기고, 전쟁의 폭압과 위협 속에 피의 제물이 되고, 어두운 폭력에 고문당하고 능욕 당하다 죽고, 매장되고, 소탕되고, 멸종되었다면 이러한 평안한 삶과 평온한 하늘과 고요한 바다는 얼마나 기괴한 역설인가.
> 정의가 승리했고, 인간애가 승리했다. 그러나 악과 죽음과 비인간적인 폭력도 승리했다. (266)

위의 인용문 중에서 첫 번째 인용문은 섬세한 독해를 요구한다. '다른 사람을 살리기 위해 자신의 죽음을 선택한 전우들'은 분명 "구국 항전의 아름다운 정신"을 보여주는 존재들이다. 그러나 끼엔은 그 와중에도 "추악하게 노골적으로 드러난 전쟁의 비인간성"을 결코 잊지 않는다. 이처럼 이 작품에서는 현창의 순간에도 추도의 몫을 잊지 않는 것이다.

『전쟁의 슬픔』에 등장하는 대부분의 이야기들은 전쟁의 비참함을 보여주는 것들이다. 끼엔의 첫 분대장이었던 꾸앙은, 1966년 건기 무렵 신참 병사인 끼엔이 처음으로 출전한 전투에서 심각한 부상을 입고 끼엔에게 죽여달라고 애원한다. 결국 꾸앙은 간신히 끼엔의 수류탄을 빼내어서 자폭한다. 뚱은 폭탄 파편이 뇌에 박혀서 미쳐버리고 나중에는 숲으로 도망친다. 끼엔은 전쟁이 끝나고 방랑의 길에 냐 남 읍을 지나다가 20년 전 열세 살이었던 란을 만난다. 란은 끼엔 일행이 떠난 뒤, 두 명의 오빠와 학교친구들, 그리고 그이까지 몇 년 후 차례로 입대했지만, 아무도 돌아오지 못했다고 말한다. 전쟁 직후에 두 아들의 전사 소식을 한꺼번에 들은 란의 엄마는 그 충격으로 사망한다. 끼엔은 전쟁의 마지막 날, 한 달 전 부온 마 투옷의 경찰서를 공격할 때, 여자를 죽이지 않고 살려두었다가 바로 그 여자 때문에 결국 죽게 된 오안을 생각하며, "인간애라고? 염병할!"(137)이라고 생각한다. 사람들은 전쟁이 끝나던 사이공의 4월 30일을 웃음과 환호성이 넘쳐나는 풍경으로 기억하지만, 끼엔이 경험한 4월 30일은 한 여성이 죽임을 당하고 시신마저 능욕을 당하는 최소한의 인간애도 찾아볼 수 없는 현장일 뿐이었다. 그 날 끼엔은 여성 유령이 자신에게 오는 것을 보며 "가엾고 불쌍해서 심장이 찢어질 듯 아파 왔다."(141)라고 느끼며 그 유령을 안으려고까지 한다. 코끼리 따오와의 기억도 전쟁의 비참함을 보여준다. 끼엔은 도망하는 적의 45연대 패잔병들을 향해 쉬지 않고 M60 기관총 사격을 퍼부었다. 따오는 "전투가 아니라 학살"(160)을 하는 끼엔의 어깨를 흔들며 애원하듯, "됐어, 그만 쏘라고."(160)라고 말한다. 그러나 끼엔이 '학살'을 멈췄을 때, 따오는 총에 맞아 죽는다. 누군가를 죽이지 않으면 자신이 죽을 수밖에 없는 전쟁의 민낯이 생생하게 드러나는 것이다.

'전쟁의 슬픔'에 대한 몰입은 이 작품의 주인공인 끼엔이 우울증자인 것과 깊이 관련되어 있다. 『전쟁의 슬픔』은 고이 혼에 대한 이야기로 시작되는데, 고이 혼은 '혼을 부른다'는 의미를 지니고 있으며, 이곳은 전쟁의 상처를 드러내는 대표적인 장소이다.[49] 제 27 독립 대대는 1969년 건기의 끝 무렵 적들의 포위공격을 받아 고이 혼에서 전멸당한다. 끼엔은 그곳에서 살아남은 열 명의 행운아 중 하나이다. 1974년 우기에 끼엔은 3연대 소속으로 2개월가량 다시 한번 고이 혼에 머무는데, 이때 마을은 완전히 폐허가 되어 사람의 그림자도 찾아볼 수 없다.

그러나 그 패배가 낳은 수많은 혼령과 귀신은 여전히 하늘로 올라가는 것을 거부하고 밀림 근처, 잡목 숲 모퉁이, 강물 위를 배회한다. 그 후 사람들은 독기를 뿜어내는 이 희뿌연 무명의 골짜기에 들기만 해도 머리카락이 곤두서는 듯한 '고이 혼'이라는 이름을 붙인 것이다. "혼령들의 축제가 열리는 날이면, 이 불모지에 대대의 전 부대원이 점호를 하듯 모여"들고, 사람들은 "시냇물이 흐르는 소리, 산바람이 울부짖는 소리는 바로 병사들의 황폐한 영혼이 내는 목소리"(17)라고 말한다. 한마디로 이 곳은 온통 유령들로 가득한 것이다.

깐은 "이런 식으로 끝도 없이 싸우고 죽이고 하다 보면 인간성마저 잃게

---

49) "유해 발굴을 떠났던 그해에 끼엔은 잊혀 간 흔적을 찾아 울창한 밀림 속을 순례했다. 호아를 떠올리며 악어 호수를 다녔고, 그의 정찰 소대 전우들을 생각하며 고이 혼을 다녔다. 바로 그때부터 전쟁을 슬픔의 빛깔로 받아들이는 긴 여정이 시작되었다."(266)

될 거야."(34)라는 걱정과 고향에 두고 온 노모를 생각하여 탈영하지만, 결국에는 끔찍한 모습의 시체가 되어 발견된다. 끼엔은 밤마다 깐이 돌아와 해먹 바로 옆에서 어느 오후의 개울가에서처럼 싱거운 얘기를 끝도 없이 주절거리는 소리를 듣는다. 이 작품에서 끼엔은 일종의 영매(靈媒)라고도 볼 수 있다.

끼엔은 전쟁이 끝난 후(1975년)에 시체수습대의 대원이 되어 고이 혼에 다시 찾아온다. 끼엔은 그곳에서 "외로이 구천을 떠도는 영혼들"(23)의 구슬픈 울음소리를 듣는다. 끼엔은 전사자들의 유해를 수습하는 대원으로 활동하는데, 끼엔의 가슴속에는 "그 죽음의 기운들이 켜켜이 쌓이고 그의 잠재의식 속으로 스며들어 영혼에 어두운 그림자"(40)를 드리우고 있다.

이 고이 혼은 기나긴 전쟁으로 피폐해진 베트남 전체로 확장될 수 있다. 운전사 선은 악몽을 꾸며 괴로워하는 끼엔에게 고이 혼의 땅속에는 시신들이 무더기로 쌓여 있는데, "사실 말이지 여기 B3전선에 귀신이 없는 곳이 어디 있겠어."(59)라고 말한다. 시체가 가득 쌓여 있는 곳은 사실 고이 혼만이 아니라 B3[50]전선 전체에 해당한다. 고이 혼에서 B3으로의 확대는 곧 베트남 전역으로의 확장이라고도 볼 수 있다.

이처럼 유령이 빈번하게 등장하는 것은 베트남전이 낳은 베트남인들의 내면풍경과 관련된다. 이와 관련해 사회인류학자인 권헌익은 베트남인들은 "주변에 이 전쟁으로 인해 폭력적이고 비극적인 죽음을 맞이한 유령들이 넘쳐난다고 믿고 있"으며, "이러한 믿음을 가진 사람들은 정기적으로 향, 음식, 헌금을 이 '보이지 않는 이웃들'에게 바치고, 이들 숨겨진 역사적 주

---

50) 전쟁 당시 북베트남 정규군과 남베트남 민족해방전선은 전선을 9개로 구분하여 운용했다. B5, B3, B2, Khu 5, Khu 6, Khu 7, Khu 8, Khu 9, T-4로 나누었으며 그 중 B3는 서부 고원 지대에 해당한다. (바오 닌, 『전쟁의 슬픔』, 하재홍 옮김, 아시아, 2012, 14면, 각주 1번)

체의 행동에 관한 이야기를 한다."[51]고 설명하기도 하였다.[52] 유령의 존재
는 베트남전에서 발생한 무수한 죽음이 제대로 애도 받지 못한 것과 관련
된다. 주지하다시피 유령은 실재적 죽음과 상징적 죽음의 불일치에서 발생
하며, 베트남전에서 많은 사람들은 충분한 애도의 과정을 거치지 못했기에
유령이 되어 떠도는 것이라고 할 수 있다.

시체수습대의 운전사인 선의 말처럼, "이 영광스런 승리 이후에도 끼엔,
당신과 같은 병사들은 이제 다시는 평범한 사람으로 돌아갈 수가 없"(61)다.
끼엔은 전쟁의 "기억들은 아름다운 것이든 끔찍한 것이든 모두 상처를 남
겼고 일 년이 지난 지금도, 아니 10년 후에도, 아니 20년 후에도 여전히, 아
니 어쩌면 영원토록 고통스러울 것"(63)이라고 생각한다. 전쟁 이후 끼엔은
학업을 접고, "이래도 그만 저래도 그만 식으로 하루하루를 살아갈 뿐"(93)
이다. 끼엔은 이제 아무것도 아닌 것이 되어버린 "인생과 운명 앞에 이미
항복한 상태"(98)인 것이다. 과거에 붙박여 있는 끼엔의 영혼에 대한 이야
기는 과도할 정도로 작품에 반복해서 등장한다. 그 중에서 대표적인 대목
몇 가지만 나열해 보면 다음과 같다.

> 때로는 눈만 감아도 내 안에서 기억이 스스로 몸을 돌려 옛길을 쫓고
> 오늘의 현실은 통째로 풀밭에 내던져지곤 했다. 그 많은 참혹한 기억,
> 그 많은 아픔을 오래전부터 나는 그저 흘려보내려 애써 왔다. 그러나
> 결국에 그것들은 여기저기 흩어져 있는 지극히 작고 무의미한, 모든 하
> 찮은 것에 의해, 어디서 생겨나는지 느닷없이 찾아오는 연상에 의해 아
> 주 쉽게 흔들려 깨어나곤 했다. 이 끝없는 날들 속에서 내 삶은 하루하

---

51) 권헌익, 『베트남 전쟁의 유령들』, 박충환·이창호·홍석준 옮김, 산지니, 2016, 31면.
52) 권헌익은 베트남 유령의 생명력은 단순히 문학적인 현상일 뿐만 아니라 절박한 사
회적 이슈에도 적극적으로 개입한다고 주장한다. "유령은 베트남에서 현저하게 대
중적인 문화적 형태이자 역사적 성찰과 자기표현을 위한 강력하고 효과적인 수단
이기도 하다."(위의 책, 16면)는 것이다.

루가 맥 빠지고, 단조롭고, 우울했다. (64)

"전쟁이 끝나고 나서 지금까지 나는 날이면 날마다 밤이면 밤마다 이 기억에서 저 기억 속으로 떠다녀야 했다."(66)

이미 오래전 영원히 잠들어 버렸을 거라고 생각했던 전쟁의 수많은 망령이 무슨 마법이라도 전해진 것처럼 서로 벼락을 치며 우르르 깨어났다. 그의 영혼은 날마다 황폐해져 갔고 죽은 혼령들에게 휘둘려 깊은 그늘이 드리워졌다. 쌀쌀한 봄밤에 낯익은 영혼들이 처연하게 그의 귀에 대고 속삭이고 탄식하며 한숨을 쉬었다. 문에 총칼 구멍이 뚫린 창백한 얼굴의 저승사자들은 마치 끼엔의 잠에 자신의 그림자를 비춰 보기라도 하려는 듯 고개를 숙였다. (93)

끼엔은 자신의 삶이 "강물을 거슬러 끊임없이 과거로 떠밀려 가는 배" (67)와 같다고 여긴다. 자신의 영혼을 지탱해 주고, 정신적 힘을 주며, 오늘의 인생 만사에서 벗어나게 해 주는 것은 "과거의 참극"(67)이라고 생각하는 것이다. 이것은 "성스러운 전쟁은 결국 그에게 상실만을 안겨 주었고" (109), 끼엔이 이러한 상실에 적절히 적응하지 못한 채 거기에 고착되어 있기 때문에 발생한 일이라고 할 수 있다.

과거에 집착하는 것은 단순히 과거의 상처가 심각했기 때문이라고만 말할 수는 없다. 이러한 전쟁에의 집착은 지금의 현실과도 관련된다. 지금의 현실이 끼엔에게 어떠한 안정감이나 의미도 줄 수 없기에, 그는 과거에서 벗어날 수 없는 것이다. "한때 우리의 역사와 사명, 우리 세대의 운명을 비추던 불타는 갈망"은 유감스럽게도 "항전의 승리와 함께 곧바로 현실이 되지는 않았"(67)던 것이다.

제대하던 날 거리를 오가는 사람들 속에서 느꼈던 동질감과 일체감을 끼엔은 더 이상 느끼지 못한다. 끼엔을 포함한 "군중 모두가 고독"(202)했던 것이다. 전쟁이 끝난 후 얼마간의 행복을 맛보기도 하지만, 통일 열차를 타고 집에 오는 길부터 그러한 기쁨에는 균열이 발생한다. 군인들이 한 일에 합당한 대우조차 없는 것은 물론 사람들은 군인들에게 눈곱만큼의 관심도 기울이지 않는다. 검열과 검색이 이어지는데 "사람들은 해방 이후 산처럼 많았던 남부의 재물이 군인들에 의해 모두 소실되고 약탈되었다고 생각하는 것 같"(105)은 반응을 보인다. 기차가 서는 역마다 "이제 무사 안일을 척결하자, 사탕발림을 경계하자, 거짓 병영 사회의 잔재와 습관을 척결하자, 무엇보다 공신사상 척결에 힘쓰자!"(105)라고 확성기는 왕왕 퍼부어 대는데, 그것은 "눈멀고 다리 절고 여기저기 갈라지고 터져서 눈을 까뒤집고 입술도 검게 죽어 있는 병사들의 귀에다 대고 한껏 조롱을 퍼붓는 듯했다."(105)라고 느껴질 뿐이다.

프엉이 떠난 후 끼엔은 자신의 심경을 옥탑방의 벙어리 여자를 제외하고는 아무하고도 나누지 않는다. 이 동네의 사람들 역시 끼엔에게 아무런 관심도 기울이지 않는다. 사람들은 끼엔을 "귀신 들린 놈, 지난 시대가 낳은 후유증"(320)이라고 부르며, 끼엔은 "참회를 위해 마시고, 삶의 수많은 우여곡절과 무수한 죄악을 묻어 버리기 위해 마셔 대는 알코올 의존자"(320)에 불과하다. 끼엔의 눈에 비친 전후의 베트남은 천박하고 황폐하며 내면의 가치가 사라진 곳이다. 그것은 전후에 끼엔이 공연을 보며 "재능 없고, 천박하고, 노골적이고, 황폐한 것이 극단적으로 드러났다. 전후 시대의 정신적 삶을 특징적으로 보여 주는 예술 무대였다."(278)라고 생각하는 것에서 잘 나타난다. 이어서 끼엔은 "정신적 재산, 내면적 삶의 가치는 한번 무너지거나 부서지고 나면 누구도 처음의 순수한 시절로 되돌리지 못한다."(278)라고 탄식한다. 이러한 탄식 이후에 막바로 끼엔은 "과거 속의 먼 옛날을 떠올"(278)린다. 이것은 끼엔의 우울증적 태도가 현재에 대한 불만을 동력으로 해서 나타나고 있음을 보여준다고 할 수 있다.

전후의 비참한 삶은 제대군인과 가족들, 그리고 다양한 풍경을 통해서도 드러난다.53) 끼엔의 정찰 소대 친구였던 빈의 여동생과 그 가족의 비참한 삶이 대표적인 사례라고 할 수 있다. 또한 끼엔은 자신과 프엉의 학교 친구였던 쩐 신이 죽어가던 밤을 기억한다. 끔찍한 척추 부상을 당해 끼엔보다 먼저 제대한 신은 "어떻게든 어서 죽어서 이 생을 끝낼 수만 있다면 더 바랄 게 없겠어. 나처럼 전쟁에서 모든 자유를 잃은 상이군인들은 노예와 다를 게 없지."(103)라고 말할 정도로 고통이 심하다. 어떤 제대군인은 "동지들이여, 눈을 들어 잠깐만 다른 사람의 어려운 환경에 관심을 가집시다. 동지들이여, 홍수에 잠긴 마을들을 생각합시다."(200)라며 구걸을 하지만, 다른 제대 군인은 소녀의 손을 잡고 식당을 나오다 "이봐, 신념을 조금 포기하면 내가 돈을 줄게."(200)라고 말하며 조롱한다. 끼엔은 "저 근엄한 녀석과 거지가 예전에 서로 친구"였거나 "같은 부대원이었을 수도 있다."(200)고 탄식한다.

현재에 적응하지 못하는 것은 다른 제대군인들도 마찬가지이다. 끼엔이 자주 들르던 호안 끼엠 호숫가의 발코니 카페 주인은 퇴역 군인이다. 그 카페에는 "아직 영혼이 돌아오지 않은"(205) 퇴역 군인들이 몰려온다. 그들은 일자리에 대한 정보를 나누었고, 병역 담당자들에게 뇌물을 써서 원호 대상자 명부에 이름을 올리는 방법, 상이군인으로 지원을 받는 방법, 대학에 복학하는 방법, 공장에 복직하는 방법에 대해 얘기를 나눈다.

---

53) 이와 관련해 바오 닌은 "저는 "전쟁의 슬픔』에서 우리가 전쟁을 통해 이루려고 했던 것이 무엇인가, 우리가 이렇게 되기 위해서 그런 희생을 치러야 했던가, 하는 문제를 제기하려고 했던 셈입니다. 다시 말해서 더 좋은 삶이 이루어지는 그런 시대가 와야 하는데 그렇지 않았다는 생각이 있었던 것이지요."(Bảo Ninh · 최인석 대담, 앞의 글, 404면)라고 말하기도 하였다.

하노이는 호수의 도시로 불릴 만큼, 300여 개의 크고 작은 호수가 유명하다.
사진은 그 중에서도 가장 널리 알려진 호안 끼엠 호수.

이 카페에 드나드는 브엉은 4년 동안 T54 탱크를 몰고 동부 지역을 누볐다. "브엉은 끼엔이 처음 만난, 전쟁의 참호 속을 결코 벗어날 수 없는 사람, 온몸을 무너뜨리는 끔찍한 기억 속에 갇혀 있는 사람"(205)이다. 제대후 처음에는 운전을 직업으로 선택하지만, 가볍게 일렁거리고 가뿐하고 부드럽고 푹신푹신한 곳을 지날 때면 탱크를 타고 시체 더미 위를 지나던 때의 느낌이 되살아나는 것을 견딜 수 없어서 그만둔다. 브엉은 병에 걸려 몸을 일으킬 수 없을 때까지 술을 마셨으며, 다른 사람들도 비슷한 상황에 처해 있다. 카페에 오토바이를 탄 무리들이 나타나고 그들은 브엉에게 "쓰레기 같은 놈, 승전의 자부심이 대단한 놈이네. 정말 야만스런 놈들의 승리지. 미개인 같은 베트남 촌놈들이 문명과 진화를 물리친 거잖아. 쓰레기 같은 놈들이야."(210)라고 모욕한다. 검은 가죽잠바를 입은 홍은 끼엔에게 프엉이 "가장 타락한 여자"(211)라며, 여러 가지 모욕적인 이야기를 한다. 끼엔은 홍을 흠씬 두들겨 팬다. 끼엔의 집 바로 위층에는 전차 기관사인 후인이 산다. 그의 세 아들은 모두 전쟁터에서 죽었으며, 그의 아내는 막내아들의 전사 통지서를 받고 쓰러져 중풍에 걸린다. 오히려 브엉이나 신과 같은 다른 제대군인에 비하면 끼엔은 "꽤 운이 좋은 전역병"(209)에 속한다고 보아야 할 정도이다. 끼엔에게는 집이 있었고, 대학도 합격했으며, 아름다운 연인도 있었던 것이다.

전쟁으로 인한 고통이 강물처럼 흐르는 상황에서, 끼엔은 전사자들의 유해발굴단에서 일하면서부터 자신의 "천명"(71)을 느낀다. 그 천명은 바로 베트남전에 대한 글을 쓰는 것이다. "그는 결코 다른 것을 쓸 수 없었다. 먼 훗날 그가 다른 것을 쓰게 되더라도 결국 속마음은 전쟁을 어떻게 다른 방식으로 그릴 것인가에서 벗어나지 못할 것이다."(78)라는 말에서 알 수 있듯이, 끼엔의 글쓰기는 베트남전에 대한 것일 수밖에 없다. 글을 쓸 때, 끼엔은 "전쟁터 한복판에서 부상을 당해 피를 엄청나게 쏟고 기절했다가 막 깨어났을 때와 같은 기분"(113)을 느낀다. 그것은 "과거의 부활"(113)로서, 과거를 그대로 살아가는 일에 해당한다.

이러한 글쓰기에 대한 천명의식은 점차 강화된다. 프엉과의 짧은 동거가 끝나고, 프엉이 떠난 후에 끼엔은 다시 한번 글쓰기에 대한 천명을 느끼는 것이다. 이러한 천명의식은 "글을 써야 한다!"(197)로 시작되어 두 페이지에 걸쳐 진술될 정도로 강렬하다. 다른 부분에서도 글쓰기가 갖는 의미에 대한 진술은 강박적으로 등장한다. 대표적인 부분을 옮기면 다음과 같다.

> 봄날의 어느 밤, 그는 자기 인생의 천명을 깨달았다. 그것은 인생을
> 거슬러 올라가 사는 것, 그 옛날 사랑의 길을 다시 더듬어 찾아가는 것,

그 전쟁과 다시 싸우는 것이었다. 물론 그가 처음부터 그것이 천명이라고 생각했던 것은 아니었다. 그는 그것을 하나의 탈출구라고 생각했다. 잊혀 가는 영혼들, 퇴색해 가는 사랑을 이야기하고 쓰고 되살리는 것, 그리하여 그 옛날의 꿈을 다시 환히 밝히는 것. 그것이 자신을 구원하는 길이었다. (111)

잠을 자지 않을 수 있다면, 일상의 의례적인 모든 것을 저버릴 수 있다면, 그의 남은 모든 시간을 오로지 글을 쓰는 데에만 전념하고 싶었다. 아무런 목적도 없이, 정해진 바도 없이 종이 위에 과거의 꿈, 잔상, 저물어 가는 그의 시대의 메아리를 무작정 적어 나가고 싶었다. (162)

"글을 써야 한다! 글을 쓰는 것이 마치 머리로 바위를 들이받는 것 같고, 자신의 심장을 손으로 도려내는 것 같고, 몸뚱이를 스스로 내동댕이치는 것 같아 힘들고 어렵지만, 오래전부터 그의 인생에서 글을 쓰는 것보다 나은 일은 없었다. 그것은 그의 삶에서 유일한 존재 가치였기에, 글을 쓰는 일 외의 나머지 것들은 이미 오래전부터 슬픔과 치욕 속에서 현기증으로 쓰러져 있을 뿐이었다. 더는 쓸 수 없을 때까지 글을 써야 한다. 글을 쓰는 영혼마저 억눌린다면 자살할 수밖에 없다. (중략)
글을 써야 한다! 잊기 위해 쓰고 기억하기 위해 써야 한다. 의지하고 구원받기 위해, 견디기 위해, 믿음을 간직하기 위해, 살기 위해 글을 써야 한다.(중략) 글을 써야 한다. 글을 써야 한다." (197-198)

끼엔은 잊혀 가는 영혼들, 퇴색해 가는 사랑을 이야기하고 쓰고 되살리는 것, 전쟁의 고통과 상처를 진술하는 것만이 "자신을 구원하는 길"이라고 여기는 것이다. 이것은 끼엔이 심각한 우울증자라는 것을 생각하면, 당연한 내면의 요청이라고 할 수 있다. 전쟁의 의미화(상징화)를 통한 정리가 있을 때만이, 전쟁에 과잉 투자된 리비도를 회수하는 일이 가능하기 때문이다. 그러나 끼엔에게는 그 일이 순조롭게 이루어지지 못한다. 이러한 글쓰기(상징화)의 어려움은 매우 빈번하게 작품 속에 드러난다.

막상 글을 쓰기 시작하면 예정했던 모든 것이 제멋대로 나아가거나 어지러이 뒤엉켜 끼엔이 원했던 수순이나 맥락들이 허사가 되어 버리곤 했다. 초안을 다시 훑어볼 때면 그는 자신이 앞 장에서 방금 규정했던 것이 바로 다음 장에서 부정되는 것을 보고 아연실색하기도 했다. 또한 그의 인물들은 서로 모순되기 일쑤였다. (68)

그는 자기 안의 자아를 신뢰할 수 없었다. 이 페이지에서 다음 페이지로, 이 장에서 다음 장으로 넘어가긴 했지만, 쓰면 쓸수록 끼엔은 자기 자신이 아니라, 심지어는 자신에게 대적하는 독립된 무엇인가가 글을 쓰고 있는 것 같았다. 그것은 문학과 인생에 대한 그의 가장 깊고 단단한 원칙과 믿음을 끊임없이 침범하고, 끊임없이 뒤집어 놓았다. (70)

소설의 첫 장부터 그는 전통적인 줄거리를 틀어쥐지 못했고, 합리성은커녕 제멋대로 엉클어진 신간과 공간 설정, 뒤죽박죽인 구성에다 각 인물들의 삶과 운명도 즉흥에 내맡겨졌다. 각 장마다 끼엔은 자기 기분이 내키는 대로 전쟁을 그렸다. 그리하여 그것은 이제껏 듣도 보도 못한 전쟁이 되어 버렸고, 자기 혼자만의 전쟁이 되어 버렸다. (70)

대체로 그는 아주 수동적이어서 자신이 쓰고 있는 글이 어떻게 전개될지 미리 알지 못했다. 상상력과 기억의 신비로운 논리에 고스란히 순응하면서 이야기의 맥락이 이끄는 대로 따라갈 뿐이었다. (115)

때때로 어떤 이야기를 글로 쓰다가 갑자기 펜대 속으로 혼이 들어오면 끼엔은 자신도 모르는 사이에 그 이야기를 써 나가기도 했다. 나중에 정신을 차려서는 여러 장을 날려 버리거나 혹은 어쩔 수 없이 그대로 두기도 했다. (269)

위의 인용문에서 가장 강조되는 것은, 끼엔의 글이 끼엔의 사율석인 의지(의도)에 따라 이루어지는 것이 아니라는 점이다. 오히려 자신도 의식할 수 없는 힘에 이끌려 수동적으로 글을 써나가는 것이라고 할 수 있다. "종종 그는 글의 방향을 다른 곳으로 이끌어 보려 시도하기도 했다. 그러나 펜이 말을 듣지 않았다."(78)라는 대목에서도 드러나듯이, 끼엔이 펜을 움직여 글을 쓰는 것이 아니라 펜이 끼엔을 움직여 글을 쓰는 상황인 것이다. 끼엔의 글쓰기를 이루는 회상은 "어느 한순간을 떠올리려고 하면 전혀 다른 시기의 일들이 연도도 뒤죽박죽된 채 갑자기 한꺼번에 뒤섞여 나타났다."(236)는 말에서도 알 수 있듯이, 아무런 질서도 없으며 매우 혼란스럽다. 이러한 끼엔의 철저한 수동성은, 끼엔이 쓰는 글의 내용이 그의 트라우마와 깊이 관련되어 있음을 보여준다.54)

　트라우마에 의해 수동적으로 쓰여지는 글이기에, 이 작품은 결코 구조적으로 수미일관한 전쟁의 서사가 될 수 없다. 이러한 서사의 불가능성은 작품 속에 본원적으로 내재되어 있다. 소설 창작에 매진하던 끼엔은 자신의 이야기를 들어주었던 유일한 사람인 벙어리 여인에게 원고를 맡기고 사라진다. 이때 벙어리 여인의 옥탑방에 옮겨온 원고에는 "쪽수도 매겨져 있지 않았"(153)으며, 그의 원고에는 정해진 순서와 배열도 없다. 벙어리 여인은 "숨 막힐 정도의 엄청난 원고 더미를, 순서도 헝클어진 채 먼지를 뒤집어쓴 원고 더미를 처음 가져온 그대로 정성스레 보관"(320)할 뿐이다. 심지어 산더미같은 원고가 벙어리 여인의 옥탑방으로 옮겨지기 전에도, 끼엔은 창문을 열고 나가는 바람에 "책상 구석에 쌓여 있던 원고 더미들이 허공에 흩어져 날다가 바닥 여기저기로 떨어졌"(319)던 것이다. '나'는 감동에 이끌려 끼엔의 원고를 자기 나름대로 재구성해낸다.55) 그러나 그것 역시도 매끄러

---

54) 끼엔의 글쓰기에 내재된 수동성과 더불어 또 하나 강조되는 것은, 그의 글쓰기에 전쟁이 낳은 죽음이 깊이 개입되어 있다는 점이다. 이미 죽은 자들을 불러 모으는 과정이 소설 속 페이지마다의 삶을 형성했으며, 그렇기에 소설의 분위기는 "사람을 죽거나 병들게 하는 기운이 감돌고 귀신의 모습이 어른거리는 캄캄한 밀림 같은 것"(116)으로 이야기된다. 누구보다 무수한 죽음을 목격하고 수많은 시체를 본 끼엔의 작품에는 "송장이 넘쳐"(116)난다.

55) '나' 역시 베트남-미국 전쟁에 참전한 병사였다. '나' 역시 끼엔과 유사하게 "같은

운 원고를 만들어내는 것과는 무관하다. 그것은 다음의 인용에 잘 나타나 있다.

처음에는 평소의 독서 습관대로 잘 읽어 나갈 수 있게 글의 순서를 찾고자 정리에 무던히 애를 썼다. 그러나 무모한 짓이었다. 순서가 아예 없는 듯했다. 어떤 페이지든 거의 글의 시작이었고, 어떤 페이지든 글의 마지막인 듯했다. 어쨌든 페이지 번호가 매겨져 있다 해도, 불에 타거나 벌레가 먹어서 없어진 부분이 있다 해도, 작가가 버린 페이지가 원고에 섞여 있다 해도 헝클어진 영감에 의거한 창작물임에는 변함이 없다고 생각했다. (중략)

글의 맥락이 수시로 끊겼다. 작품은 처음부터 끝까지 하나의 줄거리로 이어지지 않았다. 완전히 별개의 그림들이 대략적으로 엮인 듯했다. 시간의 틈 속으로 떨어지듯 페이지 중간에 어떤 이야기가 갑자기 끊기고 깨끗이 사라졌다. (중략)

나는 점점 내 나름의 방식대로 작품을 읽게 되었다. 이 산더미 같은 원고를 읽는 단순한 방법은 순서와 상관없이, 놓여 있는 대로 한 장씩 읽는 것이다. 그것은 우연의 연속이다. 놓여 있는 것이 원고든, 편지든, 수첩에서 찢어 놓은 메모든, 일기든, 글의 초안이든, 아무것도 상관하지 않는다. 나는 그것들을 한꺼번에 모아서 읽은 후, 다시 펼쳐서 차례차례 한 장씩 읽는다. 나는 그 속에서 사진, 시, 손으로 베낀 악보, 이력서, 훈장 증명서, 상이군인 증명서, 2번 카드부터 에이스 카드까지 모두 얼룩져 있는, 구겨진 카드…를 보았다.

내 나름의 방식은 글을 이해하는 데 도움이 되었다. 우리 동네의 작가가 버리고 간 작품이 지금 눈앞에서 원래와는 다른 구조로, 그리고 그의 결코 허구적이지 않은 실제적 삶이 조화롭게 투영되어 나타났다. 나는 우연하게 놓인 순서대로 작품 거의 전부를 베꼈다. 글자색이 바랬거나 글씨를 휘갈겨 썼거나, 내용이 분명하게 겹쳐 있거나, 제3의 사람

운명으로 수많은 우여곡절, 승리와 패배, 행복과 고통, 잃은 것과 남은 것을 함께 나누었다. 그러나 우리들 개개인은 전쟁에 의해 각자의 방식으로 파멸되었다." (324)고 느낀다.

에게 쓴 편지로 이해하기 어렵거나, 잡다하고 난해한 메모들을 제외했
을 뿐이다. 원고에서 나는 절대 한 글자도 추가하지 않았다. (321-323면)

상실에 따른 우울에서 벗어나기 위해서는, 과거의 대상에 대한 의미화와
상징화가 필요하다. 이를 통해 대상에 과잉 투자된 리비도의 회수가 가능
하며, 새로운 대상과의 내면적 조우가 가능해진다. 이를 통해 우울은 비로
소 애도의 가능성을 얻게 되는 것이다. 글쓰기는 바로 그러한 의미화(상징
화)의 가장 대표적인 방법이라고 할 수 있다. 그러나 끼엔의 글은 애당초
순서 자체가 없으며, "헝클어진 영감에 의거한 창작물"일 따름이다. '나' 역
시 끼엔의 원고를 우연히 놓인 순서대로 베껴서 전달한 뿐이다. 그렇기에
그것은 깔끔한 의미화 따위와는 무관한 상처의 수동적인 기록에 머물 수밖
에 없으며, 그러한 글쓰기는 우울과의 결별이 아니라 더욱 깊은 우울에의
침잠에 머물 수밖에 없는 것이다.

그러나 작가는 오히려 이러한 우울에의 침잠이야말로 참된 윤리라는 입
장을 견지하는 것으로 보인다. 국가 이데올로기와 같은 거대담론의 힘을
빌린 손쉬운 애도는 오히려 지나간 삶에 대한 결별의 알리바이에 머물 뿐
이라고 생각하는 것이다. 그렇기에 진정 윤리적인 삶은 너무나도 고통스러
운, 어쩌면 삶 자체의 포기와도 맞닿은 우울에 기대는 것이라는 입장을 확
인할 수 있다. 역설적으로 이제 우울은 참된 삶의 힘이 된다. "사랑의 기억
과 전쟁의 기억이 결합하여 그가 살아갈 수 있는 힘이 되어 주고, 글을 쓰
는 영감을 불러일으키고, 전후의 운명처럼 비극적 일상을 벗어날 수 있게
해 주었"(217)던 것이다. 과거의 기억을 쉽게 내동댕이치지 않고, 그곳에서
부터 발원한 영감에 의지해 글을 쓰는 것이야말로 끼엔이 찾아낸 유일한
삶의 방식이었던 것이다. 그리고 그러한 과거에 대한 손쉬운 결별의 거부
는, "지나간 세월이 낳은 미래의 예언자"(266)[56]라는 말에서도 알 수 있듯

이 새로운 미래를 기획하는 힘을 지닌 것으로까지 의미부여가 된다. 그리하여 바오 닌의 『전쟁의 슬픔』은 다음과 같은 우울에의 찬가로 끝을 맺는다.

> 아마도 그것은 우리가 흔히 말하듯 희망 없는 정신세계가 만들어 낸 비상식적이고 폐쇄적이고 비관적인 상황일 것이다. 그러나 그럴지라도 그가 영원히 과거를 향해 돌아가는 길은 사뭇 행복할 것이라고 믿는다. 그의 영혼은 지난날에 대한 망각 없이, 영원히 봄날 같은 감정 속에 살아갈 것이다. 오늘날에 다 묻히고, 시들고, 변형되었지만, 그는 사랑으로, 우정으로, 동지애로, 우리로 하여금 전쟁의 수천수만의 고통을 극복할 수 있게 해 준 그 정서를 회복할 것이다. 나는 과거로 돌아가려는 그의 감흥과 낙관에 질투심을 느낀다. 감흥과 낙관에 의거하기에 그는 고통스런 세월을 영원히 찬란하게 살 수 있고, 불행한 나날을 인간애로 충만하게 살 수 있으며, 우리가 왜 전쟁에 발을 디뎌야 했는지, 우리가 왜 모든 것을 견뎌야 했고, 모든 것을 희생해야 했는지를 분명하게 알 수 있다. 그가 살아가는 날은 모든 것이 여전히 아주 젊고, 건강하며, 해맑고, 진실된 날이다. (324-325)

2. 우울의 형상을 한 완전한 애도
- 반 레의 『그대 아직 살아 있다면』

반 레의 『그대 아직 살아 있다면』 역시 참전군인의 애도 문제를 핵심적인 과제로 다룬 작품이다. 이 작품의 주인공이자 초점화자인 응웬꾸앙빈은

---

56) 해당 부분을 모두 옮기면 다음과 같다. "그러나 결코 퇴행적이거나 병리적인 것만은 아니다. 나름의 희망을 지니고 있다고도 말할 수 있다. 걸음마다, 날마다, 사건마다 자문하고 짐물겹게 그의 가슴속에 되살아났다. 슬픔의 빛으로 과거를 비추었다. 그것은 각성의 빛이었고, 그를 구원하는 빛이었다. 회상 속에, 그리고 결코 나아지지 않는 전쟁의 슬픔 속에 깊이 몸을 담그는 것만이 일생의 천직과 더불어 그의 삶을 존재하게 했다. 희생자들을 위한 글쟁이로, 과거를 돌아보고 앞을 얘기하는, 지나간 세월이 낳은 미래의 예언자로 살게 했다."(266)

말 그대로 유령이다.[57) 응웬꾸앙빈은 베트남전 중에 전사했지만, 황천강을 건너지도 못하는 진짜 유령이다. 북베트남 군인이었던 응웬꾸앙빈 상사는 베트남전에서 전사했다. 객지에서의 억울한 죽음은 응웬꾸앙빈을 유령으로 만드는 기본적인 조건이 된다.[58) 일반적인 경우라면 천년기 노인이 운전하는 배를 타고 황천강을 건너야 하지만, 그는 건너지 못하는(않는) 것이다. 처음에는 돈이 없어서 건너지 못한 것으로 그려지지만,[59) 나중에는 응웬꾸앙빈 본인의 의지에 따라 건너지 않는 것으로 그려진다. 응웬꾸앙빈은 꼬박(co bac, 유령)에 해당하는 인물이다.

베트남에서 유령은 전형적으로 '길 잃은 영혼' 혹은 '떠도는 영혼'으로 번역되는 다양한 이름(마ma, 혼hon, 혼마hon ma, 봉마bong ma, 린혼linh hon, 오안혼oan hon, 박린bach linh)으로 불리지만, 민간의 의례용어에서는 꼬박(co bac)으로 불린다. 꼬박은 '아주머니와 아저씨'를 뜻하는 용어인데, 이는 의

---

57) 유령은 존재론적으로 '살아있는 것도 죽은 것도 아니고, 현재 존재하지만 현전한다고 할 수 있는 것도 아니며, 가시적이지만 또한 동시에 비가시적으로 존재하는 어떤 것, 존재하면서 존재하지 않는 것'이다. 그렇다면 유령은 '존재의 가상적 모습이라기보다는 현전으로서의 존재가 은폐하고 몰아내려고 하는, 존재보다 더 근원적인 어떤 사태의 표현'(Jacques Derrida, 『법의 힘』, 진태원 옮김, 문학과지성사, 2004, 195면)이다. 앞으로의 논의에서 '유령'은 이러한 의미론적 지평 내에서 사용하고자 한다.

58) 베트남인들의 개념체계에 따르면, 유령은 망자의 세계에서 이방인 혹은 외부자를 뜻하는 응으어이 응오아이(nguoi ngoai)이다. 그것은 '나쁜 죽음', 즉 베트남인들이 "객사"(쩻 드엉, chet duong)라고 부르는 집으로부터 멀리 떨어져서 맞이하는 고통스럽고 폭력적인 죽음에서 비롯된다. 이승의 이방인이 정착할 장소를 찾지 못하고 이 마을 저 마을로 옮겨 다니는 것처럼, 유령은 강제된 이동으로 인해 기억을 정박할 장소 없이 이승과 저승의 변두리에서 고통스럽게 떠돌아야만 하는 존재로 상상된다. (권헌익, 앞의 책, 52-53면)

59) 다음의 인용에서 드러나듯이, 돈이 없어서 건너지 못하는 것으로 그려지는 것이다. "자네를 위해 황천에 재를 올리는 사람이 아무도 없다니……. 자네말고는 말이야. 그래서 말인데, 당장 지금부터 자네에게 일어났던 모든 일을 기억해 내도록 노력해 보게. 어른으로 정식 인정받은 때부터를 포함해서, 모든 것을 내게 알려줘. 내가 강변 저쪽으로 건너가서 판관들이 올바로 검토할 수 있도록 대신 보고해 주도록 함세."(46)

례적 맥락에서 개별 가정이나 마을 사원 내에서 숭배되는 조상과 신위를 지칭하는 데 사용되는 옹 바(ong ba, 할아버지와 할머니)와 대조적이다. 이들 '아주머니와 아저씨'는 죽었지만, 망자의 세계, 즉 엄(am)에 정착한다는 의미에서 진짜로 죽은 것이 아니다. 그들은 살아 있진 않지만 여전히 산 자의 세계를 떠나지 않는 존재이다. 그들은 진정한 의미에서 저승인 망자의 세계(엄)에도 속하지 않고 이승인 산 자들의 세계(즈엉, duong)에도 속하지 않지만, 양쪽에 걸쳐 있는 존재이다.[60] 응웬꾸앙빈은 전형적인 꼬박에 해당하며, 이러한 그의 존재조건은 베트남전은 물론이고 수십년이 지난 현재의 베트남을 바라볼 수 있는 시야까지 제공한다.

더욱 문제적인 것은 응웬꾸앙빈이 끝내 유령으로 남고자 한다는 점이다. 이것은 과거의 모든 일에 대한 망각을 거부하며, 베트남전의 상처와 의미 속에 자신을 온전히 가둔다는 점에서 우울증적 주체가 되겠다는 결단에 해당한다. 무슨 이유로 그는 이토록 고통스러운 결단을 내리게 된 것일까? 이것은 베트남전의 참된 의미와 정신이 아직 완수되지 못했다는 인식과 그 가치가 훼손되고 있는 현실에 대한 비판의식의 소산이라고 할 수 있다. 응웬꾸앙빈이 황천강을 건너지 않고 끝내 이곳에 남으려는 이유는 베트남전의 대의가 훼손된 현재를 그냥 놔둘 수 없기 때문이다.

이 소설의 상당 부분은 바로 그 '훼손된 지금의 모습'을 비판하는데 할애되어 있다. 현재 베트남의 핵심적인 모습은 공동체를 위한 헌신이나 희생이 사라진 것이다. 7월 보름을 맞이해 죽은 지 십여 년이 지난 응웬꾸앙빈은 고향인 닌빈으로 돌아온다. 1980년대가 된 고향 마을은 베트남전 당시 공동체에 헌신하던 모습은 모두 사라지고 없다. 낌 아가씨는 늙은 어머니와 힘들게 농사를 짓지만 마을 사람들 누구도 도와주지 않는다. 이외에도

---

60) 권헌익, 앞의 책, 44-45면.

다음의 인용에서처럼, '마을 공동의 일'이나 '공동의 미래'에 관심을 가지는 사람은 없다.

> 그의 기억 속에, 그녀의 마을로 향하던 옛 길에는 푸른색의 싱그러운 사끄나무가 양쪽으로 심어져 있었다. 그러나 현재는 그 나무들이 단 한 그루도 보이지 않았다. 아마도 동네 사람들 누구도 나무를 심고 가꾸지 않을뿐더러, 마을 공동의 일에 관심을 두지 않고 있는 듯했다. 요즘 사람들은 어떻게 변한 걸까? 공동의 미래를 위해서 아무런 일도 하지 않는 걸까? (287)

반 레의 고향인 베트남 북부 닌빈성의 아름다운 산하

또한 사람들은 모두 돈벌이를 하느라 정신이 없는 모습으로 그려지고 있다. 사람들은 자신이 갖고 있는 모든 것을 내다 팔려고 하며, 제대하고 고향에 돌아와서 장사에 나선 부대원들의 모습도 적지 않게 보인다. 그들은 닥치는 대로 무슨 일이든 다 하며, 중요한 것은 오로지 "돈을 얼마나 많이 벌 수 있느냐 하는 것"(290)이다.

또한 국가 관리들은 보기 좋게 살이 올랐고, 윤택하게 지낸다. 이에 반해 농부로 되돌아온 제대 군인들, 자기 밑에 직원을 가지지 못한 사람들은 여전히 고생을 하고 있다. 빈이 좋아하던 부이쑤언팝 부분대장도 여전히 비쩍 마르고 피부는 예전보다 더욱 검게 그을려 있다. 부이쑤언팝은 자신을 "최하층 사람"(291)이라 부르며, 부평초를 팔아 겨우 몇 푼 건질 뿐이다. 한마디로 1980년대 베트남 사람들은 대의로 가득하던 베트남전의 기억을 모두 잊고 있는 것이다. 그것은 다음의 인용들에서 알 수 있듯이, 반복적으로 제시된다.

> 그런데 정말 이상한 것이 하나 있었다. 사람들은 대화를 나누다가 누군가가 자신의 빛나는 영광의 시대에 대해 이야기를 꺼내면 다들 그 말을 무시해 버리는 것이었다. 아무도 과거에 대해 기억하려 하지 않았다. 그들의 관심거리는 오로지 먹고사는 일뿐이었다. (291)

> "대위, 소령까지도 바늘, 실패 따위를 팔고 있는데 저 같은 중위 계급이야 부평초를 파는 게 딱 맞는 거죠. 요즘 시대는 정말 우스꽝스러워졌어요. 어르신이라고 불러야 할 사람에게는 녀석이라고 부르고, 녀석이라고 부를 놈에게는 '귀하신 각하'라고 불러요. 저는 그런 사람들이 아주 지겨워졌어요."
> 팝의 말을 듣고 있던 빈은 가슴이 쓰라렸다. 요즘 사람들은 민족과 조국을 위해 일했던 과거를 아예 잊어버리고 사는 것 같았다. 아마도 사람들의 마음속에서 정신적인 가치가 완전히 잊혀져 가고 있는 듯했다. (291 292)
> 평화의 시대에도 가난의 때를 지우지 못한 이들의 각박한 삶을 목격해야만 했던 서글픈 시간들이기도 했다. 그리고 그 각박함은 예전에 겪었던 것과는 아주 다른 이상한 색채를 띠고 있었다. 알 수 없는 무언

가가 사회 내부에 발아하면서, 사회 기반의 본질이 변화한 것 같았다. 그가 살던 시대와는 너무도 달라져 있었다. 그 시대는 다들 가난했지만 서로에게 아주 정중했다. 그런데 지금은 그런 것들이 점점 사라져가고 있는 것 같았다. (292-293)

이처럼 베트남전 이후 달라진 사회의 모습은 실제 베트남의 상황과 밀접하게 관련된다. 베트남전 이후의 커다란 시련은 내부와 외부에서 동시에 비롯되었다. 베트남전이 끝나자 지도층은 베트남전 당시 북베트남에 정착된 '가난함을 함께 나누는 사회주의'를 통일된 베트남 전역에 적용하려 하였다. 이러한 시도는 북보다 본래 풍요로웠던 남에서 다양한 저항에 부딪혔을 뿐 아니라, 빈의 고향이 있는 북에서도 사람들의 거부 반응에 직면했다. 애초 '가난함을 함께 나누는 사회주의'는 전시에 사람들의 정신적 고양이 있어야 비로소 유효하게 기능하는 시스템이다. 그러나 베트남전이 종결되자 북쪽 사람들조차 이제 풍요롭게 생활하고 싶어 했던 것이다. 이런 사람들에게 '가난함을 함께 나누는 사회주의'는 별다른 매력이 없었다. 대신 국영기업과 농업생산합작사 등의 공인된 사회주의 시스템 이외에 암거래에 힘쓰는 사람들의 모습이 나타나기 시작한 것이다.[61]

---

61) 古田元夫, 『베트남, 왜 지금도 호찌민인가』, 이정희 옮김, 학고방, 2021, 185면. '가난함을 함께 나누는 사회주의'의 전형은 생필품을 국가가 값싼 배급가격으로 공급하는 대신 노동자의 임금 등 근로자의 수입도 낮게 억제하는 유통분배방식이었다. 이런 방식은 전시경제를 지탱하기에는 합리적인 제도였지만 자신의 생활 향상이 사람들의 기본적인 소원이 된 베트남전 이후에는 제대로 작동하지 않았다. (위의 책, 192면) 또한 베트남은 외교적으로도 고립되는 상황에 처하였다. 폴 포트 정권이 1975년 4월 캄보디아의 정권을 장악하자, 그때까지 미국과의 전쟁에서 동맹관계에 있던 베트남의 국경 일대에서 군사공격을 감행했다. 중국이 폴 포트 정권을 지지했기 때문에 통일을 달성한 지 얼마 되지 않은 베트남은 자신의 안전보장에 위기감을 느껴, 1978년 12월에는 베트남군을 대량으로 캄보디아로 진격시켰다. 이듬해 1979년 1월에는 프놈펜에 반(反) 폴 포트과 캄보디아인으로 구성된 구국전선 정권을 수립시켰다. 이러한 베트남군의 행동은 캄보디아 국내에서는 캄보디아인을 폴 포트 정권에 의한 학살의 공포에서 해방시키는 역할을 했지만, 국제적으로는

이러한 현실의 문제를 해결하기 위해 1986년 이후 베트남 정부는 도이머이(Đổi mới, 쇄신)를 추진하게 된다. 이를 통해 나름대로의 경제적 발전이라는 성과를 거두기도 하지만, 배급경제에서 시장경제로 바뀌는 가운데 여러 가지 사회 문제가 발생하였다. 최병욱은 그러한 문제를 "평생을 오로지 조국에 헌신했던 사람들이 사회에서 밀려나고, 약삭빠른 기회주의자들이 돈을 버는 건 예견된 현상이었다. 고귀한 이념의 선전은 희극적인 말장난으로 폄하되고, '시장경제' 즉 돈이 진실인 사회로 바뀌면서 혁명 세대는 정신적 공황 상태까지 맞는 경우가 비일비재했다."[62]고 표현하였다. 그렇기에 누구보다 신실하게 전쟁에 복무한 빈이 1980년대의 베트남 현실과 불화하는 것은 당연한 일이라고 할 수 있다.

이처럼 달라진 1980년대의 현실과 맞부딪친 빈은 유령이 될 수밖에 없었던 것이다. 빈이 황천강을 건널 수 없었던 것은 살아 있는 사람 중에 누구도 그를 위한 노잣돈을 준비하지 않았기 때문이다. 그런데 빈의 유일한 혈족이라고 할 수 있는 할아버지는 빈이 떠날 때가 되자, 아내에게 "내가 왜 이 녀석의 저승 노잣돈을 오늘까지 태우지 않았는지 모를 테니, 이번 일에 대해서는 당신이 나보다 많이 알 수가 없어."(293)라는 말을 한다. 할아버지는 응웬꾸앙빈이 황천강을 건너서 모든 것을 망각하고 환생하기를 원하지 않았던 것이다. 이것은 할아버지가 베트남전의 정신이 사라지는 것을 원치 않았다는 의미이기도 하다.

『그대 아직 살아 있다면』에서 할아버지는 작가의 사상과 시각을 대변하는 관점인물이라고 부를 수 있을 만큼 권위 있는 존재이다. 이 작품에서 할

이웃 나라의 정통 정부를 무력으로 타도하는 침략행위로 규탄받았다. 중국은 1979년 12월 '징벌'이라 칭하며 베트남을 공격하면서 중월전쟁이 발생했을 뿐 아니라 일본을 포함한 서방 제국, 아세안 여러 나라도 베트남을 비난함으로써 베트남은 국제적으로 고립되었다. (위의 책, 202면)

62) 최병욱, 『베트남 근현대사』, 산인, 2016, 206면.

아버지는 최고로 완벽한 존재이자 완성된 사상을 보유하고 있는 인물인 것이다. "할아버지께서 평생을 그렇게 살아오셨으며, 그러한 삶의 태도를 그에게 전해 준 것"(84)이라는 말처럼, 할아버지는 빈이 절대적으로 의지하며 따르는 존재이다. 빈이 후방에 배치되기 위해 독자(獨子)란 사실을 구실로 삼지 않았다고 말하자, 할아버지는 "사람이라면 명예가 가장 중요하지."(48)라며 칭찬한다. 또한 전쟁터에서 "응웬꾸앙 집안의 장부로서, 한 사람의 당당한 사내로서 행동해야 한다"(48)고 말한다. 그는 초현실적이고 초자연적인 세계와도 교섭할 수 있는 "신비로운 예지"(31)를 지닌 존재로까지 형상화된다. 할아버지는 신을 통해 전쟁이 십일 년 동안이나 지속될 것이라는 사실도 알고, 나중에 유령이 된 응웬꾸앙빈과도 자유롭게 소통한다. 할아버지는 "사람됨을 제대로 공부하는 것"(27)이 중요하다고 말하며, "사람이 되는 첫째 도리는 다른 사람의 아픔을 알아야 하는 것"(27)이라고 강조한다. 이러한 신비로운 능력은 증조할아버지에게서 물려받은 것으로 이야기된다. 할아버지의 고귀함은 베트남 민족의 지혜와 존엄을 상징한다고 해도 과언이 아니다. 증조할아버지는 난빈 성의 관리였다가 나중에는 고향에 내려와 교육에 힘썼으며, 모든 사람들은 빈의 증조할아버지를 "마을의 위대한 성인"(36)으로 존경했다.

할아버지는 베트남전과 그것으로 대표되는 중요한 정신이 망각되는 현실을 그대로 받아들이기 어려웠던 것이다. 그리고 마지막 순간 응웬꾸앙빈 역시 망각(애도)을 거부한다. 그리고는 니옥투이(황천강의 이름) 강변을 따라 계속 황천에서 방황하며 살기를 결심한다. 그것은 베트남전을 과거의 것으로 돌려 버리는 대신 언제까지나 그것을 자기 몸에 하나로 합체시켜 살아가겠다는 다짐에 해당한다.

"환생을 해서 더 나은 삶을 누리게 되는 걸 더는 바라지 않게 되었어

요. 저는 결코 망각의 죽을 먹지 않을 거예요. 가족과 고향, 절친한 친구
들과 사랑하는 사람을 잊고, 제가 살아온 날들을 잊고, 인간의 삶에서
제가 받았던 그 아름다운 정감들을 모두 잊으면서까지 얻고 싶은 것은
없어요. 할아버지, 제 말을 끝까지 믿어주세요. 할아버지! 저는 할아버
지를 아주 많이 사랑해요. 할아버지를 영원히 잊지 않을 거예요." (295)

『그대 아직 살아 있다면』에서 긍정하는 이상적인 인물들은 모두 공동체
를 위해 희생한 사람들이다. 고향 마을에 전쟁 소식을 알리다가 죽은 민 아
저씨는 프랑스와의 전쟁에서 팔 하나를 잃었다. 민 아저씨는 할아버지에
의해 "희생을 무릅쓰고 자신의 책임을 다하려 한 아저씨의 태도에 경의를
표해야 한다."(28)고 이야기된다. 빈의 선생님 역할을 하는 따꾸앙론은 거짓
말을 싫어하며 "사랑과 우정, 그리고 인간성"(183)을 중요시한다. 따꾸앙론
은 "절대로 마음속에 무언가를 꿍쳐두지 않"(219)는데, "이런 성격은 지위나
명성, 성공과는 아주 거리"(219)가 먼 것이다. 사령관 역시 거짓말이 작전을
실패시키는 가장 큰 원인이라고 말한다. 중요한 것은 "해방전사로서 절대
로 적들이 우리의 명예와 기세를 우습게 보게 해서는 안 된다는 것"(198)이
다. 그리고 천년기 노인도 "언제라도 통제되지 않은 야심과 복수심이 마음
속에 이글거리고 있다면, 그런 사람의 행동이 저승사자보다 더 위험한 거
야."(42)라고 말한다. 이러한 긍정적인 품성은 결국 반제국주의로 수렴되는
데, 그것은 "전쟁이 발발했을 때는 저항이 있어야 해. 어느 민족이든 다른
이의 지배의 굴레로부터 저항할 의지를 갖추지 못한다면, 그런 민족은 영
원히 노예로 사는 것이 마땅해."(42)라는 말을 통해서 알 수 있다.

반 레의 『그대 아직 살아 있다면』은 애도와 관련해 면밀한 독해가 요구
되는 작품이다. 참전군인 응웬꾸앙빈은 유령으로서, 보통의 경우 이러한 존
재상태는 우울증자의 대표적인 형상이다. 그가 살해된 베트남전의 경험을
충분히 의미화하지 못했기에 저승에 가지 못하는 것으로 이해할 수 있는

것이다. 그러나 이 작품은 오히려 반대라고 할 수 있다. 응웬꾸앙빈은 너무나 분명하게 전쟁의 의미를 규정하고 있다. 베트남전은 불의에 맞선 의로운 투쟁이자 공동체를 위한 개인의 헌신으로 빛나던 찬란한 시간이었다. 그렇기에 오히려 전쟁은 쉽게 망각되어서는 안 되며, 언제까지나 현재에 새로운 의미와 생명을 불어넣어 주어야만 하는 것이다. 이를 실천하는 길이 바로 응웬꾸앙빈에게는 저승에 가는 것을 거부하고, 유령이 되어 이 세상에 머무는 것이다. 결론적으로 『그대 아직 살아 있다면』은 베트남전의 의미가 너무나도 분명하게 의미화되고 있다는 면에서, 우울의 형상을 한 애도를 보여주는 소설이라고 할 수 있다.

3

미국의 베트남전 소설

1. 도덕에 바탕한 참전과 타자화 되는 베트남인

『카차토를 쫓아서』에서 베트남 전쟁의 가장 큰 특징은 "공통된 목적의
결핍"(247)으로 이야기된다.[63] 그렇기에 베트남전에 가장 열성적으로 참여

---

63) 그 대목을 옮기면 다음과 같다. "그는 자신이 겪고 있는 전쟁이 무언가 잘못되었
음을 알았다. 공통된 목적의 결핍. 그는 차라리 프랑스나 헤이스팅스나 아우스터
리츠에서 전투를 치렀어야 했다. 그는 차라리 생비트에서 싸웠어야 했다. 하지만
중위는 전쟁에서 무엇보다 중요한 건 결코 목적이 아님을, 목적도 원인도 아님을
알았고 또는 전투는 언제나 사람 간의 일이지 목적 간의 일이 아님을 알았다. 그
는 목적을 위해 죽는 건 상상할 수 없었다. 죽음은 그 자체가 목적이었고 거기에
는 자격도 제한도 없었다. 그는 전쟁을 찬양하지 않았다. 그는 영예를 섬기지 않았
다. 하지만 그는 전투의 어떤 매력이 항구적으로 마음을 끄는지 알았다. 요컨대 전
투를 치를 때마다 수없이 죽음을 마주할 기회가 있다는 것. 전쟁이 발명된 건 단
지 그 이유 때문이라고 중위는 남몰래 믿었다. ―그래서 사내들이 반복을 통해 더
나아지려 애쓰고, 학습한 것을 나음빈에 씨먹고, 저희 죽음을 강탈당하지 않으려
한다고 믿었다. (중략) 그는 직업군인이었지만 여느 직업군인과 달리 가장 중요한
임무는 내면의 임무라고, 모든 사내가 저 자신에 대해 중요한 것을 배우는 게 최
우선 임무라고 믿었다."(247-248)

He knew something was wrong with his war. The absence of a common
purpose. He would rather have fought his battles in France or at Hastings or

하는 시드니 마틴조차 "가장 중요한 임무는 내면의 임무"(248)라고 믿는 것에서 알 수 있듯이, 모든 문제는 '개인 내면의 문제'로 전환된다. 이것은 시드니 마틴 이후에 소대장으로 부임하며, 여러 가지 면에서 시드니 마틴과는 대조적인 코슨 중위도 공유하는 특징이다.64) 그렇기에 이 작품에서 가장 핵심적인 갈등인 '탈영을 할 것이냐, 말 것이냐'의 문제도 사회·역사적인 맥락이 아닌 미군 개인의 문제로 다루어진다. 카차토를 쫓는 여정은 그를 잡으려는 일이기도 하지만 동시에 그를 길잡이로 삼아 파리로 가는 일이기도 하다.65)

이 탈영의 문제에서도 베트남인이나 다른 나라 사람들은 별다른 고려의 대상이 되지 않는다. 이 역시 내면적 결단의 차원에서 이루어지며, 이때 가장 중요하게 고려의 대상이 되는 것은 미국에 있는 고향 사람들이다. 델리에 머물 때, 폴 벌린은 머잖아 파리로 가는 일에 대해 해명해야 할 것이라

Austerlitz. He would rather have fought at St. Vith. But the lieutenant knew that in war purpose is never paramount, neither purpose nor cause, and that battles are always fought among human beings, nor purposes. He could not imagine dying for a purpose. Death was its own purpose, no qualification or restraint. He did not celebrate war. He did not believe in glory. But he recognized the enduring appeal of battle: the chance to confront death many times, as often as there were battles, Secretly the lieutenant believed that war had been invented for just that reason-so that through repetition men might try to do better, so that lessons might be learned and applied the next time, so that men might not be robbed of their own deaths. (⋯) He was a professional soldier, but unlike other professionals he believed that the overriding mission was the inner mission, the mission of every man to learn the important things about himself. (pp.165-166)

64) 코슨 중위에게 임무란 "구체적인 상황들에 의미를 부여하는 추상적인 개념"(217)들에 불과했고, 대원들에게 땅굴에 들어가라고 지시하는 대신 그냥 땅굴을 날려버렸다. 그렇기에 코슨 중위는 대원들의 "사랑"(217)을 받는다. 코슨 중위는 한때 소령 진급을 앞둔 대원이었지만 "한국과 베트남에서 보낸 지루한 14년과 위스키가 모든 걸 끝장냈고 이제는 그저 설사병에 시달리는 늙은 중위"(19)가 되었다.

65) 폴 벌린은 때로 카차토가 "우리 길잡이야."(101)라고 말하며, 실제로 카차토는 지도를 남기는 식으로 길잡이와 같은 역할을 하기도 한다.

는 느낌을 받는다. 이때 해명을 해야 하는 상대는 베트남인이 아닌 포트다지의 고향 사람들이다. "하얗게 분칠한 가발을 쓴 판사, 아버지, 엄숙한 얼굴로 줄지어 앉은 포트다지의 온 주민"들은 법정에서 폴 벌린에게 "왜 너희는 전쟁에서 이탈했는가? 목적이 무엇인가?"(256)라고 추궁하는 것이다. 전쟁이 끝난 후에 만날 베트남 소녀와의 가상대화에서도 폴 벌린은 자신이 탈영을 거부한 이유가 "의무, 가족, 나라, 친구, 집"(381) 때문이라고 밝힌다.

『카차토를 쫓아서』에서 폴 벌린의 참전동기는 도덕의 차원에 머문다. 이때의 도덕은 특정한 공동체의 차원에서 사유한다는 것을 말하며, 이때의 공동체에는 가족에서 시작해 국가로까지 확대된다. 그는 공동체의 일원으로서 참전한 것이고, 공동체를 위해서 임무를 완수해야만 한다.[66] 이러한 태도는 마지막까지 유지되며, 다른 병사들도 이를 공유한다. "뚜렷한 목적의식이 있어야 전쟁에서 병사들이 도망가지 않고 자신을 희생하며 싸운다는 이란의 비밀경찰 랄론의 주장에 대해 닥 페렛은 병사들을 싸우게 하는 것은 전쟁의 정당한 명분이나 애국심 같은 것과는 전혀 상관없는 '자존심'과 '두려움' 때문이라고 말하면서 사회적 동물로서의 인간의 본성을 강조"[67]한다. "목적이야말로 대원들을 부대에 남아 싸우도록 다그쳐주죠."(294)라고 반론하는 랄론에게 닥은 도망치지 않는 이유는 "자존심과 두려움", 즉 "자기 평판이 어떻게 될까 봐 두려워서 버티는 거예요."(295)라고 반박한다.

연작소설집 『그들이 가지고 다닌 것들』에 수록된 「레이니강에서」는 작

---

66) 이와 관련해 이승복은 "사회석 사지를 받아들임으로써 베를린은 작가 오브라이언의 주인공들이 경험한 개인과 사회 집단 사이의 갈등에서 벗어나 죽음보다도 더 두려워했던 사회로부터의 이탈 욕구에 종지부를 찍는다."(이승복, 「팀 오브라이언의 여성 인물: 미국의 남성과 남성성의 한계에 대한 조명」, 『영미문화』, 6권 1호, 2006.4, 187면)고 주장한 바 있다.

67) 정연선, 『미국전쟁소설-남북전쟁으로부터 월남전까지』, 서울대학교출판부, 2002, 379면.

가 팀 오브라이언의 직접적인 경험과 목소리가 드러나는 소설이다. 작품의 주인공 '나'와 작가 팀 오브라이언의 삶은 거의 일치한다. '나'는 매컬레스터 칼리지를 졸업하고 한 달 뒤인 1968년 6월, 21살의 나이로 베트남전에 징집된다. '나'는 "정치적으로 순진했지만 그래도 베트남에서 일어나는 미국의 전쟁이 부당"(57)하다고 생각한다.[68] 결국 1968년 7월 17일 소집영장이 날아오고, '나'는 "마치 거대하고 새까만 깔때기를 맹렬히 내달리듯 세상 전체가 꽉 조여드는 것 같"(61)은 괴로움을 느낀다. 그 괴로움은 "리버럴"(59)로서 부당한 전쟁에 참여하고 싶지 않다는 신념과 고향 사람들로부터 받는 압박감에서 비롯된다. 고향 사람들은 베트남전을 "간단명료하게"(63) 이해했는데, 그들에게 베트남전은 "공산당을 막기 위한 전쟁"(63)이었던 것이다. 사람들은 "그런 방식의 일을 좋아했고, 간단명료한 이유로 죽고 죽이는 일에 관해 재고를 하면 겁쟁이 반역자가 되었"(64)던 것이다. 그러한 고향 사람들의 시선에 대한 압박감은 다음의 인용에서처럼 심각한 것이다.

> 그것은 도덕적 분열이었다. 나는 마음을 먹을 수 없었다. 나는 전쟁이 두려웠고, 그렇다, 하지만 도피도 두려웠다. 나는 내 삶, 내 친구와 가족, 내 모든 역사, 내게 중요한 모든 것에서 도망치기가 두려웠다. 부모님의 존중을 받지 못할까 봐 두려웠다. 법이 두려웠다. 조롱과 비난이 두려웠다. 내 고향은 대평원의 작고 보수적인 동네라 관습이 중요했고, 사람들이 메인가의 오래된 고블러 카페에 죽치고 앉아 커피 잔을 받쳐 들고는 대화의 초점을 젊은 오브라이언에게 맞추고 그 망할 계집 같은

---

68) 베트남 전쟁이 정의롭지 않은 전쟁이라는 인식은 「죽은 이들의 삶」에도 나타난다. 오브라이언의 첫사랑이었던 린다는 뇌종양으로 늘 모자를 쓰고 다녔다. 그때 닉 빈호프라는 아이는 늘 리나의 모자를 벗기려고 하며 괴롭혔다. 이때도 어린 오브라이언은 그것을 방관만 했었다. 오브라이언은 "나는 나섰어야 했다. 4학년이었다는 건 핑계가 못 된다. 게다가 시간이 흘러도 그 일은 편해지지 않고, 12년 뒤 베트남이 훨씬 어려운 선택지를 내밀었을 때, 용기를 내보았던 어느 연습이 조금은 도움이 되었을지 모른다."(269)고 하여, 괴롭힘 당하는 린다를 방관한 어린 자신을 베트남전에 참전한 젊은 시절의 자신의 모습과 동일시한다.

녀석이 캐나다로 어떻게 떴는지 이야기할 게 뻔했다. (「레이니강에서」, 62-63)[69]

병역을 기피했을 때 고향 사람들로부터 받을 조롱과 비난의 핵심에는 "망할 계집 같은 녀석"(63)이라는 젠더적 비아냥이 놓여 있다. 고향 사람들에 의해 남성성이 부정당하는 것이야말로 '나'를 전쟁터로 내몬 가장 큰 이유였던 것이다.

미국과 캐나다의 국경을 이루는 강의 모습

---

69) It was a moral split. I couldn't make up my mind. I feared the war, yes, but I also feared exile. I was afraid of walking away from my own life, my friends and my family, my whole history, everything that mattered to me. I feared losing the respect of my parents. I feared the law. I feared ridicule and censure. My hometown was a conservative little spot on the prairie, a place where tradition counted, and it was easy to imagine people sitting around a table down at the old Gobbler Café on Main Street, coffee cups poised, the conversation slowly zeroing in on the young O'Brien kid, how the damned sissy had taken off for Canada. (pp.42-43)

결국 '나'는 그 고민과 갈등 끝에 미국과 캐나다의 국경을 이루는 레이니 강 근처의 팁 톱 오두막이라는 낚시 리조트로 간다. 그곳에서 엘로이 버달 이라는 매우 사려 깊은 노인과 엿새를 함께 보낸다. '내'가 레이니강을 건 넌다는 것은 캐나다로 가는 것이고, 그것은 병역기피자가 된다는 것을 의 미한다. 결국 '나'는 리버럴로서의 정치적 신념과 고향 사람들의 믿음 중에 서 후자를 선택한다. 그것은 캐나다행의 포기와 베트남전에의 참전으로 구 체화된다. '나'는 "그럭저럭 품위 있는 인간 행세를 하면서도 결단을 내리 지도, 행동하지도, 스스로를 위로하지도 못했"(75)다고 자책하면서도, "스스 로를 영웅시하고 양심과 용기를 갖춘 사내로 여기던 오랜 이미지는 전부 닳아빠진 허상"(76)임을 자인하면서도, 끝내 참전의 길을 선택하는 것이다. 이러한 선택을 낳은 가장 큰 힘은 고향 사람들의 믿음을 배신할 수 없다는 신념이다. 그것은 다음과 같은 인용에 선명하게 드러나 있다.

> 모든 눈길이 – 마을, 온 우주가 – 나를 향했고 나는 쪽팔림을 감당할 수 없었다. 마치 내 인생에 관중이 있어 그 얼굴들이 강가에서 맴도는 듯했고, 머릿속에서 사람들이 내게 지르는 고함을 들을 수 있었다. 반역 자! 그들은 성을 냈다. 배신자! 겁쟁이! 나는 얼굴이 달아오르는 느낌이 났다. 참을 수 없었다. 그게 조롱이든 불명예든 애국심에 불타는 비아냥 거림이든 견디기 어려웠다. 육지가 겨우 20야드 떨어져 있었는데도 나 는 상상으로조차 용기를 낼 수 없었다. 도덕성과는 상관없는 일이었다. 쪽팔림, 전적으로 그거였다.
>
> 그리고 바로 나는 무릎을 꿇었다.
>
> 내가 전쟁에 갈게요 – 가서 사람을 죽이고 그러다 어쩌면 죽을게요 – 쪽팔리기 싫으니까요.
>
> (「레이니강에서」, 78-79면)[70]

---

[70] All those eyes on me ‑ the town, the whole universe ‑ and I couldn't risk the embarrassment. It was as if there were an audience to my life, that swirl of faces along the river, and in my head I could hear people screaming at me.

결국 고향 사람들을 생각하고, 그들 앞에서 당할 '쪽팔림'을 피하기 위해서 참전을 결심하는 것이다. 여기에 베트남인의 운명이나 생명, 혹은 세계 사적 맥락의 정당성 등에 대한 고려는 들어설 여지가 없다. 무엇보다 결정적인 판단의 순간 자신이 나고 자란 "마을"은 "온 우주"에 해당하는 무게를 지니는 것이다.

단편 「그들이 가지고 다닌 것들」에서도 이러한 인식은 반복된다. "그들이 애초 전쟁에 이끌렸던 건 무언가를 긍정하거나 영예를 꿈꿔서가 아니라 그저 불명예로 체면 구기는 일을 피하기 위해서"(38)였고, 그들은 "쪽팔려 죽지 않으려고 죽었다."(38)라고 이야기된다.

『숲속의 호수』에서도 가족을 비롯한 고향 사람들은 참전용사들의 행동을 결정하는 중요한 역할을 한다. 이 작품의 주인공 존 웨이드가 전쟁터에 나가는 것을 거부하지 않은 결정적인 이유는 아버지와 어머니, 그리고 주변 사람들 때문이다.

> 존 웨이드가 전쟁터로 나간 것은 일종의 사랑 때문이었다. 누굴 해치거나 자기가 당하기 위해서도, 훌륭한 시민이나 영웅 또는 도덕적 인간이 되기 위해서도 아니었다. 다만 사랑을 위해서, 그리고 단지 사랑 받기 위해서였다. 그는 돌아가신 아버지가 그에게 '그래, 네가 해냈구나. 네가 전쟁터엘 가다니 난 정말이지 믿을 수 없을 만큼 네가 자랑스럽단다'라고 말하는 것을 상상해 보았다. 그는 어머니가 두고두고 꺼내보고 만져보고 하기 위해, 자기의 군복을 다려 깨끗한 비닐에 넣어 장롱에

Traitor! they yelled. Turncoat! Pussy! I felt myself blush. I couldn't tolerate it. I couldn't endure the mockery, or the disgrace, or the patriotic ridicule. Even in my imagination, the shore just twenty yards away, I couldn't make myself be brave. It had nothing to do with morality. Embarrassment, that's all it was.

And right then I submitted.

I would go to the war-I would kill and maybe die-because I was embarrassed not to. (p.57)

걸어 두는 모습을 상상해 보았다. 또 이따금 자기가 <u>스스로를 대견스러</u>
위하는 모습도 상상해 보았다. 결코 사랑을 잃는 따위의 모험은 하지
않을 것이었다. 그리고 앞으로 언젠가 만날 사람들과 이미 만난 사람들,
눈에 보이지 않는 그 청중들의 사랑을 영원히 차지해야 할 것이다. (79)71)

특히 아버지와의 관계는 다른 작품들보다 병리적인 것으로 그려진다.
"존은 아버지를 무척 사랑했습니다. 그래서 아버지의 놀림이 그에게 그렇
게 큰 상처를 주었던가 봐요. 그는 그 놀림이 얼마나 그를 아프게 했는지를
숨기려 했습니다."(21)라는 증언에서 알 수 있듯이, 존 웨이드는 어린 시절
아버지로부터 상처를 받은 사람이다. 아버지가 얼마나 존에게 중요한 존재
인지는 14세 때 아버지를 잃었을 때의 반응에서도 나타난다. 그날 밤 존은
"살인을 하고 싶은 욕구", 즉 "장례식에서 그는 울고 있는 사람들 모두와
울지 않는 사람들 모두"를 나아가 "관 속으로 기어들어가 허망하게 누워
있는 아버지"(25)를 죽이고 싶다는 생각을 한다. 존의 아버지는 "아주 멋진
남자"(86)이자 "영리하고 재미있는 사람"(86)으로서, "존도 물론이지만 사람
들은 그와 함께 있는 것을 좋아했다"(86)고 이야기된다. 그런데 어린 시절
존은 이런 아버지로부터 충분한 인정을 받지 못했다. 특히 존이 관심을 가
지고 있던 마술에 대해 "저따위 계집애들이나 하는 쓰레기 같은 마술이나
하고 말이야."라면서 "질질 짜는 계집애 같은 녀석이라구."(87)까지 말했던

71) It was in the nature of love that John Wade went to the war. Not to hurt or
be hurt, not to be a good citizen or a hero or a moral man. Only for love.
Only to be loved. He imagined his father, who was dead, saying to me, "Well,
you did it, you hung in there, and I'm so proud, just so incredibly goddamn
proud." He imagined his mother ironing his uniform, putting it under clear
plastic and hanging it in a closet, maybe to look at now and then, maybe to
touch. At times, too, John imagined loving himself. And never risking the loss
of love. And winning forever the love of some secret invisible audience-the
people he might meet someday, the people he had already met. (pp.59-60)

것이다. 또한 존은 뚱뚱하지 않았지만, 그의 몸을 가지고 놀렸다. 존은 "왜 아버지가 자신을 미워하는지 의아해했"(254)으며, 그런 아버지 때문에 "당혹스럽고 수치스러"(254)워했다. 이런 상황에서 존 웨이드는 그 무엇보다도 아버지로부터 사랑받기를 원했다. 존은 아버지에게 남성으로서 조금도 인정을 받지 못했고, 이것은 존에게 트라우마가 되었다. 이러한 상처의 연장선상에서 존은 베트남전 참전을 결심하게 된 것이다. 베트남전 당시에도 존의 소지품에는 "부친 사진 12매"(174)가 포함되어 있다.

이처럼 팀 오브라이언의 베트남전 소설에 등장하는 인물들은 자신이 나고 자란 공동체의 가치와 시선을 무엇보다 중요시한다. 그들이 수많은 고뇌 끝에 베트남전에 참전하는 이유도, 온갖 고통과 부조리에도 불구하고 끝내 탈영하지 않는 이유도 그들이 속한 공동체에 대한 의무감에서 비롯된다고 할 수 있다. 이러한 미국 사회에 대한 존중과는 대조적으로, 이들 인물들은 베트남인에 대하여 별다른 존중의 마음을 보이지 않는다. 이들에게 베트남인은 '풍경'이나 '동물', 혹은 '유령'에 머물 뿐이다.

『카차토를 쫓아서』에서 사르낀 아웅 완처럼 자신의 목소리를 내는 또 한 명의 베트남인은 폴 벌린의 분대가 거대한 땅굴로 추락했을 때 만난 "베트콩 제48대대 소령 리 반 흐곡"(133)이다. 리 반 흐곡은, 나갈 방법을 알려달라는 코슨 중위의 말에, 자신이 그 방법을 알았다면 "'여기 있겠습니까? 내가 미쳤게요?'"(147)라고 말하는 것에서 알 수 있듯이, 본인의 의사와는 무관하게 땅굴에 갇혀 지내는 인물이다. 전자공학의 귀재였던 리 반 흐곡은 전쟁이 나자 징집되었으며, "전혀 관심 없고 생각조차 않던 전쟁"(149)에 저항하기로 결심한 끝에 달아났다가 붙잡힌다. 그리고는 땅굴 금고형 10년을 선고받는다. 이처럼 유일하게 만난 베트콩인 리 반 흐곡은 탈영병으로서 아무런 전형성도 지니지 못한 인물이다.

이외에도 미군의 눈을 통해 그려지는 베트남인은 별다른 의식이 없는 하나의 '풍경'이나 '동물' 혹은 '미개인들'에 머문다. 폴 벌린이 전투본부에서 수색 섬멸 모의 훈련을 할 때, 그 훈련에 가담한 베트남 사람들은 "늘 웃고 늘 관대한 그 마을 사람들은 저희가 포획당하고 수색당하고 추궁당하도록 잠자코 있었"(71)던 것으로 묘사된다.

39장 '그들이 몰랐던 것'에서는 실제로 마을을 수색할 때의 미군과 베트남인의 모습이 형상화된다. 마을을 수색할 때, 스팅크는 영어-베트남어 사전을 들고 사람들에게 명령한다. 발음이고 문법이고 개의치 않는 스팅크의 베트남어는 "씨발 바닥으로 남 쑤옹!"(375), "만 렌, 빨리, 이 개자식들아! 퍼뜩!"(375), "남 쑤옹 닷! 실시, 이 무식한 새끼들아!"(375)라는 식으로 욕설에 가깝다. 이러한 폭력적인 언어가 의도한 결과를 발휘하지 못하면, 스팅크는 탄창 하나를 비울 정도로 총을 난사한다. 그 폭력의 댓가로 성과를 얻으면, 스팅크는 "저거 보이지? 내 말 잘 알아듣는 거."(376)라며 제 멋대로의 판단을 내린다. 그리고 이 아수라장 속에서 베트남인들은 "저희끼리 다람쥐처럼 재잘거리면서"(374), "원숭이 수다, 새소리"(376), "좆같은 짐승 놈들"(377), "제기랄, 차라리 햄스터랑 감정을 나누고 말지"(377)와 같은 표현에서 알 수 있듯이, 동물에 비유된다. 이러한 모습은 스팅크에게만 해당하는 것은 아니어서, 닥 페럿, 오스카 존슨, 버프 등의 다른 미군들도 유사하게 행동한다. 폴 벌린도 파리로 가는 길에 붐비는 객차에 탄 베트남인들의 몸수색을 하는데, 이때 벌린은 마음속으로 "미안해요"(208)라는 말을 하지만, 일등칸으로 몸을 피한 후에는, "미개인들"(210)이라고 속삭인다.

연작소설집 『그들이 가지고 다닌 것들』에 수록된 「죽은 이들의 삶」에도 폭력적인 미군의 마을 수색 모습이 등장한다. 1969년 어느 오후 오브라이언이 속한 소대는 작고 허름한 마을에서 날아든 저격병의 총격을 받는다.

겨우 1, 2분 지속된 총격에 아무도 다치지 않았지만, 지미 크로스 중위는 무전으로 공습을 요청한다. 그 뒤 반 시간 동안 그곳은 활활 불타오르고, 뒤이어 소대원들은 "느슨하게 열을 지어 마을을 훑고 동쪽을 수색"(260)한다. "사람도 동물도 없"(260)이 잔해만 남은 그곳에는 "돼지우리 근처에서 얼굴을 위로 향하고 누워 있는 어느 노인"(260)의 시체가 있을 뿐이다. 데이브 젠슨을 비롯한 소대원들은 그 시체에 말을 건네고 악수를 하는, 자신들 나름의 "격식"(261)을 갖춘 "비통함 없는 장례식"(261)을 치른다. "죽음을 소홀히 대함으로써, 연기를 함으로써 그게 실은 끔찍한 일이 아닌 척했다."(274)라는 설명이 되어 있기는 하지만, 이 작품에서 오브라이언의 소대원들은 베트남인 시체를 다음과 같이 생각한다.

> 시체보다는 걷어찬 양동이가 처리하기 쉽다. 죽는 게 사람이 아니라면 죽어도 별일 아닐 것이다. 그래서 네이팜탄에 튀겨진 베트콩 간호사는 바삭바삭한 가축이었다. 근처에 누워 있던 베트남 아기는 구운 땅콩이었다. "딱 안줏거리네," 시체를 넘던 랫 카일리는 말했다. (274)[72]

연작소설 『그들을 가지고 다닌 것들』에서 간단한 말이라도 하는 베트남인은 두 번 등장한다. 첫 번째는 「회전」에서 초콜릿 바를 얻기 위해 미군에게 "미군 넘버 원"(48)을 외치는 한쪽 다리가 없는 소년이고, 두 번째는 「용기에 관해 말하기」와 「들판에서」에 등장하는 베트남 여성들이다. 「용기에 관해 말하기」에서는 미군들이 무지한 상태로 똥밭에 주둔하려고 하자 "마마상들은 거기 그냥 서서 흠뻑 젖어가며 이 들판이 얼마나 형편없는 곳이나고 시끄럽게 떠들어"(172)댄다. 그들은 그 들판이 "최악"이자 "저주받은

---

72) It's easier to cope with a kicked bucket than a corpse; if it isn't human, it doesn't matter much if it's dead. And so a VC nurse, fried by napalm, was a crispy critter. A Vietnamese baby, which lay nearby, was a roasted peanut. "Just a crunchie munchie," Rat Kiley said as he stepped over the body. (p.226)

땅"(172)이라고 말하는 것이다.73) 결국 이 베트남 여인들의 말은 유효한 것이었음이 나중에 증명됨에도 불구하고, 지미 크로스 중위는 "권총을 꺼내 몇 발 쏘아 날리는 것"(172)으로 그 여인들을 좇아내는 폭력적인 모습을 보여준다. 구걸하는 소년과 "늙은 마마상 몇 명"(198) 이외에 말을 하는 베트남인은 아예 존재하지 않으며, 그들은 주로 이해불가능한 타자적 존재로서 그려진다.

「교회」에 등장하는 두 명의 베트남인 승려들은 친절한 인상을 주는 타자들이다. '나'와 동료들은 버려진 사원에 며칠간 머문다. 그곳에는 두 명의 승려가 "판잣집을 짓고 살면서 작은 정원과 망가진 성지를 돌보고 있었"(145)다. 이들은 매우 친절하다. 미군들이 마당에 참호를 파도 화를 내거나 불쾌해하는 기색이 없으며, 매일 아침 미군들이 쓸 물을 가져다주고, 미군들이 그 물로 몸을 씻는 것을 보며 "흡족한 웃음"(146)을 짓는다. 또한 미군들이 사용하는 총기를 열심히 닦아주기도 한다.74) 심지어 노승은 크로스 중위가 앉을 등의자를 가져오고, "크로스 중위같은 남자가 거기 앉는다는 데 자부심"(146)을 느끼는 것처럼 그려질 정도이다. 그런데 젊은 승려는 미군들이 "다들 어리둥절"(145)해 하는 "두 손으로 씻는 동작을 해 보"(145)이고는 한다. 젊은 승려는 수박 네 통을 미군들에게 가져다주고, 미군들이 그것을 다 먹는 것을 지켜본 후에도 "두 손으로 이상한 씻는 동작"(146)을 한

---

73) 이 베트남 여성들에 대한 이야기는 「들판에서」도 다시 한번 등장한다. 그런데 「들판에서」에서는 그 베트남 여인들이 그곳에 주둔하는 것에 대해 "최악이야, 그들은 말했다. 저주받은 땅이야."(198)라고 말하는 것으로만 간단히 언급된다.

74) 이런 친절한 승려들을 대하는 미군들의 태도에는 비인간적인 측면이 분명히 존재한다. 두 승려는 "모두한테 친절"했지만, 그 중에서도 "헨리 도빈스에 대한 애정은 각별"(146)했다. 그러나 헨리 도빈스는 기관총 손질을 끝낸 두 승려에게 다음과 같은 반응을 보인다. "승려들 각자에게 복숭아 통조림 한 통과 초콜릿 바 하나씩을 건넸다. '좋아,' 그가 말했다. 'Didimau(빨리 가), 이것들아, 저리 가.' 승려들은 절을 하고 사원을 나가 환한 아침 햇살에 들어섰다."(149)

다. 젊은 승려의 '씻는 동작'은 물론이고, 두 승려의 과도한 친절함도 이들을 보통의 인간과는 구별되는 타자로서 바라보게 하는 효과를 발휘한다.

「회전」에서 '나'의 부대에 고용된 늙은 "파파상"(50)75)도 매우 친절하고 특이한 능력을 가진 존재이다. 그 노인은 "발밑의 땅에 대해 줄광대 같은 감"(50)이 있는 것처럼, 지뢰밭을 피해 미군들을 바탕안 반도로 안내해준다. 그 노인과 미군들이 헤어질 때 "슬픈 장면이 연출"(51)되는데, 지미 크로스는 늙은 파파상을 꼭 안아주며 미첼 샌더스와 리 스트렁크는 노인에게 전투식량 여러 박스를 준다. 이때 노인의 눈에는 눈물이 맺힌다.

「스타일」에서는 베트남인이 이해불가능한 괴기스런 존재로까지 등장한다. 촌락 대부분이 전소되고 가족들이 끔찍하게 불에 타 죽은 상황에서, 열네 살쯤 된 소녀는 "조용하고 차분한, 꿈결 같은 표정"(163)으로 계속 해서 춤을 추는 것이다. 타자적 특징이 강화될 때, 베트남과 베트남인들이 유령으로 인식되기까지 한다. 「유령 군인」에서 "우리는 적을 유령"(233)이라고 불렀으며, "그림자와 땅굴과 어둠 속에서 피어오르는 향냄새. 유령에 홀린 땅이었다."(234)라는 표현에서처럼 베트남이 '유령에 홀린 땅'으로 지칭되기도 한다. 이러한 인식은 다음처럼 구체화되어 나타나기도 한다.

> 유령에 홀린 땅이었다. 우리는 20세기의 과학 법칙을 따르지 않는 전투부대였다. 밤늦게 경계를 서면 베트남이 죄다 살아나 일렁이는 것 같았다 – 논에서 흔들리는 이상한 형상, 샌들을 신은 부기맨, 오래된 사원에서 춤추는 혼령, 유령의 나라였고 찰리 콩이 유령 중에서도 주역이었다. 그것이 밤에 출현하는 방식. 실제로는 못 보았는데도 어째서 봤다는 생각이 들었는지. 마술에 버금갔다 – 등장도 퇴장도 그랬다. 유령은 형태를 바꾸어, 나무와 풀이 되어 땅과 섞일 수 있었다.
> (「유령 군인」, 234)76)

---

75) 일본어에서 유래한 말로 당시 남자 베트남인을 일컫던 말.

베트남인 인식과 관련해 가장 문제적인 작품은 「내가 죽인 남자」이다. 이 작품의 대부분은 베트남인에 대한 묘사로 이루어져 있는데, 주의할 것은 이 베트남인이 '내'가 죽인 시체라는 점이다. 그 끔찍한 시신에 대한 묘사, 일테면 "그의 아래턱은 목구멍에 박혀 있었고, 윗입술과 이는 사라졌고, 한쪽 눈은 감겨 있었고, 다른 쪽 눈은 별 모양의 구멍이었고"(150)라는 식의 묘사가 필요 이상으로 상세하게, 그리고 여러 차례 반복된다. 또한 '나'는 계속해서 자기 마음대로 그 베트남 청년의 삶과 생각에 대한 추측을 반복한다.

그런데 죽은 베트남 청년에 대한 생각은 『그들이 가지고 다닌 것들』의 '나'를 그대로 투사한 것에 불과하다는 점에 주목할 필요가 있다. 베트남 청년은 "나라를 지키는 게 남자의 고결한 의무이자 특권이라고 배웠을 것"(151)이며, 그는 "이를 받아들였다."(151)고 생각한다. 그러나 실제의 그는 책을 좋아했으며, "언젠가 수학 선생님이 되고 싶었"(151)던 사람이다. 그의 내심(內心)은 미국인들이 스스로 물러나서 "자기가 시험에 드는 일이 없기를 바랐다."(151)고 생각한다. 아버지와 삼촌으로 대표되는 공동체의 시선과 자기 본인의 행복을 추구하는 본심 사이의 갈등은 사망한 베트남 청년의 내면을 이루는 핵심에 해당하는 것이다. 그것은 다음과 같은 부분에서 선명하게 드러난다.

---

76) The land was haunted. We were fighting forces that did not obey the laws of twentieth-century science. Late at night, on guard, it seemed that all of Vietnam was alive and shimmering – odd shapes swaying in the paddies, boogiemen in sandals, spirits dancing in old pagodas. It was ghost country, and Charlie Cong was the main ghost. The way he came out at night. How you never really saw him, just thought you did. Almost magical – appearing, disappearing. He could blend with the land, changing form, beconing trees and grass. (pp.192-193)

연약해 보이는, 뼈대가 여린 그 청년은 군인이 되기를 원하지 않았을 것이고 내심 전투를 망칠까 바 겁났을 것이다. 미케 마을에서 자란 소년 시절에도 그는 종종 이 고민을 했다. 그는 자기가 머리를 감싸고 깊은 구덩이에 엎드려 눈을 감은 채 전쟁이 끝날 때까지 꼼짝 않는 모습을 상상했다. 그는 폭력을 견딜 배짱이 없었다. 그는 수학을 사랑했다. (중략) 아버지와 삼촌들이 있을 때 그는 특권이기도 한 애국적인 의무를 열망하는 체했지만 밤에는 전쟁이 어서 끝나게 해달라고 어머니와 함께 빌었다. 다른 무엇보다 그는 스스로를, 그 결과 가족과 마을을 먹칠할까 봐 두려웠다. 하지만 그가 생각하기에 자기가 할 수 있는 일이라고는 기다리고 빌고 너무 빨리 자라지 않으려고 노력하는 것뿐이었다.

(「내가 죽인 남자」, 153-154)[77]

'나', 즉 팀 오브라이언에 의해 상상되는 베트남 청년은 자기만의 꿈과 '애국적인 의무' 사이에서 고뇌한다. 그는 전쟁이 끝나서 전장에 나가는 대신 자기의 삶과 꿈을 가꾸게 되기를 소망한다. 그러나 결국 전쟁은 계속 되었고, 이렇게 군인이 되어 전쟁터에 나와 죽은 것이다.

주목할 것은, 이러한 베트남 청년의 내면이 「레이니강에서」에 직접적으로 드러난 오브라이언의 내면과 거의 흡사하다는 점이다. 오브라이언 역시 자신의 양심과 성공을 위해 전쟁터에 가기를 진심으로 싫어하지만, 고향 사람들 앞에 당당하기 위해 전쟁터로 향한 것임을 앞에서 살펴보았다. 「내

---

77) Frail-looking, delicately boned, the young man would not have wanted to be a soldier and in his heart would have frared performing badly in battle. Even as a boy growing up in the village of My Khe, he had often worried about this. He imagined covering his head and lying in a deep hole and closing his eyes and not moving until the war was over. He had no stomach for violence. He loved mathematics. . . . In the presence of his father and uncles, he pretended to look forward to doing his patriotic duty, which was also a privilege, but at night he prayed with his mother that the war might end soon. Beyond anything else, he was afraid of disgracing himself, and therefore his family and village. But all he could do, he thought, was wait and pray and try not to grow up too fast. (p.121)

가 죽인 남자」에서는 거의 유일하게 베트남인의 내면이 작품의 거의 전부를 차지할 정도로 상세하게 드러나지만, 그러한 내면은 초점화자인 '나'의 내면이 그대로 투영된 것에 지나지 않는다.

『카차토를 쫓아서』나 『그들이 가지고 다닌 것들』은 모두 전장에 매몰된 사병의 시야를 통해 베트남전이 조망되고 있다. 그렇기에 주요한 갈등도 미군 내의 인간관계로 한정되며, 탈영 등의 문제도 내면적 결단의 차원에서 다루어진다. 다른 민족으로는 베트남인 정도가 등장하지만,78) 이들 역시 온전한 인간이라기보다는 풍경이나 동물에 가까운 모습으로 그려질 뿐이다. 이들이 자신의 목소리를 내는 순간 이들은 서사에서 배제되어 버린다. 이러한 상황에서 베트남인들을 향한 윤리적 죄의식은 발생하지 않는다.

2. 똥밭에 빠져 죽은 카이오아와 침묵의 호수에 빠져 죽은 노먼 보커

『그들이 가지고 다닌 것들』에 수록된 「용기에 관해 말하기」와 「뒷이야기」는 서로 짝을 이루는 작품이다. 「용기에 관해 말하기」가 노먼 보커라는 참전군인을 초점자로 내세워 전쟁 이후 참전군인이 겪는 무기력함과 우울을 보여주는 소설이라면, 「뒷이야기」는 팀 오브라이언이 자신의 맨 얼굴을 드러내 「용기에 관해 말하기」가 쓰여지기까의 여러 가지 사정을 전달해주는 일종의 메타픽션(meta-fiction)이다.

---

78) 『카차토를 쫓아서』에서는 델리에서 만난 미국 유학생 출신 찬드 앞에서 코슨 중위가, 베트남에서는 "아무도 누구를 좋아하지 않아요."(226)라고 한탄하며, 이와 달리 "……한국에서는, 맹세코 사람들이 우릴 좋아했어요. 이해가 되시나요? 그들은 우릴 좋아했답니다. 존경, 바로 그거였죠. 게다가 제대로 된 전쟁이었어요. 전선도 일정하고 뒤통수치는 수작도 없고."(226)라고 말한다. 이 대목이 작품에서 유일하게 한국이 등장하는 대목이라고 할 수 있으며, 이마저도 수십 년 전 한국전쟁 때의 이야기이다.

「용기에 관해 말하기」는 노먼 보커가 호수 주변의 순환도로를 자동차로 돌고 있는 현재와 그가 참전한 베트남전과 귀환 이후를 회상하는 과거의 두 가지 시간층으로 이루어져 있다. 현재 노먼 보커는 둘레가 7마일에 이르는 호수를 아버지의 커다란 셰비를 타고, 혼자서 계속 돌고 있다. 그 차안의 세계는 참전군인 노먼 보커가 "안정감을 느끼"(164)는 유일한 장소라고 할 수 있다. 베트남전의 핵심 기억으로 카이오와의 죽음이 놓여 있다면, 귀환 이후의 핵심 기억으로는 마을 사람들과의 심각한 단절이 놓여 있다.

베트남전과 관련해 노먼 보커의 가장 큰 상처는 "은성 무공훈장을 받을 뻔했던 일"(168)이다.[79] 그것은 바로 뜨라봉강 주변의 똥밭에 빠져 죽은 카이오와를 구하지 못한 일과 관련된다. 병사 카이오와의 죽음은 베트남전의 불합리함과 병사들이 느낀 절망을 상징하는 사건이다.[80] 이 작품에서 카이오와는 이상적인 병사이자 인간이었음이 강조된다. 카이오와는 "훌륭한 군인에 훌륭한 사람"(192)이었던 것이다. 그런 카이오와가 밤 사이 똥밭에 빠져 죽는 비극이 발생한다. 카이오와가 속한 소대는 똥밭이었던 곳에 주둔을 했고, 밤 사이에 거센 빗줄기로 뜨라봉강이 범람하는 와중에 적들이 박격포탄을 쏘아대면서 카이오와는 똥밭에 빠져 사라졌던 것이다. 이 끔찍하고 어처구니 없기까지 한 죽음의 형상은 베트남전의 실재를 있는 그대로 보여준다. 「용기에 관해 말하기」에서는 노먼 보커가 카이오와를 구할 기회가 있었음에도 불구하고, "악취"(170)가 너무나 심해 카이오와를 구하지 못했으며, 이로 인해 은성무공훈장을 받지 못한 것으로 이야기된다.

노먼 보커는 간절하게 자신이 경험한 베트남전에 대한 이야기를 마을 사

---

79) 노먼 보커는 무려 일곱 개의 훈장, 전투 보병 기장, 공군 수훈장, 육군 표창장, 선행장, 베트남 종군 기장, 청동 성장, 퍼플 하트 훈장까지 받았지만 은성 무공훈장은 받지 못하였다.

80) 카이오와의 비극적 사건은 직접적으로 연결된 「뒷이야기」는 물론이고, 「들판에서」에서도 반복적으로 등장한다.

람들과 나누고 싶어한다. 아마도 그것만이 자신의 존재를 인정받고, 그가 베트남전에서 받은 상처를 이겨내는 유일한 길이기 때문일 것이다. 그러나 전쟁에서 돌아온 노먼 보커의 말상대는 고향 마을 어디에도 존재하지 않는다. 고등학교 시절 그가 밤이면 자동차에 태우고 함께 호수 주변을 돌고 돌았던 샐리 크레이머는 다른 남자의 아내가 되어 있으며, 노먼 보커와 온갖 이야기를 함께 나누던 친구 맥스 아널드는 호수에 빠져 익사했다. 유일하게 노먼 보커가 이야기를 나눌 수 있는 상대는 아버지뿐이지만, 아버지마저 "국영방송으로 야구 경기를 보느라"(166) 정신이 없다. 이처럼 참전군인인 노먼 보커를 완전한 소외의 상태로 남겨두는 것은 이 마을의 일반적인 특징으로 그려진다.

> 그 마을은 말할 줄도 들을 줄로 몰랐다. "전쟁 이야기 들려드릴까요?" 그가 물어보았는지는 모르지만 그 마을은 눈을 껌뻑이며 어깨를 으쓱할 줄만 알았다. 그곳은 기억을 가지고 있지 않았고, 따라서 죄책감도 없었다. 세금은 걷혔고 투표는 집계되었고 정부 기관은 사무적으로 정중하게 제 일을 했다. 사무적이고 정중한 마을이었다. 그곳은 똥에 관한 똥 같은 얘기는 알지 못했고 알고 싶어 하지도 않았다. (171)[81]

> 괜찮은 전쟁 이야기라고 그는 생각했지만 그것은 전쟁 이야기를 위한 전쟁도, 무용담을 위한 전쟁도 아니었고 마을 사람 누구도 그 지독한 악취에 관해 알고 싶어 하지 않았다. 그들은 선의와 선행을 원했다. 하지만 사실 마을을 떳떳했다. 그곳은 작고 친절한 마을로 매우 번창했고 정돈된 집들과 모든 위생적인 편의 시설이 있었다. (178)[82]

---

81) The town could not talk, and would not listen. "How'd you like to hear about the war?" he might have asked, but the place could only blink and shrug. It had no memory, therefore no guilt. The taxes got paid and the votes got counted and the agencies of government did their work briskly and politely. It was a brisk, polite town. It did not know shit about shit, and did not care to know. (p.137)

그는 자신의 이야기를 누군가에게 들려주고 싶은 열망이 어찌나 강한지, 차로 호수를 돌면서 공사장에서 일하는 네 명의 작업자에게 "내가 받을 뻔한 은성 훈장 얘기 들어볼래요?"(172)라고 속삭일 정도이다. 그러나 어떠한 반응도 얻지 못하며, 페스트 푸드점에서 음식주문조차 제대로 하지 못하는 그는 이 마을에서 일종의 "투명 인간"(179)일 뿐이다.

그러나 노먼 보커에게 말하고자 하는 욕망은 마을 사람들과 연결되고 싶은 욕망에 해당하며, 말하기를 통해서만 노먼 보커는 전쟁을 애도하고 그것으로부터 벗어날 수 있다. 그렇기에 아무도 자신의 이야기를 들어주지 않는 상황에서, "그 일에 관해 이야기할 수 없었고 하지 않을 셈이었다."(182)라고 체념하기도 하지만, 곧 "이 이야기를 조금이나마 설명할 수 있다면 하고 생각"(182)하는 것이다. 그렇기에 작품에는 "들려 주었을 것이다."(169, 178), "말했을 것이다."(169, 172, 173, 183), "설명했을 것이다."(182), "바라보았을 것이다."(183)와 같은 소통을 향한 간절한 소망을 담은 종결형이 매우 빈번하게 반복된다. 그러나 끝내 그 소망은 이루어지지 못한다. 시종일관 노먼 보커는 차 안에서 혼자 외로이 머물 뿐이며, 호수를 열두 바퀴나 돌고 난 후에는 끝내 호수로 혼자 걸어 들어간다. 이 호수는 베트남전 당시 카이오와가 빠져 죽었던 똥밭에 다름 아니다.

「뒷이야기」는 팀 오브라이언이 직접 등장하여, '뒷이야기'라는 제목처럼 소설 「용기에 관해 말하기」와 관련된 이야기들을 들려주는 메타소설이다. 연작소설 『그들이 가지고 다닌 것들』에서 주인공 '나'의 이름은 팀 오브라이언이며, 대체적인 이력도 작가의 실제 이력과 일치한다. 작품 속에서 팀

---

82) A good war story, he thought, but it was not a war for war stories, nor for talk of valor, and nobody in town wanted to know about the terrible stink. They wanted good intentions and good deeds. But the town was not to blame, really. It was a nice little town, very prosperous, with neat houses and all the sanitary conveniences. (pp.143-144)

오브라이언은 마흔세 살이고 작가이다. 「뒷이야기」는 "「용기에 관해 말하기」는 1975년 노먼 보커의 제안으로 쓰게 되었고 그로부터 3년 뒤 그는 아이오와주 중부의 자기 고향에 있는 YMCA 건물 로커 룸에서 스스로 목을 맸다."(184)라는 문장으로 시작된다.

이 작품에서는 노먼 보커의 편지와 대화 등을 통해 그가 처한 상황이 더욱 직접적으로 전달된다. 1975년 봄, 오브라이언은 노먼 보커로부터 편지를 받는다. 거기에는 노먼 보커가 수많은 직업을 전전하고 있으며, 그의 고향에 소재한 주니어 칼리지에도 등록하지만 곧 그만두었다는 절망적인 내용이 쓰여 있다. 노먼 보커는 「용기에 관해 말하기」에 나오는 것처럼, "밤에는 아버지의 차로 대개 혼자서, 또는 여섯 개들이 맥주와 함께 마을을 유랑"(185)하며 지낸다. 편지에는 다음의 인용과 같이, 카이오와가 깊은 우울에 빠져 있음이 드러나 있다.

> "문제는" 그가 적었다. "갈 곳이 없다는 거야. 볼품없는 작은 마을이니까. 주로 그래. 내 인생이 그래. 내가 저기 베트남에서 거의 죽은 것 같다고 할까…… 설명하기가 어려워. 카이오와가 죽던 날 밤에 나도 뭐랄까, 녀석이랑 하수 속으로 가라앉은 거지……. 아직도 깊은 똥 속에 있는 것 같아." (185)[83]

노먼 보커는 고향에서의 생활에 적응하지 못하여, 카이오와처럼 베트남의 똥밭 속에 여전히 머물러 있는 것이다. 장장 열일곱 장에 달하는 편지의 어조는 "자기 연민에서 분노로 아이러니로 죄책감으로 일종의 위장된 무관심으로 불쑥불쑥 바뀌"(185)는 혼란 그 자체이다. 노먼 보커는 자신이 수행

---

83) "The thing is," he wrote, "there's no place to go. Not just in this lousy little town. In general. My life, I mean. It's almost like I got killed over in Nam ... Hard to describe. That night when Kiowa got wasted, I sort of sank down into the sewage with him ... Feels like I'm still in deep shit."(p.150)

하지 못한 베트남전의 애도를 작가인 오브라이언에게 부탁한다. 그는 오브 라이언에게 "똥구덩이에 빠져 죽은 느낌"(186)으로 "마음을 가다듬지 못하 고 그냥 온종일 차로 마을을 돌면서 어느 망할 곳으로 갈지 어떻게 갈지 갈피를 못 잡는 남자"(186), 즉 자신에 대한 이야기와 카이오와가 오물 속으 로 사라진 일에 대해서 써달라고 부탁하는 것이다. 이런 부탁을 하는 이유 는, 그 일에 관해 이야기하고 싶지만 자신은 "그러지 못하"(186)기 때문에, "정확히 뭘 말해야 할지"(186) 자신으로서는 모르기 때문이다.

이 편지는 "전쟁에서 평화로 수월하게 건너왔다는 어떤 의기양양함에 젖어 있던"(187) '나', 즉 팀 오브라이언을 후려친다. 한밤중에 식은땀도 흘 리지 않는 오브라이언은, 자신에게 "전쟁은 마침내 끝난 상태"(187)라고 생 각해 왔던 것이다. 노먼 보커보다 오브라이언이 전쟁의 고통으로부터 쉽게 벗어날 수 있었던 것은, 그가 "글쓰기를 통해 그 이야기를 멈추지 않고 해 왔"(187)기 때문이다. 오브라이언은 자신의 작업을 치유로 여기지 않았지만, 노먼 보커의 편지를 읽으며 "어쩌면 마비 또는 그보다 심각한 상황으로 귀 결됐을지 모를 기억의 소용돌이를 지나도록 글 쓰는 행위가 나를 인도해주 었다는 것"(187)을 알게 된다.[84]

오브라이언은 노먼 보커의 편지를 통해 베트남전의 기억은 결코 사라질 수 없으며, 작가인 자신에게는 베트남전 당시의 동료들이 겪은 고통까지 짊어져야 하는 짐이 남겨져 있다는 것을 깨닫는다. 노먼 보커의 "편지는 말 이라기보다 절망에 가까워"(188) 한 달 넘게 오브라이언을 괴롭혔던 것이 다. "베트남에서 대학원으로, 꽝응아이에서 하버드로, 한 세계에서 다른 세 계로 우아하게 활주한 데 자부심"(187)을 가졌던 것은 착각일 수도 있는 가

---

84) 임상심리학자인 고선규는 "자살 사별을 포함한 모든 외상적 경험에 대한 표현적 글쓰기나 일기 쓰기의 치료적 효과는 여러 연구에서 그 효과가 증명되었다."(고선 규, 『여섯 밤의 애도』, 한겨레출판, 2021, 264면)고 말한다.

능성이 드러난 것이다. 오브라이언 역시 베트남전에서 벗어날 수 없는 숙명을 지닌 존재일 수밖에 없으며, 이에 대한 자각으로 오브라이언은 노먼 보커의 "제안을 받아들여 이야기를 쓰기로 결심"(188)한다.

그러나 소설 쓰기는 두 번이나 실패로 돌아간다. 당시에 쓰고 있던 『카차토를 쫓아서』의 일부로 집필하는 것도 실패하고, 단편으로 쓴 것도 "똥밭에서 보낸 그날 밤에 관한 완전하고 엄밀한 진실을 말하는 데 실패"(189)하고 만 것이다. 이러한 실패는 노먼 보커가 보낸 편지의 "넌 베트남을 빼먹었어. 카이오와는 어디 간 거야? 그 똥은?"(189)이라는 내용을 통해서도 확인된다. 결국 노먼 보커는 잘 나가는 소설가인 오브라이언을 통한 애도에도 실패한 나머지, 그 단편이 발표된 8개월 뒤에 자살한다. 또한 그 두 번의 실패는 오브라이언조차 베트남전과 관련해 온전히 기억하거나 애도하지 못한 일들이 있음을 보여준다.

> 그 장을 장편소설에 무리하게 끼워 넣으려던 게 부분적으로 화근이었다. 하지만 그게 아니더라도 그 얘기에 관한 무엇이 나를 진작부터 두렵게 만들었던 터라 - 나는 진솔하게 말하기가, 기억해내기가 두려웠다 - 결국 그 단편은 똥밭에서 보낸 그날 밤에 관한 완전하고 엄밀한 진실을 말하는 데 실패해 허물어졌던 것이다. (189)[85]

『그들이 가지고 다닌 것들』에 수록된 「용기에 관해 말하기」는 노먼 보커가 자살한 지 10년이 지난 후에 발표된 세 번째 판본의 소설이라고 할 수 있다.[86] 여기에서는 드디어 "뜨라봉강 변의 똥밭에서 보낸 우리의 긴긴

---

[85] The mistake, in part, had been in trying to wedge the piece into a novel. Beyond that, though, something about the story had frightened me - I was afraid to speak directly, afraid to remember - and in the end the piece had been ruined by a failure to tell the full and precise truth about our night in the shit field. (p.153)

[86] 첫 번째 판본이 『카차토를 쫓아서』에 일부로 쓴 것이라면, 두 번째 판본은 단편으

밤"(190)이 중심 사건으로서 복구되어 있다. 그동안 그 사건을 소설 속에서 다루지 못했던 것은, 카이오와의 죽음과 그 죽음에 자신이 연루되었다는 생각을 회피해왔기 때문이다. 그러나 세 번째 「용기에 관해 말하기」를 창작한 지금도, 그 생각과 정면으로 마주하는 것은 "쉽지 않은 일"(190)이다. 실제로는, 똥밭에 빠지던 카이오와를 구하는 데 용기를 내지 못한 사람은 노먼 보커가 아니라 '나' 자신이었기 때문이다.

팀 오브라이언에게도 베트남전은 온전하게 기억하거나 망각할 수 없는 대상이기에, 그 역시 우울증적 상태에 빠져 있다. 「회전」에서 '내'가 베트남전에서 전사한 동료들에 대해 "글로 쓸 때면 기억하는 일은 일종의 다시 겪기"(49)가 된다. 베트남전은 "제 고유한 차원에 머물며 계속해서 되풀이된다"(50)는 것에서 알 수 있듯이, 그것은 온전한 애도가 이루어지지 않았으며 그렇기에 '나'는 우울증의 상태에 머문다고 할 수 있다. 아직도 전쟁 이야기를 쓰는 '나'를 향해 딸 캐슬린은 "강박"(51)이라고 말한다. 우울증이라는 정신병리는 텍스트의 징후라고도 할 수 있으며, 프레드릭 제임슨이 텍스트가 감추고 있다고 말한 무의식적 실재(역사)에 해당한다고도 볼 수 있다.

「매복」의 '나'는 베트남전 당시 매복하다가 오솔길을 지나는 한 베트남인 적군을 발견하고 수류탄을 던져 죽인다. '나'는 "그 청년은 십중팔구 나를 지나쳤을 것이다."(161)라며 고민에 빠지기도 한다. 자신이 살해한 청년에 대한 고뇌와 안타까움은 다른 단편 「내가 죽인 남자」에서도 상세하게 펼쳐진다. 그러나 이 청년에 대한 생각은 수십 년이 지난 현재에도 계속 이어진다.

로 쓴 것이다. 그러나 그 두 가지 판본 모두 실패로 돌아간다.

지금도 나는 해결을 보지 못했다. 나는 가끔은 나를 용서하고 가끔은 나를 용서하지 않는다. 평범한 일상 중에는 그 생각에 몰두하지 않으려고 하지만 때로는, 가령 신문을 읽고 있거나 방 안에 혼자 가만히 앉아 있다가 고개를 들면 그 청년이 아침 안개 속에서 걸어나오는 모습을 보곤 한다. 나는 어깨가 살짝 굽은 채 무언가에 귀 기울이듯 고개를 옆으로 젖히고 내 쪽으로 걸어오는 그를 지켜보고, 그는 내게서 몇 야드 안 되는 거리를 지나가면서 어떤 은밀한 생각에 젖어 문득 웃음 짓고는 도로 안개 속으로 굽어진 오솔길을 따라 가던 길을 계속 가곤 한다. (161)[87]

「견학」에서는 딸과 함께 카이오와가 죽었던 베트남의 들판을 찾아오고, 그런 아버지를 보며 딸은 "여기 온 것도 그래. 한참 전에 일어난 바보 같은 일인데도 잊지를 못하잖아."(214)라고 말한다. 밤새 폭우가 내리고 전우인 카이오와가 죽어가던 그 들판에서 느꼈던 "냉혹함"(215)은 세월이 지나도 사라지지 않는다. 살면서 슬픔도 연민도 열정도 크게 느낄 수 없던 때가 여러 번 있었는데, '나'는 "과거 베트남이었던 모든 쓰레기의, 상스럽고 공포스러운 모든 것의 화신"(215)인 이 장소가 자신을 그렇게 만들었다고, "이곳이 한때 나였던 사람을 제거해버렸다"(215)고 탓한다. '나'는 들판의 강가로 가서 그 들판에서 죽은 카이오와의 모카신을, 카이오와의 군낭이 발견된 지점에 놓아 두고 온다. 그리고 '나'는 "어쩌면, 어떤 면에서 나는 카이오와 함께 가라앉았고 20년이 지난 지금에야 수렁을 거의 벗어났다."(217)고 느낀다. 드디어 전쟁에 대한 애도의 가능성이 제시되는 것이다.

---

87) Even now I haven't finished sorting it out. Sometimes I forgive myself, other times I don't. In the ordinary hours of life I try not to dwell on it, but now and then, when I'm reading a newspaper or just sitting alone in a room, I'll look up and see the young man step out of the morning fog. I'll watch him walk toward me, his shoulders slightly stooped, his head cocked to the side, and he'll pass within a few yards of me and suddenly smile at some secret thought and then continue up the trail to where it bends back into the fog. (p.128)

그러나 『그들이 가지고 다닌 것들』에서 '나'(팀 오브라이언)는 결코 깔끔한 애도를 원하지 않는다. 오히려 그는 우울에 머물며, 끊임없이 전쟁을 기억하고 그것에 대해 글을 쓰고자 한다. 오히려 허무하게 사라져 간 사람들과 사건들을 글로 기억하는 것을 통해 그들을 되살리는 것이야말로 오브라이언이 진정으로 원하는 것인지도 모른다. 간혹 '나'는 "잊어야 한다."고 생각하기도 하지만, 곧바로 "하지만 기억하는 일의 요점은 잊지 않는다는 것"(「회전」, 52)이라고 확신하는 식이다. 그것은 다음과 같은 엄정한 의미부여의 대상이 되기도 한다.

> 마흔세 살, 전쟁은 반평생 전의 일이 되었으나 기억하는 일은 아직도 그것을 현재로 만든다. 그리고 기억하는 일은 가끔씩 이야기로 이어져 그것을 영원하게 만들 것이다. 그래서 이야기가 존재한다. 이야기는 지난날을 미래와 이어주려고 존재한다. 이야기는 당신이 있었던 자리에서 당신이 있는 자리로 어떻게 다다랐는지 기억나지 않는 이슥한 시간을 위해 존재한다. 이야기는 기억이 지워진, 이야기 말고는 기억할 게 없는 영원의 시간을 위해 존재한다. (「회전」, 55)[88]

「좋은 형식」에서는 "이야기의 진실(story-truth)이 왜 때로 실제의 진실(happening-truth)보다 더 진실한지 당신이 알았으면 좋겠다."(210)고 이야기하며, "이야기가 하는 일은, 내 생각에, 무언가를 거기 있게 만드는 것"(210)이라고 주장하는 것이다.

---

88) Forty-three years old, and the war occurred half a lifetime ago, and yet the remembering makes it now. And sometimes remembering will lead to a story, which makes it forever. That's what stories are for. Stories are for joining the past to the future. Stories are for those late hours in the night when you can't remember how you got from where you were to where you are. Stories are for eternity, when memory is erased, when there is nothing to remember except the story. (p.36)

다만 아쉬운 것은 그 되살아나야 할 기억이, 베트남전을 둘러싼 수많은 사람들 중에서 참전 미군으로 한정된다는 사실이다. 거기에는 베트콩이나 북베트남의 대의와 같은 여타의 다른 가치나 사람들이 자리할 공간은 남아 있지 않다. 「견학」에서 '나'는 베트남전에서 죽은 카이오와의 모카신을 강 속에 놓아 둠으로써, 나름의 애도에 성공한다. 그러나 "단 끝난 일인걸"(218)이라며 안도하는 그 순간에도, 베트남전을 체험한 것이 분명한 늙은 베트남인 농부는 "어둡고 엄숙"(217)한 얼굴로 '나'를 노려보고 있을 뿐이다.

4부
베트남전 소설과 젠더

1
한국의 베트남전 소설

1. 제국주의적 젠더 비유의 여러 가지 유형

1) 동물에 비유되는 베트남 여성 - 송기원의 「경외성서」, 「폐탑 아래서」

송기원의 「경외성서」(『중앙일보』, 1974년 신춘문예 당선작)는 여자를 목 졸라 죽인 한 살인범의 독백으로 이루어진 작품이다. 주인공 '나'는 베트남전의 후유증을 앓는 인물이다. "죽지 못한 자신의 모습에 혐오감을 가지고 돌아"[1]온 '나'는 귀국한 이후 이 세상을 하나의 "풍물화"(333)로 받아들인다. 이것은 세상과 자기 사이에 극복불가능한 거리가 생겼다는 것을 의미하며, 이러한 소외감은 "어떠한 모습으로도 내 자신은 그 속에 낄 수가 없을 것 같은 느낌"(334)을 받는 것에서도 확인된다. 해병대 출신의 예비역 병장인 '나'는 월남 참전용사이다. 검사 앞에서 무려 네 번이나 반복해서 하는 월남 이야기는 바로 한 베트남 여성을 살해한 일에 대한 것이다.

---

1) 송기원, 「經外聖書」, 『신춘문예 당선소설 걸작선-1』, 계간문예, 2005, 333면. 이 작품을 인용할 경우, 면수만 기록하기로 한다.

베트콩의 은신처로 보이는 동굴 근처에 잠입했을 때, 분대장은 동굴에서 젊은 여자 한 명을 끌고 나온다. 대원들이 잠시 방심한 사이 그 여성은 분대장을 독침으로 찔러 살해한다. 소대장은 "처치해버려!"(325)라는 명령을 내리고, 관습에 따라 분대원 중에서 제일 신참인 '내'가 여자를 죽인다. 그 순간 '나'는 여자의 시선 속에서 "번뜩이는 광채"를 발견하고, 그 '광채'는 자연스럽게 백정인 아버지와 아버지가 잡던 소로 연결된다. 아버지 앞에 서 있던 소는 모두 "체념·분노·증오, 그리고 하소가 뒤섞여 번뜩이는 광채"(326)를 지니고 있었던 것이다. 그리고 아버지와 자신, 그리고 베트남 여성과 소의 연결을 통해, 자신이 베트남에서 저질렀던 일이 평생 자신이 무시했던 백정 아버지의 일보다도 악한 일이었음을 보여준다.

아버지는 소를 죽이기 직전에, 소와 한참 눈싸움을 하다가 "이젠 준비가 되었어?"(326)라고 은근히 다정한 목소리로 말하고, 소가 말뜻을 알아듣기라도 한 것처럼 온순해지고 번뜩이던 광채도 사라진 후에야 소를 죽였던 것이다. 반대로 소와의 눈싸움에서 끝내 소가 뻗댈 경우에는 그 소를 죽이지 않았다. 그런 행동을 하는 이유에 대해, 아버지는 "아무리 말 못하는 짐승이라고 해서 함부로 쥑이는 벱이 아니여. 죽지 않으려고 하는 놈을 나는 억지로는 쥑이지 못혀. 차라리 백정 짓을 그만둘망정 강제로는 못 쥑여."(326)라고 말했다.

'나'는 베트남에서 만난 여자의 시선 속에서 "번뜩이는 광채"(328)를 대면하고서는 그토록 무시하고, 줄곧 도망치려고만 했던 아버지를 떠올린다.

> 당신이 죽여야 할 짐승과 눈싸움을 하던 아버지. 그 짐승에 대한 무한한 애정으로 머리를 또닥또닥 두드리던 아버지. 그리하여 짐승으로 하여금 번뜩이는 광채를 사라지게 하던 아버지. 아아, 어떤 거룩한 성자(聖者)의 성사(聖事)인들 아버지처럼 진지하였으랴. 나는 처음으로 백정인 아버지의 살생을 인정했고, 짐승에 대한 아버지의 행동을 이해했다. (328)

결국 '나'는 자신이 평생 무시하던 아버지와 달리 끝내 베트남 여성을 죽이고는, 그 여자의 시체에 몹쓸 짓마저 저지르고 만다.[2] 주목할 것은 베트남 여성에 대한 살해행위에 대해 반성을 하는 자리에서도, 동물 비유가 동원되고 있다는 점이다. 이러한 비유를 사용할 경우, 베트남 여성은 기본적으로 소의 차원에서 사유될 수밖에 없다. 이러한 우려는 여자를 발견했을 때, 여자를 '암놈'으로 여기는 다음과 같은 묘사에서도 확인할 수 있다.

> 암놈은 우리 앞에 내팽개쳐졌다. 암놈은 마치 도마 위에 올려진 생선처럼 우리의 시선 속에서 가냘픈 몸뚱어리를 뒤척이는 것이었다. 분대장은 키들거리며 암놈을 희롱하기 시작했다. 그는 손가락으로 암놈의 유방을 찌르기도 하고 껴안아보기도 하며 연방 키들거렸고, 그런 광경을 보며 우리는 힛히, 헤헤 웃었다. (324)

이처럼 베트남 여성을 동물에 비유하는 것은, 베트남전에 대한 진지한 성찰이 결여된 것과 긴밀하게 연결된다. 송기원의 「廢塔 아래서」(1978)에 등장하는 베트남은 주인공의 내면이 펼쳐지는 백색의 스크린에 불과하다. 이 작품의 주인공은 특이한 정체성을 가지고 있으며, 시종일관 죽음충동과 이상(異常) 심리에 시달린다.

'내'가 월남의 전투부대에 자원한 이유는 전투가 벌어지는 베트남이 "자신의 주검의 장소"(255)로 적당하다고 생각했기 때문이다. 특히 주인공은 "나의 주검은 보여져야 된다."(255)는 생각을 가지고 있는데, 그러한 이상심리를 만족시키는 곳으로 선택된 것이 바로 베트남전이다. 나음의 인용문에는 사람들의 "감각을 자극하는 일종의 기호물"(255) 정도로 소비되는 베

---

2) '내'가 끝내 베트남 여성을 살해하자, 동료 부대원들은 "잘했어. 너도 드디어 피맛을 보았구나. 부대에 돌아가면 상으로 네놈 X에 낀 때를 벗겨주지. 분대원들이 다가와서 내 어깨를 두드리며 나의 살인에 대해서 격려를 했다."(329)고 묘사된다.

트남전의 모습이 잘 나타나 있다.

> 무엇보다도 월남전은 그때 전쟁 자체로서 필요 이상으로 세계의 이목을 집중시키고 있었으니까. 사람들은 무슨 주의(主義)·주장(主張)이나 전쟁의 비참함 때문에 그렇듯 월남전을 화제의 대상에 올려놓지는 않았을 것이다. 사람들은 계속되는 평화에 단지 지겹고 무료했을 뿐이며 그러한 일상생활 속에서 월남전은 이따금씩 선명하게 그들의 감각을 자극하는 일종의 기호물 정도였을 것이다. (255)

> 어쨌든 그때 월남전은 전쟁 자체로서 세계에 보여지고 있었다. 그리고 그 전쟁 속에는 바로 사람들에게 더없이 흥미 있는 기호물인 주검이 있었다. 그러한 주검 속에 나의 주검이 끼어들 수 있다면 나로서는 더 이상 바랄 수 없는 주검의 장소였다. (256)

이처럼 「폐탑 아래서」의 월남은 이상심리를 가진 한 인물의 병리적 내면을 펼칠 수 있는 배경 정도로 기능한다. 이때 베트남은 진지한 성찰의 대상과는 거리가 먼, 하나의 볼거리에 지나지 않는다고 할 수 있다.

2) 연애관계를 통해 드러난 제국주의적 젠더 비유 - 박영한

① 제국주의적 젠더 비유와 성장의 정체(正體) - 『머나먼 쏭바강』

베트남전 소설에 나타나는 남녀관계를 제국주의의 구조에 대한 유비 관계 속에서 이해하려는 시도는, 박영한의 『머나먼 쏭바강』을 대상으로 어느 정도 연구가 진행되었다. 작품 속에 나타난 황일천과 빅 뚜이의 남녀관계를 전쟁의 비유로 이해해 왔던 것이다.[3] 김경수는 여성비평적 시각에서 박

---

3) 보통 식민주의의 맥락에서 피식민지인은 여성으로 식민지 지배자는 남성으로 젠더화 되고는 한다.(박지향, 『제국주의』, 서울대출판문화원, 2000, 163-172면). 박영한의

영한 소설 전반을 검토한 글에서 『머나먼 쏭바강』이 "현지 여인과의 사랑을 전쟁의 비유"[4]로 사용하고 있으며, "여성 혹은 여체는 애욕의 대상이면서 동시에 월남전의 모든 상황을 집약해 담은 비유"[5]라는 점을 날카롭게 지적하고 있다. 김순식 역시 『머나먼 쏭바강』이 "전쟁으로 국토가 짓밟히고 파괴되는 베트남을 전쟁 중에 유린당하는 여성의 몸에다 비유"한다고 보고 있다. 나아가 작가는 황병장이라는 주인공과 베트남 여대생 빅 뚜이와의 사랑을 통해 베트남을 휴머니즘에 찬 시선으로 인간화하지만, "여전히 빅 뚜이와 베트남을 동격화시킴으로서 남성적 우월주의의 시선으로 베트남을 여성화시키고 있다."[6]고 지적한다. 이와 반대로 장두영은 황일천과 빅 뚜이의 관계가 야만이라는 표상 속에 머물러 있는 베트남/베트남 여성이라는 타자를 인정하기 위한 힘으로 작용한다고 평가하고 있다.[7]

이 글에서는 베트남전에 나타난 남녀관계를 베트남전에 대한 일반적 비유를 뛰어넘어, 베트남전에 임하는 한국의 제국주의적 (무)의식에 긴밀하게 연결된 것으로 이해하고자 한다. 보통 제국주의의 맥락에서 지배받는 자는 여성으로 지배자는 남성으로 젠더화 되고는 하는데,[8] 베트남전 소설에는 이러한 젠더 관계가 전형적으로 드러난다.

4) 김경수, 「여성비평적 시각에서 본 박영한의 소설」, 『작가세계』 14, 1989.11, 142면.
5) 위의 글, 142면.
6) 김순식, 「『머나먼 쏭바강』과 「지옥의 묵시록」에 나타난 타자로서의 베트남」, 『비교문학』, 2013, 408면.
7) 장두영, 「베트남전쟁 소설론-파병담론과의 관련을 중심으로」, 『한국현대문학연구』 25집, 2008, 399면.
8) 바지향, 『제국주이』, 서울대출판문학원, 2000, 163-172면.
   "식민주의자들은 식민지 종속민을 타자로서 구성하면서 스스로를 남성으로, 그리고 타자를 여성으로 구성하였는데, 이러한 성적 메타포의 문학적 표현을 가장 잘 표현한 시인이 바로 키플링이었다. 그는 인도 아대륙의 대도시들을 읊으면서 당시의 식민주의 메타포들을 사용하여 정복된 사람들을 여성화하고 지배자들에 대한 그들의 복종을 일종의 묵인된 강간으로 그리고 있다. (중략) 동양은 고전적으로 복종적인 여인이자 애욕의 대상으로 묘사된다."(Robert MacDonald, *The Language of Empire: Myths and Metaphors of Popular Imperialism 1880-1918*(Manchester

이야말로 이러한 제국주의적 맥락의 젠더 비유에 부합하기 때문이다.

박영한의 「머나먼 쏭바강」에는 "우린 놈들의 낯짝을 본 일도 없으며, 이를 갈고 놈들을 미워해 본 적도 없었어."(69)라는 주인공의 말에서 드러나듯이, 적과의 실제 전투 장면은 거의 등장하지 않는다. 서사의 대부분을 차지하는 것은 황일천 병장과 빅 뚜이의 관계를 포함한 여러 가지의 남녀관계이다. 「머나먼 쏭바강」은 제대를 앞둔 소총병 황일천 병장, 유하사, 중위가 여자의 몸을 사기 위해 외출하는 것으로 시작된다. 이들은 처음 들른 몬타나촌에서 M16을 갈기고, 유동수 하사는 안주감을 마련하기 위해 토종닭 한 마리를 쏘아버린다. 유동수 하사는 심각하게 베트남 여성을 창녀화한다. 하사는 뚜이를 향해서도 "이 계집애가 제 나라의 대부분 여자들 모양 팬티도 안 입으며, 어쩌면 아무 도로변에서나 궁둥이를 까고 오줌을 눌지도 모르며, 더우기 아무 사내에게나 질질 흘리고 다닐지도 모른다고 짐작"(18)한다. 유동수는 황일천에게 "저런 여자도 밤에 몸 팔지 우째 알겠노?"(23)라며, "아무데나 엎어 놓고 묵우뿌라. 오백피아스타몬 낏할 끼라."(24)라고 말한다. 수용소로 가는 길에 하사는 소년이 망을 보는 사이에 한 소녀와 성매매를 한다. 그 장면은 다음처럼 잔인하게 묘사된다.

> 멀리서 식어빠진 포성이 들렸다. 소녀는 성기가 아직 제대로 익지 않은 민숭이였고, 수상한 젖비린내가 하사의 혀에 남아 감돌았다. 하사는 소녀의 젖은 무명속곳을 군홧발로 밟고 서 있었다.
> 소녀는 새새끼처럼 파들파들 떨었다. 아랫도리의 피와 아픔이 그 얼굴에 엉겨 있는 듯했다. 옷을 추스르고 돌아설 때 하사는 소금기가 내밴 소녀의 붉은 종아리와 흙 묻은 맨발을 보았다.
> 소녀가 아픔을 못 이긴 찡그린 낯으로 그의 혁띠를 잡아챘다. 하사가 지폐를 쥐어주었다. 소녀는 손을 놓았다. 소녀의 작은 손은 형편없이 말

University Press, 1994), p.157, 위의 책, 163면에서 재인용)

라보였고 손바닥이 까칠했다. (96)

이처럼 『머나먼 쏭바강』에서 두드러지는 것은 '베트남 여성의 창녀화'이다. 황일천을 수용소로 인솔하는 중사는 "월남 것들은 위험해. 흑국놈 백국놈 타이놈 불란서놈들이 죄다 한 번씩 스쳐갔으니깐. 귀국하더라도 배양검살 철저히 받아야 할겨."(98)라면서, 베트남인 전체를 성병환자 취급한다. 이러한 '베트남 여성의 창녀화'는 제국주의적 (무)의식과 깊이 연루되어 있다. 그것은 첫 번째 외출에서 성매매 여성과 마주쳤을 때, 다음의 인용에서처럼 그 매춘 여성의 육체와 미군에게 살해당한 여성의 육체를 동일시하는 것에서도 드러난다.

> 여자의 몸에서 썩은 쇠고기 냄새가 나는 듯했다. 황은 구역질을 느꼈다. 한국의 매춘부랑 어디가 다를까. 적어도 그 여자들에게서라면 이런 냄새는 안 났을 게다⋯⋯여긴 전쟁터다.
> 다반 강변의 고구마밭에서 본 그 젊은 월남여자의 허벅지가 떠올랐고, 그 오래된 살덩이에서도 썩은 쇠고기 냄새가 나던 것을 황은 기억하고 있었다.
> 그건 미군들이 버리고 간 살덩이였었다. 얼마전 화염방사기를 내쏘며 게릴라들과 한 판 접전을 벌이고 간 미국의 쎅터를, 황의 중대는 지나가지 않으면 안되었었다.(중략) 양 허벅지 가운데 핀 검은 꽃으로, 붉은 개미들이 벌떼같이 모여들고 있었고, 꽃 속으로 사내들의 포악한 욕망이 드나든 자취가 핏자국과 함께 남아 있었다. 잔인한 베트콩 못지 않게, 잔인한 아군도 있다는 걸 황은 실감했던 것이다. (28-29)

이 작품에서 하사는 베트남 여성만 만나면 거의 자동회된 기계처럼 온갖 음담패설을 입에 올린다. 이것은 다음과 같은 제국주의적 의식과 결코 무관한 것일 수 없다. 파월 전 하사는 이곳 주민들을 "비아프라인쯤으로 상상"(102)했던 것이다. 그렇기에 베트남 거리에 프랑스식의 카페가 있고, 한국인과 똑같은 구두를 신으며, 독자적인 글씨를 쓰고, 베트남 여성이 한국 여자처럼 수줍어할 줄 알며, 가끔 한국군을 얕잡아 볼 줄도 알며, 맥주를 마시고 젓가락 두 개를 사용하는 것에 놀란다. 하사는 베트남에서 풍겨 나오는 "이런 문명(文明)의 냄새가 신기하기만 했던 것"(102)이다.

본질에 있어서 다른 병사들도 유동수 하사와 차이가 없는 것으로 그려진다. 이 작품에는 베트남 여성을 무참하게 배신한 얘기가 가득하다. 내무반 경리계를 보는 김기수도 "멋지게 여자를 차 버리고 왔"(201)으며, 파월동기였던 3대대 물차운전수 녀석도 "아이까지 배놓게 하구선, 귀국특명을 받곤 그대루 날라 버"(201)린 것이다. 수용소에서 만난 기수는 황의 눈에 "기수의 곱슬털과 다감한 눈이 황은 썩 마음에 들었다."(123)거나 "기수는 황병장이라 부르지 않고 황형 황형 했다"(123)라는 것에서 알 수 있는 것처럼, 나름의 긍정적인 의미를 지닌 것으로 드러난다. 그러나 기수도 베트남 여성을 철저히 창녀화한다. 기수는 "입의 미감(美感)과 허덕이는 밥주머니의 요구를 채워주면 식사의 임무가 끝나듯이, 미끈거리는 살결에의 욕망과 허덕이는 마음의 요구를 채워 주면 여자의 임무도 끝나는 것"(227)이라고 생각한다. 나아가 "남자가 모자라는 전쟁통이고 보면, 남자가 아쉬운 여자들 자신의 입장에서 볼 때, 더없는 적선(積善)"(227)이라고도 생각한다.

7장은 전체 11장 중에서 특이하게 황일천이 아닌 기수가 주요 초점화자로 등장한다. 7장에는 유동수 하사와 김기수의 제국주의적 인식에 그대로 부합하는 베트남 여성이 등장한다. 일종의 고급 콜걸이라고 할 수 있는 마담 린느가 그 주인공으로서, 그녀는 프랑스 월간지의 편집일을 보았으며 남편은 해군대위이지만 1년 전에 전사하였다. 그녀는 남자와 자유롭게 성관계를 맺고, 마리화나를 피우기도 한다. 더군다나 마루다라는 여자와 더불어 기수와 혼음을 벌이기도 한다. 린느의 단골에는 "미군 보병 준장 하나, 우리네 주월사 소령 하나, 미군 영관장교 둘, 필리핀 사람 하나……"(266)가 있으며, 그 중에서도 린느는 김기수를 가장 원하는 것으로 그려진다.

한국군에 의해 베트남 여성들이 창녀화 되는 것은 빅 뚜이도 직·간접적으로 경험하는 일이다. 한국군은 걸어가는 빅 뚜이를 보며 "야 어딜가! 한탕 하자구."(276)라고 얘기하며, 심지어는 빅 뚜이의 앞가슴을 만지기도 한다. 이를 옆에서 보고 있던 미군들도 음탕한 말을 하며 빅 뚜이를 성희롱한다. 이전에 빅 뚜이가 대학에 다닐 때도 미군이 친구들의 몸에 손을 대기도 하였으며, 이러한 상황에서 반미데모의 주동자였던 남학생은 그 미군에게 저항하기도 하였다. 미군과 베트남인들이 시비가 붙었을 때, 반미치광이 베트남 늙은이는 "네놈들이 내 마누라를 먹어치웠다."라거나 "우리 옆집 람아주면네 딸들도 네놈들이 꼬여 냈다."(39)라며 소리를 지른다.[9]

나아가 프랑스, 일본, 미국 등의 식민지배자에게 유린당한 베트남은 몸을 파는 여성에 비유된다. 베트남의 도시는 "옷고름을 풀어헤친 매춘부"(108)처럼 게으르게 풀풀대며 시가지는 낮잠에 곯아떨어져 있었다고 묘사되는 것이다. 베트남의 주요 도시인 나트랑은 "프랑스놈들이 들어오고서부터, 내 얼굴은 이렇게 지저분하게 되었오라고 시가지는 말하고 있었"(284)다고 이야기된다. 특히 남베트남의 수도인 사이공은 매우 강렬하게 성적으로 타락한 도시로서 묘사된다.

> 그리고 하루에도 몇ton씩 외국군의 정액이 이 여자들의 몸 속으로 뿌려질 것이며, 하루에도 수십명의 혼혈아가 탄생할 것이다. (중략) 도시는 밤이 되면 거대한 성기를 한껏 열고서 쾌락에 몸을 뒤채고 있는 것이다. (251)

---

9) 여성에 대한 성적 학대는 베트콩에 의해서도 이루어지는 것으로 그려진다. 뚜이의 친구 쑤엉은 게릴라들에게 강간당하고 폭행당해 죽는다.

창밖으로 미군들의 숙소용으로 길쭉한 2층 목조막사가 지어져 있다. 아침이면, 간밤에 녀석들의 놀이상대가 되어 주었던 여자들이 부스스한 머릿단을 흔들며, 숙소에서 기어나오는 것이다. (중략) 우스운 일은, 낮에 시내에서 마주친 흰 아오자이를 입었던 쎄컨더리 스쿨의 여학생이, 요란하게 화장을 하고 핫팬티를 입고 사령부에 나타나기도 했던 것이다. (256)

이러한 상황에서 황일천과 빅 뚜이의 사랑은 제국주의적 (무)의식과는 거리를 둔 것으로 설정되어 있다. 이것은 다음의 인용문에서처럼, 빅 뚜이와의 사랑이 베트남을 이해하는 과정으로 의미부여 되는 것에서도 드러난다.

여지껏 한국군으로서의 내 사고(思考)와 저들의 저 사실적(寫實的)인 생활이, 서로 굳게 묶여져 있었던 적은 거의 없다. 가슴과 가슴이 뜨겁게 만나야 하는 것이 중요하다. 우리가 전쟁에 한몫 끼어든 목적이, 저들의 저 전통적이며 끈질긴 생활을 보호하기 위한 것이라는, 인간적인 바탕이야말로 유익하며 또한 전쟁에도 유리하다. 아니라면 나처럼 최소한 한 여자와의 연애 과정을 통해서나마 그걸 이해할 수도 있다. (중략) 인간적인 이해의 바탕이 없으면, 밀라이촌(村)의 대량학살사건처럼, 전쟁은 오로지 죽이는 그 자체에만 맛들이게 되며, 잔인해질 수 밖에 없는 것이다…… 내가 월남에서 1년간 뜻없이 헤맨 건 이런 까닭은 아니었을까. (189-190)

위의 인용문에서 알 수 있듯이, 빅 뚜이와의 사랑은 황일천에게는 "아메리카라고 하는 거대한 나라가 나눠 준 고깃국만 핥으면서, 멋드러기제 속아 넘어"(190)가는 것에서 벗어나 "같은 동양인인 한국군"(190)과 베트남인이 "유대감"(190)을 확인하는 과정인 것이다. 이후에도 "내가 이 전쟁에 목적 없이 뛰어든 것이나 마찬가지로, 뚜이 너와의 전쟁에도 앞뒤 잴 겨를 없이 맹목적으로 뛰어들었단 걸 넌 알아야 해"(195)라고 황은 중얼거린다.

이와 관련하여 『머나먼 쏭바강』에서 황병장은 다른 병사들과는 구분되는 긍정적인 인간으로 묘사되어 있다. 그는 도덕적으로도 훌륭하며 영어에도 능통한 것은 물론이고 "꿈에도 기타를 껴안고 뒹구는, <쎄고비아>와 <타레가>의 찬미자"(99)로 그려지는 것이다. 특히 미군장교에게 친절하게 굴다가 "싸악 돌아서서 월군 둘과 다정하게 맞붙어 앉은"(105) 베트남 여성을 보면서는, "이 땅은 미군의 것도 호주(濠洲)인의 것도 아니다. 당신들이야말로 이 땅의 주인이며, 저 아름다운 여자는 당신들의 누이거나 애인일 것이며, 당신들이야말로 빼앗기지 않고 서로 사랑하며 아껴 줄 권리가 있다."(106)라고 생각할 정도이다.[10]

실제로 황일천과 빅 뚜이의 관계는 순수하게 그려진다. 이 작품에서 빅 뚜이는 베트남을 상징한다. '쏭바강의 노래'는 쏭바강의 뱃사공 처녀와 관련된 배경 이야기가 있다,[11] 그녀는 사랑하던 소년도, 부모도 모두 전쟁으로 잃고 그들이 흘린 피는 쏭바강 속으로 섞였다. 처녀는 달님이 되어 "영원토록 강물에 담긴 내력을 얘기해 주고 싶"(209)어 하는 것이다. 그녀가 강물에 몸을 던지기 전에 마지막으로 부른 노래가 바로 '쏭바강의 노래'이다. 빅 뚜이의 아버지는 독립을 위해 프랑스군과 맞서 싸우다 죽었으며, 빅 뚜이의 오빠는 월맹 정규군 장교로서 연합군과 전투하다 죽었다.

---

10) 황일천은 "그 모습은 외국군을 상대해서 콜라를 팔 때보다는 훨씬 솔직하고 아름다와 보였다. 눈은 어머니의 그것마냥 깊고 부드럽게 빛나고 있었다. 저희들끼리 앉으면 저네들은, 외국군들이야말로 넘버텐이라고 말할지 모른다…… 그런데도 우리나 미군은, 아름다운 여자는 모두 다 자기 것인 양 거칠게 다루려 하며 뽐내고 있다. 황은 엷은 시샘에 잇따른, 한편의 마음 든든한 감동을 받았다."(105)라고 생각하기도 한다.

11) '쏭바강의 노래' 가사는 다음과 같다. "쏭바강은 알고 있다네/내 더벅머리 소년의 얼굴을/우리는 포성을 들으며 자랐네/난 장성한 그의 얼굴도 모르네./강은 깊어라 슬픔도 깊어라/강은 시시로 변하네/아침에 푸르던 그것이/저녁이면 핏빛으로 물드네./내 죽어 달님 되리/강물 내력 비추는 달님 되리./강물 속 그리운 얼굴 비추는/달님 되리./평화가 오는 그날까지/아아 달님같이 달님같이."

황일천과 빅 뚜이의 애정을 지탱시켜 주는 것은 비슷한 역사적 경험에서
비롯된 유대감이다. 황일천은 빅 뚜이와의 대화에서 "한국도 분단국이다.
예전엔 우리도 너희 나라처럼 나뉘어서 싸웠어."(20)고 말한다. 또한 베트남
처럼 식민지, 분단, 전쟁을 똑같이 거쳤다며 "아아 그래 우리두, 우리두 그
랬어."(20)라며 강한 공감을 표시하기도 한다. 빅 뚜이가 "프랑스인들은 계
획적으로 학교를 세워 주지 않았으며, 우리네 국민의 체력을 약화시키기
위해, 그 몇 안되는 학교의 운동장마저 없애 버렸어요."(47)라고 말할 때도,
황일천은 "일본놈들이 한 짓이랑 비슷하구먼……"(47)이라고 대답한다.

황일천과 빅 뚜이의 대화 이외에도 한국과 베트남의 유사성은 작품의 곳
곳에 나타난다. 미군들이 가득한 베트남 거리를 보며 한국군 중위는 "이런
게 바로 부평이나 동두천 같은 외국군 주둔지가 아닐까 보냐"(35)고 짐작하
기도 한다. 외출을 나가서도 "외국병사들에게 손을 내밀던 꾀죄죄한 아이
들이 담벽에 쪼그려 졸고 있었다. 눈을 뜨고 바라보다 손을 내민 사내애한
테, 유는 담배 한 개비를 던지며 지나갔다. 이게 바로, 6.25 직후의 연합군
들이 우리네 애들한테 하던 짓이다."(339)라고 생각한다. 다음의 인용문에서
알 수 있듯이, 빅 뚜이가 황일천에게 느끼는 애정의 바탕에는 한국인과 베
트남인의 강한 동지적 의식이 존재하고 있다.

> "사실 저는 그날 써어전황께 많은 얘기를 하고 싶었답니다. 왜인지는
> 저도 잘 모르겠어요. 단순히, 여자의 본능적인 육감으로써 그렇게 느꼈
> 던 것이에요. 미국의 입장에 실려온 한 한국군이라는 사실을 충분히 생
> 각했으면서도 말이에요. 그건 어쩌면 당신의 나라와 저희 나라가 서로
> 비슷한 처지에 처해 있던 때문은 아니었을까요. 동류감(同類感)의 확인
> 은 단순한 육체적 욕구를 넘어서는 것이라고 감히 말씀드리고 싶습니
> 다." (179)

"그런데 뚜이, 넌 네 친구가 프랑스를 동경한대서 경멸한다고 말하지 않았나?"

"목적이 다르지 않겠어요? 그 아이는 단순히 베트남이 싫어져서 그런 것이지요……또 프랑스랑 한국은 달라요. 한국은 차라리 베트남이랑 비슷한 처지거든요. 난 당신의 아이를 잘 키울 수 있을 거예요. 튼튼한 독립투사로 만들겠어요. 당신과 내가, 독립이란 점에 있어선 생각이 같으니까, 아마 우리들의 아기는 훌륭한 독립투사를……" (200)

그러나 안타깝게도 둘의 사랑에는 제국주의적 젠더 관계의 그림자가 여전히 남아 있다. 황병장에게 뚜이는 지나치게 성애화된 존재이다. 수용소에서 혹독한 시간을 보낼 때도 계속해서 빅 뚜이를 떠올리는데, 그때마다 "뚜이의 얇은 젖가슴을 만졌다. 그미의 겨드랑에선 빙초산 냄새가 났다."(152)라고 떠올리는 식이다. 처음 만난 날도 키스를 하고 가슴을 만진다. 빅 뚜이에게 보낸 편지에도 "당장이라도 뛰어가고 싶소. 당신의 입술, 영리하게 반짝이던 당신의 눈매를 가까이서 느끼고 싶소."(177)라고 쓴다. 두 번째 데이트를 할 때도 이런 모습은 이어지며, 황병장은 스스로를 "훤한 백주대로에서 GI마냥 여자를 끌어안고 입맞추려는 이 덩치 큰 외국군이, 황에겐 우스꽝스러웠다. 황은 팔을 풀어 버렸다."(188)라고 객관화해서 바라보기도 한다.

황일천이 처음 빅 뚜이를 만났을 때부터 이러한 문제점은 드러났다. 둘은 처음 <빅 뚜이 상점>에서 만난다. 달라트대학교에 다니는 스물 한 살의 응웬 티 빅 뚜이를 처음 보았을 때, 황일천은 가슴이 섬찟해하면서도 "넌 기껏 매춘부동네에 사는 야만국의 처녀가 아니냐"(17)라고 생각한다. 이후에 빅 뚜이의 이름 정도를 안 후에 "알 수 없이 달콤한 기분"을 느끼는데, 그 기분에는 "점령국의 돈 많은 사내가, 일테면 속국의 가난한 미녀한테나 가질 수 있는 약간의 미안한 감정"(19)이 곁들여져 있다. 또한 황일천은 빅 뚜이가 '깨끗하다는 것'에 과도한 의미를 부여한다. 몇 가지 대표적인 사례를 인용하면 다음과 같다.

> "서울거리에 있는 어느 처녀들보다도 깨끗하고 좋다."(20), "쑤엉마을
> 의 그 영리하며 깨끗하던 처녀"(75), "그래 처녀였어……몰라. 깨끗한 여
> 자임엔 틀림없었어…"(350)

이러한 젠더적 관계에 베트남인들도 매우 민감하다. 운전수는 "네깟 한
국군이나 끼고 다니는 갈보년이 뭐 잘났다는 거냐고, 드러내 놓고 깔아뭉
개는 눈치"(186)를 보인다. 빅 뚜이와 거리를 걸으며, 황일천은 "거리가 자
신을 밀어내고 있는 기분"(191)을 느낀다. "누군가가 자신을 손가락질하며
욕설을 쑤군거리고 있음을 느끼고"(190), "뻔뻔스런 따이한놈이라고 저들
누군가가 쑤군거릴 것"(191)이라고 생각한다. 그렇기에 황은 철모를 벗고,
"메고 있는 소총이 부끄러운 생각"(191)이 든다. 이후에도 오토바이를 타기
위해 손을 들어도 운전수는 쳐다보지도 않고 그대로 달려가 버린다.[12]

빅 뚜이도 황일천이 보이는 제국주의적 (무)의식에 민감하다. 처음 만난
후에 "써어전황께서 저에게 일언반구의 연락도 없이 마을을 떠나 버린 걸
알았을 때, 저는 모든 것이 아주 쉽게 끝나 버렸다는 걸 깨달았어요."(179)
라고 이야기한다. 빅 뚜이는 "제 친구 언니의 애인이던 몇몇 외국군들이,
쉽게 사랑했다가 또한 쉽게 혼자 가 버렸다는 사실"(180)을 중요시할 수밖
에 없는 것이다. 황병장은 빅 뚜이와 데이트 중에 월남인들과 시비가 붙자

---

12) 소수민족까지 포함한 베트남인들은 한국군을 대수롭지 않게 여기거나 증오하는 것
으로 표현된다. "한국군에게 친절한 건 장삿속으로 대드는 인도상회나, 돈을 울궈
내기 위해 외국인을 전문으로 상대하는 접객업소일 뿐이다. 광동(廣東) 사투리를
쓰는 화교들이건, 고유의 월남민족이든, 몬타냐족이든, 인도네시아나 크메르계 혼
혈족이건, 한국인쯤은 대수롭잖게 여기는 게 사실이다. 어쩌면 저네들은 프랑스와
싸우던 당시, 프랑스를 군사원조해준 미국의 대의명분에 얹혀 건너왔다고 해서, 속
으로 한국군에게 증오심을 품고 있는지도 모른다."(283)

위협사격을 가하기도 한다. 이런 황을 보며 빅 뚜이는 "그래도 당신은 아직 남의 집 식구 아니냐는 그런 눈초리"(186)를 보내기도 한다. 빅 뚜이의 어머니도 황일천이 아들의 적이라는 사실에 민감하다.

결국 빅 뚜이와 황병장은 이루어지지 못한다. 이 과정에서 황병장은 자신이 떠난 것이면서도 그 책임을 빅 뚜이에게 전가하는 모습을 보인다. 빅 뚜이는 숙부인 로이씨와 어머니가 한국인인 황일천과의 결혼을 결사반대함에도 불구하고 결혼을 결심한다. 빅 뚜이는 "단 황병장이 어떤 마음을 가져주느냐가 문제"(314)라고 생각할 뿐인데, 안타깝게도 황일천은 빅 뚜이와 결혼할 준비가 되어 있지 않다. 빅 뚜이는 "난 당신의 아내가 될 테야요." (198)라며 "한국에 따라가겠어요. 난 음식도 잘하며, 집안 청소에도 부지런하며, 아침 일찍 눈뜰 수 있어요,"(198)라고 말할 정도로 적극적인 태도를 보여준다.

그러나 빅 뚜이의 이 말에 대해, 황병장은 "널 데리구 가면 부모들이 펄펄 뛸 거야."(200)라고 차갑게 대답한다. 더군다나 황병장은 마음 속으로 빅 뚜이를 떠올리며, 거침없이 '가무잡잡한 여자', '괴상쩍은 말씨', '들창코', '서양사람 냄새'와 같은 단어를 사용한다. 이것은 황일천이 빅 뚜이를 사물화하고 있다는 증거이며, 그것은 제국주의적 의식이 노골적으로 드러난 다음의 인용에서도 확인할 수 있다.

그 단란한 집안풍경을 깨뜨리고, 이 가무잡잡한 여자를 집안에 불러들인단 말이지? 혀가 들랑거리는 중국말 비슷한 괴상쩍은 말씨를 쓰고, 들창코에다, 어딘가의 구석에는 서양사람 냄새마저 풍기는 이 여자를? 어려운 얘기시. 그리고 닌 네 2세를 생각지 않으면 인돼. 그 애기 데이나서 제대로 자라 한국 사람과 동화될 때까지, 죄없는 트기가 겪어야 하는 설움을 넌 왕왕 보아 오지 않았느냐. (201)

동시에 "허지만 잠깐, 넌 그들관 경우가 달라. 넌 이 애를 아끼고, 다독거려 주고 싶어하며, 사랑하고 사랑하지 않느냐 말이다."(201)와 같은 고민을 하기도 하지만, 곧 "아아 골치아프다. 관두자. 기회는 오늘 뿐만은 아니다."(202)라는 회피를 거친 후에, 최종적으로는 빅 뚜이에게 한국인은 "단일민족이라는 긍지를 갖고 있어. 아직도 우리네는 미국인이든 월남인이든 원숭이 취급을 한단 말이야."(202)라고 말하는 것으로 귀결된다. 그러면서도 황일천은 빅 뚜이와 몸을 섞으며[13], 마침내 빅 뚜이는 "당신은 날 사랑하지 않아요"(211)라며 황병장의 진심을 말해 버린다.

황병장의 제국주의적 (무)의식은 빅 뚜이의 어머니를 만나는 장면에서 잘 드러난다. 결국 여섯 시간 걸려서 빅 뚜이의 집에 가지만 어머니만 만나고 빅 뚜이는 만나지 못한다. 빅 뚜이의 어머니가 둘의 결혼이 "있을 수 없는 일"(328)이라고 말하자, 황일천은 "그 여자가 내게 결혼하자고 얘기했었다. 바로 몇 주일 전에. 한국의 부모들이 이해하지 못하기 때문에 곤란하다고 난 얘기했었다……지금은 마음이 바뀌었다. 결혼하겠으며, 한국에 데려가서 내 아들 낳게 하고, 잘 입히며 잘 먹이겠다……나는 그 애를 사랑한다. 절차를 밟는 데 시일이 걸린다면 나는 귀국 연기를 시킬 수도 있다."(328)고 말한다. 그러나 말은 이렇게 하지만 뚜이의 어머니 앞에서 황일천이 보여주는 행동은 결혼하기를 원하는 연인의 어머니에게 하는 행위로는 도저히 볼 수 없는 것이다. 빅 뚜이의 집에 뛰어든 황일천은 "죄없는 그 어머니"(327)에게 "어디 갔단 말이오? 찾아 내시오. 물어 주시오, 내 고생을."(327)이라며 "버럭버럭 소리"(327)를 지른다. 나중에는 대문을 박차고 뛰어들

---

13) 이 상황에서도 빅 뚜이는 "이 남자는 한국인이고 나는 월남인이다란 자각도 팽개치고, 젖을 빠는 갓난애마냥 천진난만하게……황의 입술과 무릎과 혀를 받아들였다."(203)고 묘사된다. 이것은 뒤이은 빅 뚜이의 깨달음과는 참으로 어울리지 않는 장면이다.

어 빅 뚜이의 방 뒷창을 열어 젖히기도 한다. 그리고는 "죽구 싶지 않으면 나타나라고 그래."(328)라며 "총개머리판으로 탁자를 꽝 내리찍"(328)는다. 물론 정중한 사과를 덧보태기는 하지만, 이러한 황일천의 행동은 그의 내부에 잠재되어 있는 제국주의적 (무)의식을 잘 보여준다.

황일천이 수용소에서 꾸는 다음과 같은 꿈에는 황일천이 빅 뚜이와 나눈 애정의 무의식적 본질이 잘 압축되어 있다. 빅 뚜이는 황병장에게 한국에 데려가 달라고 부탁하고, 이에 황병장은 난폭하게 성교를 해치울 뿐이다. 그 결과 빅 뚜이는 베트남어와 베트남인의 세계로 돌아가 버린다.

> "날 데려가 주세요. 당신네 나라로… 제발… 네? 제에발."
> 토담 위로 개구쟁이들의 주먹이 쑥쑥 내밀어졌고, 그미는 또릿또릿한 한국어로 말하고 있었다.
> 그는 포성과 팬텀기의 폭격음에 깜짝깜짝 놀라면서, 어딘가의 허술한 흙벽에 그미를 밀어다 붙이고, 난폭한 성교를 해치웠다. 그미가 알아들을 수 없는 월남말로 지독한 욕설을 퍼붓고, 그미의 동족들 속으로 달아나던 게 마지막 기억이었다. (160)

결국 황병장에게 월남전에서의 성장이란 성매매를 스스럼없이 하는 존재가 되는 것이다. 나중에 빅 뚜이를 만나지 못해 사흘 동안의 병원 신세를 지고 나온 황일천은 "여자사냥"(332)을 나간다. 황은 성매매를 하며, "자아 뚜이 보라. 너의 싸아징황이 외입을 하러 들어왔다……황은 약간 통쾌한 기분마저 느꼈다. 쾌씸한 자여, 너의 이름은 응웬 티 빅 뚜이"(340)라고 생각한다. 이후에도 주당 두 번꼴로 외출을 하여 망설임 없이 성매매를 한다. 심지어는 이렇게까지 생각한다. "기수의 충고대로 여자문제란 케이스 바이 케이스로서, 제법 능수능란하게 여자를 부릴 줄도 알게 되었"(342)으며, "찌꺼기처럼 고여 있는 욕정이란, 빚쟁이처럼 번거로운 존재였던 것이다. 갚을 여건이 충분히 갖추어져 있음에도 불구하고, 빚쟁이에게 인색하게 굴 아무 이유도 없었던 것"(342)이라고 생각한다.

황병장은 잘못된 진단으로 나트랑의 102후송병원 성병환자 수용소에 입소명령을 받는다. 검역병과의 사소한 다툼이 원인이 되어 성병이 없으면서도 성병환자가 되어 귀국을 앞두고 수용소에 가게 된 것이다. 그러나 실제로 성병에 걸렸을 때는 "性病無 完治"(346) 판정을 받고 귀국선에 오른다. 이처럼 아이러니한 상황은, 베트남(전)은 본래의 황일천처럼 순결하고 깨끗한 몸으로는 떠날 수 있는 곳이 아니며, 오직 성병(부정한 성관계)에 걸린 자만이 떠날 수 있는 곳이라는 것을 의미한다고 새겨볼 수도 있다. 처음 황일천은 성매매를 하지 않았으며, 그러한 모습은 너무나 쉽게 베트남 여인의 몸을 탐하는 유동수 하사와 대비되어 더욱 분명하게 드러났던 것이다.

이처럼 박영한의 「머나먼 쏭바강」은 베트남 여성 빅 뚜이와 한국군 황일천의 연애관계를 중심으로 서사가 진행되며, 작품에는 베트남 여성의 창녀화(성애화), 피식민지인 여성/식민지 지배자 남성이라는 제국주의적 젠더 비유, 베트남의 타락에 대한 성적 비유 등이 선명하게 나타난다.

② 극단적으로 성애화 되는 베트남 여성들-『인간의 새벽』

박영한의 『인간의 새벽』은 『머나먼 쏭바강』에 이어지는 작품이다. 이 작품은 베트남 여성 빅 뚜이와 미국인 마이클의 연애관계를 중심으로 서사가 진행되며, 『머나먼 쏭바강』에서 나타난 베트남 여성의 창녀화(성애화), 피식민지인 여성/식민지 지배자 남성이라는 제국주의적 젠더 비유, 베트남의 타락에 대한 성적 비유 등이 보다 노골적으로 드러난다.

『머나먼 쏭바강』에서도 빅 뚜이가 지나치게 성애화되는 측면이 있었음을 살펴보았다. 그러나 『인간의 새벽』에서는 이러한 특징이 더욱 강화된다. 빅 뚜이는 물론이고 다른 여성들과의 육체관계와 그에 따르는 노골적인 성적 묘사가 더욱 빈번하게 등장하는 것이다. 『인간의 새벽』에서는 한국(군)이 사라지고, 대신 미국인 특파원 마이클이 황일천의 자리를 대신한다. 마이클은 빅 뚜이의 애인으로 등장하는데, 마이클은 "작품에서 외세로서의 미국의 담당한 역할은 미국인 출신의 특파원 마이클에게 부여하여 형상화하고 있다."[14]는 평가가 있을 정도로 미국을 대변하는 인물이라고 할 수 있다.

그런데 『인간의 새벽』에서는 잠시 빅 뚜이, 마이클, 트린 사이에 삼각관계 비슷한 상황이 잠시나마 형성되기도 한다.[15] 과거에 빅 뚜이의 연인이었던 트린은 이 작품에서 유일하게 민족해방과 공산주의 신념이 확고한 북베트남군 장교이다.[16] 빅 뚜이, 마이클, 트린 사이의 삼각관계는 빅 뚜이가 반미의식을 지니고 있기 때문에 가능한 것이다. 이러한 빅 뚜이의 반미의식은 키엠을 통해 드러난다.[17] 마이클과 결혼할 것이냐고 묻는 키엠에게,

---

14) 유철상, 「환멸의 전쟁과 관찰자의 시선」, 『현대소설연구』 57집, 2014, 100면.

15) 그러나 빅 뚜이는 곧 마이클을 향한 지고지순한 마음을 갖게 된다. 마이클이 죽고 북베트남의 장교인 트린이 크게 출세하여 빅 뚜이에게 청혼을 하는 상황에서도, 빅 뚜이는 "마이클을 배신하고 싶지 않아요."(329)라며 마이클에 대한 마음을 버리지 않는다.

16) 호앙 곡 트린은 자신의 이념에 충실하며, 허무주의자로서의 면모에서도 벗어나 있다. 트린은 과거 빅 뚜이의 연인이었으며, 현재는 북베트남의 촉망받는 장교이다. 트린의 아버지는 베트민 연대의 대대장이었다가 프랑스군의 탱크에 가루가 되었으며, 프랑스 군의 폭격으로 동네는 쑥밭이 되고 형제들은 모두 죽었다. 트린은 응웬을 사랑했으나 "조국과 여인을 동시에 사랑한다는 건 모순"(12)이라는 생각에 응웬을 떠나 북베트남에 충성하였다. 그의 신념은 키엠이나 마이클의 신념에 비해서는 매우 적은 분량이 등장하는데, 가장 대표적인 사례를 들면 다음과 같다. "우리들 원시적인 테러가 1분 만에 한 사람을 죽일 수 있다면 그들 북폭은 1분간에 우리들 피맺힌 건설에의 꿈과 자립 의지와 수만명의 목숨을 모조리 날려 버린다는 사실을 생각해 주시기 바랍니다. 1대 1만입니다. 폭격이야말로 가장 잔악한 대량 테러리즘입니다."(209)

빅 뚜이는 "내 속엔 그 사람에게 저항하는 무엇이 있어요."(117)라며 결정을

17) 빅 뚜이의 사촌오빠인 키엠은 후에 법대를 다니다가 민족해방전선의 일원이 되었
다. 이 작품에서 키엠의 형상은 가장 문제적이라고 할 수 있는데, 그는 철저한 허
무주의자이자 테러리스트로 그려진다. 키엠은 위원회에다 진급 상신을 하지도 않
으며, 지부장도 키엠을 달가워하지 않는다. 한때 키엠은 "역사의 당위성이 살육과
방화를 정당화시켜 준다고 믿었"(60)지만, "억울한 희생을 너무 많이 보아"(61)버
린 결과 자신의 생각이 오류였다고 반성하게 된다. 또한 키엠은 자신이 "편짜기 놀
음에 끝내 익숙해 질 수 없는 인간"(119)이라고 주장하는데, 이것은 이분법에 바탕
한 이데올로기에 적응할 수 없는 인간임을 드러낸다고 할 수 있다. 키엠은 스스로
"응웬 반 키엠, 그 자식은 죽음 놈이야."(61)라고 외치는데, 상징적인 의미를 더 이
상 찾을 수 없다는 점에서 그는 유령이라고도 볼 수 있다. 키엠은 "남쪽은 이미 썩
었고 희망이 없다"(81)고 생각하지만, 북쪽이나 공산주의에서도 어떠한 가능성을
발견하지 못한다. 결국 "어떤 이데올로기든지 인간에게 필요하고도 충분한 조건은
되지 못"(81)하는 것이다. 키엠은 결국 이념에 반대하는 휴머니스트가 되는 것으로
그려진다. 빅 뚜이가 키엠에게 "왜 사람들은 자기가 원하는 물건을 고르고 좋아하
는 음악을 들으며 살 수 없지요?"라고 묻자, 키엠은 제국주의자들과 정치가들 때
문이라고 말한 후에 "더 중요한 건 우리 마음 속에 전쟁의 요소를 지니고 있다는
사실"(121)이라고 말한다. 우리 안에 있는 "시기심, 경쟁심, 파괴에의 충동이란 괴
물"(121)이야말로 사람들을 불행하게 만든다는 것이다. 흥미로운 것은 미국인 마이
클도 기본적으로 휴머니즘적인 인식을 지니고 있다는 점이다. 민족해방전선의 요
원에서 출발하여 휴머니스트가 된 키엠과, 미국 특파원으로 시작해서 휴머니스트
가 된 마이클의 동질성은, 둘이 실제로 하는 일에서도 드러난다. 기자인 마이클이
정작 취재에 나서는 것은 <4월 16일>이라는 제목이 붙은 장에서뿐이고, 마이클은
대부분의 시간 동안 베트남의 수많은 여자들과 관계를 맺거나 만찬에 나간다. 키
엠 역시 주로 하는 일은 술 마시고 여자를 찾는 것이다. 키엠도 수시로 "여자 생각
이 간절"(85)해지며, 그것은 "보드라운 살 속 깊이…… 망아(忘我)의 경지 속으로
…… 그 세계 속에선 존재 또는 고통의 감각이 흐지부지 사라진다. 입맞춤과 미친
듯한 몸부림…… 이윽고 자신을 옭죄고 있던 고뇌의 베일이 툭툭 터져 나간다. 자
아의 무정부 상태."(85)와 같은 뭔가 '심오한' 의미가 부여된다. 나 짱에서는 물론
이고 사이공에서도 키엠과 짝을 이뤄 일하는 로베르토도 "일을 치르고 나면 술을
퍼마시고 여자와 자야 직성이 풀"(85)리는 사람으로 그려진다. 키엠도 사람을 죽인
후에는, "닥치는 대로 여자를 사고 싶"(86)어 한다. 키엠은 "조국의 독립과 국민의
평등을 위해서 일한다기보다는 돈과 여자에 전전긍긍하는 속한에 불과하다는 자기
모순에 빠져 허위적"(86)되는 것으로 의미부여된다. 키엠은 "이제 여자 맛을 뼛속
깊이 알게 된 색한인 자기를 느"(86)끼는 것이다. 심지어 키엠은 한 여성에게, 자
신이 대학시절 동지였던 로안이 취조실에서 당한 성적 고문을 그대로 재연하려고
하는 엽기적인 모습을 보여주기도 한다. 키엠은 22일 밤에 쫄론에서 검거되는데,
"여자랑 잠자다가 붙들"(250)린 것으로 이야기된다. 『인간의 새벽』에서는 빈 여인
을 제외한 민족해방전선의 요원들이 모두 부정적으로 그려진다. 청일 전쟁 당시

망설이기도 한다. 심지어 빅 뚜이는 마이클에게 "미국인과 미국적인 온갖 것들을 증오해요"(143)라고 거침없이 말하는 모습을 보여준다. 처음 마이클은 빅 뚜이가 지닌 당당함에 끌려서 그녀와 가까워진 것으로 그려진다. 마이클이 빅 뚜이가 일하는 난민 수용소에 취재를 왔을 때, 빅 뚜이는 허락도 없이 난민들의 사진을 찍는 것에 항의하고, 마이클은 자신의 "서투른 실수"(169)를 되돌아보며 빅 뚜이와 가까워진 것이다. 『머나먼 쏭바강』의 황일천 병장이 빅 뚜이의 외모에만 끌린 것과 달리, 마이클은 난민소에서 보여주는 "그미의 동족애"(169)에 끌렸던 것이다.

나아가 『머나먼 쏭바강』과 달리, 빅 뚜이는 마이클의 제국주의적인 내심을 정확하게 파악하고 이에 항의하는 모습을 보여주기까지 한다. 마이클은 사이공의 거리에서 빅 뚜이와 팔짱을 끼고 걸어갈 때, 베트남인들의 따가운 눈길을 느끼자 곧 팔을 풀어버린다. 이에 빅 뚜이는 "길거리에서 미국인의 팔짱을 끼는 건 속된 여자나 하는 짓이라는…… 마이클에게 얼핏 스친 그 생각"(159)을 재빨리 포착한다. 나아가 빅 뚜이는 직접적으로 마이클이 "넉맘 냄새, 가난, 지리 멸렬, 비합리……"(106)와 같은 프리즘으로 베트남인을 바라보며, "당신은 혹시나 우리네 골목골목의 더러운 개똥이나 밟을까봐 몹시 조심"(164)한다며, 마이클의 제국주의적 (무)의식을 비판하기도 한다. 이 작품에는 베트남 여성들이 외국 남자에게 몸을 파는 현실과 그러한 베트남의 현실과 여성을 비하하는 외국인들의 시각 등에 대한 빅 뚜이

꽝시성에서 아버지를 따라 이주해 온 첸 노인은 나이 든 여자에 의해서 "뒷놈 근성"(27)이 있는 것으로 이야기된다. "대원들이 결사적으로 싸우고 있는데도 그는 노획품 중에서 쓸 만한 것들을 챙겨 넣는"(27)다. 로베르토는 필리핀인이지만 "행동을 찾아"(77) 베트남에 왔다. 그는 깡패 조직의 말단에서 일하다가 정치적 견해를 얻고 북으로 넘어갔다가 남으로 파견되어 활동한다. 그는 폭력혁명 신봉자이며 "자의식의 간섭을 받지 않"(78)고 온갖 폭력을 신속하게 행한다. 로베르토야말로 중앙군당위의 입장에서는 "일급의 일손"(78)이다. 키엠이 "전쟁 혐오자"(80)라면 로베르토는 "전쟁 탐닉자"(80)라고 할 수 있다.

의 절규에 가까운 항의가 반복해서 등장한다. 대표적인 사례를 들면 다음
과 같다.

> "거리에 나가 보셨죠. 바보 같은 베트남 여자들이 외국 남자랑 붙어
> 지나다니는 꼴을. 중앙 우체국이며 시역소(市役所) 뒷골목의 복작대는
> 음식점 앞에서 거리낌없이 아무 외국 남자에게나 키스를 하고 있는 모
> 습을. 그래서 어쨌다는 거예요? (중략) 유학 간 내 친구 얘길 해 볼까
> 요? 걘 와이오밍의 장학생으로 공부하면서도 키가 작고 납작한 얼굴의
> 동양인이라서 서양 남자랑 데이트 한번 못한 걸 늘상 아쉬워했죠……결
> 국 걘 데이트를 얻어내기 위해 남자에게 몸을 내주어야 했어요. (중략)
> 옛 문화의 온상지 동양은 이제 돈 있는 나라 사람들의 섹스 관광으로
> 더럽혀지고 있어요. 난 언젠가의 돈 포오쉐를 잘 기억하구 있어요. 그는
> 내게 뭐라구 쑤군댔는지 아세요?" (164-165)

> "난 알아요. 당신의 기자 친구거나 대사관 사람들, 그리구 맥브이 사
> 령부의 그 흰 여자들이 어떤 눈길루 날 보던가를 잘 기억해요. 네에 난
> 더러운 냄새나 피우는 황인종 스컹크, 달러에 환장한 찰거머리예요." (173)

이상의 인용에서 빅 뚜이는 마이클에게 베트남 여성을 차별하고 창녀화
하는 서양인들의 모습을 격정적으로 비판한다. 이러한 빅 뚜이의 모습은『머
나먼 쏭바강』에는 등장하지 않던 모습으로, 젠더적인 측면에서 빅 뚜이가
한층 성장한 것을 증명한다. 그러나 이러한 빅 뚜이의 형상화에는 여전히
제국주의의 어두운 그림자가 남아 있다. 문제는 빅 뚜이의 항의가 지나치
게 상세하게 반복됨으로써, 그러한 항의를 통해서 '창녀화 된 베트남 여성'
의 모습, 즉 '공공장소에서 거리낌없이 외국 남자에게 키스하는 베트남 여
성'이나 '서양인과의 데이트를 위해 몸을 내주는 베트남 여성', 혹은 '섹스
관광으로 더럽혀지는 베트남 여성'이나 '더러운 냄새나 피우는 황인종 스
컹크, 달러에 환장한 찰거머리'의 모습이 하나의 본질적 속성으로 자연화

된다는 것이다. 또한 빅 뚜이의 항의를 받은 마이클은, 베트남 여성을 차별하고 창녀 취급한 서양인들을 대신해서 자신이 사과하겠다고 말한다. 그러나 그 순간에도 빅 뚜이는 다음과 같이 성애화(창녀화) 된다.

> "그 자들을 대신해서 내가 사과하겠어."
> 여자는 무릎 사이에다 얼굴을 파묻었다. 원피스가 한쪽 무릎에 걸려 있어 양허벅지에 꼭 끼인 팬티는 마치 하얗고 긴 띠처럼 보였다.
> "미안해. 그자들이 나빴어. 내가 대신해서 용서를 빌게."
> 그는 여자를 침대에 가만히 눕혔다. 여자는 그가 하는 대로 움직였다. 너무 고분고분해졌으므로 그는 비웃어 주고 한껏 유린해 버리고 싶은 심사였다. (174)

결국 마이클의 사과는 빅 뚜이를 성적 대상화한 후에 성관계를 맺는 것이고, 그 순간 빅 뚜이는 "너무 고분고분해"져서는 마이클의 "한껏 유린해 버리고 싶은 심사"에 몸을 맡기는 매춘부와 같은 존재가 된다. 이것은 빅 뚜이가 거의 10여 페이지에 걸쳐 격렬하게 항의한 베트남 여성의 성애화(창녀화)를 그 자신이 그대로 실연하는 아이러니한 장면이라고 할 수 있다.

빅 뚜이의 지나친 성애화가 가장 문제 되는 대목은 작품의 후반부이다. 사이공 시내 곳곳에서 대포 소리가 나고 남베트남의 패망을 하루 앞둔 1975년 4월 29일부터 빅 뚜이는 일방적으로 마이클에게 의존하고, 특히 그러한 의존은 지나치게 성애화 된 모습으로 나타난다. 마이클과 통화를 하며, "근 한달 동안 스스로 거리를 두어 때 버리려고까지 결심에 결심을 다졌던 노력이 일시에 와르르 무너"(273)지는 것이다. 그 자리에 남는 것은 마이클, 더 정확히는 마이클의 육체에 대한 맹목적인 그리움이다.

> 사내가 뭐라고 계속 떠들어대고 있었으나 여자에겐 들리지 않았다. 여자의 눈앞엔 어느덧 비계 없는 근사한 몸뚱이가 떠올랐고, 지금은 다

만 사내의 부드러운 입김과 따뜻하기 그지없는 마음씨를 느끼는 것만
으로도 족했다. 그의 생생한 육감적인 목소리는 여자를 감동시켰고, 여
자는 지금 당장에라도 그에게 달려가고 싶었고, 달려가서 그의 무릎에
엎드려 무조건 용서받고 싶었고, 털복숭이 넓은 가슴팍에 머릿칼을 파
묻어 흑흑 느껴울고 싶었다.

여자는 지금 그의 체취가 못 견디게 그리웠다. (273)

사내가 손을 내밀었다. 여자는 그 축축한 큰 손을 잡아 끌어안았다.
이어 사내의 꺼칠한 턱과 코를 더듬거리며 입술을 찾아 헤맸다. 여자는
것의 일방적으로 깊숙이 혓바닥을 들이밀고 사내의 목덜미와 머리털을
안타까운 듯 빠른 손놀림으로 애무했다. (297)

심지어 마이클이 죽고 난 이후에도, 빅 뚜이의 과도한 성애화는 지속된
다. 베트남이 통일되고 마이클이 죽은 후에, 빅 뚜이는 마이클의 환영을 볼
정도로 그에게 깊이 집착한다. 다시 찾은 마이클의 아파트에서 빅 뚜이는
간신히 낡은 속옷가지 몇 가지만을 유품으로 가져온다. 그 이후에 빅 뚜이
는 그 유품을 가지고 나름의 애도의식을 치르는데, 그것은 온통 포르노적
인 감각과 상상력으로 범벅이 되어 있다.

『인간의 새벽』에서는 마이클과의 관계를 통해서만 빅 뚜이가 성애화(창
녀화)되는 것이 아니라, 이 작품에서 유일하게 신실한 이념형 인물인 트린
에 의해서도 창녀화(성애화)가 이루어진다. 트린은 빅 뚜이 앞에서는 정중
하고 진지한 태도로 사랑을 고백하기도 하지만, 4월 29일 화염에 물든 사
이공 시내를 바라보면서 내뱉는 다음과 같은 혼잣말은 빅 뚜이에 대한 성
애화의 절정이라도 부를 수 있다.

실컷 퍼부어라. 기절할 때까지. 여자가 기절하고 기절해 버릴 때까지.
그래서 그 여자의 추한 몸뚱이가 산산조각이 나 질질 끌려나올 때까
지…… (중략) 악녀! 이 간부! 여자야…… 이 여자야. (중략)

인민의 평등과, 배 부르고 게으른 자에 대한 분노와, 국가에의 소명감도 없이, 다만 놀아난 요부로서 저 고생하는 민족에 대한 생각은 오입장이 같은 녀석과의 분탕질에다 죄다 팔아치우고. 허여멀금 썩은 백인의 정액에. 그들이 던져 준 치이즈에. 침을 질질 흘리며. 혓바닥을 날름거리고. 분홍빛 침구의 향락에. 그럴싸한 그 작자들의 거짓말에. 사타구니 밑으로 엉금엉금 기어드는 굴종……저 길거리의 허구한 외제 간판들 같이. 지저분하게. 겨레혼은 어디다 팔아치우고…… 응웬 티 빅 뚜이. 넌 그런 하찮은 여자에 불과했어. (중략)

낙락하게 한 미국인의 팔짱이나 끼고, 저 레 로이며 붕 타우의 해변길을 활보하면서. 전쟁 도발자, 미국인의 침구에서 먹음직한 요리상이 되어. 도대체 의식이 있는 여자냐. 갖은 아양을 다 부리고. 속삭이고……환장한 여자의. 눈알을. 음탕한 음부를. 모조리. (275-276)

트린에 의해 빅 뚜이는 '추한 몸뚱이', '더러운 여자', '악녀', '간부', '더러운 몸뚱이', '요부', '하찮은 여자'로 규정되며, 개와 같은 동물을 거쳐 음식과 같은 사물에까지 비유된다. 이렇게 빅 뚜이가 극한적인 표상적 폭력의 대상이 되는 것에 비례해서, 트린은 이상적인 인물로 부각된다. 트린은 빅 뚜이가 온갖 사악한 짓을 하는 동안, "민족의 장래"를 생각하며 "혁명의 당위성과 그 실천을 생각하면서 온 몸과 마음을 쏟"(276)은 위인이 되는 것이다. 그런데 트린이 이러한 악담을 끝내고 빅 뚜이를 찾아갔을 때, 빅 뚜이가 하는 말처럼[18] 빅 뚜이를 버리고 혼자 떠나간 것은 다름 아닌 트린이었다.

『인간의 새벽』에서는 베트남 여성 일반에 대한 극단적인 표상의 폭력이 곳곳에서 나타난다. 가장 극단적인 것은 민족해방전선에서 키엠과 함께 활

---

18) 그것을 옮겨보면 다음과 같다. "왜요? 왜 아무 얘기두 없이 혼자 몸만 살짝 넘어가셨죠? 당신께서 월북하고 난 뒤 가슴에 돌덩이가 들앉았어요. 가슴에 멍이 들었었다는 이런 시시한 얘기로밖에 표현할 수 없는 게 좀 유감이군요. 오늘의 이 빅 뚜이를 만든 건 바로 여기 서 계신 남자란 말이에요……"(294)

동하는 로벨토와 구온이 무기 대금 선불을 떼먹고 달아난 중국인 왕을 살해하는 장면이다. 그들은 중국인과 함께 중국인 정부(情婦)를 납치한다. 이 과정에서 구온은 여자의 옷을 발가벗기고 여자의 몸을 만진다. 나중에는 여자의 입에 피스톨을 넣고 성폭행을 한다. 그 장면은 인용하는 것이 어려울 정도로 끔찍하고 적나라하다. 키엠이 대학시절 지하운동을 하다가 학보사 편집 부국장인 로얀과 함께 경찰서에 끌려갔을 때, 로얀이 취조실에서 고문에 가까운 성폭행을 당하는 장면도 매우 상세하게 묘사된다.19) 이러한 장면의 포르노적 묘사는 창작이라는 미명하에 이루어지는 재현의 폭력이라고도 볼 수 있다. 이러한 비윤리적 재현을 통하여 베트남 여성들은 실제적 폭력에 더해 상징적 폭력까지 당하게 된다.20)

로벨토가 왕의 정부에게 극단적인 폭력을 행사할 때, 키엠은 결국 스패너로 구온을 살해한다. 결국 이 장면을 통해 작가는 민족해방전선의 폭력성과 키엠의 휴머니즘적 특성을 강조하고자 했겠지만, 이러한 의도를 위해 베트남 여성은 끔찍한 재현의 폭력 앞에 고스란히 노출될 수밖에 없는 것이다.21)

---

19) 여성들이 성적 폭력에 시달린다는 것은 강박의 차원이라고 할 정도로, 작품 내에서 반복적으로 강조된다. 유일하게 신실한 주의자인 트린의 어머니도 미군에게 윤간을 당하고 부대 뒷산에 버려진 것으로 이야기된다. 또한 캄보디아의 여성 역시도 강간당하는 이야기가 등장한다. 『인간의 새벽』에서 빅 뚜이가 일하던 난민수용소에서 만난 뼤 할머니는 캄보디아에 살던 베트남계 주민이다. 무장한 캄보디아 군인들은 뼤 할머니의 남자 가족을 포함한 3천명의 베트남계 남자들을 학살한다. 이때 캄보디아 군인들은 여자들을 강간한다.

20) 이 여성은 중국 여자라고 소설 속에 언급되는데, 왕이 그러한 것처럼 베트남에 살고 있는 화인이나 화교에 해당한다. 그렇기에 넓은 의미에서 베트남 여성이라고 보아도 큰 무리는 없는 것으로 판단된다.

21) 『인간의 새벽』에서 실제적·상징적 폭력에서 벗어난 여성으로는 민족해방전선을 대표한다고도 볼 수 있는 빈 여인을 들 수 있다. 키엠이 사이공으로 침투하기 전에 나 짱에서 함께 활동했던 빈 여인은 "공산주의가 뭔지"(26)는 제대로 알지 못하지만, "잘사는 놈 못사는 놈 없이 공평하게 나눠 먹자"(28)는 것에 동의하며 "억울함을 당하지 않고 살 수 있는 좋은 세상"(30)에 대한 희망을 가지고 있다. 그녀

또 하나 주목할 것은 이러한 폭력의 주체를 민족해방전선으로 설정함으로써, 그들의 폭력성을 강조하고 있다는 점이다. 물론 "이건 당의 지시가 아니야"(110)라든가 "위원회의 명령 속엔 여잘 범하란 얘긴 없었어."(111)와 같은 키엠의 말이 끼어들기는 하지만, 그 폭력의 잔학성은 결코 사라지지 않는다. 이와 관련해 작가는 최소한의 균형을 맞추려는 의도로 민족해방전선 뿐만 아니라 남베트남에 의해서도 폭력이 자행되고 있음을 강조한다. 키엠은 자신이 쏭 까오에서 체포되었을 때, 자신이 수감된 방 바로 옆에 있는 취조실에 잡혀온 여자 용의자 두 명이 성고문 당한 일을 빅 뚜이에게 이야기하는 것이다.

그런데 결국 민족해방전선과 남베트남 정부에 의해 이루어지는 이러한 여성들에 대한 끔찍한 성적 폭력을 통하여, 베트남인들은 근본적으로 '인간 이하의 동물'로 인식되는 효과를 발휘하게 된다. 그것은 키엠이 빅 뚜이에게 자신이 감옥에서 체험한 것을 이야기한 후에, "이봐 뚜이, 인간이란 무슨 유별난 존재도 아니야. 개 닭 돼지 오리새끼 인간 초목 이렇게 쭈욱 병렬식의 계통 구조에 삽입된 단지 한 평범한 종류의 생물일 뿐이야"(119)라고 말하는 것에서도 알 수 있다. 이렇게 해서 '남베트남/민족해방전선'이라는 '선/악'의 이분법은 해체될지 몰라도, 새로이 '베트남/非베트남'이라는 '야만/문명'의 이분법이 탄생하는 것이다. '베트남/非베트남'이라는 '야

는 억울하게 살해된 남편과 시부모의 원수를 갚고, 베트남 경찰과 미군들의 괴롭힘을 피하기 위해 민족해방전선에 들어왔다. 빈 여인은 민족해방전선에서 활동하는 기층민중을 대변하는 인물이다. 그녀는 키엠과 자신들의 차이점을 다음과 같이 말한다. "당신은 베트남의 4분의 3을 차지하는 우리 같은 껄렁한 농민이나 노동자 장사치들의 원한을 이해할 수 없을 테지. 아니, 이해는 한다손 치너라도 우리와 똑같이 느낄 수야 없지. 당신이 좋은 집에서 자라고 좋은 교육을 받았던 때문이야. 우린 평생 속아 왔고 억울함을 당해 왔고 대대손손 시녀 노릇만 해 왔단 말이야. 우린 거기서 벗어나고 싶어. 지긋지긋해졌고 길이 전혀 없진 않다는 걸 깨닫기 시작했단 말이야. 그래 내가 하는 짓거리두 그런 세상을 하루 빨리 앞당기자는 것 아니겠어? 당신은 우리랑 근본적으루 다른 인간이지."(30)

만/문명'의 이분법은 패망을 앞둔 남베트남의 모습을 지나치게 부정적으로 묘사하는 것에서도 드러난다.

> 광기와 말라리아, 배고픔과 절망과 종창(腫脹), 미군 철수와 티우 정부와 민족 해방 전선에의 저주, 부르조아적 식민 문화와 제네바 회담에의 욕지거리, 허나 어쨌든 그런 가운데서도 악착같이 살아 남겠다는 끈덕진 열망이 1975년 4월 중순의 사이공 시가지를 뒤덮고 있었다. (145)

> 길가의 저 욕심 많은 쿠우리와 빈털터리 놈팽이. 바가지 씌우기 좋아하는 갈보들. 아무데서나 자지를 내놓고 오줌을 갈기는 속한(俗漢). 아무 까닭도 없이 나를 째려보는 요 홀대바지 깡패 녀석…… (146)

나아가 이 작품에서는 마이클이 미국에 있는 자신의 어머니와 통화하는 내용을 4페이지에 걸쳐 삽입하여, 베트남 여성들이 미국 사회에서 인간 이하로 취급받는 상황을 매우 길게 늘어놓는다. 마이클의 어머니는 사촌 딕시가 그린베레로 월남에 다녀왔다가 "시건방진 여자"(44)를 데려와 가족들의 속을 썩인다고 말한다. 그러면서 "제에발 미개국의 여자만은 안 돼."(44)라며 단호하게 반대한다. 나아가 "문화 수준도 다른 여자를 데리고 오면 난 죽어 버릴 테야. 메이네는 한시도 안 빠지구 전쟁이야. 젊은 년 때문이지."(45)라며 욕설이 섞인 발언까지 마다하지 않는다. 결국 "베트남 여자는 때때로 니그로들보다 더 지독하다더라."(45)라는 인종주의적 발언까지 하고, 마지막으로 마이클에게 하는 "백인 동네에 유색 인종이 들어오면 집 값이 떨어진다. 명심해라"(45)는 말은 빅 뚜이에게까지 들린다. 이러한 언어적·인식적 폭력을 당한 후, 빅 뚜이는 눈물을 흘린다.

사이공에서 마이클의 친구인 포오쉐는 "자기와 피부빛과 입장이 같은 사람에겐 호방하고 짐짓 인간적"(101)이지만, 다음의 인용에서처럼 베트남인들에게는 모멸감 주는 것을 마다하지 않는다.

> "제엔장! 우라질! 빌어먹을! 돼지에다 납짝 오리발들아…… 그렇게 안목이 좁으니깐 망쪼가 들지. 망하고 망해라. 망하고 망하고 열번 더 망해도 싸다."
> 돈은 증오심을 담아 낮고 짤막짤막하고 단호하게 내뱉었다.
> 여자가 주문한 카틀렛이 왔다. 빵가루를 발라 기름에 튀긴 고기였다.
> "이봐 마담, 당신네 사람들은 왜 이 모양이지? 똥오줌을 못 가리구 질질맨단 말이야." (101)

마이클이 베트남인 매춘부와 관계를 맺는 장면에서도 인종주의적인 의식이 강하게 드러난다. 매춘부를 따라간 곳에서는 "마굿간 냄새"(69) 등의 여러 가지 냄새가 난다. 또한 매춘부의 아버지는 모든 일을 안내하고 그 일이 끝났을 때는 마이클에게 "진심으로 고맙다는 얼굴로 굽신거"(70)린다. 이때 사내의 입에는 "생선 찌꺼기와 밥풀이 묻어 있"(70)고, 그 집에서는 "새 새끼 같은 십수개의 눈초리들"(70)이 마이클을 지켜본다.

빅 뚜이의 집은 깍 망에 있다. 그곳은 성적인 분위기가 가득하다. 빅 뚜이가 사는 곳의 2층 발코니에서는 물 끼얹는 소리가 들려오는데, 젊은 여자는 삼각 팬티로만 몸을 가리고 목욕을 하는 중이다. 그 여자는 "사령부의 미군과 동거"(56)하며, "한쌍이 다 나와 키들대는 걸"(56) 사람들이 볼 때도 있다. 원래 그 곳은 주로 미군 GI들이 세들어 살던 곳으로, "거기 살던 한 검둥이 졸병이 밤이면 창문을 활짝 열어놓은 채 지나다니는 여자들을 향해 드러내놓고 자위 행위를 하"(56)기도 한다. 멀리로는 "유명한 매춘부 동네와 외국인 상대의 싸구려 바아 거리"(57)가 내다보이는데, 한때 황금기를 구가하며 홍청댔을 그 거리들은 "미군 철수와 더불어 폐경기에 든 과부마냥 시들어 가고"(57) 있다. 패망을 채 일주일도 남겨두지 않는 4월 24일 사이공의 거리는 창녀가 된 베트남 여인들이 가득한 것으로 묘사된다.

> 떠나가는 외국인들에게 최후의 갖은 애교를 다 꺼내 떨어 보이지만
> 외국인 역시 제 살 구멍을 찾기에도 바빴다. 굳이 외국인이 아니라 하
> 더라도 웬만하게 차린 베트남 남자만 마주치면 염치 불구하고 한쪽 눈
> 을 찡긋댔고 심한 경우엔 숙소의 문 앞에까지 따라가 자정 넘어 두세시
> 까지 어정거리는 여인들도 부지기수였다. 여인들은 더 요란해졌고 더
> 교태로와졌고 한껏 성적인 매력을 풍기는 그들 고유의 본성을 드러냈
> 다. 그 무리 속에선 눈매가 깨끗한 아오자이를 입은 수줍은 여대생들도
> 얼마든지 발견되었다. (216-217)

그런데 여기서 가장 문제적인 것은, 이처럼 극단의 성애화된 존재가 되
어버린 베트남 여성들을 향해서 "그들의 고유의 본성을 드러냈다"고 표현
하는 부분이다. 이것은 성애화(창녀화)된 베트남여성의 특징이 하나의 자연
화 된 속성이라는 인식을 드러내는 것이라 할 수 있다.

3) 양가적 정체성을 지닌 미야 - 이원규의 『훈장과 굴레』

『훈장과 굴레』의 미야는 성우가 다이풍에서 진행하는 민사심리전의 지
지자이자, 성우의 숭배자이다. 베트남 여인 미야는 처음부터 맹목적인 사랑
을 성우에게 퍼붓는다. 미야는 스물두어 살이고, 사이공에서 간호학교를 나
와 정부군 장교와 약혼하지만, 약혼자는 곧 전사한다. "처음 보는 사람인데
도 어딘가 느낌이 다른 경우가 있지요. 처음 갈대나무 언덕에서 본 중위님
이 그랬어요."(265)라는 말에서 알 수 있듯이, 미야는 성우를 보고 첫 눈에
반한다. 성우의 활동을 보며, "힘을 내세요. 중위님은 바위도 움직일 분이
에요. 그래서 나는 경이의 눈으로 보고 있어요."(141)라거나 그윽한 눈빛으
로 "중위님은 마력을 가진 분이에요."(147)라고 말하는 것이다. 이러한 지지

는 이성적인 애정으로도 자연스럽게 연결된다. 미야는 "요즈음 마음이 가는 끝을 알 수가 없어요. 중위님이 외국인처럼 느껴지지가 않아요."(151)라고 말하고, 그런 미야의 모습을 보며 성우는 "이제 여자의 감정이 단순한 호의를 넘어서고 있음을 깨달을 수 있었다."(151)고 말한다. 미야의 성우를 향한 사랑은 맹목적이며, 이 작품에서는 그 사랑이 다음처럼 반복해서 표현된다.

> "요즈음 마음이 가는 끝을 알 수가 없어요. 중위님이 외국인처럼 느껴지지가 않아요."(151), "중위님을 잊을 수가 없어요. 냉정해지려 해도 온종일 생각하고 마을에 오시기만을 기다리게 돼요. 가까이 대하지 않는 날도 멀리서 지켜보지 않은 적이 하루도 없었어요."(177), "내겐 중위님의 모습을 멀리서 지켜보는 것도 행복입니다."(196), "외로우신 분, 언제든지 못 견디어 외로울 때면 내게로 오세요."(214), "중위님이 좋아요. 못 견딜 정도로 좋아요."(268), "중위님 그림자만 보아도 숨이 막힐 듯해요."(270), "내가 중위님 옆으로 오는 건 아흔아홉 번을 참은 끝에 한 번 다가오는 걸로 알아주세요."(270)

미야는 결국 성우와의 깊은 인연으로 인해 베트콩들에게 죽어가면서도, "중위님을 만난 걸 후회하지 않아요."라거나 "미야…… 미야를 잊지 마세요."(319)라고 말한다.[22] 이처럼 미야는 성우에게 절대적인 사랑을 퍼붓는 존재인 것이다. 이러한 사랑은 한국군과 성우가 펼치는 민사심리전에 대한 지지와도 연결되어 있다. 성우는 미야에게 전투소대장 시절에 작전을 지휘하다가 "게릴라로는 도저히 볼 수 없는 나무꾼 차림"(216)의 사람들을 죽인 이야기를 한다. 이 이야기를 듣고도 미야는, "이젠 괜찮아요. 말 안하

---

22) 미야의 오빠인 수안은 "미야의 넋은 박 중위를 따라서 한국으로 가려고 할 겁니다. 나는 압니다. 미야는 처음 만났을 때부터 죽을 때까지 박 중위를 사랑했습니다. 한국으로 같이 가자고 한 말 때문에 번민하며 내게 편지를 보냈었읍니다."(343)라고 말한다.

셨으면 좋았을 얘기지만 이제 중위님을 더 깊이 이해할 수 있어요."(217)라며, 성우를 지지한다. 그러나 작품 속에서는 미야의 사랑이 지닌 허구적 속성이 그대로 노출되는 경우도 적지 않다.

미야가 성우를 보고 처음 한 말은 "한국군은 기강이 엄한 거 같아요. 우리 정부군과는 달라요. 용모와 복장이 흐트러진 한국군을 본 적이 없어요. 사이공이나 나트랑에서 길을 걷는 한국군은 신사 같았어요."(140)라는 것이다. 그러나 이 말을 하기 전에 미야가 한국군에게 당한 일을 생각한다면, 이러한 발언은 상상하기 어려운 반응이다.

성우는 처음 수색대원들과 다이퐁 마을에 갔을 때, 미야가 수색대원의 우악스런 손에 팔을 꺾인 채 끌려오는 것을 본다. 대원 하나는 강대위에게 "중대장님, 독침을 가졌나 몸수색을 할까요?"(78)라고 묻고, 강 대위는 입가에 웃음을 조금 흘림으로써 "묵시적인 승낙"(79)을 한다. 이후 상황은 다음과 같이 끔찍하게 묘사된다.

> 여기는 평정도 D급의 적성지역이긴 하나 여자는 어디로 보나 게릴라 같지는 않았다. 꼭 독침을 지녔으리라는 경계심보다는 부락민에 대한 증오감과, 대상이 꽤 반반한 처녀라는 호기심 때문에 대원들은 욕망을 갖게 되었고, 강 대위는 묵시적인 승낙을 하고 있는 것이었다.
> 사병 하나가 대검을 뽑아 예리한 칼끝으로 여자의 얼굴을 몇번 위협한 뒤, 아오자이의 왼쪽 옆구리 지퍼를 잡아채듯 내려 열었다. 그리고는 어깨 위로부터 그대로 벗겨 내리려 했다. 여자는 비명을 올리며 드러난 속살을 팔로 가리고 돌아섰다. 다른 수색병이 다가갔다. (79)

성우의 개입으로 미야는 간신히 위기에서 벗어난다. 이처럼 겁탈을 당하다시피 한 미야가 성우와 단둘이 만나서 처음 하는 말이, "한국군은 기강이 엄한 거 같아요."라는 것은 이해하기 어렵다. 이후에도 미야는 달라진 성우의 옷차림을 눈여겨보며 들뜬 음성으로 "참 멋있어요. 한국군 장교의 예복 인 모양이죠?"(173)라고 말한다.

미야가 성우와 한국군을 찬양하는 이유, 즉 '한국군이 기강이 엄하며 신 사같다'는 것은 작품의 다른 부분에서도 균열을 일으킨다. 한국군은 기동 할 때, "람브레타 안의 처녀들을 향하여 악을 쓰면서 주먹총을 놓는 일을 잊지 않"(236)으며, 베트남 여인들을 향해 "꽁까이(처녀들) 잡년들아, 갈보굴 로 리이리이(꺼져라)."(236)라고 소리친다. 미야는 나트랑 시내에서 한국군 사병 셋이 강제로 자신을 차에 태우려고 한 일도 경험한다. 이러한 모습 역 시 "한국군은 기강이 엄한 거 같아요. 우리 정부군과는 달라요. 용모와 복 장이 흐트러진 한국군을 본 적이 없어요. 사이공이나 나트랑에서 길을 걷 는 한국군은 신사 같았어요."(140)라는 미야의 말과는 한참 거리가 멀다.

그렇다면 성우가 미야를 향하는 마음은 어떤 것일까? 한마디로 성우에 게 미야는 성녀이자 동시에 창녀로서 존재한다. 처음 성우는 "나는 미야의 마음을 정밀(靜謐)하고 정결한 것으로 생각하고 있습니다."(151)라거나 "미야, 당신은 정밀스럽고 고귀한 품위에 빛날 때 더욱 아름답습니다."(151)라고 말 하는 것에서 알 수 있듯이, 미야를 성녀(聖女)처럼 대한다. 이러한 태도는 미 야와의 인간적인 만남과 연애를 피하는 심리와 연결된다. 성우는 처음부터 베트남에서 온전한 연애는 불가능하다고 생각한다. 연대지휘부의 장교들은 두어 주일에 한 번쯤 두세 명이 짝지어 나트랑에 나가 욕망을 풀고 오는데, 성우는 "전쟁에서의 욕망은 그렇게 처리될 수 있을지언정 마음을 주는 애 욕에 빠져서는 안 된다고 생각"(151)할 정도이다. 이런 성우를 보며 미야는 "왜 나를, 한국군이 흔히 우리 나라 여자를 대하는 그런 감정으로 대할 수 없는지 말씀해주세요."(176)라고 의문을 표하지만, 이때도 성우는 침착한 표 정으로 "당신은 영원히 고귀한 아름다움으로 생각해야 할 사람이라고 나는 여기고 있습니다. 우리는 그런 고귀한 마음을 고귀하게 간직하고 아껴야 합니다."(176)라고 대답할 뿐이다.

이에 미야는 "난 고귀한 여자가 아녜요."(177)라며, 약혼자가 전사하자 휴가 나온 군인에게 순결을 던져버린 이야기를 한다. 그러면서 다시 한번 열렬하게 "중위님을 잊을 수가 없어요. 냉정해지려 해도 온종일 생각하고 마을에 오시기만을 기다리게 돼요. 가까이 대하지 않는 날도 멀리서 지켜보지 않은 적이 하루도 없었어요."(177)라고 말한다. 이때도 성우는 "우리는 가슴속에 자리하고 있는 정감을 소중하고 아름다운 나무로 키우려 노력해야 합니다. 그게 가장 영원한 길입니다."(177)라고 단호하게 말한다. 그러나 스콜이 몰려오는 것을 계기로 갑자기 둘은 격렬하게 입맞춤을 나누며, 이 순간 미야는 성녀에서 창녀로 갑자기 그 위치가 변한다. 그러나 입맞춤 이후에도 성우는 다음의 인용문에서처럼 미야와의 연애를 피하고자 "차라리 거리의 여자를 만나 그쪽으로 도피하는 것이 해결책일 것 같았다."(202)라며, 나트랑에 나가서 거리의 여자를 만날 결심까지 한다.

> 그런 지휘부 장교들의 자유분방한 분위기와 미야의 존재가 자신을 흔든다고 그는 생각했다. 미야는 자기의 과거까지 말하며 그를 받아들이는 일을 차라리 열망하는 것 같았다. (중략) 그러나, 그는 미야와는 충동적인 애욕에 휘말리고 싶지가 않았다. 여기서는 차라리 거리의 여자를 만나 그쪽으로 도피하는 것이 해결책일 것 같았다. 그렇게 하면 미야도 평행선을 유지할 수 있을 것 같았다. 그는 선우 소령의 권유대로 이틀 후 나트랑에 가기로 결심하였다. (202)

성우가 미야 앞에서 갈팡질팡하는 것은, 그 역시 미야에게 강하게 끌린다는 증거이기도 하다. 성우는 처음 "지금까지 이렇게 아름다운 눈을 본 적이 없다고 느껴질 정도로 매혹적인 눈을 여자는 가지고 있었다."(141)라고 하는 것에서 알 수 있듯이, 미야의 육체적인 매력에 끌린다. 이어서 성우는 "미야는 매우 동양적인, 아니 한국적인 것에 가까운 여자였다."(213)라고 하여, 자신이 미야에게 끌린 이유가 '한국적인 것'에 있음을 고백한다. 결국 둘은 서로가 서로를 깊이 사랑하는 사이로 발전한다. 미야는 "아, 중위님이 좋아요. 키스해주세요."(219)라며 "사랑해요. 목숨보다 더 깊이."(220)라고 말하고, 성우 역시도 "미야, 사랑하오. 당신은 내 안식이오."(220)라고 대답하는 것이다. 미야는 "나는 중위님을 보낼 때 축복을 드리며 보내고 싶다고 생각했었어요. 난 정말 그렇게 보내드릴 거예요."(310)라고 말하지만, 성우는 "당신은 천사요. 보고 싶었소. 지금 안아주고 싶소."(310)라며 오두막 안에서 사랑을 나눈 후에, "미야, 당신과 결혼하겠소. 함께 한국으로 갑시다."(311)라고 자신 있게 말한다.

결국 성우와 미야는 서로를 사랑하게 된 것이다. 성우로 하여금 그토록 피하던 사랑을 받아들이게 한 미야의 매력은 무엇일까? 성우가 미야에게서 발견한 것은 바로 '육체적인 매력'과 '한국적인 매력'이다. 성우는 "자신이 미야에게 이끌린 것이 있다면 정밀함과 애수의 아름다움이었다. 미야는 매우 동양적인, 아니 한국적인 것에 가까운 여자였다."(213)고 스스로 진단하는 것이다. 이처럼 성우의 사랑 속에는 베트남인으로서의 고유성을 지닌 미야는 존재하지 않는다.[23] '미야의 애정이 지니는 맹목성'과 '성우의 애정이 지니는 일방성'을 고려할 때, 둘의 연애관계는 제국주의 맥락의 연애관계와 유사하다고 볼 수 있다. 성우와 미야의 꿈은 미야가 결국 게릴라들에

---

23) 미야의 애정과 실제 서사 사이의 충돌, 그리고 성우의 미야에 대한 마음 등을 고려할 때, 성우와 미야의 사랑을 이상적인 것으로 바라보는 전영태의 논의는 재고해 볼 필요가 있다. 전영태는 "박성우의 미야에 대한 애정은 월남인들에 대한 뜨거운 애정 표현의 변환된 양상이고 그들이 사랑을 나누는 것은 한국인과 베트남인의 순수한 마음의 교류라는 사실이 소설의 곳곳에서 암시된다"(전영태, 앞의 글, 354면)며, "『훈장과 굴레』는 베트남 전쟁으로 인한 우리들의 멍에가 언젠가는 영광으로 변할 날이 있다는 확신을 부여한 작품"(위의 글, 355면)이라고 결론 내린다.

의해 살해당함으로써 사라지고 만다. 그러나 미야의 오빠인 수안을 통해
미야의 성우를 향한 사랑은 영원한 것으로 보증된다.

> "미야의 넋은 박 중위를 따라서 한국으로 가려고 할 겁니다. 나는 압
> 니다. 미야는 처음 만났을 때부터 죽을 때까지 박 중위를 사랑했습니다.
> 한국으로 같이 가자고 한 말 때문에 번민하며 내게 편지를 보냈었습니
> 다."
> 성우는 뜨거워지는 눈 때문에 고개를 아래로 떨구었다.
> "미야는 내 마음속에 영원히 살 겁니다." (343)

결국 미야는 성우와의 사랑 때문에 목숨을 잃는다. 이것은 다이풍이 성
우의 민사작전으로 커다란 피해를 입은 것과 같은 선상에 놓이는 일이다.
결국 미야와 성우의 사랑은, 미야의 죽은 몸 위에 홑이불을 덮어주는 것 이
외에는 아무것도 못하고 귀대하는 성우에게 강대위가 하는 "당신 심경을
알아. 옆을 지키는 거보다 떠나는 것이 더 그 여자를 위하는 것이라는 생
각, 그런 거겠지. 그게 바로 두 사람 관계의 실상이었어."(338)라는 말에 잘
나타나 있다. 성우가 아무리 숭고한 의도를 내세워 다이풍 사람들을 위해
헌신한다고 하더라도, 그것이 결국에는 더 큰 피해를 가져올 수밖에 없었
던 것처럼, 성우가 미야를 진심으로 위하는 방법은 "옆을 지키는 거보다 떠
나는" 것밖에는 없었던 것이다.

4) 남성의 폭력적 욕망에 휘둘리는 여성들 - 이상문의 『황색인』

이상문의 「황색인」은 쫑독마우홍이라는 민족주의 집단을 통해 베트남인
의 강렬한 독립의식을 강조한 작품이다. 이와 함께 참전군인인 허만호의
광증을 통해 반성적 의식을 보여주지만, 이 작품에도 제국주의적 젠더 비

유는 폭력적인 방식으로 드러난다.

　우선 쫑독마우홍의 리더인 띠엔의 동생이자 칸호아성청 교환수인 띡과 박노하가 나누는 사랑에 주목할 필요가 있다. 띡은 박노하를 처음 보았을 때부터 저자세로 일관하며, 작품에서는 그녀의 성적인 모습이 강조된다. 약속에 늦은 띡은 "우선 서로 손부터 잡아요. 그리고 약속을 까먹은 띡을 용서해 주세요."(79)라고 말한다. 띡의 성적인 모습은 작품 전반에 반복해서 등장하며, 박노하도 이러한 띡을 스스럼없이 성적으로 대한다.[24]

　일찍 귀국하게 된 박노하는 띡한테서 만나자는 전화를 받고도, 아프다는 핑계를 대며 만나지 않으려 한다. 박노하는 아예 자신의 귀국 사실을 숨기려고까지 한다. 그러나 마음을 고쳐먹고 마지막으로 바닷가에서 띡을 만난다. 이때 띡은 완벽하게 박노하가 마음속으로 염원하던 모습 그대로를 실연하는 인형에 가깝다. 먼저 띡은 다음과 같이 말하면서, 박노하가 귀국하면서 갖게 될 부담감을 모두 없애준다.

　　"고통스러워 하지 마세요. 돌아가세요. 한국은 당신의 나란데요 뭐. 작은 체격과 누런 얼굴이 같고, 가난해서 설움받는 것이 같고, 또 교활한 원숭이들이 제몫을 늘리기 위해 가진 자들한테 두 손 삭삭 비벼대는 통에 허리 부러진 나라에 살게 된 사실도 같지만 이곳은 당신의 나라가

---

24) 대표적인 사례 몇 가지만 들면 다음과 같다. "박 병장은 띡이 허리를 굽힐 때마다 위에 입고 있는 응애의 아랫단과 밑에 입은 파자마의 고무줄을 넣은 허리 사이로 살짝살짝 내비치는 속살을 곁눈질하고 있었다."(154), "띡은 눈을 살풋이 감았다가 떴다. 순간 그는 그녀의 입술에 마음이 끌렸다. 띡이 바로 눈을 뜨지 않았더라면 자신의 입술을 포갰을 것이다."(191), "띡의 젖가슴을 바라보았다. 아오자이에 싸인 두 개이 봉우리가 숨결에 따라서 우르내렸다. 모터싸이클을 타고 올 때 쉬임없이 그의 등에 간지럼을 태우던 것이었다. 그는 등이 간지러워져서 어깨를 들먹해싸. 박노한 병장은 띡을 안아 보고 싶은 충동을 느꼈다. 띡의 손 하나를 갖다가 자신의 무릎 위에 올려놨다."(192), "박노하 병장은 띡을 안고 입술을 포갰다. 옷을 벗고 있기라도 한 듯, 어느 한 곳 남김없이 띡의 몸을 또렷이 느낄 수 있었다. 예쁘다는 가슴과 아랫배와 계곡과, 가슴의 유두까지도."(198)

아닌 월남이에요." (342)

이어서 띡은 "어린애 때문에 당신을 붙들고 싶어질까 두려웠어요."(343)라며, 박노하의 아이를 유산시켰다는 이야기를 한다. 이어지는 상황은 더욱 납득하기 어려운데, 그렇게 아이를 유산시켰던 띡은 이제 곧 박노하가 떠난다는 사실이 분명한 상황에서 갑자기 "당신의 아이를 갖고 싶어요. 당신이 떠나간 뒤에라면, 임신을 알게 되어도 당신을 괴롭히지 못할 테니까요."(343)라고 말하며, 아오자이를 벗는다. 그런데 박노하가 띡과 처음 관계를 맺던 날, 박노하는 처음 바닷가의 모래밭에서 서둘러 관계를 맺으려고 했으며, 이때 띡은 "이런 데서는 짓밟히는 것 같아서 싫어요. 당신이 사랑도 없이 몸만 빼앗으려는 야수 같잖아요."(221)라며 관계를 거절했던 것이다.

그런데 마지막에 이르러, 처음과는 달리 띡은 이제 곧 떠나는 박노하의 아이를 갖기 위해 성관계를 원하는 것이다. 이 순간 박노하는 "안 된다는 마음이, 아이를 갖게 하는 일이 띡을 슬프게 만들 것이라는 마음"(344)이 있음에도 불구하고, 띡과 관계를 갖고야 만다. 박노하가 옷을 모두 벗고, 띡과 관계를 맺는 순간은 "자신의 당당한 남성이 포효하듯 띡을 내려다보고 있었다."(344)라고 하여, 박노하의 남성성이 한껏 강조되는 것으로 묘사된다. 이처럼 이해할 수 없는 행위의 이면에는 당연히 제국주의적 (무)의식이 놓여 있다고 볼 수 있다. 이것은 띡이 두 번씩이나 자신이 만나자는 제안을 거절하자, 박노하가 닌과 김중사에게 "어떤 놈이랑 붙으러 갔어요?"(202)라거나 "그년 어디 갔어요?"(202)라는 막말을 하는 모습에서도 일정 부분 드러난다.

박노하와 더불어 또 한 명의 주요인물인 김유복 중사도 닌과의 관계에서 제국주의적 (무)의식을 드러낸다. 처음 몸을 파는 닌과 만났을 때, 김유복은 그녀가 아이를 가졌다는 사실을 알고는 거의 광기에 가까운 모습을 보여준다. 험한 욕설을 여러 번 반복하는 것은 물론이고, 닌이 피를 흘릴 정도로 폭행하고 천장을 향해 총을 쏘기까지 한다.[25] 이러한 폭력적 모습은 이제 막 전입온 박노하에게 "여기 사람들은 그들 자체가 화장실이란 것을 향수로 말하고 있는 거야."(60)라고 말하는 제국주의적인 인식과 긴밀하게 연결되어 있다. 그러나 이후 닌이 해군 소위인 남편을 찾기 위해 집을 떠난 여성이라는 것을 알게 된 후에는, 정성을 다해 닌을 돌보기 시작한다. 닌이 아이를 낳을 때까지 돌봐 주기 위해서 파월근무를 1년 연장할 정도이다.

김유복의 이러한 행위는 6.25 당시의 P.J. 킴멜 소위와 자신이 나누었던 시혜(施惠) 관계를 베트남에서 반복하는 것이라고 할 수 있다. 실제로 베트남에 오기 전까지 유복의 "꿈은 오직 킴멜 같은 사람이 되는 거였"(70)다. 남편이 일본 군대로 나가 행방불명이 되어 일찌감치 혼자가 된 유복의 엄마는 미군들에게 몸을 팔아 간신히 생계를 이어갔으며, 여덟 살의 유복은 미군들의 허드렛일을 하는 '쑈리'로 일했다. 유복의 어머니는 흑인병사 심슨과 깊은 관계가 되고, 유복은 집에서 쫓겨나 거리를 떠돌아야만 했다. 이때 만난 것이 킴멜이고, 킴멜은 "인간적인 사랑"(66)으로 유복을 돌봐주었다. 킴멜은 유복을 국민학교에 보내기 위해 유복의 엄마와 접촉하게 되고, 킴멜은 둘의 관계를 의심한 심슨에 의해 살해된다.

베트남에서 킴멜 소위가 되려 하는 김유복은, 닌을 6.25 당시의 '어린 유복'으로 생각하는 것이다. 『황색인』에서 '김유복=킴멜'이라는 구도는 사소한 부분에서까지 확인된다. 처음 닌과의 관계에서 김유복이 닌의 "아구창

---

25) 김유복은 띡이 빅노하의 아이를 임신했다는 소식을 들었을 때도, "나아쁜 년!"(295)이라는 욕설과 함께 띡의 뺨을 때리기도 한다. 김유복은 나중에 자신의 행위와 관련해, "띡의 임신이 띠엔의 계획에 의한 것", 즉 "만일 박노하 병장이 말을 듣지 않을 경우 위협의 수단으로 삼기 위해서 일부러 그렇게 하도록 하지 않았나"(332) 하는 의심 때문이었다고 말한다. 그렇다 하더라도 김유복의 폭력적 행위가 지니는 문제는 여전하다.

을 한 대 올려 붙였"(55)던 것처럼, 킴멜 소위와의 첫 만남에서 굶주림에 쓰
레기통을 뒤지던 김유복도 킴멜에게 "오른쪽 뺨을 맞"(62)았던 것이다. 그
리고 킴멜이나 김유복은 나중에 모두 살해된다는 점에서도 동질적이다. 또
한 킴멜과 김유복이 선의의 관계를 맺었던 유복의 어머니와 닌이 모두 살
해된다는 점도 유사하다. 일방적인 시혜의식 역시 상대를 대등하게 여기지
않는다는 점에서는 문제적이라고 할 수 있다.

그런데 『황색인』에서는 반드시 베트남 여인을 향해서만 폭력적인 인식
이나 행동이 발생하는 것이 아니다. 이 작품에서는 박노하나 김유복이 여
성 일반을 향해 폭력적인 모습을 보여준다. 박노하는 한국에서도 처음 자
신의 생물학적 친아버지가 따로 있다는 것을 알게 된 후에, 그 날 밤 술집
에 가서 돈으로 "여자를 샀"(42)다.26) 그리고는 "옷을 벗어! 오늘밤 내 애기
를 하나 낳아! 둘도 좋지, 셋도 좋고. 쌍, 쌍놈의 세상. 내 새끼 낳아서 나랑
신랑 각시 하면 될 거 아냐. 안 그러냐? 둘이 사랑하면 될 거 아니냐구. 쌍
놈의 사랑……"(42)이라고 말하기도 한다. 그리고는 그 다음날 심신을 추슬
러 아무 일도 없다는 듯이 다시 집으로 귀가한다. 어쩌면 이러한 모습이 장
기간에 걸쳐 일어난 것이 베트남에서 띡과 나눈 사랑의 정체라고도 볼 수
있다. 김유복은 또한 여성에 대한 폭력이 거의 일상화 된 존재이다. 한국에
있을 당시에도 아내 성수란이 자신의 자존심을 건드리자, "자신도 모르는
사이"(123)에 손찌검을 하고는 했던 것이다.

---

26) 황석영의 「몰개월의 새」, 박영한의 『머나먼 쏭바강』, 이상문의 『황색인』과 같은
작품을 볼 때, 김현아의 "베트남전쟁을 기억하는 많은 한국 남성은 여성을 먼저
떠올린다. 그들은 베트남으로 향하는 배를 타기 전에 군대 주변의 술집에서 여성
을 샀고, 그들에게서 하룻밤의 위안을 받았으며, 베트남에 가서도 성매매를 했다.
그들에게 그 일은 수치스러운 일이 아니라 당연한 절차고 과정이었다."(김현아, 『그
녀에게 전쟁』, 슬로비, 2018, 179면)라는 말이 결코 과장된 것이 아님을 알 수 있다.

5) 유사제국주의자 되기와 그 불가능성 - 안정효의 『하얀전쟁』

3부에서 살펴본 것과 같이, 『하얀전쟁』의 한기주는 처음 베트남에서의 자신을 반공전사로서 자리매김한다. 베트남인들을 공산주의로부터 지켜준 다는 내러티브 속에서 한국군은 자신들을 베트남인들의 위에 군림하는 지 배자로 위치 지우게 된다. 그러나 공산주의를 증오하는 베트남인들을 이끌 어 공산주의자들과 싸운다는 한국군의 자기 정체성은 얼마 지나지 않아 깨 져 나가며, 한기주는 곧 한국전과 베트남전, 그리고 한국인과 베트남인의 차이점을 온몸으로 깨닫게 된다.[27] 이러한 과정을 거치면서 '반공의 십자 군', '반공전사', '월남의 재건과 건설의 전위'로 정형화된 참전군인의 자기 정체성은 산산이 부서지게 된다.

다음으로 베트남전에서 한기주는 남성성을 획득할 수 있을 것이라고 기 대하였다. 실제로 한기주는 제국주의자의 위치에 서서 어느 정도 남성성을 회복하는 모습을 보여주기도 한다. 한기주는 하이로 대표되는 베트남 여인 을 식민화한 결과 건강한 남성성을 뽐내게 된 것이다. 그러나 이러한 남성 성 역시 곧 위기를 맞게 된다. 나아가 한기주는 시간이 지날수록, 베트남 여성들이 모두 하이처럼 성애화된 여성일 수 없음을 깨닫는다. 포로로 잡 힌 여자 베트콩 판 띠 답과의 경험을 통하여, 자신이 젠더화 한 민족 간의 위계가 얼마나 허구적인 것인가를 확인하는 것이다. 최종적으로 한기주는 베트남전에서 그가 꿈꾸던 남성성을 획득할 수 없었음을 선언하게 된다. 한기주에게 베트남전은 젠더적인 측면에서도 결코 상징화될 수 없었던 거

---

27) 진전성은 결혼 메드님진 덩시 한국군이 미군이나 제국 일본의 '황군'과 같은 시위 에 있을 수 없었다고 주장한다. "파월장병들은 역사적 맥락, 국제정치적 서열, 사 회경제적 위치 등 모든 면에서 전혀 강자에 속하지 못하는 사람들이었다. 그들은 가해자가 되기 훨씬 이전부터 이미 피해자의 위치에 내몰려 있었다."(전진성, 『빈 딘성으로 가는 길-베트남전 참전용사들의 기억과 약속을 찾아서』, 책세상, 2018, 17면)는 것이다.

대한 공백이었던 것이다.

베트남 참전용사들에 대한 직접적인 구술조사를 바탕으로 한 최근 연구 결과에 의하면 참전군인들의 파월계기는 크게 차출과 지원으로 나뉘어지고, 지원의 동기는 다시 '생활세계의 어려움(가족의 경제적 상황, 군 생활의 고달픔)으로 인해 수동적으로 동의한 경우'와 '사나이 문화와 결합된 군사적 남성성(military masculinity)을 실현하고자 하는 욕구로 파월에 동의한 경우'로 나뉘어진다. 베트남전에서 군사적 남성성을 획득하고자 하는 욕구는 생활세계의 어려움을 극복하고자 하는 욕구보다 능동적인 선택이었다고 할 수 있다.28) "베트남의 전장은 남자다움을 시험하고 입증하며, 새로운 경험과 경력을 쌓는 '군사적 남성성'을 실현하는 공간으로 인식되었"29)던 것이다.

『하얀전쟁』의 한기주도 베트남전 참전이 자신에게 강력한 남성성을 가져다 줄 것이라 확신한다. 전쟁으로부터 10여 년이 지난 후, 한기주는 자신이 전쟁에 참전한 이유를 "아마도 나는 나 자신에게라도 내가 참으로 멋있는 사내라는 착각을 증명하고 싶어서 남의 나라에서 타인들이 시작한 전쟁을 싸우러 찾아갔는지도 모른다."(24)고 고백하는 것이다. 한기주는 다음의 인용문에서처럼, 전쟁을 곧 남성성으로 인식하고 있다.

> 전쟁이란 남성적인 힘의 성역이요, 죽음을 건 가혹한 싸움은 신격(神格)을 향한 발돋움 바로 그것이었다. (45)

> 혼돈 속에서 이겨 살아남으려는 함성, 생명의 단말마(斷末魔), 파괴로써 그 존재를 창조하고 증명하려는 사납고 남성적인 힘의 마지막 포효(咆哮)였다. (107)

---

28) 윤충로, 『베트남전쟁과 한국 사회사』, 푸른역사, 2015, 140-146면.
29) Tracy X. Karner, "Masculinity, Trauma, and Identity", University of Kansas, 1994. 위의 책, 145면에서 재인용.

전쟁이란 승리하는 자에게는 숨찬 기쁨, 남성적인 희열이었다. (161)

실제로 한기주는 제국주의자의 위치에 서서 어느 정도 남성성을 회복하는 모습을 보여주기도 한다. 한기주가 베트남과 한국에서 유일하게 성관계를 맺는 여인은 짜우의 어머니인 하이이다. 하이야말로 성애화된 여성으로서의 베트남을 대표하는 존재라고 할 수 있다. 하이의 남편은 본래 베트남군 중사였지만 그는 북베트남군과 싸우다가 죽었으며 부모는 3년 전에 실종되었다. 그녀는 베트남인 경찰관의 첩이지만, 밥벌이를 하기 위해 미군들에게 몸을 팔기도 한다. 그러나 하이가 정말로 사랑하는 것은 한기주인 것으로 설정되어 있다. 한기주는 자신을 병문안 온 하이를 보며, "나는 별로 사랑하지도 않는데 나를 너무 사랑하는 여인"(234)이라고 규정짓는다. 한기주는 하이를 "창녀"(234)이자 "전장에서 한때 누리는 잉여분의 낭만"(234)에 불과하다고 평가절하하기도 한다. 하이는 고통 받는 베트남 여성을 구하는 강한 남성으로서의 한국군이라는 한기주의 이상적인 자기 정체성을 충족시켜주는 존재라고 할 수 있다.

하이는 마지막까지 자신에게 주어진 이야기 속의 역할에 충실하다. 그는 한기주에게 자신을 "궤짝"(236)에 넣어서라도 한국에 데려가 달라고 말한다. 하이는 자신을 온전한 인간이 아닌 하나의 사물에 위치지우고 있는 것이며, 이 정체성의 서사에서 인간으로서의 하이는 존재하지 않는다. 하이와의 사랑이 존재한다면 그것은 어디까지나 한순간의 정신적 위안이나 육체적 쾌락을 위해서일 뿐이다. 그것은 하이의 한국행 제안을 아무런 고민 없이 거절하는 한기주의 냉정한 모습에서두 확인할 수 있다.[30] 한기주는 베

---

30) 본격적으로 베트남(인)을 체험하기 전에 한기주 뿐만 아니라 한기주가 속한 소대원들 모두는 강력한 남성성을 가진 존재들로 자신들을 인식한다. 소대원들 중에서 최초의 전사자가 나오기 직전에 한국군 병사들이 주고받는 다음의 대화는 이를 잘 보여준다. 다음의 대화에서 베트남에 온 한국군은 베트남 여성들은 말할 것도

트남에서 비로소 건강한 남성성을 뽐낸다. 이것은 어디까지나 베트남인을 식민화한 결과라고 할 수 있다. 한국군은 고통 받는 베트남 여인을 맘대로 지배하는 건강한 남성으로 자신을 위치지우며 자존감을 세울 수 있었던 것이다.[31]

그러나 제국주의적 관계 속에서 회복한 남성성은 곧 심각한 균열을 맞게 된다. 이것은 한국군이 베트남에서 결코 식민지배자가 될 수 없는 상황을 고려할 때, 당연할 결과라고 할 수 있다. 한기주가 베트남에서 한국인 고급 창녀들을 만났을 때, 애써 회복한 남성성은 큰 위기에 직면한다.[32] 한기주

없고 백인 여성들과도 얼마든지 관계를 가질 수 있는 강한 남성성을 지닌 존재로 이야기된다.

"한심한 나라야. 월남군은 한 주일에 2천 명이 탈영을 하고, 4백 명씩 콩(Cong)들 총에 죽는대"

"사이공 가면 프렌치 꽁가이도 있다대요. 40달러만 주면 끝내준대요. 식스 나인에다가……"

"이거 언제 백말 한번 타보나? 날마다 땅만 파는 이 팔자야"

"그래도 우린 출세 많이 했지. 월급도 달러로 받고, 미제 담배 피우고, 미제 맥주 마시고"

"빤스도 미제를 입고"

"난풍에 가면 마을 전체가 청상과부들뿐이래요. 밤이면 밑이 고파서 신음하는 여자들이……"(64)

이와 관련해 김은하의 "당대의 미디어들은 베트남을 남성영웅-국가의 구원을 요청하는 여성을 표상하고 한국의 참전행위를 남성적인 국가의 정의롭고 용감한 여정으로 성별화한다."(김은하, 「남성성 획득의 로맨스와 용병의 멜랑콜리아」, 『기억과 전망』 31호, 2014년 겨울호, 9면)는 설명은 경청할만하다.

31) Synthia Enloe는 "군 기지라는 우주 안에서 군인 손님들은 남성성-그리고 그들이 재현하는 국가의 역량-을 기지 근처에 사는 여성들에 대한 성적 지배를 통해 보도록 배운다."(김미란, 「베트남전 재현 양상을 통해 본 한국 남성성의 (재)구성-'아오자이'와 '베트콩', 그리고 '기적을 낳는 맹호부대'의 표상 분석」, 『역사문화연구』, 36집, 2010, 206면에서 재인용)고 설명하는데, 한기주와 하이의 관계도 이러한 관점에서 이해할 수 있다.

32) 팀 오브라이언의 『카차토를 쫓아서』에서 주인공인 폴 벌린이 쭈라이에서 대기 휴가 중일 때, 느리고 강렬하고 슬픈 곡에 맞추어 "한국 여자아이"(298)가 스트립쇼를 하는 것을 지켜보았다고 회고하는 장면이 나온다. 『무기의 그늘』에서 안영규가 소속된 파견대의 대장인 대위는 안영규에게 한국 연예인들의 일부가 "월남 곳곳에

는 한국인 창녀들을 보며 강력한 "불안"(135)과 "수치심"(135)을 느낄 정도로 민감하게 반응한다. 이러한 반응은 베트남인과의 사이에서 남성성을 지닌 것으로 상정된 한국인 역시 미군의 입장에서 보면 성애화된 여성성을 지닌 존재에 불과하다는 것이 드러나기 때문이라고 할 수 있다. 미군들과 온갖 외설스러운 이야기를 나누는 한국인 여성들을 보며, 한기주는 자신이 미군 앞에서는 한갓 창녀에 지나지 않음을 깨달을 수밖에 없는 것이다. 한기주는 "월남에서 한국 여자들을 볼 때마다 수음을 하다 들킨 아이처럼 창피해졌다"(135)고 고백하는데, 이 말은 여러 가지로 의미심장하다. '고통 받는 베트남 여성/건강한 한국인 남성'이라는 위계 속에서 주체로서의 자존감을 즐기던 행동은, 실제로 미군들에게 몸을 파는 한국 여성에 대한 이야기가 "너무나 자주 들"(135)리는 베트남에서는 한갓 몽상에 불과했던 것이다.

나아가 한기주는 베트남에서 보내는 시간이 길어질수록, 베트남 여성들이 모두 하이처럼 성애화된 여성일 수는 없음을 깨닫는다. 포로로 잡힌 여자 베트콩 판 띠 답과의 경험을 통하여, 자신이 젠더화 한 민족간의 위계가 얼마나 허구적인 것인가를 확인하는 것이다. "놀랄 만큼 아름답고 젊은"(198) 열여섯 살의 판 띠 답에 대해, 한기주를 비롯한 한국군들은 그녀가 베트콩들에게 온갖 수난을 당한 것이라고 생각한다. 이 소녀의 존재를 통해 한기주를 비롯한 한국군은 악마스러운 공산주의자로부터 "전설의 미녀"(199)를 구해낸 강하고 의로운 남성이 될 수 있는 기회를 얻은 것이다. 그러나 마지막에 그녀는 수류탄으로 소대원들을 모두 살상하려 했음이 밝혀짐으로써, 한국군들은 자신들이 머리 속에서 만들어 낸 이야기가 결국에는 망상일 수밖에 없음을 깨닫게 된다. 한기주는 자신이 직접 목격한 판 띠 답의 모든 행동을 "모든 것이 환멸을 주기 위해 일부러 꾸며진 거짓의 희

널려 있는 부대마다 돌아다니며 옷 벗는 춤이나 추든가, 마술사 곁에서 시중 드는 일로 목구멍에 풀칠을 하지. 매춘은 물론이구……"(상권, 109)라고 말한다.

곡"(202)이거나 "누구인가의 못된 모략"(203)일 수밖에 없다며 부인하려고 한다. 그러나 베트콩이 그토록 악랄하며 그로 인해 판 띠 답이 그토록 고통 받았다면, 그녀가 목숨을 내놓고 마지막 순간까지 싸우는 모습은 결코 설명될 수 없다.

결국 한기주는 그가 경험한 베트남전의 가장 큰 비극이라고 할 수 이는 혼바산 수색 정찰 작업에서 무수한 소대원들의 무의미한 죽음을 겪으며, 이 전쟁이 "존엄성도 없고, 남성적이지도 못하고, 오직 비열하기만 한 싸움"(278)임을 새롭게 깨닫는다. 이것은 베트남전에서 한기주가 결코 그가 꿈꾸던 남성성을 획득할 수 없었음을 최종적으로 선언하는 장면이라고 할 수 있다.

2. 제국주의적 젠더 비유의 전복
- 황석영의 『무기의 그늘』, 「이웃 사람」, 「몰개월의 새」

『무기의 그늘』은 앞에서 살펴본 송기원, 박영한, 이원규, 이상문의 베트남전 소설과는 다른 양상의 젠더 비유가 사용된다. 물론 이 작품에도 전쟁으로 훼손된 베트남을 상징하는 기호로 여성을 활용하는 젠더적 비유는 여러 차례 등장한다. 그러나 아래의 인용문에서 확인할 수 있듯이, 이때의 여성은 다른 소설에서처럼 베트남 여성을 성애화하거나 위안형 주체로 만드는 것과는 거리가 멀다. 이들은 전쟁으로 인해 신음하는 베트남의 한 상징으로서 기능하는 것이다. 나아가 베트남 여자들은 적극적으로 외세에 저항하는 것으로까지 그려진다. 팜 민과 팜 꾸엔의 누나인 미는 베트남의 여자들은 남자가 "곁에 남아 욕스럽게 살기보다는 차라리 정글로 가기"(하권,

22)를 바란다고 말하며, 이후에도 "베트남 여자가 사랑하는 남자는 곁에 없거나 세상에 살아 있지 않은 거야."(하권, 25)라고 말한다.

> 그녀(소안)의 이웃에는 남편을 잃고 나서 사이공으로 떠나 매춘부로 전락해 버린 중년 여자들이 많이 있었다. 아니 바로 이웃 도시에서 남편이 제대할 때까지 외인 병사를 상대로 몸을 파는 가정 부인들도 있었다. (상권, 24)

> 온 국토가 가엾다. 아무데나 외국군 주둔지 근처의 상자갑 같은 매음굴에 가봐. 동생은 손님을 부르고 아버지는 망을 보고 어머니는 돈을 받고 누나는 몸을 판다. (상권, 35)

> 요새 도회지의 잘사는 사람들은 딸을 어떻게 하는지 아니? 외국에 보낼 능력이 없으면 재빨리 결혼을 시킨다. (상권, 98)

> 정부군 수색대나 특수부대 병사들은 접적 지역의 소녀들을 전장의 보상으로 여겼고, 그것은 전투 뒤의 가장 생생한 무용담 거리가 되었다. (상권, 295)

여타의 베트남 여성들도 한국의 유사제국주의적 (무)의식을 보증해 주는 열등한 주체들이 아니다. 의대 학생이었다가 민족해방전선에 입대하는 팜 민의 누이동생 레이와 누나 미, 팜 민의 여자친구인 찬 티 소안, 소안의 친구인 푹옥 등이 모두 그러하다. 이것은 팜 꾸엔이 한국인 오혜정과 가깝게 지낼 때 보이는 반응을 통해서도 드러난다. 이들은 한결같이 오혜정을 비난하고 부정한다. 팜 꾸엔의 동생 레이는 "큰오빠는 지금 미쳤어."(상권, 297)라고 말하며, 팜 꾸엔의 누나인 미는 "따이한의 접대부와 살림이나 차리고"(하권, 22)라며 둘의 관계를 비난한다. 이 중에서도 팜 꾸엔 어머니의 반발이 가장 심하다. 어머니는 "그 따이한 여자는 내 며느리가 아냐."라며

"우리 팜씨 집안이 어떤 가문인지 얘기해 주고 당장 쫓아버릴테야."(하권, 13)라고 말한다. 이후에도 어머니는 오혜정에 대한 "그년"(하권, 73), "접대부년"(하권, 72) 등의 욕설을 하며 비난한다.

『무기의 그늘』에서 남녀의 연애관계 역시 박영한의 『머나먼 쏭바강』, 『인간의 새벽』, 이원규의 『훈장과 굴레』, 이상문의 『황색인』, 안정효의 『하얀전쟁』과는 구별된다. 앞의 작품들이 한국인 남자와 베트남인 여자의 관계 속에서 제국주의적 (무)의식을 드러내는 것과 달리, 「무기의 그늘」은 한국인 여자와 베트남인 남자의 관계를 다루고 있다. 서사 속에서 나름의 비중을 지니는 여성 인물은 베트남인이 아닌 한국인 오혜정(미미)이다. 오혜정은 의정부에서 PX의 행정일을 하던 사무원이었지만 세 사람의 미군(제리, 토머스, 제임스)과 동거하고 제임스의 아이까지 낳는다. 베트남에 와서 PX 사무원으로 일하다가 헤로인 소지 혐의로 해고되고, 팜 꾸엔과 관계를 이어가며 베트남 국적까지 취득한다. 그녀는 팜 꾸엔을 통해 달러를 모은 후 싱가포르나 홍콩으로 나가고자 한다.

이 작품에서 2군 사령관의 부관 실장으로 실력자인 팜 꾸엔은, 오혜정의 입장에서는 미군의 연장선상에 놓인 존재이다. 이러한 점은 "그는 웃고 있었는데 눈 가녘에 잔주름이 마음씨 좋게 잡히는 것이 회화를 가르쳐 주던 제리와 닮아 보였다."(상권, 159)는 첫인상에서도 간접적으로 드러난다. 이후에도 안영규는 제임스와의 관계나 팜 소령과의 관계가 모두 "별루 유리하지 못한 입장"(상권, 282)이라고 혜정에게 말하는데, 여기에서도 팜 꾸엔과 제임스가 혜정에게 유사한 의미를 지니고 있음이 드러난다. 오혜정은 해고됨과 동시에 베트남에 체류할 근거가 사라지고, 그녀는 이를 타개할 수단으로 팜 꾸엔을 이용하는 것이다.[33]

---

33) 오혜정과 팜 꾸엔과의 관계는 애정에 바탕한 것과는 무관하다. 그것은 린 마담의 클럽이 민족해방전선의 공격을 받았을 때, 미군 장교인 마이클을 구하는 혜정의

 이처럼 『무기의 그늘』에서 한국군의 군사적 남성성을 확인시켜 줄 타자로서의 베트남 여성은 존재하지 않는다. 이 작품에서 오히려 성애화되는 대상은 베트남 여성이 아니라 한국인 여성이다. "월남 곳곳에 널려 있는 부대마다 돌아다니며 옷 벗는 춤이나 추든가, 마술사 곁에서 시중 드는 일로 목구멍에 풀칠을 하지. 매춘은 물론이구"(상권, 109)라고 이야기되는 대상은 한국인들인 것이다.

 심지어 안영규가 베트남의 매음녀와 관계를 맺을 때도, 다른 작품들이 베트남 여성을 타자화하여 남성성을 획득하는 모습과는 매우 다르다. 그것은 영규가 보병 시절에 베트남의 기지촌에서 베트남 여성과 관계를 가질 때 매우 특이한 방식으로 나타난다. 베트남 여성은 영규의 머리를 쓰다듬어주고, 잠을 재워준다. "영규가 가슴에 머리를 대니 소녀는 가만히 그의 뒤통수를 감싸고 토닥이며", "슬립 슬립, 대츠 오케이"(상권, 195)라고 말하는 것이다. 이 순간 베트남 여성은 한 명의 어머니와 같은 모습을 보여주고, 영규는 어머니의 품에서 잠든 아이가 된다. 이러한 안영규의 모습은 『머나먼 쏭바강』이나 『하얀전쟁』에서 베트남 여성을 통해 획득하고는 하던, '사나이 문화와 결합된 군사적 남성성(military masculinity)'과는 거리가 멀다.

 이것은 3부에서 살펴본 것처럼, 작가 황석영이 월남전에서 한국군의 위상을 유사-제국주의자가 아니라 용병으로 파악한 것과 연결된다. CID의 대위는 안영규에게 "우린 어디까지나 손님일 뿐"(상권, 46)이라고 말하기도 한다. 미군 레온이 영규에게 "뭣하러 여기 왔니?"라고 묻자, 영규는 "너희가

―――――
 행통에서 질 나타닌디. 혜정은 "지금 같은 때에 저쪽 방의 침대 밑에 팜 꾸엔이 엎드려 있다 할지라도 그녀는 되돌아가지 않을 것"이지만, 마이크는 사령부의 재무장교로서 "그가 죽으면 달러로 통하는 열쇠도 영영 사라져 버리"(하권, 246)기 때문에 마이클을 구하는 것이라고 생각한다. 마이크가 언제든 제삼국으로 출국할 수 있다는 오혜정에게 "소령과 함께 가나, 그를 사랑해?"(하권, 253)라고 묻자, 오혜정은 "닥쳐"(하권, 253)라고 단호하게 말한다.

불러서 왔지, 그뿐이야."(상권, 225)라고 말할 뿐이다. 미군 루카스와 시비가
붙었을 때도 "우리는 너희들이 던져준 몇 푼에 팔려 왔다."(상권, 246)라고
말한다. 황석영은 베트남에서의 한국군이 용병이라는 인식을 드러내고 있
는 것이다. 용병이란 돈에 의해 움직이는 인간이고, 그렇기에 오혜정과 안
영규도 근본적인 차원에서는 동일하다.[34]

『무기의 그늘』에서 오혜정의 상대가 미군이 아닌 팜 꾸엔인 것에서도
드러나듯이, 베트남인은 다른 소설에 비해 큰 힘을 가진 존재로 형상화된
다. 실제로 베트남을 축소해 놓은 다낭 암시장은 팜 소령과 같은 부패한 월
남 관리나 구엔 타트와 같은 민족해방전선의 수중에 놓여 있다. 다음의 인
용문은 베트남을 압축시켜 놓은 다낭 암시장에서 베트남인이 가진 힘을 보
여준다.

> 그러나 너희는 암거래의 중심부는 절대로 건드리지 못한다. 왜냐구?
> 월남군의 거래는 신성불가침이기 때문이다. 미군도 마찬가지다. (중략)
> 너는 모른다. 아마 끝까지 모를걸. 그게 편하다. 여긴 어디까지나 우리
> 나라고 우리 전장이기 때문이다. 이를테면 집 주인이 우리다. 너희는 시
> 간만 보내다가 돌아가는 거야. (상권, 118)

이에 반해 미군은 무지막지한 무력만을 쏟아부을 수 있을 뿐 베트남에서
별다른 성과를 내지 못한다. 일례로 미국이 추진하는 신생활촌 사업도 조
상숭배와 영구적인 가족 정착을 우선시하고, 자기 마을을 "하나의 축소된
세계"(상권, 256)로 여기는 베트남인에게는 전혀 맞지 않는다. 인디언 보호

---

34) 주목할 것은 혜정의 연장선상에 안영규가 위치한다는 점이다. 영규는 혜정이 팜
꾸엔 소령과 관계 맺는 것을 부정적으로 이야기한 자신을 향해 "플로어 쇼를 한다
고 맥주병을 동포 댄서에게 던진 취한 졸병과 뭐 다른 점이 있나."(상권, 282)라고
자책한다. 이전에 오혜정은 미군들 앞에서 스트립쇼를 하는 한국여성을 향해 술병
을 던지는 한국군인들을 "미친 자식들. 즈이들두 수당받아 쳐먹구 죽지 못해 쩔쩔
매는 것들이"(상권, 180)라고 말한 바 있다.

구역과 비슷한 신생활촌을 베트남인들은 "미꾸어도(美國村)"(상권, 130)라고
부르며, 자신들의 것으로 받아들이려 하지 않는다.[35] 신생활촌은 팜 꾸엔
이나 람장군 같은 사람의 재산축적 도구로 활용될 뿐이다. 특히 마이클 대
위가 마담 린의 클럽에서 접대를 받다가 해방전선의 공격을 받는 장면에서
미군은 어린애 수준으로 희화화된다. 마이클은 담요를 뒤집어 쓴 채 어깨
를 심하게 떨고, 혜정은 "그의 어깨 위에 팔을 두르고 연신 토닥"(하권, 247)
거린다. 나중에는 혜정이 손을 뻗쳐 마이크의 머리털을 헝클어뜨리고, "어
린애 같지 굴지 말아. 당신은 군인이고 여긴 전쟁터예요."(하권, 250)라며 어
르고 달랠 정도이다.

『무기의 그늘』에서는 미국인의 반제국주의적 의식도 관념에 불과한 것
으로 평가절하된다. 이는 베트남전에 반대하다 징집되어 베트남에 오고, 이
후에도 계속 반전의식을 지니다가 탈영하는 미국인 스태플리를 통해 드러
난다. 그러나 미국인 스태플리의 반전의식이란 오히려 전쟁의 잔혹행위를
방지하기보다는 '윤리적인 청소작업'을 수행함으로써 그런 행위들을 수행
하는 체제를 정당화시키는 유희 정도로 치부된다. 스태플리는 미국이 전쟁

---

35) 신생활촌 사업은 이전의 전략촌 계획과 그 맥락을 같이 한다. 전략촌 계획은 처음
남베트남의 응오 딘 지엠(Ngo Dinh Diem) 정권에 의해서 처음 이루어진 것이다.
1961년 케네디 정권은 남베트남의 지엠 정권이 해방전선의 게릴라 활동에 적절히
대응하지 못하고 있으며, 남베트남이 중대한 기로에 놓여 있다는 인식에 이르렀다.
이를 타개하기 위해 같은 해 11월 케네디는 군사고문 파견과 원조의 양을 크게 늘
렸다. 미국의 원조를 받은 사이공 정부군은 해방전선에 대해 공격을 개시했고, 지
엠은 농민과 게릴라를 떼어 놓기 위한 '전략촌 계획'을 1962년부터 본격적으로 농
촌 지역에서 실시했다. 전략촌은 마을이 민족해방전선의 지지기반이 되는 것을 막
기 위해 마을을 폐쇄하거나 일정한 거주 지역을 만들어 주민을 강제로 이주시킨
것을 말한다. 옮기지 않을 경우 자유폭격지대가 되어 폭격을 감수하지 않으면 안
되었기 때문에 주민들은 어쩔 수 없이 옮겨 가야 했다. 그러나 이런 방법으로 해
방전선에 대한 농민들의 지지의지까지 옮기지는 못했으며, 이 계획은 오히려 인구
의 도시집중과 그로 인한 사회 문제를 야기했다. (古田元夫, 『역사 속의 베트남 전
쟁』, 박홍영 옮김, 일조각, 2007, 29면)

에서 사용하는 것들이 제네바 협정에 위배되는 것이며, 촌락을 부수고 사람을 살상하는 꼴을 헬리콥터 위에서 무수히 보았다고 이야기한다. 그러자 영규는 "너는 하늘 위였지, 나는 정글에서 기었다."(하권, 116)며 그 차이를 분명하게 말한다. 스태플리가 "이 전쟁은 식민주의와 구시대의 종언을 고하게 되는 마지막 관문"(하권, 232)일 거라고 말할 때에도, 안영규는 "스태플리의 교양은 부자연스럽게 느"(하권, 232)낄 뿐이다. 특히 스태플리의 탈영은 철저하게 베트남인 토이와 안영규의 도움을 통해 이루어진다.36)

전선의 보병으로 전쟁기계였던 안영규는 CID에서 활동하며 정치적으로 각성하게 된다. 그것은 베트남을 한국의 연장으로 파악하게 된 것을 의미한다. 그러나 마지막 순간 안영규가 「무기의 그늘」에서 가장 순수하고 열정적인 젊은이인 팜 민을 살해하는 것은, 안영규가 결국은 베트남의 가해자일 수밖에 없음을 증명하는 것이라고 할 수 있다. CID의 정보원이었던 토이는 민족해방전선에 의해 "배신자"(하권, 288)로 규정되어 약식 재판 끝에 살해당한다. 흥분한 영규는 민족해방전선의 아지트를 찾아가 결국 팜 민을 죽인다.37)

이러한 안영규(한국군)의 모습은 젠더적 비유와 관련시켜 보자면, 작품의 초반에 이미 암시되었다고도 볼 수도 있다. 안영규는 선임인 강수병과 차

---

36) 이와 관련해 시어도어 휴즈는 "스태플리를 포함한 미국인들은 '내면'을 거부당한다"(Theodore Hughes, 「혁명적 주체의 자리매김-『무기의 그늘』론」, 『황석영 문학의 세계』, 창비, 2003, 236면)고 주장한다. "그럼으로써 텍스트는 애도하고 성찰하며 심지어 비판적이기도 한 미국인 주체제 의해 복원되기를 거부하는 방식으로, 전쟁에 대한 또다른 기억을 생산한다."(위의 책, 237면)고 덧붙이고 있다.

37) 『무기의 그늘』에서 영규와 토이는 동일시되며, 다음의 인용에는 그러한 특징이 선명하게 드러나 있다. "토이의 죽음은, 무수히 죽고 다쳐서 한 줌의 재로 아니면 팔다리를 잘리고 병신이 되어서 실려간 다른 한국군 병사들의 것처럼 욕스러운 것이었다. 영규는 자기 연민 때문에 자신을 향하여 화를 내고 있는 것 같았다. 영규의 뺨 위로 뜨거운 것이 흘러내렸다. 나는 이제 지쳤다 라고 그는 속으로 중얼거렸다."(하권, 292면)

를 타고 가다 스쿠터를 피하느라 가로수를 들이받는다. 이 순간 강수병은 "차창 밖으로 양키들에게서 배운 욕지거리를 퍼부었"(상권, 54)던 것이다. 이때 스쿠터에서 두 소녀(소안과 푸옥)가 비틀거리며 일어서고 "흰 아오자이가 흙에 더럽혀"(상권, 54)지고, 소안은 손까지 찢어진다. 『무기의 그늘』에서 한국군은 결코 베트남 여성을 성애화하거나 타자화할 수는 없지만, 베트남 여성에게 피해를 줄 수밖에 없는 존재였던 것이다.

이처럼 황석영의 『무기의 그늘』은 베트남전을 다른 소설 중에서 드물게 베트남 여성을 성애화하거나 타자화하지 않으며, 전형적인 제국주의적 젠더 비유에 맞춰 형상화하지도 않는다. 이것은 『무기의 그늘』 이전에 쓰여진 베트남전 배경의 소설들(「이웃 사람」이나 「몰개월의 새」)에서 베트남전 참전군인을 매춘여성과 동일시했던 상상력과도 관련된 것으로 보인다. 「몰개월의 새」에서 베트남 참전을 앞둔 군인들은 매춘여성과 위계가 없는 동질감을 보여주었던 것이다.

베트남에서 돌아온 군인을 그린 「이웃 사람」(『창작과비평』, 1972년 겨울호)에서는 근본적으로는 참전군인과 매춘여성의 동질감이 그려지고 있다. 「이웃 사람」에서 범죄를 저지르고 수사기관에 체포되어 온 주인공 그는 지식계층으로 추측되는 "당신"[38]을 향해 자신의 이야기를 펼쳐 놓는다.[39] 그는 베트남전에서 "수십명을 죽여본 사람"(904)이라고 자신을 소개한다. 그는 제대한 지 다섯 달 만에, 가난하게 살던 고향을 떠나 "꼭 자수성가해서 남 부럽잖은 사람이 되어 식구들을 호강시키리라"(905)는 꿈을 안고 상경한다.

---

38) 황석영, 「이웃 사람」, 『창작과비평』, 1972년 겨울호, 903면. 이 작품을 인용할 경우, 본문 중에 면수만 기록하기로 한다.

39) 주인공은 자신의 말을 듣는 상대방을 향해 "선생께서 사무를 보면서 나처럼 일하는 사람들을 생각하구 있을 때, 그때에 선생은 저와 같다 이겁니까? 절대로 그렇진 않습니다."(45)라고 말한다. 이를 통해 '당신'은 사무를 보는 지식계층의 인물이라는 것을 알 수 있다.

처음 한 달 동안은 "짐승우리 같은 느낌"(905)이 나는 갈월동 노동회관에서 숙박을 하지만, 숙박했던 첫날에 가졌던 돈을 몽땅 잃어버린다. 그 사이 친해진 기동이와 새벽 네 시 반에 일어나 공사장에서 막일꾼으로 일하며 간신히 삶을 이어간다. 그러나 그마저도 여의치 않아 딱 한 번 구걸까지 하게 되고, 나중에는 기동이의 소개로, "나를 팔아 내가 먹는다!"(907)고 할 수 있는 매혈(賣血)에 나선다. 여러 차례 매혈을 하다가 악성빈혈 증세로 더 이상 공사판을 찾거나 지게를 질 수가 없게 된 그는 마지막 매혈을 시도한다. 이번에는 병원이 아닌 주택가로 향해, 회장이라 불리는 웬 깡마른 늙은 이의 "원기왕성"(911)을 위해 매혈을 하는 것이다.

그는 구전(口錢)을 뗀 삼천원으로 고주망태가 되도록 술을 먹고, "누구든지 아무나 걸리기만 해봐라, 사정없이 쑤셔버릴 테다–하는 생각"(912)으로 식칼을 하나 사서 가슴속에 챙겨 넣는다. 그제서야 자신이 "이 거리의 사람들 틈에 끼여진 듯이"(912) 느끼고, "얼마전 병정이었을 때의 자랑 비슷한 게 생겨"(912)나기까지 한다. 뒤이어 여자 생각까지 나서 매춘여성을 찾아간다. 그러나 그 여성은 그를 "사람으루 생각하질 않"(912)으며, "어찌나 사람을 시큰둥하게 대하는지"(912), 그는 정신없이 잠만 자다가 나온다. 그 다음날 그는 용산에서 만난 할머니 뻬끼를 따라 다른 매춘여성을 만난다. 그 할머니는 그가 훔쳐서 타고 있는 자전거를 화대로 받을 심산이었던 것이다. 할머니의 안내로 "아주 수집어하는 애"(914)를 만나게 되고, 그와 여자아이는 군대 얘기와 보호소 얘기를 서로 주고 받는다. 둘은 진한 동질감을 바탕으로 다음의 인용에서처럼 서로에게 더할 수 없는 대화 상대가 된 것이다.

나는 군대 얘기를 해줬고, 그애는 보호소 얘길 합디다. 거기서 이용기술 배우던 일, 담을 넘어 도망하던 일, 식사가 나쁘다구 데모하다가 맞

은 일, 어릴 때 애기… 밤새도록 애기를 했죠. 그렇게 통할 수가 없었어
요. 내가 서울 와서 노동 품팔이로 골병이 들었다니까 격려를 해주데요.
(915)

그러나 '아주 수줍어하는 애'의 친절도 사실은 할머니 삐끼와 마찬가지
로 그가 훔쳐서 타고 있던 자전거를 탐냈기 때문이었음이 드러난다. 다음
날 그는 자전거를 너무 헐값에 넘겼다는 생각에서 시작해, "자전거를 맡은
쪽은 포주지 그애가 아니라는 생각, 또한 포주가 그애를 착취하구 있다"
(915)는 생각까지 하게 되고, 결국 그 아이가 있는 곳으로 다시 간다. 그러
나 포주는 "그 자전거가 네거냐, 네거야? 갖다 꼬나박으면 너만 손해구 하
소연할 데두 없으니까 좋게 말할 때 얼른 꺼져."(915)라고 악다구니를 쓰고,
그 아이도 "저는 댁에를 뵌 기억이 없는데요."(915)라고 딱 잡아뗀다. 이에
분노한 그는 세상에 떠도는 갖가지 쌍욕이란 욕은 다 퍼붓고, 이를 제지하
던 방범대원 복장의 사내를 식칼로 찌르기까지 한다. 이처럼 「이웃 사람」
에서 참전군인은 매춘여성과 별반 다르지 않은 사회적 존재이며, 어떤 의
미에서는 더 낮은 사회적 위치에 놓인다고 할 수 있다.

「이웃 사람」은 변두리 사창가의 밑바닥 인생들이 결국에는 동질적인 존
재들이라는 인식으로 끝난다. 방범대원 복장의 사내에게 식칼을 휘두른 후,
그는 "이상하다 그 말이죠. 그놈은 나하구 똑같은 놈이거든요. 전장에서,
시골서, 서울 노동판에서, 또 피 병원에서까지 끈질기게 참아냈던 내가 그
녀석에게 참지 못한다는 것이 이해할 수가 없다 그거예요."(916)라고 말하
는 것이다. 이러한 그의 말에는 변두리 인생들을 막장으로 내몬 세력들에
대한 비판적 인식이 드러나 있다. 이러한 인식은 "우리는 언제까지 우리끼
리 이래야 하는 건지 답답합니다."(916)라는 말을 통해, '우리'라는 말로 상
징되는 변두리 인생들의 공동체의식으로까지 확장된다. 나아가 이 '우리'에

는 "나는 내가 찌르지 않은 것 같단 말입니다. 저 딴 나라의 전장에서 휘두른 내 총부리가 그랬던 것처럼요."(916)라는 말에서처럼, 베트남전에서 '나'의 총부리가 죽어간 베트남인들도 포함된다.

「몰개월의 새」(『세계의문학』, 1976년 가을호)에서 참전을 앞두고 특교대에서 교육을 받던 한상병은 친분을 쌓은 이상병과 함께 사창가인 몰개월에 갔다가, 길가에서 "시궁창에 하반신을 담그고 엎드린"[40] 미자와 처음으로 대면한다. "갈 데 없어 막판까지 밀려와, 전장에 나가려는 병사들의 시달림을 받"(253)는 몰개월의 여자들 중에서도 미자는 막장까지 내몰린 여성이다. 안상병은 미자와의 첫대면에서 "욕정"(254)을 느끼지만, 그 욕정은 곧 우애의 감정으로 변모되어 나간다.

욕정에서 우애로 감정이 변하기까지는 몇 가지 일들이 중요한 계기가 된다. 먼저 한상병은 주인 여자로부터 미자가 참전한 애인들 중의 하나를 골라서 편지를 하는데, 상대편이 죽었다는 소식이 들리면 "술 처먹구 지랄"(255)을 한다는 말을 듣는다. 다음으로는 한상병이 자신을 길에서부터 술집까지 데려다 준 것을 알게 된 미자가, 김밥과 고구마가 든 보퉁이와 담배를 가지고 면회를 온 일을 들 수 있다. 미자가 면회를 온 날 밤에, 한상병은 담치기를 하여 몰개월의 미자를 찾아간다. 그 과정에서 미자가 다른 군인과 시비를 벌이다 코피가 터져 얼굴이 피투성이 된 것을 발견한다. 한상병은 미자를 논가에 데리고 가서 얼굴을 깨끗이 씻어준다. 둘은 함께 갈매기집의 술청 뒤꼍에 있는 관만한 크기의 방으로 가지만, 그곳에서 육체적 관계를 맺지는 않는다. "몸에 도통 기별이 가지 않았"(258)던 것인데, 이것은 한상병이 미자에게 느끼는 감정이 처음에 느꼈던 '욕정'과는 거리가 멀어졌음을 보여준다. 이러한 사정은 한상병 자신이 미자와 육체관계를 맺지

---

40) 황석영, 「몰개월의 새」, 『세계의문학』, 1976년 가을호, 254면. 앞으로 이 작품을 인용할 경우, 면수만 기록하기로 한다.

못한 것이, "낯을 씻길 때부터 먹지 못하게 무관한 사이가 되어버린 것이다. 식구를 먹어주는 놈이 어디 있겠는가."(259)라고 생각하는 것에서 선명하게 드러난다. 한상병은 어느새 몰개월의 미자에게 '식구'와 같은 감정을 느끼기 시작한 것이다.

한상병과 미자의 동질감은 공간적으로 서울과의 대비를 통해 강하게 드러난다. 한상병은 베트남으로 떠나기 며칠 전에 부대를 무단이탈하여 서울에서 하룻밤을 보낸다. 그러나 서울에서 한상병은 차갑게 외면당한다. 일 년 반 만에 다시 찾은 서울에서 한상병이 확인한 것은 "파충류의 허물과도 같은 것"(249)이고, 그 짧은 체류를 통해 한상병은 "그 허물을 주워서 다시 뒤집어쓰고 돌아온"(249) 것 같은 기분을 느낀다. 서울에서 한상병은 그야말로 껍데기에 불과했던 것이다. 한상병은 어디에도 속하지 못하며, 좋아했던 사람을 찾아 전화를 걸지만 "아… 그런 사람 없습니다. 오래 전에 그만두었는데요. 글쎄요, 알 수 없군요."(250)라는 말을 들을 뿐이다. 이후에 그 좋아했던 사람에게 다시 전화를 걸지만, 아무 말도 하지 못하고 결국에는 끊어버리고 만다. 서울에서 돌아와 귀대하는 길에 갈매기집에 들른 한상병은, 미자가 머리에 수건을 쓰고 쪼그려 앉아 빨래하는 모습을 본다. 그 모습을 보며, 한상병은 "그곳은 서울의 활기에서 너무나도 멀었다. 빠꿈이는 먼데로 온 것이다."(259)라고 느낀다.

이처럼 한상병과 미자는 서울에서 한참 먼 곳에 존재하는 동질적인 존재들이었던 것이다. 이러한 인식은 『무기의 그늘』에서 베트남 여성을 형상화하는 데에도 일정한 영향을 미친 것으로 판단된다. 특히 「이웃 사람」에서 '우리'의 범위 안에 참전군인과 몸파는 여인, 그리고 베드님인들까지 포함된다는 것은 의미심장한 대목이라고 할 수 있다.

2

베트남의 베트남전 소설

1. 남녀관계의 지나친 위계화 - 응웬반봉의 『하얀 아오자이』

응웬반봉의 『하얀 아오자이』에서 주인공 프엉과, 그녀를 민족해방전사로 성장시키는 호앙의 관계는 연애관계이지만 지나치게 위계화되어 있다. 호앙은 프엉에게 "학교와 거리에서 투쟁하는 방법"(115)을 알려 주고, 투쟁의 구체적인 지침 등을 항상 전달해준다. 그런데 호앙의 역할은 너무나 절대적이어서, 프엉의 주체성이 의심 받는 수준으로까지 형상화된다. 프엉은 호앙이나 홍란과 함께 혁명의 감정을 공유하는 그룹을 만들고, 당연히 호앙이 책임자 역할을 한다. 호앙은 혁명사업을 위해 프엉에게 11학년으로 유급하라는 지시도 내리며, 프엉은 이를 따른다. 프엉은 공산청년단에 입단하는데, 이때도 호앙은 추천인이면서 상부를 대신하여 프엉의 입단을 받아들인다.

프엉은 상부의 지시로 떤싱 고등학교에 전학한 후에도 무리한 규정과 교육 제도를 타파하는 여러 가지 투쟁 활동을 벌인다. 호앙은 "학교와 거리에서 투쟁하는 방법을 알려 주었고, 다른 정보도 많이 알려 주었"(115)던 것이다. 학생운동을 방해하는 『찡반 신문』의 주필 테비엣은 타잉과 링에 의해 암살되고, 타잉은 체포된다. 프엉은 도피를 하는 과정에서도 호앙의 지시에 따라 움직인다. 호앙은 프엉을 의식화시킬 뿐만 아니라, 프엉의 어려운 일도 언제나 도와준다. 프엉의 엄마를 비롯한 노점상들이 억울하게 쫓겨나는 일을 당했을 때도, 호앙은 이 문제를 해결해준다. 이 일을 두고 프엉의 엄마는 입이 마르도록 호앙을 칭찬한다.

프엉이 붕따우 해변으로 소풍을 갔을 때, 프엉과 홍란은 호앙이 쓴 보티사우 열사에 대한 연극을 한다. 프엉은 보티사우의 역할을 맡는데, 호앙은 프엉에게 "이 연극은 붉은 땅에 사는 여성 열사의 이야기"(41)라고 알려준다. 주저하는 프엉에게 호앙은 "우리가 하려는 연극은 애국 청년 여성의 모델을 기리기 위한 것이며, 그게 우리의 임무니 괜찮다"(42)고 말한다. 프엉은 교장 선생님에게 쩐반언 열사를 추모할 수 있게 해달라는 요구를 하고 이를 달성하는 활동에 동참하기도 한다. 이것 역시도 "다른 학생들이 하는 대로 따라 하라"(49)는 호앙의 말에 따른 것이다.

이처럼 호앙과 프엉은 지나치게 경직된 수직적 관계를 맺고 있으며, 프엉은 자발적인 판단과 의지에 따른 행동을 거의 보이지 않을 정도이다. 프엉은 호앙과 연락이 두절되자 "가장 걱정스러운 건 우리가 어떤 일을 해야 할지 모른다"(145)는 사실이라고 생각한다. 호앙을 다시 만났을 때에야 비로소 연락망이 생기고, 프엉은 "진행상황과 해야 할 일을 알게"(147) 된다.[41] 이처럼 호앙과 프엉의 관계에서 프엉은 지나치게 수동적이고 보조적인 존재이다. 이와 관련해서, 김현아가 "민족주의 운동 내에서 여성이 주변화되고 수단화되는 건 베트남이라고 크게 다르지 않다. 민족주의 담론 내

---

41) 이때 호앙은 프엉에게 민족해방전선이 결성되었다고 말해 주며, 프엉이 "학습을 받게 될 거"(147)라고 알려준다.

에서 여성은 민족의 고난을 상징하는 희생자로, 때로는 민족 전통의 원형으로 상징되는 등 남성의 이해관계에 따라 이중적으로 정의되는 수단적 존재이기도 하다."42)라고 주장한 것은 참고할 만하다.

호앙과 프엉은 점차 감정을 나누는 사이로 발전하고, 둘의 관계는 전형적인 사회주의적 연애의 모습으로 변모해 간다. 처음에는 단둘이 있을 때도 언제나 "바르고 엄숙했고 공동의 일만 걱정"(153)했으며, 둘은 사적인 말이나 행동을 하지 않았다. 처음 프엉과 호앙의 관계에는 "일에 관해서 나를 한 단계 한 단계 이끌어 주고 안내해 주는 책임 동지로 존경하고 좋아하는 것 외에 그에게 사적인 감정은 없었다."(153)라고 프엉이 생각할 만큼, 개인적인 감정은 개입되지 않았던 것이다. 그러나 마지막에는 감옥에 갇혀 있는 호앙을 생각하며, 프엉이 "나는 누구보다도 그를 사랑했고, 평생 사랑할 거다. 날이 가고 달이 갈수록, 멀어질수록 호앙에 대한 사랑이 깊어 갔고, 평생 그를 사랑하겠다는 결심이 굳어졌다."(276)라고 고백하는 단계로 발전한다. 이는 연애감정과 사회주의적 의식이 결합된 전형적인 '붉은 연애'의 모습에 해당한다고 할 수 있다.

제목이기도 한 '하얀 옷'은 프엉이 입은 '하얀 아오자이'를 가리킨다. 이 아오자이는 프엉이 "일 년 내내 공부하고 일하고 돈 벌고 사시사철 국산 천으로 지은 하얀 아오자이만 입었다."(177)는 것에서도 알 수 있듯이, 프엉을 상징한다. 프엉은 감옥에서도 토론하러 갈 때는 물론이고, 고문을 당할 때도 "항상 하얀 아오자이"(202)를 입는다. 고문을 당할 때, 프엉은 "몸에는 하얀색이 둥둥 떠다니다가 점점 멈추는 것처럼 아른거렸"(217)으며, "내 몸이 하얀색으로 둘러싸인 가운데, 빛나는 하얀색이 나를 들이 올리는 것 같았다."(218)라고 느낀다. 이때 프엉은 호앙에게 받은 머리핀으로 독방의 검

---

42) 김현아, 앞의 책, 181-182면.

은 벽에 글씨를 새긴다.[43] 그 내용은 "내 하얀 아오자이는 세상에 더렵혀
지지 않았고, 결혼은 아직 상상도 않고 있다"(218)는 것과 "지금은 비록 고
통스러워도 하얀 아오자이는 영원히 퇴색하지 않으리"(219)라는 것이다. '하
얀 아오자이'는 프엉이 지닌 순정한 혁명 의식과 베트남의 순수성을 상징
한다고 할 수 있다.

호치민 전쟁박물관

『하얀 아오자이』의 마지막은 호앙과 프엉의 관계가 지닌 본질을 압축적
으로 보여준다. 사이공에 가서 임무를 수행하게 된 프엉에게, 주변 사람들
은 머리를 짧게 자르고 퍼머를 하라거나 "허리가 잘록하고 가슴이 드러난
아오자이를 입고 화장을 하"(281)라고 말한다. 이 순간 프엉은 "호앙이 머리
칼을 그대로 간직하라고 한 말"(281)을 기억한다. 그리고는 최종적으로 "내
가 늘 긴 머리 그대로, 국산 천으로 지은 하얀 아오자이만 입기를 바라는
건 아니지? 호앙이 바라는 건 사이공에 있든, 머리를 어떻게 하든, 어떤 옷

---

43) 호앙은 프엉에게 머리핀을 주면서, "머리핀을 잘 간수하라"(217)고 말하였다.

을 입든 정갈한 마음을 지키라는 거지?"(282)라고 호앙에게 허락을 구한다. 프엉이 지닌 정체성의 핵심은 하얀 아오자이로 표상된다는 것, 그러한 정체성은 어디까지나 호앙의 허락을 전제로 유지될 수 있다는 것이 이 작품의 마지막 문장인 "그렇지, 호앙?"(282)에는 잘 나타나 있다.

2. 남성의 부속물로 존재하는 여성들
- 반 레의 『그대 아직 살아 있다면』

반 레의 『그대 아직 살아 있다면』에서도 남녀관계는 중요한 비중을 차지한다. 빈은 17세였던 1966년 4월에 입대하여 스물한 살에 죽는데, 모든 여성들은 주인공인 빈을 맹목적으로 좋아한다. 심지어는 유령이 되어서도 빈은 여성들의 무조건적인 환대를 받는다.

빈에게 맹목적인 애정을 퍼붓는 첫 번째 여성은 낌이다. 빈은 남부 전선으로 떠나기 전에 3일간의 휴가를 받아 고향 사람들을 만난다. 이때 아랫마을에 사는 "열일곱 살짜리 날씬한 아가씨"(55)인 낌이 빈을 찾아온다. 낌은 빈에게 사랑 고백을 한다. 그리고는 적극적으로 육체적 접촉을 시도하는데, 이유는 빈의 아이를 원하기 때문이다. 빈의 아이, 특히 아들을 통해 "오빠의 집안이 영원히 이 세상에 존재하길 바"(59)라는 것이다. 빈은 "너는 아직 엄마가 될 만큼 현명하지도 않고, 정신세계도 아직 충분히 성숙되지 않았어."(60)라며 낌의 제안을 거절한다. 빈이 유령이 되어 10여 년이 지나 마을에 돌아왔을 때, 낌은 청년돌격대에 지원했다가 다리 하나를 잃은 상태인 것으로 그려진다. 낌은 늙은 어머니를 모시고 힘들게 농사를 지으며 살아간다.

빈에 대한 여인들의 맹목적인 사랑은 이후에도 계속 이어진다. 화물차에서 우연히 만난 케자오 18부대 소속의 응웬티마이는 하루도 지나지 않아 "주무세요, 내 사랑……. 어서 빨리 주무세요……. 날이 곧 밝아와요……." (76)라고 달콤한 말을 속삭인다. 나중에 빈은 미군 폭격으로 죽은 케자오 18 부대 소속 "열두 명의 아가씨"(141) 시신을 무너진 방공호에서 꺼낸다. 여기에는 마이의 시신도 포함되어 있다.

황천강가에서 만난 꾸에지 역시 빈에 대한 맹목적인 애정을 드러낸다. 꾸에지는 처음 만났을 때부터 빈의 영혼이 "검은 티 한 점 찾아볼 수 없는 맑은 영혼"(126)이라고 믿는다. 꾸에지는 빈이 "인격수양이 제대로 된 사람"(160)이라고 생각하며, 운명이 인간세계에서 "단 하루만이라도 오빠의 사랑"(160)을 받을 수 있게 했다면, 자신이 "정말 뽐내면서 살았을 거예요." (161)라고 생각한다. 빈이 "정말로 아주 많이 사랑"(165)했다는 낌칸의 이야기를 하자, 꾸에지는 뾰로통한 얼굴이 되었고, 나중에는 "우울함 때문에 얼굴색마저 창백해"(165)진다.

빈에게 맹목적인 애정을 바치는 또 한 명의 여성은 낌칸이다. 낌칸은 빈을 장투이 강가에서 우연히 만난 후에, 소대장을 보호하기 위해 길을 떠났다가 중대에서 분리된 후 다시 빈과 만난다. 낌칸은 분구의 병원 소속이었다가 적의 공격을 받아 도망치다가 빈을 만난 것이다. 이때 낌칸이 "빈을 바라보는 눈빛이 열렬한 기운으로 뜨겁게 반짝"(250)인다. 이미 낌칸은 빈이 죽었다는 정치국원의 잘못된 정보에 "슬픔과 시름에 젖어서 며칠 동안 음식을 전혀 먹지 않"(252)은 상태이다. 그 후 빈과 낌칸 일행은 함께 아군의 주둔지를 찾아 이동한다. 이때에도 낌칸은 "오빠는 정말 좋은 사람이에요. 저는 항상 오빠에게 감동하고 있어요."(256)라는 고백을 한다. 미군의 폭격으로 인해 공포에 빠진 낌칸을 빈은 진심으로 위로해주고 그녀에게 힘을 준다. 이에 "칸은 빈이 안겨준 사랑에 감동해서 눈물을 훌쩍거렸다."(260)라고 묘사되기도 한다. 아군의 주둔지를 찾아 함께 이동하는 시간은, 다음의 인용들에서 알 수 있듯이 낌칸이 빈의 훌륭함을 온몸으로 체험하고 둘의 사랑을 확인하는 과정에 해당한다고 할 수 있다.

> 빈의 말에 칸은 울음을 그치려고 옷자락을 입에 물었다. 그녀는 빈의 말을 믿었다. 그 어느 때보다도 더 빈이 사랑스럽고 존경스러웠다. 그는 침착했고 담대했으며 포용력이 있었다. 그녀는 빈에게서 인간이 가진 아름다운 본성을 처음으로 느꼈다. (262)

> "내 사랑! 저는 오빠를 영원히 사랑할 거예요……."(270)

> 그렇게 빈은 그 끔찍한 순간에, 언제나 그녀가 의지할 수 있는 안식처가 되어주었다. 그는 마치 그녀의 존재를 위해 살아 있는 사람 같았다. 그는 정말 신비로운 사람이었고, 이 세상에서 가장 사랑할 만한 사람이었다. 운명이 고난에 찬 인생에 대한 보답으로 그를 그녀에게 보내준 듯했다. (270-271)

> "오빠, 알아요? 예전의 그날, 장투이 강물 속에서 걱정스런 눈빛으로 저를 찾아 헤매던 오빠의 그 모습을 저는 한 번도 잊은 적이 없어요. 그리고 지난 며칠 동안 오빠가 저를 위해 해준 일들을 결코 잊지 못할 거예요." (272)

물론 빈도 "너는 내 몸의 반이고, 내 지혜의 반이고, 내 인생의 반"(272)이라고 말하지만, 그 서술의 강도와 양은 낌칸과 비교할 수 없을 정도로 적다. 남성에 대한 여성의 맹목적인 애정은 빈에게만 해낭하는 것은 아니다. 그것은 빈의 아버지를 향해서도 나타난다.

득 아주머니는 빈의 아버지에게 맹목적인 사랑을 평생 동안 퍼붓는다.

득 아주머니는 젊은 시절에 자신의 마음을 솔직하게 표현하지 못해, 빈의 아버지와 결혼하지 못한다. 이후 많은 남자들이 청혼했지만 득 아주머니는 빈의 아버지만 생각하며 혼자 살아왔다. 빈의 눈에 득 아주머니는 자신의 아버지에게 변치 않는 사랑을 퍼붓는 여인으로 보인다. 득 아주머니는 빈이 전쟁터에 나간다고 인사를 갔을 때도, "응웬꾸앙 집안의 유일한 독자인데, 누가 널 끌고 갈 수가 있어?"(52)라며 괴로워한다. 득 아주머니는 언제나 빈을 자신의 "아들이라고 여겨왔"(53)던 것이다. 놀라운 것은 유령이 된 빈이 집에 찾아왔을 때, 득 아주머니가 할아버지와 부부가 되어 있다는 점이다. 득 아주머니는 응웬꾸앙 집안이 "지구상에서 영원히 사라져서 아무런 흔적도 남기지 않게 되는 것을 바라지 않았"(283)기에 할아버지와 결혼을 한 것이다.44) 이처럼 득 아주머니의 삶이란 오직 빈의 아버지와 빈의 집안을 위해서만 존재한다는 것을 알 수 있다. 또한 대를 잇는 것에 집착하는 득 아주머니와 낌의 모습은 유교적 가치 아래서 여성이 온전한 주체로 인정받지 못하고 있음을 보여준다고 할 수 있다.

오직 남성과 남성의 집안을 위해 존재하는 여성의 모습은, 여성의 사회적 지위가 낮으며 여성의 인권에 대한 의식도 갖춰져 있지 않다는 것을 증명한다. 『그대 아직 살아 있다면』에서는 전선으로 가기 위해 빈이 화물차를 탔을 때, 그 안에서 남자 군인이 여성을 성추행하는 장면이 등장하기도 한다. 또한 황천강가에서 만난 꾸에지는 죽기 전에 젊은 남자 견습의와 사랑을 나누었다가 임신을 하게 되는데, 그 남자는 오직 자신의 출세와 성욕에만 관심이 있다. 이러한 남성들의 형상 역시 남성중심주의 사회의 일그러진 모습에 해당한다고 할 수 있다.

---

44) 그러나 두 육신의 결합이 꾸앙빈 집안의 끊어진 대를 이을 수는 없다.

3. 베트남의 상징으로 기능하는 여성
- 바오 닌의 『전쟁의 슬픔』

『전쟁의 슬픔』에서 프엉은 베트남의 상징이라고 할 수 있다. 그렇기에 전쟁의 슬픔과 그 극복이라는 문제는 프엉45)을 통해 간접적이지만 명료하게 드러난다. 전쟁 이전의 프엉은 절대적인 존재로서 형상화된다. 피아니스트였던 아버지와 음악교사였던 어머니 사이에서 태어난 프엉은 황홀할 정도로 아름답다.46) 프엉이 끼엔에게 하는 "누나처럼. 엄마처럼. 예전부터 지금까지 그래 왔던 것처럼 변함없이 널 사랑해. 지금부터, 오늘 밤부터 난 네 아내야."(183)라는 말에서 알 수 있듯이, 끼엔에게 프엉은 절대적인 존재이다. 이러한 프엉의 말에 부응이라도 하는 듯이, 끼엔은 프엉이 "누나 같기도 하고 젊은 엄마 같기도" 하다며 "어린아이처럼"(183) 프엉의 품속을 파고든다. 그 품에서 끼엔의 입술은 "갓난아이보다 더 능숙하게 프엉의 젖꼭지를 빨았"(184)고, 끼엔에게 "프엉은 영원히 시간 밖에서, 영원히 해맑은 영원한 청춘"(241)으로 각인된다.

---

45) 프엉은 끼엔의 분신이라는 의미도 지니고 있다. 아주 어렸을 때부터 프엉과 끼엔의 아버지 사이에는 "남들은 이해할 수 없는 감정의 교감"(171)이 있어 왔다. 프엉은 끼엔 아버지의 정신의 자식으로서, 둘은 오누이라고두 할 수 있다. 끼엔의 아버지는 자신의 모든 그림을 태울 때, 그 현장에 오직 프엉만이 자리하게 한다. 프엉은 끼엔에게 "너보다는 내가 네 아버지와 더 가까웠어."(180)라고 말한다.

46) 전쟁터로 나가기 직전이 "프엉과 끼엔의 인생에서는 그때가 가장 빛나는 시기"(174)였다. 그 당시는 수많은 캠페인과 운동이 일어나고 애국주의적 열정이 들끓던 시기였지만, 둘은 그러한 사회적 분위기에 아랑곳하지 않는다.

끼엔과 프엉이 청춘을 즐기던 하노이의 아름다운 풍경

프엉은 본래 "고상하고 완벽하게 아름다운 정신으로 살아가는 운, 천부적인 문화적 소양을 즐기며 살아가는 운, 인품의 가치를 누리는 운"(277)을 타고난 존재이다. 입대하기 하루 전날 프엉은 끼엔을 위해 피아노곡을 쳐준다. 이 순간 끼엔에게는 "그녀를 향한 무아지경과 탄복, 사랑과 동경의 마음"(279)이 활활 타오르며, "내가 이 세상에 태어나고 자라고 어른이 되고 전쟁에 뛰어들어 죽게 되든 살아서 돌아오든 그 모든 것이 단 하나의 이유 때문이라는 걸. 사랑하기 위해서. 그녀를 영원히 사랑하기 위해서. 비통하고 애통하게…."(280)라고 생각할 정도이다. 그러나 "프엉이 이 시대의 실상을 어떻게 견뎌 낼 수 있겠니."(277)라는 프엉 어머니의 말처럼, 전쟁의 잔인함은 프엉의 삶도 내버려 두지 않는다. 전쟁의 현실에서는 용납되지 않는 "무모한 꿈"(277)을 가진 프엉은 끼엔의 아버지와도 통하는 면이 많다.47)

그렇기에 음악교사인 프엉의 어머니는 "프엉이 네 아버지의 말에 빠져 들고, 그 끔찍한 그림에 매혹되는 건 정말 두려워."(277)라고 말한다.

미국은 1964년 발생한 통킹만 사건을 계기로 베트남전에 적극적으로 개입한다.
통킹만의 북쪽에 위치한 유명 관광지 하롱베이.

47) 사람들은 끼엔의 아버지가 "당에서 우파 기회주의자, 사상이 의심스러운 불만분자라는 비판을 받고 숙청되었다"(165)고 쑥덕대며, 끼엔이 보기에 "아버지는 괴팍하고 망령이 든 노인이 되어 가고"(165) 있었다. 당원이자 신지식인으로서 끼엔에게 "더 강하고 대담해져야 한다."(164)고 말하던 어머니는 가출한다. 부자(父子)의 삶은 몹시 궁핍하여 아버지의 그림을 사는 사람은 아무도 없다. 사람들은 아버지의 그림이 "날이 갈수록 노동 군중의 미학적 기준에서 밀어져 갔"으며, 결국 "자신의 그림을 유령들의 초상화로 변질시키고야 말았다"(166)고 비판했다. 당시 사람들은 "산과 강에도 계급성을 부여해야 한다고?"(166)고 주장하였고, 아버지는 이를 받아들이지 못했던 것이다. 끼엔은 프엉에게 "아버지는 매우 이상하고 잘못된 생각을 했던 사람이라는 걸 기억해야 해. 아버지는 현재 이 전쟁의 고귀한 가치도 모를 때가 많았지."(181)라고 말하기도 한다.

끼엔과 프엉이 열여섯 살이던 1964년에 미국과의 전쟁이 시작된다. 다음 해 여름 끼엔은 군에 입대하고, 가을에는 전선으로 향한다.[48] 냐 남에서 석 달간의 훈련을 마치고 B전선으로 이동하기 전에, 끼엔은 2시간 30분 동안 집에 다녀오는 것이 허락된다. 프엉을 만나느라 결집 장소에 늦은 끼엔은 트럭과 다른 열차를 통해 부대를 따라잡으려 한다. 이 여정에 프엉은 동행 하고, 둘이 함께 탄 기차가 폭격기의 공습을 받는 바람에 둘은 잠시 떨어진 다. 둘이 다시 만났을 때, 프엉은 군인인지 민간인인지 분명하지 않은 사람 들에게 겁탈당한 상태이다.

"잔인한 폭력을 즐기는 깡패"(286)같아 보이는 사내로부터 프엉을 구출 한 끼엔은 기차역을 벗어나 밖으로 나온다. 기차역은 화염에 불타오르고, 끼엔은 프엉을 등에 업고 휘청거리며 한동안 뛴다. 폭탄은 여전히 역 주변 에 쏟아지며, 프엉의 한쪽 다리에선 아까 기차에서만큼은 아니었지만 여전 히 피가 흘러나온다. 끼엔은 이런 일을 겪으며, "둘 사이에서 무언가를 잃 어버렸고, 무언가가 바뀌었다. 또렷하고 심각했지만 말로는 설명할 수 없는 것이었다."(298)고 생각한다.

절대적인 연인인 프엉의 겁탈사건이야말로 끼엔의 가장 큰 상처로 남는 다. 그러나 이 사건은 그 누구보다 당사자인 프엉에게 가장 큰 상처가 된 다. 마을과 동떨어진 곳에 위치한 중학교에 갔을 때, 무심하고 공허한 시선 의 프엉은 "씻는다고, 피부를 벗겨 낸다고 달라질 건 없어. 내 인생이 그래. 내 운명은 이미 정해졌는걸!"(302)이라며 씻으려고도 하지 않는다. 프엉은

---

48) 북베트남의 노동당은 미국의 북폭으로 인해 전쟁이 북부까지 영향을 미치는 상황 에서도 전쟁의 결정적 승패를 가늠하는 것은 남부라고 생각했으며, 남부에 총력을 기울일 것을 결의했다. 이는 북의 인민군 부대를 남으로 내려 보내는 것을 의미하 는 것으로, 남으로 내려간 군인의 수는 1965년에서 1968년까지 30만 명에 이르렀 다.(古田元夫, 『역사 속의 베트남 전쟁』, 박홍영 옮김, 일조각, 2007, 42면) 이러한 역사적 상황에서, 하노이에 살던 끼엔도 인민군에 입대하여 훈련을 받은 후에 남 부를 향해 떠난 것이다.

"나는 너의 아내고말고. 하지만 그건 과거의 운명이었어. 지금은 운명이 달라졌지."(304)라고 말할 정도이다. 주목할 것은 끼엔이 "이미 벌어진 일들은… 프엉, 다시는 생각하지마."(299)라고 말은 하지만, 머리 속으로는 "자신이 프엉을 버리게 될 것이고, 그녀의 운명이 어떻게 되든 내버려 둘 것임을. 눈앞의 그녀는 과거의 그녀와 전혀 다른 존재가 되어 있었다. 흰색이 뒤집혀 검은색이 되었다."(305)라고 생각한다는 점이다.

끼엔이 잠에서 깨어났을 때 프엉은 보이지 않으며, 옆 교실로 들어갔을 때 그곳에 있던 장교들은 프엉이 연못에서 목욕을 한다고 알려준다. 그 중의 하나가 프엉을 "닳아빠진 창녀"(309) 취급하는 말을 하고, 끼엔은 사내의 입에 정통으로 주먹을 날려서 말을 끊어 버린다. 연못가 안쪽에 솟아 있는 옻칠한 듯한 검은 바위 위에서 태평하게 알몸으로 목욕을 하는 프엉을 바라보며, 끼엔은 "그녀를 단호하게 버리기로 결심"(312)한다.

　끼엔은 이제 프엉이 천부적인 완벽성도 매력적인 모습도 해맑은 영혼도 모두 잃어버렸다고 확신했다. 환경에 떠밀린 것이 아니라 프엉 스스로 미련 없이 벼랑에서 뛰어내렸다. 그녀는 조금 전같이 밝은 대낮에도 수치심 없이 알몸을 드러냈던 것처럼 무심하고 경멸적이고 담담하고 냉소적인 태도로 새로운 삶을 시작했다. 순결한 영혼을 항상 밝게 빛나고 진실되고 열정적이던, 그의 아름다운 애인 프엉에서, 구원할 방법도 없이 순식간에 낯선 여자로, 산전수전 겪은 여자로, 완전히 다른 여자로 변해 버렸다. 끼엔은 생각했다. 그녀가 모든 환상을 포기하고, 희망을 접고, 자기 자신에게도, 끼엔에게도, 과거에도, 나라와 모든 사람의 고통스럽고 가엾은 처지에도 차갑고, 냉담하고, 무심하게 변했다고. 마음이 무서웠다. (312)

"천부적인 완벽성도 매력적인 모습도 해맑은 영혼도 모두 잃어버렸다고 확신"하는 끼엔은 프엉이 자신을 부르는 것을 외면하고 시내로 가버린다.

바로 그날 밤 끼엔은 군 행정 당국을 찾아가고, 다음 날에는 훈련병들과 함께 농 꽁까지 행군해서 보충대로 이동한다. 『전쟁의 슬픔』에서 절대적인 존재인 프엉의 상처받음은 전쟁으로 인해 훼손된 베트남을 상징한다고 할 수 있다. 이러한 훼손이야말로 끼엔의 핵심적인 트라우마에 해당하며, 그것의 극복이야말로 끼엔에게는 가장 큰 과제인 것이다. 실제로 끼엔이 초점자로 등장하는 서사의 마지막인 7장49)은 끼엔이 프엉과의 일을 극복하며, 전쟁의 슬픔에 새로운 의미를 부여하는 것으로 끝난다.

프엉을 남겨두고 떠난 7년 후에, 탄 호아 시내 가까이에 위치한 낡은 중학교에 함께 있었던 끼가 끼엔에게 편지를 보낸다. 그 편지에는 프엉이 "밤이 이슥할 때까지 목이 쉬도록 당신 이름을 부르며 찾아 헤맸습니다."(315)라는 문장이 쓰여 있다. 또한 거기 모인 군인들이 끼엔을 자극했던 것과는 정반대로 프엉은 "얼굴도 예쁠 뿐만 아니라 성격도 무척 사랑스러웠으며 당신을 아주 많이 사랑하고 있었"(316)으며, 하루 더 학교에 머무르며 끼엔을 내내 기다렸다는 내용이 담겨 있다. 전우 끼의 이 편지는 끼엔의 가슴을 덥혀 준다. 위로이자 격려가 된 그 편지는 "지난 삶에서 절대로 잃을 수 없는 것에 대한 신비로운 희망을 갖게"(316) 해 주었던 것이다. 그것은 다음의 인용에서처럼, 전쟁의 상처를 극복할 수 있는 근본적인 힘이 된다.

　　잃어버릴 뻔했던 모든 것이 그렇게 아직 남아 있었다. 전쟁을 겪을수록 파멸의 힘보다 더욱 강한 것이 존재한다는 것을 목격하게 되었다. 전쟁이 모든 것을 잿더미로 만드는 힘을 가졌다 해도, 모든 것을 파멸시킬 수는 없다는 것을 점점 믿게 되었다. 모두 여전히 남아 있었다. 원래 모습 그대로 남아 있었다. 물론 추악한 것도 남아 있었고, 아름다운 것도 남아 있었다. 분명히 이미 다른 사람이 되었지만 본래의 자기 자신만은 바뀌지 않았다. 끼엔은 프엉 역시 그럴 것이라고 믿었다. 일반적

---

49) 『전쟁의 슬픔』은 전체 8장으로 이루어져 있다.

으로 말해서 모든 사람, 전쟁으로 변화를 겪은 그 누구나 여전히 과거
속의 자기 자신과 다름없다. (317)

이처럼 끼엔에 대한 순정한 마음을 잃지 않은 프엉의 모습을 통해, 끼엔
은 "끔찍한 전쟁을 거부하고, 잔인한 폭력과 오욕을 거부하고, 인간의 삶을
틀에 꿰맞추는 교조주의와 하찮은 고정관념을 거부한다."(317)는 다짐에까
지 이르는 것이다. 육체는 능욕당했을지언정 정신의 순정함을 잃지 않았기
에, 프엉은 결국 전쟁의 그 참상을 뚫고도 다음처럼 절대적인 이성(異性)으
로 영원히 남겨지는 것이다.

그의 프엉은 영원히 어리고, 영원히 시간 밖에 있고, 영원히 모든 시
대 바깥에 있다. 그녀는 영원히 아름답고, 지나온 삶에서 깨달은 것처럼
그녀의 아름다움은 그 어떤 사람의 아름다움과도 다르다. 그녀는 비의
계절을 방금 지나 바람의 계절로 들어가는 초원과 같다. 풀 이파리 파
도치며 일렁이고 하늘을 뒤덮은 국화가 사랑스럽게 넘실거린다. 그녀는
아름답다. 빠져 들고 이성을 잃게 한다. 가늠하기 어려운 신비로운 미모
는 의식이 몽롱해질 정도로 매력적이다. 가슴이 아프도록 아름답고, 상
처 입은 미모처럼, 위험한 미모처럼, 접근할 수 없는 미모처럼 그녀는
아름답다. (317)

이러한 프엉의 모습은 마흔 살에 이른 끼엔이 전쟁과 전후의 상실에서
벗어날 수 있는 유일한 가능성으로 제시되며, 끼엔의 서사는 막을 내린다.
오랜 세월이 흐른 뒤, 끼엔은 자기 자신을 놓아 버리려던 마지막 순간에
"지난 옛날 쓰디쓴 황혼녘에 프엉이 부르던 그 소리"(317)를 듣고서는 정신
을 차린다. 그 소리는 "절대로 잃을 수 없고, 영원히 간직하고 있으며, 과거
의 길에서 그를 기다리던 행복한 삶과 밝은 미래를 마음에 새기게 하는 메
아리"(318)로 의미부여 된다. 그리고 자신을 찾던 프엉의 목소리를 다시 한

번 되새기면서, "과거는 최후가 없고 과거는 우정, 형제애, 동지애, 그리고 일반적으로 불멸의 인간성과 더불어 영원히 정절을 유지한다."(318)라고 하여 우울증적 태도가 지닌 긍정적인 의미를 암시하는 단계에까지 이른다.

그런데 프엉의 정절을 확인함으로써, 전쟁의 상처로부터 극복될 수 있는 가능성이 제시되는 것은 어디까지나 남성인 끼엔에게만 일어나는 일이다. 『전쟁의 슬픔』에서 폐허와도 같은 전후의 끔찍한 고통을 온몸으로 감내하는 이는 바로 프엉이다. 전후에 다시 만난 프엉은 끼엔을 떠나며 "기억을 떨칠 수가 없어. 우리는 그게 우리가 극복할 수 있는 작은 돌멩이라고 착각"(110)했지만, 자신들이 겪은 일은 "돌멩이가 아니라 산덩이였어."(110)라며 과거의 상처에서 헤어나지 못하는 것이다.[50] 홍과 같은 퇴역군인은 프엉을 가리켜, "세상에서 가장 타락한 여자"(211)라고 일컬을 정도이다. 프엉 스스로도 다음에 인용하는 끼엔과의 대화에서 드러나듯이, 자포자기적인 모습을 보여준다.

> "끼엔, 널 만나러 올 수밖에 없었어. 넌 아무것도 모를 거야. 나 같은 여자가 치러야 할 일들에 대해서. 난 지금껏 내가 한 짓에 대한 대가를 치르고 있는 거야. 난 이미 망가졌어. 그래서 가끔은 내가 짐승 같다는 생각이 들어."
> "하지만…."
> "나 자신을 억누를 수가 없어. 어떤 것에도 마음을 다잡을 수가 없어. 내 인생을 스스로 끝장내고 있는 거야. 그렇지? 향락 속에서 내 인생을 끝장내고, 네게 잔인하게 굴면서 말이야." (193)

---

50) 프엉은 다음과 같이 자신의 존재 자체를 부정하는 모습까지 보여준다. "그때 내가 죽었어야 했는데…. 그랬다면 적어도 나는 너에게 여전히 맑고 아름다운 모습으로 남아 있었을 텐데. 그런데 지금 살아 있는 나는, 네 곁에 있는 나는 네 인생의 어둡고 깊은 심연일 뿐이야. 안 그래, 끼엔?"(110)

프엉의 변함없는 진정성을 믿으며 구원의 가능성이 암시되는 끼엔과 달리, 프엉은 그 어떤 새로운 삶의 가능성도 보여주지 못한 채 사라진다. 또한 『전쟁의 슬픔』의 초점자가 끼엔, 벙어리 여자, '나'라는 세 명에게만 주어짐으로써, 절대적인 중요성을 지니는 프엉의 내면은 독자에게 제대로 드러나지 않는다.

이처럼 『전쟁의 슬픔』에서 프엉은 베트남의 역사를 상징하는 하나의 기호로서 기능하며, 전후의 프엉은 타락과 상처에서 벗어나지 못하는 모습을 보여준다. 이와 관련해 『전쟁의 슬픔』에서 여성이 '벙어리'로 설정된다는 것도 주목할만하다. 전후에 끼엔이 유일하게 소통하는 마을 사람이자, 끼엔의 모든 원고를 받아 보관하는 여인은 '벙어리'이다. 또한 끼엔이 전쟁 중 부상을 입어 치료받았던 병원의 여자 간호사 리엔도 "벙어리"(188)로 설정되어 있다. 베트남 여성들은 전쟁의 슬픔을 온몸으로 상징하며, 그것을 제대로 발화할 수조차 없는 존재들이었는지도 모른다.

4. 여성인식의 새로운 가능성과 한계
- 쯔엉 투 후옹의 『제목을 붙이지 못한 소설』

『제목을 붙이지 못한 소설』의 콴은 정신병원에 있는 친구 비엔을 만나러 가는 길에 비엥이라는 여성의 도움을 받는다. 그녀는 사망자들의 뒷일을 처리하면서, "삶의 추억처럼 망령들을 지키면서"(58) 살아가는 씩씩한 여성이다. 비엥은 앞에서 살펴본 소설들에 등장하지 않는 유형의 여성이라고 할 수 있다. 그녀는 남자의 일방적인 지도를 받거나 부속물로 존재하는 것이 아니라 오히려 남성을 도와주는 적극적인 모습을 보여준다. 그녀 앞에서 콴은 "어린 아이처럼 복종"(51)하는 모습을 보일 정도이다.51) 다음의 대화에서는 지금까지 살펴본 어떤 베트남전 소설에서도 찾아볼 수 없는 남성과 여성의 관계가 펼쳐진다.

> "당신네 남정네들은 게으름뱅이들이에요. 온 숲에 다 죽순이 있고, 채소도 찾아보면 얼마나 많이 있는데!"
> "그 말은 맞아요. 우리 남자 사병들은 모르는 게 많죠. 당신들보다 일을 잘 처리 못해요."
> "당신들이란 우리 여자 사병들을 말하는 거겠죠? 치사한 놈들… 그건 그렇고 이름이 뭐죠? 아직 이름을 듣지 못했는데."
> "콴이오."
> "참 아름다운 이름이군요. 난 비엥이에요… 밥 한 공기 더 들어요. 됐다고요? 그 식욕 가지고는 전투에서 큰일 못하겠군요. 난 당신보다 두 공기는 더 먹는데."
> "고맙소, 동무."
> "이것도 고맙다 저것도 고맙다 웬 겉치레가 그리 많아요! 분명 하노이 출신일 거예요."
> "난 동 띠엔 마을 토박이오."
> "전혀 시골 사람 같지 않아요. 뿌리를 거부하는군요. 자, 숭늉 마셔요. 아주 시원해요. 젓가락과 밥그릇은 한쪽에 둬요. 내일 내가 씻을 테니까. 자러 갑시다. 난 완전히 지쳤어요." (52-53면)

둘의 대화에서 주도권을 가진 것은 여성인 비엥이며, 그는 남성들의 게으름과 무능함을 질책한다. 이에 대해 남성인 콴은 적극적으로 비엥에게 동조하는 모습을 보여준다. 이후에도 사소한 행위 하나까지 비엥은 교사처럼 콴에게 지시를 하며 가르치려 든다. 비엥은 콴과 함께 잠을 자는데, 이때 비엥의 모습은 다른 베트남전 소설에서처럼 성애화되는 것과는 한참 거

---

51) 콴은 이후에도 동굴에서 할아버지와 함께 사는 어린 소녀의 도움을 받기도 한다.

리가 멀다. 오히려 비엥은 잠든 콴에게 적극적으로 다가가서는, 머뭇거리는 콴과 거의 강제로 관계를 맺는다. 이러한 비엥의 모습은 『이름을 붙이지 못한 소설』에서만 발견되는 남녀관계이자 여성상에 해당한다고 할 수 있다. 성적으로 적극적인 여성의 모습은 다른 대목에서도 발견된다. 콴이 중부 베트남에 있는 응예 안이란 작은 산간 마을에서 작전 수행중이었을 때도, 그 "지역 처녀들은 정말 바람이 들어 있"(97)어서 대담하게 다가와 육체적 접촉을 했던 것이다.

또한 『제목을 붙이지 못한 소설』에는 다른 베트남전 소설과는 달리, 전시 여성들이 겪는 애환에 대한 이야기도 나온다. 콴이 다섯 살일 때, 항불독립전사로 싸우던 아버지는 집에 돌아온다. 콴의 어머니는, 콴이 "내가 <아버지>라고 부르는 그 남자를 나보다 훨씬 더 사랑하고 있었다"(123)고 이야기될만큼 아버지를 진심으로 사랑하며 기다려왔다. 그러나 아버지는 어머니와 다른 남자의 관계를 의심하여 괴롭히고, 이로 인해 어머니는 아버지가 돌아온 지 18개월 만에 "눈물의 길"(125)을 걷다가 병으로 죽고 만다. 그런데 다음의 인용에서 드러나듯이, 이러한 비극은 아버지 개인의 성격에서 비롯된다기보다는 여성차별적인 사회문화에서 비롯된 것임을 알 수 있다.

> "하나는 아직도 젖먹이고, 하나는 곧 태어날 텐데, 두 어린것을 데리고 여자 혼자서 농사를 지을 수도 없고, 목숨을 부지하는 데에도 벌써 지칠 대로 지친 형편이었어. 그런 여자가 간통할 힘이 어디서 나오겠어? 그런데 네 아버지 사촌인 한 노인이 그런 험담을 퍼뜨린 거야. 너희 엄마가 쌀을 구해주지 않았다고 해서 너희 엄마를 미워했거든." (126)

이 말에는 전시에 여성 혼자서 가정을 꾸려나가는 것의 어려움과 함께, 악의를 가진 남성에게 악용될 수 있는 남성중심문화의 문제가 드러나 있다. 가부장제 사회에서 베트남 여성이 겪는 고통에 대한 관심은, 비엥의 주체적이며 당당한 모습과 더불어 『제목을 붙이지 못한 소설』이 다른 베트남전 소설과는 구별되는 진취적인 측면에 해당한다고 할 수 있다.

　그러나 『이름을 붙이지 못한 소설』에서도 여성을 베트남전의 끔찍함을 드러내는 하나의 상징적 기호로 사용하는 장면이 등장한다. 작품의 도입부에는 죽은 "월맹 처녀들"(11) 여섯 명의 잔인한 시신이 다음처럼 상세하게 묘사되는 것이다.

> 　우리는 끔찍한 냄새가 풍겨나오는 숲 모퉁이를 향해 나아가다, 벌거벗은 여섯 구의 시체와 맞닥뜨렸다. 여자들이었다. 잘려나간 가슴과 성기가 주변의 풀숲 여기저기에 흩어져 있었다. 그들은 월맹 처녀들이었다. (중략) 그 처녀들은 살해되기 전에 강간을 당했다. 보랏빛을 띤 시체들. 젊고 빛나던 육체는 이렇게 늙은 송장으로, 추한 시신으로 썩고 부패되어 갔다. 상처와 눈, 입속에는 벌레들이 우글거렸다. 살찐 하얀 구더기들이었다. 그것들은 시체 위로 기어올라가 그 속에 파묻힌 채, 희열에 차 고개를 다시 내밀곤 했다. (11)

　이러한 묘사가 여성에 대한 재현의 폭력으로 기능할 수 있는 측면도 존재한다. 이와 관련하여 비엥의 과도한 성적 에너지에 대한 묘사는, 다른 베트남전 소설들이 여성을 지나치게 성애화하여 타자화시킨 것과는 다른 방식으로 비엥을 타자화한다고 할 수 있다. 콴은 자신을 강제로 범하려 하는 비엥을 간신히 달래는데, 이때 비엥은 "모든 것이 암사슴에서 여성에 이르기까지 암컷 특유의 기다림과 쾌락의 유혹을 훤히 드러내고 있었다."(56)고 묘사되는 것이다. 비엥은 다른 베트남전 소설에 등장하는 여성인물처럼 '왜곡된 성애의 대상'에서는 벗어났지만, 과도한 성적 에너지를 바탕으로 하여 '왜곡된 성애의 주체'로 타자화된다는 면에서 문제적인 장면이라고 할 수 있다.

3
미국의 베트남전 소설

1. 침묵하는 베트남 여성

팀 오브라이언의 베트남전 소설이 지닌 중요한 특징 중의 하나는 전쟁이 남성(성)만의 세계로 그려진다는 것이다. 여성들이 간혹 등장하기는 하지만, 그들은 대부분 저 멀리 미국에 있거나 말 없는 풍경 정도의 의미만 지닐 뿐이다. 특히 베트남 여성들은 침묵하는 존재로 그려진다. 특히 연작소설집 『그들이 가지고 다닌 것들』에서 베트남 여성으로서는 유일하게 등장하는 노인들은 풍경처럼 잠시 등장했다가 사라진다.

『카차토를 쫓아서』에 나오는 사르낀 아웅 완은 파리까지 동행하는 유일한 베트남인이자 여성으로서, 그녀를 대하는 폴 벌린과 그 일행의 모습은 매우 중요한 의미를 지닌다.[52] "열다섯 살. 아니, 열둘 혹은 스물"(95)로 보

---

52) 이승복은 "『카치아토』 텍스트의 절정인 상상의 파리 평화회담 장면에서 완과 베를린은 각각 베트남과 미국의 대표로 마주하게"(이승복, 「팀 오브라이언의 여성 인물: 미국의 남성과 남성성의 한계에 대한 조명」, 『영미문화』, 6권 1호, 2006.4, 186면)된다고 볼 정도이다.

이는 그녀의 아버지는 닭을 빼돌린 죄로 총살을 당했고, 그로부터 2년 후에 어머니마저 슬픔에 잠겨 죽자, 사르낀 아웅 완과 두 고모는 서쪽으로 탈출하는 여정을 시작한 것이다. 폴 벌린은 처음부터 사르낀 아웅 완과 가까이 지낸다. 그리고 늘 폴 벌린의 의식 속에서 사르낀 아웅 완은 "그녀의 향기, 그녀의 웃음, 비밀을 간직한 듯한 그녀의 태도가 좋았다. 그녀는 예뻤다." (96)라거나 "맑고 어린 데다 속눈썹이 난초에 핀 꽃잎처럼 말려 있었다." (120)라고 표현될 정도로 성적이거나 신비스러운 존재로 인식된다.[53]

실제로 폴 벌린은 사르깐 아웅 완과의 신체적 접촉을 마다하지 않는다. 처음부터 폴 벌린은 수레에 올라 "예쁜 여자아이 옆에 자리를 잡았"(95)다. 이후에도 그러한 육체적 접촉은 계속 이어진다. 폴 벌린은 "그녀의 손에, 그런 다음 그녀의 볼에 입을 맞추"(120)기도 하고, 완은 손톱깎이로 벌린의 발톱을 정리해주기도 한다.[54] 델리의 호텔에서도 "폴 벌린은 사르낀 아웅 완의 무릎에 한 손을 올리고 앉"(227)으며, "키스"(228)를 한다. 나아가 둘은 "육체를 나누는 시늉"(253)을 하기도 한다. 주목할 것은 둘이 결코 온전한 결합에까지는 이르지 않는다는 사실이다. 이것은 폴 벌린이 사르낀 아웅 완과의 진정한 관계를 회피한다는 것을 암시한다. 이러한 점은 사르낀 아웅 완이 폴 벌린에게 고향에서 만난 여자아이의 대용품이 되는 장면에서도 확인할 수 있다. 음악을 들으며 벌린은 "고등학교 체육관에서 추던 춤, 그의 팔에 안긴 루이즈 위어츠마"(295)를 생각하다가 사르낀 아웅 완의 손을

---

53) 사르낀 아웅 완의 확실한 의사는 "저는 파리가 못 견디게 보고 싶어요."(99)라는 것에서도 알 수 있듯이, 파리행을 원한다는 사실이다. 사르낀 아웅 완은 끊임없이 벌린이나 코슨 중위에게 파리를 향한 욕망을 북돋아 주기도 한다. 그러나 파리에 가고자 하는 완의 동기는 "그녀 자신의 동기는 비밀이었다. 그녀는 무엇을 원한 걸까? 피난민답게 피난, 아니면 희생양답게 탈출? 딱 잘라 말하기가 불가능했다. (369-370)"라는 말에서 드러나듯이 지극히 모호하다.

54) 사르낀 아웅 완은 다른 대원들에게도 비슷한 역할을 한다. 추격 중간에 중위를 돌보는 것도 사르낀 아웅 완의 몫이다.

꽉 잡는다. 무도장에서 사르낀 아웅 완이 춤추면서 웃음 짓는 모습을 보면서도, 폴 벌린은 "루이즈 위어츠마가 비밀을 감추며 웃던 그 모습"(299)을 떠올린다.

베트남 소녀 사르낀 아웅 완은 파리에서 탈영과 관련하여 처음으로 자신의 의사를 드러낸다. 사르낀 아웅 완은 가장 강력하게 폴 벌린이 카차토를 포함한 다른 분대원들을 모두 잊고 아파트를 구해 자신과 함께 파리에 머물 것을 부탁한다. 사르낀 아웅 완은 파리에서 처음으로 자신의 목소리를 내는 것이다. 그러나 이처럼 자기 목소리를 낸 이후, 파리까지 함께 간 대원의 무리에서 사르낀 아웅 완은 사라져 버린다. 이 작품에서 유일하게 미군과 동행하던 베트남인 사르낀 아웅 완이 미군들을 향해 "폭력으로부터 벗어나길 요청"(455)하는 순간[55] 그녀는 서사에서 배제되어 버리는 것이다.

『카차토를 쫓아서』에서 유일하게 자신의 의사를 분명하게 밝히는 여성은 하미졸리 찬드이다. 그녀는 존스홉킨스 대학에서 호텔 경영을 공부한 유학생 출신으로 대원들과 활기차게 대화를 나눈다. 이러한 모습은 성적인 대상에 머물며, 제대로 된 대화를 나누지 못하는 사르낀 아웅 완과는 대비되는 모습이라고 할 수 있다. 그런데 그녀는 아시아인이기는 하지만 철저한 미국 숭배자이다. 하미졸리 찬드는 미국에 머물던 시기가 "인생을 통틀어 가장 멋진 시기"(222)였다고 회상하며, 미국은 "천재성과 발명의 땅"(223)이라고 극찬하는 것이다. 그녀는 미국에서는 "전통에 목매지 않"지만, 델리에서는 "햄버거 하나도 범죄"(224)가 된다고 말하기도 한다. 설령 아시아인이라 하더라도 미국적인 인식을 지닌 여성에게는 나름의 발언권이 주어짐

---

55) 이 작품의 클라이맥스라고 할 수 있는 파리 평화회담 장면에서 완은 당당하게 자신의 의견을 발표한다. 그런데 그것은 "그녀의 목소리가 아니라 통역된 목소리, 또 박또박하고 강세 없고 인간미 없는 남자 목소리"(454)로 발화된다. 이러한 상황은 그녀가 온전한 주체로 인정받지 못하는 것을 비유적으로 보여준다.

을 확인할 수 있다.

2. 전쟁의 이방인으로 타자화되는 미국인 여성

팀 오브라이언의 연작소설집『그들이 가지고 다닌 것들』에는 여러 명의 미국인 여성들이 등장하며, 이들은 중요한 의미를 지니고 있다.[56] 지미 크로스 중위와 편지를 주고 받는 마사, 마크 포시의 여자친구로 베트남 전장에까지 오는 메리 앤 벨, 랫이 전사한 커트 레몬을 위해 편지를 쓰는 커트 레몬의 누이, 대부분의 작품에서 초점화자로 등장하는 팀 오브라이언의 딸 캐서린, 뇌종양으로 죽은 오브라이언의 연인 린다 등이 연작소설집『그들이 가지고 다닌 것들』에 등장하는 미국인 여성들의 명단이다.

팀 오브라이언의 단편「그들이 가지고 다닌 것들」은 "지미 크로스 중위는 뉴저지에 있는 마운트 서배스천 칼리지 3학년생인 마사라는 소녀의 편지를 가지고 다녔다."(15)는 문장으로 시작된다. 베트남전에 참여하고 있는 지미 크로스의 머리를 채우는 것은 온통 마사라는 여대생이다. 지미 크로스의 머리를 채운 생각의 핵심에는 마사가 과연 처녀인지에 대한 궁금증이 놓여 있으며, 그 궁금증은 무려 여덟 번이나 반복된다.

---

56) 이두경은 "오브라이언이 남성성의 회복과 치유를 위한 도구로 여성의 역할을 어떻게 제시하고 있는지를 탐색"(이두경,「베트남 전쟁과 잃어버린 남성성: 팀 오브라이언의『그들이 가지고 다닌 것들』을 중심으로」,『한국영어독서교육학회』3권 1호, 2018.6, 51면)한다고 말한다. 이두경은 오브라이언의 소설에서 여성들이 "전쟁에 무지"하며, 참전군인들은 "그들에게서 어떠한 이해나 관심도 구할 수 없었다는 메시지를 전달"(위의 논문, 70면)한다고 본다. 특히 작가 팀 오브라이언은 "앤이 드러내는 잔인성과 맹목적인 호전성이 옳지 않다는 것을 드러"(위의 논문, 71면)낸다고 주장한다.

"그는 그녀가 처녀일 거라고 거의 확신했다."(15), "야간 경계를 하며 마사가 처녀일까 생각했다."(16), "누가 사진을 찍었는지 궁금했다"(18), "그녀의 다리가 처녀의 것이 거의 확실하다고 생각했다."(19), "그날 오후 누가 그녀 곁에 있었는지 궁금했다"(23), "그는 그녀가 처녀이고 또 처녀가 아니길 둘 다 바랐다."(27), "크게 열린 그녀의 눈은 두려워하지 않았고, 처녀의 눈이 아니었고, 그저 무미건조하고 단절되어 있었다."(27), "즉 시인이자 처녀이며 단절돼 있었고, 그리고 그를 사랑하지도 않고 사랑할 일도 없다는 걸 그가 알았기 때문이다."(32)

이러한 처녀(성)에 대한 강박적인 집착은 크로스 중위의 미숙함을 보여주는 동시에, 여성에 대한 불신과 의혹을 반영한다고 할 수 있다. 「그들이 가지고 다닌 것들」은 크로스 중위가 애송이 소대장에서 진짜 군인으로 성장하는 과정을 보여준다. 이러한 성장은 '동료의 생명'보다 '미국에 있는 여자'를 생각하던 모습에서, '동료의 생명'에 더욱 신경 쓰게 되는 것을 의미한다. 본래 크로스 중위는 "마사의 젊고 부드러운 얼굴을 그리며 자기는 무엇보다, 죽은 대원보다 마사를 더 사랑한다"(202)고 생각했던 것이다. 그러나 라벤더의 죽음을 겪으며 전쟁에 주의를 집중하기가 어려웠던 크로스 중위는 이제 전쟁에만 집중하기로 결심한다. 라벤더는 소변을 보고 돌아오다 총에 맞아 죽는데, 그 순간에도 스물 네 살의 크로스는 "전쟁에서, 사랑에서 그는 순 어린애"(27)로서 "저지 해안의 흰 모래에 마사와 함께 묻혀 있었"(27)던 것이다. 그러나 라벤더의 죽음을 겪은 이후 크로스는 자신이 부하들보다도 마사를 더 사랑했기에 라벤더가 죽었다며 수치심과 더불어 자신에 대한 증오심을 느낀다.

테드 라벤더가 죽은 이튿날 아침, 중위 지미 크로스는 참호 바닥에 웅크리고 앉아 마사의 편지를 불태우기까지 한다. 이때도 지미 크로스는 마사와 자신이 무관하다는 것을 통렬하게 깨닫는다. 다음의 인용에서처럼, 지미 크로스가 태워 버린 편지에는 전쟁에 대한 이야기가 전혀 없다. 『숲속의 호수』에서 캐시도 베트남전에 참전 중인 존에게 편지를 보내는데, 캐시 역시 편지에서 전쟁 이야기는 거의 하지 않는다.57)

> 태워버린 그 편지들에서 마사는 몸조심해 지미, 라고 말할 때 말고는 결코 전쟁을 언급하는 일이 없었다. 그녀는 관여돼 있지 않았다. 그녀는 사랑으로, 라고 편지에 서명했지만 그것은 사랑이 아니었고, 그러므로 그 모든 미문과 세부적인 내용은 중요하지 않았다. (40)

그 깨달음이 어찌나 통렬한지 크로스는 그토록 집착해왔던 "처녀성도 더는 문제가 못 되었다."(40)고까지 생각한다. 이후로 마사 생각이 날 때는 그녀가 다른 곳에 속해 있다는 생각만을 한다. 베트남은 마운트 서배스천이 아니고, "부주의와 사소한 어리석음 때문에 죽는 장소"(41)라고 생각하는 것이다. 이제 지미 크로스는 굳은 마음으로, 한눈팔지 않고 의무를 수행하는 장교가 될 것을 굳게 다짐한다.

지미 크로스는 군인(장교)의 본분에 충실할 것을 다짐하며 슬프다는 생각을 하는데, "남자들이 속에 가지고 다니는 것들. 남자들이 하거나 해야 한다고 느끼는 것들"(42)에 대해 슬픔을 느끼는 것이다. 결국 크로스의 성장(변화)은 전쟁에서 여성(성)을 배제함으로써 가능해진다는 것을 알 수 있다.58) 「그들이 가지고 다닌 것들」을 통해 전쟁은 남성성과 관련된 일이라는 것이 강조되며, 이를 위해 마사가 활용된 것이라고도 볼 수 있다. 「진실한 전쟁 이야기를 들려주는 법」에서 랫 카일리가 전사한 커트 레몬에 대해

---

57) "그의 안전을 염려하면서도 그녀는 그가 거기에 가게 된 동기나 이유에 대해 미심쩍어했"(51)던 것이다.

58) 「그들이 가지고 다닌 것들」에 바로 이어지는 단편은 「사랑」이다. 「사랑」은 전쟁이 끝난 수년 뒤, 지미 크로스가 '나'(팀 오브라이언)를 방문하는 내용이다. 「사랑」에서 지미 크로스는 여전히 마사를 사랑하는 것으로 그려진다.

쓰는 편지의 수신인인 커트 레몬의 누이도 기본적으로는 마사와 동일한 기능을 수행한다.

『숲속의 호수』에서는 존 웨이드가 머리 속에서가 아니라 실제로 여자를 감시하며 구속하는 모습이 그려진다. 이 작품에서 마술은 지배욕과 긴밀하게 관련되어 있는데, 1966년 가을 캐시를 처음 만났을 때 존은 "그녀가 그를 영원히 사랑하게 만드는"(46) 마술을 부리고 싶어 한다. 캐시와 만난 직후부터 존은 캐시를 감시하기 시작하는데, "처음에는 약간의 죄책감이 들었고, 그 때문에 괴로웠지만 한편으로는 거기서 만족감을 맛보았다"(47)다. 존은 일상의 사소한 사항들은 물론이고, "그녀가 사람들에게 어떤 식으로 미소짓는지, 그녀가 다른 남자들에게 어떤 행동을 취하는지"(47)와 관련된 "배신의 징후들을 찾아"(47)본다. 존은 "그녀를 감시할 때야말로 그녀를 가장 사랑했다고 말할 수 있으리라."(47)고 생각하는 것에서 알 수 있듯이, 이런 이상한 방식으로만 사랑을 할 수 있는 사람이다. 존도 마음속으로는 감시하는 것이 온당치 못하다고 느끼기도 하지만, "감시를 그만둘 수가 없"(48)다. 그렇기에 존은 하루 종일 캐시를 감시하기도 한다. 베트남에서도 "그가 목마르게 원한 것은 당장 그녀를 감시하는 것"(54)으로, 존은 "의심을 그만둘 수가 없"(55)다. 베트남에서 돌아온 후에는 물론이며 캐시와 결혼한 이후에도, 존은 캐시에 대한 감시와 염탐을 멈추지 않는다.

캐시에 대한 감시는 여성을 향한 지배욕을 의미하며, 이러한 지배욕 속에 캐시에 대한 존중이나 배려는 존재하지 않는다. 존이 그토록 간절하게 추구하는 정치적 성공은 캐시의 바람과는 무관하다. 캐시의 언니인 패트는 "정치가의 아내로서 반복되는 일들, 웃음과 헌신으로 덕지덕지 처발라야 하는 일들"(227)을 캐시가 경멸했다고 말한다. 그럼에도 존은 캐시가 그토록 원하던 아이까지 유산시키면서까지 정치가로서의 꿈을 일방적으로 추구한다. 캐시가 받은 "정신적 압박은 엄청났다."(303)고 이야기될 정도이며, 그렇기에 그녀는 신경 안정제에 의존하면서 하면과 불륜을 벌이기도 한다. 그러한 정신적 압박은 "남편, 선거, 그녀가 가슴속에 품은 태어나지 않은 아이"(304)에서 비롯된 것으로, 그 근본은 존으로부터 비롯된다고 할 수 있다. 결국 캐시는 38세가 되던 1986년 실종된다.

그리고 이러한 특성이 베트남전의 민간인 학살과도 연결될 수 있다는 것은 주목할 만하다. 패트는 존과 캐시가 공유한 핵심이 "당신이 그녀를 감시하는 것과 당신이 자면서 고함치던 내용"(228)이라고 말한다. 존이 자면서 고함치던 내용은 2부에서도 살펴본 것처럼, 밀라이 학살로 대표되는 베트남전에서의 끔찍한 경험에 관련된 것이다. 여기에서는 존의 감시와 존이 베트남에서 벌였던 학살극이 깊이 연관되어 있다는 인식이 분명하게 드러나 있다.

「뜨라봉강의 연인」은 전쟁에 무관심한 다른 여성들과 달리 아예 베트남전과 일체가 되어 버린 예외적 여성이 등장한다. 그 여성의 이야기는 랫 카일리가 알파중대에 합류하기 이전 소규모 의무대에 배속되어 있을 때에 경험한 일이다.59) 그 이야기는 "열여덟 살, 큰 키에 금발, 타고난 운동선수, 예의를 알고 마음 따뜻한 좋은 아이"(124)였던 여성이, 그리고 처음 "하얀 치미바지랑 아주 섹시한 분홍 스웨터"(113) 차림이었던 한 여성이,60) 혓바

---

59) 랫은 허풍장이로 등장하여, 이 이야기에 대한 신뢰성을 조금은 의심하게 만든다. "알파중대원들 사이에서 랫은 사실을 부풀리려는 충동, 즉 과장과 허풍으로 이름나 있었고 우리 대다수는 그가 말하는 것을 60-70퍼센트 깎아서 듣는게 예사였다."(112)고 이야기된다.

60) 이두경은 "초기의 앤은 보편적인 미국 소녀의 이미지와 남성이 원하는 이상적 여성상으로 재현된다. 예컨대 그녀의 건장한 키, 하얀 다리, 푸른 눈의 금발, 딸기 아이스크림 같은 피부는 보편적인 미국 소녀의 이미지와 부합"되며, "앤의 부드러우며 유순한 행동은 단란한 가정을 꾸리고자 하는 포지애의 꿈을 이루게 할 수 있으리라는 기대를 품게 만든다."(이두경, 앞의 논문, 63면)고 설명한다.

닥을 꿰뚫은 목걸이를 건 '야만인'으로 탄생하기까지의 과정을 담고 있다.

메리 앤 벨은 마크 포시의 여자친구로 선적물을 따라 헬리콥터를 타고 전초기지에 도착한다. 처음 "한 쌍의 고등학생 연인"(118)처럼 마크 포시와 꼭 붙어 다니던 메리는 강렬한 호기심을 바탕으로 베트남전에 급속하게 익숙해진다. 심지어 "그녀는 완전히 제집인 듯 편안해 보"(120)이기까지 한다. 그러나 밥 짓는 법을 배우고 베트남인 마을을 구경하는 정도는 그리 특별한 일이라고 할 수 없다. 그것은 랫이 "우리도 여기 처음 왔을 때 다들 한 사람도 빠짐없이 낭만적인 개소리나 읊어댈 만큼 진짜 젊고 순수했지만 빌어먹을 만큼 빨리 깨달았잖아. 메리 앤도 마찬가지였다고."(121)라고 말하는 것처럼, 다른 남성 병사들과 비슷한 수준의 적응과정이라고 볼 수 있기 때문이다.

그러나 메리는 곧 그 적응의 수준을 초과하기 시작한다. 피칠갑을 한 부상병들을 돌보며 침착함을 띠다 못해 평온해보이기까지 하며, 이런 모습에 남자친구 마크 포시는 자랑스러움과 함께 놀라움을 느낀다. 또한 부드럽던 몸은 곳곳이 뻣뻣하게 굳어지며 곧 명랑함도 사라진다. 메리는 "내 인생에서 이보다 더 행복했던 적이 없어."(124)라며, 그 모든 변화에 만족하다 결국에는 사라져버린다. 그녀는 어느새 그리니(Greenie)[61]들과 밤새 매복을 나가는 용사가 되어 버린 것이다.

마크 포시의 동료들보다 더욱 군인다운 메리의 모습은 「그들이 가지고 다닌 것들」의 마사나 「진실한 전쟁 이야기를 들려주는 법」의 커트 레몬의 누이와는 구별되는 모습이라고 할 수 있다. 마사나 커트 레몬의 누이가 전쟁과는 완전히 단절된 존재로 그려진 것과는 정반대의 모습이기 때문이다. 또한 이러한 메리의 모습은 앞에서 살펴본 수많은 전쟁소설에서 여성을 전

---

61) 그린베레를 비아냥거리는 말로서, 그린베레는 대게릴라전이 목표인 미육군 특수부대가 녹색 베레모를 쓴 데서 붙여진 명칭이다.

쟁의 보조적이며 수동적인 존재로만 여겨온 것과는 구별되는 것이라고 할 수 있다. 이러한 메리의 모습은 젠더적인 역할규범과 편견을 깨뜨리는 의미를 지닌다고까지 말할 수 있다.[62]

그러나 메리의 변모는 그 과도함으로 인해 일반적인 군인의 정체성과 감수성을 초과하게 된다. 그녀는 베트남전 당시 일반적인 병사들과는 다른 차원의 타자로 분리되어 버리는 것이다. 「그들이 가지고 다닌 것들」의 마사나 「진실한 전쟁 이야기를 들려주는 법」의 커트 레몬의 누이가 무관심으로 인해 전쟁의 타자가 되었다면, 「뜨라봉강의 연인」의 메리는 과도한 적극성으로 인하여 전쟁의 타자가 된다고 볼 수 있다.

나중에 메리는 아예 숙소마저 특수부대 초가집으로 옮기고, 그곳에는 "들보에 매달린 황갈색 가죽, 그리고 뼈"(135)가 가득하며 "살인의 역한 냄새"(135)가 난다. 거기서 만난 메리는 "저 스스로와 완전한 화해를 이룬 사람의 평정심"(136)을 띤 표정으로, "그렇게 나쁘지는 않아."(136)라고 말한다. 더 나아가 메리는 곧 그린베레의 차원을 넘어서 베트남의 원시 부족의 일원이 되는 것으로 그려진다. 메리는 야간 정찰을 게걸스럽게 즐기며, 맨발에 소총도 소지하지 않고 "미친, 죽음 충동 같은 위험"(140)을 무릅쓰기도 하는 것이다. 그리니들조차 망설이던 일을 서슴치 않던 메리는 "그녀의 머릿속에 있는 어떤 야생동물을 도발해 녀석이 제 모습을 드러내도록"(140) 청하는 것 같은 모습으로 묘사된다. 결국 메리는 그린베레들도 떠난 산속

---

62) 이러한 메리의 변모와 관련해, 이승복은 "고등학교를 갓 졸업한 소녀가 몇 주 사이에 전혀 다른 사람이 되어 특수부대원들과 생활하고 때로는 그들보다 더 특수부대원처럼 행동하며 종국에는 베트남의 자연 속으로 사라지는 그녀의 변모 과정은 전쟁은 남성의 영역이라는 서구의 전통적인 성역할을 위반하는 것"(이승복, 「남성중심 질서에 대한 재고 - 팀 오브라이언의 「쏭 트라 봉의 연인」」, 『현대영미소설』 21권 1호, 2014, 311면)이라며, "기존의 남녀 간의 성역할이라는 경계를 완전히 허물 뿐 아니라 그러한 통념이 가지는 한계를 지적한다."(위의 논문, 315면)고 주장한다.

으로 들어가 돌아오지 않는다. 그리니들에 따르면, 메리 앤은 다음의 인용
에서처럼 아직도 어둠 속에 머물고 있는 것이다.

> 하지만 이야기는 거기서 끝나지 않았다. 그리니들의 말을 믿어본다면
> 메리 앤은 아직도 거기 어딘가 어둠 속에 있다고 랫은 말했다. 기괴한
> 움직임, 기괴한 형태로. 밤늦게 그리니들이 매복을 나가면 온 열대우림
> 이 그들을 뚫어지게 굽어보는 듯한데 - 감시당하는 느낌이 드는데 - 그
> 러다 두어 차례, 그들은 그녀가 어둠을 가르며 활주하는 모습을 본 듯
> 했다. 확실하진 않지만 그런 듯했다. 그녀는 벌써 저쪽으로 건너가 있었
> 다. 그녀는 그 땅의 일부였다. 그녀는 치마 바지, 분홍 스웨터 그리고 사
> 람 혀로 만든 목걸이를 걸치고 있었다. 그녀는 위협적이었다. 그녀는 살
> 인할 준비가 되어 있었다. (「뜨라봉강의 연인」, 141-142면)[63]

그녀는 미국 사회가 떠받드는 이상적인 소녀에서 의욕과 능력을 갖춘 일
반병사로, 다시 일반병사에서 특수부대원이 되었다가, 나중에는 인간의 범
위를 초월한 동물(야만)의 상태로까지 변모하는 것이다. 이와 관련해 이두
경은 작가가 "그녀의 카니발적인 면을 부각시키면서 그녀를 동물적 위치로
격하"[64]시키며, "이후로 아무도 그녀의 모습을 보지 못했다는 이야기의 결
말은 작가가 사용하고 있는 문학적 '매장'(burial)의 한 방편"[65]이라는 적절
한 지적을 하고 있다.

---

63) But the story did not end there. If you believed the Greenies, Rat said, Mary
   Anne was still somewhere out there in the dark. Odd movements, odd shapes.
   Late at night, when the Greenies were out on ambush, the whole rain forest
   seemed to stare in at them -a watched feeling- and a couple of times they
   almost saw her sliding through the shadows. Not quite, but almost. She had
   crossed to the other side. She was part of the land. She was wearing her
   culottes, her pink sweater, and a necklace of human tongues. She was
   dangerous. she was ready for the kill. (p.110)
64) 이두경, 앞의 논문, 67면.
65) 위의 논문, 68면.

한 가지 덧보태고자 하는 것은 그녀의 타자화된 모습에는 엄청난 살인의 흔적이 늘 따라 다닌다는 것이다. 그녀가 옮겨간 특수부대의 초가집에는 황갈색 가죽과 뼈가 가득하며 살인의 역한 냄새가 남아 있다. 나중에 인간을 초과한 동물의 상태가 되었을 때, 그녀는 사람의 혀로 만든 목걸이를 하고 있을 정도이다. 이것들은 모두 베트남인에 대한 엄청난 폭력과 살육의 흔적이라고 할 수 있다. 일반 병사의 정상성을 초월한 그녀에게 살육의 자취를 남김으로써, 상대적으로 일반 남성병사들은 과도한 살육으로부터 분리되는 효과가 발생하는 것에도 주목할 필요가 있다.

5부
베트남전 소설의 변화

1
개작을 통해 바라본 변모양상

1. 장편소설 『하얀전쟁』의 성립 과정

1장에서는 시기를 길게 잡아서 베트남전에 관한 집합적 기억과 소설의 변모양상을 살펴보고자 한다. 본래 과거의 대사건에 대한 기억이나 회상은 개인과 집단의 정체성을 형성하는 데 영향을 주며, 반대로 현재의 구조적 맥락-혹은 정체성-이 기억의 내용을 규정할 수도 있다.[1] 베트남전에 대한 기억도 마찬가지여서, 시대적 변화와 더불어 베트남전을 둘러싼 담론이나 기억의 표상도 변모해 왔다. 베트남전 당시부터 1980년대까지 정부의 가장 대표적인 파병 논리는 안보(반공)와 경제발전이었다. 종전 이후에도 참전은 공산세력의 '안보위협'으로부터 방어를 이뤄냈다는 안보(반공)이데올로기와 참전으로 인해 경제성장이 가능했다는 경제논리로 정당화되었던 것이다.[2] 이것이 베트남전에 대한 국가의 공식기억이라고 할 수 있다. 이 중에서도

---

1) 한건수, 「경합하는 역사」, 『한국문화인류학』 35집 2호, 2002, 70면.
2) 강유인화, 「한국사회의 베트남전쟁 기억과 참전군인의 기억투쟁」, 『사회와역사』 97집, 2013.3, 109면.

참전군인들에게 가장 중요했던 것은 안보전사라는 정체성이었다. 박태균은 "전쟁특수를 위해 참전했다는 주장은 참전 이후에 만들어진 것일 수 있"[3]다며, "한국정부가 파병했던 제일 중요한 이유는 역시 정치적인 이유와 안보적인 이유"[4]였다고 주장한다.

전쟁의 기억을 다시 불러온 것은 이중의 계기였다. 첫 번째는 1992년 12월의 한·베 수교이며, 두 번째는 1999년 한국 사회에 큰 반향을 일으키며 베트남전의 공식적 기억을 뒤흔들어 놓은 한국군의 베트남 민간인 학살 폭로이다.[5] 망각되어 있던 전쟁 기억의 재생은 베트남전에 대한 공식기억과는 완전히 다른 대항기억을 만들어내었다. 이러한 대항기억에서 참전군인들은 안보전사나 경제역군이 아닌 과잉폭력이나 용병과 관련된 의미를 부여받았다. 『하얀전쟁』의 개작 과정은 이러한 한국사회의 베트남전 담론의 변화와 밀접한 관련성을 지닌 것으로 판단된다.

안정효의 『하얀전쟁』은 베트남전 기억의 변모와 그에 따른 문학적 대응 양상을 살펴보는데 매우 유의미한 작품이다. 안정효는 1967년부터 1968년까지 백마부대 소속으로 베트남전에 참전했을 뿐만 아니라, 1980년대부터 최근까지 지속적으로 『하얀전쟁』의 개작본을 발표하고 있기 때문이다. 단일 작품의 개작양상을 살펴보는 작업은 기억의 변화와 문학의 관련성을 가장 분명하게 보여줄 수 있을 것으로 판단된다.

안정효는 1985년 『실천문학』에 '전쟁과 도시'라는 제목의 소설을 2회(봄호와 여름호) 연재한 후, 같은 해에 『전쟁과 도시』라는 제목으로 실천문학사에서 단행본을 출판한다. 『실천문학』 1985년 봄호에는 전체 22장 중에서 1장부터 7장까지가 발표되었고, 『실천문학』 1985년 여름호에는 8장부터 10

---

3) 박태균, 『박태균의 이슈 한국사』, 창비, 2015, 12면.
4) 위의 책, 12면.
5) 윤충로, 『베트남전쟁과 한국 사회사』, 푸른역사, 2015, 354면.

장까지가 발표되었다. 연재된 작품이 『전쟁과 도시』(실천문학사, 1985)라는
단행본이 되는 과정에서 일어난 변모양상은 미미하다. 개작 양상은 크게
두 가지로 나누어 볼 수 있다.

첫 번째는 내용이 보다 구체화된 경우이다. "아홉 명"(『실천문학』, 1985년
봄호, 441면)이 "같이 낚시를 가기로 했던 아홉 명"(8면)으로, "사랑에서 샘튼
다는 것을"(『실천문학』, 1985년 여름호, 472면)이 "남자와 여자가 아닌 남자와
남자가 죽음의 터전에서 나누는 사랑에서 샘튼다는 것을"(67면)로, "가망이
없는 자들은"(『실천문학』, 1985년 여름호, 516면)이 "살아날 가망이 없는 자들
은"(114면)으로 변한 것을 들 수 있다. 다음으로는 단순하게 단어가 바뀌는
경우도 있다. "육이오"(『실천문학』, 1985년 봄호, 480면)가 "6·25"(48면)로,
"1968년"(『실천문학』, 1985년 봄호, 491면)이 "1967년"(59면)으로, "간성"(『실천
문학』, 1985년 여름호, 467면)이 "원통"(62면)으로, "1954년"(『실천문학』, 1985년
여름호, 484면)이 "1945년"(79면)으로, "강인호"(『실천문학』, 1985년 여름호, 494
면)가 "강순호"(90면)로 바뀐 것을 들 수 있다. 이 중에서 연재본에서 베트
콩의 강요에 의해 아군과 싸우다 죽은 양민이 "43명"(『실천문학』, 1985년 여
름호, 525면)이었던 것이, "13명"(123면)으로 줄어든 것은 한국군의 과잉폭력
에 대한 작가의식의 변모와 관련해 주목할 필요가 있는 것으로 판단된다.

이후 1989년에 미국의 Soho 출판사에서 'White Badge'라는 제목의 영
문판이 출간된다. 작가 소개란에는 이 책이 안정효 본인에 의해 번역되었
음이 밝혀져 있다.6) 단행본 『전쟁과 도시』는 部의 구분이 없이 모두 22장
으로 구성되어 있는데, White Badge는 3부 28장으로 그 체제가 변모한다.
그러나 내용에 있어서는 번역이라는 말이 부합할 정도로 근본적인 변화는

---

6) 해당 부분은 다음과 같다. "This is the first of his works to be published in
English, and the translation is his own"(Ahn Junghyo, *White Badge*, New York:
Soho Press, 1989, p.338)

일어나지 않는다. 이후 1989년에 드디어 『하얀전쟁』이라는 제목의 단행본이 고려원에서 출간된다. 실천문학사에서 출판된 『전쟁과 도시』와 1989년에 출판된 『하얀전쟁』은 제목만 다르고 페이지 수까지 그대로 일치한다. 유일하게 변한 것은 결론 부분에 24줄이 첨가된 것뿐이다.

그리고 나는 백열(白熱)의 태양이 갑자기 내 망막이라도 태워버린 듯 시야가 하얗게 표백되는 것을 느꼈다. 백의민족이어서 예로부터 흰옷을 사랑했다는 한국인들, 나의 옛 전우들은 팔뚝에 하얀 말을 그려 붙이고 남의 나라로 전쟁을 하러 갔었다. 우리들은 월남 사람들이 오라고 해서 그곳 전쟁에 간 것이 아니라 미국인들의 참전 명분을 살려주기 위해, 미국 돈을 받으며 월남 땅에서 미국을 위해 싸웠다. 그러나 그 전쟁에서 우리들은, 나는, 그리고 변진수는 무엇을 했던가? 응어리 응어리 얽힌 30년 민족 전쟁의 매듭을 하나도 풀지 못하면서, 우리들로서는 이유도 없고 명분도 없는 전쟁을 하느라고 죽음의 계곡에서 나의 전우들은 죽어갔고, 이제 변진수는 영혼의 가사상태에서 살아간다. <u>대리 전쟁에서 우리들은 죽음의 손익계산서에 아무것도 기록하지 못했다. 그것은 우리들이 백지 답안지를 낸 전쟁 시험이었다. 남은 것은 백색의 공간뿐, '정의의 십자군'은 아무것도 눈에 보이지 않고, 아무 자취도 남기지 못한 하얀 전쟁을, 하얗기만 한 악몽을 견디고 겨우 살아서 돌아왔을 따름이었다.</u> 미국의 첫 번째 에베레스트 등반대 대장이었던 다이렌훠드는 "에베레스트를 정복한 감상이 어떠냐?"고 물은 어느 한국 기자에게 "아무도 에베레스트는 정복하지 못한다. 그냥 올라갔다 내려올 따름이지."라고 말했다. 그렇다, 우리들은 속수무책인 백지 답안지를 내야 했던 남의 전쟁을 그냥 다녀왔을 뿐이지, 사이공의 이름이 호지명시라고 바뀌는 것을 막아낼 수가 없었다. 그리고 그 못되고 헛된 전쟁을, 태양이 하얗게 이글거리는 나라의 전쟁을, 아니, 온세상의 모든 전쟁을, 역사책에 줄줄이 나오는 모든 전쟁을 처형할 사람, 전쟁에 대한 모범답안을 낼 사람은 누구일까?
나는 다시 변진순의 뒷모습을 쳐다보았다. (1989년판, 330면)

　24줄은 소설 전체로 보면 극히 적은 분량이지만, 새롭게 붙인 제목인 '하얀 전쟁'의 의미를 설명했다는 것만으로도 그 의미가 매우 크다. 특히 밑줄 친 부분에서는 베트남전을 상징화할 수 없기에 '하얀 전쟁'으로 남겨둘 수밖에 없다는 사정이 잘 응축돼 있다.

　이 글에서는 작가의 핵심적인 문제의식이 압축된 제목이 처음으로 확정되었다는 사실과, 선행연구의 관례를 따라 1989년판 『하얀전쟁』에서 비로소 『하얀전쟁』이 완성되었다는 입장을 견지하고자 한다. 이후 안정효는 1993년에 『하얀전쟁』을 3부작으로 대폭 보완하여 고려원에서 출판한다. 1993년 판본에서 1부 『하얀전쟁-전쟁과 도시』는 1989년판 『하얀전쟁』을 그대로 옮겨놓은 것이며, 2부 『하얀전쟁-전쟁의 숲』과 3부 『하얀전쟁-에필로그를 위한 전쟁』은 새롭게 덧붙여진 것이다. 1993년 판본은 1989년 판본의 증보판이라고 할 수 있다. 안정효는 2009년에 세경북스에서 『하얀전쟁』을 다시 발표한다. 2009년 판본은 1993년 판본의 2부와 3부를 제외하고, 1989년 판본에 대한 개정 작업만을 수행하였다. 이 글에서는 장편소설 『하얀전쟁』의 세 가지 판본(1989년판, 1993년판, 2009년판)을 비교하여, 그 개작 양상이 베트남전을 둘러싼 시대상황이나 담론과 맺는 관련성을 밝혀보고자 한다.

2. 공식기억에 대한 비판과 봉합

1) 탈영병의 시각으로 바라본 베트남전
　- 1993년판 제2부 『하얀전쟁 - 전쟁의 숲』

　첫 번째 개작본인 1993년판이 발표된 1993년 8월은 한국과 베트남이 정식 수교한 직후의 시점으로, 한국 사회에 베트남에 대한 관심이 크게 고조되던 때이다. 1992년 12월 22일의 한·베 공식 수교는 한국에서 '잊혀진 전쟁'으로까지 이야기되던 "베트남 전쟁 경험의 기억이라는 빗장을 연 것"[7]으로 평가된다. 이러한 베트남열을 반영하듯이 이 개작본은 1989년판을 그대로 유지하여 1부로 삼고, 여기에 2부와 3부가 덧붙여진 세 권짜리 두꺼운 장편소설이 되었다. 2부 '전쟁의 숲'은 윤명철 병장을 베트콩으로 오인하여 살해한 후 탈영한 채무겸의 시선으로 베트남전을 바라본 것이고, 3부 '에필로그를 위한 전쟁'은 한기주가 이십오 년만에 다시 베트남을 찾아가 겪는 이야기를 담고 있다.

1989년판 『하얀전쟁』에서 초점화자인 한기주는 베트남전에 대한 나름의 상징화를 하지 못하기 때문에 일종의 우울증을 앓는다. 처음 한기주는 베트남에서의 자신을 한국전 당시의 미군으로 인식하고자 하였다. 여기에는 유사 제국주의자로서의 (무)의식이 강하게 존재하며, 이것은 자신을 이데올로기적 사명감에 바탕한 '반공의 십자군'으로 위치지우는 일이기도 하다. 그러나 곧 한기주는 한국전과 베트남전, 그리고 한국인과 베트남인의 차이점을 온몸으로 깨닫는다. 이러한 과정을 거치면서 '반공의 십자군', '반공전사', '월남의 재건과 건설의 전위'로 정형화된 참전군인의 자기정체성은 산산이 부서진다. 베트남전은 결코 상징화될 수 없었던 거대한 공백이었던 것이며, 이러한 상징화의 불가능성이 한기주나 변진수를 우울증의 세계로 이끌었다고 볼 수 있다.[8]

탈영병인 채무겸을 초점화자로 내세운 2부 『하얀전쟁-전쟁의 숲』은 베트남 전쟁에 대한 탈제국주의적 시각을 더욱 보강하고자 노력한 흔적이 뚜렷한 작품이다. 이를 통해 베트남전에 대한 국가의 공식기억에 문제를 제

---

7) 윤충로, 앞의 책, 321면.
8) 이에 대해서는 3부 1장에서 상세하게 논의하였다.

기하고 있다. 채무겸도 처음에는 "따이한 소리만 들어도 영웅으로 생각하는 월남 처녀들이 줄지어 따라 다닌다는 아열대 상하(常夏)의 나라"(1993년판, 2부 17)라는 "낭만적인 환상"(1993년판, 2부 17)을 갖기도 하지만, 비교적 일찍 그러한 환상으로부터 벗어난다. "정부에서 선전하던 전쟁의 양상과 이곳에서 벌어지던 전쟁의 현실 사이에 얼마나 엄청난 차이가 있는지"(1993년판, 2부 284)를 보며, 자신은 "도살장으로 끌려온 한 마리의 소와 같다는 사실"(1993년판, 2부 284)을 깨달은 결과이다.

전투식량인 K-레이션과 C-레이션, 한국의 전쟁기념관

2부에서는 "전투에서 백전백승할 뿐 아니라 대민 진료 등을 통해 한국군이 세계에서 가장 인도주의적인 군대인 것처럼 선전"(1993년판, 2부 155)했던 것과 다른 한국군의 실상이 비교적 상세하게 언급된다. 한국군은 대민봉사 활동을 자주 나가지만 그것은 사진을 찍기 위한 가식적인 활동에 불과하다. 그렇기에 채무겸은 경로회에 모인 베트남 "노인들이 벌을 서는 것처럼 불쌍"(1993년판, 2부 156)하다고 생각하며, 씨레이션 따위의 선물을 아이들에게 나눠 주며 사진 찍는 모습이 "참으로 추악한 장면"(1993년판, 2부 157)이라고까지 비판한다. 이처럼 한국군이 베트남에서 베트남인들을 대하는 태도는 제국주의자의 모습에 가깝다.

　한국에 있을 때 무겸은 고향에 가면 별로 대단치도 않은 존재일 듯싶은 미군들이 한국인을 야만인이라고 깔보거나 부평과 동두천 기지촌에서 창녀를 때려 죽이거나 한국 여자들을 옆에 끼고 돌아다니는 꼴을 볼 때마다 얼마나 속이 상했었던가. 그만큼 자존심이 상했던 민족이라면 전쟁을 맞아 비슷한 운명에 처한 월남인들의 심리에 대해서 조금이나마 신경을 써줬어야 옳을텐데, 따이한들은 지금 이 나라에서 과연 무슨 짓을 하고 있는 것일까.
　장교들은 물론이고 김재오 상병이나 장돼지 같은 사병들 사이에서도 무겸은 "월남놈들은 전투만 벌어지면 무더기로 탈영을 한다"느니, "월남놈들은 게을러 빠져서 아무것도 못한다"느니, "월남놈들은 자기네들 힘으로 전쟁도 치루지 못하는 주제에 거지 같이 자존심만 세다"느니, "월남놈들은 자신의 불행에 대해서조차도 무관심하다"느니 하는 투의 얘기를 늘 들어 왔다. 그리고 무겸은 한국군 병사들더러 월남인의 감정을 건드려 미움을 받지 않도록 언행을 조심하고 신경을 쓰라는 정훈 교육은 단 한 번도 받아 본 적이 없었다. 아무도, 한국 정부에서는 아무도 월남인의 자존심에 대해서 신경을 쓰지 않는 것 같았다.
　그래서 따이한들은 "우리는 너희들을 공산주의의 마수로부터 해방시키고 구원해 주기 위해 이 먼 곳까지 와서 목숨을 걸고 대신 싸워준다"면서 마냥 으스대고 뽐냈으며, 미제 깡통을 아이들에게 던져 주면서 산타클로스 흉내도 내고, 아무 죄의식도 느끼지 않으면서 월남땅의 본디 주인들을 마구 푸대접했다. 미국이 한국 사람들에게 자주 그랬듯이. (1993년판, 2부 159-160)

위의 인용문에는 제국주의적 의식과 관련하여 '미국(식민지 지배자): 한국 (식민지인)=한국(식민지 지배자): 베트남(식민지인)'이라는 인식이 나타나 있다. 그러나 베트남전에서 한국군은 결코 한국전에서의 미군이 될 수 없다. 채 무겸이 보기에 한국군은 당당한 주체로서의 군인이 아니라 용병에 불과하 기 때문이다. 채무겸은 "이곳에 와서 미국 정부로부터 봉급을 받으며 싸우 는 따이한들이 구르카 병사들과 참으로 비슷한 종족"(1993년판, 2부 38)이라 고 인식하거나, "한 달에 45달러씩 계산하여 12개월이면 540달러, 어떻게 그는 그 초라한 돈을 벌기 위해 1년 동안이나 그의 생명을 걸고 도박할 생 각을 했었을까."(1993년판, 2부 48)라고 후회하기도 한다. 한국이라는 국가의 힘으로 온 것이 아니라 미국 군함을 타고 와서, 미국 전투 식량을 먹고, 미 국 무기를 가지고 싸우며, 월급도 미국 정부로부터 받는 한국군이 월남인 들 앞에 "조금도 떳떳할 만한 구석"(1993년판, 2부 160)은 없는 것이다.

심지어 한국은 미국이 한국전쟁 당시 한국에서 했던 것보다 베트남에서 더 부정적인 존재로 그려지기도 한다. 채무겸은 "미군이 와서 연필이나 사 탕을 직접 나눠 주고 사진을 찍어 가는 것을 단 한 번도 본 적이 없었다." (1993년판, 2부 161)고 말한다. 사이공에서 발간되는 월남어 일간지 <송(Song, 生)>에는 '추악한 한국인'에 대한 특집 기사가 보도되기도 하며, "사이공에 서 발간되는 신문에는 "따이한 여자가 기막힌 스트립쇼를 한다" (1993년판, 2부 162)는 광고가 실린다. 이 광고를 보며 "만일 미국 여자들이 종삼과 양 동에 줄줄이 늘어앉아 양키와 내국인을 상대로 갈보짓을 한다면 무겸 그는 미국인을 어떤 종족이라고 생각했을지를"(162)이라며 한국의 부정적인 모 습을 언급한다. 이러한 한국군에 대하여 월남인들은 "수치심과 증오심"은 물론이고 "살기"(1993년판, 2부 158)까지 느낀다. 채무겸은 락깐 부락의 낮 띠 에 촌장이 자기네 마을에서는 전쟁을 하지 말라던 모습을 떠올리며, "월남 땅에는 도처에 이런 저항의 힘이 한응큼씩 숨겨져 있었다"(1993년판, 2부 158) 고 생각한다. 오스트레일리아와 한국의 축구시합에서 월남인들은 한국인 응원석을 향해 병을 던지며 난동을 부리고, 도로에서도 월남인은 한국군 차량에는 악착 같이 길을 양보하지 않는 모습도 삽화처럼 등장한다.

채무겸의 탈영은 윤병장을 오인 살해한 이후 가해진 전우들의 배척과 빈 정거림도 이유가 되었지만, 보다 근본적으로는 베트남전에서 한국군이 지 닌 부정적 정체성에 대한 지속적인 문제의식에서 비롯된 채무겸의 윤리적 결단으로 설명된다. 이 머나먼 외국 땅에서 채무겸은 단순히 전우를 살해 한 자신에게 떨어질 "처벌에 대한 두려움뿐"(1993년판, 2부 306)이 아니라, 자신을 부조리한 상황에 처하게 한 사회와 조직에 대한 증오심으로 인해서 "오래간만에 처음으로 자의에 따라, 나 자신의 뜻에 따라"(1993년판, 2부 306) 탈영을 한 것이다. 이처럼 1993년판 『하얀전쟁』 2부는 한국군이라는 체제로부터 이탈한 탈영병의 시각을 통하여 1989년판보다 보다 직접적으 로 공식기억에 의문을 제기하는 작품이라고 할 수 있다.

2) 상징화를 위한 두 번째 베트남행
- 1993년판 3부 『하얀전쟁 - 에필로그를 위한 전쟁』

1993년판 『하얀전쟁』 3부는 "한국과 월남의 국교 정상화를 눈앞에 두게 된 지금 새로운 상황에 입각하여 두 나라의 관계를 재정리할 필요가 생긴 시점"(1993년판, 3부 17)에 한기주가 방송국의 부탁을 받고 베트남을 다시 방 문하여 겪는 일들을 기본 서사로 삼고 있다. 3부에는 한·베 수교 무렵의 당대 상황이 매우 생생하게 드러나 있다. 일테면 8페이지에 걸쳐 고엽제 희생자들에 대한 기사가 나열되어 있는데, 이것은 이 작품이 쓰여지던 시 기가 베트남전 참전군인 단체가 고엽제와 같은 전쟁후유증 문제를 제기하

며 처음으로 대규모 집회를 연 때라는 점과 무관하지 않다. 1992년 9월 26
일에는 참전용사와 그 가족들이 경부고속도로를 점거하기도 하였던 것이다.

한기주가 베트남으로 가는 이유는 "집요하게 물고 늘어지는 전쟁의 고
통을 확인함으로써 가능하다면 그 고통으로부터 치유받고 해방되기 위해
서"(1993년판, 3부 39)이다. 한기주의 베트남행은 다름 아닌 탈영병 채무겸과
베트남 여성 하이를 다시 만나기 위한 것이다.9) 채무겸과 하이는 강박적이
라고 할만큼 한기주에게 '유령'으로서 반복해 등장한다.10) 슬라보예 지젝
은 실재적 죽음과 상징적 죽음 사이의 간극이 유령을 낳는다고 보았다. 실
재적 죽음은 생물학적 죽음을 의미하며, 상징적 죽음은 상징적 우주의 파
괴와 주체적인 위치의 절멸을 수반한다. 실재적으로는 죽었으나 상징적으
로 죽지 않았을 때, 혹은 반대로 실재적으로는 죽지 않았으나 상징적으로
는 죽었을 때, 누군가는 유령이 되는 것이다.11) 정부의 공식기억이라는 입
장에 섰을 때, 이들이 유령이 될 이유는 전혀 없다. 채무겸은 단순히 '적'으
로, 하이는 한국군의 절대적인 도움이 필요한 '베트남 여인'으로 규정하면
그만이기 때문이다.

그러나 이들을 반복해서 '유령'으로 규정한다는 것 자체가 공식기억과는

---

9) 1993년판의 3부 『에필로그를 위한 전쟁』은 모두 3장으로 구성되어 있는데, 1장의
제목은 'HCMC(사이공)의 한기주', 2장의 제목은 '롱하이(龍海)의 키엠 대위', 3장의
제목은 '까나의 하이'이다. 이것은 한기주의 베트남행이 철저히 채무겸(베트남명 키
엠)과 하이를 중심으로 이루어진 것임을 보여준다.

10) "공산주의 국가 어디엔가 살아 있을지 모르는 이데올로기 분쟁의 유령이 되어
서"(1993년판, 3부 37), "하이의 유령을 쫓아 버려야 한다고 생각하면서"(1993년판,
3부 99), "이리 오라고 하이의 유령은 한기주를 손짓해 불렀고"(1993년판, 3부 241),
"하이는 롱하이의 팔레스 호텔에서 유령이 되어 그의 눈앞에 나타나 손짓해 불러
야만 했을까?"(1993년판, 3부 254), "옆에 앉아 있는 하이가 유령이라는 생각을 해
보았다."(1993년판, 3부 340), "숨쉬는 유령과 시선이 마주칠까 봐"(1993년판, 3부
340)와 같은 부분을 들 수 있다.

11) Tony Myers, 『누가 슬라보예 지젝을 미워하는가』, 박정수 옮김, 앨피, 2005, 147-
149면.

다른 상징적 의미를 부여하려는 시도와 맞닿아 있다. "살았으면서도 서류상 사망한 사람들"(1993년판, 3부 37)의 하나인 채무겸에게 공식기억과 다른 상징적 의미를 부여함으로써, 그를 '유령'의 상태에서 구원하는 것이야말로 이번 베트남행의 목적인 것이다. 공식기억과는 다르게 채무겸을 규정하려는 시도는 베트남전에서 한국군을 새롭게 기억하는 것과도 연결된다. 다음과 같은 부분에서는 안보와 경제 논리만으로는 해명할 수 없는 한국군의 역사적 의미를 부여해야 한다는 필요성이 제기되고 있다.

> 미화 작업은 끝내고 누군가는 이제 단순 살인자를 영웅이라고 불러도 좋은 것인지, 추악한 진실을 얘기해야 할 때가 되었다고 한기주는 생각했다. (중략)
> 여섯 살난 아이 골통에 총을 대고 쏘니까 피도 별로 안 나더라고 태연하게 얘기하던 파월 용사 (중략) 그까짓 양민 몇 명 죽인 미라이 학살이 왜 그렇게 미국에서 큰 말썽이 되었는지 이해를 못하는 사람들, 양민을 죽이고 베트콩이라고 전과 보고를 올렸다가 매장한 주민이 살아서 땅을 파고 나와 마을로 돌아오는 바람에 학살이 탄로났다는 전두환 연대의 사람들……. (1993년판, 3부 281-282)

결국 한기주는 베트남인 짜이 무오이 키엠이 된 채무겸을 만나게 된다. 채무겸은 탈영하여 떠돌다 베트콩 여인 웬 띠 욱을 만나 기적적으로 살아나고, 결국에는 부부가 되어 베트남인으로서 정착하는데 성공한다. 한기주를 만난 채무겸은 자신이 더 이상 "같은 민족이라고 해서 현실적인 동지애"(1993년판, 3부 234)를 느끼지는 못한다면서, 다음과 같이 단호하게 말한다.

> "그리고 VC를 제거하기 위해서라면 양민은 어느 정도 희생시켜도 좋다는 사고 방식을 가지고, 전쟁을 국가 건설을 도모하기 위한 경제 활동 쯤으로 생각했던 사람들에 대해서 내가 역겨움을 느껴 차츰 동질감을 잃어버리게 되었다는 것도 부인할 수 없는 사실이죠. 나는 이제 어

느 모로 보나 대한민국 국민이 아닙니다." (1993년판, 3부 234)

이 말을 들은 한기주의 반응과 태도를 서술자는 "한기주는 아무 생각도 하지 않았다. 더 이상 아무런 생각도 그의 머리에 떠오르지 않았기 때문이었다. 그는 채무겸에 대해서 어떤 생각도, 판단도, 심판도 할 수가 없었다."(1993년판, 3부 234)고 묘사한다. 이것은 공식기억으로 채무겸을 규정짓는 것도, 그렇다고 채무겸이 새롭게 획득한 정체성을 인정하는 것도 아닌 일종의 판단중지에 해당한다. 이것은 채무겸에게 상징적인 의미를 선사할 수 없다는 것을 의미하고, 이로 인해 한기주가 채무겸을 끝내 '유령'으로 남겨둔다는 의미이기도 하다.12) 채무겸을 '유령'으로 규정짓는 것은 채무겸이 베트남에서 키엠이라는 사회적 존재로 당당하게 살아간다는 점을 생각할 때, 철저히 한국인의 입장에만 매몰된 판단이라고 할 수 있다.

하이의 경우에도 사정은 마찬가지이다. 보통 제국주의의 맥락에서 피식민지인은 여성으로 식민지 지배자는 남성으로 젠더화되고는 한다. 하이야말로 이러한 기본적인 구도에 그대로 부합하는 존재였다.13) 그런데 이제 와서 하이를 '유령'으로 새롭게 인식한다는 것은 그녀에게 공식기억과는 다른 상징적 의미를 부여하려는 시도에 해당하는 것이다. 다음처럼 한기주는 하이를 도구화했던 자신을 반성하기도 한다.

과연 한기주는 그 무책임한 따이한 바바들을 경멸하고 혐오할 자격이 있었을까?(중략) 아이까지 달린 미망인과 '사랑'을 나누고 육체까지 누

---

12) 그 부분을 옮기면 다음과 같다. "꽃 속에 숨어서 숨죽이고 살아가는 유령. 바로 그것이 채무겸이었다./유령./죽은 유령과 살아 있는 유령./망령과 생령./꽃동산에 숨어 사는 역사의 유령."(1993년판, 3부 238) 이후에도 서술자는 키엠의 삶이 현실 세계와 격리된 "유령의 삶"(1993년판, 3부 240)이라고 규정한다.

13) 이 책의 4부 1장 1절에서 하이라는 인물의 형상화 방식과 그것이 갖는 의미에 대하여 살펴보았다.

렸을 때, 한기주 그는 그 여자와 결혼해서 평생을 같이 지내리라는 생
각을 조금이라도 했었던가?

아니다. 결코 그렇지 못했었다.

(중략)

그는 한 주일 동안 궤짝에 들어앉아 있으려면 대소변은 어떻게 처리
할 것이냐는 질문부터 했었다. (1993년판, 3부 104)

그러나 한기주가 실제로 하이를 만난 후에 보이는 모습은 반성과는 거리
가 멀어도 한참 멀다. 그는 헤어질 때 백달러짜리 지폐 한 장을 하이에게
건네는데, 그것은 과거에 한때 사랑이라는 것을 나누었던 여인에게 "예우
를 갖추려는 마음에서 취한 가장 저속하고도 우발적인 행동"(1993년판, 3부
341)이다. 더 나아가 "포옹과 키스 대신에 화폐 한 장으로 정리하는 이별"
(1993년판, 3부 342)이란 "창녀에게나 할 수 있는"(1993년판, 3부 342) 것으로서
"사랑의 확인사살"(1993년판, 3부 342)에 해당한다. 여기서 더욱 문제적인 것
은 한기주가 자신의 행동이 지닌 폭력성을 충분히 인식하고 있으면서도 그
렇게 행동한다는 점이다. 한기주는 달러 한 장을 들고 서 있는 하이의 눈동
자가 "화석이 되었다고 느"(1993년판, 3부 342)끼면서도 차를 타고 담담하게
그 곳을 떠난다. 이처럼 한기주에게 하이는 결코 유령일 수 없으며, 그녀는
단지 자신의 남성성을 보증해주는 하나의 도구에 머물러야만 하는 것이다.
또한 모종의 죄책감을 느끼던 한기주가 하이에게 달러를 쥐어주는 모습은
한·베 수교 당시 과거의 민감한 문제는 접어두고 경제적 관점으로만 베트
남에 접근했던 한국의 집단 무의식을 반영한 것으로도 읽어볼 수 있다.

1993년판 3부 「에필로그를 위한 전쟁」에서 한기주는 두 명의 '유령'에게
상징적 삶을 부여하기 위해 베트남에 되돌아왔다. 그 결과 채무겸(짜이 무오
이 키엠)에게는 '유령'이라는 위치를, 그리고 하이에게는 '매음부'라는 위치
를 부여하고 말았다. 이것은 1993년판 『하얀전쟁』이 공식기억으로부터 많

은 부분 벗어나기는 했지만, 근본적으로는 새로운 대항기억의 형성에까지
는 이르지 못하였음을 보여주는 것이라고 할 수 있다. 이것은 한·베 수교
당시 베트남에 대한 관심은 고조되었으나, 그것이 과거에 대한 진정성 있
는 성찰에까지는 이르지 못한 시대적 상황과 상동성을 지닌다고도 볼 수
있다.

3) 대항기억과의 거리 두기 - 2009년판 『하얀전쟁』

1993년판 『하얀전쟁』은 다음의 인용에서처럼 베트남전이 완전히 끝났음
을, 다시는 베트남이라는 과거 속으로 돌아가지 않을 것임을 선언하며 끝
난다.

> 그러나 한기주는 자신이 돌아가지 않으리라는 것을 알았다.
> 전쟁이 끝났기 때문에.
> 그렇다. 전쟁은 끝났다.
> 과거의 전쟁은 끝났고, 이제 한기주 그는 미래를 위해서 살아야 했다.
> 아니다. 따져 보면 그것은 미래도 아니었다. 현재, 그는 현재를 찾아야
> 했다. 과거는 그만 뒤지고, 이제부터 그는 미래 속에서 현재를 살아야
> 했다. 과거에로의 여행은 끝났으니까.
> 이제 한기주는 현재로 돌아가고 있었다. 과거와 베트남의 그늘을 잊
> 고 그는 지금 현재로 돌아가는 차를 타고 고향을 향해서 가고 있었다.
> 통일된 베트남의 하노이와 사이공을 연결하는 1번도로는 한없이 뻗
> 어 있다. (1993년판, 3부 344)

이것은 채무겸(짜이 무오이 키엠)을 여전히 '유령'으로, 하이를 '매음부'로
남겨두는 방식을 통해 이루어진 종전(終戰)이라고 할 수 있다. 그러나 안정
효는 2009년 세 번째 판본의 『하얀전쟁』을 다시 발표한다.

2009년판 『하얀전쟁』에서 개작은 주로 삭제를 통해서 이루어진다. 가장

큰 변모는 1993년판 『하얀전쟁』의 2부와 3부를 아예 삭제해버린 것이다. 이것은 1993년판에서 탈영병인 채무겸의 시각을 통해 보여주었던 탈제국 주의적 시각과 대항기억의 가능성을 포기한 것으로 볼 수 있다. 이뿐만 아니라 1989년판 『하얀전쟁』에 등장하는 많은 내용들도 삭제하였다.14) 삭제 의 대상이 된 것은 크게 세 가지로 나누어 볼 수 있다. 한국군의 비인간적 인 과잉폭력 행위와 관련된 부분, 베트남인들이 한국군을 반기지 않거나 저항하는 부분, 베트남전을 비롯한 전쟁 일반에 대해 비판하는 부분이 그 것이다. 이러한 변모는 2000년대 들어 새롭게 등장한 베트남전에 대한 대 항기억과 관련시켜 이해할 필요가 있는 것으로 보인다.

첫 번째로 한국군의 과잉폭력과 관련된 개작 양상을 살펴보면 다음과 같 다. 생포한 베트콩 후옹과 딥을 폭력적으로 다루는 부분이 1989년판에서는 4페이지에 걸쳐 묘사되지만, 2009년판에서는 대폭적으로 생략된다. 생략 된 부분에서 한국군의 과잉폭력과 관련된 핵심적인 대목을 옮겨보면 다음 과 같다.

> 산돼지가 씨레이션을 내밀었더니 이틀 동안 꼬박 굶어 앙상하게 여윈 후옹은 게의 발처럼 뒤틀린 손으로 깡통을 덥석 잡고는 고맙다고 "깜 옹, 깜옹" 소리를 늘어놓으며 꾸벅꾸벅 절을 했다. 잔인할 만큼 끈질기 게 버티던 그는 뒤늦게나마 협조를 해서 구원을 받으려는 듯 통통 부은 미소를 지으며 아첨했다. 산돼지가 수통을 여니까 얼른 빈 깡통을 내밀 어 물을 받아먹고 난 후옹은 손으로 담배를 피우는 시늉을 하고는 손바 닥을 내밀었다. "담바이, 담바이"
> 윤일병은 벌떡 일어나더니 후옹의 옆구리를 걷어찼다. "새끼, 우리들 이 누구 때문에 이 고생을 하는데 담배까지 달래? 진작 술술 불기나 했

---

14) 2009년판 작가후기에서 안정효는 "어떤 등장인물(예를 들어 낫 띠엔 촌장)은 이름 만 남고 통째로 사라졌는가 하면, 본디 원고에서 군더더기처럼 보이는 내용도 300 매 가량을 털어버렸다."(『하얀전쟁』, 세경, 2009, 6면)고 서술하였다.

다면 몰라도."(중략)

"어쭈, 이새끼 애교 떨어" 윤일병은 갑자기 허리춤에서 대검을 뽑아 총구에다 철거덕 꼽더니 후옹의 가슴팍에다 콱 들이대었다. "이놈의 콩아, 세상살이 이렇게 고달픈데 내가 차라리 죽여줄까?" (1989년판, 201-202)

그러나 포로를 대하는 장면 중에서도 김소구 상병이 베트콩 포로의 바지를 벗겨놓고 "'앉아!' '일어나!'" 구령을 붙이거나 "따이한! 넘버원! 따이한! 넘버원!' 소리를 복창"(19889년판 52)하게 하는 대목은 2009년판에도 그대로 작품 속에 존재한다. 이것은 김소구 상병의 행위가 앞의 인용문에 등장하는 "대검을 뽑아 총구에다 철거덕 꼽더니 후옹의 가슴팍에다 콱 들이대"는 행위와는 비교도 되지 않을 만큼 덜 폭력적이며, 다분히 코믹하기 때문이라고 판단할 수 있다.

또한 다음처럼 무분별한 살인을 암시할 가능성이 충분한 장면도 삭제되었다. 일테면 "나는 총을 쏘면서 지난 한 달 동안에 죽어간 전우들을 생각하며 슬펐고, 끊임없이 죽음에게 쫓기던 전율이 분했고, 한병장의 슬픔이 억울했다. 나는 콩의 모습이 보이기만 하며 긁어대었다. 그 총성은 분노의 절규였다. 내 총에 맞아 베트콩이 죽느냐 안 죽느냐는 중요하지 않았다." (1989년판, 284-285)라는 부분을 들 수 있다. 또한 한기주는 귀국을 앞두고 여러 가지 생각으로 번민하는데, 이러한 고민들은 모두 베트남에서의 과잉폭력을 떠올리게 하는 대목들이다. 2009년판에서는 이러한 부분도 모두 생략된다.

오랜 형무소 생활 끝에 무슨 경축일을 만나 바깥 세상으로 나오는 죄수의 기분이 이럴까? 나는 후천성 원시인, 야만인이 되었나? 이제 나는 누구일까?

나는 무슨 끔찍한 죄를 지었고 그래서 고향으로 돌아가면 모든 사람들에게 쫓겨날 것만 같았다. 너무나 이질적으로 변해버렸고, 남들이 모르는 세계를 너무나 많이 알게 되었고, 지옥에 등록이 되었기 때문에……
나는 고향으로 돌아가기가 겁이 났다. (1989년판, 303)

나는 이곳에 와서 인간과 개가 겉모습만 다르다는 진리를 깨달았고, 그래서 다시 인간이 되고 싶었다. (1989년판, 304)

지금 나는 정복과 집단 살인의 수수께끼는 풀지 못한 채 전장을 떠난다. 「아디오스 아프리카」라는 영화는 마지막에 '모든 동물 가운데 가장 잔인한 것은 인간'이라고 결론짓는다. 아마 나도 그 결론에 동의를 하며 이곳을 떠나야 하나 보다. 아디오스 베트남. (1989년판, 308)

베트남에서 과잉된 폭력 행사와 관련된 것이 삭제되는 것과 더불어 베트남인들을 타자화하는 부분도 생략된 것을 발견할 수 있다. "내 살갗에 와서 묻을 것만 같은 노린내가 꼬랑꼬랑한 그들의 체취를 참으며 같은 천막에서 밤을 보내게 되었다."(1989년판, 77)라는 문장이나 월남인 노무자가 진료소에 와서 의사소통이 안 되어 "똥 누는 시늉"(1989년판, 230)을 하는 장면이 생략된 것이 대표적인 예이다.

두 번째로 베트남인들이 한국군을 반기지 않거나 나아가 저항하는 모습이 대부분 생략되었다. 먼저 베트남인들이 한국군의 활동에 고마워하기는커녕 무관심해 하는 모습을 들 수 있다. "별로 도움을 원하지도 않고 고마워하지도 않는 사람을 도와주는 듯한 기분이 자주 드는 까닭은 무엇일까?"(1989년판, 209)라고 의문을 제시하는 부분이 삭제된 것이다. 마찬가지로 한기주가 베트남인들을 보며, 베트남인들이 "당신들이 논바닥을 기어다니며 우리 대신 고생을 잔뜩 해준 덕택에 우린 날마다 시애스터 잘 했다우."(1989년판, 128)라고 생각한다고 나름대로 추측하는 대목도 삭제되었다. 이어지는 부분에서는 그렇기에 별다른 의미를 찾을 수 없는 베트남전 참전에 대하여 회의하는 대목이 등장하는데,15) 이것 역시 생략되었다.

다음으로 한국군에게 노골적인 반감을 표현하는 부분도 삭제되었다. 대표적으로 "자유와 구원을 마다하는"(1989년판, 76) 락깐의 촌장이 주민 50여 명을 데려와 항의하는 7페이지 분량의 장면이 삭제된 것을 들 수 있다. 촌장은 "따이한의 방송을 들었지만 주민들은 철수시키지 않겠으며, 가능하다면 한국군의 작전을 취소해달라고 부탁"(1989년판, 75)한다. 나아가 그는 "우리 마을에서 전투가 벌어지는 걸 원하지 않"(1989년판, 75)는다고 분명하게 말한다.

> 우린 전쟁에서 누가 이기느냐 따위에는 이젠 별로 관심이 없다는 걸 솔직하게 얘기하고 싶어요. 20년이나 시달리다 보니 이념이니 사상이니 하는 허황된 얘기는 다 헛되기만 할 뿐이고, 생존이라는 기본적인 문제만 남았어요. (중략)
>
> 그러니 작전을 취소해 달라고 이렇게 부탁드리는 우리들을 탓하지 마시고, 지금 그대로 그냥 살아가게 해주세요. (1989년판, 76)

이 촌장은 "우리들의 땅에서 외국인들 때문에 너무 피를 많이 흘렸기 때문에 그들하고, 당신들하고 일체감을 느낄 수가 없어요."(1989년판, 78)라고 말한다. 1989년판에서 "놀랄 만큼 아름답고 젊은"(1989년판, 198) 열여섯 살의 포로인 판 띠 답 부분이 생략된 것도 이와 같은 맥락에서 이해할 수 있

---

15) 길거리에는 뒤숭숭한 분위기 속에서도 딸딸이 인력거들이 분주하게 돌아다녔다. 싸움을 한 차례 치르었어도 그들은 방금 잠에서 깨어난 듯 푸시시한 현실에서 또 다시 거짓말을 하고, 매음을 하고, 살아야 한다. 길바닥에 앉아 벼룩을 잡아먹는 여자, 바퀴벌레를 가지고 노는 아이, 죄의식이 결핍된 가게 주인들의 하찮은 삶이 계속되게 해주려고 들판에서는 한국인들이 피를 흘리며 싸웠다. (1989년판, 128)

다. 한기주를 비롯한 한국군들은 그녀가 베트콩들에게 온갖 수난을 당한 것이라고 생각한다. 이 소녀의 존재를 통해 한기주를 비롯한 한국군은 악마적인 공산주의자로부터 "전설의 미녀"(1989년판, 199)를 구해낸 강하고 의로운 남성이 될 수 있는 기회를 얻은 것이다. 그러나 마지막에 그녀가 수류탄으로 소대원들을 모두 살상하려 했음이 밝혀짐으로써, 한국군들은 자신들이 만들어 낸 이야기가 결국에는 하나의 망상일 수밖에 없음을 깨닫는다.

위에서 살펴본 변모양상과 달리 6장에서 베트남인들이 몰려와 항의하는 장면은 그대로 남겨두었는데, 이것은 이러한 항의가 정치적인 성격을 지닌다기보다는 물소를 오인사격해서 죽인 것과 관련된 문제, 즉 경제적인 것에 한정되어 있기 때문이다. 이 부분은 조금 유머러스하게 표현되어 있기도 하다. 또한 변일병의 입을 통해 "아까 마을 사람들 봤죠? 꼭 무슨 철천지 원수라도 쳐다보는 그런 눈초리데요. 난 왜 그런 눈으로 쳐다보는지 알아요. 월남인들은 이 전쟁이 우리들 탓이라고 생각해요. 그렇죠? 우리들하고 미군만 돌아가면 당장 전쟁이 끝나리라고 생각하는 거예요."(1989년판 120)라고 말하는 대목은 삭제되지 않았는데, 이것은 변일병이 이러한 발화 직전에 "정신이 이상해진 기미가 보이"(2009년판, 163)는 것으로 설정된 것을 통해 그 발화가 담고 있는 베트남인들의 적개심이라는 의미가 약해졌기 때문이라고 할 수 있다.

또한 다음의 인용문에서처럼, 베트남인들이 전쟁 일반에 무관심한 부분은 2009년판 『하얀전쟁』에도 거의 그대로 살아남았다.

그곳에서는 작전 대상이 아닌 서쪽 지역의 주민들이 몰려나와, 전깃줄의 참새 떼처럼 길가에 줄지어 쪼그리고 앉아서, 작전을 벌이는 한국 병사들을 관람했다. 아예 의자를 가지고 나와 편안하게 앉아서 밥까지 먹어가며 구경하는 사람들도 눈에 띄었다. 그들에게는 총을 든 군인들이 떼를 지어 몰려다니고 헬리콥터들이 시끄럽게 이리저리 날아가는

광경이 둘도 없는 곡마단 구경이었다. (2009년판, 112)

인근 마을에서 베트남인들이 떼를 지어 모여들어 멀찌감치 논둑에 늘
어서서 시체와 포탄 구멍이 괴기한 지옥의 그림을 이루어 놓은 논바닥
을 구경했다. (2009년판, 155)

베트남 사람들이 1백 마리가 넘는 오리들이 베트콩 시체를 뜯어먹는 장
면을 구경하는 장면도 그대로 남았다. 이러한 개작을 통해 베트남인들은
자신의 땅에서 벌어지는 전쟁에 아무런 관심도 열정도 없는 기괴한 존재로
형상화되고 있다.

마지막으로 베트남전을 포함한 전쟁 일반에 대하여 비판하는 부분이 삭
제되었다. 앞에서 살펴본 것처럼, 『하얀전쟁』은 지금까지의 논의에서 전쟁
일반의 본질적인 폭력성과 무의미성을 강조한 작품으로 자주 언급되었
다.16) 이러한 전쟁 비판론은 한기주의 내적 독백을 통해 이루어지고는 하
였는데,17) 내적 독백으로 표현된 전쟁비판론의 상당 부분이 삭제된 것이다.

---

16) 이경은 「하얀전쟁」이 "전쟁과 일상에 동일한 비중을 두는"(이경, 「전쟁소설의 새로
운 가능성-『하얀전쟁』을 중심으로」, 『한국문학논총』 14집, 1993, 404면) 독특한 작
품이며, "역사성의 결여"(위의 논문, 405면)가 나타나는 점을 한계로 들고 있다. 정
찬영은 "베트남전쟁이 갖는 폭력성을 충실히 보여주"지만, "베트남 전쟁의 전체상
을 담아내지는 못하고 있음"(정찬영, 「베트남 전쟁의 소설적 공론화-『하얀전쟁』을
중심으로」, 『문창어문논집』 39권, 2002.12, 223면)을 문제삼고 있다. 윤정헌은 "월
남전의 비극상은 결국 용병을 타인의 전쟁에 참여한 한국인의 망실된 영혼을 부각
시키는 배경적 제재로 적용되고 있다는 사실에 주목"(윤정헌, 「월남전소재 소설의
두 시각-『하얀 선쟁』과 『네 이릅은 티안』의 대비를 중심으로」, 『현대소설연구』 20
권, 2003, 105면)해야 한다고 주장한다. "가해자로서의 죄의식과 피해자로서의 선
율을 동시에 공유해야 했던 주인공들의 상처받은 영혼을 통해 전쟁의 근원적 속악
성을 부각"(위의 논문, 110면)시킨다는 것이다.

17) 송승철은 "화자가 베트남의 전투현장에서 경험한 삶의 아이러니를 내적 독백의 형
태로 끊임없이 (베트남전쟁 아닌) 전쟁 일반으로 환원하는 부분은 읽기 딱하다"(송
승철, 「베트남전쟁 소설론」, 『창작과비평』 80호, 1993, 87면)고 지적하였으며, 장두
영도 「하얀전쟁」에서는 "자신의 경험을 내적 독백 형태로 끊임없이 전쟁 일반론으
로 환원하는 모습이 발견되고 있으며 실존주의류의 단상으로 흐르고 있다."(장두

시커먼 방수포로 포장이 된, 이름과 얼굴을 모르는 병사들의 시체를 보며
한기주가 하는 다음과 같은 생각을 들 수 있다.

> 나는 그들에게도 저마다 자랑스럽거나 숨기고 싶은 과거가 있었으며,
> 슬픔과, 기쁨과, 머나먼 미래가 있었으리라는 생각을 했다. 그 미래는
> 어디로 갔을까? 그들의 지워진 미래를 과연 하느님이 보상할 것인가?
> (1989년판, 129)

이외에도 죽음의 계곡 작전 장면에 등장하는 "전쟁이란 목숨을 건 게임
이고, 전체의 목적을 위해서라면 개인의 생명은 소모품이 된다."(1989년판,
258)라는 문장, 전쟁을 낭만화하는 위문편지를 받고 그것에 불만을 터뜨리
는 한태삼 병장의 "고향의 사람들은 전쟁이 인간을 갈기갈기 찢어 파괴한
다는 걸 몰라. 전쟁이 우리들의 젊음과, 마음과, 영혼과, 모든 것을 파괴하
는, 인간 본성을 파괴하는 고통스러운 과정이라는 걸 몰라."(1989년판, 271)라
고 한탄하는 3페이지 분량의 비판, 한기주가 "전쟁터를 내가 스스로 찾아
왔다는 행위 그 자체는 자살의 욕구가 자극한 것이 아니었을까?"(1989년판,
281)라고 말하는 부분 등이 2009년판에서 삭제된 전쟁비판론이라고 할 수
있다.

그러나 월남전에 참전한 한국군의 애매한 위치를 이야기하는 다음과 같
은 부분은 전쟁 일반론으로 환원되지 않는 베트남전의 고유성에서 비롯된
전쟁비판론이라고 볼 수 있다. 이러한 부분의 삭제 역시 대항 기억에 대한
거리 두기와 그 맥락을 함께 하는 것으로 여겨진다.

> 나는 차라리 활과 칼로 싸우던 전쟁에, 목적이 뚜렷하고 자신의 동기
> 를 분명히 알 수 있는 성전(聖戰)에 가서 싸우고 싶다. 친구들은 신이 나

영, 앞의 논문, 405면)고 비판하였다.

서 놀러다니는데 동떨어진 곳에 와서 내가 왜 싸우는지를 그 목적을 스스로 의식하게 될 그런 전쟁에서, 나 자신과, 가족과, 친구들과 국가를 구하는 그런 전쟁에서 회의를 느끼지 않으며 싸우고 싶다. 하지만 지금, 머나먼 땅에서 엉뚱한 전쟁을 하고 돌아가는 나에게는 남은 것이 무엇인가? 그리고 이 전쟁에서 나는, 그리고 고향에 남아서 열심히 밥을 주워먹고 똥을 누던 다른 사람들은 어떤 공감을 느끼겠는가? (중략)

하지만 월남에서 우리들은 관객이 없는 연극에 출연한 배우들처럼 외딴 곳에서 홀로 싸웠다. (1989년판, 315)

이러한 변화는 2000년대 들어 새롭게 한국사회에 대두된 베트남전에 대한 사회적 기억이나 해석과 연관지어 볼 필요가 있다. 한·베 수교를 전후하여 고조된 베트남에 대한 관심은 한동안 소강상태를 보이다가 1999년부터 본격화 된 '베트남전쟁 민간인학살 진상규명운동'에서부터 다시 뜨거워지기 시작한다. 이러한 시민 사회의 움직임은 반공 전사이자 경제 역군이라는 베트남전 참전군인의 공식기억을 아래로부터 흔들었다. 파병 당시에 참전군인이 사회로부터 강요받았던 집합적 기억의 내용과 2000년대 참전군인이 사회로부터 얻을 수 있는 집합적 기억의 내용은 극적으로 달라진 것이다.[18] 베트남전쟁에 대한 사회적 기억의 재구성, 즉 대항기억의 형성(대표적으로 양민학살이나 용병이라는 관점)은 참전군인의 응집을 불러왔으며, 집합적 정체성의 형성에도 영향을 끼쳤다. 베트남전 참전군인들은 새롭게 대두한 베트남전의 대항기억에 격렬하게 반대하며 베트남전의 공식 기억에 강력한 친화력을 보이며 보수적으로 정치화된 것이다. 베트남전 참전군인이기도 한 안정효의 2009년판『하얀전쟁』은 우리 사회의 베트남전 기억

18) 윤충로, 앞의 책, 305-309면. 이를 통해 2011년 "국가유공자등예우및지원에관한법률"이 제정되는 단계에까지 이르렀다. 이 과정에서 베트남전쟁에서의 피해와 가해의 기억들은 삭제·봉합된 채 국가에 대한 유공으로 전환되었다. (강유인화, 앞의 논문, 105면)

의 변모와 이에 대응하는 참전군인들의 집합적 기억과 적지 않은 관련성을
지닌다고 볼 수 있다.

2

베트남전이 남긴 비극의 형상화

1. 이대환의 『슬로우 블릿』과 고엽제 문제

1) 피해자 의식으로 바라본 고엽제 문제
- 단편 「슬로우 부릿(Slow Bullets)」(1996)

이대환의 「슬로우 블릿」은 본격적으로 고엽제 피해자의 실상을 드러낸 작품이다. 송주성은 장편 『슬로우 블릿』에 대한 서평에서 『슬로우 블릿』이 미국과 베트남 사이의 전쟁에 "엉뚱하게도 '돈을 벌기 위해서' 끼어든 한국의 불행, 힘없고 가난한 우리의 수많은 젊은이들이 '외화벌이의 용병'으로 팔려나가 당했던 불행과 비극을 그리고 있다."[19]고 평가한다. 정찬영은 한국과 베트남의 대표적인 베트남전 소설을 전반적으로 살핀 논문에서 장편 『슬로우 블릿』이 "베트남전쟁이 종전은 되었지만 이후에도 남아 있는 고엽제 피해자의 현실을 생생히 증언하고 있는 소설[20]이라고 규정하였다. 방민

---

19) 송주성, 「1년의 전쟁, 40년의 고통」, 『실천문학』, 2001.8, 383면.
20) 정찬영, 「한국과 베트남소설에 나타난 베트남전쟁 담론 연구」, 『한국문학논총』 58

호는 중편 「슬로우 블릿」의 해설에서 "흔히 오렌지라는 별명으로 불린 고엽제와는 다른 약품까지 다루어야 했던 베트남 참전병의 사연을 중심으로 역사를 주도하는 부조리한 힘이 어떻게 개인을 파멸로 이끌어갔는지 보여준다."[21]고 평가한다. 윤애경은 장편 『슬로우 블릿』이 "베트남전이 본질적으로 안고 있는 가공할 만한 제국주의적 폭력성이 전후의 생활세계로 들어와 더욱 강력하게 행사되고 있음"[22]을 보여준다고 보았다. 이은선은 한-베 수교 이후 창작된 소설에 나타난 베트남 심상지리와 전쟁-관광의 면모를 분석하면서, 장편 『슬로우 블릿』이 "과거의 전쟁을 현재화하고, 가해자와 피해자에 대해 철저하게 질문"[23]하는 작품이라고 평가한다.

선행연구들이 증명하듯이, 「슬로우 블릿」은 고엽제 문제를 다룬 베트남전 소설로서, 그 제재의 중요성만으로도 베트남전 소설의 새 장을 열었다고 할 수 있다. 고엽제 문제로 인해 수만명의 참전용사와 그 2세들이 고통을 겪는 현실은 매우 중대한 사안이기 때문이다.[24] 나아가 이 글에서는 고엽제 문제가 한국군이 베트남전에서 처한 '피해자이면서 동시에 가해자'인 '이중적 정체성'을 잘 드러내는 창이 될 수도 있다는 점에 주목하고자 한

집, 2011.8, 414면.

21) 방민호, 「역사적 운명의 탐구, 가려진 진실의 재현」, 『슬로우 블릿』, 아시아, 2013, 224면.

22) 윤애경, 「한국소설에 나타난 베트남전 2세의 형상화 양상-『붉은 아오자이』, 『사이공의 슬픈 노래』, 『슬로우 블릿』을 대상으로」, 『우리어문연구』 50집, 2014, 271-272면.

23) 이은선, 「한-베 수교 이후 한국 소설에 나타난 베트남 심상지리와 전쟁-관광 연구」, 『한국문학과 예술』 32집, 2019, 280면.

24) 후유증 환자는 베트남 참전 시 고엽제 피폭으로 인한 질병과의 인과관계가 유의미하게 인정되는 질환이고, 후유의증 환자는 베트남 참전 시 고엽제 피폭으로 인한 질병과의 인과관계가 미약하게 인정되는 질환이다. (김태열, 「베트남전 고엽제 환자의 사건 충격과 외상 후 진단이 삶의 질에 미치는 영향」, 『한국보훈논총』, 17권 2호, 2018, 36면) 국가보훈처의 통계에 의하면, 2017년 12월 31일 기준으로, 후유증 환자는 52,932명, 후유의증자는 87,356명, 2세환자는 132명으로 총 140,420명의 고엽제 관련 질환자가 존재한다.

다. 또한 이대환의 이 작품은 단편(「슬로우 부릿(Slow Bullets)」, 『내일을 여는 작가』, 1996년 봄호), 장편(『슬로우 블릿』, 실천문학사, 2001), 중편(「슬로우 블릿」, 아시아, 2013)으로 개작됨으로써, 베트남전에 관한 집합적 기억과 문학의 변 모양상을 보여주는 사례가 될 수도 있다.[25] 『슬로우 블릿』은 개작을 통한 기억의 변모양상이라는 측면에 초점을 맞추어 고찰해 볼 여지도 충분한 작 품인 것이다.

단편 「슬로우 부릿(Slow Bullets)」(1996)은 고엽제 문제를 피해자 의식으로 바라본 작품으로서, 고엽제 피해자[26]라는 한국군의 비극을 최대한 강조하 고 있다. 단편이라는 장르상의 특성에 맞추어 고엽제가 지닌 여러 가지 측 면을 총체적으로 다루기보다는 고통 받는 참전병사와 그 가족의 삶에만 초 점을 맞추고 있다. 이것은 이 작품이 쓰여진 시기가 고엽제 문제가 공론화 되던 초창기여서, 이 문제가 지닌 여러 가지 문제를 깊이 있게 탐색할 수 있는 시간적 · 정서적 거리가 주어지지 않은 것과도 관련된다.

이 작품의 배경은 1993년으로서 고엽제 문제가 한국사회에 널리 알려지 기 시작한 때이다.[27] 고엽제 환자인 익수의 집에 기자가 찾아와 취재를 하 고, 그것은 9시 전국 뉴스에 방영된다. 고엽제 문제는 1991년 호주 교민을

---

25) 본래 과거의 대사건에 대한 기억은 개인과 집단의 정체성을 형성하는 데 영향을 주며, 반대로 현재의 구조적 맥락-혹은 정체성-이 기억의 내용을 규정할 수 있다. (한건수, 「경합하는 역사」, 『한국문화인류학』 35집 2호, 2002, 70면)
26) 고엽제 환자는 '국가유공자 등 예우 및 지원에 관한 법률'에 의거하여 국가유공자 로 인정받는 고엽제후유증자와 '고엽제후유의승 등 환자지원에 관한 법률'에 따라 지원을 받는 고엽제후유의증자 그리고 고엽제후유증 2세 환자로 나누어 볼 수 있 다. (서운석, 「고엽제환자의 생활실태 및 보훈행정 인식에 관한 연구」, 『사회과학담론 과 정책』, 2012, 81-84면)
27) 단편 「슬로우 부릿(Slow Bullets)」에는 구체적으로 시기를 확정 지을 수 있는 단서 가 존재한다. 그것은 바로 김익수가 베트남에서 박문현 대위로부터 작별의 선물로 받은 세이코 시계이다. 작품에는 그 시계를 받은 지 "25년이란 세월이 흘러갔건 만"(128)이라는 말이 나온다. 이를 통해 유추해 보면, 익수가 1968년 3월에 귀국했 기 때문에, '지금'은 1993년이라는 것을 알 수 있다.

통하여 호주 참전용사들의 고엽제 피해보상문제가 처음 국내에 알려졌으며, 1992년 한국 언론이 고엽제 문제를 다루면서 본격적으로 논의되기 시작하였다. 이러한 과정을 거쳐 1993년 3월 10일 법률 제4547호로 '고엽제 후유의증환자 지원에 관한 법률'이 제정되었다.[28]

「슬로우 부릿」에서 참전용사인 주인공 김익수와 그의 아들 영호는 이미 죽었으나 그 죽음의 확인이 잠시 유예당한 것으로 형상화된다. '슬로우 부릿'은 고엽제를 가리키는 별칭이다.[29] "서서히 그러나 마침내 심장에 박히는 총알. 아주 서서히 죽이는 살인", 그것이 바로 "슬로우 브릿"[30]인 것이다. 총알을 피할 수 있는 사람은 없다. 그렇기에 이 작품에서 고엽제 환자들은 이미 자신의 몸을 느린 총알(고엽제)에 관통당한 상태이지만, 실제적으로는 죽지 않은 존재들이다.

죽음을 당연한 과정으로 안고 살아야 하는 이들의 삶은 영호가 익수에게 해주는 당랑거철(螳螂拒轍)이라는 고사를 통해서도 잘 드러난다. 영호는 익수에게 "아버지나 저나 당랑거철은 되지 맙시다."(143)라고 말하는데, 이때 죽음은 수레이며 익수와 영호는 사마귀에 불과하다. 그렇기에 수레에 저항하는 것은 아무런 성과도 낼 수 없는 무익한 일에 지나지 않는다. 필연적인

---

28) 신종태, 「월남전 참전 고엽제환자와 보훈정책 발전방향」, 『조선대 군사발전연구』, 2013, 168-171면. 당시 언론에 보도된 대표적인 기사로는 「월남 참전용사 고엽제 후유증」(『경향신문』, 1992.2.13.), 「고엽제피해 몸으로 증언」(『동아일보』, 1992.8.22) 등을 들 수 있다.

29) '고엽제 후유의증 등 환자지원에 관한 법률'에서 정의하는 고엽제란 월남전 또는 대한민국 비무장지대 남방한계선 인접지역에서 나뭇잎 등을 제거하기 위하여 사용된 제초제로서 다이옥신이 들어 있는 것을 말한다. (서운석, 앞의 논문, 76면) 한국의 비무장지대에서도 1968년과 1969년 사이 고엽제가 북한의 침투를 막기 위해 살포된 적이 있다. 이 당시 고엽제 살포작전에 참가했던 한국군들도 고엽제 관련 질병으로 고통을 받고 있다. (신종태, 앞의 논문, 174-175면)

30) 이대환, 「슬로우 부릿(Slow Bullets)」, 『내일을 여는 작가』, 1996년 봄호, 139면. 앞으로 이 작품을 인용할 경우, 면수만 기록하기로 한다.

죽음을 의미하는 당랑거철의 이야기는 뻐꾸기 소리와도 연결된다. 이 작품에서 익수는 뻐꾸기 소리가 들릴 때면, 요강이 골삭하도록 선혈을 게워내고 응급실에 실려가고는 한다. 뻐꾸기 소리는 죽음의 암시라고 할 수 있으며, 당랑거철의 "그 수레를 끄는 말의 목에 걸린 종소리"(144)에 해당하는 것이다.

그렇기에 「슬로우 부릿(Slow Bullets)」에서 익수는 산 것도 죽은 것도 아닌 일종의 '살아 있는 죽음(living dead)'에 해당한다고 할 수 있다. 그러한 익수의 상태를 아내는 "산 송장"(125)이라고 표현한다.[31] 이 작품에서 익수의 외양은 다음처럼 극한에 처한 것이다.

> 얼굴, 팔다리, 배, 엉덩이, 가슴, 몸의 구석구석, 심지어 발바닥까지, 모든 살이 면도칼로 긁어 낸 것처럼 깡그리 싹 빠진 채 거죽만 뼈에 붙어 있는 익수의 신체 (121)

> 멀쩡하게 앉아서 즐겁게 이야기를 하고 있다가도 흡사 발작을 일으키는 간질환자처럼 정신을 잃고 온몸이 뻣뻣해지면서 뻐드러지는 병신, 먹어도 먹어도 삭정이처럼 마르기만 하는 병신, 의사들이 병명도 병인도 밝혀 내지 못하는 희귀한 병신. (136)

아들인 영호도 지금 고엽제 관련 질환으로 기도원에서 생활한다. 영호는 하반신이 마비된 상태여서 아버지가 관장(灌腸)을 해주어야만 하며, 그 과정은 매우 상세하게 묘사되어 있다. 영호의 동생 영섭은 아직 고등학생이지만, 그에게도 고엽제 후유증의 징조가 나타나는 중이다. 베트남에서 돌아와 목공소를 차리고 남부러울 것 없이 행복했던 익수와 그 가족은 3년이 못

---

31) 익수의 아내 숙희는 오전에는 해녀로 일하고 오후에는 통조림 공장에서 일하며 가정의 생계를 혼자서 책임진다. 숙희는 기자 앞에서 "목숨만 붙어 있다 뿐이지 해골 아닌교! 산 송장이시더, 산 송장! 밥벌레시더, 밥벌레!"(125)라고 절규한다.

되어서부터 죽음을 향해 빠른 속도로 달려가게 된 것이다. 결국 익수는 고엽제 질환으로 죽고 영호는 자살하며 작품은 끝난다.

고엽제 환자라는 피해자성에 초점을 맞춘 결과, 단편 「슬로우 부릿(Slow Bullets)」은 베트남전이 지닌 국제적 성격에 관심을 기울이지 않는다. 고엽제의 가장 큰 피해자일 수밖에 없는 베트남인이나 고엽제라는 무서운 화학무기 사용의 주체인 미국에 대하여 별다른 인식을 보여주지 않는 것이다.

익수가 베트남전과 관련해 가장 큰 가해자 의식(죄의식)을 갖는 것은 아들 영호와 관련해서이다. 공장 노동자이던 영호는 "엄전하면서도 사근한 구석이 있는 청년"(136)이었지만, 지금은 무뚝뚝하고 냉소적인 모습으로 변했다. 그런 영호는 처음으로 몸의 이상을 느꼈을 때, "아버지-, 아버지-, 내가 나무를 죽였습니까, 베트콩을 죽였습니까! 그런데 내가 왜요, 아버지-."(133)라고 절규한다.

익수는 자신이 고엽제 질환을 물려준 영호에게 강렬한 죄의식을 느낀다. 아들에게 "병신의 유전자들"(136)을 "대물림"(137)했다는 생각을 하는 순간에는, "뭔가 가슴이 찢어지게 억울하다. 눈두덩이 뜨끔해진다."(137)고 표현되는 강렬한 감정을 체험하는 것이다. 익수는 기자가 취재 기념품처럼 주고 간 잡지에 실린 고엽제 특집을 볼 때도, 영호와 관련된 부분에만 관심을 보인다.

> 그 특집은 베트남의 고엽제 오염 지역에서 태어난 기형 2세에 대한 외신도 짤막히 인용했는데 거기에 "하반신 마비"란 용어가 섞여 있었다. 익수는 그것이 마음에 캥겼다. 영호가 읽는다면……. 그는 자신의 손에 든 잡지가 자신의 엄청난 범죄를 증거할 결정적 단서처럼 느껴졌다. (140)

이 기사는 베트남에서 고엽제로 인해 태어난 기형 2세에 대한 것임에도 불구하고, 익수가 관심을 기울이는 것은 베트남인의 고통이 아니라 영호가 혹시라도 그 기사를 읽고 자신을 원망할지 모른다는 점이다. 익수에게 '엄청난 범죄'란 다름 아닌 영호에게 고엽제에 따른 질병을 물려준 것을 의미하며, 그렇기에 '엄청난 범죄'는 베트남인들과의 관계에서 발생하는 것이 아니라 영호와의 관계에서만 발생한다. 익수는 자신의 죄의식을 덜기 위해 영호의 "하반신 마비는 유전이 아니라는 증거"에 "집착"(145)한다.

익수의 베트남 혹은 베트남인에 대한 무관심은 관장을 받는 영호가 월남전 얘기나 해달라고 할 때, 나누는 다음의 대화에도 잘 드러난다. 월남전에서 "뭐 신났던 일 없었어요?"(141)라고 묻는 영호에게, 익수는 화염방사기로 베트콩 포로를 심문하여 1명을 사살하고 2명을 생포하는 전과를 올렸던 경험을 이야기해준다. 이 이야기를 하는 동안에 "익수는 자신도 모르게 목소리에 기운이 붙고 눈빛이 살아났다."(142)고 묘사된다. 이것은 베트콩 포로가 느꼈을 극심한 공포에 대해서는 별다른 관심을 기울이지 않기에 가능한 태도라고 할 수 있다.

베트남에서 가해자였을 수도 있는 자신을 성찰하는 대목은, 직접적으로 고엽제를 다룰 때의 일을 회상하기 직전에 단 한번 등장한다.[32] 익수는 자신이 참여하여 베트남 땅에 고엽제를 무기로 쓰던 당시를 회상하기 이전에

---

32) 익수는 미국이 베트남에 최대량의 고엽제를 퍼부었던 1967년에 화학 작전에 동참한 것으로 설정되어 있다. 1961년 11월부터 1971년까지 10여 년 동안 살포량은 무려 1천 9백 갤런(약 7천 2백만 리터)에 이르렀으며, 살포 면적은 월남 면적 15%에 해당하는 60만 에이커로 우리 국토와 거의 맞먹었다. 한국군 작전 지역에도 고엽제가 광범위하게 살포되있다. (대한민국고엽제전우회, 『대한민국고엽제전후회 20년사』, 2018, 183면) 특히 미군은 익수가 화학병으로 근무하던 1967년에서 1969년 사이에 고엽제를 가장 많이 사용하였다. 1970년 이후 살포량이 조금씩 감소하였고 1971년 10월 31일부터는 공식적인 살포가 금지되었다. (이상욱, 「고엽제 피해 역학 조사의 이해」, 『한국보훈논총』, 6권 1호, 2007, 97면) 고엽제의 주요 사용 목적은 베트콩 및 월맹 정규군의 은신처인 정글을 없애는 것이었고, 부수적으로 식량 공급원인 농작물을 파괴하기 위한 것이었다. (김상진, 「철군 36년… '고엽제 전쟁'은 끝나지 않았다」, 『월간중앙』, 2009.7, 140면)

"망할 놈의 인간들."(145)이라며 혼잣말을 한다. 그리고는 곧 "그 족속들 속에 자신도 포함되어야 옳다는 생각"(145)을 하는 것이다. 그러나 「슬로우 부릿」에서 고엽제를 뿌린 후에 고통받는 베트남인들의 모습은 항공촬영을 한 듯이, 먼 거리를 두고 희화적으로 간단하게 묘사될 뿐이다.

> 적이 숨어 있다고 판단되는데 보병의 작전이 도저히 불가능한 지역에도 그놈의 독가스와 낙엽 살초제를 함박눈처럼 쏟아 부었다. 그럴 때는 익수도 헬기 안에서 그 효과를 확인할 수 있었다. 무전으로 교신하는 소리를 들어 보면 효과가 아주 그만인 모양이었다. 사람이 튀어나온다. 옷으로 입을 막고 꼬꾸라진다. 정신 없이 술취한 것처럼 비틀비틀 우왕좌왕 헤매고 있다는 보고들이 무전을 타고 날아왔으니까. (149)

이처럼 단편 「슬로우 부릿(Slow Bullets)」은 주로 고엽제 피해자라는 한국군의 비극을 최대한 강조한 작품이다. 주목할 것은 이런 피해자로서의 자기인식이 베트남인을 배제한 바탕 위에서 작동한다는 점이다.[33] 익수와 영호가 겪는 직접적인 고통에 초점을 맞춘 결과 고엽제 사용과 관련한 미국의 책임에 대한 질문도 이 작품에는 등장하지 않는다. 그렇기에 이 작품에서 유일하게 누군가를 향한 분노가 나타난다면, 그때의 분노가 향하는 대상은 한국이라는 국가에 한정된다. 숙희는 "숨쉬는 송장과 진배없는 남편을 어느 산야의 병든 짐승처럼 방치해 온 나라"(155)에 대해서만 원통한 심정을 드러낼 뿐이다.

---

[33] 고엽제의 최대피해자는 말할 것도 없이 베트남 국민들이다. 대한민국고엽제전후회가 펴낸 『대한민국고엽제전우회 20년사』(2018)에서도, 미군이 밀림 지역에 살포한 고엽제로 엄청난 피해가 발생했으며, "피해자들은 대부분이 월남 국민과 참전 군인들이었다."(182면)고 밝히고 있다.

2) 베트남전 담론들의 각축장이 된 고엽제 문제
- 2001년판 장편『슬로우 블릿』

2001년판 장편『슬로우 블릿』은 고엽제 문제를 둘러싼 여러 가지 베트남전 담론들이 다양하게 등장하는 작품이다. 5부 1장에서 살펴본 것처럼, 베트남전을 둘러싼 담론이나 기억의 표상도 시대와 함께 계속 변모해 왔다. 베트남전 당시부터 1980년대까지 정부의 공식기억이 베트남 참전군인을 안보전사이자 경제역군으로 자리매김했다면, 1990년대에 생성된 대항기억에서 참전군인들은 과잉폭력의 당사자나 용병으로 규정되었다.[34] 이에 대한 반발로 베트남전 참전군인들은 베트남전의 대항기억에 반대하고[35] 과거의 공식 기억에 강력한 친화력을 보이며 보수적으로 정치화되었다. 이대환의 2001년판『슬로우 블릿』에는 1990년대 후반에 치열하게 전개된 베트남전을 둘러싼 복잡다단한 기억투쟁의 다양한 면모가 반영되어 있다.

이대환은 단편「슬로우 부릿(Slow Bullets)」을 2001년에 모두 22장으로 이루어진 장편『슬로우 블릿』으로 개작한다. 우선 고려할 것은 단편에서 장편으로 장르가 바뀌었다는 점이다. 장편『슬로우 블릿』에는 "국가가 베트남전 참전 고엽제 후유의증에 시달리는 늙다리 용사들에게 매월 얼마씩의 배상을 시작"[36]하는 법이 국회를 통과한 때로부터 "거의 3년"(100)이나 지

---

34) 정부도 공식적으로 1994년 외무부장관의 베트남전 유감 발언, 1995년 교육부 장관의 '용병' 발언, 1998년의 괴기시 유김 표녕과 2001년 사죄 발언 등을 통해 이전의 공식적인 기억과는 다른 반응을 보이기 시작했다. 또한 1999-2000년까지 집중적으로 진행된 베트남전진실위원회와『한겨레21』의 '베트남전쟁 민간인학살 진상규명운동'은 베트남 전쟁의 정당성을 아래로부터 허무는 계기로 작용하였다. (윤충로, 앞의 책, 305-307면)

35) 이 무렵 참전군인들은 폭력적인 방식까지 동원하여 대항기억에 격렬하게 저항하였다. 한국군의 베트남 민간인 학살 보도와 관련된 2000년 한겨레신문사 습격사건을 대표적으로 들 수 있다.

났다는 말이 등장한다. 이 말에 비추어보면 작품 속의 시간은 1996년이라고 할 수 있다.[37]

　장편에 걸맞게 기본적인 서사에 여러 배경적인 요소가 보충되었다. 먼저 1990년대 들어 활발해진 베트남과의 교류에 대한 이야기가 보강되었다. 1996년판에서는 회상 속에서만 등장하던 박문현 대위였지만, 2001년판에서는 익수와 직접 전화통화를 한다. 5페이지에 걸쳐 둘의 통화가 등장하는데, 대령으로 예편한 박문현은 현재 호치민을 오가며 무역상으로 활동하고 있다. 그는 "도이모이라고 해서, 호지명의 제자들이 개방정책에 기를 쓰고 있어."(37)라며 변화된 베트남의 상황을 전한다. 또한 당시 새로운 사회문제로 조명받고 있던 라이따이한에 대한 이야기도 등장한다.

　1996년판 단편은 익수가 처한 극한의 상황에 초점을 맞추고 있었다. 단편에서는 익수의 끔찍한 상황을 전달해서 고엽제 문제를 좀 더 많은 독자에게 공론화하는 것이 무엇보다 중요한 과제였다고 할 수 있다. 장편인 2001년판에서는 익수가 가지고 있는 베트남전에 대한 다양한 생각이 대화 등의 방식을 통해 드러난다. 익수는 자신이 한국 경제 발전에 큰 기여를 했다고 생각하며, 그렇기에 베트남전에 참전한 것이 보람 있는 일이었다고 생각한다.[38]

---

36) 이대환, 『슬로우 블릿』, 실천문학사, 2001, 100면. 앞으로 이 작품을 인용할 경우, 면수만 기록하기로 한다.

37) 단편 「슬로우 부릿(Slow Bullets)」에서 구체적으로 시기를 확정지을 수 있는 단서가 되었던 말, 즉 김익수가 베트남에서 박문현 대위로부터 작별의 선물로 세이코 시계를 받고 "25년이란 세월이 흘러갔건만"(128)이라는 부분은 "거의 한 세대를 헤아릴 만큼 세월이 흘렀으나"(32)로 바뀌었다.

38) 베트남전에 참전한 국가들의 참전 대가는 전쟁 특수에 따른 경제발전이라는 형태로 이루어졌다. 베트남에 파견된 한국군이나 한국인 노무자들이 거두어들이는 외화수입이 1969년에는 약 2억 달러에 이르렀는데, 이는 당시 한국 외화수입의 20퍼센트에 이르는 것이었다. (古田元夫, 『역사 속의 베트남 전쟁』, 박홍영 옮김, 일조각, 2007, 44-45면) 당시 남베트남의 8개 항구 중 5개를 한국군이 장악하고 있

영호가 월남전에 참전하여 결국 고엽제로 인한 고통밖에 남은 것이 없지 않냐고 힐난하자, 익수는 이를 강하게 부인하며 고엽제 피해자 전우들 수천 명이 충청도에 모여서 경부고속도로를 점령했던 일을 이야기한다.[39] 이때 익수를 비롯한 참전군인들이 가졌던 생각이 자세하게 소개되는데, 그것들은 대부분 산업화에 기여한 경제전사로서의 자부심과 관련되어 있다.

"대한민국 산업화의 대동맥이 되었다고 자랑하는 게 바로 경부고속도로 아이가. 어떤 동기로 월남전에 참전했던 결과적으로 그 도로 만드는 돈을 누가 벌어왔노? 바로 우리 전우들 아이가. 그 도로에는 내 젊음도 들어가 있다."(64-65)

"민주화만 애국이가? 목숨 걸고 외화 벌어온 놈들은 애국도 아이다 말이가?"(66)

었으며, 그 지역의 주요 공사들은 한국이 도맡아 할 수 있었다고 한다. 베트남전 전체 기간에 걸쳐 총 10만 명이 넘는 민간인 노동자와 기술자가 파견되어 외화를 벌어들였다. 1970년에 베트남에서 일하는 한국 민간인의 연간 평균저축액은 가장 낮게 잡아도 2,500달러는 되었는데, 이는 당시 한국 노동자 평균 연봉의 10배가 훨씬 넘는 금액이라고 한다. 한국의 대표적 재벌기업인 현대, 대우, 한진 등은 모두 전시 경제특수를 통해 도약했다고 한다. (전진성, 『빈딘성으로 가는 길-베트남전 참전용사들의 기억과 약속을 찾아서』, 책세상, 2018, 168면)

39) 실제로 1992년에 고엽제 문제가 언론을 통해 공론화되자 국방부는 1992년 5월 26일부터 고엽제로 인한 질병에 시달리는 참전용사들의 신고를 받고, 1992년 8월 21일에는 베트남전 고엽제 희생자 공청회를 개최하였다. 그러나 고엽제 문제에 대한 확실한 대책이 마련되지 않자 1992년 9월 26일에는 독립기념관에서 베트남 참전 전우 만남의 장을 마련한다. 이후 참전군인들은 행사를 마치고 귀가 중 경부고속도로 목천 나들목 부근에서 상하행선을 점거한 채 5시간 이상이 농성을 벌였다. (강창업, 「아직 끝나지 않은 전쟁, 고엽제 피해의 실상과 대책」, 『황해문화』 50, 2006년 봄호, 85-86면) 신문기사에는 이 사건이 다음과 같이 기록되어 있다. "이날 하오 2시 충남 천안군 목천면 독립기념관 겨레의 큰마당에서 열린 '제1회 파월의 날' 기념식에 참석한 파월용사 5천여 명 중 서울쪽으로 가던 2백여 명은 천안삼거리 휴게소 앞 경부고속도로상행선을 타고 가던 관광버스 9대를 막은 뒤 '정부는 고엽제의 진상파악과 고엽제 피해자에 대한 대책을 즉각 마련하라.'고 요구하며 하오 8시 50분까지 농성을 벌이다 해산했다."(「파월용사 고속도 점거농성」, 『경향신문』, 1992.9.27.)

"앞으로도 누가 내인테 월남전에 뭐하러 갔더냐고 묻는다면, 갔다와
서 남은 보람이 뭐 있느냐고 묻는다면, 나는 그때 데모할 때 그랬던 것
처럼 경부고속도로에 딱 드러누워서 대답을 할란다. 내 젊음이 여기 있
다고, 고래고래 큰소리로 말이다."(66)

경부고속도로를 점거한 후에 닭장차에 끌려갈 때도 젊은 전경들을 향해
"너희가 누구 덕에 대학은 댕기게 되었는데!"(68)라고 외친다.40) 닭장 차
안에서는 고엽제 환자들의 아우성이 넘쳐나는데, 이때 영호는 처음으로 베
트남전에 참전해 고엽제 후유증으로 고통 받는 "고달픈 인생도 그저 헛된
것만은 아니었다"(70)는 자부심을 느낀다. 익수는 경제전사라는 자기규정을
통해서 베트남전에 참전한 자신의 정체성과 삶의 의미를 획득하는 것이다.

이러한 익수의 생각은 베트남전으로 인해 고엽제 피해에 시달리는 참전
군인들의 생각과 비슷하다. 다음의 인용은 1947년 대구에서 태어나 해병대
청룡부대원으로 베트남전에 참전한 강창업과 2009년 당시 대한민국고엽
제전우회 이형규 총회장의 증언이다. 이들의 주장은 한마디로 월남전 참전
용사의 가장 핵심적인 정체성은 "산업화시대를 선도한 최고의 역군"(147)이
었다는 것이다.

강 건너 불구경한다는 속담처럼 베트남 참전 전우 고엽제후유증 환자
들의 일들이 남의 일처럼 보일지도 모르겠지만 돌이켜보면 1960-70년
대 우리나라 경제 발전의 종자돈이 되었던 외화는 베트남참전 전우들
의 가슴 아픈 희생없이는 생각할 수도 없는 일이었습니다. 그들이 피흘
려 외화를 벌어들이지 않았다면 급성장한 우리의 경제와 선진생활을
꿈이나 꿀 수 있었겠습니까!41)

---

40) 닭장 차 안에서도 참전군인들은 전경들을 향해 "요새 너희들보고 가난에 찌든 나
라를 먹여 살리기 위해 월남전 가라고 하면 갈 놈이 몇 놈이나 되겠어?"(68)라고
말한다. 이 말 역시 월남전에 간 동기가 '가난에 찌든 나라를 먹여 살리기 위해'서
라는 국가적 차원의 경제적 이익에 있음을 보여준다.

제5부 베트남전 소설의 변화　375

> 파병 당시 우리나라 1인당 국민소득이 100달러 정도였습니다. 파병
> 기간 8년 8개월 동안 10억 달러의 특수를 누리고, 각종 차관 및 군사원
> 조를 받았습니다. 구로공단·마산수출자유지역 등을 만들고 경부고속
> 도로를 닦는데 일등공신이 바로 저희였습니다.[42]

앞에서 말한 바와 같이, 베트남전 당시부터 1980년대까지 정부의 가장
대표적인 파병 논리는 안보(반공)와 경제발전이었다. 이는 참전군인들이 자
신의 참전을 정당화하는 핵심적인 논리이기도 하였다. 박태균은 두 가지
중에서도 참전군인들에게 가장 중요했던 것은 안보전사라는 정체성이었다
고 지적한다. "전쟁특수를 위해 참전했다는 주장은 참전 이후에 만들어진
것일 수 있"[43]다며, "한국정부가 파병했던 제일 중요한 이유는 역시 정치
적인 이유와 안보적인 이유"[44]였다는 것이다. 그러나 고엽제 문제가 불거
진 1990년대 이후에는 안보보다는 경제적인 차원에서 베트남 참전의 의미
를 찾는 경향이 강해졌으며, 이러한 특성은 『슬로우 블릿』에도 그대로 나
타난다고 할 수 있다.

그런데 여기서 한 가지 오인(誤認)이 발생한다. 본래 김익수가 베트남에
간 이유는, 국가적인 차원이 아니라 개인적인 차원에 머무르는 것이었기
때문이다. 「슬로우 부릿(Slow Bullets)」에서는 익수가 월남전 참전을 위한 장
기 복무를 지원한 것이 "한밑천 단단히 거머쥐게 될 듯한 기대감"(128) 때문
이었다. 2001년판에는 "한밑천 거머쥘 가능성이 높아 보인다는 기대감"이
라는 경제적 이유와 더불어 "사나이로 태어나서 나라를 위해 뭘 해야 한다
는 군가풍의 애국심"(42)이 새롭게 첨가된다. 그러나 역시 여러 가지 이유

---

41) 강창업, 앞의 글, 84면.
42) 이형규, 「대한민국고엽제전우회 이형규 총회장의 통곡발언」, 『월간중앙』, 2009.7, 146면.
43) 박태균, 『박태균의 이슈 한국사』, 창비, 2015, 12면.
44) 위의 책, 12면.

중에서도 "제일 강했던 것"(64)은 "사회 나오기 전에 목돈이나 거머쥐어야 되겠다는 욕심"(64)이었던 것으로 이야기된다. 따라서 김익수가 생각하는 국가적 차원의 경제전사라는 동기는 사후에 새롭게 첨가된 것으로 볼 수밖에 없다.

김익수가 월남전에 참전한 가장 큰 동기는 "사회 나오기 전에 목돈이나 거머쥐어야 되겠다는 욕심"이었던 것이다. 이러한 인식은 참전군인 당사자들 뿐만 아니라 일반인들 사이에도 널리 퍼진 생각이었다. 이것은 황석영의 「낙타누깔」(『월간문학』, 1972.5)에 잘 나타나 있다. 장교로 근무하다 귀국한 '나'는 몸이 불편해 김병장과 함께 약국을 찾는다. 이때 약사는 '나'와 김병장을 거의 장물아비로 취급할 정도이다.

> "요즘엔 군인들이 항생제를 많이 찾거든요."
> 병장이 그들 두 사람을 번갈아 바라보았다.
> "우리는 전쟁터에서 왔다 그 말이오."
> "알아요."
> 여자가 대수롭잖게 내뱉고 나서 말투를 은근하게 바꿨다.
> "한 달에 한 번씩 봅니다. 혹시 처분할 물건 있으면 가져와요. 소개해드릴 테니." (301)

전장에서 돌아온 자신들을 너무나 무심하게 대하는 여자 약사에게 화가 난 김병장은 자신들이 "전쟁터에서 왔다"고 말한다. 그러자 약사는 더욱 무심하게 "혹시 처분할 물건 있으며 가져와요."라고 하여, 이들을 장물아비 정도로만 취급할 뿐이다. 이후 '나'와 김병장은 술집에 가지만, 그 곳의 분위기에 전혀 녹아들지 못한다. 그때 젊은 사람들은 둘을 발견하고는 다음과 같은 이야기를 나눈다. 이것 역시 약사와 비슷한 차원에서, 참전 군인들을 개인적인 이득을 위해 경제적인 부정행위를 마다하지 않은 사람들로 취급하는 것이다.

> "저봐요. 귀국 장병인가봐."
> "한몫 잡은 치들인가."
> "개선 용사라."
> "개선 좋아하네. 누구는 수지맞구 어떤 놈은 골로 가는 짓이지." (303)

단편 「슬로우 부릿(Slow Bullets)」은 고엽제 문제를 처음으로 작품화한다는 시급성과 단편이라는 장르상의 한계로 인해, 고엽제 피해자라는 참전군인의 비극만을 최대한 강조하였다. 이로 인해 베트남인에 대한 가해자로서의 책임과 고엽제 사용의 주체인 미국에 대한 비판은 거의 이루어지지 못했다. 2001년판에서는 가해자로서의 책임과 미국에 대한 비판이 보강되었으며,[45] 그것은 주로 영호를 통해 이루어진다.

2001년판에서 가장 크게 보강된 것은 영호를 중심으로 한 이야기이다. 영호는 고엽제로 인한 질병이 발생하기 이전에는 "이왕에 인간으로 태어났으니 인간답게 살면서 인간을 사랑하겠다는 생각에 충실"(98)하고자 "훌륭한 노동운동가가 되겠다"(109)는 꿈을 꾸는 노동자였던 것으로 새롭게 성격화가 된다.[46]

영호는 기도원에서 집에 온 후, "아버지, 솔직히 월남엔 뭐하러 갔습니까?"(63)라는 물음을 시작으로 13페이지에 걸쳐 월남전에 관한 여러 가지

---

45) 송수성은 기존 베트남전 관련 소설보다 적극적으로 평가할 수 있는 장편 『슬로우블릿』의 성과로 "베트남 전쟁에 대한 베트남 민중들의 시각, 호치민에 대한 베트남 민중들의 애정, 용병으로서의 한국군의 자기 기만성 등에 대한 언급"(송주성, 앞의 글, 385면)을 들고 있다.

46) 영호의 이러한 성격화는 「슬로우 브릿」에서도 조그마한 단서가 이미 주어져 있었다. 영호는 자살을 앞두고 "철강 공단 노동자 생활 2년"이 "자기 인생의 전부 같았다."(166)고 느끼는 것이다. 영호가 듣는 음악에는 "서태지와 아이들, 마이클 잭슨, 양희은의 '한계령'"과 함께 "'철의 노동자'"(138)가 포함되어 있었던 것이다.

이야기들을 나눈다. 경제전사로서의 의미를 강조하는 아버지에게 영호는 "일본은 우리 나라 육이오 전쟁 때 돈을 왕창 벌어서 2차 대전 패망 뒤에 새로 일어서는 밑천을 만들었는데, 우리 나라는 월남전쟁 때 큰 밑천을 잡았잖아요? 아버지도 그걸 자랑스럽게 여기잖아요. 그러면 일본이나 우리나 피장파장 아닙니까?"(71)라며 문제를 제기한다.

또한 영호는 익수에게 호치민에 대한 이야기를 한다. 이때의 호치민은 명절날 아이들에게 "지난해 추석에는 우리 나라가 억압받고 있어서 여러분들은 어린 나이에도 노예였지만 올해는 자유를 되찾아 여러분들은 독립된 나라의 어린 주인이 될 것입니다."(74)라는 따뜻한 편지를 보내는 이상적인 지도자이다. 이상적인 지도자로서의 호치민에 대한 이야기는 이후에도 다시 등장한다.

또한 영호는 익수가 베트남을 떠난 직후에 발생한 밀라이 학살 사건에 대하여 상세하게 설명해준다. 그리고는 익수에게 "월남 가게 되거든 송미 학살 기념관에도 꼭 가보세요. 그곳에 전시된 사진들 중에는 우리 맹호부대가 월남 땅에 상륙하는 장면도 있답니다. 시기도 비슷한데, 혹시 김익수 병장의 멋진 얼굴도 나올지 압니까?"(123)라고 비꼰다.47)

이외에도 다양한 방법을 통해 베트남전이 가진 비인도적 성격을 강조한다. 1996년판에서 뻐꾸기의 울음소리는 죽음에 대한 공포와 연결되어 있었다. 발산포의 뒷산에 뻐꾸기가 돌아와서 울면 익수가 "요강이 골삭하도록

---

47) 이 대목과 관련해 이은선은 "'영호'는 스스로가 피해자임에도 불구하고, 가해자였을지 모르는 아버지의 과거에 질문을 던짐으로써 과거를 망각하고 있던 '김익수'를 일깨우는 것이다."(이은선, 앞의 논문, 281면)라고 주장한다. 이에 대해 익수는 지옥과 같은 전쟁터에서 "현지 여자들을 강간한 군인도 간혹 안 있었겠나. 그것뿐 아이고, 니가 송미학살이라고 읽어준 그 글만큼은 아니랐다 하더라도, 옆에서 전우들이 비명을 지르며 나자빠지이까네 눈알이 확 뒤집어져 가지고는 양민을 죽인 경우도 간혹 있었겠지."(150)라고 말하며, 전쟁이라는 상황논리를 통해 영호의 주장을 반박한다.

선혈을 게워 낸 뒤 주검과 진배없는 상태로 응급실에 실려 갔던 것"(127)이다. 그것은 십여 년 동안 연중 행사로 반복되었고, 익수는 그것을 "죽음의 예행 연습"(127)이라고 생각했다. 뻐꾸기는 죽음의 사신이었던 것이다. 2001년판에서는 뻐꾸기의 울음소리가 "내가 피를 토해낸 것이 그놈 울음소리와 무슨 상관이 있어. 터무니없는 망상에 빠진 거지. 월남에서 내가 뻐꾸기를 죽이기라도 했나? 지가 나한테 무슨 원한이 있다고 혼백을 보내."(82)라는 말에서도 알 수 있듯이, 베트남전과 관련하여 익수의 무의식에 남겨진 죄의식으로 그 의미가 확장된다.

이상에서 살펴본 것처럼, 2001년판에서는 익수와 영호의 갈등이 매우 강화되었다. 특히 이러한 갈등은 베트남전을 대하는 기본적인 입장의 차이에서 비롯된 것이었다. 익수가 공식기억에 의지해서 베트남전 참전에 의미를 부여하려는데 반해, 영호는 대항기억에 바탕해 베트남전이 지닌 비인도적 성격을 계속적으로 강조하는 것이다. 이러한 둘의 대결을 통하여 베트남전의 사회·역사적 의미는 보다 선명하게 부각된다. 2001년판에서 둘의 대결은 결국 하나의 지향점을 향해 수렴되는 모습을 보여준다. 영호의 자극을 통해 익수도 베트남전에서 가해자였을지도 모르는 자신의 처지를 여러 차례 자각하는 것이다. 대표적으로 '감자캐기' 작전에 나가 베트남 청년들을 죽인 꿈을 꾸고 나서, 익수가 꿈을 꾼 이유가 "어제 저녁답에 영호가 미군의 '송미학살'에 관한 기사를 읽어"(131)주었기 때문이라고 생각하는 장면을 들 수 있다.

익수는 1996년판과는 달리 베트남전에서의 가해자 의식(죄의식)을 보다 분명하게 의식하기 시작한다. 뚱뚱보 의사가 방문 기념품처럼 남긴 잡지에는 베트남을 방문한 시인의 글이 수록되어 있다. "베트남에만 고엽제 후유증이 만들어낸 그 괴상한 벌레와 비슷한 처지가 대강 '백만'은 넘을 것이라는 가이드의 설명"(141)을 들으며, 시인은 다음과 같이 생각한다.

> 그런데 나는 여기서 '마리'도 '명'도 붙이지 못하고 그저 '백만'이라
> 했다. 조상이 인디언을 사냥한 솜씨를 동양의 정글에 와서 유감없이 발
> 휘한 그들을 찬양한다면 나는 반드시 희생의 숫자에 '마리'란 단위를
> 매겨야 옳을 것이며, 인간의 이름으로 그들을 고발한다면 그때도 나는
> 반드시 '마리'란 단위를 동원할 수밖에 없을 것이다. 그러나 차마 '마리'
> 란 말을 쓸 용기가 나지 않는다. 말은 무섭다. 그래서 나는 '명'이란 말
> 도 쓰지 못하는 것이다……(141-142)

시인의 이 글은 베트남전이 미국 역사에서 발견할 수 있는 인디언에 대
한 폭력에 연결되는 것이라는 인식을 보여준다. 동시에 베트남전에서 베트
남인들이 온전한 인간이 아니라 하나의 동물로서 취급되었다는 비판적 인
식도 보여준다. 익수는 이 글을 보며, "자신도 자신의 아들도 글쓴 시인이
차마 붙이지 못하겠다는 그 '마리'에 포함될 수밖에 없다는 탄식"(142)을 하
며 자기연민(피해자 의식)에 빠진다. 그러나 곧 2001년판에서는 1996년판과
는 달리 그러한 인식이 책임자 의식으로까지 확대된다.

> 마리. 그래, 잘못된 것이 아니다. 나는 사람답게 살아가는데 필요한
> 한밑천을 장만하러 갔다고 하지만, 인간을 짐승처럼 다룬 인간들의 틈
> 바구니 속에서 나만 무사하면 만사형통이라는 식의 일념에 빠져 있었
> 으니 나 역시 '한 마리'일 수밖에 없겠지. 그 대가로 밥만 축내고 있는
> 밥벌레, 아들에겐 너무 잔인하고 미안하지만 내 아들인 죄로 역시 밥벌
> 레로 있을 수밖에 없겠지. 밥벌레와 괴상한 벌레. 흥, 그래. 우리는 같은
> 종족의 '마리'들이지. (142)

즉 익수는 자신이 끔찍한 고엽제 질병에 걸려 신음하기 때문에 '마리'이
기도 하지만, 동시에 "인간을 짐승처럼 다룬 인간들의 틈바구니 속에서 나

만 무사하면 만사형통이라는 식의 일념"에 빠져 있었기에 '마리'이기도 하다고 여기는 것이다.

또한 2001년판에는 익수가 화염방사기로 죽인 두 명의 베트남 청년이 새롭게 등장한다. 이 청년의 죽음은 이 당시 가장 큰 사회적 이슈가 되었던 베트남 민간인 학살 문제와 직접적으로 연결된다.[48] 베트콩이 설치한 지뢰로 부대원 5명이 전사하자 익수가 속한 부대는 인근 마을로 '감자캐기'라는 작전명의 보복작전을 나선다. 신분증을 가진 베트남인들을 모두 마을 밖으로 대피시킨 후, 마을 안으로 진입한다. 의심스러운 땅굴을 발견한 익수는 입구에 해당하는 구멍에 화염방사기를 발사한다. 그러자 앳된 얼굴의 청년 두 명이 불이 붙은 채 달려 나오고 전우들은 총으로 쏴 죽인다. 나중에 촌장은 그 청년들이 신분증을 잃어버려서 숨어 있었을 뿐 베트콩이 아니었다고 항의한다. 익수는 "촌장의 말이 맞으면 두 양민을 학살한 거고, 거짓말이면 두 베트콩을 잡은 거고…… 그런 식의 전쟁이 계속되었던 거다."(184)라고 말한다. 이 사건은 익수에게 일종의 트라우마로 존재하며, 그렇기에 2001년판에서는 익수가 두 번(11장과 17장)이나 두 청년에 대한 악몽을 꾼다.

익수는 "남의 죄 없는 아들을 둘씩이나 잡아냈으이 어찌 그 벌을 안 받겠노."(184)라고 자책하는데, 여기에는 익수의 강렬한 가해자로서의 죄의식이 새겨져 있다. 나아가 영호에게 "미안하다. 안 갈 수도 있었던 월남전에 나갔던 거, 바로 그게 잘못이다. 그러니 다 내 잘못이다."(186)라고 하여, 참전 자체를 반성하는 모습까지 보인다. 여기에서 멈춘다면 2001년판은 참전 군인인 익수에 대한 일방적인 단죄로 끝난다고 볼 수 있다.

---

48) 베트남 민간인 학살에 대한 대표적인 글로는 구수정 통신원이 쓴 「아, 몸서리쳐지는 한국군」(『한겨레21』, 1999.5.6.)과 특집 「베트남의 원혼을 기억하라」(『한겨레21』, 1999. 9.2.)를 들 수 있다. 앞의 기사가 판랑지역을 취재한 것이라면, 후자는 과거 한국군 주둔지를 중심으로 베트남 중부 5개 성(우리나라 도에 해당하는 행정단위), 9개 현(군 단위), 13개 사(읍면 단위), 수십개 마을들을 취재한 것이다.

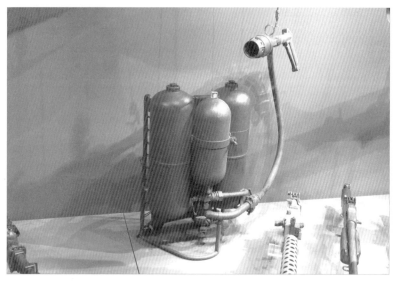

베트남전에서 사용된 화염방사기, 한국의 전쟁기념관

그러나 이 작품은 한 단계 더 나아간다. 그것은 세계사적인 시각을 확보하여 보다 객관적으로 베트남전과 익수의 상징적 위치를 잡아주는 것이다. 영호는 자책하는 익수에게 "아버지, 자학하지는 맙시다. 그걸 아버지의 잘못이라 할 수는 없지요. 전쟁터였고, 명령이 있었다면서요?"(184)라거나 "……아닙니다. 전쟁을 일으킨 놈들의 책임이지요."(186)라고 말한다.

이러한 인식은 영호가 기도원에서 베트남 전쟁에 대해 공부를 한 결과이다. 영호는 베트남전의 고엽작전을 승인하고 명령한 장본인이 케네디 대통령이라는 내용의 책과 베트남 전쟁에 무기를 팔아먹으려는 군수업자들이 케네디를 죽였다는 영화 <JFK>를 보며 "나쁜 자식들"(220)이라고 분노한다. 영호는 "그들이 아버지를 고엽제 덮어쓴 나무처럼 말라죽는 인간으로 만들었으며 그들이 자신을 기어다니기에도 버거운 인간으로 자빠뜨렸을 것"(220)이라고 생각한다. 영호는 세계사적 맥락에서 베트남전을 낳은 거대한 세력을 인식하며, 그들이야말로 베트남전의 진정한 가해자라고 생각한다. 1996년판에서도 남편과 가족이 겪는 고통의 원인을 "남편을 어느 산야의 병든 짐승처럼 방치해 온 나라"(155)에 돌렸던 숙희도, 2001년판에서는 "아부지한테 죄는 무슨 죄. 미국한테 따지든가 반으로 쪼개지고 먹을 게 없었던 이 나라에 따지든가 해야지."(216)라고 하여, 그 책임의 범위를 보다 세계적 차원으로 확장시키고 있다.

그리하여 2001년판에서는 영호의 자살이 삶에 대한 단순한 포기가 아니라 엄청난 폭력을 가져온 세계에 대한 분노의 표현으로 그 의미가 변한다. 김영호는 "분노의 시간"이 "이 세상의 무엇과도 비교할 수 없을 만큼 존귀한 시간"(220)이자 "현재의 자신을 인간다운 인간으로 존재하게 하는 유일한 방식"(221)이라고 여긴다. 이러한 "분노의 자양분"(222)은 기도원에서 읽은 베트남전에 대한 책들이 가르쳐준 진실이다. 베트남전의 진실에 다가가면 갈수록 생기는 분노라고 할 수 있으며, 이것은 좀더 거시적이고 종합적인 맥락에서의 베트남전 이해와 맞닿아 있다고 할 수 있다. 마지막 영호의 자살은 바로 이 분노를 직접적으로 표출하는 방식인 것이다.[49]

3) 2010년대 고엽제 문제를 다룬 작품
   - 2013년판 중편 「슬로우 블릿」, 백가흠의 「통(痛)」

단편 「슬로우 부릿(Slow Bullets)」은 피해자 의식으로만 고엽제 환자의 모습을 그렸다. 이런 피해자로서의 자기인식은 특히 베트남인을 배제한 바탕

---

[49] 마지막에 익수의 죽음을 암시하는 전화벨 소리를 들으며 영호는 손목을 칼로 긋는데, 영호의 피로 젖어드는 유서의 내용은 다음과 같다. "이 세계가 나에게 안긴 최악의 선물은 폭력이며,/이 세계가 나에게 남긴 최선의 선물은 분노이다.//나의 아랫도리에 뭉쳐져 있는 폭력을 향한 분노를/나는 더 참을 수 없어 남김없이 이 세계로 되돌려준다."(287)

위에서만 가능한 것이다. 이러한 배제는 고엽제 사용의 주체인 미국에 대한 책임의 문제로도 이어지지 않는다. 그렇기에 이 작품에서 유일하게 누군가를 향한 분노가 드러난다면, 그 분노의 대상은 한국이라는 나라에 한정된다. 장편『슬로우 블릿』에서는 익수가 자신의 베트남전 참전과 고엽제 질환의 사회적 의미를 경제전사로서 국가에 기여했다는 측면에서 찾고 있음을 확인하였다. 이를 위해 실제로 있었던 경부고속도로 점거 농성을 삽입하였다. 또한 노동운동가를 꿈꾸었던 아들 영호를 통해 베트남전에서 한국군이 지녔던 가해자로서의 측면과 베트남전이 가진 세계사적 의미에 대한 보강을 하고 있다. 이를 위해 영호가 베트남전 당시 한국의 처지를 한국전쟁 당시 일본의 처지와 비교하는 이야기, 이상적인 지도자인 호치민에 대한 이야기, 밀라이 학살 사건에 대한 이야기, 뻐꾸기 소리에 베트남전에 대한 죄의식을 담은 이야기, '감자캐기' 작전에서 발생한 베트남 청년들의 죽음에 대한 이야기, 베트남전의 비인간성을 고발한 시인의 글에 대한 이야기, 베트남전에 케네디 대통령과 미군수업자들이 관여한 이야기 등을 삽입하였다. 또한 이러한 비정한 역사와 현실에 대한 저항을 보여주기 위해서, 1996년판에서는 단순한 자살로 처리했던 영호의 죽음을 세계에 대한 분노를 담은 저항의 행위로 새롭게 의미부여 하였다. 이를 위해 영호가 자신의 분노에 특별한 의미를 부여하는 구절들이 여러 차례 등장하고, 1996년판에는 없던 유서가 새롭게 첨가되었다.

2013년판 중편「슬로우 블릿」은 2001년판에서 새롭게 삽입된 이야기 중에 '감자캐기' 작전에서 발생한 베트남 청년들의 죽음에 대한 이야기와 영호가 남긴 유서만을 남겼다. 베트남전의 제국주의적 성격에 대한 작가의 시각이 "익수의 잡지 독서나 둘째아들 영호의 발언 또는 사색을 통해 직접적으로 제시되는 것은 다소 불만스런 부분"50)이라는 평론가의 지적이 있었던 것처럼, 가해자로서의 의식이나 반제국주의적 의식을 구체적인 서사속에 녹여내지 못한 것은 미학상의 문제일 수도 있었다. 따라서 대항기억의 핵심이라고 할 수 있는 베트남 청년들의 죽음과 영호의 유서만 남긴 것은, 대항기억의 근본정신은 훼손시키지 않으면서 작품의 미학적 완결성을 높인 시도라고 할 수 있다.

백가흠의 「통(痛)」(『창작과비평』, 2011년 봄호)은 제목처럼 강렬한 고통의 기억이 인간의 육체 속에서 얼마나 끈덕지게 살아남는지를 보여주는 작품이다. 원덕씨는 베트남전 참전의 기억 속에 갇힌 수인이다. 원덕씨는 두 가지 고통을 통하여 베트남전을 온몸으로 기억해내고 있다. 그의 몸을 가득채운 고엽제의 후유증과 전선에서의 상관이었던 김중사와의 관계가 그것이다.

베트남전의 기억은, 고엽제의 결과로 원덕씨의 온몸을 가득 채운 붉은 반점, 돌기, 수포 그리고 억제할 수 없는 가려움증으로 도래한다. 그는 적정량의 진통제로는 감당할 수 없는 괴로움을 겪고 있다. 가려움증은 "칼을 들고 내 살거죽을 모두 벗겨내려"(312)는 생각이 들 정도로 강렬하다. 그는 반평생 가려움 때문에 노동을 하지도 못했고, 햇빛을 쬐지도 못했다. 대신 온종일 파리채로 자신의 알몸을 때리기만 했던 것이다. 그가 서른다섯에 장가를 가서 낳은 아이들은 모두 선천적인 기형을 안고 태어나 곧 죽었다. 원덕씨는 상상 이상으로 많은 양의 약을 복용해야만 가려움의 고통에서 벗어날 수 있고, 그 약은 그에게 환각과 죽음을 가져다준다. 작품에서 반복해 등장하는 환영 속의 "노랑 꽃잎과 잿빛 눈"(310)은 원덕씨가 정체도 모르고 온몸에 맞았던 고엽제를 상징한다. 이 환영 속에서 그가 느끼는 황홀함은 실제 고엽제의 처참함과 대비되어 원덕씨가 처한 현실의 처참함을 더욱 부

---

50) 송주성, 앞의 글, 385면.

각시키는 작용을 한다.

다음으로 베트남전의 기억은 군대 시절 상관이었던 김중사와의 관계를 통해 지속된다. 졸병들은 전쟁터에서 살아남는 것보다 그의 괴롭힘을 견디는 것이 힘들 정도로, 김중사는 성질이 포악하고 사람 됨됨이가 저질이었다. 김중사가 찾아오자, 원덕씨는 제대한 지 이십년이나 흘렀지만 "천연덕스럽게 다시 선임의 자리로 들어오는 김중사를 밀어낼 수 없는 자신이 잘 이해되지 않"(318)는다.51) 고엽제의 기억이 그의 육신을 통해 지속된다면, 김중사와 심상병이라는 비틀려진 권력관계 역시 이성과는 무관한 근원적인 곳에서 지속되는 것이다. 김중사는 그를 이용하고 파괴한다. 김중사는 고엽제 후유의증을 앓는 참전 군인에게 나오는 원덕씨 몫의 지원금을 좋은 일에 쓰겠다며 빼앗아간다. 어느날 원덕씨에게 임무가 주어진다. 그는 '필승'이라는 구호에 맞춰 경례까지 하고 "빨갱이 신문사"(322)를 때려 부수기 위한 시위현장에 "출정"(322)하는 것이다. 그곳에서 그는 연단 위에서 옷을 벗어 반점과 돌기와 수포로 가득한 육신을 보여줄 것을 강제당한다. 시위현장의 아수라장 속에서 그는 벌거숭이가 되는데, 이 모습은 '벌거벗은 인간(Homo Sacer)'으로서의 원덕씨가 지닌 사회적 정체성을 실연한 것이다. 그 후로 김중사는 알몸이 필요할 때만 간혹 원덕씨를 찾아왔고, 그때마다 그는 발가벗겨진다. 원덕씨 육체의 주인은 원덕씨가 아닌 김중사와 그가 관여하는 단체이다. 이것은 베트남전의 기억 역시 사회적 단체에 의해 전유될 수 있음을 보여주는 것이다.

마지막에 죽은 원덕씨를 발견하는 사람 역시 김중사이다. 선거가 다가옴

---

51) 수십 년의 세월이 지나도 원덕씨가 김중사에게 이런 복종을 하는 이유로는, '빨갱이'였던 아버지의 존재로 인해 과도하게 자신의 이데올로기적 결백성을 증명해야 하는 상황도 중요하게 작용한다. 원덕의 정신은 진물이 흐르고 반점이 가득한 그의 육체만큼이나 처참하게 이데올로기에 의해 분열된 상태라고 볼 수 있다.

에 따라 부쩍 많아진 집회에 그를 데려가기 위해 찾아온 것이다. 원덕씨의 죽음을 확인한 김중사는 어디론가 전화를 하여 "대대장님, 보고 드립니다. 심상병이 전사한 것 같습니다."(333)라는 말을 남기고, 그대로 나간다. 원덕씨는 '전사'했지만, 원덕씨의 시신은 "더욱 싱싱하게 살아 있는 것 같"은 "붉은 반점과 돋아난 돌기, 수포"(333)를 통해 결코 망각되지 않는 고엽제(전쟁)의 기억을 증언하는 것이다. 백가흠의 「통(痛)」은 영원히 벗어날 수 없는 고엽제의 고통, 베트남전의 고통, 나아가 이념대립의 고통이 감각적으로도 그려지고 있는 작품이라고 정리해 볼 수 있다.

2. 한국인과 베트남인 사이에서 태어난 2세들
- 오현미의 『붉은 아오자이』

1) 라이 따이한(Lai Daihan)이 겪는 고통

오현미의 『붉은 아오자이』(영림카디널, 1995)는 전체 3부로 이루어져 있으며, 한국인 송기준과 베트남인 어머니 마이 사이에서 태어난 라이 따이한 탄홍(단홍)을 중심으로 서사가 전개된다.[52] 1부는 베트남을 배경으로 하여 민목사가 운영하는 직업학교에서 공부하는 라이 따이한들을 중심으로 한 이야기, 2부는 탄홍(단홍)이 한국으로 파견교육을 나가서 아버지 송기준을 만나기까지의 이야기, 3부는 딘홍(난홍)이 기준의 가족과 화해하고 다시 베트남으로 돌아가기까지의 이야기를 담고 있다. 이 작품의 배경은 도이머이

---

52) 주인공의 베트남 이름은 '보 티 송 탄홍'이며, 한국 이름은 송단홍이다. 서술자는 '단홍'이라 부르고, 동후 등의 한국인은 '단홍'과 '탄홍'을 섞어서 부르며, 베트남인들은 '탄홍'이라 부른다. 이 글에서는 그녀의 혼종적 정체성을 그대로 반영한다는 뜻에서, '탄홍(단홍)'으로 표기하고자 한다.

가 시작되고 한국과도 수교가 이루어진 이후, 즉 민목사가 자신의 조카 동후에게 "요즘 베트남 사람들에게 중요한 건 이데올로기니 체제니 그런 게 아닌 것 같더라."[53]라며, "먹고 사는 것, 남보다 좀더 잘 사는 것, 그게 가장 중요한 문제인 듯이 보여."(39)라고 말하는 때이다.

라이 따이한은 모두 아버지 없이 자라는 동안의 상처를 가지고 있다.[54] 라이 따이한인 쯩은 남자를 불신하는데, 그 이유는 쯩의 어머니가 건설회사에 다니던 한국 남자와 결혼을 했지만, 결혼하고 석 달이 지나서야 한국에 부인이 있다는 걸 알고 남편과 헤어졌던 일이 있기 때문이다. 투이냔의 아버지도 한국에서 온 기술자였는데 결혼하고 삼 년쯤 돼서 한국에 다녀오겠다고 돌아가서는 소식을 끊어버렸다. 이런 커다란 아픔이 있음에도 라이 따이한들은 "언젠가는 아버지를 만나게 될 거라는 꿈"(42)을 가지고 있다.

라이 따이한들은 베트남 사회에서 온전한 대우를 받지 못한다. 종전 직후에는 "따이한 가족임이 드러나면 어떤 보복을 당하게 될지 아무도 알 수 없던 그런 시절"(80)을 거치기도 했다. 탄투이의 어머니는 당시 베트남 정권의 공무원으로 일했지만, 한국인과 결혼한 사실이 밝혀지면 생명에 위협을 받을지도 모른다는 불안감 때문에 결혼증명서와 사진을 모두 태워버렸다. 현재도 베트남인들은 아직 한국(인)에 대해 완전히 마음을 열지 않은 상

---

53) 오현미, 『붉은 아오자이』, 영림카디널, 1995, 39면. 앞으로 이 작품을 인용할 경우, 면수만 기록하기로 한다.

54) '라이따이한'의 '라이(Lai)'는 '오다'의 의미를 가진 한자 '래(來)'의 베트남어로 혼혈을 경멸조로 부를 때 사용하며, '대한(大韓)'을 표기한 'DAIHAN'은 당시 베트남전에 참전했던 한국과 한국인을 의미한다. 즉, 라이따이한은 '한국에서 온', '한국인과의 혼혈'이라는 의미를 갖고 있는 말로, 베트남전에 참전했던 한국인 병사는 물론 건설노무자, 기술자들과 베트남 여성 사이에서 태어난 자녀들을 가리킨다. 이러한 라이따이한의 규모는 정확히 파악되지 않고 있는데, 1500명에서 3만 명까지로 추정되고 있다. (pmg 지식엔진연구소, 『시사상식사전』, 박문각, 2021) 탄홍(단홍)의 아버지인 송기준은 현재 55세로 1970년도에 베트남의 미국인 전기회사에 근무한 경력을 가지고 있다.

태이다. 라이 따이한들을 돌보겠다고 와 있는 민목사에게도 베트남인들은 "경계심을 숨기지 않았"으며, "라이 따이한을 돕는 자로서의 시혜의식이 조금이라도 엿보이면 그들은 아무 도움도 주지 않으려"(71) 한다.55) 그렇기 에 라이 따이한들은 "부정(父情)을 알지도 못한 채 따이한의 피가 몸 속에 흐른다는 이유 하나만으로"(72) 베트남 사회의 외면을 받고 살아야 하는 존 재들이다. 탄홍(단홍)과 한국으로 기술연수도 함께 가는 라이 따이한 탄투 이의 어머니는 베트남인 남자와 재혼하여 "줄곧 고생만 하"(175)였으며, 그 런 어머니가 세상을 떠나자 탄투이와 이제 갓 스무 살 된 여동생을 대하는 새아버지의 행동도 매정하게 변한다. 심지어는 탄홍(단홍)의 동년배로서 함 께 한국에 기술 연수를 온 린조차 라이 따이한들을 무시한다.56) 린은 "처 음 만날 때부터 노골적으로 호치민 출신들을 업수이 여겼"으며, "그 업신여 김의 정도가 가난하고 보잘것없는 라이 따이한에겐 더욱 심했"(152)던 것이다.

한국인들 역시 라이 따이한에 대해 우호적이지 않다. 한국인 식당에서 오랫동안 일한 마이는, 한국인 식당에서 일하는 라이 따이한에 대한 한국 인들의 시선이 "호기심과 값싼 동정과 멸시"(77)에 머문다는 것을 잘 알고 있다. 탄홍(단홍)도 아픈 엄마를 대신하여 베트남의 한국인 식당에서 일하 며, 그녀는 "베트남인이나 한국인이나 라이 따이한이라고 하면 어쩐지, 하 는 표정을 지어보이곤 했다. 어쩐지, 하는 표정으로 이유도 없이 배척하기 도 하고 어쩐지, 하는 표정을 지어보이며 괜스레 동정하기도 했다."(60)라 고 느낀다. 탄홍(단홍)은 "진심으로 라이 따이한들을 돌봐주는 몇 안 되는 사람 중의 하나인 민 목사의 조카라는 동후"(63)를 믿기로 결심하는데, 그

---

55) 민목사는 베트남전에 참전한 군인으로서의 상처와 죄의식을 지니고 있다. 민목사 는 한때 연적이었던 김평우와 함께 파월선에 몸을 실었다.

56) 린은 명문가 출신이다. 할아버지는 통일전쟁 때 민족해방전선을 이끌던 장교였고 아버지도 하노이의 군장성이었다. 탄홍(단홍)은 린의 경의없는 웃음 뒤에, "자신들, 호치민의 한인 2세들을 향한 조소가 숨어 있다"(152)고 생각한다.

이유로 제시되는 것 중의 하나가 "대부분의 한국인들이 그러하듯 은근슬쩍 말허리를 자르지 않고 꼬박 존댓말"(63)을 쓴다는 어찌보면 소박한 이유 때문일 정도이다.

라이 따이한이 처한 이중 억압의 상황은 한국에서도 변함이 없다. 이것은 서울에서 동후와 함께 탄 버스에서 한국 택시기사가 하는 "이제 아버지 찾았으니 고생 끝났겠구려. 베트남 사람들 사는 게 아주 형편없다던데."(181) 라는 말에 잘 나타난다. 나중에 동후가 그 기사의 말에 기분이 상했냐고 묻자, 탄홍(단홍)은 "아니에요. 베트남에서 만났던 한국 사람들도 내가 라이 따이한이라고 하면 대개는 그 사람처럼 말했어요. 그건 베트남 사람들도 마찬가지였구요. 저를 보 티 송 탄홍으로 보는 것이 아니라 라이 따이한으로 보는 거예요."(181)라고 말한다. 베트남 사람들이나 한국 사람들 모두에게 라이 따이한은 주변적이고 타자적인 존재에 불과함을 압축적으로 보여주는 장면이라고 할 수 있다.

한국 사회에서 베트남인과의 사이에서 태어난 혼혈아에 대한 반응이 결코 우호적이지 않음은 방현석의 「랍스터를 먹는 시간」(창비, 2003)에도 잘 나타난다. 이 작품에도 베트남전에 참전한 아버지와 베트남 여인 사이에서 태어난 인물이 등장한다. 그것은 바로 이 작품의 중심인물인 건석의 배다른 형, 최건찬(우엔 카이 호앙)이다. 건석의 형이 『붉은 아오자이』에 등장하는 탄홍(단홍)과 구분되는 것은 그가 한국에서 성장했다는 점이다. 형은 특이한 외모로 인하여 어린 시절부터 "째보"나 "베트콩"[57]이라 불리며 아이들의 놀림감이 되었고, 그때마다 건석은 형을 외면하고는 했던 것이다. 아이들의 강제로 나무에 올랐던 형은 한쪽 귀의 청력을 잃어버리기까지 한다. 건석은 23년이 지나서도 나무 위로 내몰리기 전에 자신을 쳐다보던 형

---

57) 방현석, 「랍스터를 먹는 시간」, 『랍스터를 먹는 시간』, 창비, 2003, 83면.

의 눈빛을 지워버리지 못한다. 형이 자신의 일기를 읽게 되리라는 것을 알면서도, 건석은 "나에게는 왜 형이 있을까. 형이 집밖에 나오지 않았으면 좋겠다"[58]라는 문장을 일기에 쓰고, 그것을 본 건석의 형은 이후 학교에서 돌아오면 방안에만 머문 채 밖으로 나오지 않는다. 이후 건석의 형은 고등학교 졸업과 동시에 D중공업에 취직했고, 월급을 모두 어머니에게 가져다준다. 바로 그 돈으로 건석은 대학교를 다녔던 것이다. 형은 파업에 참여하고, 건석이 이를 그만두게 하려고 현장으로 찾아가지만 최건찬(우엔 카이 호앙)은 마지막까지 파업을 이어간다. 결국 형은 진압병력이 투입된 파업현장에 끝까지 남아 있다가 주검으로 발견된다. 최건찬(우엔 카이 호앙)은 공장 노동자가 됨으로써 자신의 참된 정체성과 최소한의 인간 존엄을 회복할 수 있었던 것이기는 하지만, 그의 삶은 한국 사회에서 베트남인과의 사이에서 태어난 혼혈아로 살아가는 것이 결코 만만치 않은 일이었음을 보여준다.

2) 아버지(한국)를 미워하거나 부끄러워하지 않는 베트남인 되기

민목사가 "우리 2세들 중에는 일도 않고 배우지도 않고 아버지 찾는 데만 혈안이 돼 있는 아이들도 있거든. 아버지가 그리워서냐 하면 그것만도 아니야. 요 몇 년 사이 아버지를 찾아서 일약 신데렐라가 된 아이들이 더러 있으니까…… 아버지만 찾으면 속된 말로 봉잡는 거다, 그렇게 생각하는 거지."(50)라고 말하는 것에서 알 수 있듯이, 라이 따이한들에게는 한국인 아버지를 만나는 것이 하나의 희망으로 존재한다. 『붉은 아오자이』에서는 타이라는 스물네 살 난 라이 따이한 청년을 등장시켜, 한국인 아버지를 만나 인생역전에 성공한 모습을 보여주고 있다. 타이는 하는 일 없이 삯바느질을 하는 어머니에게 얹혀살고 있었는데, 뒤늦게 한국인 아버지를 만난

58) 위의 책, 104면.

이후에 집과 오토바이가 생긴다. 이후 타이는 더 이상 직업교육을 받으려고 하지 않는다. 이러한 모습들을 보며, 라이 따이한들은 아버지를 상대로 "모든 생활고와 외로움으로부터 벗어날 수 있다고 믿는"(95) 꿈을 꾸게 되는 것이다.[59] 한국에 기술연수를 온 라이 따이한들도 아버지를 찾으려고 한다. 그 중에서도 보 반 리엠(28, 한국명 김인수)은 가장 열심히 아버지를 찾으려고 한다.[60] 전기 기술자로 베트남에서 일했던 그의 아버지가 고의적으로 연락을 끊은 것으로밖에 볼 수 없는데도 정작 리엠은 베트남 통일 때문에 연락이 끊긴 것으로 믿고 있다. 리엠은 이십여 년 동안 고이 간직했던 한국인 아버지 김민철(가명)의 빛바랜 사진과 서류까지 내보이며 아버지를 찾아달라고 호소한다.

대부분의 인물이 한국인 아버지를 만나기 원하는 상황에서, 탄홍(단홍)은 강력하게 아버지와의 만남을 거부하는 예외적 인물이다. 스물 두 살인 그녀는 "저는 아버지를 만나고 싶지 않습니다. 만약 아버지가 저를 찾아온다 해도 말입니다."(46)라고 말하는 것이다. 그녀가 "한국이 좋은 나라건 아니건 나하곤 상관없어요. 난 아버지 따윈 없으니까."(60)라고 말하는 것에서 알 수 있듯이, 그녀의 아버지에 대한 거부는 한국에 대한 거부와 연결되어 있다. 오현미의 『붉은 아오자이』는 탄홍(단홍)이 아버지와 한국을 받아들이느냐 마느냐를 핵심적인 서사적 갈등으로 삼고 있는 작품이다.

뛰어난 한국어 실력을 가진 탄홍(단홍)은 한국에 1년 동안 기술 연수를

---

59) 물론 아버지와의 뒤늦은 만남은 많은 문제를 노출하기도 한다. 젊은 시절의 아름다운 베트남 여인과의 추억에 이끌려 가족을 찾아왔다가 이제는 늙어버린 연인의 모습에 도망치는 한국 남자들도 있으며, 경제적 진출을 위해 이십여 년 전 버려두고 갔던 아내와 아이들을 찾았다가 사업이 끝나면 슬그머니 연락을 끊는 경우도 흔하다.

60) 한국에 온 모든 라이 따이한들이 아버지를 찾는 것이 목적인 것은 아니다. 리엠이 아버지를 찾기 위해 한국으로 기술연수를 온 것과 달리, 탄투이는 오직 기술을 배워 경제적으로 자립하기 위해 한국행을 결심한 것이었다.

갈 수 있는 기회를 얻게 된다. 그러나 그녀는 아버지에 대한 반감 때문에 한국에 가는 것을 거부한다. 탄홍(단홍)은 "저는 아버지의 나라에 관심없어요. 아버지가 보고 싶다, 그런 생각해본 적도 없구요. 나에게 아버지는 없다고 생각하며 살아왔으니까요……"(107)라고 말하는 것이다. 아버지를 잊지 못하는 어머니를 보며, 탄홍(단홍)은 "그런 엄말 보면 그 따이한 남자가 더 미워져요."(107)라고 말하기도 한다. 나아가 탄홍(단홍)은 "아버지 없이 사는 거 이젠 익숙해졌어요. 그렇게 무책임한 아버지는 필요없어요."(107)라고 덧붙인다.

탄홍(단홍)의 아버지(한국)에 대한 불신감은 조금씩 누그러지기 시작한다. 한국에서 탄홍(단홍)은 동후에게 "제 이름은 송단홍이에요. 보 티 송 탄홍이 아니라구요. 여긴 한국이잖아요."(176)라고 말하는데, 이것은 베트남에 머물 때와 달리 아버지가 지어준 한국 이름을 거부감 없이 받아들이는 모습이라고 할 수 있다. 그러나 탄홍(단홍)이 아버지를 거부하는 태도는 한동안 완강하다. 아버지를 찾고 있냐는 동후의 질문에 탄홍(단홍)은 말없이 고개를 가로 저으며, "전 아버지는 안 찾을 생각이에요."(184)라고 말하며, 나아가 "난…… 난 아버질…… 용서하지 않을 거예요. 절대로……"(185)라며 격한 감정을 토로할 정도이다. 탄홍(단홍)이 아버지를 찾겠다는 의사를 처음으로 밝힐 때도, "찾아서 우리 엄마 그렇게 버려두고 얼마나 잘살고 있는지 보겠어요."(226)라고 말하는 것에서 드러나듯이, 아버지에 대한 탄홍(단홍)의 마음은 여전히 부정적이라고 할 수 있다.

근본적으로 『붉은 아오자이』에서 탄홍(단홍)의 아버지 기준에 대한 거부는 근본적인 차원에서 문제가 되지 않는다. 탄홍(단홍)이 아버지를 그리워하는 것은 하나의 자연적인 일로서 형상화되기 때문이다. 아버지에 대한 미움과 거부도 궁극적으로는 아버지에 대한 사랑과 갈망의 다른 표현 정도로 형상화된다. 탄홍(단홍)은 기준을 만나 "이름 부르지 마세요. 전 아버질 찾고 싶지 않았어요. 전 한없이 아버질 미워했어요. 엄마의 유언만 아니었다면 이렇게 아버질 찾는 일은 영원히 없었을 거예요…… 아버진 우릴 …… 우릴 버렸어요……"(258)라고 강렬하게 거부하지만, 곧 기준의 품에 안겨버리고 만다. 탄홍(단홍)에게는 "끝없이 뿌리치고 싶으면서 결코 그럴 수 없는 눈앞의 아버지"(259)가 바로 아버지 기준인 것이다. 결국 "아버지를 그토록 미워했다는 것은 어쩌면 아버지에 대한 강렬한 사랑의 다른 표현에 다름 아"(294)니며, 탄홍(단홍)은 "기준의 말없는 몸짓, 눈빛 하나에서 포근한 충만감"(295)을 느끼는 것이다.

탄홍(단홍)이 한국인 가족이 되는 과정에서 발생하는 갈등의 하나는, 기준의 한국인 가족들 사이에서 비롯된다. 송기준은 베트남 전쟁에서 번 돈으로 크게 발전한 회사에 다니며 안정된 생활을 하고 있다. 기준의 가족 중에서 탄홍(단홍)을 받아들이는 것에 비교적 긍정적인 것은 기준과 아들인 나운이고, 거부감을 갖는 것은 기준의 딸인 송나경과 아내인 현숙이다.[61] 나경은 기준이 불과 몇 달 간격으로 서울과 베트남을 오가며 자신과 탄홍(단홍)을 "만들었다는 거"(283)에 대해 충격을 받는다. 또한 탄홍(단홍)이 나운을 자신과 똑같이 오빠라고 부르는 것에 대해서도 용납할 수 없다고 생

---

61) 탄홍(단홍)을 향한 태도는 한국에 와 있는 이주노동자를 향한 태도에 대응된다. 나운은 "우리나라 사람들, 저 사람들 보기를 무슨 짐승 보듯 하는 게 사실이잖아요. 우리가 외국에 나가 그렇게 멸시를 당한 것이 그리 멀지 않은 과거의 일인데도 말이에요."(158)라며 이주노동자들에게 긍정적인 태도를 보인다. 나경은 "전부 추방해야 한다구"(158)라고 말하며 현숙도 "저 사람들까지 거리를 활보하고 다닌다고 생각하면 난 머리가 절로 아파오더라."(158)라고 꺼려한다. 나경은 "우리나라 사회 보장제도도 아직 보잘것없는 형편이면서 남의 나라까지 돕는 거 좀 주제넘은 거 아니에요?"(212)라고 말하기도 한다. 그러나 결국 나경은 탄홍(단홍)을 이해하고 받아들이게 되며, 자신이 탄홍(단홍)에게 매몰차게 했던 것에 대해 반성하기도 한다. 이러한 변화에 맞추어, 나경은 이주노동자들이 심각하게 착취 받는 현실에 대해서도 분노하게 된다.

각한다. 심지어 탄홍(단홍)에게 "이십 년도 더 된 마당에 우리 앞에 나타난 이유를 모르겠어요."(286)라고 말한다.

탄홍(단홍)을 받아들이는 것에 가장 크게 반발하는 이는 기준의 아내인 현숙이다. 현숙은 "내가 유일하게 용서할 수 없는 건 바로, 당신이에요."(316)라고 말할 정도로, 기준에 대한 분노를 풀지 못한다. 탄홍(단홍)은 엄마의 유언도 들어주었고 아버지도 찾았으며, 남편인 기준은 마음고생은 했을지 모르지만 버려두었던 옛 여자한테 죄닦음도 하고 딸도 찾았다고 생각한다. 그러나 현숙 자신은 "난 아무것도 얻은 게 없"으며, "얻은 게 있다면 마음의 상처뿐"(331)이라고 생각한다. 그렇기에 현숙은 "내가 왜 너희 아버질 그렇게 쉽게 용서해야 하니?"(331)라고 반발한다. 그러나 결국에는 현숙이 탄홍(단홍)을 받아들이게 되는데, 그것은 철저하게 탄홍(단홍)에게서 과거의 자신, 즉 '고생하던 자신'을 발견했기 때문이다. "엄마랑 어떻게 살았니?"(334)라는 현숙의 질문에 탄홍(단홍)은 다음과 같이 대답한다.

> 돈 간을 지고 다니며 음식이며 과일을 팔았고, 돈이 조금 모이자 쌀국수를 만들어 파는 노점을 열었으며, 베트남을 찾는 한국인이 많아지면서는 호치민 시내에 있는 한국식당에서 음식 만드는 일을 하며 호구를 해결했던 마이의 끝도 없는 노동에 대해. 그리고 가능성이 없어 보이는 해후를 꿈꾸는 헛된 기다림과 단홍만을 유일한 희망으로 알았던 그녀의 고단하며 쓸쓸했던 삶에 대해. (334)

현숙은 마이의 이야기를 들으며, 그것은 나라 전체가 궁핍했던 수십 년전 "자신의 어머니가 꾸려왔던 삶의 모습과 크게 다르지 않"(335)음을 깨닫는다. 궁핍을 겪은 것은 물론이고, 현숙의 아버지도 방랑벽으로 가정을 돌보지 않은 채 떠돌아 다녔던 것이다. 탄홍(단홍)이 자란 가정은 "바로 수십년 전 현숙 자신이 자란 가정의 모습"(335)에 해당한다. 이러한 공감대를 통하여 현숙은 탄홍(단홍)을 받아들이게 되고, 탄홍(단홍)이 떠나는 공항에까지 배웅을 나가게 되는 것이다.

최종적으로 라이 따이한 탄홍(단홍)이 도달하는 지점은 어디일까? 그것은 '아버지(한국)를 더 이상 미워하거나 부끄러워하지 않는 베트남인'이라고 할 수 있다. 그러한 도달점은 탄홍(단홍)이 다시 베트남으로 돌아가는 모습을 통해 압축적으로 나타난다. "가능하다면 단홍을 가까이 두고 싶은"(315) 기준의 솔직한 심정과는 달리, 탄홍(단홍)은 "한국에서 미용사 자격증을 땄으니 베트남에 돌아가면 좋은 미용실에 취직할 수 있고 한국말을 잘하니 거기 한국기업에서 일할 수도 있을 거예요. 전 엄마 유언을 지킬 수 있었던 것만으로도 감사하고 있어요."(315)라고 기준에게 단호히 말하는데, 탄홍(단홍)은 "비자를 연장할 수 있는데도 굳이 떠나"(331)려고 하는 것이다. 탄홍(단홍)이 한국에서 마지막에 도달한 자리는, 탄홍(단홍)이 현숙에게 쓴 편지에서 드러나듯이 '아버지(한국)를 미워하거나 부끄러워하지 않는 베트남인'이었던 것이다.

> 하지만 이제는 아무도 원망하지 않습니다. 아직은 아버지가 정답게 느껴진다거나 하진 않지만 예전처럼 그 분을 미워하진 않습니다. (중략) 어릴 때 저는 제가 라이 따이한이라는 것이 부끄럽고 싫었습니다. 아내와 자식을 버려 두고 떠난 냉정한 따이한이 저의 아버지라는 것이 너무나 싫었습니다. 하지만 이제 베트남에 돌아가면 우리 아버지가 따이한 송기준씨라는 것을 더 이상 부끄러워하지 않을 수 있을 것 같습니다. (336)

'아버지(한국)를 더 이상 미워하거나 부끄러워하지 않는 베트남인'은 오현미의 『붉은 아오자이』가 도달한 최종결론이라고 할 수 있다. 분명 '아버지(한국)를 더 이상 미워하거나 부끄러워하지 않는 베트남인'은 한국(인)의 입장에서는 아무런 해도 없으며, 기준을 끈질기게 괴롭힌 죄의식도 면제해주는 이상적인 존재라고 볼 수 있을지도 모른다. 그러나 과연 새롭게 획득한 정체성이, 베트남에서 살아갈 라이 따이한의 삶을 어떻게 변화시킬 수 있을지는 하나의 의문으로 여전히 우리 앞에 놓여 있다.

3) 성녀(聖女)화 된 마이를 통해 드러난 작품의 균열

처음 아버지를 철저하게 거부하던 탄홍(단홍)이 아버지를 받아들이게 된 데는, 어머니 마이의 영향이 절대적이다. 마이는 기준을 잊지 못하고 있으며, 나아가 지금도 여전히 사랑하고 있다. 이러한 마음의 연장선상에서 탄홍(단홍)에게도 한국인의 정체성을 강조하며 아버지와 한국을 사랑하라고 가르친다. 탄홍(단홍)이 아버지를 찾는 가장 근본적인 이유도 "엄마의 유언 때문"(287)이다. 마이는 그토록 소중히 여겼던 어머니의 반지를 기준도 끼고 있다는 사실에 특별한 느낌을 받는다. 마이의 유언대로 사십구재를 지내며, 마이의 유골을 산골(散骨)할 때 탄홍(단홍)과 기준은 "누가 먼저랄 것도 없이 서로를 끌어안"(329)는 모습을 보여준다. 이것은 유골로 표상되는 마이의 존재가 둘을 연결해주고 있음을 직접적으로 증명하는 것이다. 탄홍(단홍)이 현숙에게 보낸 편지에는 탄홍(단홍)과 기준의 한국가족이 화해할 수 있었던 것이 모두 마이의 '말씀'에 따른 것임이 분명하게 드러난다. 마이는 죽으면서 탄홍(단홍)에게 "아버지를 용서하라는 것과 아버지의 부인과 자식들을 만나게 되면 어머니처럼, 친형제처럼 여기고 대하라"(337)고 강조했던 것이며, 이에 탄홍(단홍)은 현숙을 "허락도 받지 않고 어머니라 부"(337)르기까지 한 것이다.

탄홍(단홍)이 '아버지(한국)를 더 이상 미워하거나 부끄러워하지 않는 베트남인'으로서 완성되는 것은 베트남을 떠나는 공항에서이다. 공항에 배웅을 나온 아버지는, 마이가 남긴 유품 중에서 반지는 자신이 간직하고 '붉은 아오자이'는 탄홍(단홍)이 간직할 것을 제안한다. 탄홍(단홍)은 "난 네 엄마의 유품을 다 차지할 자격이 없어."(343)라고 말하는 기준에게, 처음으로 "아버지……"(343)라는 호칭을 사용한다. 이처럼 마이의 유품을 나눠가짐으로써, 온전한 화해는 이루어지게 되는 것이다.

이처럼 '아버지(한국)를 더 이상 미워하거나 부끄러워하지 않는 베트남인'은 마이의 존재에 의해서만 가능했던 것이다. 그런데 과연 마이가 현실에서 존재 가능한 인물인지에 대한 의문을 『붉은 아오자이』는 제기한다. 한국음식 솜씨가 완벽한 마이는 완전히 과거(한국, 한국군, 베트남전)에 고착된 인물이다. 그녀는 "그와 신접살림을 꾸미고 아이를 낳았던 집"(32)에서 그대로 살고 있다. 자신의 기구한 운명을 타박하면서도 말없이 딸을 돌봐준 어머니를 저 세상으로 보내드린 것도 그 집에서였고, 이웃과 주변의 모습이 바뀌었어도 마이는 계속 그 집에 머물고 있다. 마이는 그 집을 "이제는 몸의 한 부분"(32)처럼 느끼기까지 하는 것이다. 탄홍(단홍)은 엄마에게 이사를 가자고 하지만, 마이는 "만약 아버지가 찾아왔다가 우릴 못 찾으면 어쩌냐고……"(107)라며 이사를 거부한다.

재생불량성 빈혈에 걸려 생명이 위태로운 마이는, 한국과 베트남의 수교 후에 한 가지 버릇이 생겼다. "한국인을 만날 때마다. 특히 중년의 남자들과 맞부딪힐 때마다 자리를 쉬 뜨지 못하는"(59) 것이다. 지금도 마이는 "단홍의 아버지를 한번만이라도 좋으니 만날 수 있게 해주세요."(79)라고 기도한다. 마이는 한국에도 가기 싫어하는 탄홍(단홍)에게 아버지를 찾을 것을 강력하게 권유한다. 이러한 권유는, "네가 아버질 미워하는 건 상관치 않겠다. 하지만 그렇다고 한국을 외면해선 안 된다. 네 몸엔 엄연히 한국인의 피가 흐르고 있으니까."(114)라는 말에서 알 수 있듯이, 탄홍(단홍)에게 한국인으로서의 정체성과 사랑을 일깨워주려는 마음에 해당한다고 할 수 있다. 결국 마이는 한국으로 기술연수를 떠나게 된 탄홍(단홍)에게 아버지 기준을 찾는데 도움이 될 만한 것들, 이를테면 결혼증명서, 기준이 보냈던 편지들과 송금 영수증, 사진 등을 건네준다. 마이는 "네 아버지와 지낸 몇 년 동안이 내 인생에서 가장 행복했던 시절이었어."(130)라고 말하기도 하고,[62] 무엇보다도 자신이 결혼식 때 입었던 붉은 아오자이를 물려준다.

마이는 죽음을 앞두고서도, "한번만이라도 아버질 만나는 게 이 엄마의 소원"(183)이라고 말한다. 탄홍(단홍)에게 남긴 유서에는 "엄마의 마지막 소원은 네 아버지가 있는 땅에, 네 아버지의 손으로 묻히는 거란다."(224)라는 문장이 담겨 있다. 그리고 한국에서 아버지를 찾은 후에는, 반지와 자신의 아오자이를 전해 달라고 부탁한다. 마이는 숨을 거두는 마지막 순간에도 기준이 "저만치 앞서 가는 것"(200)을 보며, 그 기준을 따라가는 환영에 빠진다. 심지어 마이는 죽은 후에, 기준의 꿈 속에서까지 지고지순한 사랑을 바치기도 한다. 기준은 마이의 사십구재를 지내기로 한 날 새벽, 마이가 나오는 꿈을 꾼다. 그리고는 그 꿈 속에 나타난 뜻이 "구천을 떠돌면서도 못내 떨쳐내지 못한 그녀의 사랑, 슬프고 한많은 연으로 맺어진 이승의 자신을 향한 사랑"(318)일 것이라고 생각한다. 마이는 죽은 지, 49일이 지나서도 기준의 남성적 판타지를 충족시켜주는 존재라고 할 수 있다.

이처럼 한국인 남성에게 낭만적인 사랑을 바치는 베트남 여성은 그리 낯선 모습이 아니다. 『붉은 아오자이』에서 탄홍(단홍)은, 빈목사로부터 빌려온 박영한의 『머나먼 쏭바강』을 사전을 찾아가면서 열심히 읽는다. 『붉은 아오자이』에서 마이는 『머나먼 쏭바강』의 빅 뚜이에 거의 그대로 이어진다.

---

62) 퀴논에서 꽃집을 할 때, 미아는 탄홍(단홍)의 아버지 기준을 처음으로 만났다. 이 때 기준은 꽃집 옆에 있던 한국인 식당에서 밥을 대어 먹던 여러 따이한 중의 하나였다. 그들은 1970년 결혼하여 기준이 베트남을 떠날 때까지 3년 남짓 함께 살았다.

작가 역시도 빅 뚜이와 마이를 연속적인 차원에서 보여주기 위해 많은 노력을 기울이고 있다. 『머나먼 쏭바강』의 독후감을 묻는 동후에게, 탄홍(단홍)은 "무척 재미있게 읽었어요. 엄마에게 얘기해 드렸더니 막 우셨어요. 저도 울었어요. 빅 뚜이가 꼭 우리 엄마인 것 같아서요."(108)라고 분명하게 말한다. 실제로 빅 뚜이가 베트남의 현대사에서 비롯된 모든 고통을 온몸으로 받아낸 인물인 것처럼, 마이 역시도 베트남이 겪은 고통을 온몸으로 견디며 살았다. 아버지는 전쟁 중 폭격에 숨을 거두었고, 오빠는 월남군에 차출된 지 석 달도 안 되어 전사하였으며, 어머니는 남편도 없이 험한 세월을 사는 딸을 항상 안쓰러워하며 살다 죽었던 것이다.

기준의 의식 속에서 마이는 "언제나 사랑했던 여자였고 애달픈 낭만의 대상이었을 뿐"(167)이다. 그렇기에 기준은 기껏해야 "그녀를 향한 자신의 죄책감을 돌보기에만 급급"(167)했지, 현실에서 "그녀가 자신을 이십 년이 넘도록 기다릴 수도 혹은 아이가 자라 아버지인 자신을 그리워할 수도 있다는 생각은 좀처럼 해보지 않았"(167)던 것이다. 이러한 마이의 모습은 『머나먼 쏭바강』의 빅 뚜이처럼 지나치게 성애화되고 사물화된 것은 아니지만, 낭만화된 제국주의적 젠더 비유에서 완전히 벗어난 것은 아니라고 할 수 있다.

이 작품의 제목이기도 한 '붉은 아오자이'에 대해서도 살펴볼 필요가 있다. '붉은 아오자이'는 마이의 지고지순한 마음을 상징한다. 그것은 마이가 자신의 결혼식 때 입었던 것으로 마이의 "마음"(131)에 해당하는 것이다. 이 작품에서는 탄홍(단홍)이 현숙을 위해 자신이 직접 만든 아오자이를 준비하기도 한다. 이처럼 아오자이는 베트남 여성과 그들의 마음을 상징하는 것이다. 마이의 '붉은 아오자이'는 응웬반봉의 『하얀 아오자이』에 나오는 프엉의 '하얀 아오자이'에 그대로 이어지는 숭고한 마음의 상징이다. 프엉이 입은 '하얀 아오자이'는 프엉의 영혼이자 순수함, 그리고 조국에 대한 지극한 사랑을 의미했다. 그것은 프엉이 머리핀으로 독방의 검은 벽에 "내 하얀 아오자이는 세상에 더럽혀지지 않았"(218)으며, "지금은 비록 고통스러워도 하얀 아오자이는 영원히 퇴색하지 않으리."(219)라고 쓰는 것에서도 분명하게 드러난다.

『붉은 아오자이』의 마지막은 참으로 인상적이다. 탄홍(단홍)이 드디어 기준을 '아버지'라고 부르는 공항에서 '붉은 아오자이'는 마이에게서 기준을 거쳐 다시 탄홍(단홍)에게 주어지는 것이다. 이것은 영원히 한국을 사랑하고 그리워하는 숭고하고 신성한 역할이 탄홍(단홍)에게로 이어진 것이라고 볼 수도 있다. 일상적인 감성을 초과한, 즉 성녀(聖女)화 된 베트남 여성들에 의해서만 가능한 화해가 얼마나 지속 가능할지는 하나의 의문으로 우리 앞에 놓여 있다.63)

3. 민간인 학살 문제를 다룬 소설들

1) 참극의 부당함과 폭력성에 대한 고발
  - 정용준의 「이국의 소년」, 김이정의 「하미연꽃」, 「풍니」

베트남전과 관련해 1999년부터 본격화 된 한국군의 베트남 민간인 학살

---

63) 윤애경은 오현미의 『붉은 아오자이』에 대해 말하면서, "작가는 라이 따이한의 태생적 갈등 상황에 대해 궁극적으로 가족적 화해라는 차원에서 해결방안을 모색하고 있다. 이때 용서와 화해라는 것이 일방적인 시혜나 체념으로 이루어지는 것이 아니라 상호 이해와 포용을 통해서만 가능하다는 사실을 환기시키고 있다는 점에서 이러한 해결양상으로의 탐색은 유의미하다."(윤애경, 앞의 논문, 257면)고 결론 내린다. 그런데, 과연 이 작품에 '상호 이해와 포용'에 해당하는 인식이나 상상력이 얼마나 존재하는지에 대해서는 의문이 든다.

폭로는, 베트남전에 관한 공식기억에 심각한 의문을 제기했을 뿐만 아니라 베트남전과 관련한 한국사회의 인식에 충격을 가한 일대 사건이라고 할 수 있다. 이를 계기로 2000년 봄에는 베트남전 진실위원회라는 시민사회 연대회의체가 결성되었고,[64] 이를 모태로 2003년 평화박물관 건립추진위원회가 세워졌다. 이후 베트남전에 대한 사죄와 성찰은 2016년 창립한 한베평화재단으로 수렴되었다.[65] 이후 민주사회를 위한 변호사모임과 베트남평화의료연대 등 30여 개 시민사회단체가 모여 2018년에 50주기를 맞는 퐁니·퐁녓 마을 및 하미 마을의 학살 희생자 유가족을 원고로, 대한민국을 피고로 '시민평화법정'을 개최하기도 했다.[66] 2018년 4월 22일의 시민평화법정에서 재판장이었던 김영란 전 대법관은 퐁니·퐁녓 사건과 하미 사건의 피해자인 원고들에게 피고 대한민국은 국가배상법이 정한 배상 기준에 따른 배상금을 지급하고, 원고들의 존엄과 명예가 회복될 수 있도록 공식 인정하라는 취지의 판결을 내렸다. 이러한 한국사회의 변화 속에서 베트남전 당시 민간인 학살 사건을 대상으로 한 여러 편의 작품들이 창작되었다. 대표적인 사례로 정용준, 김이정, 최은영, 이혜경의 작품을 들 수 있으며, 정용준과 김이정이 직접적으로 사건의 전달에 치중하는 것과 달리 최은영과 이혜경은 에둘러서 그 사건의 무게를 드러내고 있다.

정용준의 「이국의 소년」(『우리는 혈육이 아니냐』, 문학동네, 2015)은 환상적인 수법을 통하여 베트남에서의 비극을 선명하게 드러내는 작품이다. 이 작품의 화자 '나'는 베트남전 당시 학살당해 죽은 베트남 소년이다. '나'의

---

64) "1999년 5월의 『한겨레21』 제256호에 실린 특집기사 「아! 몸서리 처지는 한국군」이 일으킨 폭발적인 반응과 이 기사를 계기로 1999년 10월 말부터 이듬해 9월 말까지 약 46주간 진행된 '민간인학살사건'에 대한 캠페인 연재를 바탕으로 '베트남전 진실위원회(구 베트남전 양민학살 진상규명대책위원회)'가 결성되었다."(전진성, 앞의 책, 222면)

65) 고경태, 『베트남전쟁 1968년 2월 12일』, 한겨레출판, 2021, 27면.

66) 전진성, 앞의 책, 225면.

어머니는 한국군인 '당신'에게 강
간을 당하였고, '당신'의 호의(?)로
살해당하지는 않았다. '나'의 어머
니를 강간하고 그녀를 살려보낸
일은, 거의 유일하게 "당신이 스
스로 결정하고 행한 일"[67]이다.
그때 '당신'의 강간으로 태어난 아
이가 '나'이고, 안타깝게도 '나'와
엄마는 얼마 지나지 않아 "또다른
당신들"(153)에 의해 살해당하고
만다. '나'는 일종의 유령으로서
전지적 화자와 같은 역할을 수행
한다. 이러한 '나'의 특성으로 인
해, '당신'과 '나'의 이복형제인 '그'
의 심리 등이 생생하게 묘사된다.

베트남전 당시 한국군 파병 지역

　이 작품에서 참전군인인 '당신'은 평생 자신이 저지른 베트남전에서의
행위로부터 벗어나지 못한다.[68] 당신은 사람들과 어울리고 노동을 하고 가
족을 돌보고 삶의 자리를 단단하게 만들어가는 기본적인 삶을 살지 못했
고, 그 과정에서 "아내를 잃었고 친구들을 잃었으며 '자신'이라고 할 수 있

67) 정용준, 「이국의 소년」, 『우리는 혈육이 아니냐』, 문학동네, 2015, 150면. 앞으로
　　이 작품을 인용할 경우, 면수만 기록하기로 한다.
68) '당신'이 베트남전에서 저지른 행동은 다음과 같이 이야기된다. "당신은 조금 다른
　　사람이었다. 선봉에 서지 않았고 민간인들을 죽일 때 조준 사격하지 않았다. 어찌
　　해야 할지 모를 때는 물소와 돼지들에게 '베트콩'이라고 소리지르며 총을 쐈다. 여
　　자를 윤간할 땐 가장 마지막에 했고 가급적이면 아이를 죽이지 않으려 노력했다.
　　적극적이지 않은 것과 수동적인 태도를 버리지 않는 것은 모종의 죄책감을 덜어
　　주는 유일한 방법이었다."(150)

는 정체성도 잃고"(135) 만다. 아내의 시각에서 그려지는 당신의 모습 역시 심각한다. 베트남에서 돌아온 남편은 "불안하고 무서운 야만인"(140)이 되었으며, "변태한 생물처럼 완전히 다른 사람으로 바뀌어 있었"(141)던 것이다. '당신'은 아무것도 잊을 수가 없는데, 이유는 "당신은 언제나 나와 함께 옛날에 살고 있기 때문"(147)이다. 이 작품이 더욱 끔찍하게 느껴지는 것은 '나'의 영향이 당신의 아들인 그에게까지 이어져, 그가 군대에서 자살 시도를 했다가 끔찍한 부상을 입고 간신히 살아남는다는 것이다. 베트남전 당시 이루어진 그 참극의 과보는 당사자는 물론이고 대를 이어서까지 이어질 정도로 심각한 것이라는, 어쩌면 영원한 것이라는 작가의 인식을 확인할 수 있다.

김이정의 「하미연꽃」(『대산문화』, 2017년 봄호)과 「퐁니」(『웹진 비유』, 2018. 5)는 이미 널리 알려진 하미와 퐁니에서 있었던 베트남 민간인 학살 사건을 거의 있는 그대로 전달하고 있는 작품이다.[69] 퐁니와 하미에서 일어난 참극은 고작 열흘의 간격을 두고 일어난 일이다. 1968년 2월 12일 한국군 해병대에 의해 하미와 같은 디엔반현 소속인 퐁니·퐁넛에서 주민들이 살해되었고, 1968년 2월 22일에는 한국군 해병대에 의해 하미에서 주민들이 살해되었던 것이다.[70] 실제 사건의 발생 순서는 퐁니에서의 참극이 먼저이고

---

69) 퐁니와 하미에서 발생한 민간인 학살에 대한 기록으로는 구수정의 「원한은 내가 짊어지고 갈게, 한국 친구들한테 잘해줘-팜티호아 할머니의 마지막 선물」(『한겨레』, 2013.7.6.), 김현아의 『전쟁의 기억 기억의 전쟁』(책갈피, 2002), 고경태의 『베트남전쟁 1968년 2월 12일』(한겨레출판, 2021) 등이 있다.

70) "청룡여단은 1968년 1월 30일부터 2월 29일까지 여단 규모로 이른바 '괴룡 1호 작전'을 벌였다. 이 작전은 1968년 1월 30일 북베트남군의 남베트남 민족해방전선의 구정대공세에 맞선 것으로 '구정공세반격작전'으로도 불렸다. 당시 북베트남군과 베트콩이 청룡여단의 주둔지 호이안 시내는 물론 디엔반현 등을 공격하자 전 여단이 나서 베트콩 수색 소탕전을 시작한 것이다."(김현아, 『전쟁의 기억 기억의 전쟁』, 책갈피, 2002, 116면) 이 사건은 그 유명한 밀라이 사건과도 커다란 관련성을 지니고 있다. "당시는 구정공세 시기로, 베트남 남부와 중부의 농촌 지역 전체가 사실상 '무차별 발포 지대'로 규정되었다. 남베트남과 동맹국들이 지배하는 도시 지역

하미가 나중이지만, 작품의 발표 순서는 하미를 다룬 「하미연꽃」이 먼저이고 퐁니를 다룬 「퐁니」가 나중이다.

「하미연꽃」은 호아, 서 하사, 광희가 초점화자로 번갈아 등장하는 가변적 초점화의 양상을 보여주는 작품이다. 스물 세 살의 호아가 초점화자로 등장하는 부분에서는 시어머니의 개미 공포증과 영문도 모른 채 죽임을 당한 베트남인들의 억울함이 선명하게 드러난다. 호아는 시어머니와 함께 사는데, 시어머니는 자신의 남편이 전쟁 초기 "아군인지 적군인지도 알 수 없는 총에 머리를 맞고 죽"[71]은 이후부터는 심각한 "개미공포증"(120)을 앓고 있다. 호아는 어느 날 영문도 모른 채 한국군에 의해 공터에 모이게 되고, 마을 사람들과 함께 죽임을 당한다. 마지막 순간까지 호아는 평소 자신을 반갑게 대하던 서하사가 "왜 나를 쏜 것일까"(124)라는 의문에서 헤어나지 못한다.

서 하사가 초점화자인 부분에서는 서 하사의 입장에서 이루어진 무참한 살해와 그에 따른 죄의식 등이 속도감 있게 펼쳐진다. 호아가 마지막 순간까지 자신이 왜 죽어야 하는지를 모르는 것처럼, 서 하사 역시도 마지막 순간까지 자신이 이 사람들을 왜 죽여야 하는지 알지 못한다.[72] 마을 사람들

을 상대로 공산 세력이 전국적인 공격에 나선 데 대한 대응으로 남부와 중부 농촌 지역은 어떤 대상이든 정당한 살상 목표로 간주한 것이다. 이 사건이 일어나고 한 달 뒤, 인접한 꽝응아이Quang Ngai성에서도 비슷한 비극이 벌어졌다. 이 사건은 훗날 국제사회에 미라이My Lai Massacre이라고 알려진다."(권헌익, 『학살, 그 이후』, 유강은 옮김, 아카이브, 2012, 17-18면)

71) 김이정, 「하미연꽃」, 『대산문화』, 2017년 봄호, 120면. 앞으로 이 작품을 인용할 경우, 면수만 기록하기로 한다.

72) 정용준과 김이정의 소설에서 민간인 학살에 참여한 한국군은 상부의 명령에 따라 끔찍한 폭력을 저지른 것으로만 그려진다. 그 배경과 내면에 대한 형상화는 거의 이루어지지 않는다. 다음의 인용은 인류학자 권헌익의 글로서, 여기에는 민간인 학살과 관련된 군인들의 내면이 생생하게 묘사되어 있다. "항미전쟁은 이론적으로 '인민의 전쟁'이었다. 그것은 군대와 인민을, 전투복을 입은 군인과 전투복을 입지 않은 애국시민을, 그리고 전투부대와 농촌마을을 결합하는 것을 지향했다. 베트남

을 향해 방아쇠를 당기는 순간, 서 하사의 머릿 속에는 "물속으로 넣으려 아무리 애써도 튀어 올라오는 튜브처럼 광희(光嬉)가 떠"(126)오른다. 광희는 서울의 달동네 좁은 판잣집에서 뒹굴고 있을 서 하사의 딸이다. 또 하나 사라지지 않는 것은, "의혹에 가득 찬 눈으로 나를 쳐다보던 그녀의 눈"(129)이다. 이때의 그녀는 평소 서 하사와 인간적 감정을 나누던 호아이다. 서 하사의 시각을 통해 박중사가 베트남 여인을 강간하고 살해하는 것까지 형상화된다.

서 하사의 딸인 광희가 초점화자로 등장하는 부분에서는, 광희가 성장한 현재 시점에 하미 마을을 방문하는 것이 주요 사건으로 다루어진다. 이때 주로 초점이 되는 것은 위령비와 관련된 일이다. 위령비의 뒤에는 "난데없이 붉은 연꽃들이 흐드러져 있"(130)다. 그런데 "핏빛 연꽃"(131)은 전혀 아

혁명전쟁을 묘사하는 강력한 은유에 따르면 군대는 물고기이고 인민은 물고기가 사는 물이다. 남부와 중부 베트남의 수많은 촌락에서 이루어졌던 군대와 인민의 통합은 베트남 중산층 주택의 조경용 연못에서 평화롭게 유영하는 물고기의 목가적인 이미지보다 훨씬 더 복잡하고 혼란스러운 것이었다. 갈등이 증폭되면서 '물고기'를 노출시키기 위해 '물'을 체계적으로 퍼내었다. 연못 바닥에서 '물고기'가 전혀 발견되지 않는 경우가 흔했는데, 이는 자주 비극적인 민간인 학살 사건으로 이어졌다."(권헌익, 『베트남 전쟁의 유령들』, 박충환·이창호·홍석준 옮김, 산지니, 2016, 41면)고 설명한다. 이러한 상황에서 베트남 인민들과 조우한 당시 참전 군인들의 심리를 권헌익은 다음과 같이 묘사하고 있다. "급여와 군복을 제공받는 전문적인 직업군인들은 사람들이 군복도 없이 군인이 아닌 마을 사람으로서 싸울 수 있다는 사실을 받아들이지 않았다. 군인들은 그들이 싸우는 이유가 많은 경우에 승리를 위해서보다는 단순히 살아남기 위해서라는 사실을 이해하지 못했다. 군인들은 이런 복잡한 상황을 이해하지 못했기 때문에 베트콩 남편이 잠을 잔 침상을 정돈하는 여자를 베트콩으로 보았고, 집 뒤편에서 코코넛 껍질을 깨는 아이들을 베트콩으로 보았다. 또 그들의 집과 닭과 물소를 베트콩이라고 판단했고, 그들의 조상 무덤과 그들이 절을 하는 사당을 베트콩으로 여겼으며, 그들이 생활하고 의지하는 세계 전체를 모조리 베트콩이라고 낙인찍었다. 아마 군인들은 달리 판단할 여지가 없었을 것이다. 군인들이 보기에는 그들이 먹는 고기와 그들이 사는 집, 그들이 절을 하는 사당과 그들이 속한 세계 전체가 분리할 수 없는 하나의 단일한 복합체(군대)에 속했기 때문이다."(권헌익, 『학살, 그 이후』, 유강은 옮김, 아카이브, 2012, 107-108면)

름답지 않으며, 산만하고 어설퍼 차라리 기괴한 모습이다. '핏빛 연꽃'은 위
령비를 세우는데 돈을 지원한 한국의 퇴역 군인들이 비석 뒷면에 새겨진
비문73)을 못마땅해 하기에 임시방편으로 그려 넣은 그림이었던 것이다.74)
또한 아버지 서 하사의 후일담이 알려짐으로써, 베트남전을 둘러싼 반성과
화해의 문제가 지금까지 이어져야 하는 당대의 문제임을 강조하며 작품은

---

73) 작품에는 그 비문의 일부가 인용되어 있다. "1968년 음력 1월 24일 학살당한 135
명의 동포를 기리다. 30가구 중에 135명이 죽었다. 피가 이 지역을 물들이고, 모래
와 뼈가 뒤엉켜 섞이고…… 과거의 전장이었던 이곳에 이제 고통은 줄어들고, 한
국인들은 다시 이곳에 찾아와 과거의 한스러운 일을 인정하고 사죄한다. 그리하여
용서의 바탕 위에 이 비석을 세운다."(69면)

74) 전진성은 하미 위령비에 얽힌 사연을 다음과 같이 정리하고 있다. "베트남 중부
꽝남성 하미 마을의 위령비는 한국 측의 접근방식을 전형적으로 보여주는 사례이
다. 대표적인 민간인학살지로 꼽히는 하미에 위령비를 세워준 것은 의외로 참전군
인단체였다. 양국 친선을 도모하는 전반적인 분위기 속에서 월남참전전우복지회가
선뜻 2만 5,000달러를 기탁해 2001년 12월에 준공식을 가졌다. 그런데 역시 한국
참전군인들이 기대한 것은 숨진 한국 군인과 주민들을 모두 위로하며 화해를 도
모하는 일종의 합동추모비였지 한국군의 잘못을 반성하는 취지의 위령비는 아니
었다. 한국 측은 후원자의 권한을 내세워 위령비에 한국군의 학살에 대한 언급을
일절 담지 못하게 했다. 심지어 '살육의 역사를 기억하리라' 등의 내용을 새긴 뒷
면의 비문은 커다란 연꽃이 그려진 대리석으로 봉인됐다."(전진성, 앞의 책, 223-
224면) 여기서 한 가지 의문이 남는다. 왜 베트남 정부는 한국 참전군인들이 위령
비를 세울 때까지, 왜 특별한 위령시설을 만들지 않았느냐는 의문이다. 이에 대해
권헌익은 밀라이 마을과 하미 마을의 주민들이 폭력적이고 비극적인 대규모 죽음
에 관한 자신들의 계보적 기억을 어떻게 현존하는 공적 혹은 가내적 기념의 체계
와 동화시켰는가를 논한 『학살, 그 이후』에서 다음과 같은 답변을 제시한다. 그는
"전후 베트남의 국가 위계체제는 영웅적인 전사자들에 대한 숭배를 시민 종교로
격상시켰고, 이 과정에서 전통적인 망자 추모 문화를 격하시켰다"고 주장한다.
"전쟁에서 사망한 혁명 병사들의 주검과 되살아나는 그들의 정신을 찬양하는 기
념비는 국민 단합과 번영하는 계몽된 미래를 보여주는 으뜸가는 상징"이었던 것
과 달리, "마을 여자들과 아이들의 주검이 뒤엉켜 묻힌 아무 표지도 없는 무덤은
국민적 기억을 구성하는 이런 전후의 과정에서 바람직한 대상이 아니었다"는 것
이다. 그렇기에 "전몰 병사들의 개별 무덤은 후대 국민들에게 축복을 주기 위해
마을 한가운데에 자리를 잡았"던 것과 달리 "집단 무덤은 농업 생산을 위해 마을
땅을 정비하면서 깨끗이 비워졌"(권헌익, 『학살, 그 이후』, 유강은 옮김, 아카이브,
2012, 19면)다는 것이다.

끝난다. 서 하사는 "그날 이후 48년 동안이나 정신과 폐쇄병동에 갇혀 한 순간도 손에 묻은 핏자국을 씻어내지 못한 채 세상을 떠났"(132)던 것이다. 서 하사는 과거의 일에 대한 반성이나 화해와는 거리가 먼 삶으로 일관했다고 할 수 있다. 마지막은 광희가 자신을 안내해주는 베트남인 친구 메이에게 "아무 것도 말하지 못하고 있었다."(132)는 것을 깨닫는 것으로 끝난다. 진정한 반성과 화해는 이제부터라도 시작되어야 한다는 작가의 인식이 드러나는 대목이다.

「하미연꽃」은 단행본 『네 눈물을 믿지 마』(강, 2021)에 수록될 때, 개작이 이루어진다. 하미 주민들이 비문을 없애는 것에 분개하여 연꽃 그림을 그려 넣게 된 과정이 추가되는 것이다. 하미 주민들은 비문을 없애는 것이 "세 번째 학살"[75]이라며 강력하게 항의하지만, 현실적 사정에 따라 비문을 없애는 대신 연꽃을 그려 비문을 덮기로 한다.[76] 주민들은 "학살의 다음 날, 불도저를 몰고 와 미처 수습도 하지 못한 시신들과 땅을 파 겨우 묻은 몇 구의 시신들까지 한꺼번에 밀어버린" 것이 "두 번째 학살"[77]이라면, 비문을 없애는 것은 '세 번째 학살'에 해당한다고 반발했던 것이다.[78]

「퐁니」의 주인공 탄은 퐁니 학살에서 살아남은 실존인물 응우옌티탄을

---

75) 김이정, 「하미연꽃」, 『네 눈물을 믿지 마』, 강, 2021, 70면.

76) 권헌익은 연꽃을 새긴 대리석으로 비문을 덮은 행위는 베트남 정부의 입장이 반영된 것이기도 하다는 점을 지적한다. "새로운 비석은 '증오와 반감'의 흔적을 지워버리고, 비통의 자취를 없앤 채 화해를 찬양했으며, 불의의 역사를 말하지 않으면서 부당한 죽음을 기억하자고 주장했다. 이 비석은 '비극적 과거를 잊는 말되 초월한다'는 새로운 교의에 걸맞은 새로운 양식을 창안했다."(권헌익, 『학살, 그 이후』, 240면)

77) 김이정, 앞의 책, 70면.

78) 이처럼 하미 학살을 3차에 걸쳐 일어난 것이라는 인식은 고경태에 의해서도 확인된다. 고경태도 "총기 난사는 1차 학살"이었고, "불도저 난입은 2차 학살"이었으며, "위령비 비문 사건은 주민들 입장에서 하미의 정신마저 말살하려는 '3차 학살'"(고경태, 앞의 책, 39면)이었다고 주장한다.

모델로 한 인물이다.[79] 이제 여덟 살이 된 소녀 티를 초점화자로 내세워
사건의 직접적인 비극성만을 한껏 끌어올리고 있다. 임신한 이모의 죽음도
그 비극성의 정점을 찍는다. 『웹진 비유』(2018.5)에 발표될 당시에는, 작가
가 퐁니를 방문하여 응우옌 티 탄을 만나는 내용의 간단한 에필로그가 붙
어 있었다.

> 지난 겨울, 베트남 전쟁 당시 한국군에 의한 민간인 학살 사건이 일
> 어났던 퐁니퐁녓 마을에서 생존자 응우옌 티 탄을 만났다. 그녀와 함께
> 위령비로 가는 길, 나는 어린 시절 친구를 만난 듯 그녀의 허리에 손을
> 감고 걷다가 무심코 닿은 손바닥의 감촉에 당황했다. 울퉁불퉁 깊게 팬
> 그녀의 상흔이 지나치게 선명히 손바닥에 전해졌다. 어찌할 바를 모르
> 던 나는 그녀를 안았다. 차마 미안하다는 말도 나오지 않아 나는 그녀
> 의 등을 몇 번이고 쓸어 내렸다. 그녀가 가만히 고개를 끄덕였고 나도
> 고개를 주억거렸다, 동갑내기 친구 응우옌 티 탄.

이 에필로그를 통하여 작품의 사실성은 더욱 강조되는 효과를 발휘한다.
「퐁니」가 단행본 『네 눈물을 믿지 마』(강, 2021)에 수록될 때, 이 에필로그
는 2페이지가 넘는 분량으로 크게 보강된다. 보완된 단행본의 에필로그에
서 주목할 지점은 한국인인 작가가 베트남인인 탄을 이해한다는 것의 어려
움, 그럼에도 그 어려움을 극복하려는 의지를 제시하는 부분이다. 탄은 '그
날'의 이야기를 하면서, "총상을 입은 채 기어서 사람들이 있는 곳으로 갔
는데 참을 수 없이 목이 말랐다"[80]고 이야기한다. 그 말을 들으며, 탄이 총

---

79) 응우옌티탄은 퐁니의 진실을 알리는 일에 적극적으로 나서고 있는 인물이다. 그녀
는 2015년 베트남전 종전 이후 최초로 한국을 공식 방문한 민간인 학살 피해자 중
한 명이다. 2018년 4월에는 대한민국 정부를 피고로 한 베트남전 시민평화법정(베
트남전쟁 시기 한국군에 의한 민간인 학살 진상 규명을 위한 시민평화법정)의 원
고 두 명(한 명은 꽝남성 하미 마을의 또 다른 동명이인 응우옌티탄) 중 한 명으
로 참석해 증언했다. 2019년 4월에는 제주4.3평화재단이 주는 제3회 제주4.3평화
상 특별상을 하미 마을의 응우옌티탄과 공동 수상하였다. (위의 책, 153면)

상을 입었던 여덟 살 때 옆 동네 이장 아들이 월남에서 귀국하면서 가져온 물건들을 구경하러 친구들과 함께 그 집에 갔던 일을 떠올린다. 그럼에도 '나'는 탄과 "동갑이란 걸 알고 어느새 친구가 돼 있었다."[81]고 느낀다. 그러나 마지막에 서로의 허리에 팔을 감았을 때, "그녀의 허리 한곳으로 내 손이 툭, 미끄러"[82]지는 체험을 한다. 무심코 미끄러진 손이 탄의 움푹 파인 옆구리에 닿았던 것이다. 그 움푹 파인 옆구리는 '동갑'이라는 사실 정도는 극복불가능한 베트남인의 상처를 감각화 한 것임에 분명하다. 그러나 '나'는 이러한 상황에서 "그녀의 상처를 껴안은 채 이인삼각 경기처럼 걷는"[83]다. 옆구리를 붙잡고 이인삼각으로 논길을 걷는 모습은 역사의 참극을 극복하는 베트남인과 한국인의 연대를 상징한다.

「하미연꽃」과 「퐁니」는 크게 세 가지의 공통점을 지니고 있다. 첫 번째로 주인공의 아버지가 모두 남베트남군(베트남공화국군)으로 전쟁에 참여하여 죽었다는 점이다. 「하미연꽃」에서 호아의 남편 따이는 "걱정 마. 꼭 살아서 돌아올 테니."(43)라는 말을 남기고, 남베트남군에 입대하였다. 한국군들은 호아의 남편이 남베트남군이라는 것을 알고 더욱 친절하게 대해준다. 「퐁니」에서 어린 탄의 엄마는 "한국 군인들에게 유난히 친절"했는데, 그 친절함의 이유는 "말도 안 통하는 외국 사람들이지만 아빠와 같은 편이니 형제 같은 사이"이기 때문이다. 두 번째로 참극이 벌어지기 전에 인간적인 교류가 있었다는 것이 강조된다. 「하미연꽃」에서 호아의 시어머니는 평소 한국군에게 친절했으며, "다 자식들 같아"(49)라며 한국군인들에게 "뭐라도 하나씩 주고 싶어 했"(49)다. 특히 서 하사와 박 중사에게는 베트남 국수를

---

80) 김이정, 「퐁니」, 『네 눈물을 믿지 마』, 강, 2021, 160면.
81) 위의 소설, 161면.
82) 위의 소설, 161면.
83) 위의 소설, 162면.

대접하기도 하였다. 마지막으로는 학살극을 벌인 한국군에게도 자신이 죽인 베트남인과 똑같은 가족이 한국에 있었다는 사실이 제시된다. 「하미연꽃」에서 젊은 신부인 호아에게 어린 아이가 있는 것처럼, 한국군 서 하사에게도 "돌이 지난 아들"(45)이 있다. 또한 서 하사의 아내와 호아는 같은 나이이다. 「퐁니」에서 탄, 오빠, 타오, 디엔을 방공호에서 끌어내 살해한 한국군 중에는 "엄마에게서 내 달걀을 받아먹었던 한국군"도 포함되어 있다. 「퐁니」에서 탄에게 초콜릿을 주던 한국군에게는 탄과 똑같은 여덟 살의 딸 정아가 있다. 이러한 공통점은 모두 이 참극의 부당함과 폭력성을 크게 강조하는 효과를 발휘한다.

2) 관계의 심연에 가로놓인 거대한 벽
- 최은영의 「씬짜오, 씬짜오」, 이혜경의 『기억의 습지』

최은영의 「씬짜오, 씬짜오」(『문장 웹진』, 2016년 5월)와 이혜경의 『기억의 습지』(현대문학, 2019)는 앞 절에서 살펴본 작품들처럼, 전면적으로 베트남전의 참극을 다루지는 않으면서도 그것이 지닌 엄청난 무게를 관계의 방정식 속에서 다루고 있는 작품들이다.

「씬짜오, 씬짜오」의 배경은 독일의 작은 도시 플라우엔으로서, 이제 열세살이 된 '나'의 가족과 베트남 출신의 호 아저씨 가족은 처음 너무나 사이좋게 지낸다. 호 아저씨와 아빠는 같은 회사에서 일하는 동료였고, 아저씨의 아들 투이와 '나'는 같은 반이었다. 특히 호 아저씨의 아내 응웬 아줌마는 매우 친절하여, 호 아저씨 가족과 '나'의 가족은 사이좋게 지낸다. 호 아저씨네 집에 초대받았을 때의 일은, 다음의 인용에서처럼 "기이하게까지 느껴"[84]질 정도로 따뜻했던 일로 그려진다.

---

84) 최은영, 「신짜오, 신짜오」, 『쇼코의 미소』, 문학동네, 2016, 69면. 앞으로 이 작품을

투이네 식구 모두가 우리를 반갑게 맞아주던 일. 그 환대에 기뻐하던 엄마의 모습. 어떤 조건도 없이 받아들여졌다는 따뜻한 기분과 우리 두 식구가 같은 공간에 모여 음식을 나눠 먹던 공기를 기억한다. 어떻게 그렇게 여러 사람의 마음이 호의로 이어질 수 있었는지 나는 모른다. 고작 한 명의 타인과도 제대로 연결되지 못하는 어른이 된 나로서는 그때의 일들이 기이하게까지 느껴진다. (69)

응웬 아줌마는 하루종일 집에 고립되어 있던 엄마의 "유일한 말동무"(70)가 되어 주었고, 심지어 "서로를 투명 인간처럼 대했"(70)던 엄마와 아빠도 투이 가족과 함께 있을 때면 "엄마와 아빠는 가끔 서로를 보며 웃기도"(71)할 정도이다. 그런 일은 "우리 식구끼리만 있을 때는 상상할 수 없는 일"(71)이었다. 이러한 기적같은 친밀함은 응웬 아줌마의 뛰어난 공감 능력과 따뜻한 마음에서 비롯된 것으로 그려진다. 응웬 아줌마는 엄마가 "사랑이 많고, 다른 사람의 마음에 공감해주는 능력을 타고났다"(74)는 것을, 나아가 "엄마는 아파하지 못하는 사람들을 위해 대신 아파하는 사람"(74)이라는 것까지 알고 있다. 응웬 아줌마는 "세상 사람들이 지적하는 엄마의 예민하고 우울한 기질을 섬세함으로, 특별한 정서적 능력으로 이해해준 유일한 사람"(91)이자 "아줌마의 애정이 담긴 시선 속에서 엄마는 사랑받아 마땅한 사람"(91)이었던 것이다.

그러나 응웬 아줌마네 가족과 '나'의 가족이 나눈 따뜻한 우애와 연대의 시간은 곧 사라지게 된다. 그것은 바로 그토록 공감 능력이 뛰어나고 따뜻한 마음을 가진 응웬 아줌마가 지닌 "슬픔"(75)에서 비롯된다. 그 슬픔은 베트남전 당시 응웬 아줌마의 가족이 모두 한국군에게 살해당한 것에서 비롯된다. 투이네 집에서 유일하게 접근이 어려웠던 곳은 서재로서, 거기에는 가족처럼 보이는 다섯 명의 사진이 모셔진 작은 제단이 있다.

인용할 경우, 면수만 기록하기로 한다.

　드디어 결별의 시간은 오고야 만다. 어느 날 저녁 자리에서 일본의 식민 통치에 대한 이야기가 나오고, '나'는 자신이 배운대로 "한국은 다른 나라를 침략한 적 없어요."(78)라고 자신 있게 말한다. 그러자 투이는 "그들이 엄마 가족 모두를 다 죽였다고 했어. 할머니도, 아기였던 이모까지도 그냥 다 죽였다고 했어. 엄마 고향에는 한국군 증오비가 있대."(79)라고 말한다. 그 말을 듣고 '나'는 투이가 "무슨 말을 하는지 도무지 이해할 수 없었"(79)고, "넌 신경쓸 것 없어. 너와는 관계없는 일이야."(79)라고 말하는 "어린 마음에 혹여 상처를 입었을까 걱정하는 아줌마의 두 눈"(80)을 보면서 '나'는 "투이의 말이 말이 진실이라는 걸"(80) 이해한다. 이어지는 응웬 아줌마와 아빠의 대화는 두 가족의 마지막 대화가 되어 버리고 만다.

　　"저희 형도 그 전쟁에서 죽었습니다. 그때 형 나이 스물이었죠. 용병일 뿐이었어요." 아빠는 누구의 눈도 마주치지 않으려는 듯 바닥을 보면서 말했다.
　　"그들은 아기와 노인들을 죽였어요." 응웬 아줌마가 말했다.
　　"누가 베트콩인지 누가 민간인인지 알아볼 수 없는 상황이었겠죠." 아빠는 여전히 응웬 아줌마의 눈을 피하며 말했다.
　　"태어난 지 고작 일주일 된 아기도 베트콩으로 보였을까요. 거동도 못하는 노인도 베트콩으로 보였을까요."
　　"전쟁이었습니다."
　　"전쟁요? 그건 그저 구역질나는 학살일 뿐이었어요." 응웬 아줌마가 말했다. 어떤 감정도 감기지 않은 사무적인 말투였다.
　　"그래서 제가 무슨 말을 하길 바라시는 겁니까? 지도 형을 잃었다구요. 이미 끝난 일 아닙니까? 잘못했다고 빌고 또 빌어야 하는 일이라고 생각하세요?" (81)

　응웬 아줌마와의 대화에서 '나'의 아버지는 베트남전에서 한국(군)이 피해자였다는 것만을 강조하고 있는 것이다.[85] 이러한 상황에서 '나'의 가족과 호 아저씨 가족이 멀어지는 것은 예정된 수순일 수밖에 없다. 타인과 공감하고 타인을 이해하는 천부적인 능력을 가진 응웬 아줌마라고 하더라도, 베트남전의 그 참극 앞에서는 "내가 아무리 상상하려고 해도 상상할 수 없는 장소와 시간"(82)에 내몰릴 수밖에 없었던 것이다. 그리하여 두 가족이 헤어지는 순간에는 "그 흔한 포옹도, 입맞춤도, 구구절절한 이별의 수사도 없"(89)었다.

그러나 역시 공감과 소통은 벼락처럼 혹은 축복처럼 다가온다. 이후 '나'는 독일로 출장을 가면서도 플라우엔에는 들르지 않는다. "그곳에는 서로를 경멸하는 부모 밑에서 영혼의 밑바닥부터 떨던 아이가 있었고, 단 한 번의 포옹도 없었던 차가운 이별과 혼자 울던 길거리가 있었"(90)기 때문이다. 그러나 엄마가 돌아가신 다음 해에 플라우엔에 갔을 때 응웬 아줌마는 너무도 반갑게 '나'를 맞아주며, 그 환대 속에서 '나'의 엄마마저 부활한다. 그 부활의 대목은 이 작품의 절정이기도 한데, 그것은 다음의 인용에서 알 수 있듯이 환상적으로 처리되어 있다.

> 아줌마의 눈에서 나는 나와 함께 여기에 서 있는 엄마를 본다. 응웬 씨, 반갑게 이름 부르며 저쪽 길로 건너가는 엄마의 모습을. 씬짜오, 씬 자오. 우리는 몇 번이나 그 말을 반복한다. 다른 말은 모두 잊은 사람들처

---

85) 베트남전 당시 참극을 겪은 이들에 대한 몰이해는 독일 사회에서도 경험하는 일이다. 수업 시간에 선생님은 "다행히 2차대전 이후로 이처럼 대규모의 살상이 일어난 전쟁은 없었단다."(77)고 말하고, 이에 투이는 "베트남에서 전쟁으로 사람들이 많이 죽었어요. 저희 할아버지, 할머니, 고모, 이모, 삼촌 모두 다 죽었대요."(77)라고 반문한다. 그러나 이어지는 수업에서는 그 억울한 죽음들의 아픔을 탐문하는 것보다는 "베트남은 전쟁으로 미국을 이긴 유일한 나라예요."(77)라는 식의 거시적인 차원의 의미만이 부각된다. 그 모습을 지켜보며 어린 '나'는 "투이가 말하고 싶었던 건 그런 게 아니었으리라고, 그애를 앞에 두고 그런 식의 설명을 하는 건 가슴 아픈 일이라고 말하고 싶었지만 어쩐지 입을 열 수 없었던 기억이 난다. 투이는 분명 교실에 있었지만 그 순간만큼은 그곳에 없는 사람으로 취급된 것 같다."(78)고 생각한다.

럼. (93)

이 환상 속의 재회와 화해는 엄마가 마지막 날의 대화에서도 반복해서 응웬 아줌마에게 사과를 했고, 이후에도 "투이네 식구와의 관계를 회복하기 위해 노력"(82)했기에 가능했던 일이라고 할 수 있다.

베트남 민간인 학살과 관련하여 「신짜오 신짜오」의 특징은 그 참극에 대한 묘사가 지극히 절제되어 있다는 것이다. 대화에서는 응웬 아줌마의 가족들이 죽었다는 사실만이 드러난다. 이것은 베트남전을 대상으로 한 소설들이 지나치게 강간이나 학살의 장면을 상세하게 묘사하여, 의도치 않게 상징적 폭력을 가하는 것과는 거리가 먼 것이라고 할 수 있다. 또한 「신짜오 신짜오」는 베트남인이 약자이자 피해자라는 자연화 된 이분법의 굴레에 갇혀 있지 않다. 응웬 아줌마가 표현할 수조차 없는 엄청난 고통을 경험했지만, 현재 그녀는 한국인인 '나'의 가족보다도 오히려 세련되고 성숙한 모습을 보여준다. '나'의 엄마에게 있어 응웬 아줌마는 일종의 구원자와 같은 모습까지 지니고 있다. 이러한 응웬 아줌마의 모습도 기존의 베트남전 소설에 등장하는 베트남 여인과는 구별되는 모습이라고 할 수 있다.

이혜경의 『기억의 습지』(현대문학, 2019)는 경장편의 분량으로 '한국전쟁-남북대결-베트남전-외국인결혼이주'라는 현대사의 큰 흐름 속에서 베트남전 당시 민간인 학살 문제를 다루고 있는 작품이다. 이혜경의 『기억의 습지』는 현재를 파괴시키는 재앙으로서의 역사적 과거를 보여주고 있다. 충분히 애도되지 못한 과거가 현재와 조우할 때 빚어지는 파멸적 결과가 펼쳐지는 것이다.

이 작품에는 필성, 김, 응웬 흐엉이 초점화자로 등장한다. 이 세 명의 인물은 서로 겹쳐지면서 갈라진다. 먼저 필성과 김은 모두 한국현대사가 그들에게 강제한 고통스런 과거에 갇혀 사는 수인(囚人)들이다.[86] 필성과 김중에서 베트남전의 기억에 묶여 있는 존재는 바로 필성이다. 월남에서 처음 돌아왔을 때, 필성은 눈만 감으면 월남 땅으로 가 있었다. "세월이 흐르면서 기억도 꿈도 옅어졌다."(17)고 하지만, 옅어지기만 했을 뿐 사라진 것은 아니다. 필성은 지금까지도 수시로 베트남 꿈을 꾼다. 꿈속에서 "그와 동료들은 일렬종대로 정글을 걷는 중"(11)이며, 바로 앞에서 걷던 방 병장은 총에 맞아 풀썩 쓰러지고, 발밑에서 지뢰가 터지면서 필성의 몸은 산산조각이 난다.[87] 또 다른 꿈에서는 동굴에 베트콩이 있다는 두려움으로 화염방사기로 동굴에 불을 지르고, 곧이어 날아온 총알에 얼굴이 뚫리기도 한다.

『기억의 습지』에는 베트남전의 여러 가지 문제가 간명하게 언급되고 있다. 백마부대 소속인 필성은 자원이 아니라 명령에 의해 베트남에 가지만, 박상병은 "거기 가면 돈을 벌 수 있다"(33)는 희망을 가지고 간다. 그러나 박상병은 파병된 지 5개월도 안 되어 수색 작업하던 중 베트콩의 총에 맞아 죽는다. 베트남에서 만난 박하사는 필성에게 "이 일병, 너 미쳤냐? 여기가 어디라고 겁도 없이 왔냐? 여긴 별 단 사람들은 갈퀴로 돈 긁어 가고, 대위 중위 소위는 별들이 긁다 흘린 돈 주워 가고, 이도 저도 아닌 사병들은 뒤지러 오는 덴데."(49)라고 말하는데, 실제로 베트남에서는 박하사의 말이 실현된다. 가난한 사병들이 돈을 벌거나 강제에 의해 베트남전에 참전한 것과 달리, 강원도에 있는 파월 훈련장에 함께 간 황 상병은 아는 국회의원의 힘으로 빠져 나간다.

---

86) 필성과 이 외진 삼환마을에서 "일종의 동지 의식"(31)을 느끼는 인물은 김이다. 이 동지의식은 둘 다 국가에 의해 쓰임을 당하고 버려졌다는 것에서 비롯된다. 김은 한때 휴전선을 내 집처럼 드나들었던 사람으로서, 그는 "생명이 아니라 소모품"(80)으로 취급받았다. 그를 보내는 사람들은 차라리 그가 북에서 죽어 돌아오지 않기를 희망했다. 결국 김은 탈영하여 지금까지 삼환마을 산어귀의 외딴 빈집에서 혼자 숨어 지내게 된다.

87) 첫 번째 전투에서 필성은 앞에 가던 방 병장이 총에 맞아 죽는 것을 목격한 트라우마가 있다.

베트남전에서 미군과 한국군의 관계는 베트남에 가는 배 안에서의 몇 가지 사례들을 통해 압축적으로 드러난다. 이곳에서 한국군을 지휘하는 건 미군이며, 그들은 수시로 실내 청결을 점검한다. 이러한 상황에서 필성은 미국의 힘에 주눅이 든다. 필성은 변기를 "하얀 도자기로 된, 커다란 그릇"(44)이라고 생각하며, 변기 위에 올라가 쪼그려 앉아 대변을 보는 것으로 그려진다. "텃세가 심한 대신 밥은 잘 나왔다."(44)고 이야기되는 이 배 안에서 미군과 한국군의 관계는 식민지 지배자와 식민지인을 연상시킬 정도이다.

베트남전의 상처에서 벗어나지 못하는 필성은 지금 사회로부터 소외된 불우한 노인일 뿐이다. 필성은 결혼 직후 상경하여 택시 운전을 하려고 했지만 택시 회사에서 돈을 요구해 곧 포기한다. 대신 남대문시장에서 날품삯을 받으며 간신히 생활을 이어간다. 공장 생활이 힘들어서 결혼을 결심했던 필성의 처 영희는 결국 다시 공장으로 돌아갔다가 필성보다 먼저 세상을 떠난다. 특히 필성이 처한 궁벽지고 외로운 처지는 동생인 필주와의 관계를 통해 선명하게 드러난다. 베트남에 간 필성은 거기서 번 돈을 모아서 동생인 필주의 대학 등록금을 마련해주었다. 그 돈으로 공부하여 또박또박 월급 나오는 회사에 다니는 필주는, 다달이 20만 원 연금으로 사는 형 대신 어머니 집을 차지한다. 이런 필주를 보며, 필성은 "베트남에서 돌아온 그를 맞던 필주와, 집을 차지한 필주가 다른 사람인 것만 같았다."(106)고 아쉬워한다.

필성이 겪는 고통의 근원에는 베트남전 이외에도 한국전쟁이 있다는 점도 놓쳐서는 안 된다. 필성은 한국전쟁에서 아버지의 시신을 본 기억이 있으며, 그에게 "전쟁은 공포 그 자체"(33)였다. 어린 시절에 겪은 한국전쟁의 기억은 많이 지워졌지만, 공포는 필성의 몸 안쪽에 잠복해 있다. 내무반을

배정받고 처음 잠든 날에도 그는 어릴 적 한국전쟁을 떠올리며 깨어났던
것이다.

한국전쟁의 상처와 더불어 베트남전의 상처를 가진 필성 앞에 응웬 흐엉
이 나타난다. 응웬 흐엉은 노총각인 철규가 베트남에서 데려온 아내이다.
필성은 응웬 흐엉에게 호의를 담아 대하려고 한다. "씬짜오"(104) 정도의 베
트남 말을 할 줄 아는 필성은 새댁에 대한 호의로 베트남 말을 인터넷으로
배우기도 한다. 응웬 흐엉을 "내 딸"(109)같이 여기는 필성은 "새댁이 자기
나라 말이 하고 싶을 것 같아서 한두 마디라도 하려고 공부"(109)하는 것이
다. 필성은 자신이 외국에 있어본 경험으로 "외국에서 사는 게 어떤 것"
(109)인지 안다고 생각한다. 이런 노력으로 필성은 새댁을 만나면 인사를
했고, 나중에 한두 마디씩 말을 붙일 수 있게 되었다. 나중에는 응웬 흐엉
이 음식을 가지고 필성을 방문할 정도로 둘의 사이가 친밀해진다.

그러나 필성과 응웬 흐엉 사이에는 거대한 벽이 존재한다. 필성은 새댁
과의 대화에서 그녀의 고향이 "퐁니"(110)라는 말을 하고, 별 생각 없이 "나
거기 갔었어."(110)라고 대답한다. 그러자 여태까지 생글거리던 응웬 흐엉의
얼굴은 딱딱해지고, 그 뒤로는 그릇을 들고 필성을 찾아오는 일이 없어진다.

응웬 흐엉에게 퐁니는 모든 상처의 근원과도 같은 곳이다. 응웬 흐엉의
아버지가 어렸을 때에 한국군이 그곳에 들어왔고, 한국군은 도로도 넓혀주
고 아이들에게 선물도 주며 친절하게 굴었다. 그러나 어느날 한국군은 집
단 학살극을 벌였고, 할아버지와 할머니가 즉사한 현장에서 아버지는 겨우
달아났던 것이다. 그러나 응웬 흐엉의 아버지는 다리에 총을 맞아 평생 절
뚝였으며, 필성이 그러했듯이 평생 악몽에 시달렸다. 물론 퐁니에서의 학살
극은 필성이 참전하기 전에 일어난 것이지만, 별다른 생각 없이 필성이 던
진 "나 거기 갔었어."라는 말은 응웬 흐엉의 극복할 수 없는 상처의 심연을

되살려 놓았던 것이다.

한국군은 백명의 베트콩을
놓치는 한이 있드라도
한명의 양민을 보호한다

CHÍNH-SÁCH CỦA QUÂN-ĐỘI ĐẠI-HÀN TẠI
VIỆT-NAM LÀ CỨU GIÚP MỘT NGƯỜI DÂN LÀNH
HƠN LÀ GIẾT MỘT TRĂM TÊN VIỆT-CỘNG.

십자성부대 앞에 세워져 있던 주월한국군사령관 채명신 장군의 훈령. 한국 전쟁기념관

 필성은 응웬 흐엉에게 잘 해주고 싶어서 다가섰지만 결국 더 큰 상처를
주고 말았다. 이러한 아이러니는 한국 사회의 기본적인 한계와도 맞닿아
있다. 그것은 베트남전의 기억을 충분히 되새김질하며 애도하지 못한 것과
관련된다. 베트남인들에게 퐁니가 가진 의미, 더 나아가서는 한국군의 베트
남전 참전이 갖는 의미를 이해했다면 필성은 그렇게 쉽게 자신이 한국군으
로 퐁니에 갔었다는 말을 하지는 못했을 것이다. 이러한 책임은 물론 필성
에게 일정 부분 돌아가야 하지만 그보다 훨씬 큰 몫은 베트남전의 기억을
외면해 온 한국 사회의 구조적인 몫으로 돌아가야 할 것이다.
 또한 필성은 응웬 흐엉을 자신의 "딸"(109)같이 여긴다고 말하지만, 그의
본심이 꼭 그런 것만은 아니다. 철규의 결혼식에서 응웬 흐엉을 처음 보았

을 때부터, 필성은 "마지막으로 안았던 응웬, 아니 판"(62)을 떠올린다. 판은 필성이 베트남에서 오랫동안 관계를 맺었던 직업여성이다. 판은 필성과의 마지막 만남에서 자신의 본명을 가르쳐줄 정도로 필성과 나름의 교감을 나눈다. 필성은 아내와 베트남은 패키지여행을 갔을 때에도, "아오자이를 입고 자전거나 오토바이를 타는 여자들을 보며 그는 잠깐 꽁까이 집에서 몇 번 만났던, 이상할 정도로 그에게 쉽게 마음을 준 판"(89)을 떠올린다. 필성은 응웬 흐엉을 보며, 베트남전 당시 자신과 관계를 맺었던 판을 떠올렸던 것이다. 필성은 베트남이주여성을 자신과 대등한 한 명의 인간으로 바라보는 대신, 지난 날 전쟁터에서 관계를 맺은 직업여성에 이어서 바라보았다고도 볼 수 있다.[88]

---

88) 이러한 태도는 비단 필성만의 것은 아닌 것으로 그려진다. 『기억의 습지』에서는 철규와 응웬의 결혼 자체가 비인간적인 매매혼의 성격을 지니고 있다. 이 마을에는 "베트남 숫처녀와 결혼하세요. 초혼·재혼·장애인 환영. 65세까지, 100% 성사."(18)라는 플래카드가 나부끼고 있었으며, 실제로 철규는 베트남에 가서 며칠만에 자신보다 스무살이 어린 응웬 흐엉과 브로커를 통해 결혼한다. 응웬 흐엉의 시어머니조차 며느리를 인간적으로 대하지 않는다. 시어머니는 아기를 기다리는 눈치이고, 노골적으로 "아직 아가 안 생겼니?"(116)라고 묻는다. 이런 질문은 응웬에게 "가시"(116)처럼 느껴진다. 시어머니는 응웬 흐엉을 고유한 욕망과 감정이 있는 개인이 아닌 "이 집의 대를 이을 아이를 낳으러 온 사람"(116)으로만 여기는 것이다. 결국 응웬 흐엉은 『기억의 습지』에서 가장 심각한 국가 폭력의 피해자인 김에 의해 살해당한다. 그 살해의 심리에 주목할 필요가 있는데, 김은 자신의 행위를 '보복'이라고 규정한다. 김은 자기를 이용만 하고 이중간첩이라는 누명까지 씌운 '나라'에 보복하려고 하는데, 이때 그 보복의 처참한 피해를 보는 자가 '나라'와는 무관한 만리타국에서 온 이방인이라는 것은 참으로 비극적인 일이라고 할 수 있다.

3
국가의 경계를 넘는 베트남전 소설들

1. 베트남전 당시 탈영병을 다룬 소설
- 이대환의 『총구에 핀 꽃』, 홋타 요시에의 「이름을 지우는 청년」

1) 실존인물 김진수와 작중인물 손진호의 관계

이대환의 『총구에 핀 꽃』(아시아, 2019)은 실존인물인 김진수(金鎭洙)(미국 명 케네스 그릭스 Kenneth C. Griggs)를 모델로 한 장편소설이다. 작가 후기에 는 이 작품이 참고한 선행자료로, '김진수 한국계 미군 주일쿠바대사관 망 명 사건: 1967-68'이란 비밀해제 외교문서, 고경태가 쓴 추적 기사인 「망명 객 혹은 '홈리스' 김진수」,[89] 홋타 요시에의 소설인 「이름을 지우는 청년」, 김진수에 대한 짧은 회고록이 나오는 테리 휘트모어의 『MEMPHIS- NAM- SWEDEN』(1971) 등이 친절하게 언급되어 있다.[90]

---

89) 『한겨레 21』, 1010호, 2014.5.12.
90) 이외에도 김진수에 대한 자료로는 다음과 같은 것들이 존재한다. 권혁태, 「평화적 이지 않은 평화헌법의 현실: 베트남 파병을 거부한 두 탈영병」, 『한겨레21』 878호, 2011.9.26; 권혁태, 「국경 안에서 탈국경을 상상하는 법: 일본의 베트남 반전운동

김진수는 한국전쟁 중에 부모를 잃고 미군에 입양되었다가, 나중에는 미군이 되어 남한과 일본에서 근무한 후에 베트남에 파병된다. 이후 휴가를 맞아 일본에 왔다가 탈영하여 쿠바 대사관과 베헤이렌(베트남에 평화를! 시민연합ベトナムに平和を!市民連合) 활동가들의 집에 머물다가 소련을 거쳐 스웨덴까지 간 인물이다.[91] 대체적인 삶의 행적은 『총구에 핀 꽃』의 주인공인 손진호와 일치한다고 할 수 있다.

이 작품은 일종의 액자 소설이다. 아들인 손기정이 아버지 손진호에 대해 쓴 소설이 내화라면, 그 아들이 초점화자 '나'로 등장하여 요나스 요나손이라는 스웨덴 이름을 가진 아버지와 함께 일본과 한국을 여행하는 지금의 이야기가 외화이다. 스웨덴에 정착한 손진호는 코쿰스 조선소에서 일하다가, 조선소가 문을 닫은 뒤에는 음악가게를 하며 "부부문제나 경제문제의 번뇌라곤 없이 행복하게"[92] 살아왔다. 아들의 노트북에는 "고아 손진호, 미국 학생 윌리엄, 미군 일병 윌리엄"(9)에 대한 소설 초고가 이미 저장돼 있다. 아들이 가지고 있는 탈주병 윌리엄에 대한 자료는 크게 세 가지이다. "대한민국 정부가 소장한 오래된 문서", "1970년에 발표된 일본 단편소설", "영어 회고록"(10)이 그것이다. 이 자료들은 작가가 후기에서 밝힌 자료와 일치한다. 홋타 요시에의 소설에 대해서 손진호와 아들이 함께 이야기를 나누기도 하며, 앞에서 이야기 한 세 가지 자료들의 원문이 조금만 변형되

과 탈영병사」, 『동방학지』 157호, 2012; 남기정, 「베트남 '반전탈주' 미군병사와 일본의 시민운동: 생활세계의 전쟁과 평화」, 『일본학연구』 36집, 2012; 권혁태, 「유럽으로 망명한 미군 탈영병 김진수」, 『황해문화』, 2014년 여름호.

91) 팀 오브라이언의 『카차토를 쫓아서』에서도 베트남전 당시 탈영병의 종착지로서 스웨덴이 언급된다. 폴 벌린 일행은 크로아티아에서 샌디에이고 주립대를 중퇴한 "혁명가"(393) 여자를 만난다. 그녀는 "당신들에겐 친구가 있다"(396)며, 탈영을 권유한다. 이때 친구로 언급되는 것이 "돈, 직업, 주택. 스웨덴 가는 표. 연출. 그러니까 당신들 같은 사람을 위해 마련된 완전한 지하 네트워크"(396)이다.

92) 이대환, 『총구에 핀 꽃』, 아시아, 2019, 296면. 앞으로 이 작품을 인용할 경우, 면수만 기록하기로 한다.

어 등장하기도 한다. 외화는 주로 아들이 기존 자료가 얼마나 사실에 근접한가를 물으면, 아버지가 기존의 오류를 바로잡는 형식으로 되어 있다. 이러한 서술방식은 이 작품이야말로 손진호의 삶을 가장 사실에 가깝게 복원했다는 인상을 주기에 충분하다.

『총구에 핀 꽃』은 실제의 역사를 재현하기 위해 많은 노력을 기울이고 있다. 실제로 서사의 상당 부분은 이전의 여러 문헌에서 언급된 김진수의 모습과 일치한다. 예를 들자면, 김진수와 함께 밀항에 성공해 스웨덴까지 동행한 테리 화이트모어의 회상기에 나오는 김진수의 모습과 작품 속 손진호의 모습은 거의 흡사하다. 다른 탈영병들은 카드놀이에 집중했지만, 김진수는 카드놀이에 끼어들지 않고 침대에서 잠을 자거나 식당 구석에 혼자 앉아 있었다고 한다. 심지어 김진수는 "당신들은 단지 한심한 겁쟁이일 뿐이야!"라거나 "너희들에게는 탈주할 이유 같은 건 없다고! 그럴 만한 이유가 있는 건 나뿐이라고!"라고 독설을 날리기도 했다. 한마디로 김진수는 화이트 모어 등의 미군병사가 보기에 "묘한 망상을 지닌" "진짜 모습을 누구도 알 수 없는" "이상한 놈"이었던 것이다.[93] 이러한 모습은 이대환의 『총구에 핀 꽃』에도 그대로 나타난다.[94]

또한 사소한 부분에서도 김진수의 실제 망명 기록이 그대로 반영되어 있다. 김진수는 1968년 4월 21일 밤 홋카이도 북단의 네무로(根室) 항구에서 다른 다섯 명의 청년들과 게잡이 배에 오르고 나중에 소련 경비정으로 갈아탄다. 이후 5월 3일 모스크바 텔레비전에 출연하고, 베헤이렌은 5월 7일

---

93) 테리 화이트모어의 회고록에 등장하는 김진수에 대한 설명은 「유럽으로 망명한 미군 탈영병 김진수」(권혁태, 『황해문화』, 2014년 여름, 326-327면)를 참조하였음.

94) 고등학교 시절에 야마구치라는 일본인 남학생을 보면서, 손진호는 "특유의 야마구치라는 이름을 갖고 있고 또 그렇게 불리고 있는데, 왜 나는 윌리엄 다니엘 맥거번 따위의 묘한 이름으로 굳어져버렸는가."(33)라고 아쉬워하는데, 이러한 장면은 이름만 바꿔서 堀田善衛의 소설 「이름을 깎는 청년(名を削る靑年)」에도 등장한다.

기자회견을 열고 이들이 스웨덴에 망명했음을 공표하였다. 이러한 사실이
『총구에 핀 꽃』에도 그대로 나타난다.

그러나 이미 완성된 기록들을 복기하는 수준이라면, 굳이 소설을 창작할
필요는 없을 것이다. 김진수의 실제 삶을 복원하는 것이 목적이라면 평전
이 오히려 적합하기 때문이다. 그럼에도 굳이 소설로 창작한 것은 사실을
뛰어넘어 진실을 전달하고자 하는 작가적 소명 때문이라고 할 수 있다. 그
것은 지금 아버지의 삶을 소설로 남기고 있는 아들의 다음과 같은 말을 통
해서도 알 수 있다.

> 이 세상 그 누구의 이름으로도 능수능란 발언할 수 있는 사람이 작가
> 입니다. 그 수단이 허구라는 것이고, 허구란 바로 작가의 상상력을 담아
> 내는, 작가가 자유자재 변형할 수 있는 그릇이고, 그 그릇이 최후로 담
> 아내야 하는 실체는 어떤 사실들의 배후를 관장하는 진실과 그 진실의
> 핵을 이루는 인간의 문제입니다. (18)

결국 『총구에 핀 꽃』은 「김진수 평전」이 아닌 소설 소설이기에, 이 작품
은 작가의 상상력을 통해 김진수의 '삶 배후를 관장하는 진실과 그 진실의
핵을 이루는 인간의 문제'를 다루었다고 보아야 한다. 이를 위해 작가는 자
신만의 고유한 사유와 상상력으로 새로운 서사를 조형해내기 위해 심혈을
기울였다. 나중에 더욱 구체적으로 논의하겠지만, 무엇보다도 이대환은 고
아원인 송정원을 창조해서 새로운 주제의식을 창출하였다. 이외에도 베트
남 전투의 모습, 쿠바대사관에서의 구체적인 생활, 홋카이도 여행 등을 통
하여 평화에 대한 염원이라는 작가의 주제의식을 보다 분명하게 보강하였다.

타이피스트 특기병이었던 김진수와 달리 손진호를 첨병부대 전투원으로
새롭게 조형함으로써 베트남전의 비극은 더욱 선명하게 드러난다. 베트남
에서 손진호 일병은 브라보 중대 1소대 1분대에 배치된다. 1분대는 여러 인

종으로 이루어져 있으며, 인종차별에 민감하긴 해도 전우애가 두텁고 용감한 조직으로 그려진다. 백인 중위 토마스는 해방 중대장이었던 친형이 베트남 정글에서 전사한 경험과, 오랜 친구가 마을 수색 중 절름발이 소년이 던진 수류탄에 즉사한 경험이 있다. 이로 인해 베트남 사람들에게 유별난 적개심을 가지고 있다. 저격병에게 소대원이 부상당한 이후 토마스 중위는 소규모 작전을 벌인다. 여기서 베트콩으로 추정되는 젊은이 둘을 죽이고 물소 다섯 마리를 사살하며, 그것을 항의하는 남녀 노인 다섯을 덤으로 쏘아 죽인다. 그것은 "죽었거나 병신으로 전락한 전우들에 대한 복수심을 투명가면처럼 덮어쓴 인간들이 보잘것없는 사냥을 즐긴 흔적"(91)으로 설명된다. 일본으로 휴가를 나왔을 때, 손진호는 자신이 받은 병사 월급과 전투수당을 "국가가 떠맡긴 청부살인에 대한 수고비"(162)로 규정하기도 한다.

손진호의 탈영 이후 삶에서 가장 중요한 비중을 차지하는 단체는 바로 베헤이렌(베트남에 평화를! 시민연합ベトナムに平和を!市民連合)이다.[95] 베헤이렌은 1965년 2월부터 미국의 베트남 북폭이 시작되고, 이와 함께 일본의 해·

---

95) 베트남전과 관련한 일본의 일반적인 역할은 '강 건너 불'인 베트남전에서 경제적 이익만을 취했다는 것이다. 이러한 통념을 古田元夫는 다음과 같이 정리한다. "일본이 '강 건너 불'인 베트남 전쟁에서 자신은 아무런 상처도 입지 않고 '돈과 양심'을 모두 만족할 만큼 얻어냈다는 이미지는 헤이븐과 같은 미국인뿐만 아니라, 베트남에 군인을 파견했던 한국인 등 아시아 사람들에게서도 공유되었다. 이는 베트남 연구가인 요시자와 미나미(吉澤南)가 한국에서 한 인터뷰에서 한국의 베트남 귀환병들이 이구동성으로 '베트남 전쟁터에서 사용된 제품은 온통 일본제품이었다.'라고 말했다는 지적과 함께, 이 전쟁에 대해 귀환병들은 '미국은 총알을 제공했고 일본은 물건을 팔았으며 한국은 피를 흘렸다'는 이미지를 가지고 있었다고 지적한 것으로 봐도 알 수 있다."(古田元夫, 『역사 속의 베트남 전쟁』, 박홍영 옮김, 일조각, 2007, 174면). 황석영의 『무기의 그늘』에서는 베트남전 당시 PX에는 일제 상품이 가득했던 것으로 묘사된다. 박영한의 『인간의 새벽』에서도 사이공의 중국인 거리 쫄런에는 아사히 맥주가 넘쳐나고, 주인공 마이클은 "일본만 보더라도 장삿속에서 속으로 박수 치고 있지 않느냐."(142)라고 생각하는 대목이 나온다. 베트남전에서 일본이 경제적 이득을 취한 측면도 분명 존재하지만, 베헤이렌과 같은 반전활동도 나름 활발하게 이루어졌다는 사실도 기억할 필요가 있다.

공군기지가 베트남전쟁의 베이스캠프가 되는 상황 속에서, 같은 해 4월에 창립되었다.[96] 처음으로 김진수의 삶을 소설화 한 홋타 요시에(堀田善衛, 1918-1998)의 「이름을 깎는 청년(名を削る青年)」(『橋上幻像』, 新潮社, 1970)은 베헤이렌의 관점에서 김진수의 삶이 받아들여지는 방식을 잘 보여준다. 베헤이렌에게 김진수는 개인의 존엄을 지키기 위해 국가에 저항한 인물로 받아들여졌다. 실제로 김진수는 쿠바 외교 당국과 협의한 뒤 대사관저를 빠져나온 1968년 1월 7일부터 10여 일을 가나가와현(神奈川縣) 즈시시(逗子市)에 있는 홋타 요시에의 집에서 지냈다.[97]

「이름을 깎는 청년」은 한국 이름 박정수와 미국 이름 윌리엄 조지 맥거번을 동시에 거부하는 탈영병을 그리고 있다. 이 탈영병 청년은 자신의 이름에 대해 민감하게 반응한다. 작품 속에서 탈영병은 단지 청년으로, 그를 돌보는 일본인은 남자로 호칭될 뿐이다. 청년은 미국의 고등학교에 다닐 때 다나카(田中)라는 이름을 가진 일본인을 보면서, 윌리엄 조지 맥거번이라는 자신의 미국 이름에 대해 심각한 회의를 느낀다. "맥거번이라는 남의 이름으로 뭘 하든 하나도 나 자신을 위한 일이 되지는 않는다는 생각"[98]이 들었던 것이다. 동시에 그는 "박정수로 돌아갈 수 없다는 생각"(136)을 한다. 박정수도 손진호처럼 한국전쟁 중에 고아가 되었지만, 『총구에 핀 꽃』에서처럼 송정원에서 자라는 대신 "미군 기지에서 내버리는 것들이나 도둑질로 생활을 유지"(129)했을 뿐이다. 청년은 "파리처럼 미군 기지에 모여들어 거기서 버려지는 잔반을 손으로 집어먹는 부랑아"(136)를 "윌리엄 조지 맥거번보다 더 싫"(136)어했던 것이다.

---

96) 고경태, 앞의 책, 363면.
97) 고경태, 「새장을 뚫고 스웨덴으로: 김진수의 탈출과 망명」, 『1968년 2월 12일』, 한겨레출판, 2015, 308면.
98) 堀田善衛, 심정명 옮김, 「이름을 깎는 청년」, 『지구적 세계문학』, 심정명 옮김, 2017년 봄호, 136면. 앞으로 이 작품을 인용할 경우 면수만 기록하기로 한다.

이후에도 청년은 윌리엄 조지 맥거번은 물론이고, 박정수도 되지 않고자 한다. 청년은 "지금 나는 미국 시민이 아니고자 하니까."(137)라고 말하며, 어떠한 미국식 이름으로 불리는 것도 거부한다. 또한 입영하여 독일과 한국에서 군복무를 한 청년은 한국인이 되는 것에도 저항한다. 11년 동안의 미국 생활이 그를 송두리째 바꾸어버려서 "김치처럼 한국인으로서의 자기검증(identity)에 꼭 필요한 건 더러워서 손에 들기도 보기도 싫"(144)다고 고백할 정도이다. 청년은 "나는 확실히 탈영병이지만 실은 탈영병도 아니야. 거기까지 가지도 않았어. 그 한참 앞 단계에서 나는 나라라는 게 싫어."(143)라고 이야기한다. 이처럼 이 청년은 철저하게 국가를 거부하는 존재로 형상화되어 있다.

청년은 한국이나 미국을 거부하는 차원에서 나아가 국가 일반을 부정한다. 청년은 자국을 중심으로 만들어진 영국과 미국의 지도책을 보며, 자신은 "세계 전체에 페이지를 공평하게" 나눌 것이며, "국경은 일절 표시하지 않을 거"(147)라고 이야기한다. 세계전도를 보고서도 "이상해, 정말. 세계라고 해봤자 국가만 있고 국가 외에는 아무 것도 없다는 게."(149)라고 말한다. 결국 청년은 미군 신분증명서(identity card)를 태워버리고, "나는 나야. 다른 누구도 아니야."(149)라고 선언한다. 이 청년은 "쓸데없는 여분인 국가인 부분을 도려내고 깎아 없애려"(151)는 인간인 것이다. 결국 이 청년이 깎고 있던 이름이란 다름 아닌 국가였던 것이다. 이 작품은 제 3국으로 망명하여 "나는 나를 위한 적당한 이름을 직접 지을 생각이야."(155)라고 선언하는 것으로 끝난다.

훗타 요시에의 글은 베헤이렌의 이념에 그대로 맞닿아 있다. 베헤이렌은 탈주병들이야말로 국가라는 공동체의 명령을 거부한 자들이고, 이들을 돕는 행위 또한 국가를 극복할 것을 요구한다고 보았다. 베헤이렌이 운동의 방법으로 주창한 시민적 불복종이나 비폭력 직접행동은, 자기 자신의 양심 또는 자각이 국가의 법률보다 우선한다는 발상에서 나온 것으로 철저한 '개인원리'의 발견과 실천을 강조하였다. 그것이 최종적으로는 탈주병과 함께 '국경을 넘는 행동'과 '시민적 불복종의 국제적 연대행동'으로 나타났던 것이다.99)

『총구에 핀 꽃』도 베헤이렌 운동체가 "조직보다는 개개인, 국가보다는 인간 개체, 그 개인의 자발성을 중심하는 원리가 지배"(174)하는 조직이었다고 이야기한다. 손진호를 도와준 모든 이들은 베헤이렌의 이념에 적극적으로 동조하며 이를 실천한 사람들이다. 스시집의 늙은 요리사는 "베트남에 평화를! 베트남은 베트남 사람에게 맡기자!"(164)라는 신념을 갖고 있다. 나아가 죽이는 의무를 강요하는 것은 "국가"(165)이며, 죽이는 의무에서 벗어나는 길은 "개인"(167)으로 돌아가는 것이라고 생각한다. 홋카이도에서

---

99) 베트남전쟁 시기 일본의 주요한 사회운동인 베평련(베트남에 평화를! 시민연합) 운동은 시민이 중심이 된 비폭력 반전운동이었다고 할 수 있다. 베평련은 1965년 2월 7일 미군의 베트남 북폭을 계기로 결성되었다. 철학자 츠루미 슌스케, 소장 작가 오다 마코토 등이 주도하여 4월 24일 베트남 반전 집회를 연 것을 계기로 이후 정기적인 시민집회를 개최하고, 기관지를 발간 배포하는 것으로 베평련은 운동의 폭을 넓혀갔다. 베평련 운동의 최고조기는 1969년으로, 전국에 360여 개의 지역 베평련이 존재하였다. 또한 그해 6월 15일에는 베평련 집회에 5만여 명이 참가하는 등 정부 당국을 긴장시키기까지 하였다. 이러한 베평련 활동이 탈국가적 사유와 본격적으로 접속한 계기는 탈영병 지원운동을 하면서부터이다. 베평련 운동은 베트남에 파견되기에 앞서 일본의 기지에 머물던 미군 병사들이 탈영을 시도하자 이들을 지원하는 운동으로 활동의 영역을 넓혀간다. '베평련의 사상가'라 불린 츠루미 요시유키는 여기에서 '국민으로서의 단념'이라는 사상을 마련했다. 이것은 '국가'로부터 스스로를 차단하여 '개인'의 차원에서 문제를 제기하는 것이 평화운동의 근원이 될 수 있다는 생각이었다. 즉, 주권국가라는 기구에 국민이라는 성원이 있는 이상, 평화운동은 국민으로서의 입장을 부정하는 것을 포함하지 않으면 안된다는 것이 그의 주장이었다. 츠루미 요시유키가 말하는 '국민으로서의 단념'은 츠루미 슌스케가 말하는 바 '자기 내부의 국가를 지워가는 작업'이기도 했다. (남기정, 「베트남 반전탈주 미군병사와 일본의 시민운동: 생활세계의 전쟁과 평화」, 『일본학연구』 36집, 2012, 73-96면)

손진호를 안내해주었던 고바야시도 "국가나 거대폭력이 개인의 평화를 파괴할 수 있다. 그러나 평화가 개인의 영혼에 살고 있다면 개인은 평화에서 패배하지 않는다. 당신의 그 신념을 오래 기억할 겁니다."(257)라고 말한다.

손진호는 미국에 머물 때에도 국가보다 개인에 더 큰 가치를 부여한다. 윌리엄(손진호의 미국 이름)의 자기정체성 정립 문제는 "'국가와 나'의 관계 설정"(34)과 맞물려 있다. 그에게 한국은 "태어난 국가"(34)이며, 미국은 "부채의식"(35)을 느끼게 하는 국가일 뿐이다. 고등학교 시절에 윌리엄은 이미 "국가가 없는 개인의 존재는 불가능한 것인가?"(36)라는 의문을 갖는다. 최종적으로 윌리엄은 "나에겐 국가가 없다. 국가 없이도 개인은 존재할 수 있다. 개인의 존재이유가 국가의 구성원이 되는 데 있는 것은 아니지 않는가."(37-38)라고 입장을 정리한다. 그리고는 "자유의 개인"이자 "국가 없는 개인"(38)이 되기를 결심한다.

손진호는 쿠바 대사관에 머물면서, 자신은 어린 시절에 노고지리를 풀어줬지만, "저를 잡고 있는 국가라는 손은 저를 풀어줄 기미도 없고 기약도 없"(194)다고 괴로워한다. 국가를 벗어난다는 것은 그렇게 쉬운 일은 아니어서, 미국이나 일본은 말할 것도 없고 열 살 때 떠난 한국이지만, "그 국가에도 여전히 묶여 있었던"(190) 것이다.

칠십이 넘어서 일본에 돌아온 손진호는 베헤이렌 활동가였던 강선생과 모든 일정을 함께 하고 있다. 둘은 죽이 잘 맞는데, 둘 다 "국경을 초월한 세계시민의 길을 꿈꾸는 노인"(149)이라는 점에서 공통된다. 그리고 세계시민의 이념이란 간단하게 "인류평화"(151)로 설명된다. 동시에 둘 다 "개인이 세계평화와 민주주의의 가장 중요한 알갱이"(152)라고 생각하는 사람들이다. 근대 국민국가를 넘어선 세계평화의 희구, 그리고 이를 실천하기 위한 거점으로서의 개인에 대한 강조는 손진호의 삶을 일관하는 핵심적인 사상이라고 할 수 있다.

또한 『총구에 핀 꽃』은 손진호가 탈영병이던 시절 홋카이도에서 생활하던 모습과 더불어 현재 홋카이도를 둘러보는 서사를 첨가함으로써, 홋카이도의 역사와 문화를 자세하게 다룬다. 1968년 3월 손진호는 고바야시라는 대학원생의 안내를 받는데, 그는 아이누족의 피가 섞여 있다. 작품에서는 고바야시를 통해서 아이누족이 겪은 통한의 역사가 가슴 아프게 펼쳐진다. 현재 시점에서는 아바시리(網走) 감옥박물관을 방문하는데, 그곳에서는 징용에 끌려갔던 손진호의 할아버지 이야기를 통해 한국 현대사의 비극적 디아스포라가 소개된다. 아이누족의 이야기나 아바시리 감옥에 수감되었던 할아버지의 이야기는 손진호의 삶과 어우러져 모두 제국주의로 전환된 민족국가의 어두운 그림자를 보여준다.

이외에도 손진호가 고등학교 시절 인종차별을 당하고, 그들에게 사적인 보복을 하거나 손진호(미국명 윌리엄 다니엘 맥거번)가 샌프란시스코주립대학 학생이 되어, 샌프란시스코의 히피 문화에 깊이 빠져드는 내용이 새롭게 첨가되었다. 이러한 히피 문화는 "물질적인 욕망을 절제하는 것, 과소비를 거부하는 것, 사회적인 속박에서 벗어나는 것, 꽃을 사랑하고 꽃의 상징을 인간의 영혼에 심어주는 것"(54)으로 규정되며, 손진호의 이후 행적을 뒷받침하는 중요한 원천이 된다.

히피 문화가 꽃피웠던 샌프란시스코의 풍경

2) 국민국가 일반에 대한 비판

『총구에 핀 꽃』에서 그려진 손진호가 기존의 자료에 등장하는 김진수와
선명하게 차이나는 지점도 존재하는데, 이것이야말로 작가가 소설을 통해
말하고자 하는 손진호라는 인간의 '삶 배후를 관장하는 진실과 그 진실의
핵을 이루는 인간의 문제'일 것이다. 가장 도드라지는 것은, 김진수에게서
공산주의석 시향을 서세했나는 점이다. 이깃은 징지직으로 해석뙬 수 있는
기존 자료에 대해 아들이 물어본 후에, 그 자료의 잘못을 손진호의 입을 통
해 바로잡는 방식으로 이루어진다. 이것은 김진수의 중요한 삶이 다루어질
때마다 나타나며, 매우 꼼꼼하게 이루어진다. 홋타 요시에의 소설에는 탈주
병이 콜라를 아메리카제국주의라 부르는 대목이 나오는데, 손진호는 그것

은 사실이 아니며 "작가가 허구의 특권을 작게 한 번 써먹었던"(47) 것이라고 말할 정도이다.

망명 동기가 "미국의 월남 침략전쟁을 직접 체험하고 동전쟁을 증오한 것"(183)으로 되어 있는 정부의 비밀해제 문서를 아들이 보여주자, 손진호는 이것이 사실과는 다르다고 말한다. 망명동기를 묻는 쿠바대사관 직원에게 "모든 전쟁을 인간의 이름으로 증오해야 한다."(183)라는 말을 전제했다는 것이다. 그러나 쿠바 대사관 직원은 그러한 전제를 생략하고 "쿠바라는 국가의 자존과 위신을 위해 대외 공표용으로는 오직 '반미'만 내놨던 거"(184)라고 바로잡는다. 손진호가 쿠바대사관을 나온 뒤에 도쿄에서 서울로 보낸 전문에는, 손진호가 쿠바대사관에서 나온 후에 총평회, 조총련 등과 의논한 것이나 북한으로 들어가기를 원하였다고 대답했다는 것 등의 정치적 내용이 포함되어 있다.100)

『총구에 핀 꽃』에서는 이 민감한 내용이 모두 미군 탈주병 하나를 안전하게 숨겨주기 위한 "연출"(214)로 새롭게 규정된다. 쿠바대사관을 몰래 빠져 나와서 일본노총, 조총련 본부를 거쳐 베헤이렌에 선이 닿았다는 것은, 스시집 늙은 요리사를 통해서 베헤이렌에 선이 닿은 것으로 재조정되는 것이다.101) 1967년 12월 29일에 쿠바대사관을 빠져 나온 윌리엄 일병은 노동

100) 그 구체적인 내용은 다음과 같다. "아사히, 산케이 등 보도에 의하면, 1월 17일 일본 반전운동가들이 기자회견을 통해 손진호는 쿠바대사관에서 나온 직후에 총평회, 조총련 등과 의논한 후 자신들을 찾아와 제3국 탈출의사를 밝혔고, 이를 존중한 그들이 동인을 외국 선편에 승선시키는 데 성공했다고 하며, 기자회견에서는 동인이 미국의 월남 침략을 비난하는 성명서를 낭독하는 기록영화도 보여줬다고 함. 동인이 선택한 국가 등에 대한 기자의 질문에는 동인이 북한으로 들어가기를 원하였다고 답함. '불길한 예측'이 본 케이스의 결말이 될 수 있음."(217)
101) 김진수가 일본공산당 본부와 조총련을 거쳐 쿠바 대사관으로 갔다는 증언도 존재한다. (고경태, 「새장을 뚫고 스웨덴으로: 김진수의 탈출과 망명」, 『1968년 2월 12일』, 한겨레출판, 2015, 309면, 권혁태, 「유럽으로 망명한 미군 탈영병 김진수」, 『황해문화』, 2014년 여름호, 330-331면)

단체나 조총련에 가지 않고, 대신 늙은 요리사를 찾아간다. 그날 밤에 요리사의 집을 찾아온 작가의 집에 가서 한 달 넘게 지낸 후에는, 고베, 오사카, 교토를 거쳐 다시 도쿄로 올라간 것으로 그려진다.

늙은 요리사의 집에는 두 개의 흑백사진이 벽에 걸려 있다. 하나는 중일전쟁 때 난징 대학살에 참여했던 늙은 요리사의 사진이고, 다른 하나는 태평양전쟁 때 과달카날 전투에 참전했던 요리사의 아들 다나카 마사히로의 사진이다. "부디 아버지처럼 죽이지도 말고, 부디 아들처럼 죽지도 말라"(231)는 것이, 바로 그 사진이 전하는 "반전과 평화"(231)의 메시지인 것이다. '반전과 평화'야말로 탈주의 "진정한 이유"(226)로까지 제시된다.[102]

기존의 논의들은 김진수가 중국을 거쳐 북한에 가기를 희망했다고 보고 있다.[103] 그러나 이대환의 소설에서 손진호가 유일하게 북한행에 관심을 갖는 것은 혹시나 아버지를 만나볼 수 있을까 하는 기대 때문이다. 오히려 손진호는 여러 가지 방법을 통해 북한이나 소련과 같은 공산주의 국가를 거부하기 위해 노력하는 모습으로 그려진다. 망명을 지원하는 안내자가 며칠 뒤에 당신을 고베에서 중국으로 탈출시킬 선박을 알아보고 있었다는 말을 하자, 손진호는 바로 "중국으로? 그 다음은 평양? 누가 그걸 마음대로 정하는 거냐?"라며 "몹시 퉁명스럽게"(158) 반응한다. 손진호는 중국에 정착하거나, 베이징을 거쳐 평양으로 들어가는 것이 일본에서 하루 빨리 벗어날 수 있는 길이였더라도, 자신은 "반대"(159)했을 거라고 자신 있게 말한

---

102) 이 늙은 요리사는 상당히 중요한 의미를 지니는데, 그것은 손진호에게 야키 노부오라는 일본 이름을 지어주는 것에서도 알 수 있다.

103) 이전의 여러 사람들은 김진수가 "일본 공산당 내 마오쩌둥 혁명노선을 신봉하는 그룹의 주선으로 중국을 경유해 북한으로 갈 계획"(고경태, 「새장을 뚫고 스웨덴으로: 김진수의 탈출과 망명」, 『1968년 2월 12일』, 한겨레출판, 2015, 310면. 권혁태, 「유럽으로 망명한 미군 탈영병 김진수」, 『황해문화』, 2014년 여름호, 332면)이 있었다고 말한다. 이를 실행하기 위해 김진수는 1월 19일 고베에서 비밀리에 중국 배에 승선한 적도 있었다고 주장한다.

다. 손진호는 이미 문화대혁명의 야만성과 폭력성을 알고 있으며, "선전도구로 나서게 되는 나의 존재를 끔찍하게 생각하는 탈주병 청년"(159)으로 그려지는 것이다.

김진수의 육성을 그대로 들을 수 있는 자료는 거의 남아 있지 않다. 그 중에서도 가장 자세하게 그 내면이 표현된 것으로는 1968년 3월 1일에 발표된 「미국, 일본 그리고 세계의 인민에게 보내는 메시지」를 들 수 있다. 다음에 인용하는 김진수의 성명서에는 베트남전과 한반도의 상황을 바라보는 김진수의 선명한 정치적 감각과 인식이 드러나 있다.

> 게다가 나는 오늘날의 한반도의 비극을 없애는 데 도움이 되어, 확실한 변혁의 가능성을 가져다 줄 수 있는, 그래서 현재의 한반도 사람들에게 재통일이 받아들여질 수 있는 뭔가를 해야 한다고 결심했습니다. 그래서 나는 내 마음을 전하기 위해 탈영이라는 길을 택한 것입니다.
> 다시 반복하자면, 베트남전쟁은 잘못되었고 그 종결은 지금 미국이 원하는 노선으로 이루어져서는 안 됩니다. 또 남한에서 내가 지금까지 봐왔던 것에서 판단하자면, 만에 하나 미국이 베트남에서 승리하는 것은 바람직하지 않다고 생각합니다. 베트남 민족은 두 개로 분단되어 있습니다. 그리고 미국이 던져주는 물자와 그 군대에 의한 점령 앞에 어쩔 수 없이 자신의 운명을 맡길 수밖에 없는, 견딜 수 없는 상태에 놓여 있습니다. 소수의 사람들에게 이익이 될 수는 있어도 민족국가의 해체 이외에는 그 어느 것도 가져다주지 않는 상황입니다. 그런 상황이 아니라 오히려 베트남 인민의 민족국가의 이익을 위해 움직이는 북베트남 정부하에 통일되는 것을 바라고 있습니다. 이것이야말로 한반도의 교훈이라고 생각합니다.[104]

김진수는 베트남 전쟁에서 분명하게 미국을 반대하고 대신 북베트남 주

---

104) 김진수, 「미국, 일본 그리고 세계의 인민에게 보내는 메시지」, 『베헤이렌 뉴스』, 1968. 3.1. 권혁태, 앞의 글, 345면에서 재인용.

도의 통일을 원하고 있다. 또한 위의 성명서는 한국에서 미군으로 근무한 경력이 있는 김진수가, 당시의 한국을 남베트남과 비슷한 상황으로 인식하고 있음을 보여준다. 그런데 『총구에 핀 꽃』의 손진호는 도쿄를 떠나기 전에 읽은 성명서의 내용 중에서 "베트남에 평화를 보장하라. 베트남은 베트남인의 손에 맡겨라. 평화를 갈망하고 사랑하는 사람은 베트남전쟁에 반대하라."(306)는 말만 "틀림없는 진심 그대로"(306)이고, "다른 거창한 비난이나 비판"은 "계산적인 의도"(306)가 담긴 말이라고 주장한다.

또한 소련에서의 국제기자회견에서 손진호는 "세계의 모든 분쟁과 침략을 근본적으로 해결하는 유일한 방법은 소련이 가지고 있는 모든 핵무기를 미국에 퍼붓는 겁니다."(274)라고 이야기하여 충격을 준다. 그러자 손진호는 아들에게 자신이 그 핵폭탄 발언 전에 앨런 긴즈버그의 「아메리카」라는 시의 "아메리카, 언제 우리 인류의 전쟁을 끝낼 거지? 가서, 너의 핵폭탄과 섹스나 하라고!"(275)라는 시 구절을 먼저 이야기했으며, 언론이 자신을 그만 불러내게 하고 모스크바의 북한 대사관에도 자신의 위험성을 통보하기 위해 그러한 발언을 했을 뿐이라고 말한다. 스웨덴에서 입국 심사 관리가 "당신은 공산주의를 추구합니까?"(284)라고 물었을 때, "아닙니다. 개인의 자유를 추구합니다."(284)라고 단호하게 대답하는 인간, 그것이 바로 이대환에 의해 '새롭게 형상화 된 김진수', 즉 손진호인 것이다.

그동안 탈영병 김진수는 훗타 요시에의 작품에서도 알 수 있듯이, 근대 국민국가를 넘어서서 평화를 열망한 존재로 그 위상이 부각되었다. 앞에서 살펴보았듯이, 『총구에 핀 꽃』에서도 그러한 측면은 충분히 드러나 있다. 작가는 국민국가의 구체적인 사례로서 미국뿐만 아니라 당시 세계 권력 지형의 한 축을 담당하던 현실 공산주의 국가들도 포함시킨다. 이를 통해 손진호의 평화에 대한 열망과 개인에 대한 강조는 이전의 자료에 등장하는 김진수보다도 더욱 보편성을 지니게 되었다.

『총구에 핀 꽃』이 김진수에 대한 기존의 문헌과 근본적으로 차이 나는 지점은 바로 여로이다. 이전의 문헌에서 김진수는 '한국-미국-한국-일본-베트남-일본-소련-스웨덴'의 여로를 밟아 나갔지만, 이 작품에서 손진호는 김진수와 달리 '한국-미국-베트남-일본-소련-스웨덴-일본-한국'의 여로를 밟아 나간다. 한국과 일본에서 미군으로 근무한 것은 삭제되었으며, 칠십이 넘은 지금 다시 일본과 한국을 방문하는 것이 새롭게 첨가되었다. 완전한 귀국은 아니지만 작품상에서 손진호의 최종적인 귀착점은 한국이다.

최종 귀착점이 한국인 것과 손진호의 어린 시절이 매우 중요한 비중으로 다루어지는 것은 서로 긴밀하게 연관되어 있다. 그동안의 자료에서는 단지 전쟁고아로 지내다가 미군에게 입양된 것으로만 되어 있지만, 이대환은 여러 가지를 덧붙여 풍성한 서사를 만들어낸 것이다. 사실 이 어린 시절이야말로 손진호의 과거와 현재, 그리고 어쩌면 미래까지도 결정짓는 핵심적인 심급인지도 모른다.

우선 주목할 것은 베트남전에서 탈영하게 된 핵심적인 계기를 어린 시절 경험한 어머니의 죽음과 연결시켰다는 점이다. 손진호의 아버지는 경찰이었다가 대구 근처 전쟁터로 불려 나간 뒤에 모든 소식이 끊긴다. 피난 길에 어머니는 인민군 포탄인지 미군 함포인지 알 수 없는 포탄을 맞고 피가 낭자한 채 죽었다. 이러한 어머니의 모습은 손진호가 끝내 베트남전을 벗어나 탈영할 수밖에 없는 중요한 동인이 된다. 베트남전에서 총을 맞아 죽은 여자의 시신을 보며 손진호는 "포탄 파편이 목에 박혔던, 얼굴조차 떠올릴 수 없는, 흥건히 피에 젖은 가슴으로 남은 어머니"(88)를 떠올린다. 베트남에서의 마지막 전투에서도 목표물과 총구 사이에 "낯선 여자가 기우뚱하게 버텨서 있"(144)는 환영을 본다. 그 여자는 "지난번 작전 때 나뭇가지에서 떨어졌던 저격수 여자인가, 도저히 얼굴을 그려낼 수 없는 어머니인가."(145)라는 생각을 불러일으킨다. 그리고 그 순간 "밤하늘의 별 하나가 떨어져 총구를 막아버리는 듯했다."(145)고 느낀다. 실제로 그 별은 꽃으로 변모해 손진호의 총구에 꽂히며, 그 모습은 사진으로 찍혀 시사지의 표지를 장식한다.105) 손진호는 일본에서도 "한국전쟁의 고아 출신이 죽이는 의무에 충실해서 베트남전쟁의 고아들을 만들지 않았는가?"(164)라고 자책한다.

나중에 스웨덴에서 경찰서 심문을 받을 때, 왜 탈영을 했느냐는 질문에 "평화니 반전이니 정해진 정답"(294)과 같은 이유들을 설명한 다음에 자신의 진짜 마음을 이야기한다. 그 답변의 핵심에도 어머니가 존재한다.

> 당신이 다섯 살이나 여섯 살이었을 때, 만약 당신의 어머니가 당신을 데리고 피란을 가는 길에 어디선가 쉬고 있다가 한순간에 포격을 맞아 처참하게 피를 흘리며 죽었다고 가정해 보자. 이웃 사람들이 다시 출발하기 전에 그 어머니를 근처 땅에다 아무렇게나 묻었다고 가정해 보자. 그런 기억을 가진 당신이 베트남전쟁에 나가서 어느 어머니를 사살하게 된다고 가정해 보자. 그러면 당신은 어떻게 하겠느냐? 당신의 기억에 살아 있는 그 처참한 당신의 어머니를 그 허술한 무덤에서 불러내 다시 죽일 수 있겠느냐?
> 경찰은 눈시울을 붉혔다. 그리고 문답의 주체가 환원되었다.
> 그것이 당신의 진실한 사연이냐?
> 그렇다. (294-295)

손진호기 강여시의 남편이자 베헤이렌의 정신적 시주로 그려지는 선생님에게 쓴 편지에도 "더 죽여야 한다고 했을 때, 그 앞길을 막아선 이는 피투성이 어머니였습니다. 어머니는 한국전쟁 때 포탄 파편에 맞아 숨을 거

---

105) 그 사진에는 "'총구에 꽃을 꽂은 병사'라는 대문자들과 그 밑에 깔린 '베트남의 평화를 갈망하는 병사의 퍼포먼스'라는 소문자들"(9)이 쓰여 있다.

두었고, 흠뻑 피에 젖은 그 가슴으로 아들의 기억에 남았습니다."(306)라는 진술이 등장한다. 이때 등장하는 선생님은 베헤이렌 운동을 주도한 작가이자 시민운동가인 오다 마코토(小田實, 1932-2007)를 모델로 한 인물이다.106)

일본 효고현(兵庫県) 아시야시(芦屋市)에 있는 오다 마코토의 묘비

다음으로 어린 시절은 어머니의 처참한 시체로 표상되는 전쟁의 상처와 더불어 천국과도 같은 송정원의 낭만적 추억이 가득하다. 흰 수염 푸른 눈

---

106) 베헤이렌의 대표였던 오다 마코토는 '피해자=가해자'론을 베헤이렌 활동의 핵심 논리로 삼았다. 고경태는 그 논리를 다음과 같이 설명한다. "적을 파괴하고 죽이기 위해 동원된 그들은 가해자였지만, 국가권력에 의해 그 짓을 강요당했다는 점에서 피해자였다. 미군들도 다를 바 없었다. 베트남에선 가해자였지만, 죽이라는 명령을 강제받는다는 점에서는 피해자였다. '피해자=가해자'의 무서운 악순환 고리를 탈영병 지원을 통해 끊으려 했다. 피해자가 되지 않으려면 국가권력이라는 가해 세력에 명확한 반격을 해야 한다고 보았다."(고경태, 앞의 책, 365면)

신부가 원장으로 있는 이곳의 생활은 매우 낭만적으로 그려진다. 노고지리 소리, 바다로 간 소, 수녀님들의 다듬이질 소리, 어린이날 운동회, 영희와의 풋사랑 등 작가가 공들여 조형한 아름다운 이야기들이 잔잔하게 펼쳐지는 것이다. 베트남에서 손진호는 "수녀원의 고아원에서, 조그만 학교에서 부모 없이 살았던 그 시절이 훨씬 더 좋았어. 그 시절을 돌아봐야만 내 마음에 묻은 피를 어느 정도는 씻을 수 있을 거야."(94)라고 말하기도 한다. 이러한 이상적인 어린 시절의 추억이 손진호를 끝내 한국으로 불러낸 것이라고 볼 수도 있다.107)

이처럼 어머니와 아버지, 그리고 고향으로서의 한국은 손진호라는 존재의 중핵을 구성한다. 이와 관련해 손진호가 대부분의 인간관계를 가족관계, 그 중에서도 부자관계로 인식하며 그것을 매우 중요시한다는 점은 주목할 만하다. 의지할 곳 없는 부랑아가 된 손진호가 벨라뎃다 수녀를 따라서 송정원에 가기 전에 머물던 굴집에는 육손이 형이 있는데, 그는 "굴집의 가장이고 대장"(22-23)으로 설명된다. 송정원에 왔을 때 큰 형 역할을 하는 열일곱 살 청년 안드레아는 "이제는 '아버지'의 아들로서 모두가 대가족의 일원이라고 생각해야 한다."(97)고 당부한다. 히피 문화에 젖어 있던 손진호는 "양친에 대한 은혜 갚기와 미국에 대한 신세 갚기를 한꺼번에 해결하는 기분"(71)으로 입대를 결심한다. 탈영 이후에도 손진호는 반복해서 "양부모를 생각하지 말자."(179)고 다짐한다. 심지어 손진호는 칠십이 넘은 지금도, 모스크바에서 북한대사관 직원이 "당신의 아버지가 평양에서 기다리고 계신다고 했더라면, 설령 그것이 거짓말이었다고 해도 그런 말을 했더라면, 나

---

107) 작품의 마지막은 어린 시절을 보낸 포항에 아들 손기정과 함께 가는 것이다. 그 곳에서 송정원과 송정분교, 벨라뎃다 수녀의 지갑을 날치기했던 골목, 육손이형 의 굴집, 심지어는 어머니를 묻었던 곳으로 추정되는 장소까지 들른다. 포항에서 마지막으로 가닿는 지점은 흰 수염 푸른 눈 신부의 묘소이다.

는 프로파간다를 각오하고 평양을 갔을 겁니다."(292)라고 고백할 정도이다. "생사를 모르는 아버지에 대한 그리움은 체념도 되지 않았던"(293) 것이다. 지금 그의 여행도 아들과 함께 이루어지고 있다는 점에 주목할 필요가 있다.

아버지는 보통 대타자의 상징으로서 기존의 사회질서나 권위를 의미하는 경우가 적지 않다. 손진호가 늘상 의식하며 살아가는 다양한 아버지들은 언제든지 국가라는 대타자로 수렴될 가능성도 존재한다. 이와 관련해 한국을 방문한 손진호가 최종적으로 가닿는 지점이 현충원이라는 사실도 결코 가볍게 넘길 수 없다. 그는 아들과 함께 월남전에서 전사한 "육군 병장 송기수의 묘"(329)를 찾아가는데, 물론 이때의 송기수는 손진호의 꿈에 나타나 탈영을 권유하던 죽마고우이다.108) 그렇다 하더라도 현충원에 가서 술을 올리는 손진호의 모습은 전면에 드러난 '탈국가에의 상상력' 이면에 놓인 '국가에의 상상력'이 만만치 않음을 증명한다.

그렇다면 세계 최강대국인 미국도 거부하고, 또 다른 대안으로서의 공산주의 국가도 부정하며 전 지구를 떠돌다시피한 손진호의 그 힘든 삶은 결국 한국인이 되기 위해서였던 것일까? 이와 관련해『총구에 핀 꽃』의 진짜 아버지라고 할 수 있는 '흰 수염 푸른 눈 신부'의 성격에 주목할 필요가 있다. 흰 수염 푸른 눈 신부는 손진호의 "아버지"(316)로 호칭되며, 묘소 앞에서 손진호는 "한 개인의 영혼을 구원해준 저의 여행은 평화를 위한, 평화에 의한, 평화의 여행"이었으며, 모든 감사를 "아버지께 바칩니다."(316-317)라고 이야기한다. 결국 지구를 한 바퀴 돌다시피한 손진호의 여정은 '흰 수염 푸른 눈 신부'의 손바닥 안에서 이루어졌던 것이다.

---

108) 손진호는 통역 임무로 맹호부대 소속의 중대전술기지에 갔다가 송정분교에 다니던 시절 단짝이었던 송기수를 만난다. 송기수는 도쿄 인근으로 휴가를 나온 첫날 밤 손진호의 꿈에 나타나 "도망쳐라, 어서 빨리 도망쳐라."(327)는 의미의 손짓을 하였다.

여기서 주목할 것은 프랑스 노르망디에서 태어나 1차 세계대전에 4년간 참전했던 신부의 이름이 등장하지 않는다는 점이다. 이 작품에 등장하는 거의 모든 인물들이 이름을 가지고 있는 것과 달리, 그는 시종일관 '흰 수염 푸른 눈 신부'로 불릴 뿐이다. 그러나 이 작품의 사상이라 할 수도 있는 신부님의 이름만 없다는 것은 상당히 의미심장하다. 이러한 무명(無名)의 존재는 국가라는 상징계를 벗어난 절대적인 존재를 강조하기 위한 설정이라고 볼 수는 없을까?

'흰 수염 푸른 눈 신부'는 아이(개인)를 수단으로 활용한 것에 대하여 통곡하는 사람이다. 신부님은 정부의 부당한 처사에 대항하기 위해 아이들을 관공서에 데려간 적이 있었다. 그 날 신부님은 "어린 양들을 투쟁의 도구로 활용"(318)한 것을 자책하며 통곡한다. 이러한 신부님의 태도는 '인간을 수단이 아닌 목적으로 대하라'는 칸트의 정언명령에 맞닿아 있다고 할 수 있다. 이러한 사고는 필연적으로 국가와 같은 공동체에 얽매인 도덕이 아니라 전인류적 차원의 윤리를 지향할 수밖에 없다. 실제로 신부님은 자신이 태어난 곳과는 거의 무관하다시피 한 포항의 바닷가에서 부모 잃은 아이들을 위해 자신의 삶 전체를 바친 것이다. 송정원은 국민국가를 뛰어넘어 세계의 평화와 개인의 존엄이 아름답게 살아 숨쉬는 '오래된 미래'라고 할 수 있다.

다음으로는 손진호의 아들 손기정에 주목해 보아야 한다. 그는 『총구에 핀 꽃』을 창작하고 있는 주체일 뿐만 아니라 손진호의 모든 삶을 그대로 이어받은 존재이다. 마지막에는 "아버지의 아버지"(324)를 손진호 대신 떠맡으며, 송기수의 묘 앞에 올려진 석 잔의 소주잔 가운데 하나는 "손기정의 것"(330)일 정도로 『총구에 핀 꽃』의 미래에 해당한다고 볼 수 있다. 이러한 손기정이 한국 남자와 백인 여자 사이에서 태어난 외국인이라는 사실도, 『총구에 핀 꽃』이 맹목적인 국민국가 지향과는 거리가 있음을 보여주기에 모자람이 없다.

손진호가 지구적 규모의 여정을 통해 보여준, '전쟁에 저항하는 평화'와 '국민국가와 대비되는 개인'이라는 의미는 새의 이미지를 통해 감각적으로 강조된다. 어린 시절 손진호와 송기수가 잡았다가 놓아준 노고지리, 그리고 2018년 남북의 정상이 판문점 도보다리에서 만났을 때 들려오던 새 소리가 그것이다. 판문점의 새 소리는 송기수와 헤어지던 날 밤에 들었던 수녀님들의 다듬이질 소리와도 연결되고, 그 소리는 손진호의 "영혼에 녹음된 평화의 목소리"(327)로 의미부여 된다. 손진호가 자신의 모든 것을 걸고 자유를 향해 나아갈 수 있는 "근원적인 어떤 힘"(327)은 바로 그 소리에서 비롯되었던 것이다.[109] 마지막 늙은 손진호 앞에 나타난 노고지리는 손진호의 여정이 결코 실패하지 않았음을, 나아가 반세기가 지난 지금도 영원한 자유의 표상으로 우리 가슴에 살아 있음을 보여준다. 이대환의 「총구에 핀 꽃」은 전쟁을 낳는 근원적인 세계의 작동원리로서의 국민국가와 그것을 넘어선 평화의 가능성까지 보여준 작품이라고 할 수 있다.

2. 베트남계 캐나다인의 베트남전 이야기 - 킴 투이의 『루』

1) 경계적 존재의 베트남전 이야기

킴 투이(Kim Thúy)의 『루』(2009)는 자전적인 소설이다.[110] 그렇기에 킴

---

109) 그 소리는 강 선생님 말씀과도 닮은 것으로 이야기된다.

110) 『루』의 번역가인 윤진은 이 작품의 자전적 성격과 관련해, "킴 투이의 첫 소설 『루』는 등장인물들의 이름이 바뀌기는 했지만 전체적으로 사이공 - 말레이시아 - 퀘백으로 이어지는 30년 동안 저자가 겪은 체험을 바탕으로 한다."(윤진, 「루ru, 흘러

투이의 생애를 아는 것은 이 작품을 이해하는데 매우 중요하다. 그녀는 베트남 전쟁에서 매우 중요한 의미를 지니는 구정 대공세가 있었던 1968년에 사이공에서 태어났으며, 열 살 때 가족과 함께 '보트피플'111)로 베트남을 떠나 말레이시아 난민 수용소를 거쳐 퀘백에 정착했다.112) 킴 투이는 대학

내린 '눈물과 피'에 바치는 '자장가'」, 『루』, 문학과지성사, 2019, 197면)고 설명한다. 이러한 자전적 성격은 킴 투이의 두 번째 작품인 『만』에서부터 상당히 약화된다. 윤진은 "인물들의 이름만 바뀌었을 뿐 작가의 '이주' 이야기를 거의 그대로 담아낸 『루』의 주인공과 달리 『만』의 주인공은 적어도 외적인 조건은 저자와 많이 다르다."(윤진, 「인내와 충만함 사이, 몸에 새겨지는 사랑」, 『만』, 문학과지성사, 2019, 210-211면)고 설명한다. 『루ru』는 2009년에 출간되어, 2010년에 파리도서전의 에르테엘-리르 대상(Grand Prix RTL-*Lire*)과 캐나다 총독상(Prix du Gouverneur-général)을 받았고, 2012년에 나온 영역본은 캐나다 길러상(Giller Prize) 후보작이기도 했다. 프랑스에서만 약 8만 부 팔릴 정도로 대중의 사랑도 받은 작품이다. (기영인, 「『루Ru』, 킴 투이의 '행복한' 망명」, 『불어문화권연구』 28호, 2018, 32-33면)

111) 1975년 남베트남 패망과 함께 수많은 난민이 외국으로 이주했다. 이중 1975년에 펼쳐진 난민정책 프로그램을 통해 모두 129,792명이 미국에 정착했다. 괌에 설치된 수용소가 폐쇄되고, 대규모 '전쟁 난민'이 미국으로 이주해 정착한 이후에도 베트남을 탈출하는 난민들은 끊이질 않았다. 전후 급격히 추진되던 사회주의 정책들에 대한 불만과 공포가 확산하던 상황에서 베트남의 캄보디아 침공이 일어났고, 뒤이은 중국의 베트남 침공으로 또다시 전쟁의 화마가 엄습하면서 1978년과 1979년 사이 대규모 난민이 발생했다. 오늘날 '전쟁 난민'을 지칭하는 '보트피플(Boat People)'이라는 표현은 이 시기에 소형어선을 타고 바다로 나온 난민들을 일컫는다. 1975년에 베트남을 떠난 난민들의 상당수는 항공기나 군함 혹은 대형 상선을 이용해 베트남을 탈출했고 해상에서 미군의 직접적인 난민구호 작전의 지원을 받을 수 있었다. 반면, 이 시기의 '보트피플'은 스스로의 운명을 바다 건너편에 기약 없이 내맡긴 탈출자들이었다. (심주형, 「탈냉전(Post-Cold War) 시대 '전쟁 난민' 재미(在美) 베트남인들의 문화정치: 비엣 타인 응우옌의 저작들을 중심으로」, 『동방학지』 190집, 2020.3, 173면) 베트남전쟁 이후 베트남 난민이 대거 발생한 경우가 모두 세 차례 있었다. 첫 번째는 1975년에 사이공이 함락되지마자 베트남을 떠난 사람들이었고, 두 번째는 1978-1979년 베트남과 중국이 전쟁을 할 때 떠난 사람들이었다. 이 두 차례의 난민 중 70%가 화교였으며, 이들 대부분은 나중에 서구에 정착했다. 세 번째는 1988-1989년에 떠난 사람들로, 이들은 주로 베트남족 사람들이었다. (Amy Chua, 『정치적 부족주의-집단 본능은 어떻게 국가의 운명을 좌우하는가』, 김승진 옮김, 부키, 2020, 75-76면)

112) 1978년 2차 난민이 대규모로 발생하자, 말레이시아, 홍콩, 인도네시아, 필리핀, 태국 등 자유 진영에 속한 국가에 대규모 난민이 도착하였다. 1979년 6월에만 5만 4천 명의 난민이 동남아시아국가에 도착하였다고 한다. (조동준, 「월남전쟁과 월

에서 번역학과 법학을 전공한 뒤 변호사로 일하면서 베트남에 다시 가서 몇 년간 머물기도 했다. 이후 변호사 일을 그만두고 퀘백에서 레스토랑을 운영하면서 베트남 음식을 소개하는 요리 연구가로 활동했다. 또한 작품에서처럼 둘째 아들이 자폐아이기도 하다.[113] 『루』의 주인공 응우옌 안 띤이 겪은 일도 기본적으로 이러한 작가의 실제 이력에 부합한다. 그렇다고 이 작품의 모든 것이 사실이라고 볼 필요는 없다. 거기에는 모든 소설에 따르기 마련인 허구적 변형도 일정 부분 나타나기 때문이다. 그렇기에 "『루』는 저자가 직접 겪은 혹은 전해 들은 모든 일을 그녀의 기억과 상상력을 통해 엮어 짠 한 편의 이야기"[114]로 보는 것이 타당하다.

남인의 미국 이주」, 『통일 연구자의 눈에 비친 사회주의 베트남의 역사와 정치』, 서울대출판문화원, 2019, 136-138면)

113) 킴 투이의 이력은 윤진의 글(윤진, 「루ru, 흘러내린 '눈물과 피'에 바치는 '자장가'」, 『루』, 문학과지성사, 2019, 197-199면)을 참고하였다. '보트 피플'이라는 단어에는 조국을 떠난 베트남들에 대한 상징적 폭력이 존재한다. 비엣 타인 응우옌은 『동조자』에서 "너무나 독특해서 서양 대중 매체에서는 그것에 '보트 피플'이라는 새로운 이름, 즉 새롭게 발견된 아마존강의 부족 혹은 이미 사라져 남은 흔적이라고는 그들의 배뿐인 수수께끼 같은 선사시대 주민들을 가리키는 말이라는 생각이 들지도 모를 별칭까지 붙여 주었습니다."(Viet Thanh Nguyen, 『동조자 1』, 김희용 옮김, 민음사, 2018, 248면)라고 풍자한다. 나중에 『동조자』의 주인공 '나'와 본이 '보트 피플'이 되어 베트남을 탈출하게 되었을 때도, 이 단어가 지닌 문제에 대한 이야기가 다시 한번 등장한다. "우리도 이 '보트 피플'로 간주될 것이기 때문에, 그들의 이름은 우리를 불안하게 만든다. 그 이름은 인류학적인 우월감의 기미가 있어서, 인간이라는 종족 중 어떤 잊혔던 부류, 바다 안개에서 머리에 해초를 뒤집어쓴 채 모습을 드러내는 어떤 잃어버린 종류의 양서류를 환기시킨다."(Viet Thanh Nguyen, 『동조자 2』, 김희용 옮김, 민음사, 2018, 302-303면)고 비판한 후에, "하지만 우리는 원시인이 아니며 동정 받을 대상도 아니다."(위의 책, 302면)라고 단호하게 말한다. 응우옌이 『동조자』에서 비판하는 '보트 피플'에 씌어진 왜곡된 표상은 박영한의 『인간의 새벽』에도 등장한다. 작품의 마지막에 키엠과 빅 뚜이는 '보트 피플'이 되어 베트남을 탈출하는데, 그들이 탄 배에는 극한의 배고픔과 목마름만이 존재한다. 심지어 동료가 죽어도 그 시체를 그냥 썩도록 놔두는데, 이유는 그 썩은 시신을 먹으러 온 갈매기를 잡아먹기 위해서이다.

114) 윤진, 앞의 논문, 198면.

캐나다 속의 프랑스로 불리는 퀘백.
프랑스어가 공용어로 쓰이며 주민의 상당수가 프랑스계이다.

『루』는 '나'의 회상과 생각에 따라 떠오르는 여러 가지 일들이 백여 개의 단장 형식으로 펼쳐진다.[115] 사이공의 상류층 집안에서 자란 어린 시절과 북베트남군의 사이공 함락과 공산당의 집권, 뒤이은 탈출과 말레이시아의 난민촌 생활, 캐나다로의 이주와 정착, 사업상 방문한 베트남 생활 등이 기억을 통해 자유롭게 연결되어 있다.

베트남전 소설과 관련하여 『루』가 갖는 의미는 베트남의 베트남전 소설

---

115) 기영인은 『루』가 "사건들의 연대기적인 순서가 아니라, 각기 독자적인 사연을 다룬 대목에서 어떤 시각적 이미지, 한 단어나 표현, 문구가 계기가 되어 그 다음 대목으로 이어진다"면서, 이러한 서술방식이 "시간과 공간을 넘나들며 밀려 왔다가 쓸려 가는 개인의 회상이 가진 연상 작용의 흐름을 보여주고, 같은 구문의 반복과 나열이 자주 나타나는 문체는 시의 운율 같은 효과"(기영인, 앞의 논문, 45면)를 준다고 설명한다.

은 물론이고, 한국이나 미국의 베트남전 소설에도 등장하지 않던 남베트남 상류층의 일원으로서 맞이한 베트남전과 베트남전 이후의 상황이 드러나 있다는 점이다.[116] 그리하여 이 작품에서는 영광과 승리로만 채색되는 북베트남의 승리와는 다른 측면의 베트남전과 그 이후의 상황이 펼쳐진다. 여기서 주의할 것은 체험자아와 서술자아의 관계를 섬세하게 고려할 필요가 있다는 점이다. 『루』의 체험자아는 베트남전과 그 종전 이후를 겪은 어린 소녀이지만, 서술자아는 그로부터 30여 년이 지난 후의 40대 성인이다. 따라서 『루』에서 서사화 되는 베트남전과 그 이후의 상황은 베트남계 캐나다인의 시각으로 그려진 것이라고 보아야 타당하다. 서술자아가 지니는 이러한 혼종적 정체성은 『루』에도 분명하게 드러난다.

『루』의 주인공 '나', 응우옌 안 띤은 베트남과 캐나다 어디에도 속하지 않은 자인 동시에 베트남과 캐나다 모두에 속한 경계적 존재이다. '나'는 퀘벡에서 30년을 살았지만, 사장이 보여준 신문기사, 즉 "퀘백은 코카서스족의 나라라고 강조하는 기사"[117]에 따르면, "옆으로 찢어진 눈을 가졌기에 무조건 예외적 부류"(116)에 속한다. 반대로 베트남에서도 '나'는 '예외적 부류'이다. 다낭의 인력거꾼은 "'백인 남편'을 에스코트해주는 대가로 얼마를 받느냐"(116)고 물으며, 하노이의 시장에서 두부를 팔던 여자는 '나'를 "일본 여자"(116)라고 생각한다. 이런 상황에서 '나'는 "누구에게도 속하지 않고

---

116) 지금까지 킴 투이의 작품은 난민 체험이나 이주의 맥락에서 다루어졌다. 기영인은 『루』가 "포괄적으로는 퀘벡의 '이주 글쓰기écriture migrante' 속에 자리잡고 있다."(기영인, 앞의 논문, 33면)면서, '이주 글쓰기'는 "망명, 이주, 이방인, 불안정한 정체성, 소수자라는 상황, 굴곡진 기억 같은 주제를 다루는 경우가 많으며, 대부분이 이주민의 글이면서 이주의 경험을 다루거나 그 경험을 근저에 두는 글들"(위의 논문, 34면)이라고 설명한다. 실제로 킴 투이의 부모는 "프랑스 식민지였던 베트남의 상류층으로 프랑스어에 익숙"(윤진, 앞의 논문, 199면)했다고 한다.
117) Kim Thuy, 『루』, 윤진 옮김, 문학과지성사, 2019, 116면. 앞으로 이 작품을 인용할 경우, 면수만 기록하기로 한다.

모두를 사랑하기로 했다."(116)고 고백한다. 이처럼 그녀는 어디에도 속하지는 않지만, 모두를 사랑하기로 결심한다. 그렇기에 『루』는 엄밀하게 말해서 남베트남 상류층의 일원으로서 30여 년 전의 '나'가 경험한 베트남전을 국민국가의 경계에 선 현재의 '나'가 서술하는 이야기라고 정리할 수 있다. 이 경계에 선 시각이 다른 베트남전 소설에서는 발견할 수 없는 많은 모습을 보여주는 것이다.

『루』는 베트남전을 겪고 그 이후 베트남을 탈출하여 말레이시아의 수용소를 거쳐 퀘백에 정착하기까지의 이야기, 나아가 30년 후에 다시 베트남 땅을 밟은 이야기까지를 다룬다. 그러나 킴 투이의 이후 작품들과 비교한다면, 서사의 초점은 베트남전에 맞춰져 있다고 보아도 무리가 없다. 윤진은 "『루』가 격동기의 역사를, 특히 남북으로 갈라져 있던 두 베트남의 전쟁 이야기를 담아냈다면, 『만』의 경우 전쟁은 좀더 흐릿한 배경으로 주인공의 삶 뒤에 펼쳐진다."118)고 설명한다. 『루』에는 북베트남과 민족해방전선의 승리로 그동안 쌓아온 재산을 모두 잃고 교화소에서 사상 재교육을 받고, 결국에는 고국을 탈출하다가 죽거나 성공한 이들의 삶이 펼쳐지는 것이다.

남베트남 상류층의 일원으로서 30여 년 전의 '나'가 경험한 베트남전을 국민국가의 경계에 선 현재의 '나'가 서술하는 특이성으로 인해서, 이 작품에서는 여타의 베트남전 소설에서 들을 수 없었던 이야기들이 등장한다. 첫 번째로 베트남(전)에서 중국인 화교(華僑)·화인(華人)들119)이 처했던 독특한 위치에 대한 이야기를 들을 수 있다. '나'의 가족은 "경찰의 암묵적인

118) 윤진, 「인내와 충만함 사이, 몸에 새겨지는 사랑」, 『만』, 문학과지성사, 2019, 212면.
119) 중국정부가 제시한 법률적 규정에서 화교는 "해외에 정착해 살면서도 중국국적을 가지고 있는 중국교민"을 가리킨다. 한편 화인은 "중국혈통을 가진 모든 자에 대한 범칭"으로서, 해외거주 중국인 문제에서 거론되는 화인이란 "중국국적을 가진 화교와 비교되는 '외적화인(外籍華人)'"을 가리킨다. (김현재, 「베트남 華人 사회의 형성 과정, 그 역할과 특징에 대한 고찰」, 『코기토』, 2010, 197면)

동의를 얻어 베트남을 떠나기 위해"(70) 중국인이 되기로 결정한다. '나'의 가족은 중국인이었던 외증조부의 "유전자를 내세우기로 한 것"(70)이다. 중국인이 되기로 결심한 이유는 다음과 같이 진술되는데, 이것은 역사적 사실에 부합한다.

> 베트남 경찰은 중국 출신 베트남인들이 탄 배가 '몰래' 떠나는 것을 묵인하라는 명령을 받았다. 베트남의 중국인들은 자본가였다. 인종적 배경이나 사용하는 말의 억양이 다른 그들은 공산주의의 적이었다. 그래서 감독관들에게는 중국인들의 재산을 수색할 권리가 주어졌고, 마지막 하나까지, 치욕적일 정도까지 모든 것을 빼앗을 수 있었다. (70)

중국인 화교와 화인의 재산을 강탈한 정부에서는 그들을 '탈출'이라는 형식으로 '추방'했던 것이다. 이것은 베트남전이 끝난 후에 일어난 실제 상황에 바탕한 것이라고 할 수 있다. 1978년 말에는 25만 명이 넘는 화교가 베트남에서 쫓겨났으며, 3-4만 명가량이 바다에서 사망한 것으로 추정된다. 그런데 1978년에 탈출한 베트남 난민 중에 무려 85%가 화교였다고 한다.[120]

베트남전이 끝났을 때, 통일베트남정부는 남부의 자본주의 시장경제체제를 사회주의 계획경제체제로 바꾸는 개혁에 착수하였다. 이를 위해 남부의 소위 반사회주의적 매판 자본가들에 대한 숙청을 최우선 과제로 삼았는데, 이러한 상황에서 남부 화교·화인 사회는 남부의 최대 매판자본가 세력으로 규정되었다.[121] 이러한 상황에서 남베트남의 화교·화인들은 정치적 계산과 생존을 위한 필요에 바탕하여 화교로서의 정체성을 내세웠고,[122] 이것은 베트남 정부로 하여금 화교·화인 세력을 매판자본가 세력

---

120) 에이미 추아, 앞의 책, 75면.
121) 김현재, 앞의 논문, 213면.

으로서 뿐만 아니라 친중국세력으로까지 확신하는 계기가 되었다. 화교·화인 세력에 대한 이러한 인식은 그들에게 매우 위험한 것이었다. 베트남인에게 중국은 "단순한 적이 아니라 생존 자체에 대한 영속적인 위험 요인"[123]이었으며, 중국의 지배에 맞선 오랜 투쟁은 "베트남 사람들의 혈통감수성과 민족주의의 핵심 요인"[124]이었기 때문이다.

이러한 상황에서 베트남정부는 화교·화인 세력에게 온갖 탄압을 가했고, 이로 인해 1975년에서 1980년까지 67만 5천여 명의 화교·화인이 베트남을 탈출하여 난민이 되었다고 한다.[125] 비엣 타인 응우옌의 『동조자』에서도 주인공인 '나'와 본이 베트남을 소위 '보트피플'이 되어 떠나게 되었을 때, 그 보트에 탄 사람들 중에서 "많은 사람이 화교라는 이유로 박해를 받은 중국인들일 것"(2,301)이라는 말이 나온다.

비엣 타인 응우옌의 『동조자』에서는 베트남인이 화교·화인들에 대해 갖는 불편한 감정이 직접적으로 드러난다.[126] 미국에서 장군은 소령을 간

---

122) 베트남전이 끝났을 때, 남베트남의 수도 사이공의 쩌런에는 중화인민공화국의 '오성홍기'가 내걸렸다고 한다. 남베트남 화교·화인 상당수가 이미 탈출해 제3국으로 이주했지만, 남아 있던 화교·화인들은 북베트남의 '금성홍기' 혹은 남부베트남공화국의 '금성반홍반청기'로 '해방군'을 맞이하기보다는 스스로를 방어하는 상징으로서 중국 국기를 내걸고 화교 정체성을 드러냈던 것이다. (심주형, 「경합과 통합의 정치: 베트남 분단체제의 형성과 화교·화인경관」, 『중앙사론』 54집, 2021. 12, 558면)

123) 에이미 추아, 앞의 책, 59면.

124) 위의 책, 61면.

125) 김현재, 앞의 논문, 214면. 이 당시 베트남 정부가 화교·화인들에 대해서 취업 및 취학권리 박탈, 공무원직 해임, 군적(軍籍) 취소, 중세(重稅) 부과, 식량징발, 호적말소, 재산 압류, 남부 내 모든 중국어 신문사와 화인 학교 폐쇄, 사기업의 집단공유로의 전환 발표, 모든 상업 활동 중단, 화폐개혁의 단행을 통한 자산 몰수, 신경제지구로의 강제 이주 등의 조치를 취했다. (위의 논문, 214면)

126) 에이미 추아는 '시장 지배적 소수 민족'이라는 개념을 통하여 베트남인들과 화인들의 갈등을 설명한다. '시장 지배적 소수 민족'이란 용어는 시장경제의 여건에서 소수 민족이 가난한 '토착' 다수 민족을 경제적으로 (종종 압도적인 정도로) 지배하는 경향을 갖는 경우에 사용된다. 시장 지배적 소수 민족은 개발도상국에서 흔

첩으로 지목하는데, 그 첫 번째 이유로 내세우는 것이 다름 아닌, 그 소령이 "화교(華僑)"(1,146)라는 사실이다. 이것은 화인들이 베트남 내에서 차지한 특수한 위치에서 비롯된 감정이라고 할 수 있다. 베트남 내 화교·화인의 역사는 기원전 111년(한(漢)나라 무제(武帝)에 의해 남비엣(Nam Viet)이 멸망하고 한나라의 영토로 편입된 시기)으로 거슬러 올라간다. 그때 이후 베트남의 화인 사회는 철저하게 경제 활동을 목적으로 형성 유지되었다. 이를 위해 화인 사회는 지배세력과 공생관계를 형성하며 토착사회를 경제적으로 지배하는 방법을 택했고, 나아가 식민지 세력과도 공생관계를 형성하여 토착사회를 경제적으로 지배하였다. 이로 인해 베트남인 토착사회는 수천년에 걸쳐 반(反)화인감정을 가지게 되었으며, 화인사회와 토착사회의 불화는 지배세력에 의해 조장되기도 하였다.127)

베트남에서 화인·화교의 대표적인 공간이 바로 사이공의 쩌런(Chợ Lớn)이다. 1698년 응웬씨 세력은 새롭게 편입된 베트남 남부지역에 대한 행정적 통치의 필요성에 따라 행정기구로서 지아 딘(Gia Dinh)부(府)를 오늘날 호치민시의 쩌런 지역에 설치했는데, 그때부터 쩌런 지역은 베트남 내 최대 화인사회이자 최대 경제거점으로 성장하였다. 이후에도 쩌런은 베트남

히 볼 수 있으며, 이들은 다수 민족으로부터 막대한 증오를 산다. 시장 지배적 소수 민족은 정치적 부족주의를 촉발하는 가장 강력한 촉매 중 하나이며, 불가피하게 강력한 증오를 발생시키고, 이는 소수 집단의 자산을 징발, 약탈하는 폭동과 폭력으로 번지며, 인종 청소로까지 이어지기도 한다는 것이다. 에이미 추아는 베트남에서 화교·화인들이 바로 수세기 동안 '시장 지배적 소수 민족'이었다고 설명한다. (에이미 추아, 앞의 책, 64-67면)

127) 김현재, 앞의 논문, 219-228면. 특히 17세기부터 본격적으로 개발되기 시작한 남부 베트남에서 중국인은 대외교역의 주체로 성장했다. 이는 18세기 말까지 지속되었으며 마지막 왕조의 수립에 큰 기여를 한 중국인들은 19세기 초 남부 베트남에서 그들의 영향력을 더욱 확산할 수 있었다. 이 때문에 1820년대까지 사이공을 방문한 외국인들에게 이 지역의 대외 교역은 전적으로 화교에 의해 수행되는 것처럼 보일 정도였다고 한다. (최병욱, 『베트남 근대사의 전개와 메콩 델타』, 산인, 2020, 100면)

내 최대 화인사회로서의 위치가 확고했으며, 1952년에는 사이공 쩌런 전체 인구의 34%를 화인 인구가 차지했다.[128]

이러한 쩌런에 대한 묘사는 『인간의 새벽』에 실감나게 드러난다. 쩌런은 부패하고 타락한 사이공의 성격이 응축된, '사이공의 사이공'으로 그려진다. 『인간의 새벽』에서 키엠이 중국인 무기상을 살해하기 위해 쩌런에 잠입했을 때, 그 곳은 타락과 부패의 극단적인 모습이 펼쳐진다. 쩌런에 있는 나이트 클럽 파라다이스는 "구역질을 불러일으키는 매캐한 마약 냄새, 손뼉 소리, 남녀의 음탕한 짓거리, 화장실 냄새"(72)가 가득하다. 『인간의 새벽』에서는 이 곳에서 펼쳐지는 누드 쇼까지 자세하게 묘사된다.

킴 투이의 『루』에는 베트남전 당시 참전했던 미군이 남긴 혼혈아들이 미국에서 겪는 고통에 대한 이야기도 등장한다. 그 아이들은 베트남에서 "어머니의 직업 때문에 또 아버지의 직업 때문에"(119) 배척당했고, 대부분 고아가 되어 거리를 떠돌았다. 미군이 떠난 30년 뒤, 미국은 "전쟁의 감춰진 얼굴"(119)인 그 아이들을 거두려 했고, 미국은 그 아이들에게 "더럽혀진 신분을 지우고 새로운 신분"(119)을 만들어 주었다. 그 아이들 중의 일부는 주어진 풍족함에 적응하지 못하고 거리를 헤맨다. '나'는 뉴욕 경찰을 통역하면서, 바로 미국에 와서 '새로운 신분'을 얻었지만 브롱스 거리를 배회하던 한 혼혈 여성을 만난다. 그런데 주목할 것은 그녀가 자기는 "베트남 사람"(119)이라고, "수없이 겪은 상처에도 불구하고, 자기는 베트남 사람이라고, 무조건 베트남 사람"(119)이라고 끊임없이 주장한다는 점이다. 그녀는 베트남으로 돌아가고 싶다고 말하지만, 뉴욕 경찰이 할 수 있는 것은 "그녀를 브롱스의 정글에 다시 풀어주는 것뿐"(120)이다. 결코 미국은 '전쟁의 감춰진 얼굴'에 책임을 지지 않는 것이다.

128) 쩌런은 베트남어로 '시장'이라는 뜻의 '쩌(Chợ)'와 '크다'는 뜻의 '런(Lớn)'의 합성어로서 '큰 시장'이라는 의미를 지니고 있다. (김현재, 앞의 논문, 205-209면)

2) 남베트남 상류층이 경험한 베트남전과 그 이후

『루』에서 '나'의 어머니는 지방장관이던 할아버지의 맏딸이었다. 파리에서 공부를 한 삼촌은 의회의원이자 야당 대표였으며, 마들렌을 먹으며 프루스트 이야기를 하고는 했다. '내'가 살던 집은 "파리 국립고등교량도로학교 출신의 프랑스 토목기사가 지은 집"(98)으로, 작은 할아버지가 프랑스 유학을 보내준 형에게 감사의 표시로 마련해준 것이다. 전쟁이 끝나기 전까지 어머니가 한 일이라고는 "집 안에서 프랑스 요리사와 베트남 요리사 사이의 다툼 중재가 전부"(29)일 정도이다. "그런 기막힌 삶을 살던 어머니"는 "무슨 꿈이든 꿀 수 있었고, 특히 우리를 위해서는 그 어떤 꿈도 불가능하지 않았"(29)다. 그러나 전황이 불리하게 돌아가자, 어머니는 자식들에게 "하인들처럼 무릎 꿇는 법을 가르"(29)친다. 그것은 "다가올 몰락을 준비시키려고 한 것"(30)이며, 어머니의 예상대로 "머지않아 우리가 디디고 섰던 마룻바닥이 무너져 내"(30)린다.

사이공의 풍족함을 맘껏 누리던 환경으로 인해, '나'는 "베트남이 전쟁 중일 때는 평화롭게 살았고, 사람들이 무기를 내려놓은 뒤에 오히려 전쟁을 치렀다."(28)고 생각하는, 즉 다른 베트남전 소설에서는 찾아보기 어려운 기억을 갖게 된다. 『루』에서는 북베트남에 의한 베트남의 통일이 공포와 두려움인 사람들에 의해 베트남전이 그려지는 것이다. '내'가 살던 대저택은 청년 감독관들에 의해 반이 점거되었다가, 이후에는 "소방수로 재교육받은 공산당 병사들의 숙소로 사용"(98)되고, 나중에는 그 병사들이 가정을 이루어 그대로 살게 된다. 그 집의 진짜 주인이었던 할아버지와 할머니는 제일 좁은 방에서 삶의 마지막 몇 달을 갇혀 지내다 죽는다. 병사였다가 소방수가 되어 할아버지 집에 살던 그들은 "저녁이면 술에 취해 미친 듯이 날뛰었고, 할아버지가 아무 말도 하지 못하도록 창문 커튼에 총을 쏘아댔다.”(99)고 묘사된다. 또한 “전쟁 직후 지극히 혼란스럽던 그 시기에는 굶주림이 이성을 누르고 불확실성이 도덕을 대신하는 일이 다반사였다. 그 반대는 아주 드물었다.”(128)고 이야기된다.[129]

전쟁이 끝나고 ‘나’의 집이 감독관들에게 점령당했을 때, 짧은 순간이지만 감독관들과 ‘나’의 가족, 즉 ‘그들’과 ‘우리’의 적대적인 이분법이 무화되는 순간이 발생한다. 그것은 ‘나’의 아버지가 피아노 연주를 들려주어 “그들을 타락시켰”(54)을 때이다.

> 나는 피아노 아래 어두운 곳에 앉아서 그들의 얼굴을 보았다. 역사의 증오가 진을 치고 결연하게 새겨진 뺨 위로 눈물이 흘러내렸다. 그날 이후 우리는 더 이상 알 수 없었다. 그들이 적인지 희생자인지, 우리가 그들을 사랑하는지 증오하는지, 두려워하고 있는지 불쌍히 여기고 있는지 혼란스러웠다. 그들 역시 자신들이 우리를 미국인들 손에서 구해냈는지 반대로 우리가 그들을 베트남 정글에서 구해냈는지 알 수 없었다. (54)

그러나 적대적인 이분법이 사라지는 순간은 오래 지속되지 않는다. 이분법을 약화시키던 아버지의 음악은 곧 “옥상 위로 추방”(54)되고, “책이든 노래든 영화든, 힘찬 팔을 뻗어 낫과 망치를, 금성홍기를 흔드는 남녀의 상에 맞지 않는 것은 전부 태우라는 지시가 내려”(54)오고 마는 것이다.

공산당은 자신들의 대의를 절대시하며, 그 외의 것은 인정하지 않는다.

---

129) 이러한 시기에 예외적 인품을 드러내는 사람은 안 피이다. 그는 부모님이 알고 지내던 친구의 아들로서, 북베트남 병사들을 피해 바깥으로 던진 갈색 종이 봉지를 주워서 ‘나’의 부모에게 전달한다. 그 안에는 금박들과 다이아몬드가 들어 있었음에도, 더군다나 그 당시 안 피의 어머니는 쌀이 부족해서 보리, 수수, 옥수수를 섞어 간신히 아들 넷을 먹이던 시절이었음에도, 안 피는 자발적인 뜻으로 그런 일을 한 것이다. 안 피가 건네준 금 꾸러미로 ‘나’의 가족은 베트남을 탈출할 수 있었다.

전쟁이 끝나고 "베트남의 어린이들은 민족의 영도자 호찌민을 향한 감사의
표시"(127)로 나무를 심어야 했다. 또한 "포문砲門에서 태어난 평화는 필연
적으로 수백 수천의 용감한 전사, 영웅의 일화를 낳"(132)았으며, 북베트남
의 승리 이후 처음 몇 년 동안 역사책에는 그 영웅들의 이야기가 넘치도록
실린다. 나중에는 수학 책에까지 그 영웅들의 이야기가 넘쳐난다. '나'는
"공산주의 청소년의 상징"(134)이던 붉은 색 스카프를 자랑스럽게 목에 걸
고 다니지만, 아무리 노력해도 "당의 총애를 받는 아이들"(134)을 의미하는
"목깃 위로 뾰족하게 올라오는 자리에 '짜우 응오안 박 호Cháu ngoan Bác
Hồ'라는 노란색 문구가 수놓인 스카프"(134)만은 결코 맬 수가 없다. 그것
은 아무리 반에서 1등을 하고, 아무리 호치민을 기리는 나무를 제일 많이
심어도 "출신 성분 때문에 절대 오를 수 없는 자리"(134)였던 것이다. 또한
호치민 주석의 사진이 모든 공간에 적어도 한 장은 걸려야 했으며, 심지어
주석의 사진은 "성스러운, 감히 손댈 수 없는 것"(134)이었던 조상들의 사진
까지 밀어내고 그 자리를 차지하기도 한다.

베트남 주석궁에 있는 호치민 흉상

호치민 시청사 앞의 호치민 주석 동상

'나'와 같이 남베트남에서 호화로운 생활을 한 사람들에게 공산당 정권 아래서 사는 것은 불가능하다. 사이공의 저명한 외과 의사 빈 씨는 "정작 그의 병원에 발을 들여놓은 적 없는 공산당 동무들을 수술하다 죽였다는 죄목"(18)이었기에, "자신은 죽을 때까지 감옥에서 나올 수 없으리라 생각"(18)한다. 그렇기에 열두 살짜리 아들부터 다섯 살짜리 딸까지 자식 다섯을 다섯 차례에 걸쳐 바다로 내보낸다. 안 씨는 그랜비 산업단지의 장화 공장에서 바닥 청소를 하기 전에, 베트남에 있을 때 "판사이고 교수이고 미국 대학 출신이고 아버지이고 죄수"(123)였다. 그는 베트남전이 끝난 후에, "판사로서 공산당 동포들을 재판했다"(123)는 죄목으로 2년 동안 사상 교육을 받는다.130) 교화소에서 그는 거의 죽음 직전까지 갔다가 살아 돌아온다. 그러나 "다른 많은 이들"은 "컨테이너 안에서 질식해 죽고 말라 죽었"(124)

---

130) 교화소는 다음과 같이 묘사된다. "교화소는 정글로 둘러싸여 세상에서 고립된 곳이었다. 그곳에서 반동분자이자 민족의 배신자, 미국인들을 위해 일한 부역자였던 자신들의 행동을 반성하고 공개 자아비판을 해야 했다. 나무를 베고 옥수수를 심고 지뢰를 제거하면서 어떻게 속죄할지 생각해야 했다."(123)

다.131) 그렇기에 이들의 탈출은 필사적이다. 배를 타고 베트남을 탈출할 때, 한 남자는 모든 것을 자신의 "몸의 구멍 속"(68)에 감춘다. '나'는 "배에서 여자들이 생리대를 벗어 세로 3단으로 접은 달러들을 꺼내는 광경을 본 적"(68)도 있다.

응우옌 안 띤 가족을 포함한 이들을 그토록 필사적으로 만든 것은 공산주의(자)에 대한 두려움이다. '나'의 부모님은 "전쟁이 끝난 뒤의 수용소에서 오랫동안 공산주의 재교육을 받느라 눈빛을 잃"(27)어 버리기도 한다. 배를 타고 망망대해에 나온 뒤에도 "두려움에 짓눌린 우리는 두려움에 갇혀 굳어버렸다."(16)고 표현될 정도이다. 통일 이후 수용소에 대한 이야기는 베트남 작가의 작품에서는 발견하기 어려우며, 사실상 국외로 탈출해서 살고 있는 킴 투이의 소설에서만 발견할 수 있는 것이다.132) 심지어 1970년대 말에 첫 보트피플의 탈출이 이어진 이후로, 해적들로 인해 여자아이들은 더 이상 배에 오르지도 못한다.

수용소의 생활은 별다른 감정의 물기가 없이 건조하게 그려지지만, 그곳은 그야말로 최저한도의 생존만이 허락된 곳이다. "적십자가 보트피플을 수용하기 위해 베트남 인근 지역에 세운 수용소"(31)인 그 곳은 기본적으로

---

131) '나'의 아버지가 배달부로 일하던 코트데네주 거리에서 처음 만난 민 씨는 "소르본 대학교에서 프랑스 문학을 전공"(125)했으며, 교화소에서 책을 쓰고 또 쓰며 그 시간을 견딘다.

132) 베트남 전문가인 최병욱에 따르면, '마치 사회적 약속이라도 한 듯' 베트남 안에 살고 있는 이들은 재교육 수용소와 관련해 아무도 자신의 경험을 이야기하지 않는다고 한다. 베트남의 통일정부는 군인, 전직 관료 등 잠재적 적대 세력 100만 명 중 90%나 되는 사람들을 새 조국 건설에 동참시켰으나, 나머지 10만 명은 재교육 대상자로 처리했다. 수용소 안의 생활 모습은 증언자에 따라 다양하지만 공통적으로 보이는 내용은 노동과 학습이 계속된다는 것, 의료품 부족으로 질병에 속수무책이고, 일상적이지는 않지만 종종 구타까지도 포함하는 폭력이 행사된다는 것이다. 그러나 무엇보다 가장 큰 고통으로 기억되는 것은 굶주림이다. 재교육 대상자에 대한 가혹한 처사는 통일 베트남 정권을 두고두고 괴롭힌다고 한다. (최병욱, 『베트남 근현대사』, 산인, 2016, 173-175면)

200명을 위해 준비된 수용소이지만, 2000명의 난민이 함께 지내게 된다. 특히 그 열악함은 화장실에 대한 묘사를 통해 실감나게 드러난다. 말레이시아의 이글거리는 태양 아래서 몇 달 동안 우리는 지면에서 겨우 10센티미터 아래까지 넘칠락 말락 하게 분뇨가 찬 거대한 구덩이 위에서 볼일을 처리한다. 그 '화장실'은 다음과 같이 묘사된다.

> 균형을 잘 잡아야 했다. 혹시라도 내 똥이 떨어져서, 혹은 옆 칸의 똥 때문에 구덩이 속 분뇨가 튀어 오르더라도 절대 정신을 잃지 말아야 했다. 그런 순간에 나는 파리들의 노래를 들으며 현실에서 벗어났다. 한번은 한 발을 너무 빨리 옮기다가 신발 한 짝을 구덩이에 빠뜨렸다. 내 신발은 분뇨 속으로 침몰하지는 않았고 마치 표류하는 배처럼 그 위를 떠다녔다. (47)

> 비가 쏟아지는 날이면 수백 수천 마리의 구더기가 메시아의 부름을 받기라도 한 듯 한꺼번에 분뇨 구덩이에서 기어 나와 우리 오두막이 있는 언덕 비탈로 몰려왔다. 구더기들이 잠시도 지치지 않고 쓰러지지도 않으면서 쉼 없이 기어 올라왔다. 그렇게 똑같은 속도로 다가오는 구더기 떼가 기어코 우리 발밑에 이르면 붉은 진흙은 하얀색 카펫으로 변했다. (48)

또한 "1년 내내 지상의 낙원"(46)으로 표현되는 그랜비와의 대비를 통해 '내'가 이전에 겪었던 삶의 비참함은 더욱 두드러진다. 그랜비에 살 때, 그 지역의 식물학자는 곤충을 보여주고 싶어 갈대가 우거진 늪으로 '나'를 데려간다. 그 식물학자는 지난 몇 달간 '내'가 난민 수용소에서 파리들과 함께 살았다는 사실을 몰랐던 것이다. 수용소에서 파리들은 "굳이 날아다니지 않아도 늘 우리 눈앞에, 우리 삶 속에 있었"으며, "굳이 조용히 하지 않아도 늘 파리 소리를 들을 수 있었"(46)다.

'나'는 베트남에서의 탈출과 수용소 생활을 거치며, 완전히 '벌거벗은 자'가 되어 캐나다에 도착한다. 그것은 말레이시아의 난민 수용소에서 산 오렌지색 반소매 니트 셔츠와 베트남 여자들이 굵은 털실로 짠 스웨터를 입고서도, 캐나다의 공항에 착륙한 뒤 "발가벗겨진 기분"(22)을 느끼는 것에서 암시적으로 드러난다.

3) 젠더적 문제의식과 남는 문제들

숭고한 대의의 시대는, 사람들의 삶도 오직 대의의 단색으로만 칠해 버린다. "그림들은 모두 단색"이었고, "사람들도 마찬가지"(132)였던 것이다. 사람들은 모두 검은색 바지에 짙은 색 셔츠를 입어야 했고, 안 그랬다가는 카키색 제복을 입은 병사들에게 잡혀가 심문과 재교육을 받아야 했다.

주목할 것은 이러한 획일적 사고와 풍조가 여성들에게 집중되는 양상이다. 또한 파란 아이섀도를 칠한 여자애들은, "눈언저리가 멍든 거라고, 자본주의의 폭력에 당한 거라고"(133) 여겨졌기 때문에 어딘가로 잡혀간다. 베트남의 전통적인 여성 의상인 아오자이를 못 입게 하는 일도 일어나는데, 그것은 두 가지 이유 때문이다. 첫 번째 이유는 아오자이 옷자락 사이로 드러나는 삼각형의 살갗이 "사이공에 온 북베트남 병사들을 흔들어놓았"(163)다는 것이다. 다른 이유는 여성들의 아오자이 차림이 길모퉁이마다 세워진 커다란 광고판 속에 녹색 군모를 쓰고, 걷어 올린 소매 아래 군육질의 팔이 드러나는 여자들의 "영웅적 공적을 퇴색"(163)시킨다는 것이다. 아오자이 금지의 이유가 결코 바람직한 것은 아닐지 모르지만, '나'는 이러한 조치를 긍정적으로 생각한다. 그것은 아주 오래전부터 이어진 "아오자이의 위선적인 정숙과 가식적인 순결"(163)을 정지시키는 일이기도 하기 때문이다.

특히 다음의 이야기는 문제적이라고 할 수 있다. 베트남에서 머물던 어느 날 '나'는 한 남자를 따라가다가 판자들 틈으로 식당의 별실을 들여다보게 된다. 그곳에서는 짙은 화장을 한 소녀 여섯 명이 부러질 듯 가녀린 몸으로 하이힐을 신고 알몸의 살갗을 파르르 떨며 벽 앞에 한 줄로 서 있었다. 그 앞에 선 남자 여섯 명은 각기 돌돌 말아 반으로 접어 고무줄로 묶은 100달러짜리 지폐를 그 소녀들에게 던지고, 그들이 던진 돈은 소녀들의 파리한 살갗을 때린다. 이것은 물신화 된 돈에 의한 여성의 상품화가 직접적으로 현시된 장면이라고 할 수 있다. 그런데 문제적인 것은 '내'가 이 장면을 접하게 된 계기가 '그'라는 남자를 따라갔기 때문이며, '내'가 '그'를 따라간 이유는 '그'가 "옛날 사이공의 우리 집에 살았던 북베트남 병사 중 하나와 닮은, 똑같이 귓불이 갈라진 남자"(174)였기 때문이라는 점이다. 북베트남 병사와 '그'의 유사성, 그리고 '그'로부터 이어진 이 여성 모멸의 장면은 암시적이기는 하지만 북베트남 병사가 지닌 젠더의식의 부정성을 환기시킨다고도 할 수 있다. 그러고 보면 『루』에는 겨우 열 살이었던 '나'의 사촌들이 전후의 베트남에서 2천 동짜리 국수 한 그릇을 먹기 위해 남자들의 성기를 주물러준 얘기를 "자연스럽고 천진난만하게 이야기"(183)하는 장면이 나오기도 한다.

『루』는 다양한 베트남 여성들의 삶에 지대한 관심을 가지고 있다. 이 작품은 젠더적으로는 거의 여성들의 이야기라고 해도 과언이 아니다. 사상 재교육 때문에 교화소에 갇힌 남편을 뒷바라지하는 여인, 아이들을 위한다는 이유로 아이들을 버려야 했던 여인, 끝까지 베트남에 남아 생명의 꽃을 피운 여인, 자식 교육에 존재의 전부를 걸다시피 한 여인, 처형된 어린 아들을 본 여인 등이 등장하는 것이다.[133] '나'는 다음의 인용에서처럼, 이 여

---

133) 이와 관련해 윤진은 『루』가 "전쟁터에 나간 남편과 아들, 아버지와 오빠를 대신해서 땅과 집을 지켜내야 했던 베트남 여인들의 이야기"(윤진, 「루ru, 흘러내린 '눈물과 피'에 바치는 '자장가'」, 『루』, 문학과지성사, 2019, 201면)라고 주장한다.

인들이야말로 '베트남을 짊어지고 있었다.'며 엄청난 의미를 부여한다.

> 사람들은 자꾸 잊어버리지만, 남편들과 아이들이 등에 무기를 지고
> 다니는 동안 여인들이 베트남을 짊어지고 있었다. 우리가 자꾸 그 여인
> 들을 잊는 것은, 그녀들이 원뿔형 모자를 쓴 머리를 들어 하늘을 올려
> 다본 적이 없었기 때문이다. 그녀들은 묵묵히 해가 질 때까지 버텼고,
> 그런 뒤에는 정신을 잃다시피 잠에 빠졌다. 잠이 밀려오는 동안에도 어
> 디선가 산산조각이 나 있을 아들의 몸을, 혹은 난파선처럼 강 위를 떠
> 다닐 남편의 몸을 떠올렸다. (63)

킴 투이가 베트남 여성들에게 보내는 공감과 존경의 마음은 매우 강렬하
다. '나'는 달러 앞에 맨몸을 맡기고 있던 그 소녀들에게도 "경의"(175)를 느
낀다. "동경의 대상이 되는 몸과 젊음 뒤로 그 여자들은, 등이 굽은 늙은 여
자들과 똑같이, 베트남의 역사가 남긴 보이지 않는 무게를 짊어지고 있었
다."(175)고 의미가 부여되는 것이다. 베트남 여성들에 대한 지대한 관심은
'내'가 "나의 삶은 어머니의 삶을 이어갈 의무를 지녔다."(11)고 느끼는 책임
감에서 비롯된다고도 할 수 있다.134) '나'는 기본적으로 베트남인도 캐나다
인도 아니지만, 동시에 베트남인이자 캐나다인이고자 한다. 젠더적인 측면
에서도 '나'는 캐나다인이자 베트남인이고자 한다. 그것은 파리한 살갗으로
달러 뭉치를 받아내던 베트남 여성들을 만난 후에, 이어지는 다음과 같은
대목에서 확인할 수 있다.

> 몬트리올에서 혹은 다른 곳에서, 스스로 원해서 일부러 자기 몸에 상
> 처를 내는, 자신의 살갗에 영원히 지워지지 않는 흉터가 그려지기를 바

---

134) 어머니의 이름은 '나'의 이름과 철자 부호만 하나 다른 응우옌 안 띤이다. "어머
 니 이름의 'i'자 밑에 더해진 점 하나만이 내가 어머니와 다른 사람이고, 어머니
 와 구별되고 어머니와 분리됨을 말해"(12)준다.

라는 여자들을 볼 때면 나도 모르게 조용히 기원하게 된다. 저들이 자
신들과 똑같이 지워지지 않는, 하지만 너무 깊이 있어서 육안으로는 볼
수 없는 흉터를 지닌 다른 여자들을 만나게 되기를. 마주 앉아 서로 비
교해보기를. 원해서 낸 흉터와 원하지 않으면서 당한 흉터, 일부러 돈을
써서 만든 흉터와 돈을 버느라 얻은 흉터, 눈에 보이는 흉터와 짐작하
기도 힘든 흉터, 살갗 표면의 흉터와 깊이를 가늠하기 힘든 흉터, 모양
을 그려놓은 흉터와 형태 없는 흉터를. (176)

　일종의 흉터론이라고 할 수 있는 이 단상에는 베트남 여성들이 온 몸에
새겨온 흉터의 깊은 울림이 녹아들어 있다. 그러나 작가는 '캐나다 여성/베
트남 여성'이라는 이분법을 내세우고, 이 중에 베트남 여성에게 일방적인
가치를 부여하는 것은 아니다. 오히려 "마주 앉아 서로 비교해보기를"이라
는 말에서 알 수 있듯이, 서로의 흉터를 바라보며 대화를 나누고 이를 통해
서로의 상호이해가 깊어지기를 바랄 뿐이다. 이러한 바람은 킴 투이가 기
본적으로 베트남인인 동시에 캐나다인이고자 하는 마음의 연속선상에 놓
여 있는 것이라고 할 수 있다.

　『루』는 기본적으로 "전쟁의 패자 편에 섰던"(123) 자들의 기억(기록)에 바
탕해 있기에, 베트남전의 결과와 관련한 억울함과 그 피해의 이야기들로
채워져 있다. 그러나 의도 여부와 무관하게 응우옌 안 띤이 겪은 고통의 필
연성을 뒷받침하는 이야기가 등장하기도 한다.

　공산주의자들이 사이공에 들어왔을 때, '나'의 가족은 그들에게 집의 절
반을 내준다. 1년 후 새로운 공산당 정부가 수립되자, "사전 통고도 없이,
명령서도 없이, 왜 그래야 하는지 설명도 없이"(49), '나'의 가족이 쓰던 절
반의 공간도 비우게 된다. 그 후 그 곳의 물건을 치우기 위해 젊은 감독관
들이 들이닥친다. 그 감독관들은 집 안을 수색하며 재산목록을 작성하겠다
며, 모두 거실에 모이라고 명령한다. 그들은 서랍장, 옷장, 화장대, 금고를

모두 확인하고 봉인한 후에 그 앞에 내용물의 이름을 써 붙인다. 그런데 브래지어를 넣어 두는 서랍장에만은 아무런 것도 써 붙이지 않는다. 이것을 보고 '나'는 청년 감독관이 부끄러워서 그러는 것이라고 생각하지만, 실상은 그 청년이 "브래지어의 용도를 몰랐"(50)기 때문이다. 그 청년 감독관이 머리를 쥐어짜서 생각해낸 브래지어의 용도는, 그의 어머니가 행인들에게 팔기 위해 커피를 만들 때 사용하던 "커피 필터"(51)이다. 이 장면은 '나'와 청년 감독관, '나'의 가족과 청년 가족의 상상을 초월하는 빈부의 차이를 드러냄으로써, 북베트남과 민족해방전선의 공산주의 이념이 지니는 역사적 정당성을 간접적으로 드러내는 효과를 발휘하기도 한다.

남부 베트남의 수상 가옥

"남부 베트남을 '털북숭이' 미군들의 손에서 해방시키기 위해 열두 살 때부터 정글을 걸었"으며, 그리해서 부모와 관련해 기억나는 것이라고는 "흑옥처럼 까맣게 물들인 어머니의 치아뿐"(52)인 그 청년이 브래지어가 어디에 쓰이는 물건인지 모르는 것은 너무나 당연한 일인 것이다. "정글에서는 남자나 여자나 소지품이 똑같았"으며, 특히 "그들의 소지품 목록 작성은 3초면 충분했지만, 우리 것은 1년이 걸렸다."(52)라는 대목은 '나'의 가족을 고통스럽게 한 북베트남과 민족해방전선의 혁명이 정당한 것이라는 인식을 갖도록 한다. 어느 날 그 어린 병사들은 배급받은 생선 한 마리를 '나'의 가족이 훔쳐갔다고 주장하는데, 그들이 "화장실 변기를 가리키면서 분명 오늘 아침까지 물고기가 저 안에 있었다"(53)고 말하는 장면 역시, 공산주의자들이 내세운 '해방'의 정당성을 간접적으로나마 인정하게 만들기도 한다.

『루』는 미국의 베트남전 소설, 그 중에서도 팀 오브라이언의 『카차토를 쫓아서』나 『그들이 가지고 다닌 것들』과 공유하는 특징도 있다. 그것은 일종의 판단 중지를 내세우고 있는 대목이다. 감각적인 체험과 기억에 머물 뿐, 그 이면의 역사적 맥락에 대한 탐구 등으로는 연결되지 않는 것이다. 특히 다음과 같은 미군들에 대한 묘사는, 참전군인들의 실존적 고뇌만을 다룬다는 점에서 『카차토를 쫓아서』나 『그들이 가지고 다닌 것들』과 매우 흡사하다. 여섯째 이모네 가족이 배에 오를 수 있었던 것은, 이모부의 아버지가 미군들에게 얼음을 팔아 큰돈을 벌었기 때문이다. 그리고는 다음과 같이 긴 분량으로 미군들이 얼음을 그토록 필요로 했던 이유를 설명한다.

　　미군들은 가로 1미터에 세로와 높이가 20센티미터인 얼음판을 침대 밑에 깔고 자기 위해서 마구 사들였다. 몇 주 동안 베트남의 정글에서 공포에 떨며 땀을 흘리고 난 몸을 식혀야 했던 것이다. 그들은 사람과 살을 비비면서 위안을 얻되 지기 몸과 시간당 돈을 주고 산 여자의 몸에서 뿜어 나오는 열기는 느끼지 않아야 했다. 버몬트나 몬태나의 공기처럼 시원한 공기를 느껴야 했다. 팔의 털을 만져보러 다가오는 베트남 어린아이의 손안에 수류탄이 숨겨져 있지는 않은지 잔뜩 긴장했던 불안에서 벗어나기 위해 시원해져야 했다. 몸이 잘려나간 채 비명을 지르던 동료들의 목소리 대신 거짓 사랑의 말을 귀에 속삭여주는 보드라운 입술에 매번 넘어가지 않기 위해 서늘해져야 했다. 자기 아이를 가진

여인들에게 절대 자기 이름을 성姓까지 다 가르쳐주지 않은 채 버려두
고 떠나기 위해서 차가워져야 했다. (118)

여기에는 미군들의 베트남전에서 수행했던 일에 대한 역사적 성찰은 전
혀 등장하지 않는다. 베트남전 당시 미군이 등장하는 유일한 대목으로서,
여기에서는 살아 있는 인간으로서 미군들이 느꼈던 생생한 삶의 감각만이
전면화된다.

3. 베트남계 미국인의 베트남전 이야기
   - 비엣 타인 응우옌의 『동조자』, 『아무것도 사라지지 않는다』

1) 혼종성의 전면화를 통한 인종주의 비판

비엣 타인 응우옌(Viet Thanh Nguyen)은 전쟁 중이던 1971년 베트남공화
국의 서부 고원 지역인 부온마투옷에서 출생하였다.[135] 그가 네 살이 되던
해인 1975년 종전 직전에 사이공을 가족과 함께 탈출하여, 필리핀의 미군
기지, 괌의 난민수용소를 거쳐 미국으로 이주하였으며, 재미 베트남인 비엣
타인 응우옌(Viet Thanh Nguyen)이 되었다. 이 과정에서 비엣 타인 응우옌의
부모는 양녀인 비엣 타인 응우옌의 누나를 베트남에 남겨 두고 왔다. '75년
세대'[136]인 베트남 난민들은 반드시 미국 본토에 후원자가 있어야만 난민

---

135) 1954년 제네바 협정에 따라, 300일 동안 북부와 남부 사이에 민간인의 자유로운
   이주가 보장되었으며 이 기간에 대략 80만에서 100만 명의 북부인들이 남부로
   이주하였다. 그중 3분의 2 이상이 천주교도인 것으로 추산되며, 천주교도로서 북
   부지역에 거주하던 비엣의 부모도 이 시기 남부지역으로 이주해 부온마투옷에 정
   착했다.
136) 1975년 베트남전의 종전을 계기로 미국으로 이주한 베트남 난민세대를 일반적으

수용소를 떠날 수 있었다. 결국 비엣과 비엣의 형, 그리고 비엣의 부모는 자신을 후원하는 가족을 각각 따라가게 되어, 비엣의 가족은 한동안 흩어져 생활하였다. 비엣의 가족은 1978년 흩어진 난민들이 정착하기 시작한 캘리포니아 산호세로 이주했다. 비엣의 부모는 게토(ghetto)화 되어가던 산호세 도심에서 두 번째로 베트남 식료품점을 열어 생계를 꾸려갔는데, 성탄절 전야에 가게에 들이닥친 무장 강도에게 총격을 당해 부상을 입기도 했다. 식료품점은 새로운 삶을 일구어 나가는 기반이자 모든 것이었지만, 실리콘 밸리가 성장하고 도심 정비사업이 추진되면서 사라지고 말았다.

산호세 인근에 위치한 스탠포드대학교

로 지칭하는 용어.

이후 비엣 타인 응우옌의 가족은 나름의 성공을 거둔다. 비엣 타인 응우옌의 형은 백악관 자문위원회를 이끄는 의사이며, 비엣 타인 응우옌 본인은 UC 버클리에서 영문학과 민족학 학위를 받고 현재는 USC에서 영문학과 미국에서의 소수민족학을 강의하는 교수이자 소설가이다.137)

이러한 작가의 이력에서 가장 눈에 띄는 것은, 그가 베트남에서 태어나 미국에서 성장한 베트남계 미국인이이라는 사실이다. 비엣 타인 응우옌은 이러한 자신의 존재조건을 분명하게 인식하고 있으며, 이러한 특이성으로 인해 『동조자』는 이전의 다른 베트남전 소설과는 다른 위상을 갖는다. 『동조자』는 아래의 인용에서도 밝힌 바와 같이, '베트남계 미국인의 관점'에서 베트남전을 바라보는 것이다.

　　이 소설을 내놓는 것을 마음속으로 그려보는 동안, 나는 베트남에서의 미국 전쟁의 역사를 베트남계 미국인의 관점에서 직면하게 하는 소설은 아직도 없다고 느꼈다. 번역본을 구할 수 있는 베트남 문학작품 대부분은 북부 베트남인이나 공산주의자인 베트남인이나 과거에 공산주의자였던 베트남인의 시각에 초점을 맞추고 있다. 베트남계 미국문학은 난민의 경험에, 즉 베트남인들이 미합중국에 도착한 직후부터 그들에게 무슨 일이 벌어지는지에 초점을 맞추는 경향이 있다.138)

---

137) 이상의 비엣 타인 응우옌의 약력은, 심주형의 글(심주형, 「탈냉전(Post-Cold War) 시대 '전쟁 난민' 재미(在美) 베트남인들의 문화정치: 비엣 타인 응우옌의 저작들을 중심으로」, 『동방학지』 190집, 2020.3, 169-176면)과 비엣 타인 응우옌의 글(「우리의 베트남 전쟁은 결코 끝나지 않았다」, 『동조자 2』, 김희용 옮김, 민음사, 2018, 307-312면)을 바탕으로 하였다.

138) 비엣 타인 응우옌·폴 트란 대담, 「아시아계 미국인의 소설에 나타난 분노」, 『동조자 2』, 김희용 옮김, 민음사, 2018, 315면. 원문은 다음과 같다. "When I was imagining the novel into being, I felt that there still wasn't a novel that directly confronts the history of the American war in Vietnam from the Vietnamese American point of view. Much of the Vietnamese literature that's available in translation focuses on the perspective of the Northern Vietnamese or Communist Vietnamese or formerly-Communist Vietnamese. Vietnamese

『동조자』에 대해서는 한국 학계에서도 비교적 활발하게 논의가 이루어
졌다. 박진임은 두 편의 논문을 통해서 이 작품의 핵심적인 특징을 밝히고
있다. 「미국문화와 베트남전쟁: 비엣 탄 응웬의 『동반자』에 나타난 혼종적
주체의 문제」에서는, 『동반자』의 가장 큰 장점이 "베트남전쟁을 다룬 기존
의 문학 텍스트와는 매우 다른 복합적 시각을 제시하는 텍스트라는 점"이
며, "이러한 복합성은 작가 응웬 자신이 지닌 문화적 혼종성에서 주로 연유
하는 것"139)이라고 말한다. 호미 바바의 이론을 가져와 예술가의 역할은
"혼종성과 틈새영역을 표현하는 것"이며, "『동반자』 또한 경계에 놓인, 두
영역의 중간에 위치하는 존재가 보여주는 혼종성을 잘 드러내는 텍스트"
140)라는 것이다. 「미국 베트남 전쟁 소설의 주체와 재현 문제: 비엣 탄 응

American literature tends to focus on the refugee experience, what happens
to the Vietnamese once they come to the United States."(Viet Thanh Nguyen,
"Anger in the Asian American Novel," Sympathizer, New York: Grove Press,
2015, pp.394-395.)

139) 박진임, 「미국문화와 베트남전쟁: 비엣 탄 응웬의 『동반자』에 나타난 혼종적 주
　　체의 문제」, 『현대영미소설』 26권 2호, 2019, 98면. 박진임은 주인공의 혼종성이
　　다양한 층위에서 발현된다고 본다. "주인공의 출생에서 볼 수 있는 인종적 혼종
　　성, 주인공이 베트남 전쟁 난민의 자격으로 미국으로 이주하게 되면서 획득하게
　　되는 베트남계 미국인이라는 혼종적 정체성, 그가 구현하는 동서 문화의 혼종성,
　　그리고 주인공이 공산 베트남 세력과 공존하는 간첩이라는 신분을 지니는 데서
　　오는 이념적 혼종성 등이 그 다양성을 구성한다."(박진임, 「미국 베트남 전쟁 소설의
　　주체와 재현 문제: 비엣 탄 응웬의 『동반자』 연구」, 『현대영미소설』 27권 3호, 2020,
　　35면)고 주장한다.

140) 박진임, 「미국문화와 베트남전쟁: 비엣 탄 응웬의 『동반자』에 나타난 혼종적 주
　　체의 문제」, 『현대영미소설』 26권 2호, 2019, 99면. 그런데 박진임은 동시에 『동
　　반자』가 '베트남인의 시각과 경험'을 드러내는 텍스트라는 입장을 시종일관 견지
　　한다. 2015년 출간된 비엣 탄 응웬의 『동반자』(The Sympathizer)는 "헤이슬립의
　　증언을 넘어서는 베트남인의 시각을 보여준다는 점에서 매우 중요한 텍스트"(위
　　의 논문, 93면)라고 의미를 부여하면서, "미국인의 시각에서 주로 전개되어 오던
　　전쟁 재현의 장에 베트남인의 목소리가 적극적으로 개입하고 간섭하게 된다."(위
　　의 논문, 94면)고 평가하는 것이다. 베트남전쟁의 문학적 재현에 나타난 한계로
　　"일방적인 미국인의 시각과 경험이 그 텍스트들의 대부분을 구성"하는 것에 비
　　해 "베트남인들의 경험과 그들의 시각을 보여주는 서사는 절대적으로 부족"(위의

웬의 『동반자』 연구」에서는 『동반자』가 "기존의 베트남 전쟁 서사에서 결락 되었던 다양한 요소들과 주제들을 포함하는 텍스트"141)라고 규정한 후에, 특히 할리우드가 전유한 베트남 전쟁 재현의 에피소드를 통하여 "『동반자』 텍스트에 구현된 하위 주체의 재현 문제"142)에 초점을 맞추고 있다. 심주형은 "『동조자』가 제시하는 베트남 전쟁에 관한 탈영웅주의적인 관점과 가해자와 피해자 혹은 승전자와 패전자라는 기존의 이분법적 서사구조의 균열 시도가 지닌 의미"143)를 살펴본 후, 이 작품이 "미국이 주도해 온 '베트남전 기억의 미국화'와 '피해자로서의 베트남'이라는 이중적인 기억서

논문, 91면)한 것을 들고 있다. 그러면서 "그 '빈 곳'과 '부재'를 메우는 첫 시도"(위의 논문, 92면)로 르 리 헤이슬립의 『하늘과 땅이 바뀌었을 때』(When Heaven and earth Changed Places)를 들고 있다. 그런데 르 리 헤이슬립이나 비엣 타인 응우옌은 모두 베트남계 미국인들로서 과연 이들의 작품이 베트남인의 시각과 경험을 대변한다고 말할 수 있을지는 의문이다.

심주형에 의하면, 통일 이후 베트남은 역사적 정통성과 정치적 정당성을 내세우며 재미 베트남인 문제에 대응해 왔다고 한다. "'75년 세대'와 같은 재미 베트남인들은, '민족의 배반자' 혹은 '미 제국주의의 꼭두각시'라고 불렸고, 그들의 역사와 존재는 부정당해왔다. 탈냉전 시대에 접어든 이후, 당-국가는 한편에서는 '선택적 수용'이라는 원칙을 견지하면서도, 다른 한편에서는 경제발전을 위한 '민족적' 연대와 화합 정책을 적극적으로 펼쳐왔다. 재미 베트남인들도 베트남과 관계에 있어 전쟁 패배로 인한 원한과 '반공주의' 이데올로기에 기인한 정치적 긴장을 유지하기도 하지만, 점차 새로운 경제적 기회의 대상으로 인식하거나, 자신들의 문화적 정체감을 재확인하는 모국으로 바라보며 다양한 활동을 펼쳐오고 있다."(심주형, 앞의 논문, 167면)는 것이다. 이처럼 베트남과 베트남계 미국인들은 상이한 존재방식과 이해관계를 가진 별개의 집단이라고 할 수 있다.

141) 박진임, 「미국 베트남 전쟁 소설의 주체와 재현 문제: 비엣 탄 응웬의 『동반자』 연구」, 『현대영미소설』 27권 3호, 2020, 34면. 이어서 『동반자』에서 다루어지는 주제를 크게 다섯 가지로 요약하고 있다. 첫째, 베트남 전쟁 말기의 베트남 현실, 둘째, 베트남 전쟁 난민들의 경험, 셋째, 베트남계 미국인이라는 소수 인종 미국인의 체험, 넷째, 소수 인종 미국인의 시각에서 본 미국 문화에 대한 비판과 풍자, 다섯째, 주인공의 이중적 정체성을 통해 개진되는 문화적 혼종성의 문제. (위의 논문, 34면)

142) 위의 논문, 36면.

143) 심주형, 앞의 논문, 168면.

사 구조에 문제를 제기"하며, "전쟁과 폭력을 거부하지 않는 그 어떤 '정당
성의 가치'도 '아무것도 아닌 것'일 수 있다는 역설을 보여주고 있다."144)
고 결론 내린다. 김민희는 "전쟁을 양가적 시각에서 분석하는 작가의 전략
과 그 과정에서 문제가 되는 주인공의 남성성 문제에 대한 논의"145)를 하
고 있다.

『동조자』의 '나'는 CIA 공작원 클로드146)의 후원으로 미국 유학을 하고,
남베트남군에 속한 정보요원으로 활동한다. 동시에 고등학교 시절 의형제
까지 맺었던 공산주의자 만의 영향력 아래서 스파이 활동을 벌이는 공산주
의자이기도 하다. 베트남전이 베트남민주공화국(월맹)과 베트콩의 승리로
끝나자, 베트남공화국(월남)의 장교이던 '나'는 상관인 장군과 그의 가족, 그
리고 몇몇 사람들과 함께 CIA 수송기를 타고 베트남을 탈출한다. 미국은
베트남전에서 패배하자, 미국에 협력한 베트남인을 탈출시킴으로써 강대국
으로서의 체면을 유지하려고 하였다. 이를 위해 미국은 20만 명의 친미 베
트남인 소개계획을 추진했고, 이 중 4만 6천 명을 소개하는데 성공하였
다.147) '나'와 장군은 남베트남 패망을 전후한 시기에 미국으로 소개된 4만
6천 명에 속하는 친미 베트남인들에 속한다고 할 수 있다. '나'와 장군은
괌의 수용소를 거친 후에 미국에 정착하며,148) 로스앤젤레스에서 '조국수

---

144) 위의 논문, 188면.
145) 김민희, 「비엣 탄 응웬의 『동조자』: 베트남 전쟁과 베트남계 남성 주체의 남성성 문제」,
  『새한영어영문학』 63권 4호, 2021, 3면.
146) 클로드는 베트남이 프랑스의 식민지였던 시절부터 베트남에서 암약하던 CIA 요원이
  었다.
147) 조동준, 「월남전쟁과 월남인의 미국 이주」, 『통일 연구자의 눈에 비친 사회주의
  베트남의 역사와 정치』, 서울대출판문화원, 2019, 116면.
148) 이것은 실제의 역사를 반영한 것이다. "미국은 1975년 4월 종전 시기에 대규모로
  발생한 베트남 '전쟁 난민'의 미국 본토 이주를 곧바로 받아들이지는 않았다. 모
  든 난민은 괌에 설치한 임시 수용소에서 신원확인, 건강 진단 등 이른바 '새로운
  삶 작전(Operation New Life)'에 참여해야 했고, 대체로 2주에서 최대 3개월까지

복활동'을 벌인다.149) '나'는 장군을 도우면서 동시에 모든 상황을 베트남 공산당에 보고한다.

이 작품은 주인공 '나'의 혼종성을 밝히는 것으로 시작된다. 첫 번째 문장은 "나는 스파이, 고정간청, CIA 비밀 요원, 두 얼굴의 남자입니다."150)이고, 이어서 '나'는 "두 마음의 남자"이자, "모든 문제를 양면의 관점에서 생각"(1권, 7)한다는 문장이 이어진다. 이 작품의 주인공 '나'의 이름은 한 번도 등장하지 않는다. 이러한 무명의 특성조차 그가 지닌 혼종적 정체성을 반영하는 것이라고 할 수 있다. 이 작품에서는 '잡종 새끼(bastard)'라는 말로 압축되는 주인공의 혼종성이 매우 강조된다. 이러한 혼종성은 두 가지 성격을 지니는 것으로 보인다. 첫 번째는 강대국의 식민지를 겪었던 베트남의 역사를 상징하는 것이고, 두 번째는 베트남에서 태어나 네 살 때 미국으로 이주하여 성장한 베트남계 미국인이라는 작가의 실제 삶이 반영된 결

곰의 수용소에 머물다가 미국 본토에 설치된 난민캠프로 이동해 정착을 준비하는 과정을 거쳐야 했다."(심주형, 앞의 논문, 172면)

149) 미국에서 '조국수복운동'을 벌이는 장군의 활동에는 비엣 타인 응우옌의 경험이 어느 정도 녹아 있는 것으로 보인다. 심주형은 이를 다음과 같이 정리했다. "비엣은 『난민』에서 가족이 식료품점을 운영하던 시기를 회상한다. '영어는 거의 안 들리고 베트남어만 떠들썩했던' 가게에 찾아온 호아 여사(Mrs. Hoa)는 베트남 공산주의자들을 몰아내고자 게릴라 활동을 준비 중인 남베트남군인 출신 난민조직에 기부를 강요했다. 호아 여사에 관한 이야기는 '전쟁 난민'으로서 재미 베트남인들의 삶이 처한 이중적 불안정성을 드러낸다. 비엣은 한 대중강연에서, 미국의 베트남인 공동체에서 시작된 최초의 베트남 쌀국수 체인인 '퍼 호아(Phở Hòa)'가 '반공' 게릴라 투쟁 자금을 조성하기 위해 활동한다는 소문이 파다했었다고 증언했다. 가까스로 생계를 이어나가는 '전쟁 난민'들을 동원해 또 다른 전쟁을 준비하고, '베트남사회주의공화국'을 전복하는 활동에 참여할 것을 강요하며, 이러한 활동의 당위성을 부정하거나 소극적인 이들을 '내부의 적' 혹은 '공산주의 동조자'로 매도해 공포를 조성하고 폭력을 행사하는 일들이 베트남 난민 공동체 내에서 공공연하게 벌어졌다는 것이다. 그리고, 미국 정부는 이를 방관하거나 암묵적으로 지원했다고 한다. (위의 논문, 175면)

150) 비엣 타인 응우옌, 『동조자 1』, 김희용 옮김, 민음사, 2018, 7면. 이 작품은 2권으로 번역되었으며, 앞으로 이 작품을 인용할 경우 권수와 면수만 기록하기로 한다.

과라고 할 수 있다.[151]

첫 번째와 관련해서는 '내'가 열 세 살이었던 어머니와 그녀가 하녀로 일하던 집의 프랑스인 신부 사이에서 태어났다는 사실에 주목할 필요가 있다. 이것은 작가도 밝힌 바와 같이, 베트남이 근대 초기에 경험한 역사적 트라우마의 명백한 알레고리이다. 작가는 폴 트란과의 인터뷰에서 "그 어머니에게 일어난 일, 그녀가 프랑스인 신부에 의해 임신하게 된 것을 식민지화에 대한 일종의 알레고리로 읽어낼 수 있을 것"[152]이라거나, 이런 성적 학대는 "프랑스인들이 저지른 일에 대한 알레고리이며, 내적 분열은 식민지화의 결과로 그 나라에 일어난 일에 대한 알레고리이다."[153]라고 말한 바 있다.

혼종성은 '나'를 어디에도 속하지 못한 경계인에 머물게 한다. 베트남이나 미국 등을 떠돌아 다니던 '나'는 '잡종 새끼(bastard)', '똥개(mongrel)', '튀기 새끼(half-breed)', '메티스(métis)', '유라시아 혼혈아(Eurasian)', '아메라시안(Amerasian)'이라고 불리고는 했던 것이다. 『동조자』에 등장하는 모든 사람들은 이념이나 국적을 떠나서 '나'를 '잡종 새끼'라고 모욕한다.

남베트남에서 성장하던 어린 시절에도 줄곧 사람들은 '나'에게 "잡종 새끼"(1권, 37)라는 것을 폭력적인 방식으로 상기시켜 주었다.[154] 어린 시절 '내'가 아이들과 함께 개들이 교미하는 영상을 볼 때, 친구들 중 하나는 업

---

151) 베트남계 미국인은 2018년 4월 기준 약 206만 7천명으로 추산되는데, 이는 해외에 거주하는 베트남계 사람의 43.6%를 차지한다. 베트남전이 본격화되던 1960년까지 미국으로 이주한 베트남인이 고작 335명에 불과했으나, 1961년 이후 베트남인 183만 명이 미국에 난민 또는 이민자로 이주하였다.(조동준, 앞의 논문, 115면) 이러한 이주자 현황은 베트남계 미국인의 절대 다수가 베트남전과 베트남전의 후유증에 따라 미국에 이주한 것임을 보여준다.
152) 비엣 타인 응우옌·폴 트란 대담, 앞의 글, 319면.
153) 위의 글, 320면.
154) 사람들은 "침을 뱉은 다음 나를 잡종 새끼"라고 부르거나, "가끔은 변화를 주려고 잡종 새끼라고 부른 다음에 침을 뱉기도 했"(1권, 37)던 것이다.

신여기는 눈초리로 '나'를 손가락질하며, "고양이랑 수캐가 그짓을 하면 생기는 거나 마찬가지야."(2권, 27)라고 말한다. 그 순간 '나'는 "나머지 아이들의 눈을 통해 수캐도 고양이도 아니고 인간도 짐승도 아닌 생명체"(2권, 28)가 된 자기 자신을 바라본다. 가족들 사이에서도 혼혈로 인한 폭력은 일어난다. 그는 가족들 사이에서도 "따돌림 받던 어머니의 외아들"(1권, 20)일 뿐이었다. 이모들은 가족 모임에서 "내가 사촌들과 노는 것을 원하지 않"(1권, 230)을 정도이다. 또한 어떤 이모는 설날에 용돈을 받기 위해 다른 사촌들과 함께 진심을 표하고 매력을 발산했는데도 끝내 '나'에게는 빨간 봉투를 주지 않으며, 다른 이모나 삼촌도 다른 사촌들이 받는 돈의 반만을 준다. 이런 '나'를 향해 약삭빠른 사촌은 "그건 네가 혼혈이기 때문이야. 너는 잡종 새끼야."(1권, 232)라고 말한다.

베트남에서는 물론이고 미국에서도 가장 가까운 부하였던 '내'가 자신의 딸 라나와 교제하는 것을 알게 되자, 장군은 '나'에게 "도대체 어떻게 우리가 우리 딸이 자네 같은 부류의 사람과 함께 하는 걸 용납할 거라고 믿을 수가 있지?"(2권, 162)라며, "자네는 '잡종 새끼'야."(2권, 162)라고 단호하게 말한다. 반미혁명투사인 파수꾼조차 자신을 신문하는 '나'를 향해 "당신은 잡종 새끼이고, 모든 혼혈아들과 마찬가지로 지능이 모자라"(1권, 306)다고 호통친다. 그리고 이 '잡종 새끼'라는 말은, '나'와 한편이기도 한 파수꾼을 죽음으로 내모는 정념을 '나'에게 불러일으킨다.

심지어 종전 이후 미국에 갔다가 다시 베트남의 재교육 수용소에 머물때에도, 앳된 얼굴의 보초가 "나를 잡종 새끼"(1권, 38)라고 부른다. 재교육 수용소의 보초가 '나'를 "잡종 새끼"(2권, 214)라고 부르는 장면은 나중에도 다시 등장한다. 완고한 공산주의자인 재교육 수용소의 소장마저도, '나'에게 "당신의 운명은 '잡종 새끼'가 되는 것"이며, "'잡종 새끼'를 위한 유일한 치유법은 한쪽을 택하는 것"(2권, 198)이라고 말한다. 그리고 '잡종 새끼'라는 말에는 "어디에도 속하지 못하고, 누구의 신뢰도 받지 못 하는"(2권, 239) 존재라는 의미가 담겨 있기도 하다.

그러나 한편으로 이 작품에서 이 혼종성은 경계를 허물고 타자를 이해할 수 있는 중요한 미덕으로 의미부여되기도 한다. '나'는 재교육 수용소의 소장에게 "그들과 함께 거의 평생을 보내다시피 한 후에, 나는 다른 많은 사람들에게 그랬던 것과 마찬가지로 그들에게 동조할 수밖에 없었"(1권, 66)다고 말한다. '나'는 파견된 스파이로서 첩보 활동의 대상인 남쪽 군인들이나 철수자들을 자기 자신과 동일시하기도 하며, 그 순간에 "'우리가'나 '우리에게'라고 말"(1권, 66)하기도 한다. 그러한 "타인에게 동조하는"(1권, 66) 능력은 "'잡종 새끼'라는 내 존재와 많은 관계"(1권, 66)가 있는 것이다. '잡종 새끼'라는 존재 조건은 "내가 내편과 다른 편 사이의 경계를 허무는 것"(1권, 66)을 가능케 하며, 경계를 허무는 것이 가치 있는 행동일 수 있다는 사고방식은 "어머니의 공"(1권, 66)이기도 하다.

'나'의 혼종성이 지닌 긍정적 가능성을 인정하고, 이를 격려해 준 지구상의 유일한 존재는 '나'의 어머니이다. 어머니는 "넌 무언가의 반절(半切)이 아니야, 넌 모든 것의 갑절이야."(1권, 230)라고 격려했으며, "넌 하느님이 내게 주신 선물"(2권, 29)이라고 말하기도 했던 것이다. 심지어 가족까지 포함한 베트남인들이 혼혈이라는 이유로 '나'를 괴롭히는 것이 지닌 문제점에 대한 명쾌한 답변도, '나'의 어머니는 가시고 있다. 이머니는 '나'에게 "어쨌든, 우리는 용과 선녀의 짝짓기에서 태어난 민족이라고. 무엇이 그보다 더 이상할 수 있을까?"(2권, 128)라고 말하며, '내'가 프랑스인 아버지와 베트남인 어머니 사이에서 태어난 것은 아무런 문제가 되지 않는다고 당당하게 얘기해 주었던 것이다.

주인공이자 화자인 '나'의 혼종적인 성격으로 인하여, 『동조자』는 베트남전을 둘러싼 다양한 주체들이 비판과 성찰의 대상으로 등장한다. 우선 이 작품의 대부분이 미국을 배경으로 하고 있는 만큼, 미국에 대한 비판적 입장이 선명하게 드러난다. 이러한 미국 비판은 작가가 다분히 의도한 결과라고 할 수 있는데, 비엣 타인 응우옌은 그동안 베트남전과 관련해 "누락된 것은 미국이 베트남에서 한 일에 대해 더 비판적인 해석을 취하는 문학작품들"155)이었다며, 자신은 "베트남에서 미국인들이 한 역할에 대해 매우 비판적이고 싶었고 베트남계 미국인들의 통상적인 태도를 취하지 않기를 원했"156)다고 말한다. 이때 베트남계 미국인들의 통상적인 태도는 "미국인들의 구조를 받은 것에 고마워하거나 혹은 문학작품 내에서 직접적으로 대립하지 않으면서 절충하는 것"157)이다. 작품 속의 '나' 역시 자신과 같은 베트남 난민들은 "대다수 미국인들이 추종하는 디즈니랜드 이데올로기, 다시

---

155) 비엣 타인 응우옌·폴 트란 대담, 앞의 글, 315면.

156) 위의 글, 316면. 비엣 타인 응우옌은 이러한 특징이 베트남계 미국 문학뿐만 아니라 아시아계 미국 문학 일반에도 해당되는 것이라고 말한다. "베트남계 및 아시아계 미국 문학 모두를 특징짓는 것들 중 하나는 대체로 크게 분노하지 않는다는 것이다. 많은 양의 격렬한 분노는 없다. 최소한 지난 수십 년 동안에는 없었다. 게다가 노여움이나 격렬한 분노는 있더라도, 무지한 사람들, 그러니까 아시아의 출생국가나 아시아인 가족들이나 아시아인 가부장들 쪽을 향해서만 존재한다. 그런 모든 것이 중요하기는 하지만, 나는 미국 문화에, 혹은 미국이 저지른 짓에 대해 미국에 화를 내는 것을 꺼려하는 마음을 감지했다. 그것이 바로 이 책에서 내가 미국 문화와 미국에 대해 훨씬 더 화난 어조를 택한 이유이다."(위의 글, 316면) 원문은 다음과 같다. "One of the things that characterizes both Vietnamese and Asian American literature is that it's often times not very angry. There's not a lot of rage, at least not in the past few decades. And if there is anger or rage, it has to be directed at the ignorant: the Asian country of origin or Asian families or Asian patriarchs. While all that is important, I sensed a reluctance to be angry at american culture or at the United States for what it has done. That's why, in the book, I adopt a much angrier tone towards American culture and the US."(Viet Thanh Nguyen, "Anger in the Asian American Novel," *Sympathizer*, New York: Grove Press, 2015, p.394)

157) 위의 글, 316면.

말해 그들이 사는 곳이 지구상에서 가장 행복한 곳이라는 이데올로기에 감히 이의를 제기할 수 없"(2권, 104)는 사람들이라고 생각한다.

미국에 대한 가장 날카로운 비판은 역시나 파수꾼이라는 별명을 가진 베트남인 반미활동가에 의해 이루어진다. 파수꾼은 "테러 부대 Z-99의 세포 조직 C-7의 리더"(1권, 303)이다.[158] 파수꾼은 "체제 전복, 음모 및 살인에 대한 혐의들을 제시"하며, "유죄가 입증될 때까지는 무죄임을 강조"(1권, 305)하는 '나'에게 "역사, 인간성, 종교, 그리고 이 전쟁이 실상은 정반대임을 우리에게 알려"(1권, 305) 준다고 말한다. '나'의 말과는 반대로 "우리는 무죄가 입증될 때까지는 모두 유죄"이며, 나아가 "황인종은 무죄가 입증될 때까지는 모두 유죄"(1권, 305)라고 덧붙인다.

특히 미국 내의 인종주의와 백인우월주의에 대한 이야기는 매우 자세하게 펼쳐진다. 이것은 베트남전의 뿌리가 이러한 인종주의에 이어져 있다는 작가의 인식을 반영한 결과라고 할 수 있다.[159] '나'는 로스앤젤레스에 정착한 이후 자신이 유학했던 대학의 동양학과에서 일한다. 그의 일은 학과장 비서나 학과장의 공식 대면을 요구하는 학생들을 막는 제1방어선 역할을 하는 것이다. 학과장은 자신의 아내가 타이완에서 만난 중국계이지만, 인종우월주의로 가득한 사람이다. 그는 캘리포니아의 이주민이 많은 것과 관련해서, "이곳에서는 외래종 잡초들 때문에 우리나라 자생식물의 무성한

---

158) "Z-99는 반즈엉성의 비밀 지역에 기반을 두고서, 수천 명을 죽이고 사이공을 공포에 떨게 한 수백 건의 수류탄 공격, 지뢰 부설, 폭파 사건, 그리고 임실을 견적으로 책임진 조직"(1권,303)이다.

159) 이러한 학과장의 존재는 베트남전을 이해하는 데도 많은 도움이 된다. 비엣 타인 응우옌은 최재봉과의 이메일 인터뷰에서 "버클리 캘리포니아주립대에 들어간 뒤 나는 에드워드 사이드가 말한 '오리엔탈리즘'을 미국이 베트남에서 수행한 전쟁과 연결지을 수 있었다. 그 전쟁은 인종주의 전쟁이며 제국주의 전쟁이었고, 미국 서부와 필리핀, 일본, 한국, 베트남, 그리고 지금은 중동에서 펼쳐지고 있는 수세기에 걸친 미 제국의 팽창주의의 한 표출일 따름이었다."(『한겨레신문』, 2018.6.24.)고 말하기도 하였다.

잎이 대부분 말라 죽어 버리지."(1권, 109)라는 비유를 구사한다. 다음의 인용은 오리엔탈리스트인 학과장의 사고 속에서 서양과 동양이 서로 조화롭게 공존하는 것이 불가능하다는 것을 보여준다.

> 아, 아메라시안, 영원히 두 세계 사이에 끼어 있으면서 자신이 속한데가 어디인지 절대 알지 못하는 사람들! 자네가 거듭 경험해야 하는, 내면에서 자네를 두고 거듭되는 동양과 서양의 줄다리기를 느껴야 하는 혼란스러운 상황에 시달리지 않는다고 상상해 봐. 키플링이 너무도 정확하게 진단했다시피, "동양은 동양이고 서양은 서양이라, 결코 둘은 만나지 못하리라." 이는 교수가 제일 좋아하는 주제들 중 하나였고, 그는 심지어 우리 모임 중 한 번을 내게 키플링의 주장을 확인해 보기 위한 숙제를 내면서 마친 적도 있었습니다. (1권, 109)[160]

또한 학과장은 "서양에서는, 유감스럽게도 많은 동양적인 특징들이 부정적인 색채를 띠"며, "서양에 사는 동양인들은 영원히 집이 없"는 "국외자, 이방인"(1권, 111)이라고 말한다. 물론 그도 동·서양의 공존에 대해 말하기도 하는데, 그것은 "유대교와 그리스도교의 문화적 토양에서 아무리 많은 세대가 살았어도 예로부터 이어 온 고귀한 유산인 유교적 잔재는 결코 없앨 수 없다고 느껴야 하는 걸까?"(1권, 111)라는 말에서도 드러나듯이, 동양의 무화(無化)를 통한 일방적인 서양화라고 할 수 있다. 그렇기에 "자네는 양측 사이에서 이상적인 통역사, 적대적인 나라들을 평화로 인도하는 친선대사가 될 거야."(1권, 112)라고 말하면서도, 곧이어 "자네의 동양적인 본능

---

160) Ah, the Amerasian, forever caught between worlds and never knowing where he belongs! Imagine if you did not suffer from the confusion you must constantly experience, feeling the constant tug-of-war inside you and over you, between Orient and Occident. "East is East and West is West, and never the twain shall meet," as Kipling so accurately diagnosed. This was one of his favorite themes, and he had even concluded one of our meetings by giving me a homework assignment to test Kipling's point. (p.63)

을 견제하기 위해 자네는 미국인들이 나면서부터 배워 온 무의식적인 행동들을 부단히 연마해야만 해.”(1권, 112)라고 아무런 갈등 없이 이야기할 수 있는 것이다. 베트남을 비롯한 동양의 전문가연 하는 헤드박사는, “동양에는 산목숨이 넘쳐나고, 그 목숨은 무가치합니다. 동양 철학에서 표현하는 바에 따르면 - 헤드 박사가 잠시 멈췄다가 말을 이어갔습니다 - 생명은 중요하지 않습니다.”(1권, 113)라는 막말을 대단한 발견이라도 되는 양 떠들어 대기도 한다.

이러한 차별적 인식은 실제 베트남 난민들의 삶에까지 그대로 이어진다. 남부 캘리포니아에서는 맹렬한 반공주의자인 하원의원 정도가 베트남 난민을 환영할 뿐이다. 대부분의 미국 사람들에게 베트남 난민은 “그들에게 찌르는 듯 아픈 패배를 상기시키는 기념품 같은 존재들”이자, “미국인의 지갑을 소매치기하는 한심하고 작은 황인종들의 피부색을 포용할 여지를 전혀 남기지 않는 음과 양의 이원대립적이고 인종적인 정치관을 지닌, 백인과 흑인으로 구성된 미국의 존엄성과 좌우 대칭식의 균형미를 위협”(1권, 194)하는 존재들일 뿐이다. 미국에서는 “인종에 관한 한 전부 아니면 전무”(1권, 209)였으며, 이 말은 곧 미국에서는 “백인이거나 아니거나”(1권, 209)라는 의미이다.

학과장은 교직원이 되려고 하는 미즈 소피아 모리를 면접하면서는 그녀의 일본적 특성에 지나치게 집착한다. 미즈 소피아 모리는 미국에서 태어나고 자랐음에도, “미즈 모리, 당신은 고작 이민 2세인데도 자신의 문화를 잊어버렸군요.”(1권, 128)라고 말하며 안타까워한다. 이에 미즈 소피아 모리는 마음속으로 다음과 같이 불만을 토로한다.

누가 존 F.케네디한테 게일어를 할 줄 알고 더블린을 방문한 적이 있느냐고, 혹은 매일 밤 감자를 먹느냐고, 혹은 레프리콘에 관한 그림들을

수집하느냐고 물어봤던가? 그럼 왜 '우리'는 '우리' 문화를 잊지 말아야
한다는 거지? 나는 여기서 태어났으니 내 문화는 바로 여기 있지 않나?
(1권, 128)[161]

일본인은 설령 미국에서 태어나고 자랐더라도 그 피부색으로 인해, 일본
인으로만 머물러야 했던 것이다. 이러한 인종주의는 프랑스의 경우에도 마
찬가지이다. 프랑스인들은 베트남의 어린애들이 벌거숭이 상태로 보내는
것이 "야만성에 대한 증거"(1권, 133)라며, "이내 강간, 강탈, 약탈을 정당화
하는 구실로 사용했다"(1권, 133)고 말하는 것이다.

그렇다고 해서 베트남인들을 무조건 옹호하는 것은 아니다. 전체 22장
중에서 4장부터 16장까지가 미국을 배경으로 하고 있기에 미국에 대한 비
판이 상대적으로 더욱 많이 등장하지만, 종전 이전의 남베트남이나 베트남
공산당[162]에 대한 비판도 뚜렷하다. 이것은 "나는 어느 누구도 곤경을 모
면하게 봐주고 싶지 않았다."며, "대상을 선별적으로 고르는 대신에 -한 집
단에 대해서만 비판하는 대신에- 모두에게 책임을 지우기로 정한다."[163]라
는 작가의 입장이 그대로 반영된 결과이다. 또한 이러한 창작태도는 비평
집 『아무것도 사라지지 않는다』에서 '자신의 인간성과 비인간성을 기억하
면서 동시에 타자의 인간성과 비인간성을 기억하는 것이 중요하다'고 말한
것과 맥락을 함께 한다. 보통 기억하는 것은 '우리의 인간성'과 '타자의 비

---

161) Did anyone ask John F.Kennedy if he spoke Gaelic and visited Dublin of if he
    ate potatoes every night or if he collected paintings of leprechauns? So why
    are *we* supposed to not forget *our* culture? Isn't my culture right here since
    Iwas born here? Of course I didn't ask him those question. (p.75)
162) 1930년 2월 3일 베트남 공산당이 창설되었으며, 이후 인도차이나 공산당으로 개
    명된 뒤, 1951년 2월 제2차 전당대회에서는 다시 베트남 노동당으로 개명되었다.
    이후 1976년 12월 하노이에서 개최된 제4차 전당대회에서 당명을 베트남 공산당
    으로 바꿔 현재에 이르고 있다.
163) 비엣 타인 응우엔·폴 트란 대담, 앞의 글, 316면.

인간성'이다. 그런데 자신의 인간성과 피해자성만 기억하게 되면, 우리는 폭력과 복수를 정당화할 수도 있다. 반대로 타자의 인간성만 기억하여, 피해자들이 스스로를 피해자로만 보도록 부추기는 것도 문제라고 본다. 타자를 영속적 피해자로 규정하면, 궁극적으로는 타자를 예속시키는 것이 되기 때문이다. 비엣 타인 응우옌은 '인간으로 존재하는 것'은 동시에 '비인간으로도 존재하는 것'임을 잊지 말아야 하며, 공정한 기억에 대한 연구는 인간성보다는 비인간성에 대한 성찰임을 명심해야 한다고 주장한다.[164]

남베트남 정부나 그 계열의 사람들도 신랄한 비판의 대상이 된다. 패망을 앞둔 남베트남의 부패상과 황당한 무책임이 언급되는 것은 물론이고, 여러 가지 에피소드들은 남베트남이 아무런 정당성이나 능력도 없는 정부였음을 드러낸다. 남베트남 정부를 상징한다고 할 수 있는 장군이 괌의 임시수용소에서 남베트남 출신 난민들에게 당하는 봉변도 이를 잘 보여준다. "문명화 사명과 미국의 방식을 신봉하던 사람"(1권, 10)인 장군은 그 난민들 앞에서도 거드름을 피우려하다가, 가족을 잃은 난민들에게 슬리퍼 세례를 비롯한 온갖 모욕을 당한다.

2) 젠더의 문제와 결합된 표상의 폭력

비엣 타인 응우옌의 『동조자』에서는 미국의 거대 미디어에 의한 베트남인 표상의 문제점이 직접적으로 드러난다.[165] 『동조자』에서는 표상의 문제

---

164) 비엣 타인 응우옌, 『아무것도 사라지지 않는다 - 베트남과 전쟁의 기억』, 부희령 옮김, 더봄, 2019, 37-136면.
165) 이러한 강렬한 문제의식은 작가의 직접적인 체험에서 우러난 것으로 보인다. "나는 「지옥의 묵시록」을 보면서, 미 해군들이 삼판선에 가득 찬 민간인들을 학살하고 마틴 신이 부상당한 여자를 냉혹하게 쏘는 것을 보았다. 「플래툰」을 보면서, 미국인들이 베트남 군인들을 죽일 때 관객들이 박수갈채를 보내는 소리를 들었다. 이런 장면들은 비록 허구이기는 했지만 나를 격한 분노로 부들부들 떨게 했

가 매우 중요하게 다루어지는데, 이것은 자기중심적인 기억윤리가 지닌 문제에 대한 비엣 타인 응우옌의 일관된 문제의식에서 비롯된 것이다. 『아무 것도 사라지지 않는다』에서 응우옌은 타자의 기억에 관심을 기울이고, 타자를 윤리적 존재로 떠올리며 재기억하는 것이 중요하다고 강조한다. 나아가 자신의 비인간성을 반성함으로써, 잘못된 망각과 기억에서 벗어나는 것이 가능하다고 주장한다. 그러나 할리우드로 대표되는 미국 미디어의 베트남(전) 표상은 이러한 기억 윤리와는 거리가 멀며, 이러한 문제점은 「더 햄릿(The Hamlet)」[166]이라는 영화의 촬영 장면에서 집중적으로 다루어진다.

'나'는 고증 담당 컨설턴트 비슷한 역할[167]로 베트남전을 다룬 영화 「햄릿」의 촬영현장에서 활동한다. 그러나 '나'는 처음 영화에 참여할 때부터, 차별의 굳건한 벽과 마주한다. 감독의 개인 비서인 바이얼릿이 보낸 편지의 봉투에는 '나'의 이름의 "철자가 아름다운 필기체로 잘못 쓰여 있"(1권, 208)으며, 바이얼릿은 전화통화에서 "첫 인사말이나 작별 인사말"(1권, 208)조차 제대로 하지 않는다. 직접 대화에서도 "구두점과 문법이 나한테는 낭비에 불과하다는 듯"(1권, 208)이 말을 하고 "격이 떨어진다는 듯 시선을 마주치지도 않은 채 우월감과 경멸의 표시로 고개를 까딱하며 들어오라는 신호를 보"(1권, 208)낸다. '나'는 이제 운전면허증, 사회보장카드, 외국인 체류허가증을 지닌 정식 미국인임에도 불구하고, 바이얼릿은 "여전히 나를 외

다. 나는 내 영어가 아무리 완벽하고 내 행동이 아무리 미국인답다고 해도 미국인들의 마음속에서 내가 타자, 동양 놈, 외국인이라는 것을 알고 있었다."(비엣 타인 응우옌, 「우리의 베트남 전쟁은 결코 끝나지 않았다」, 『동조자 2』, 김희용 옮김, 민음사, 2018, 310면)

166) hamlet은 작은 마을, 부락이라는 의미를 지니고 있다. 특히 교회 없는 작은 마을을 가리키는 의미로 많이 쓰인다. 「더 햄릿(The Hamlet)」이라는 영화는 프란시스 코폴라 감독의 「지옥의 묵시록」을 비꼰 것으로 이야기되어 왔다. 「더 햄릿」은 결코 대중영화가 아니다. 그것은 「더 햄릿」의 감독 앞에 언제나 '작가주의'라는 말을 덧붙이는 것에서 알 수 있다.

167) 정확한 역할은 "예술 기획에 관한 기술 컨설턴트"(1권, 279)이다.

국인으로 여겼고, 이러한 잘못된 인식은 내 자신감이라는 매끄러운 피부를
찔러 상처를 냈"(1권, 209)다. 이렇게 인종적으로 이미 차별을 받는 상태에
서 '나'의 충고나 조언이 영화에 반영되기를 기대하는 것은 무리이다. 감독
은 "자신에게 고무로 된 승인도장을 찍어 줄" 사람, 즉 "예스맨"(1권, 219)으
로 '나'를 고용했을 뿐이다.

 '나'는 '작가주의 영화감독'의 『더 햄릿』이라는 영화촬영에 참여하면서,
그 감독이 "내 동포들은 그저 착한 황인종들을 나쁜 황인종들로부터 지키
는 백인 남자들에 관한 서사시적 작품의 소재 역할만 하는"(1권, 221) 것이라
는 사실을 파악한다.[168] 그리고 이 작품에서 그 영화는 제국주의의 새로운
모습으로 그 의미가 선명하게 부여된다.

> 나는 한 나라를 착취하기 위해 그 나라를 직접 찾아가야 한다고 믿었
> 다는 점에서 프랑스인들의 순진함에 연민을 느꼈습니다. 할리우드는 착
> 취하고 싶은 나라들을 상상으로 그려내기 때문에 훨씬 더 능률적이었
> 습니다. 나는 내가 영화감독의 상상력과 간계 앞에 속수무책이라는 사
> 실에 미친 듯이 화가 치밀었습니다. 그의 오만은 이 세상에 뭔가 새로
> 운 일이 일어날 전조였습니다. 왜냐하면 이는 지금까지 창설된 가장 능
> 률적인 선전 조직 덕분에 (요제프 괴벨스와 나치에게는 미안한 말이지
> 만, 그들은 결코 전 세계적 차원에서 우위를 확보하지는 못했습니다)
> 승자들 대신에 패자들이 역사를 쓰게 될 최초의 전쟁이었으니까요. (1
> 권, 221)[169]

---

168) 비엣 타인 응우옌은 베트남전이 끝난 후 미국에 도착한 난민으로서의 베트남인
　　들에게 주어진 역할은 "우리를 지켜주고 구해준 데 고마워하는 것"(비엣 타인 응
　　우옌, 「우리의 베트남 전쟁은 결코 끝나지 않았다」, 『동조자 2』, 김희용 옮김, 민
　　음사, 2018, 311면)이라고 말한다.

169) I pitied the French for their naïveté in believing they had to visit a country
　　in order to exploit it. Hollywood was much more efficient, imagining the
　　countries it wanted to exploit. I was maddened by my helplessness before
　　the Auteur's imagination and machinations. His arrogance marked something
　　new in the world, for this was the first war where the losers would write

작가주의 영화감독 같은 사람은 자기 '영화'를 순수하게 '예술'이라고
여기기 때문에 부인했을 테지만, 도대체 누가 누구를 속이겠다는 겁니
까? 영화는 미국이 전 세계를 구워 삶는 방법이었고, 할리우드는 인기
작품, 대성공작, 굉장한 구경거리, 초대형 히트작으로, 아, 맞다, 심지어
는 쫄딱 망한 영화로도 관객들의 정신적 방어망을 가차 없이 공격했습
니다. 관객들이 어떤 이야기를 보는지는 중요하지 않았습니다. 핵심은
그들이 미국 영화에서 봤던 비행기들의 폭격을 받을지도 모르는 그날
에 이를 때까지, 그들 자신이 관람하며 사랑해 마지않는 것이 바로 미
국적인 이야기라는 사실이었습니다. (1권, 279)170)

첫 번째 인용문에서 영화는 상상력을 이용한 새로운 식민지 지배 방법으
로 괴벨스와 나치보다도 더욱 능률적인 선전 능력으로 베트남전을 '승자들
(베트남인) 대신에 패자들(미국인)'의 시각으로 각인시키는 매체이다. 또한
영화에서 "어느 쪽 지지자든 모든 베트남 사람들은 초라해 보일 테고, 가난
한 자, 무고한 자, 약한 자, 혹은 부패한 자들의 역할로 때로"(1권, 222) 등장
할 것을 예감한다. 두 번째 인용문에서, 할리우드 영화는 "미국화의 대륙간
탄도탄 발사대"(1권, 279)와 같은 역할을 한다.

　더욱 심각한 것은 모든 베트남인들을 폭격으로 몰살시켜 버리는 이 영화
가 과거의 베트남 전쟁에 대한 재현일 뿐만 아니라, 앞으로 수행할 미래의

---

　history instead of the victors, courtesy of the most efficient propaganda
　machine ever created(with all due respect to Joseph Goebbels and the Nazis,
　who never achieved global domination). (p.134)

170) A man such as the Auteur would have denied it, seeing his Movie purely as
　Art, but who was fooling whom? Movies were America's way of softening up
　the rest of the world, Hollywood relentlessly assaulting the mental defenses
　of audiences with the hit, the smash, the spectacle, the blockbuster, and, yes,
　even the box office bomb. It mattered not what story these audiences
　watched. The point was that it was the American story they watched and
　loved, up until the day that they themselves might be bombed by the planes
　they had seen in American movies. (p.172)

전쟁에 대한 예고편이기도 하다는 것이다. 다음의 인용에서 드러나듯이, 이 영화는 앞으로 미국이 수행할 잔인한 전쟁을 미국인에게 준비시키는 일종의 감성교육자료로 활용되는 것이다.

> 그 '영화'는 우리 전쟁의 속편일 뿐이었지만, 동시에 미국이 수행할 다음 번 전쟁의 전편이기도 했습니다. 단역배우들을 죽이는 것은 현지인인 우리들에게 일어났던 사건의 재연이거나, 그와 비슷한 다음번 사건에 앞선 일종의 최종 리허설이었습니다. 미국인들의 정신에 바르는 국부마취제인 그 '영화'로 그들의 정신이 그러한 행위 이전이나 이후의 온갖 사소한 자극에 대비하도록 훈련시키는 연습이요. 결국 현지인들을 말살하기 위해 사용된 기술은 실제로 할리우드를 포함한 군산복합체로부터 나왔고, 할리우드는 현지인들을 인위적으로 말살하는 장면에서 충실하게 소임을 다했습니다. (1권, 290)[171]

더욱 심각한 것은 이러한 감성교육이 미국인들에게만 이루어지는 것이 아니라 베트남의 이웃인 태국인들에게도 이루어진다는 점이다. '나'는 본과 함께 태국의 영화관에서 지역 주민들과 함께 「더 햄릿」을 관람한다. 태국인들이 가장 열렬하게 반응하는 장면은 "최고조에 이른 전투 장면"(2권, 154)에서 미군이 베트콩들을 무자비하게 죽일 때이다. 미국의 다양한 무기들이 "그리 멀지 않은 곳에 사는 이웃 나라 사람들을 증발시키고, 가루로 만들고, 갈기갈기 찢고, 피가 튀게 만드는 동안"(2권, 155)에 태국인 관객들

---

171) The Movie was just a sequel to our war and a prequel to the next one that America was destined to wage. Killing the extras was either a reenactment of what had happened to us natives or a dress rehearsal for the next such episode, with the Movie the local anesthetic applied to the American mind, preparing it for any minor irritation before or after such a deed. Ultimately, the technology used to actually obliterate natives came from the military-industrial complex of which Hollywood was a part, doing its dutiful role in the artificial obliteration of natives. (pp.179-180)

은 "와 하고 함성을 지르고 웃음을 터뜨렸"(2권, 155)던 것이다.

이러한 문제적인 상황에서 '나'는 너무나도 인종차별주의적인 영화에 개입하여 이를 바로잡고자 노력한다. 첫 번째로 "동포들 가운데 단 한 사람에게도 의미를 알아들을 수 있는 대사라고는 할애하지 않은"(1권, 211) 영화에 '의미를 알아들을 수 있는 대사'를 하는 베트남인을 출연시키는 것이다.172) 그 결과 '의미를 알아들을 수 있는 대사'를 하는 베트남인을 무려 세 명이나 출연시키는데 성공한다. 베트콩에게 "부모가 학살 당한 장남과 여동생과 어린 남동생이 추가된 것"(1권, 257)이다.

장남 빈은 베트콩에 대한 증오로 가득 차 있으며, 자신의 미국인 구조자들을 사랑하고 그들의 통역사 역할을 한다. 나중에 빈은 흑인 그린베레와 함께 베트콩의 손에 의해 소름 끼치는 죽음을 맞이한다. 여동생인 마이는 "젊고 잘생기고 이상주의적인 제이 벨라미 병장과 사랑에 빠"(1권, 257)진다. 그러나 그녀는 베트콩에게 납치되어 강간을 당하고, 그 비극은 그린베레들이 베트콩의 흔적까지 모조리 말살하는 것에 대한 정당한 명분 구실을 한다. 어린 소년은 마지막 장면에서 뉴욕 양키스 모자를 쓴 채 비행기로 "천국 같은 곳"(1권, 257), 즉 미국으로 옮겨지고 그곳에서 "대니 보이"(1권, 257)라는 별명을 얻게 된다. 이들은 분명 '의미를 알아들을 수 있는 대사'를 하는 배역임에는 분명하지만, 하나같이 그저 착한 황인종들을 나쁜 황인종들로부터 지키는 백인 남자들에 관한 서사시적 작품의 소재 역할만 할 뿐이다.

배역과 관련된 문제는, 영화에서 베트남인들의 역할을 하는 사람들이 베트남인이 아니라 다른 아시아인이나 혼혈인이라는 점에서도 발견된다. 어

---

172) 처음 이 대본을 보고 항의하는 '나'를 향해 바이얼릿은 "문제의 핵심은 누가 표값을 지불하고 영화를 보러 가느냐죠."(1권, 218)라고 말한다. '나'는 바이얼릿에게 "단순히 그들이 입에서 일종의 소리를 낸다는 사실을 인정하는 데서 그치지 않고, 실제로 무언가를 말하게 내버려 두면 품위 없어 보일 수도 있다고 생각하시는 겁니까?(1권, 218)라고 항의한다.

린 남동생을 연기하는 어린 아이는 "필리핀의 유서 깊은 연기자 가문의 자손"(1권, 258)이고, 장남 역할을 하는 것은 한국계 미국인인 제임스 윤이며, 마이를 연기하는 것은 영국인 어머니와 중국인 아버지를 둔 혼혈 배우 아시아(Asia)이다. 촬영지도 베트남이 아니라 필리핀이다. 이것은 베트남전을 재현하는 시각이 철저하게 미국인 중심이라는 것을 보여준다. 베트남인은 필리핀인이나 한국계 미국인과 자신들의 차이를 분명하게 느끼지만, 미국인들은 별다른 차이를 느끼지 못하는 것이다. 그렇기에 베트남인들을 연기하는 사람들은 얼마든지 다른 국적의 아시아인들로 대체될 수 있으며, 결국 바이얼릿의 말처럼 베트남인들은 "스스로를 대변할 수 없"(1권, 258)게 되는 것이다.

두 번째로는 영화의 배경으로 나오는 공동묘지에 어머니의 무덤을 가상으로 만드는 것이다. '내'가 처음부터 마음에 들어 한 무덤에 어머니의 자리를 만드는 것은, 백인들만의 재현 현장에 베트남인 여성의 자리를 만드는 매우 뜻깊은 행동이라고 할 수 있다.[173] 세 번째로는 마이를 강간하는

---

173) 박진임은 주인공이 공동묘지에 자기 어머니의 묘비를 몰래 끼워넣은 것에 대해 커다란 의미를 부여한다. 주인공은 베트남인이라는 하위 주체들이 소외되는 것을 고발하는 것에 그치지 않고, "하위 주체의 능동적인 재현 가능성을 모색"(박진임, 「미국 베트남 전쟁 소설의 주체와 재현 문제: 비엣 탄 응웬의 『동반자』 연구」, 『현대영미소설』 27권 3호, 2020, 45면)했다는 것이다. 이 행위는 "할리우드가 구성해가는 허구의 공간에 실재한 베트남인의 이름을 삽입함으로써 미국이 상상으로 구축한 허구 속에 베트남인의 현실을 재기입하게 되는 효과"를 발휘하는 것이자, "영화의 물질성 속에 베트남 여인의 삶이 틈입하여 미래에 베트남 전쟁의 역사를 증언하게 만"(위의 논문, 46면)드는 일로 의미부여된다. 나아가 박진임은 주인공의 이러한 행위가 "자신의 어머니라는 실재의 존재를 허구적 재현 속에 성공적으로 삽입하고 보존"(위의 논문, 50면)하는 일이자 "제3세계 여성이라는 하위주체로서의 주인공의 어머니가 제1세계가 전유한 상징적 공간 안에서 영면하게 된 것"(위의 논문, 50면)이라고 덧붙인다. 그러나 어머니의 묘비를 끼워넣었던 공동묘지는 폭격으로 인해 곧 흔적도 없이 사라져버린다. 이 광경을 보고 주인공은 "생이 너무나 짧았고, 가진 기회들이 너무나도 적었고, 희생은 너무나 컸"(1권,292)던 어머니는 영화에서 "한 번 더 수모를 겪"(1권,292)게 되었다고 한탄할 정도이다. 이

장면을 꼭 넣어야만 하는지 의문을 제기하는 것이다. 이러한 의문은 그러한 장면이 베트콩을 지나치게 야만화하기 때문에 발생한다.

그러나 이러한 '나'의 노력은 모두 무위로 돌아가고 만다. 처음 '나'는 베트남의 공산주의자들에게 자신이 영화에 참여하는 것이, "적의 선전 활동 기반을 약화시키는 것"(1권, 234)이라고 보고까지 한다. 그러나 '의미를 알아들을 수 있는 대사'를 하는 베트남인 배역은 결국 미국인들만을 영웅시하고, 베트남인들을 야만시하는 결과를 가져올 뿐이다. 또한 어머니의 무덤을 만들어두었던 공동묘지는 흔적도 없이 폭격에 사라져버린다. "생이 너무나 짧았고, 가진 기회들이 너무나도 적었고, 희생은 너무나 컸"(1권, 292)던 어머니는 영화에서 "한 번 더 수모를 겪"(1권, 292)게 되는 것이다. 또한 베트콩을 지나치게 야만화하는 마이의 강간 장면도 롱숏과 클로즈업의 영화기법을 통해 영화 속에 그대로 포함될 뿐이다.[174] '나'는 "우리가 대변되는 방식을 바꿀 수 있다고 착각"(1권, 289)했다고 느끼며, 이 영화가 "궤도를 이탈하게 하지도 못했고 방향을 바꾸게 하지도 못했"(1권, 289)다고 고백한다.

공산주의자인 만과 반공주의자인 장군이 유일하게 동의한 단 한 가지 임무, 즉 "'영화'와 그것이 대변하는 바를, 즉 우리에 대한 그릇된 묘사를 뒤집어엎는"(2권, 160) 것에 실패한 것이다. 이 실패는 작품에서 매우 강조된

러한 서사의 전체적인 양상을 고려한다면, 주인공이 공동묘지에 어머니의 묘비를 몰래 끼워넣는 행위는 미국 중심의 재현체계 속에 하위 주체의 능동적인 재현 가능성을 드러낸 행위라기보다는, 차라리 그 불가능성을 드러낸 행위로 이해하는 것이 타당해 보인다.

174) 영화에는 마이의 강간 장면 이외에도 베트콩들이 자신들이 생포한 애터스에게 "자신들의 악명 높고 극악무도한 신성 모독 행위들 중 하나"(1권, 270)를 저지른다. 그것은 "그를 거세한 다음 남근을 입에 쑤셔 박았던 것"(1권, 270)이다. 그런데 이 행위는 CIA 요원인 클로들의 말에 따르면, "어떤 아메리카 원주민 부족들이 무단 침입한 백인 개척민에게 가하던 짓"(1권, 270)이기도 하다. 이 신성 모독 행위를 통해 베트콩들은 미국인들의 심상지리 속에서 아메리카 원주민 부족에 이어지는 '야만적인 존재'로 영화 속에 형상화된다는 것을 알 수 있다.

다. '나'는 베트콩을 야만화하는 마이의 강간 장면을 그토록 빼고자 했지만, 그 시도는 실패로 돌아간다. '작가주의 영화감독'은 "오로지 배경음악 같은 베트콩 사중창단의 웃음소리와 욕설과 조롱으로 강조된 마이의 수없는 미명과 항의"(2권, 155)로만 강간 장면을 풀어냈고, "자녀들이 창자 꺼내기, 총격, 난도질, 참수 장면을 보지 못하도록 얼굴을 돌리게 하는 수고조차 하지 않았던 어머니들이 이 순간에 자신들의 손으로 잽싸게 철부지들의 눈을 가"(2권, 155)릴 정도로 큰 효과를 발휘한다. 이 장면은 베트콩들을 야만화하고 악마화하여, 그들에 대한 무차별적인 학살극을 정당하게 만든다. 영화가 리버스숏으로 "붉은 피부의 악마들"(2권, 156)인 베트콩들을 비췄을 때, 그들은 "직접 담근 미주(米酒)로 벌게진 얼굴, 찌꺼기가 낀 채 드러난 이빨, 황홀경에 빠져 가늘게 모아 감긴 눈"(2권, 156)의 모습으로 그려진다. 이들을 보는 관객의 "내면에 불타오르는 단 한 가지 감정은 그들을 철저히 소멸시키고 싶다는 갈망"(2권, 156)이다. 그것은 할리우드로 대표되는 가공할만한 미디어의 재현능력을 강조하는 것으로 볼 수 있다.

또한 영화의 마지막 장면은 아무 죄 없는 '대니 보이'가 헬리콥터의 열린 출입구에 앉아 전쟁으로 피폐해진 조국을 가만히 내려다보며 눈물을 흘리는 것인데, 그것을 보며 '나'는 "작가주의 영화감독의 재능을 인정"(2권, 157)하고야 만다. 이때 인정할 수밖에 없는 '작가주의 영화감독'의 재능은 '지옥으로서의 베트남'과 '천국으로서의 미국'이라는 이분법을 독자에게 각인시킨 것이라고 할 수 있다.

'내'가 영화에 개입하는 것에 완전히 실패했다는 것은 영화의 마지막에 분명하게 드러난다. 마지막에 자막이 올라갈 때, "시장, 시의원들, 관광청장, 필리핀군, 이멜다 마르코스 대통령 부인과 페르디난드 마르코스 대통령에 대한 감사의 말"(2권, 159)과 심지어 "사랑스러운 똥개"(2권, 158) 스미티의 이름까지 올라가지만, '나'의 이름만은 자막에 끝내 등장하지 않는다. '작가주의 영화감독'은 "현실에서 나를 제거하는 데는 실패했지만 허구 속에서는 나를 계획적으로 살해하는 데 성공"(2권, 159)한 것이다.

내 임무는 "영화의 배경에서 허둥지둥 도망치는 사람들이 죽기 바로 직전에, 그들이 진짜 베트남 상황에 맞는 말을 하며 진짜 베트남 옷을 입은 진짜 베트남 사람들이라는 점을 확실히 하는 것"(1권, 290)에 불과했던 것이며, 그렇기에 "세상의 부유한 백인들이 디자인하고 제작하고 소비하는 의상의 바늘땀이 정확한지를 확인하는 의류 공장 노동자에 지나지 않"(1권, 290)았던 것이다. 결국 "사실성을 책임지는 기술 컨설턴트로서 앞길을 좀더 평탄하게 만들어 주기만"(1권, 290) 한 '나'의 작업은 큰 틀에서는 오히려 베트남인들에 대한 잘못된 재현을 도와준 꼴이 되어 버린 것이다. 이러한 '나'의 역할은 태국의 영화관에서 함께 「더 햄릿」을 관람한 본의 "넌 우리가 제대로 그려지도록 기여할 셈이었겠지. 하지만 우리는 인간조차도 아니었어."(2권, 159)라는 말을 통해 다시 한번 확인된다. '나'는 "내가 없었다면, 우리나라 사람들을 위한 역할은 하나도 없었을 거야. 우리는 한낱 사격 훈련 대상에 불과했을 거라고."(2권, 160)라며 자신의 역할을 강조하지만, 다음과 같은 본의 말에 의해 그러한 자기합리화는 결코 받아들여지지 않는다.

네가 한 일이라고는 그들에게 변명거리를 준 게 다였어. 이제 백인들은 말할 수 있겠지. 자, 봐라, 우리는 여기에 황인종을 출연시켰다. 우리는 그들을 혐오하지 않는다. 우리는 그들을 사랑한다고. 그가 차창 밖으로 침을 뱉었습니다. 넌 그들 대신 판을 깔아 주느라 애쓴 거야. 알겠어? 하지만 판을 운영하는 건 그들이지. 넌 아무것도 지배하지 못해. 그건 네가 아무것도 바꿀 수 없다는 뜻이야. (2권, 160)[175]

---

175) All you did was give them an excuse, he said. Now white people can say, Look, we got yellow people in here. We don't hate them. We love them. He

'나'는 본인의 의도와는 무관하게 거대한 미국의 미디어 산업 앞에서 같은 처지의 동포들과 난민들을 착취하는 데 도움을 주는 협력자에 지나지 않았던 것이다. 실제로 베트남인과 베트남전이 재현되는 방식에 대한 문제제기는 비엣 타인 응우옌에게는 실존의 무게가 걸린 중대한 일이었던 것으로 보인다. 비엣 타인 응우옌은 「우리의 베트남 전쟁은 결코 끝나지 않았다」라는 글에서 자신이 "베트남을 기억해 내는 방식은 미국 영화와 책을 통해서"였고, 거기에서 베트남인들은 "외국에서 갓 이주해온 우스꽝스럽고 꺼림칙한 존재로 볼 수밖에 없었다."[176]라고 고백한다. 그런데 여러 매체를 통한 재현은 매우 중요한데, "예술 작품은 여전히 너무나 찬란하게 빛나서 전쟁에 관한 작품일 뿐만이 아니라 그 전쟁 자체가 될"(1권, 288) 것이기 때문이다. "궁극적으로는 예술이 전쟁보다 오래 살아남고, 예술의 산물들은 자연의 규칙적인 변화가 수백만 용사들의 육신을 가루로 만들어 버린 한참 후에도 여전히 훌륭하게 건재"(1권, 289)하는 것이다. 이것은 마르크스가 「루이 보나파르트의 브뤼메르 18일」에서 소작농들이 "자기 자신을 대변할 수 없고, 다른 누군가에 의해 대변되어야 한다."(1권, 237)고 말한 것처럼, 베트남인들도 스스로 자신을 대변할 수 없고 할리우드가 대신 대변하는 상황이라고 할 수 있다. 촬영이 모두 끝난 후에도, '나'는 "여행 내내 나는 영화로 우리를 대변한다는 문제, 즉 재현이라는 문제에 대해 곰곰이 생각하며 시간을 보냈"다면서, "생산 수단이 없으면 때 이른 죽음을 맞을 수 있는데, 재현 수단이 없어도 죽은 거나 다름없습니다."(2권, 7)라고 말한다.[177]

---

spat out the window. You tried to play their game, okay? But they run the game. You don't run anything. That means you can't change anything. (p.289)

176) 비엣 타인 응우옌, 「우리의 베트남 전쟁은 결코 끝나지 않았다」, 『동조자 2』, 김희용 옮김, 민음사, 2018, 310면.

177) 곧이어 '나'는 "우리에게 재현이라는 수단이 없다면 언젠가는 다른 사람들이 그들의 기억이라는 합판마루에 물을 뿌려 우리의 죽음을 모조리 씻어내 버릴 수도 있지 않을까요?"(2권, 7)라는 질문을 던지기도 한다.

이러한 표상의 폭력은 『동조자』에서 특히 젠더적 문제의식과 더욱 긴밀하게 연관되어 나타난다. 이 책의 4부(베트남전과 젠더)에서 살펴본 것처럼, 젠더의 문제는 베트남전 소설에서 매우 중요한 과제이다. 안타깝게도 한국·베트남·미국의 베트남전 소설에서 여성은 타자화되거나 알레고리화 되고 있음을 확인하였다. 이와 관련해서 『동조자』는 매우 진지한 문제제기를 하고 있다. 특히 이러한 문제제기는 '내'가 실험실에서 경험하는 일을 통해 강렬하게 드러난다.

장군은 '조국수복운동'의 일환으로 정찰조를 태국으로 파견한다. 여기에는 '나'의 의형제인 본도 참여하고, '나'는 만의 반대를 무릅쓰고 본을 구하기 위해 정찰조에 참여해 태국으로 떠난다. 태국에서 라오스를 거쳐 베트남에 잠입하다가 '나'는 붙잡히고, 재교육 수용소에 수감된다. 재교육 수용소에 수감되어 1년간 자술서를 쓴 '나'는, 다시 검사실(examination room)에서 심문을 당한다. 재교육 수용소의 정치위원은 '나'의 의형제 중의 한 명이자, '나'의 스파이 활동을 늘 지시하고 감독하던 공산주의자 만이다. 검사실은 만이 '나'를 구해주기 위한 목적으로 만든 곳으로서,[178] 이 검사실에서 '나'는 두 가지 일을 해야만 한다. 첫 번째는 "독립과 자유보다 더 소중한 것은 무엇인가?"(2권, 224)에 대한 답을 하는 것이고, 두 번째는 '내'가 잊어버리고 자술서에 쓰지도 않은 무언가를 기억해 내는 것이다. '나'는 자술서에서 무려 "간첩 활동의 증거인 걸쭉한 종이 반죽을 입안에 잔뜩 쑤셔넣어 우리의 시큼한 이름들이 문자 그대로 튀어나갈 듯 혀 끝에 뱅뱅 맴도는 상태였던 공산당 첩자."(2권, 232)를 네 번이나 언급하지만, 그 '공산당 첩

---

178) 만은 실험실험에 '나'에게 "너 같은 사람들은 혁명의 순수성을 파괴할 수 있는 오염물질을 지니고 있기 때문에 숙청되어야만 해. 내가 할 일은 네가 숙청될 필요가 없다는 것, 석방되어도 괜찮다는 것을 증명하는 거야. 나는 바로 이런 목적을 위해 이 시험실을 지었어."(2권, 231)라고 말한다.

자 여성'에게 어떠한 일을 했는지, 그녀의 운명이 어떻게 되었는지에 대해
서는 그 어떤 것도 자술서에 쓰지 않는다. 그런데 만과 소장이 알고자 하는
것은, '내'가 '공산당 첩자 여성'에게 어떤 일을 했는지에 대해서이다.

'첩자 여성'에 대한 일은 비엣 타인 응우옌의 젠더적 문제의식과 직접적
으로 맞닿아 있다. 만의 이 질문에 '나'는 그 여성에게 "아무 짓도 안 했
다"(2권, 233)며 절규하지만, 바로 그 '아무 짓도 하지 않은 것'이야말로 '나'
의 가장 큰 잘못이었음이 드러난다. 만은 "넌 정말 아무것도 하지 않았지.
그게 바로 네가 시인하고 자백해야만 하는 죄야."(2권, 233)라고 단호하게 말
한다. '내'가 망각한 '자신의 죄'는, 심문실에서 '공산당 첩자 여성'이 끔찍
한 폭력에 시달리는 것을 보면서도, 아무 일도 하지 않은 채 가만히 지켜보
기만 했던 것이다.

그 심문실에서는 "전화 호출은 물론이고, 비행기 태우기와 물 드럼통과
핀, 종이, 선풍기를 사용한 흔적 하나 남지 않는 기발한 방식과 마사지와
도마뱀들과 국소 화장들과 장어에 이르기까지"(2권, 249)의 온갖 가혹 행위
를 행한다. 장군은 '첩자 여성'이 어떻게 중요한 명단을 입수했는지 알고
싶어 했고, 이 비밀을 캐내기 위해 극한의 폭력을 행사한다. 그 심문실에는
경찰관 셋, 소령, 클로드, '나'가 있었다. 만의 연락책이었던 '첩자 여성'은
맨몸으로 손과 발이 네 개의 탁자 다리에 밧줄로 묶인 채 누워 있었다. 곧
경찰관 세 명은 '첩자 여성'에게 하드코어 포르노를 뛰어넘는 성적인 폭력
을 가한다. 이것은 일차적으로 남베트남 공권력에 의한 부당한 성폭력을
보여주는 것이라고 할 수 있다. '첩자 여성'이 "제발 이러지 마세요! 이렇게
빌게요!"(2권, 253)라며 울부짖을 때, 나이 많은 경찰은 "저 납작코랑 거무스
름한 피부를 좀 봐. 캄보디아인이나, 아니면 아마 참족 피가 섞였나봐. 그
인간들은 피가 뜨겁지."(2권. 253)라는 인종차별적 발언까지 한다. 동시에

CIA 요원인 클로드는 그 모든 상황을 지켜보며 그것을 주도한다는 점에서,[179] 이 장면은 오랜 세월 베트남 여성들이 미국 등의 서구 세력에게 당한 실제적·상징적 폭력을 보여주는 것이라고 할 수 있다.[180]

여기서 주목할 것은 그 극한의 폭력이 벌어지는 그 심문실이 '영화관(movie theater)'으로 불린다는 것이다. '첩자 여성'을 향한 막장의 폭력이 계속 벌어지는 동안에도, 그 심문실은 계속해서 오직 영화관으로만 불린다. 실제로 미국인인 클로드나 베트남인인 '나'와 소령은 스크린에서 펼쳐지는 영상을 바라보는 관객과 같은 모습으로 그 모든 것을 지켜볼 뿐이다. "고통이라는 나사들이 그녀의 위, 아래턱과 두 눈을 꽉 조여서, 그것도 여느 때보다 훨씬 더 강하게 조이고 있어서, 그녀가 나를 전혀 보고 있지 않다는 느낌"(2권, 255)을 받을 때도, "머리를 쳐들고 너무나 강렬해서 그 방에 있는 모든 남자가 다 마땅히 재와 연기로 변해 버릴 정도의 증오감으로 우리 모두를 노려"(2권, 256)볼 때도, 미국인인 클로드나 베트남인인 '나'는 아무런 행동도 취하지 않고 그것을 바라만 보는 것이다.

미국인인 클로드는 말할 것도 없고, 베트남인인 '나'는 자신의 동지이기도 한 그 여성이 심각한 고문을 받는 현장에 입석한다. 그러나 '나'는 끝내 그 앞에서 아무런 행동도 취하지 않는다. 그것은 극한의 폭력을 당하는 베트남 여성을 향해 어떠한 구원의 손길도 건네지 않고, 상징적 폭력에 동조

---

179) 클로드는 '나'에게 "이게 역겨운 일이기는 하지만, 네가 꼭 봐야 한다"(2권, 251)고 말한다.
180) 응우옌은 대담에서 서구인들에게 베트남 여성들은 "국가를 대신하거나, 강간을 당하거나, 외국인들, 특히 미군들의 연인이 되는 것"(비엣 타인 응우옌은 폴 트란과의 대담, 앞의 글, 321면)을 역할로 부여받았다고 말한다. 이때 대담자인 폴 트란도 "지배적인 문화 안에서 베트남 사람들이 재현되는 경우에, 베트남인 등장인물이 -그 인물은 대체로 베트남 여성이다-국가를 대신하는 것은 흔한 일이다. 이런 주변적 인물들은 각종 영화나 글에서 베트남이 지금껏 어떤 식으로 취급받았는지에 대해 사유하거나 드러내는 은유 혹은 단초로 취급받는다."(위의 글, 319면)라고 말하며, 비엣 타인 응우옌에게 동의한다.

한 베트남 남성들에 대한 비판을 함축한 것이라고 할 수 있다.[181] 더군다나 이 베트남 여성의 이름은 다름 아닌 '베트남'이다. 이것은 「더 햄릿」과 같은 영화가 무수히 만들어지면서, 베트남 여성들을 한갓 응시의 대상 정도로 전락시킬 때 별다른 문제제기를 하지 않았던 남성(미국인 남성, 베트남 남성 등)들을 직접적으로 비판하는 설정이다. 소위 영화관에서의 일들은, 베트남(전)을 둘러싼 다양한 재현이 여성에게 가한 폭력과 그것을 묵인한 젠더적 남성 권력에 대한 일종의 알레고리라고 할 수 있다.

비엣 타인 응우옌은 폴 트란과의 대담에서 "나는 관습적으로 여성들을 통해 베트남을 재현하는 행위가 외국인들이 행하는 일일뿐 아니라 베트남 사람들 자신들마저도 행하는 일"[182]이라고 말한 바 있다. 베트남 여성이 국가 표상의 도구로 활용되는 것은 베트남 남성들에 의해서도 일어났다는 것이다. 이것을 비엣 타인 응우옌은 "베트남 여성들에 대한 강간은 베트남 남성들에 의해서도 마찬가지로 행해졌다"[183]고 강하게 표현하기도 하였다. 『동조자』에서 공산주의자 여성이 엄청난 고문을 당하고 있는 상황에서도, 베트남인 남성이 가만히 지켜만 보고 있는 장면은 '베트남 여성들에 대한 강간은 베트남 남성들에 의해서도 마찬가지로 행해졌다.'라는 명제가 실연(實演)되는 것이라고 할 수 있다.[184]

이외에도 여러 부분에서 『동조자』에는 제국주의적 표상이 젠더와 결합

---

181) 물론 '나'의 방관자적인 태도는 고통 받는 베트남(인)을 방관한 누구에게나 해당하는 일이기도 하다. 이것은 재교육 수용소의 소장이 "온 세상이 우리나라에 어떤 일이 벌어지는지를 지켜보았지만, 세상 대다수가 아무것도 하지 않았지. 그뿐 아니라 – 그것을 즐기기까지 했어."(2권, 262)라는 말에서도 분명하게 드러난다.

182) 비엣 타인 응우옌은 폴 트란과의 대담, 앞의 글, 321면.

183) 위의 글, 322면.

184) 이 끔찍한 '영화관'에서는 심지어 클로드조차도 "유래를 몰랐"(2권, 249)던 일들이 벌어진다. 특히 경찰관 세 명이 '첩자 여성'에게 "자궁검경을 가지고 와서 의사 놀이"를 하는 동안, 클로드는 '나'에게 "알아두라고 말해 주는 건데, 나는 저들에게 저렇게 하는 법을 가르치지 않았어."(2권, 257)라고 말하기도 한다.

된 양상에 대한 비판적 인식을 보여준다. 『동조자』에서는 성애화되고 수동
적인 베트남 여성에 대한 서구의 인식과 그에 대한 비판이 아오자이를 통
해 드러나기도 한다. 장군의 딸인 란이 여학생으로 베트남에 머물고 있을
때, 그녀는 "여학생용 흰색 아오자이"(1권, 189)를 입고 있다. 이 옷에 대해,
'나'는 이 아오자이가 "서양 작가들로 하여금 목 윗부분과 소맷부리 아랫부
분 이외에는 맨살을 조금도 드러내지 않으면서도 곡선미는 남김없이 드러
내는 묘령의 육체에 대해 거의 남색(男色)이나 다름없는 환상에 빠지게"(1권,
189) 한다고 말한다. 그리고는 서양 작가들이 "이 옷을 우리나라에 대한 암
시적인 은유로 받아들인 듯"(1권, 189)하다고 덧붙인다. 그 은유의 구체적인
내용은 다음과 같이 서술된다.

> 그 작가들은 아무래도 이 옷을 우리나라에 대한 암시적인 은유로 받
> 아들인 듯합니다. 이 나라는 자유분방하지만 동시에 수줍어하고, 새치
> 름한 모습을 눈부시게 과시하며 죄다 줄 듯하면서도 아무것도 거저 주
> 지 않으며, 역설적인 유혹의 자극제일 뿐 아니라 정숙함을 주제로 한
> 숨이 턱 막힐 만큼 외설적인 전시회라고 말입니다. 어떤 남성 여행 전
> 문 작가도, 기자도, 혹은 우리나라 사람들의 삶을 우연히 목격한 누구라
> 도, 펄럭이는 흰색 아오자이를 입은 채 자전거를 타고 등하교하는 어린
> 여학생들, 즉 모든 서양 남자가 자신의 수집품 가운데 핀으로 꽂아두기
> 를 꿈꾸는 나비 같은 여자들에 대한 글을 쓰지 않을 수 없었습니다. (1
> 권, 189-190면)[185]

---

185) This the writers apparently took as an implicit metaphor for our country as a
whole, wanton and yet withdrawn, hinting at everything and giving away
nothing is a dazzling display of demureness, a paradoxical incitement to
temptation, a breathtakingly lewd exhibition of modesty. Hardly any male
travel writer, journalist, or casual observer of our country's life could restrain
himself from writing about the young girls who rode their bicycles to and
from school in those fluttering white so dai, butterflies that every Western
man dreamed of pinning to his collection.(p.114)

서구인의 제국주의적 표상이 젠더와 결합되는 양상은 일본계 미국인인 미즈 소피아 모리에게도 나타난다. 모리는 '나'에게 "그들은 내가 전족을 한 섬세하고 작은 중국 인형이라고, 언제라도 기꺼이 타인의 비위를 맞출 준비가 되어 있는 게이샤라고 생각하지요."(1권, 126)라고 말하기도 한다. 아이러니하게도, 프랑스 식민지 시절부터 베트남에서 CIA 요원으로 활동했던 클로드는 그 오랜 경험으로 인해, 베트남 여성에 대한 왜곡된 인식에서 벗어난 모습을 보여주기도 한다. 그는 한동안 미국인들에게 베트남을 가장 잘 재현한 명작으로 꼽히던 그레이엄 그린의 『조용한 미국인』이 베트남 여성 푸옹을 조용하고 수동적으로 묘사한 방식에 대하여 불만을 터트린다. 클로드는 "그 베트남 아가씨, 그녀가 한 일이라고는 아편을 준비하고, 그림책들을 읽고, 새처럼 속삭이듯 말한 게 전부야. 자네는 그녀랑 비슷한 베트남 아가씨를 만나 본 적이 있었나? 만일 그렇다면, 부디 내게 소개 좀 시켜주게."(1권, 168)라고 말하여, 베트남 여성 푸옹의 재현이 미국 남성들의 판타지에 불과함을 지적한다.

3) 무한한 잠재성의 세계 - '아무것도 아닌 것(nothing)'

『동조자』는 재교육 수용소의 소장과 정치위원이 '나'를 "미국인에서 베트남인으로 변모"(2권, 206)시키기 위해 만든 최신식 검사실에서 클라이맥스에 이른다. 앞에서도 살펴본 것처럼, 이 검사실에서 '나'는 두 가지 일을 해야만 한다. 첫 번째는 "독립과 자유보다 더 소중한 것은 무엇인가?"(2권, 224)라는 질문에 답을 하는 것이고, 두 번째는 '내'가 잊어버리고 자술서에 쓰지도 않은 '공산당 첩자 여성'에 대한 일을 기억하는 것이다. '나'는 두 번째 과제를 나름대로 수행하고,186) 첫 번째 질문에 대한 답변을 해야만

---

186) 나중에 '나'는 '공산당 첩자 여성'의 끔찍한 고통 앞에서 방관만 한 자신을 깨달

하는 처지이다.

공산주의 베트남의 재교육 수용소에서, 소장이나 정치위원이 하는 "독립과 자유보다 더 소중한 것은 무엇인가?"라는 질문에 대한 답은 너무나 분명하게 정해져 있다. 그것은 바로 '아무것도 없다(Nothing)'이다. 이때의 '아무것도 없다(Nothing)'는 호치민의 너무나 유명한 말인 '독립과 자유보다 소중한 것은 아무것도 없다.(Nothing is more precious than independence and freedom.)'에서 비롯된 단어이다.[187] "독립과 자유보다 소중한 것은 아무것도 없다."는 호치민의 말은, 공산주의자였던 '나'와 만이 고등학생 시절 "이 좌우명을 위해서라면 우리는 기꺼이 목숨도 바칠 수 있었습니다."(1권, 51)라고 생각할 정도로 절대적인 의미를 부여했던 말이기도 하다.[188] 이것은 베

고는 반성을 한다. 그것은 "나는 수치심이 느껴져서 수치스러운 줄도 모르고 눈물을 흘리며 외쳤다. 나는 아무것도 하지 않는 죄를 저질렀습니다. 나는 아무것도 하지 않았기 때문에 그 모든 일을 당한 사람이었다! 게다가 나는 눈물을 흘리며 울었을 뿐 아니라 울부짖었고, 감정의 토네이도에 내 영혼의 창문들이 덜덜 떨리고 덜컥거리기까지 했다."(2권, 262-263)고 표현된다. 원문을 옮기면 다음과 같다. "I wept and cried without shame for the shame I felt. I was guilty of the crime of doing nothing. I was the man to whom things are done because he had done nothing! And not only did I weep and cry; I howled, a tornado of feeling causing the windows of my soul to shudder and clack."(p.357)

187) 호치민이 이 말은 한 것은 1966년 7월 17일이다. 이 문장이 들어간 연설문을 옮기면 다음과 같다. "전쟁은 5년, 10년, 20년 혹은 더 길어질지 모른다. 하 노이, 하이퐁, 기타의 도시, 기업이 파괴될지 모른다. 그러나 베트남 인민은 두려워하지 않는다. 독립과 자유보다 더 고귀한 것은 없다. 완전한 승리의 그 날이 온다면 우리 인민은 우리 국토를 더욱 훌륭하고 아름답게 재건할 것이다." (古田元夫,『베트남, 왜 지금도 호찌민인가』, 이정희 옮김, 학고방, 2021, 178-179면) 세계 최강인 미군과의 전쟁은 베트남인에게 엄청난 희생을 동반하는 것이었으며, 이러한 희생을 넘어 베트남인들이 전쟁터로 향하게 만든 큰 힘이 된 것은 '독립과 자유보다 더 고귀한 것은 없다'라는 말을 비롯한 호찌민의 일련의 호소였다. (위의 책, 179-180면)

188) 만과 나 그리고 본은 고등학교 시절에 피를 섞어 서로에게 영원히 충성할 것을 맹세한 의형제이다. '나'와 만이 공산주의자였던 것과 달리 본은 "순수한 애국자, 그러니까 자진해서 싸우는 공화주의자"(1권, 30)이다. 본은 지역 세포 조직의 간부가 촌장인 자기 아버지를 마을 광장에 꿇어 앉히고 자백하라고 윽박지른 다음 귀 뒤에 힘껏 총알을 받아넣은 이래로 줄곧 공산주의자들을 증오해 온 인물이다.

트남 공산주의의 최고 이념을 구현한 문장이라고 할 수 있다.

하노이의 호치민 영묘, 묘소 안으로 들어가면
'독립과 자유보다 소중한 것은 아무것도 없다.'는 호치민의 말이 금으로 새겨져 있다.

　그러나 '나'의 의형제이자 공산주의자이며 현재는 수용소의 정치위원인 만은, 단순하게 호치민의 말을 반복하는 차원의 대답을 원하지 않는다. 이것은 베트남전 당시 네이팜탄으로 얼굴이 사라져버린 만이, 공산주의 이념과 체제에 회의를 느끼게 되었다는 것을 의미한다. 실제로 만은 '나'에게 "날 겁먹게 하는 건 내가 받은 교육이야. 교사가 어떻게 자신이 믿지 않는 걸 가르치며 살 수 있겠어?"(2권, 274)라고 말하기도 하는 것이다. 그렇기에 만은 "독립과 자유보다 더 소중한 것은 무엇인가?"라는 질문에 대한 응답으로, '내'가 호치민의 말이 아닌 다른 것을 대답하기 원한다.

결국 '나'는 그 질문에 대한 진정한 답을 얻어낸다. '내'가 '베트남-미국-베트남-미국-필리핀-태국-라오스-미국'의 여정을 거치는 과정에서 온갖 어려움을 겪으며, 도달한 마지막 세계는 '아무것도 아닌 것(nothing)'이다. 이것은 번역자 김희용이 각주에도 쓴 것과 같이, "원문의 'there's nothing there.'라는 표현을 일반적인 경우처럼, '거기에는 아무것도 없다.'라고 이해하는 것이 아니라, '거기에는 <아무것도 아닌 것(혹은 아무것도 없음)>이 있다.'라고 이해하는 방식"[189]과 관련된다.[190] '나'의 깨달음은 '아무것도 아닌 것(nothing)'의 긍정성을 최대한 인정한다는 의미를 지닌다. 'there's nothing there.'의 일반적인 이해가 독립과 자유만이 절대적으로 중요하다는 의미로 받아들이는 것이라면, '내'가 마지막에 도달한 '아무것도 아닌 것(nothing)'은 독립이나 자유보다 중요한 가치를 지닌 것으로서의 무언가이다. 이 대답 이후에 '나'는 드디어 재교육 수용소를 나와, 베트남을 떠날 준비를 한다. 그리고 이 대답이야말로 "이제 내가 아는 걸 너도 알지, 안 그래?"(2권, 282)라는 만의 말에서 알 수 있듯이, 정치위원이자 '나'의 의형제인 만이 진정으로 듣기 원하던 말이다. 작품 속에서 '나'는 직접적으로 자신의 깨달음이 지니는 의미를 다음과 같이 설명한다.

---

189) 김희용, 『동조자 2』, 민음사, 2018, 284면.
190) 이것은 마치 허먼 멜빌의 「필경사 바틀비」(1853)에서 바틀비가 변호사의 요구에 대해서 "그렇게 안 하고 싶습니다.(I would prefer not to.)"라고 대답한 것과 비슷한 것이라고 할 수 있다. 지젝은 "그의 '그렇게 안 하고 싶습니다'는 문자 그대로 받아들여져야 한다. 즉 그 말은 '그렇게 하고 싶지 (또는 하고자 하지) 않습니다'가 아니라 '그렇게 안 하고 싶습니다'"(Slavoj Žižek, *The Parallax View*, Cambridge: MIT Press, 2006, p.381, 한기욱, 「근대체제와 애매성 -<필경사 바틀비> 재론」, 『문학의 열린 길』, 창비, 2021, 350면에서 재인용)라며, 지젝은 "그는 그것을 하기를 원하지 않는다고 말한 것이 아니다. 그는 그것을 안 하고 싶다(안 하기를 원한다)고 말한 것이다. 이것이 우리가 자기가 부정하는 것에 기생하는 '저항' 또는 '항의'의 정치로부터 패권적 위치 및 그 부정 바깥에 새로운 공간을 여는 정치로 이행하는 방식"(위의 책, 350면)이라고 주장하였다.

그(소장-인용자)는 '아무것도 없음'에서 단 한 가지 의미만을 발견했다. 예를 들어 '거기에는 아무것도 없다.'같은 문장에서 '부재'라는 부정적 의미만 보았던 것이다. 그는 긍정적인 의미는 파악하지 못했다. '아무것도 없음'이 사실은 '그 무언가'라는 역설적인 사실을 말이다. 우리의 소장은 농담을 알아듣지 못하는 사람이었고 농담을 알아듣지 못하는 사람들은 정말로 위험한 사람들이다. 그들은 '아무것도 없음'을 경건한 마음으로 말하고, 다른 모든 사람들에게 '아무것도 없음'을 위해 죽을 것을 요구하고, '아무것도 없음'을 숭배하는 사람들이다. 그런 사람은 '아무것도 없음'을 비웃는 사람을 너그럽게 봐 주지 못한다. (2권, 284)[191]

내가 마침내 직관적으로 알게 된 것은 무엇이었을까? 바로 다음과 같은 것이었다. 독립과 자유보다 더 소중한 것은 아무것도 없지만, 동시에 '아무것도 없음'이 독립과 자유보다 더 소중하다! 이 두 구호는 대체로 같지만, 똑같지는 않다. 고무적인 첫 구호는 호치민의 공허한 정장으로, 그가 더 이상 입지 않는 것이었다. 그가 어떻게 그럴 수가 있을까? 그는 죽어 버렸으니까. 두 번째 구호는 교묘한 구호, 즉 농담이었다. 그것은 호 아저씨의 공허한 정장의 안팎을 뒤집어 놓은 것으로, 오직 두 마음을 가진 남자나 얼굴 없는 남자만이 감히 걸칠 엄두를 낼 수 있는 느낌의 의상이었다. (2권, 291)[192]

---

191) "He saw only one meaning, in nothing - the negative, the absence, as in *there's nothing there*. The *positive* meaning eluded him, the paradoxical fact that nothing is, indeed, something. Our commandant wad a man who didn't get the joke, and people who do not get the joke are dangerous people indeed. They are the ones who say nothing with great piousness, who ask everyone else to die for nothing, who revere nothing. Such a man could not tolerate someone who laughed at nothing."(p.371)

192) What had I intuited at last? Namely this: while nothing is more precious than independene and freedom, nothing is also more precious than independence and freedom! These two slogans are almost the same, but not quite. The first inspring slogan wad Ho Chi Minh's empty suit, which he no longer wore. How could he? He was dead. The second slogan was the tricky one, the joke. It was Uncle Ho's empty suit turned inside out, a sartorial sensation that only a man of two minds, or a man with no face, dared to wear. (pp. 375-376)

그러나 재교육 수용소의 소장은 '나'의 말을 결코 이해하지 못한다. 그는 오직 호치민의 말에 바탕하여 '아무것도 아닌 것(nothing)'을 이해하기 때문이다. 'There's nothing there.'의 'nothing'에서 부재라는 의미만을 발견한다면, 이것은 호치민이 말한 독립과 자유만을 절대시하는 결과를 가져온다. 이런 식으로 '아무것도 아닌 것(nothing)'을 이해하는 소장과 같은 사람들은 "위험한 사람들"이다. 그들은 "'아무것도 없음'을 비웃는 사람을 너그럽게 봐 주지 못"할 뿐만 아니라, "다른 모든 사람들에게 '아무것도 없음'을 위해 죽을 것을 요구"하기 때문이다.

지금까지 '아무것도 아닌 것(nothing)'은 '개인'을 의미한다는 의견이 제기되었다. 부희령은 '아무것도 아닌 것(nothing)'이 "특정되지 않은 보편으로서의 개인을 가리키는 말"[193]이라고 주장하였다. 비엣 타인 응우옌과의 대담에서 폴 트란은 "'아무것도 아닌 것'인 개별적인 인간으로서, 그 개인이 독립과 자유보다 더 중요한가? 아니면 있는 그대로 그저 '아무것도 아닌 것'인가? 완전히 다른 어떤 것일 수도 있는가?"[194]라고 비엣 타인 응우옌에게 질문을 던진다. 이에 대해 비엣 타인 응우옌은 "혁명과 개인을 이항대립으로 표현하고 싶지는 않았다."[195]며, "'아무것도 아닌 것'인 한 개인이 이런 혁명적인 사회에서 엄청난 가치를 가진다는 점을 지적"하지만, "개인주의에만 의존하는 것은 내가 이 책의 끝부분에서 불완전하게나마 표현하고자 시도하는 것, 즉 혁명의 실패에 대한 해답이 될 수 없을 것"[196]이라고 분명하게 말한다.[197] 이것은 '아무것도 아닌 것'을 개인으로 해석하여, '개

---

193) 부희령, 「역자 서문」, 『아무것도 사라지지 않는다』, 더봄, 2019, 8면.
194) 비엣 타인 응우옌·폴 트란 대담, 앞의 글, 324면.
195) 위의 글, 324면.
196) 위의 글, 325면.
197) 이 문장의 해석과 관련해 베트남 전문가인 후루타 모토오는 베트남인의 특성과 관련한 해석을 소개하기도 하였다. "원래 베트남 사람들은 권력에 대한 복종심이 약하고 모두 제각각의 방향으로 나아가는 사회를 형성하고 있다. 호찌민의 '독립

인/이념'이라는 이분법에 바탕한 휴머니즘으로 작품의 주제의식을 한정 짓는 것에 대해 작가가 분명하게 반대한 것이라고 할 수 있다.[198]

'아무것도 아닌 것'에 대한 가치부여는 모든 체제의 위계 질서 바깥으로 탈주하는 일이며, 이것은 미국은 물론이고 미국과 맞서 싸운 북베트남과도 결별하는 일에 해당한다. 이 작품에서는 통일 이후의 '공산주의 베트남' 역시 문제가 있는 사회로 그려진다. 『동조자』의 서사에서 통일 이후의 베트남은 재교육 수용소의 모습으로만 등장하며, 이곳은 부패한 곳으로 그려진다. '나'를 감시하는 앳된 얼굴의 보초는 죽음을 각오한 전쟁 기간에는 죽지 않았지만, 종전 이후 "면회하러 온 어느 포로의 아내가 그에게 옮긴 매독으로 진작부터 거의 죽어 있는 거나 다름없"(2권, 246)는 상태이다. 포로의 아내는 "자신이 가지고 있던 유일한 재산으로 뇌물을 상납"(2권, 246)했

과 자유보다 더 고귀한 것은 없다'라는 말에서 독립을 개인의 독립심, 자유를 마음 내키는 대로의 뜻으로 바꾸면 이것만큼 베트남인들의 기질을 딱 맞게 표현한 말은 없다는 의견조차 있다."(古田元夫, 『베트남, 왜 지금도 호찌민인가』, 이정희 옮김, 학고방, 2021, 205-206면)는 것이다. 이러한 해석 역시 nothing을 개인으로 해석하는 것과 비슷하다고 할 수 있다.

198) 물론 개인의 존엄성에 대한 인식도 매우 중요한 의미를 형성한다. 그것은 '내'가 장군 밑에서 스파이 활동을 하기 위해 무고하게 살해한 소령과 소니가 끝까지 '나'를 따라다니는 모습에서 드러난다. 이것은 너무나도 집요하게 작품 속에서 반복된다. 대표적인 부분만 옮겨 보아도 다음과 같다. "무절제한 소령의 죽음에 대한 양심의 가책이 하루에도 몇 번씩 채권추심업자처럼 집요하게 벨을 울리며 나를 찾았습니다."(1권, 230), "나는 무절제한 소령이 보이지 않는 어딘가에서 킬킬 웃는 소리를 들었습니다."(1권, 292), "내 좌석의 한쪽은 무절제한 소령과 함께, 나머지 한쪽은 소니와 함께 나눠 쓰고 있었거든요."(2권, 145), "요란한 경적 소리와 바로 위 천장에 자리 잡고서 늘 그런 식으로 소일하는 것처럼 굴며 나를 무기력하게 만드는 소니와 무절제한 소령의 모습으로 인해 내내 깨어 있었으니까요."(2권, 160), "한쪽 구석에 서서 엄청난 참을성으로 그 환자를 관찰하는 소니와 무절제한 소령은 나가지 않았다."(2권, 243) 등등. 특히 마지막에 '내'가 재교육 수용소에서 나왔을 때도 소니와 소령은 '나'를 떠나지 않는다. "우리는 천장을 바라보았는데, 그곳에서는 소니와 무절제한 소령이 등을 대고 반듯이 누운 채, 도마뱀붙이가 놀라 달아나게 만들고 있었"(2권, 298)던 것이다. 무고한 생명에 대한 살해는 결코 사라지지 않는 것이다.

던 것이다. 나중에 만은 '나'와 본이 베트남을 떠날 수 있는 돈을 마련해 주는데, 이것 역시 수용소에 있는 남편을 만나기 위해 절박한 여자들이 바친 돈에서 마련한 것이다. 만이 본을 석방시킨 것도 소장에게 돈을 지불했기 때문에 가능했던 일이다. 만은 '나'에게 이런 일을 이야기하며, "공산 국가에서 여전히 돈으로 원하는 건 뭐든 살 수 있다는 게 놀랍지 않아?"(2권, 290)라고 묻기도 한다. 신실한 공산주의자였으며 수용소의 정치위원인 만은 "당 간부진들이 막힘없이 지껄이는 그 모든 전문용어는 단지 끔찍한 진실을 숨길 뿐이야."(2권, 274)라고 말할 정도이다.

재교육 수용소에서 나왔을 때도 상황은 별로 나아지지 않는다. 수용소에서 나온 이후 '나'는 "로맨틱한 노래 한 곡이나 유행가 한 소절조차 듣지 못"(2권, 296)한다. "황색음악은 이제 금지되었고, 오로지 혁명적인 적색음악만이 허용"(2권, 297)된 결과이다. 이러한 상황에 대해, '나'는 "이른바 황인종의 땅에서 황색음악 금지라고? 이런 것을 위해 그때껏 투쟁한 것이 아니었기 때문에, 우리는 웃음을 터뜨리지 않을 수가 없었다."(2권, 297)라며 불만을 드러낸다. 사이공에 머물며 베트남에서 떠날 날을 기다리는 두 달 동안, '나'는 수용소에서 이미 광범위하게 자백을 했음에도 불구하고 자술서를 써서 그 지역 당 간부들에게 제출해야만 한다. 또한 자술서를 끝맺을 때면, "반드시 독립과 자유보다 소중한 것은 아무것도 없다"(2권, 298)라고 덧붙여야 한다. 이렇게 끊임없이 자술서를 써야 하는 일은 '나'만의 특수한 일은 아니어서, "거의 모든 상품과 원자재의 만성적인 부족에도 불구하고 종이는 전혀 부족하지 않았는데, 인근의 모든 사람들이 정기적으로 자술서를 쓰라는 요구를 받기 때문"(2권, 298)이라고 표현할 정도이다.

독립과 자유를 절대시하는 것은 베트남에 하나의 그림자를 가져왔다. 베트남의 혁명은 "정치적 변화의 전위대에서 후방에서 재물만 모으는 정권으로 변해 버렸"(2권, 292)던 것이다. 그런데 이러한 혁명의 음화는 결코 베트남만의 문제는 아니다. 프랑스인들과 미국인들도 유사한 일을 겪었던 것인데, "한때는 그들 자신이 혁명가였음에도 불구하고, 그들은 제국주의자들이 되어, 저항하는 우리의 작은 국토를 식민지로 만들어 차지하고, 우리를 구한다는 명목으로 우리의 자유를 빼앗았"(2권, 292)던 것이다. 비엣 타인 응우옌은 "우리의 혁명은 그들의 혁명보다 상당히 오래 걸렸고, 상당히 더 많은 피를 흘렸지만, 우리는 잃어버린 시간을 만회했다."(2권, 292)라는 말에서 알 수 있듯이, 모든 혁명에는 빛과 더불어 그림자가 공존한다고 보는 것이다.

『동조자』에서는 '독립과 자유보다 소중한 것은 아무것도 없다.'는 호치민의 이념이 미국에서도 핵심적인 이상이라는 것이 반복해서 강조된다. 이 작품에서는 호치민이 베트남 독립선언서에 "미국 건국의 아버지들이 한 말을 그대로 인용"(1권, 14)한 사실이 언급되기도 한다.[199] 또한 맹렬한 반공주의자인 미국의 하원의원이 베트남 망명자들에게 연설을 할 때도, "미국이 자유와 독립의 땅"이며 "민주주의와 자유라는 공동의 대의를 위해서 지금껏 너무나 많은 것을 희생한 여러분 같은 사람들을 환영하는 땅"(1권, 196)이라고 말한다. 그리고는 마지막에 "베트남 만세!"와 "베트남이여 영원하라!"(1권, 197)를 외친다. 이 모습을 보며 언론인이기도 한 소니는 "저건 공산당이 사용하는 거랑 똑같은 구호야."(1권, 198)라고 말한다. 다른 자리에서 미국의 하원의원은 직접적으로 '자유'와 '독립'을 언급한다. 미국의 제6대 대통령 존 퀸시 애덤스가 한 말, 즉 "자유와 독립의 깃발이 지금껏 휘날리고 있거나 앞으로 휘날릴 곳이라면, 그곳이 어디든 미국의 마음과 축복과 기도가 함께할 것이다……. 미국은 모든 나라의 자유와 독립을 지지한

---

199) 에이미 추아도 "여러 차례 호찌민은 베트남의 독립 전쟁을 미국의 독립 전쟁에 비유했고 미국 독립선언문을 베트남 독립선언에 인용하기까지 했다."(에이미 추아, 앞의 책, 62면)라고 주장한다.

다."(2권, 111-112)라는 말을 인용하는 것이다. 미국에서 '조국수복운동'을 벌이던 장군은 태국으로 떠나는 정찰조 앞에서, 링컨의 게티즈버그 연설(that government of the people, by the people, for the people, shall not perish from the earth.)을 떠올리게 하는 "혁명은 국민을 위한, 국민에게서 비롯되는, 국민에 의한 것이다. 그게 바로 우리의 혁명이다!"(2권, 47)[200]라는 연설을 하여 분위기를 띄우기도 한다.

그렇기에 '내'가 독립과 자유보다 더 소중한 것으로 선택한 '아무것도 아닌 것(nothing)'은 특정한 혁명세력을 지지하는 것과는 거리가 멀다. 베트남은 "독립과 자유-나는 이 단어들을 말하는 데 너무 신물이 났다-의 이름으로 스스로를 해방시켰지만, 그런 다음 곧 우리의 패배한 동포들에게서 바로 그것을 박탈했던 것이다."(2권, 292)라는 말에서 알 수 있듯이, '아무것도 아닌 것(nothing)'은 차라리 지젝이 강조한 '불온한 수동성'의 개념에 가까워 보인다. 이것은 근대세계체제에 대한 반(反)동일시의 태도는 물론이고, 비(非)동일시의 태도도 아니다. 이것은 일종의 무(無)동일시에 가까운 전략인지도 모른다. 지젝은 알랭 바디우를 따라서 시스템이 더욱 부드럽게 작동하게끔 만들어주는 국지적 행동에 참여하기보다는 아무것도 하지 않는 편이 더 낫다고 주장하였다. 왜냐하면 오늘날 진정한 위협은 수동성이 아니라 유사-행동이며, '능동적'이고 '참여적'이 되려는 이 충동은 실제로는 아무 일도 일어나지 않고 있다는 사실을 은폐하기 때문이다. 이러한 유사 행동에 대해 지젝은 비판적인 참여와 행동을 통해서 권력을 쥔 자들과 '대화'에 나서기보다는 '불길한 수동성'으로 퇴각하는 것이 오히려 진정 어려운 일이라고 주장한다.[201]

---

200) 원문은 다음과 같다. "Revolutions are for the people, from the people, by the people. That is our revolution."(p.220)
201) 슬라보예 지젝, 『폭력이란 무엇인가』, 이현우 · 김희진 · 정일권 옮김, 난장이, 2011, 9-10면.

그런데 '아무것도 아닌 것(nothing)'은 모든 체제와 이념의 바깥을 지향하는 불온한 수동성의 차원에만 머무는 것은 아니다. 그것은 비엣 타인 응우옌이 대담에서 "그는 그저 가공할 만한 계시의 순간에 한 차례 도달하고, 그런 다음에 결국 이 소설에서는 마무리되지 않는 어떤 시작 단계에 남겨지게 될 뿐이다."202)라고 말할 것에 주목할 필요가 있다. '시작 단계'라는 말은, 팔난신고 끝에 '내'가 깨달은 것이 단순한 부정이나 수동태가 아니라 새로운 시작을 위한 준비에 해당하는 것임을 보여준다. 이것은 '아무것도 아닌 것(nothing)'이 단순한 없음을 의미하는 것이 아니라 진정한 출발이 비롯되는 근본적인 원천에 가까운 것임을 의미하는 것이기도 하다. 그것은 현존하는 모든 권력과 질서로부터 벗어난, 순수하고 절대적인 잠재성의 세계라고도 볼 수 있다.

이러한 깨달음은 혼혈이라는 '나'의 근본적인 존재조건으로 인해 가능했던 것이다. '잡종 새끼'라는 존재 조건은 '나'에게 끊임없이 하나의 세계, 하나의 이념, 하나의 정답을 요구했고, 이로 인해 '나'는 세계에서 분열되었으며 기형적인 존재로 머물 수밖에 없었다.203) 그러나 바로 그 '잡종 새끼'이기 때문에 모든 체제와 권력에서 벗어나는 수동성의 세계이자 나아가 절대적인 가능성의 원천으로서의 '아무것도 아닌 것(nothing)'의 가치를 발견할

---

202) 비엣 타인 응우옌·폴 트란 대담, 앞의 글, 325면.

203) "학대받은 우리 세대가 출생하기 이전부터 분열되어 있었던 것과 꼭 마찬가지로, 나는 아무도 결코 나를 있는 그대로의 나로서 받아들이지 않으며 그저 언제나 내 두 측면 사이에서 선택하라고 옥박지를 뿐인 출산 이후의 세상으로 인도되며 날 때부터 분열이 되었다. 이것은 그저 하기 어려운 일 정도가 아니었다 ─ 그렇기는커녕, 진실로 불가능한 일이었다. 어떻게 나 자신에 맞서서 또 하나의 나를 선택할 수 있었겠나?"(2권, 269-270). 원문을 옮겨보면 다음과 같다. "Just as my abused generation was divided before birth, so was I divided on birth, delievered into a postpartum world where hardly anyone accepted me for who I was, but only ever bullied me into choosing between my two sides. This was not simply hard to do ─ no, it was truly impossible, for how could I choose me against myself?"(p.361)

수 있었던 것이다.

얼굴 없는 남자 외에는 오로지 두 마음을 가진 남자만이 혁명이 독립
과 자유를 위해 어떤 식으로 싸우는지가, 그런 것들을 '아무것도 아닌
것'보다 가치가 적은 것으로 만들어 버릴 수 있음에 대한 이 농담을 이
해할 수 있었다. 내가 바로 나와 나 자신이라는 그 두 마음을 가진 남자
였다. 우리는, 다시 말해, 나와 나 자신은 그때껏 너무나 많은 것을 함께
겪었다. 우리가 만난 모든 사람들이 우리를 서로 멀어지게 만들고 싶어
했고, 이쪽이든 저쪽이든 어느 하나를 선택하기를 원했다. 정치위원을
제외하고는 말이다. (2권, 292)[204]

무한한 잠재성으로서의 '아무것도 아닌 것(nothing)'이 지닌 정치적 의미
는 결코 적지 않다. 동시에 이러한 작업이 현실적인 힘의 관계를 완전히 무
시하는 지적인 해체 작업에 머물 수 있다는 점에 대해서는 주의를 기울일
필요가 있다.

4) 전쟁과 기억, 그리고 평화를 위한 성찰

『아무것도 사라지지 않는다-베트남과 전쟁의 기억』(부희령 옮김, 더봄, 2019)
는 비엣 타인 응우옌(Viet Thanh Nguyen)이 2016년에 발표한 Nothing Ever
Dies: Vietnam and the Memory of War를 번역한 책으로, 이 책에서는 베
트남전과 기억의 문제가 집중적으로 다루어진다. 저자가 기억에 관심을 갖
는 이유는, 전쟁을 기억하는 것이 개인의 정체성은 물론이고, 국가의 정체

---

204) Besides a man with no face, only a man of two minds could get this joke,
about how a revolution fought for independence and freedom could make
those things *worth less than nothing*. I was that man of two minds, me and
myself. We had been through so much, me and myself. Everyone we met
had wanted to drive us apart from each other, wanted us to choose either
one thing or another, except the commissar. (p.376)

성을 결정짓는 핵심적인 문제에 해당하기 때문이다. "전쟁은 처음에는 전쟁터에서 싸우고, 두 번째로는 기억 속에서 싸"[205]우기에, 전쟁에 대한 기억과 망각의 문제는 전쟁의 지속이나 중단과 밀접하게 관련될 수밖에 없는 것이다.

이 책의 가장 큰 특징은 베트남전을 이전과는 달리 복합적인 시선으로 고찰한다는 점이다. 베트남전과 관련해 일반적으로 떠올리는 인간상은 압도적인 무력을 자랑하는 미군과 AK 소총으로 무장한 베트콩과 월맹군, 그리고 한국군 정도이다. 그러나 이 책에 등장하는 인간은 북베트남군과 미군은 물론이고, 남베트남을 지지했던 베트남인들, 캄보디아인들, 라오스인들, 미국에 정착한 베트남 난민들, 캄보디아인들, 라오스인들, 미국에 협조한 라오스의 몽족까지 참으로 다양하다. 이처럼 중층적이고 복합적인 시각은 저자인 비엣 타인 응우옌의 삶에서 비롯된 것으로 보인다. 저자는 1971년 베트남에서 태어나 1975년에 미국으로 탈출했다. 그는 베트남에서 태어났지만, (무)의식에서는 영어를 구사하는 미국인으로 성장하여 현재는 USC 교수이자 소설가로 미국에서 활발하게 활동하고 있다. 그는 "난민 공동체"(388)에서 성장하였으며, 어린 시절의 자신을 "모국어를 잃은 소년, 혹은 입양된 혀를 위해 모국어를 잘라버린 소년"(388)이라고 표현하고 있다.

『아무것도 사라지지 않는다-베트남과 전쟁의 기억』의 본론은 3장으로 이루어져 있으며, 전쟁과 그 기억을 각각 윤리적, 산업적, 미학적 측면에서 살펴보고 있다. 우선 윤리적 측면에서는 타자를 기억하는 것이 중요하다고 말한다. 오직 자신의 가족, 부족, 그리고 국가에만 적용되는 편협한 기억만을 고수할 때 전쟁이 일어난다고 보기 때문이다. 자신만을 기억하는 윤리는, 승자는 물론이고 패자에게도 나타난다. 심지어 미국으로 망명한 베트남

---

205) 비엣 타인 응우옌, 『아무것도 사라지지 않는다-베트남과 전쟁의 기억』, 부희령 옮김, 더봄, 2019, 15면. 앞으로 이 책을 인용할 경우, 면수만 기록하기로 한다.

인들과 그들의 후손들도 자신들의 기억만 고집하려 한다. '미국전쟁' 혹은 '베트남전쟁'으로만 일컬어지는 이 전쟁의 직접적인 관련국에는 베트남과 미국 이외에도 라오스, 캄보디아, 한국, 호주, 뉴질랜드, 필리핀, 태국, 러시아, 북한, 중국 등이 포함되어야만 한다고 말한다. 심지어 이 전쟁으로 인해 라오스에서는 40만 명, 캄보디아에서는 70만 명이 목숨을 잃었을 정도이다.

타자를 기억하는 것과 관련해, 저자는 자신의 인간성과 비인간성을 기억하면서 동시에 타자의 인간성과 비인간성을 기억하는 것이 중요하다고 말한다. 보통 기억하는 것은 '우리의 인간성'과 '타자의 비인간성'이다. 자신의 윤리적 측면만을 기억하고 타자를 살해할 수도 있는 자신의 부당하고 비윤리적 측면을 잊고자 하는 것이다. 자신의 인간성과 피해자성만 기억하게 되면, 우리는 폭력과 복수를 정당화할 수도 있다. 실제로 인류 역사를 보면, 자신이야말로 피해자이며 결백한 자라고 믿는 사람들이 극단적인 폭력을 일으켰다.

반대로 타자의 인간성만 기억하여, 피해자들이 스스로를 피해자로만 보도록 부추기는 것도 문제라고 본다. 타자를 영속적 피해자로 규정하면, 베트남은 나라가 아니라 전쟁이라는 악명 높고 끔찍한 이미지로 귀결될 뿐이기 때문이다. 이러한 태도는 오늘날 이라크와 아프가니스탄을 대할 때도 문제가 될 수 있다. 피해자들이 스스로를 피해자로만 보도록 부추기는 것은 타자를 지향하면서도 그들의 타자성을 사라지게 하며, 궁극적으로는 타자를 예속시키는 것이다. 저자는 인간으로 존재하는 것은 동시에 비인간으로도 존재하는 것임을 잊지 말고, 공정한 기억에 대한 연구는 인간성보다는 비인간성에 대한 성찰임을 명심해야 한다고 말한다.

다음으로 저자는 기억이, 기억 관련 산업에 의해 증폭되는 양상에 주목한다. 기억 산업은 기술이나 소설, 영화, 사진, 박물관, 기념물처럼 기억을

유행시키는 기술문명 혹은 문화적 형식 위에 존재한다. 기억하는 행위는
개인이 하지만, 기억의 폭발력이 미치는 범위는 산업의 힘이 결정한다. 저
자는 기억 관련 산업이 전쟁기계의 핵심적인 역할을 맡고 있다고 본다. 세
상에 유통되는 기억은 민주적이지도 공정하지도 않으며, 미국의 압도적인
기억 관련 산업에 지배되는 경우가 많다. 보통 기억 산업은 왜곡된 정보를
전달하는 비공식적인 역할로 전쟁기계를 지원하는데, 대표적으로 베트남전
을 다룬 미국 영화들은 백인이 아닌 타자들을 위협적인 야만인 아니면 얼
굴 없는 피해자로 고정한다고 비판한다.

  저자는 한국의 기억 관련 산업도 만만치 않은 힘을 지니고 있으며, 국력
의 신장과 함께 기억 관련 산업이 창출하는 자기중심적 기억의 양상도 더
욱 심해진다고 주장한다. 한 나라의 경제적 힘은 자기 나라의 기억을 멀리
퍼뜨릴 수 있는 능력을 의미하며, 이제 한국은 아제국주의자의 지위에 올
라선 힘을 바탕으로 자신이 원하는 기억을 퍼뜨리고 있다는 것이다. 이러
한 판단의 주요한 근거로 한국의 전쟁기념관과 영화를 들고 있다. 한국 영
화에서는 베트남인들이 지워지고 베트남에 간 한국인만이 등장하며, 궁극
적으로는 한국 병사들과 한국인 군속에게 면죄부를 준다는 것이다.

  약소국의 기억 관련 산업은 자신들의 기억을 대규모로 수출하지 못하지
만, 약소국 역시 자신의 공식적인 기억을 전파하기 위해 노력한다. 약소국
은 기껏해야 헐값에 관광이라는 이름으로 외국인을 자국의 땅으로 끌어들
일 수밖에 없다. 그러나 이를 통해 미국인 방문객들은 야만적인 자신과 대
면하며 충격을 받고, 자신을 타자로 보거나 혹은 그들 자신을 타자의 눈으
로 바라보게 된다. 저자는 기억 관련 산업의 힘이 더 강해질수록, 유령들의
인간적인 얼굴만을 전면에 내세우면서 비인간적 얼굴은 잊혀진다고 주장
한다. 그럼에도 공식적인 산업적 기억에 저항하는 무엇인가가 살아 남는다

고 주장한다. 그 부재의 흔적은 유령의 그림자가 남아 있는 책과 사진, 동굴의 어둠 등에서 발견할 수 있다.

마지막으로 저자는 전쟁에 대해 이야기하는 올바른 미학에 초점을 맞추고 있다. 이 부분에서 저자는 베트남계 미국 문학에 많은 논의를 할애한다. 이것은 난민 문학이야말로 전쟁 이야기라는 저자의 지론에서 비롯된 것이라고 할 수 있다. 난민은 침략자로부터 달아난 자들이며, 다른 글에서 저자는 전쟁이 "전투 장비에 대한 시민들의 지원으로 시작돼서 우리가 부추긴 전쟁들을 피해 도망친 겁에 질린 난민들의 도착으로 끝이 난다."[206)고 주장하기도 한다.

먼저 베트남계 미국 문학이 피해자의 정체성만을 주장하는 것에 대해 신랄하게 비판한다. 피해자라는 정체성의 강조는 정치, 전쟁, 사랑 그리고 예술에 있어서 윤리적으로 행동해야 할 의무를 방기하는 핑계가 될 수 있으며, 나아가 상대방에게 죄책감을 강요하면서 가면을 쓴 권력을 휘두를 수도 있다는 것이다. 더욱 큰 문제는 이러한 피해자성에 대한 강조가 미국인들에 의해 규정된 정체성일 수도 있다는 사실이다. 또한 이야기 내부에 통역의 징후가 있다는 것, 미국적 가치에 대한 수긍의 자세가 드러난다는 것, 혁명에 대해 침묵한다는 것 등을 베트남계 미국 문학의 문제로 들고 있다. 특히 혁명에 관해 말하는 것이 중요하다고 강조한다. 이것은 피해자성을 뛰어넘는 방법이며, 동시에 미국인들이 베트남계 미국 문학에 부여한 반공주의적 자유주의라는 정치적 위치를 벗어날 수 있는 방법이기 때문이다.

저자는 베트남계 미국 문학의 범위를 넘어선 일반적인 전쟁 이야기에 대해서도 의미 있는 주장을 하고 있다. 우선 진정한 전쟁 이야기는 전장의 병사에게만 초점을 맞추어서는 안 되며, 전쟁을 총체적으로 바라보아야 한다

---

206) 비엣 타인 응우옌, 「우리의 베트남 전쟁은 결코 끝나지 않았다」, 『동조자 2』, 김희용 옮김, 민음사, 312면.

고 강조한다. 마틴 루터 킹의 말처럼, 전쟁은 "인종 차별 문제, 경제적 착취 문제 그리고 전쟁 문제는 모두 연결"(13)되어 있기 때문이다. 진정한 전쟁 이야기는 자국의 병사뿐만 아니라 민간인, 난민, 적에 대해 말해야 하고, 특히 이 모든 것을 둘러싸고 있는 전쟁기계에 대해 말해야 한다. 전쟁기계는 평범함으로 기름칠이 되어 있고, 사소한 일들과 연결되어 있으며, 수동적 동의로 움직여지는 거대한 메커니즘이기 때문이다. 시민이 전쟁에 동조하지 않으면 전쟁은 언제라도 끝날 수 있을 정도로, 사회의 모든 영역이 전쟁과 결합되어 있다.

다음으로 가짜 전쟁 이야기가 국가에 대한 충성심 때문에 인간성이 흔들리는 문제를 무시하는 것과 달리, 진실한 전쟁 이야기는 전쟁이 국가와 인간의 정체성에 대한 도전임을 내용과 형식으로 강렬하고 분명하게 표현해야 한다고 주장한다. 예술가는 전쟁 기계가 인간 병사를 통해, 즉 그의 죽음과 희생된 신체를 통해 제공하는 정체성을 거부해야 한다는 것이다. 예술가는 그 대신, 전쟁기계의 인간적 정체성 속에 애국적 시민이 어떻게 통합되는지 그리고 그녀 혹은 그를 어떻게 비인간이 되게 하는지 보여주어야 한다.

마지막으로 예술가의 소명은 한 나라의 시민으로 존재하는 것 이상을 상상하고 꿈꾸는 것이라고 주장한다. 연민(compassion), 감정이입(empathy) 그리고 세계시민주의만으로는 아무것도 보장되지 않지만, 그것들은 우리의 정체성과 전쟁기계 사이의 연결을 끊기 위해서는 반드시 필요한 요소들이다. 전쟁기계는 우리와 비슷한 사람들에게 감정이입하고 연민하는 것을 자제하라고 설득한다. 이에 맞서 예술가는 감정이입과 연민의 범위를 넓혀야 하며, 심지어 전쟁기계의 참가자들까지도 포용할 수 있어야 한다. 연민이나 감정이입은 용서와 화해의 바탕이 되기 때문이며, 그것 없이 전쟁은 결코 끝나지 않을 것이라고 말한다. 또한 전쟁을 하려면 애국심이 필요하듯이, 평화를 위한 분투에는 유토피아적 미래를 상상하는 세계시민주의가 필요하다.

비엣 타인 응우옌은 예술, 그 중에서도 서사를 무엇보다 중요시한다. 예술이야말로 평화를 가져올 수 있는 연민과 감정이입, 그리고 상상력의 기본 바탕이기 때문이다. 예술은 유토피아를 상상하는 역할을 할 수도 있고, 또는 부정적 교훈을 통해 디스토피아를 상상하는 역할을 할 수도 있다. 그동안 거짓 예술은 전쟁이 인간성의 일부라고 주장하는 부당 이득자들과 편집증 환자들에게 굴복했다. 그러나 이제 우리는 전쟁을 하는 것이 영웅적이거나 숭고하며 피할 수 없는 숙명이라는 생각을 참으로 어리석다고 느낄수 있어야 한다. 이것은 평화와 순수한 용서에 대한 과도할 정도의 유토피아적 상상을 통해서만 가능하며, 이 싸움의 최전선에 서 있는 것이 바로 예술이라는 것이 저자의 입장이다.

비엣 타인 응우옌의 『아무것도 사라지지 않는다-베트남과 전쟁의 기억』는 새로운 시각에서 베트남전과 그 기억의 문제를 바라본 저서이다. 이러한 새로움은 지금까지 베트남전을 다룬 책들이, 참전 미군이나 한국군 혹은 공산주의자 베트남인의 시각에서만 베트남전을 바라보았던 것과는 달리 종합적인 시각을 취한 것에서 비롯된다. 이 책은 베트남전과 기억을 저자가 속한 베트남계 미국인의 시각에서 다루고 있을 뿐만 아니라, 나아가 종합적인 시각에서 베트남전에 관여한 다양한 주체들의 시각을 비교해 보여주는 미덕을 지니고 있다. 이를 통해 베트남전과 기억의 문제는 보다 입체적으로 조망된다.

또한 이러한 종합성과 입체성은 사유의 대상뿐만 아니라 사유의 도구라는 측면에서도 나타난다. 리쾨르, 데리다, 레비나스, 보드리야르, 버틀러 등의 이론은 물론이고, 여러 소설이나 영화 역시도 다양하게 활용되고 있다. 이러한 종합성과 입체성으로 인해, 이 저서는 베트남전에만 한정되지 않으며 전쟁 일반과 그 기억에 대한 보편적 이론으로 확장될 가능성이 농후하다. 바로 이러한 장점은 이 책의 한계로 기능하기도 한다. 인공위성적 시각으로 베트남전을 조망한 결과 베트남전의 고유한 역사적 맥락은 조금 흐릿해지기도 하기 때문이다. 또한 탈구조주의적 시각으로 인해 전쟁을 둘러싼 수많은 주체들의 역할이 지닌 섬세한 차이가 다소 뭉뚱그려지는 측면도 존재한다. 그럼에도 비엣 타인 응우옌의 『아무것도 사라지지 않는다-베트남과 전쟁의 기억』는 그 한계까지 포함하여, 베트남전과 그 기억 그리고 인류의 평화를 지향하는 이들에게 수많은 사유를 불러일으키는 일종의 화약 상자로 우리의 책상 앞에 놓여 있다.

6부
결론

—

　베트남전은 양측의 당사자만이 관여한 고전적 전쟁이 아니라, 수많은 국가가 개입된 매우 복잡한 국제전이었다. 따라서 어느 한 당사자의 입장에서만 바라본 전쟁상은 결코 온전한 것일 수 없으며, 마찬가지 맥락에서 베트남전을 형상화한 소설에 대한 연구 역시 다양한 참전 국가들의 소설을 종합적으로 성찰해야만 제대로 이루어질 수 있다. 이러한 문제의식을 바탕으로 이 글에서는 베트남전에서 가장 핵심적인 주체였던 한국, 베트남, 미국의 베트남전 소설을 비교해 보았다. 이러한 작업은 한국, 베트남, 미국의 베트남전 소설이 지닌 개별성과 보편성을 탐구하는 기초 작업이 될 것으로 기대된다. 이때의 비교는 우열을 가리는 것이 아니라 한국, 베트남, 미국의 베트남전 소설을 서로 대비시켜 유사점과 차이점을 밝히고, 이를 통해 각각의 정체성을 분명히 하려는 시도에 해당한다.

　2부에서는 베트남전의 핵심적인 행위주체라고 할 수 있는 국가(정체)에 대한 반응이라는 측면에서 베트남전 소설을 살펴보았다. 한국의 베트남전 소설은 먼저 미국이라는 국가의 제국주의적 성격과 여러 가지 부정성에 대한 비판을 한 소설들이 여러 편 발표되었다. 대표적인 작품으로는 황석영의 「탑」, 『무기의 그늘』, 박영한의 「쑤안 촌의 새벽」, 『인간의 새벽』을 들 수 있다. 이원규의『훈장과 굴레』는 베트남전 당시 한국군이 고유한 전술로 내세운 민사심리전의 역사적 의의와 한계를 다루었다는 점에서 그 의의를 발견할 수 있다. 결론적으로『훈장과 굴레』는 다이풍 마을의 비극을 통하여, 베트남전 당시 한국군의 존재의의를 비판하는 일종의 반전소설에 해당한다. 베트남의 베트남전 소설은 북베트남과 베트남민족해방전선이 공식적으로 내세운 민족해방전쟁이라는 베트남전의 이념을 충실하게 따르는 작품들이 주류를 이룬다. 이 글에서는 그러한 사례의 대표작으로 응웬반봉의『하얀 아오자이』를 살펴보았다. 반 레의『그대 아직 살아 있다면』은 기본적으로 민족해방전쟁이라는 대의에 충실한 전사의 모습을 그리고 있지만, 부분적으로 당과 군에 만연한 관료주의에 비판적인 모습을 보여준다. 쯔엉 투 후옹의『제목을 붙이지 못한 소설』은 작가가 이 작품으로 인해 베트남 공산당과 작가동맹으로부터 축출되었을 정도로, 체제에 대한 비판이 전면적이다. 그러한 비판의 칼날은 국가의 기본 정체성에 해당하는 맑스주의에까지 향해 있다는 점에서 그 문제성은 더욱 크다고 할 수 있다. 마지막으로 미국의 베트남전 소설은 팀 오브라이언의 소설(『카차토를 쫓아서』,『그들이 가지고 다닌 것들』,『숲속의 호수』)을 중심으로 하여 살펴보았다. 팀 오브라이언의 소설은 주로 외적 초점화의 방식이 사용되며, 주인공 정도만이 내부로부터 초점화가 된다. 평범한 병사가 느끼는 전쟁의 실감을 주로 보여주며, 그들의 갈등도 병영 내의 인간관계에 제한되는 특징을 보여준다. 한마디로 현장밀착식 재현이라고 할 수 있으며, 서술자 역시 구체적인 인식이나 전망을 드러내지 않는다. 이러한 특징으로 인해 베트남전의 다양한 역사적 맥락 등은 드러나지 않으며, 결국 베트남전에서 미국이라는 국가가 감당해야 할 여러 가지 책임의 문제는 부인되는 특징을 보여준다. 이것은 한국이나 베트남의 베트남전 소설이 적극적으로 전쟁을 둘러싼 다양한 세계사적 맥락을 드러내는 것과는 구별되는 특징이라고 할 수 있다.

　3부에서는 베트남전 소설에 나타난 참전군인들의 정체성 문제를 살펴보았다. 이때의 정체성은 전시(戰時)는 물론이고, 전후(戰後)일 때도 포함한다. 한국의 베트남전 소설은 한국군이 베트남전에서 여러 가지 체험을 하면서, 본래의 생각과는 달리 자신이 용병이라는 각성에 이르는 모습을 보여주었다. 이러한 사례의 대표작으로는 황석영의 「낙타누깔」과 『무기의 그늘』을 들 수 있다. 이러한 인식의 연장선상에서 이상문의 『황색인』은 베트남인과 한국인이 근대체제의 똑같은 피해자라는 동질감을 보여주기도 하였다. 한국의 베트남전 소설은 초기부터 참전군인들의 불안정한 정체성을 문제시한 작품들이 여러 편 발표되었다. 특히 황석영의 「몽환간증」과 안정효의 『하얀전쟁』은 어떠한 의미화나 상징화도 불가능한 베트남전의 체험으로 인하여, 과거(전쟁)에 고착된 우울증자의 모습을 보여준다. 다음으로 베트남인은 너무나도 큰 피해를 입은 전쟁의 당사자인 만큼, 그들의 소설은 전쟁의 고통에 대한 간절한 천착을 보여준다. 쯔엉 투 후옹의 『제목을 붙이지 못한 소설』, 바오 닌의 『전쟁의 슬픔』, 반 레의 『그대 아직 살아 있다면』 등에는 실제적인 유령이 빈번하게 출몰하기도 하며, 유령적인 존재 상태에 빠진 인물이 나오기도 한다. 이러한 유령의 존재는 충분히 애도받지 못한 '전쟁의 슬픔'을 강하게 환기시킨다. 『제목을 붙이지 못한 소설』은 어떠한 의미(제목)도 부여할 수 없는 전쟁의 부도덕함과 공허함에 대한 비판적인 인식을 시종일관 보여준다. 이와 달리 『전쟁의 슬픔』과 『그대 아직 살아 있다면』은 결국 희망을 노래하지만, 『전쟁의 슬픔』에서 희망이 슬픔에서 비롯된 추도의 글쓰기를 통해 이루어진다면, 『그대 아직 살아 있다면』에서 희망은 공동체를 위한 헌신으로 빛나던 과거의 추억을 간직함으로써 이루어진다. 미국의 베트남전 소설은 전장에 국한된 장병들의 시야에만 거의 전

적으로 의지하는 특징을 보여준다. 이러한 서사적 특징으로 인해 미국의
베트남전 소설은 미국(인)만의 서사로 제한되고, 이들의 참전 이유나 탈영
여부 등도 모두 미국(인) 공동체의 차원에서만 사유된다. 미군의 눈을 통해
그려지는 베트남인은 별다른 의식이 없는 하나의 '풍경'이나 '동물' 혹은
'미개인들'에 머물며, 베트남인들을 향한 윤리적 죄의식은 크게 부각되지
않는다. 전후의 참전군인들도 한국이나 베트남의 베트남전 소설과 마찬가
지로 전쟁의 끔찍한 고통에서 벗어나지 못하는 모습을 자주 보여준다.

　4부에서는 베트남전 소설과 젠더의 문제를 살펴보았다. 한국의 베트남
전 소설은 젠더의 문제와 관련하여 참으로 다양한 모습을 보여준다. 모든
작가들이 여성인물을 등장시키는데, 거칠게 요약하자면 대부분의 작품들이
제국주의적 (무)의식을 드러낸다고 볼 수 있다. 송기원의 「경외성서」에서
살해당하는 베트남 여성은 동물에 비유된다. 박영한의 『머나먼 쏭바강』은
매춘을 포함한 각종 남녀관계가 서사의 대부분을 차지하며, 이러한 남녀관
계는 지배자가 남성에, 그리고 지배받는 자는 여성에 비유되는 제국주의적
젠더 비유에 부합한다. 『인간의 새벽』에서는 베트남 여성에 의한 성애화가
극단적으로 이루어진다. 여러 정치세력에 의해 이루어지는 성적 폭력을 통
하여, 베트남인들은 근본적으로 인간 이하의 동물로 인식되는 효과를 발휘
하게 된다. 이런 과정을 통해 '남베트남/민족해방전선'이라는 '선/악'의 이
분법을 넘어선 '베트남/非베트남'이라는 '야만/문명'의 이분법이 탄생한다.
이원규의 『훈장과 굴레』에서 백치화 된 베트남인을 가장 잘 보여주는 인물
은 성우의 숭배자인 베트남 여인 미야이다. 그녀는 성녀이자 창녀라는 양
가적인 속성을 한 몸에 가진 존재로 형상화된다. 이상문의 『황색인』에서
여성들은 남성의 성적·폭력적 욕망을 군말 없이 수행하는 사물화된 존재
들이다. 안정효의 『하얀전쟁』에서 한기주는 베트남전을 통해 남성성을 획

득할 수 있을 것이라고 기대하지만, 그것은 결국 실패로 돌아간다. 이것은 베트남전 당시 결코 제국주의자일 수 없는 한국군의 존재위치와도 긴밀하게 연결되어 있다. 예외적으로 황석영의 『무기의 그늘』에서는 베트남 여성이 성애화 되거나 한국의 제국주의적 (무)의식을 보증해 주는 열등한 존재가 되지 않는다. 주요 남녀인물의 연애관계와 관련하여, 대부분의 한국 베트남전 소설이 한국인 남자와 베트남인 여자의 관계 속에서 제국주의적 (무)의식을 드러내는 것과 달리, 『무기의 그늘』은 한국인 여자와 베트남인 남자의 관계를 다룬다. 이것은 황석영이 베트남에서의 한국군을 용병으로 인식한 것과 연결된 것으로 볼 수 있다. 베트남의 베트남전 소설에서도 젠더의 문제는 중요하게 다루어진다. 응웬반봉의 『하얀 아오자이』는 여성인물을 주인공으로 내세워 그녀의 성장을 서사의 기본 줄기로 삼고 있지만, 그 과정에서 여성은 철저하게 남성인물에 의존하는 모습을 보여준다. 지나치게 위계화된 관계는 여성 주인공의 주체성을 위협할 정도이다. 반 레의 『그대 아직 살아 있다면』에서 모든 여성들은 오직 남성인물과 그 인물의 집안을 위해 헌신하는 모습을 보여준다. 바오 닌의 『전쟁의 슬픔』은 너무나도 아름답고 슬픈 베트남전의 사랑 이야기를 들려준다. 주인공이 프엉을 향해 갖는 마음의 지극함은 의심의 여지가 없지만, 이 작품에서 프엉은 베트남의 상징으로 기능하며, 독자적인 삶의 가능성이 주어지지 않는다는 면에서 성찰의 여지를 남긴다. 쯔엉 투 후옹의 『제목을 붙이지 못한 소설』은 4부에서 다루는 소설 중에서 유일하게 여성이 창작한 소설로서, 다른 소설에서는 볼 수 없는 젠더 의식을 보여준다. 남자에 종속된 존재가 아니라 오히려 남성을 이끄는 적극적인 모습의 여성이 등장하며, 이러한 여성은 일방적인 성애화로부터도 거리가 먼 모습에 해당하는 것이다. 그럼에도 베트남전의 비극을 상징하는 기호로서 여성이 활용되며, 왜곡된 성애의 주체로 타자화되는 것은 한계라고 할 수 있다. 미국의 베트남전 소설에서 여성은 베트남인과 미국인으로 나누어 볼 수 있다. 베트남인 여성은 팀 오브라이언의 『카차토를 찾아서』의 사르낀 아웅 완을 대표적으로 들 수 있는데, 그녀는 시종일관 조용히 성애화되거나 신비화될 뿐이다. 사르낀 아웅 완은 마지막에 자신의 목소리를 발화하는데, 그 이후 그녀는 서사에서 사라져 버린다. 미국인 여성들은 베트남전에 대해 아무것도 모르는 이기적인 백치이거나, 또는 베트남전에 지나치게 동화되어 평균적인 감수성을 초과하는 전쟁의 타자로서 형상화된다. 이처럼 한국, 베트남, 미국의 거의 모든 작품들이 베트남전의 주체를 남성으로 상정하고 있으며, 여성은 성애화되거나 타자화되는 경우가 대부분이다. 심지어 반제국주의 의식을 표나게 드러내는 소설들에서도 여성은 전쟁의 타자에 머문다.

　5부에서는 베트남전 소설의 변모양상을 살펴보았다. 2, 3, 4부에서 살펴본 소설들은 모두 베트남전에 참전한 작가들이 쓴 작품들이었다. 대상으로 다루는 작품들도 1970년대부터 1990년대 초에 창작된 것들이었다. 5부에서는 그 이후 미참전세대가 새롭게 형상화한 베트남전 소설을 살펴보고자 하였다. 1장에서는 안정효의 『하얀전쟁』이 개작되는 양상을 통하여, 베트남전에 대한 한국사회의 기억과 이에 대응하는 문학의 변모양상을 살펴보았다. 베트남전 참전군인들에 대한 정부의 공식기억은 1980년대까지 '안보전사'와 '경제역군'이었다고 할 수 있다. 그러나 1992년 12월의 한·베 수교와 1999년 한국군의 베트남 민간인 학살 폭로 등을 통해 공식기억 대신 대항기억이 사회적으로 큰 영향력을 발휘하게 되었다. 『하얀전쟁』의 개작 양상은 이러한 담론과의 관련성을 잘 보여준다. 2장에서는 베트남전이 남긴 여러 가지 비극을 형상화한 작품들에 대해 살펴보았다. 우선 지금까지도 큰 고통을 남기고 있는 고엽제 문제를 본격적으로 다룬 이대환의 「슬로우 블릿」을 논의하였다. 이 작품은 고엽제 문제와 더불어 베트남전에 관한 집합적 기억과 문학의 변모양상을 보여준다는 점에서 큰 의미를 지닌다. 다음으로는 한국인과 베트남인 사이에서 태어난 2세들을 다룬, 오현미의『붉은 아오자이』를 집중적으로 살펴보았다.『붉은 아오자이』는 소위 라이 따이한들이 겪는 고통이 얼마나 심각한 것인지, 그리고 그것을 해결하기 위해 필요한 우리의 윤리적 자세 등을 성찰케 하는 작품이다. 베트남전이 남긴 비극과 관련하여, 최근에 크게 주목받는 것은 베트남전 당시 이루어진 민간인 학살 문제이다. 2010년대에 들어 정용준, 김이정, 최은영, 이혜경 등의 작가가 이 참극을 문학적으로 형상화하였으며, 그 방식은 직접적인 고발(정용준, 김이정)과 간접적인 환기(최은영, 이혜경)로 크게 나뉘어진다. 3장에서는 국가의 경계를 넘어서 베트남전을 새롭게 바라보는 소설들에 대해 고찰하였다. 우선 베트남전 당시 탈영병으로 전 세계의 이목을 집중시킨 김진수의 삶을 형상화한 이대환의『총구에 핀 꽃』에 대해 논의하였다. 이 작품은 홋타 요시에의「이름을 깎는 청년」에 이어지며, 베트남전의 핵심 원인이기도 했던 국민국가에 대한 발본적인 사유를 요구한다. 다음으로는 베트남을 떠나 외국(캐나다와 미국)에 정착한 베트남계 작가들의 작품인, 킴 투이의『루』와 비엣 타인 응우옌의『동조자』를 살펴보았다. 이들 작품의 작가가 이미 국경을 넘은 존재들인 것에서도 예상되듯이, 소설의 내용도 이전과는 다른 양상을 보여준다.『루』는 베트남의 베트남전 소설은 물론이고, 한구이나 미국의 베트남전 소설에도 등장하지 않던 남베트남 상류층의 일원으로서 맞이한 베트남전과 베트남전 이후의 상황이 드러나 있다. 그렇기에『루』는 엄밀하게 말해서 남베트남 상류층의 일원으로서 30여 년 전의 '나'가 경험한 베트남전을 국민국가의 경계에 선 현재의 '나'가 서술하는 이야기라고 정리할 수 있다. 이 경계에 선 시각이 다른 베트남전 소설에서는 발견할 수 없는 다양한 모습을 보여준다. 비엣 타인 응우옌의 『동조자』는 주인공이자 화자인 '나'의 혼종적인 성격으로 인하여, 베트남전을 둘러싼 다양한 주체들이 비판과 성찰의 대상으로 등장한다. 이러한 창작태도는 작가가 자신의 책 『아무것도 사라지지 않는다』에서 '자신의 인간성과 비인간성을 기억하면서 동시에 타자의 인간성과 비인간성을 기억하는 것이 중요하다'고 말한 것의 창작적 실천에 해당한다고 할 수 있다. 또한 이 작품은 베트남전 당시는 물론이고 지금까지도 끈질기게 이어지고 있는 표상(재현)의 폭력에 대한 면밀한 형상화를 한다는 점에서도 주목할 필요가 있다. 이러한 표상의 폭력은 할리우드로 대표되는 거대자본의 매스미디어를 통해 대표적으로 드러나지만, 우리 삶 곳곳에도 숨어 있는 것으로 그려진다. 특히 베트남을 향한 표상의 폭력에는 베트남 남성들조차 연루되어 있다는 작가의 통렬한 문제의식을 발견할 수 있다. 『동조자』의 '내'가 '베트남-미국-베트남-미국-필리핀-태국-라오스-미국'의 여정을 거치는 과정에서 온갖 어려움을 겪으며, 도달한 마지막 세계는 '아무것도 아닌 것(nothing)'이다. '아무것도 아닌 것'에 대한 가치부여는 모든 체제의 위계질서 바깥으로 탈주하는 일이며, 이것은 미국은 물론이고 미국과 맞서 싸운 북베트남과도 결별하는 일에 해당한다. '아무것도 아닌 것(nothing)'은 단순한 없음을 의미하는 것이 아니라 진정한 출발이 비롯되는 근본적인 원천을 의미한다. 그것은 현존하는 모든 권력과 질서로부터 벗어난, 순수하고 절대적인 잠재성의 세계라고 보는 것이 타당하다.

참고문헌

1. 기본 자료

김이정, 「하미연꽃」, 『대산문화』, 2017년 봄호.

_____, 「퐁니」, 『웹진 비유』, 2018.5.

_____, 『네 눈물을 믿지 마』, 강, 2021.

박영한, 「쑤안村의 새벽」, 『세계의 문학』, 1978년 겨울호.

_____, 『머나먼 쏭바강』, 민음사, 1978.

_____, 『인간의 새벽』, 까치, 1980.

_____, 『은실네 바람났네』, 조선일보사, 1993.

방현석, 「존재의 형식」, 『랍스터를 먹는 시간』, 창비, 2003.

_____, 「랍스터를 먹는 시간」, 『랍스터를 먹는 시간』, 창비, 2003.

백가흠, 「통(痛)」, 『창작과비평』, 2011년 봄호.

송기원, 「폐탑 아래서」, 『열아홉살의 詩』, 한진출판사, 1978.

_____, 「經外聖書」, 『신춘문예 당선소설 걸작선-1』, 계간문예, 2005.

안정효, 「전쟁과 도시」, 『실천문학』, 1985년 봄호.

_____, 「전쟁과 도시」, 『실천문학』, 1985년 여름호.

_____, 『전쟁과 도시』, 실천문학사, 1985.

_____, 『하얀전쟁』, 고려원, 1989.

_____, 『하얀전쟁』1·2·3부, 고려원, 1993.

_____, 『하얀전쟁』, 세경, 2009.

오현미, 『붉은 아오자이』, 영림카디널, 1995.

이대환, 「슬로우 부릿(Slow Bullets)」, 『내일을 여는 작가』, 1996년 봄호.

_____, 『슬로우 블릿』, 실천문학사, 2001.

_____, 「슬로우 블릿」, 아시아, 2013.

_____, 『총구에 핀 꽃』, 아시아, 2019.

이상문, 『황색인』, 한국문학사, 1987.

_____, 『황색인』1·2·3권, 현암사, 1989.

_____, 『황색인』, 책만드는집, 2012.

이원규, 『훈장과 굴레』, 현대문학, 1987.

이혜경, 『기억의 습지』, 현대문학, 2019.

정용준, 「이국의 소년」, 『우리는 혈육이 아니냐』, 문학동네, 2015.

최은영, 「신짜오, 신짜오」, 『쇼코의 미소』, 문학동네, 2016.

황석영, 「탑」, 『조선일보』, 1970.1.

_____, 「夢幻干證」, 『월간문학』, 1970.6.

_____, 「낙타누깔」, 『월간문학』, 1972.5.

_____, 「이웃 사람」, 『창작과비평』, 1972년 겨울호.

_____, 『객지』, 창작과비평사, 1974.

_____, 「몰개월의 새」, 『세계의문학』, 1976년 가을호.

_____, 『무기의 그늘』 상권, 형성사, 1985.

_____, 『무기의 그늘』 하권, 형성사, 1988.

堀田善衛, 「名を削る青年」, 『橋上幻像』, 新潮社, 1970.

_____, 「이름을 깎는 청년」, 『지구적 세계문학』, 심정명 옮김, 2017년 봄호,

Bảo Ninh, 『전쟁의 슬픔』, 하재홍 옮김, 아시아, 2012.

Tran Dinh Van, 『불멸의 불꽃으로 살아』, 김민철 옮김, 친구, 1988.

Duong Thu Huong, 『제목을 붙이지 못한 소설』, 한상희, 동방출판사, 1993.

Nguyen Van Bong, 『하얀 아오자이』, 배양수 옮김, 동녘, 2006.

Văn Lê, 『그대 아직 살아 있다면』, 하재홍 옮김, 실천문학사, 2002.

Jeonghyo, Ann, *White Badge*, New York: Soho Press, 1989.

Nguyen, Viet Thanh, *Sympathizer,* New York: Grove Press, 2015.

_____, 『동조자 1』, 김희용 옮김, 민음사, 2018.

_____, 『동조자 2』, 김희용 옮김, 민음사, 2018.

_____, 『아무것도 사라지지 않는다-베트남과 전쟁의 기억』, 부희
령 옮김, 더봄, 2019.

O'Brien, Tim, *In the Lake of the Woods,* Penguin Books, 1995.

_____, 『숲속의 호수』, 한기찬 옮김, 한뜻, 1996.

_____, *Going After Cacciato*, New York: Mariner Books, 2009.

_____, *The Things They Carried*, New York: Mariner Books, 2009.

_____, 『카차토를 쫓아서』, 이승학 옮김, 섬과달, 2020.

_____, 『그들이 가지고 다닌 것들』, 이승학 옮김, 섬과달, 2020.

Thuy, Kim, 『루』, 윤진 옮김, 문학과지성사, 2019.

『경향신문』, 『동아일보』, 『중앙일보』, 『한겨레21』.

2. 국내 논문 및 단행본

강용훈, 「황석영의 전쟁 소재 중·장편 소설에 나타난 공간 표상」, 『Journal of Korean Culture』 27권, 한국어문학국제학술포럼, 2014.

강유인화, 「한국사회의 베트남전쟁 기억과 참전군인의 기억투쟁」, 『사회와역사』 97 집, 2013.3.

강창업, 「아직 끝나지 않은 전쟁, 고엽제 피해의 실상과 대책」, 『황해문화』 50, 2006년 봄호.

강칙모, 「월남에 가다」, 『지방행정』16-163, 대한지방행정공제회, 1967.

고경태, 「새장을 뚫고 스웨덴으로: 김진수의 탈출과 망명」, 『1968년 2월 12일』, 한 겨레출판, 2015.

_____, 『베트남전쟁 1968년 2월 12일』, 한겨레출판, 2021.

고명철, 「베트남전쟁 소설의 형상화에 대한 문제-베트남전쟁 소설의 전개 양상을 중심으로」, 『현대소설연구』 19호, 2003.8.

고선규, 『여섯 밤의 애도』, 한겨레출판, 2021.

고영직, 「'공동체'를 상상하는 베트남 혁명문학」, 『하얀 아오자이』, 동녘, 2006.

구수정, 「읻한은 내가 짊어지고 갈게, 한국 친구들한테 잘해줘-팜티호아 할머니의 마지막 선물」, 『한겨레』, 2013.7.6.

국방부군사편찬연구소, 『통계로 본 베트남 전쟁과 한국군』, 2007.

군사연구실 편, 『육군 여군 50년 발전사』, 육군본부, 2000.

권 은, 「물화된 전쟁과 제국의 시선」, 『현대소설연구』 57호, 현대소설학회, 2014. 12.

권혁태, 「평화적이지 않은 평화헌법의 현실: 베트남 파병을 거부한 두 탈영병」, 『한겨레21』 878호, 2011.9.26.

_____, 「국경 안에서 탈국경을 상상하는 법: 일본의 베트남 반전운동과 탈영병사」, 『동방학지』 157호, 2012.

_____, 「유럽으로 망명한 미군 탈영병 김진수」, 『황해문화』, 2014년 여름호.

기영인, 「『루Ru』, 킴 투이의 '행복한' 망명」, 『불어문화권연구』 28호, 2018.

김경수, 「여성비평적 시각에서 본 박영한의 소설」, 『작가세계』14, 1989.1.

_____, 「자기위안과 상처의 치유, 그리고 진단-베트남전쟁 소설의 상상력」, 『서강인문논총』, 2004.12.

김경원, 「고이혼, 그 슬픔의 힘」, 『실천문학』, 1999.11.

김남일, 「한-베 문학교류의 역사」, 『아시아』, 2021년 겨울호.

김미란, 「베트남전 재현 양상을 통해 본 한국 남성성의 (재)구성-'아오자이'와 '베트콩', 그리고 '기적을 낳는 맹호부대'의 표상 분석」, 『역사문화연구』, 36집, 2010.

김민희, 「비엣 탄 응웬의 『동조자』: 베트남 전쟁과 베트남계 남성 주체의 남성성 문제」, 『새한영어영문학』 63권 4호, 2021.

김상진, 「철군 36년… '고엽제 전쟁'은 끝나지 않았다」, 『월간중앙』, 2009.7.

김순식, 「『머나먼 쏭바강』과 「지옥의 묵시록」에 나타난 타자로서의 베트남」, 『비교문학』, 2013.

김우영, 「베트남 전쟁을 기억하기, '추모'와 '망각'을 넘어서」, 『현대문학의 연구』 54집, 2014.

김우종, 「南洋의 證人」, 『한국현대문학전집』 15, 신구문화사, 1968.

김윤식, 「한국문학의 월남전 체험론」, 상·하, 『한국문학』 269-270호, 2008.

김윤식·정호웅, 『한국소설사』, 문학동네, 2000.

김은하, 「남성성 획득의 로망스와 용병의 멜랑콜리아」, 『기억과 전망』 31호, 한국민주주의 연구소, 2014년 겨울.

김일구, 「김은국의 『순교자』와 안정효의 『하얀전쟁』에 나타난 문화의 충돌과 치유」, 『영미 문화』 12권 2호, 한국영미문화학회, 2012.

김지아, 「재현으로서의 전쟁문학과 주체의 거리두기: 『강철 폭풍 속에서』와 『무기의 그늘 비교연구」, 『동서비교문학저널』 54호, 한국동서비교문학학회, 2020년 겨울호.

김진석, 『베트남에 오른 횃불』, 신아각, 1970.

김진수, 「미국, 일본 그리고 세계의 인민에게 보내는 메시지」, 『베헤이렌 뉴스』, 1968.3.1.

김태열, 「베트남전 고엽제 환자의 사건 충격과 외상 후 진단이 삶의 질에 미치는 영향」, 『한국보훈논총』, 17권 2호, 2018.

김현생, 「한국미국·베트남의 베트남전쟁 소설 연구: 부르디외의 '장'과 '아비투스' 이론을 적용하여」, 『영미어문학』 121집, 2016.

김현아, 『전쟁의 기억 기억의 전쟁』, 책갈피, 2002.

_____, 『그녀에게 전쟁』, 슬로비, 2018.

김현재, 「베트남 華人 사회의 형성 과정, 그 역할과 특징에 대한 고찰」, 『코기토』, 2010.

김 환, 『외상후 스트레스 장애-충격적 경험이 남긴 영향』, 학지사, 2016.

남기정, 「베트남 '반전탈주' 미군병사와 일본의 시민운동: 생활세계의 전쟁과 평화」, 『일본학연구』 36집, 2012.

대한민국고엽제전우회, 『대한민국고엽제전후회 20년사』, 2018.

리영희, 「기자통신」, 『전환시대의 논리』, 창비, 1971.

민병욱, 「황색인의 역사적 고통과 의지」, 『문학사상』, 1998.8.

민옥인, 『화제의 월남』, 금문사, 1966.

박경석, 「베트남 전쟁시 한국군의 심리전과 대민지원활동」, 『베트남전쟁과 한국군』, 채명신·양창식·박경석·이선호 공저, 베트남참전전우회, 2002.

박기범, 「소설의 영화화에 대한 일 고찰」, 『독서연구』 10집, 한국독서학회, 2003. 12.

박안송, 『평화의 길은 아직도 멀다.』, 함일출판사, 1969.

박정애, 「'동원'되는 여성작가: 한국전과 베트남전의 경우」, 『여성문학연구』 10호, 한국여성문학학회, 2003.

박지향, 『제국주의』, 서울대출판문화원, 2000.

박 진, 『서사학과 텍스트 이론』, 소명출판, 2014.

박진임, 「한국소설에 나타난 베트남 전쟁의 특성과 참전 한국군의 정체성」, 『한국현대학연구』 14호, 한국현대문학회, 2003.

_____, 「역사적 진실과 문학적 재현」, 『미국학논집』 36집 3호, 2004년 겨울.

_____, 「미국문화와 베트남전쟁: 비엣 탄 응웬의 『동반자』에 나타난 혼종적 주체의 문제」, 『현대영미소설』 26권 2호, 2019.

_____, 「미국 베트남 전쟁 소설의 주체와 재현 문제: 비엣 탄 응웬의 『동반자』 연구」, 『현대영미소설』 27권 3호, 2020.

박태균, 『한국전쟁』, 책과함께, 2005.

_____, 『베트남 전쟁』, 한겨레출판, 2015.

_____, 『박태균의 이슈 한국사』, 창비, 2015.

_____, 「남베트남 패망 40년, 베트남전쟁과 한국」, 『역사비평』 111집, 역사문제연구소, 2015.5.

_____, 『베트남 전쟁』, 한겨레출판, 2015.

방민호, 「역사적 운명의 탐구, 가려진 진실의 재현」, 『슬로우 블릿』, 아시아, 2013.

방재석, 「베트남전쟁을 통한 의식의 변화양상 비교연구『무기의 그늘』과 『그대 아직 살아 있다면』을 중심으로」, 『현대소설연구』 46호, 현대소설학회, 2011. 4.

방재석·조선영, 「베트남전쟁과 한·베트남 문학 교류 고찰」, 『현대소설연구』 57호, 현대소설학회, 2014.12.

방현석, 「바오 닌과 『전쟁의 슬픔』」, 『전쟁의 슬픔』, 아시아, 2012.

배기섭, 『월남 하늘에 빛난 별들』, 세림출판사, 1966.

부희령, 「역자 서문」, 『아무것도 사라지지 않는다』, 더봄, 2019.

서경림, 『전쟁과 놀이, 그리고 지옥』, 정은문화사, 2004.

서운석, 「고엽제환자의 생활실태 및 보훈행정 인식에 관한 연구」, 『사회과학 담론과 정책』, 제5권 2호, 2012.10.

서은주, 「한국소설 속의 월남전」, 『역사비평』 32, 1995.

송승철, 「베트남전쟁 소설론: 용병의 교훈」, 『창작과비평』, 1993년 여름호.

송종민, 「고통의 기억과 초월 방식」, 『동아시아비평』 4집, 한림대 아시아문화연구소, 2000.4.

송주성, 「1년의 전쟁, 40년의 고통」, 『실천문학』, 2001.8.

신세훈, 『월남서 보낸 시인일기-비둘기부대 통신1-6』, 세대, 1965.6-11.

신영덕, 『전쟁과 소설』, 역락, 2007.

신 정, 『쟝글의 벽』, 홍익출판사, 1967.

신종태, 「월남전 참전 고엽제환자와 보훈정책 발전방향」, 『조선대 군사발전연구』, 2013.

_____, 「월남전 참전 고엽제환자와 보훈정책 발전방향」, 『군사발전연구』, 2013

신형기, 「베트남 파병과 월남 이야기」, 『동박학지』 157집, 연세대학교 국학연구원, 2012.3.

심영의, 「상흔(傷痕) 문학에서 역사적 기억의 문제」, 『한국문학과 예술』 16집, 2015.9.

심주형, 「경합과 통합의 정치: 베트남 분단체제의 형성과 화교·화인경관」, 『중앙사론』 54집, 2021.12.

_____, 「탈냉전(Post-Cold War) 시대 '전쟁 난민' 재미(在美) 베트남인들의 문화정치: 비엣타인 응우옌의 저작들을 중심으로」, 『동방학지』 190집, 2020.3.

아시아문화연구소, 『한국전쟁기 삐라』, 한림대학교, 2000.

안남일, 「황석영 소설과 베트남전쟁」, 『한국학연구』 11집, 고려대 한국학연구소, 1999.12.

오자은, 「냉담과 오욕: 『무기의 그늘』에 나타난 감정의 동역학」, 『현대문학의 연구』 69호, 한국문학연구학회, 2019.

오태호, 「황석영의 『무기의 그늘』에 나타난 제국의 표상 연구」, 『한민족문화연구』 48권, 한민족문화학회, 2015.

유승환, 「베트남전쟁소설에 나타난 민족어들의 위계와 경합」, 『한국현대문학연구』 47권, 한국현대문학회, 2015.

유해인, 「트라우마 자가치유서사로서의 <전쟁의 슬픔>」, 『문학치료연구』 49집, 2018.10.

윤애경, 「한국소설에 나타난 베트남전 2세의 형상화 양상-『붉은 아오자이』, 『사이공의 슬픈 노래』, 『슬로우 블릿』을 대상으로」, 『우리어문연구』 50, 2014.

윤정헌, 「월남전소재 소설의 두 시각-『하얀전쟁』과 『내 이름은 티안』의 대비를 중심으로」, 『현대소설연구』 20호, 2003.12.

_____, 「『하얀 전쟁』의 완결성에 대한 고찰」, 『한국문예비평연구』 31권, 2010.

윤 진, 「루ru, 흘러내린 '눈물과 피'에 바치는 '자장가'」, 『루』, 문학과지성사, 2019.

_____, 「인내와 충만함 사이, 몸에 새겨지는 사랑」, 『만』, 문학과지성사, 2019.

윤충로, 『베트남전쟁과 한국 사회사』, 푸른역사, 2015.

이 경, 「전쟁소설의 새로운 가능성-『하얀전쟁』을 중심으로」, 『한국문학논총』 14
집, 1993.

이경재, 『한국 현대소설의 환상과 욕망』, 보고사, 2010.

_____, 「'식민지배자 되기'의 불가능성이 만들어낸 우울증의 세계」, 『우리어문연
구 54호』, 2016.

_____, 「한국소설에 나타난 베트남전 기억의 변모양상-안정효의 『하얀전쟁』 개작
양상을 중심으로」, 『현대소설연구』 64집, 2016.

_____, 「베트남전 소설에 나타난 제국주의적 입장과 젠더 비유의 관련성」, 『우
리문학연구』 58집, 2018.

이규영, 『피 묻은 연꽃』, 영창도서사, 1965.

이기윤, 『한국전쟁문학론』, 봉명, 1999.

이두경, 「팀 오브라이언의 『숲속 호수에서』에 나타난 트라우마의 재현방식」, 22
권 1호, 2017.12.

_____, 「베트남 전쟁과 잃어버린 남성성: 팀 오브라이언의 『그들이 가지고 다닌
것들』을 중심으로」, 『한국영어독서교육학회』 3권 1호, 2018.6.

이상욱, 「고엽제 피해 역학조사의 이해」, 『한국보훈논총』, 6권 1호, 2007.

이승복, 「팀 오브라이언의 여성 인물: 미국의 남성과 남성성의 한계에 대한 조명」,
『영미문화』, 6권 1호, 한국영미문화학회, 2006.4.

_____, 「베트남과 흔들리는 미국 남성성의 신화: 팀 오브라이언의 작품 세계」, 『영
미어문학』 113호, 한국영미어문학회, 2014.6.

_____, 「『숲의 호수에서』: 남성성과 은폐의 한계」, 『영미문화』 10권 1호, 2010. 4.

_____, 「남성중심 질서에 대한 재고-쏭 트라 봉의 연인」, 『현대영미소설』 21집 1
호, 2014,

이은선, 「한-베 수교 이후 한국 소설에 나타난 베트남 심상지리와 전쟁-관광 연
구」, 『한국문 학과 예술』 32집, 2019.

이임하, 『여성, 전쟁을 넘어 일어서다』, 서해문집, 2004.

_____, 『계집은 어떻게 여성이 되었나』, 서해문집, 2004.

이지은, 「민족국가의 베트남전쟁 해석사와 국적불명 여성들이 전장-황석영의 『무

기의 그늘』재독」,『동방학지』190집, 연세대 국학연구원, 2020.3.

이찬수, 「'베트남공화국'의 몰락」,『통일 연구자의 눈에 비친 사회주의 베트남의 역사와 정치』, 서울대출판문화원, 2019.

이평전, 「베트남전쟁 소설에 나타난 '신성'과 '폭력'의 인식론적 기원 연구」,『영주어문』42집, 2019.

이한우, 「한국 현대 소설 속의 베트남 인식」,『oughtopia』25-3, 경희대 인류사회재건연구원, 2010.

이형규, 「대한민국고엽제전우회 이형규 총회장의 통곡발언」,『월간중앙』, 2009.7.

임홍배, 최원식·임홍배 공편, 「베트남전쟁과 제국의 정치」,『황석영 문학의 세계』, 창비, 2003.

장두영, 「베트남전쟁 소설론-파병담론과의 관련을 중심으로」,『한국현대문학연구』25집, 2008.

장성순,『붉은 바나나 꽃잎이 지고 피던 날』, 고글, 1998.

장세진,『슬픈 아시아-한국 지식인들의 아시아 기행(1945-1966)』, 푸른역사, 2012.

장윤미, 「월남전을 소재로 한 한국소설의 고찰」,『동남아시아 연구』19권 1호, 동남아시아학회, 2009.

장정훈, 「외상적 기억과 기억 지우기, 그리고 치유의 서사」,『21세기영어영문학회 학술대회』11호, 2018.

전영태, 「속박에서 영광으로 이르는 길」,『훈장과 굴레』, 현대문학, 1987.

_____, 「월남전쟁 인식의 심화와 확대」,『황색인』, 한국문학사, 1987.

전진성,『빈딘성으로 가는 길-베트남전 참전용사들의 기억과 약속을 찾아서』, 책세상, 2018.

정연선,『미국전쟁소설-남북전쟁으로부터 월남전까지』, 서울대학교출판부, 2002.

정원열,『메콩강은 증언한다』, 벚서출판사, 1973.

정재림, 「황석영 소설의 베트남전쟁 재현 양상과 그 특징」,『한국학연구』44호, 2013.

정찬영, 「베트남 전쟁의 소설적 공론화-<하얀전쟁>을 중심으로」,『문창어문논집』39권, 2002.12.

_____, 「사실의 재현과 기억, 연대를 위한 조건-『무기의 그늘』론」,『현대문학이론연구』35집, 2008.12.

_____, 「한국과 베트남 소설에 나타난 베트남전쟁 담론 연구」, 『한국문학논총』 58호, 2011.8.

정호웅, 「월남전의 소설적 수용과 그 전개양상」, 『출판저널』 135, 1993.

_____, 「베트남 민족해방투쟁의 안과 밖」, 『황석영』, 글누림, 2010.

조동준, 「월남전쟁과 월남인의 미국 이주」, 『통일 연구자의 눈에 비친 사회주의 베트남의 역사와 정치』, 서울대출판문화원, 2019.

조성국, 『짜국강』, 형설, 2006.

조윤정, 「베트남전쟁을 둘러싼 한국·베트남·미국 작가의 글쓰기 의식」, 『현대소설연구』 57호, 현대소설학회, 2014.12.

지현희, 「한·베 베트남전쟁 소설 비교 연구」, 부산대 석사논문, 2007.

채명신, 『베트남전쟁과 나』, 팔복원, 2006.

최병욱, 『베트남근현대사』, 창비, 2008.

_____, 『베트남 근현대사』, 산인, 2016.

_____, 『베트남 근대사의 전개와 메콩 델타』, 산인, 2020.

최용호, 『한권으로 읽는 베트남전쟁과 한국군』, 국방부 군사편찬연구소, 2004.

_____, 「베트남전쟁에서 한국군의 작전 및 민사심리전 수행방법과 결과」, 경기대 박사논문, 2006.

_____, 『통계로 본 베트남전쟁과 한국군』, 국방부 군사편찬연구소, 2007.

최원식, 「한국소설에 나타난 베트남 전쟁」, 『생산적 대화를 위하여』, 창비, 1997.

태혜숙 외, 『한국의 식민지 근대와 여성 공간』, 여이연, 2004, 167-172면.

하재홍, 「의심과 비난, 환영과 찬사」, 『전쟁의 슬픔』, 아시아, 2012.

한건수, 「경합하는 역사」, 『한국문화인류학』 35집 2호, 2002.

한기욱, 「근대체제와 애매성-<필경사 바틀비> 재론」, 『문학의 열린 길』, 창비, 2021.

함인희, 한국전쟁, 가족, 여성의 다중적 근대성, 사회와 이론 2호, 2006, 161면.

황봉구, 「월남전 종군기자들」, 『신문과 방송』, 한국언론진흥재단, 1987.

3. 국외 자료

권헌익, 『학살, 그 이후』, 유강은 옮김, 아카이브, 2012

_____, 『베트남 전쟁의 유령들』, 박충환·이창호·홍석준 옮김, 산지니, 2016.

岡眞理, 김병구 옮김, 『기억 서사』, 소명출판사, 2004.

高橋哲哉, 「애도 작업을 가로막는 것: '희생의 논리'를 넘어서」, 『애도의 정치학: 근현대 동아시아의 죽음과 기억』, 길, 2017.

古田元夫, 『역사 속의 베트남 전쟁』, 박홍영 옮김, 일조각, 2007.

_____, 『베트남, 왜 지금도 호찌민인가』, 이정희 옮김, 학고방, 2021.

木宮正史, 『박정희 정부의 선택』, 휴마니타스, 2008.

小森陽一, 「전쟁의기억, 기억의 전쟁」, 『황석영 문학의 세계』, 서은혜 옮김, 창비, 2003.

若桑 みどり, 『남자들은 왜 싸우려 드는가』, 김원식 옮김, 알마, 2015.

太田昌國, 「'베트남 체험'의 커다란 낙차」, 『황석영 문학의 세계』, 서은혜 옮김, 창비, 2003.

Bảo Ninh, 『역사, 아시아 만들기와 그 방식』, 박진우 옮김, 한울, 2007.

Bảo Ninh · 최인석 대담, 「전쟁이 끝난 자리, '슬픔의 신'은 아직 앓고 있는가」, 『당대비평』, 2000년 가을호.

Abraham, Nicolas, and Maria Torok. The Shell and the Kernel, Chicago: University of Chicago Press, 1994.

Appy, Christian G., ed. Cold War Constructions: The Political Culture of United States Imperialism, 1945-1966. Amherst: University of Massachusetts Press, 2000.

Browne, Malcolm, 『이것이 월남전이다』, 심재훈 옮김, 정향사, 1965.

Chomsky, Noam, 『미국이 진정으로 원하는 것』, 문이얼 옮김, 시대의 창, 2013.

Chua, Amy, 『정치적 부족주의-집단 본능은 어떻게 국가의 운명을 좌우하는가』, 김승진 옮김, 부키, 2020.

Colomina, Beatriz, Annmarie Brennan, and Jeannie Kim eds. Cold War Hothouses: Inventing Postwar Culture, from Cockpit to Playboy. Princeton Architectural Press, 2004.

Derrida, Jacques, Memories for Paul de Man, trans. Cecile Lindsay, Jonathan Culler, and Eduardo Cadava, Columbia University Press, 1989.

_____, 『법의 힘』, 진태원 옮김, 문학과지성사, 2004.

_____, 『마르크스의 유령들』, 진태원 옮김, 이제이북스, 2007.

Freud, G., 「슬픔과 우울증」, 『무의식에 관하여』, 윤희기 옮김, 열린책들, 1997.

Gandhi, L., 『포스트식민주의란 무엇인가』, 이영욱 옮김, 현실문화연구, 2000.

Genette, G., *Narrative Discourse*, trans. Jane.E.Lewin, Cornell Univ. press, 1980, pp.189-194.

Heinich, Nathalie, 『여성의 상태-서구소설에 나타난 여성상』, 서민원 옮김, 동문선, 1999.

Huddart, David, 『호미 바바의 탈식민적 정체성』, 조만성 옮김, 앨피, 2011.

Hughes, Theodore, 「혁명적 주체의 자리매김-『무기의 그늘』론」, 최원식·임홍배 공편, 「베트남전쟁과 제국의 정치」, 『황석영 문학의 세계』, 창비, 2003.

Jameson, Fredric, 『정치적 무의식-사회적으로 상징적인 행위로서의 서사』, 이경덕·서강목 옮김, 민음사, 2015.

Karner, Tracy X., "Masculinity, Trauma, and Identity", Ph.D.diss., University of Kansas, 1994.

Karnow, Stanley, *Vietnam, A History*, New York: Penguin Books, 1997.

Klein, Christina, *Cold War Orientalism*, Berkeley: University of California Press, 2003.

MacDonald, Robert, *The Language of Empire: Myths and Metaphors of Popular Imperialism 1880-1918*, Manchester University Press, 1994.

Myers Tony, 『누가 슬라보예 지젝을 미워하는가』, 박정수 옮김, 앨피, 2005.

Neale, Jonathan, 『미국의 베트남 전쟁』, 정병선 옮김, 책갈피, 2004.

Nguyen, Viet Thanh, "Anger in the Asian American Novel," Sympathizer, New York: Grove Press, 2015.

_____, 「우리의 베트남 전쟁은 결코 끝나지 않았다」, 『동조자 2』, 김희용 옮김, 민음사, 2018.

_____, 「아시아계 미국인의 소설에 나타난 분노」, 『동조자 2』, 김희용 옮김, 민음사, 2018.

Rimmon-Kenan, S., 최상규 역, 『소설의 시학』, 문학과지성사, 1985.

Said, E., 『오리엔탈리즘』, 박홍규 옮김, 교보, 1991.

Suleiman, Susan R., *Authoritarian Fiction*, Princeton University Press,

1993.

Todorov, T., 『구조시학』, 곽광수 옮김, 문학과지성사, 1977.

Westmoreland, William C., *A Soldier Reports*, Doubledays & Company, 1976.

Wiest, Andrew & Mcnab, Chris, The Illustrated History of The Vietnam War, Amber Books Ltd, 2015.

Yue, Meng, Female Images and National Myth, Tani E. Barlow ed., Duke University Press, 1993.

Myers, Tony, 『누가 슬라보예 지젝을 미워하는가』, 박정수 옮김, 앨피, 2005.

Žižek, Slavoj, 『폭력이란 무엇인가』, 이현우 · 김희진 · 정일권 옮김, 난장이, 2011.

_____용어

ㄱ

가해자 19, 63, 153, 155, 169, 287, 298, 359, 364, 368, 369, 377, 378, 379, 381, 383, 384, 385, 438, 468, 523

감수성 334, 449, 522

개작 36, 48, 157, 339, 340, 341, 353, 359, 365, 371, 408, 522

경계 27, 101, 102, 133, 334, 421, 442, 446, 447, 467, 473, 523

경제역군 340, 371, 522

고발 22, 43, 83, 84, 380, 384, 401, 485, 523

고엽제 21, 27, 348, 363, 364, 365, 366, 367, 368, 369, 370, 371, 372, 373, 374, 375, 377, 379, 380, 383, 384, 385, 386, 387, 522, 523

공동체 211, 217, 218, 221, 227, 232, 427, 441, 470, 507, 519, 520

공식기억 339, 340, 343, 344, 348, 349, 350, 351, 352, 361, 371, 379, 402, 522

관료주의 91, 92, 93, 94, 95, 518

국가 17, 19, 20, 24, 31, 39, 148, 159, 177, 190, 213, 221, 347, 370, 371, 384, 425, 426, 427, 428, 429, 432, 433, 435, 440, 441, 493, 502, 506, 507, 511, 517, 518, 523

국민국가 27, 429, 431, 435, 441, 442, 447, 523

국방부군사편찬연구소 21

국제전 19, 517

군사연구실 527

근대체제 519

기억 17, 126, 188, 199, 202, 212, 385, 386, 446, 480, 507, 508, 509, 513

기호 27, 249, 292, 321, 324, 521

ㄴ

남녀관계 27, 56, 250, 251, 252, 305, 309, 323, 520

남베트남 19, 21, 32, 49, 52, 54, 65, 73, 81, 82, 91, 92, 255, 269, 273, 274, 435, 446, 447, 448, 452, 455, 469, 471, 478, 479, 491, 507, 520, 523

남성성 284, 287, 288, 289, 290, 292,

ㅅ

ㅈ

이경재

서울대 국어국문학과와 같은 대학 대학원 졸업. 육군사관학교 전임강사를 역임하였으며, 2011년부터 숭실대 국문학과 교수로 재직 중이다. 연구서로『한설야와 이데올로기의 서사학』, 『한국 프로문학 연구』,『한국현대문학의 공간과 장소』,『한국현대문학의 개인과 공동체』,『이질적인 선율들이 넘치는 세계』 등이 있다.

한국 베트남 미국의 베트남전 소설 비교
국가, 정체성, 젠더를 중심으로

초판 1쇄 인쇄 2022년 4월 8일
초판 1쇄 발행 2022년 4월 22일

지 은 이 이경재
펴 낸 이 이대현
펴 낸 곳 도서출판 역락

책임편집 임애정
편   집 이태곤 권분옥 문선희 강윤경
디 자 인 안혜진 최선주 이경진
마 케 팅 박태훈 안현진

펴 낸 곳 도서출판 역락 / 서울시 서초구 동광로46길 6-6 문창빌딩 2층(우-06589)
전   화 02-3409-2058 FAX 02-3409-2059
이 메 일 youkrack@hanmail.net
홈페이지 www.youkrackbooks.com
등   록 1999년 4월 19일 제303-2002-000014호

ISBN 979-11-6742-336-8 93810